长风渡

墨书白 著

上册

青岛出版集团 ｜ 青岛出版社

图书在版编目（CIP）数据

长风渡/墨书白著. —青岛:青岛出版社,2022.2
ISBN 978-7-5552-9511-2

Ⅰ.①长… Ⅱ.①墨… Ⅲ.①言情小说—中国—当代 Ⅳ.①I247.5

中国版本图书馆CIP数据核字（2021）第071356号

CHANGFENG DU

书　　名	长风渡
作　　者	墨书白
出版发行	青岛出版社
社　　址	青岛市崂山区海尔路182号
本社网址	http://www.qdpub.com
邮购电话	18613853563　0532-68068091
责任编辑	郭红霞
特约编辑	程钰云
校　　对	宋　芸
装帧设计	蒋　晴
照　　排	梁　霞
印　　刷	三河市良远印务有限公司
出版日期	2022年2月第1版　2023年5月第2次印刷
开　　本	16开（640mm×920mm）
印　　张	38.5
字　　数	624 千
书　　号	ISBN 978-7-5552-9511-2
定　　价	69.80元（全2册）

编校印装质量、盗版监督服务电话 4006532017　0532-68068050

目录 上册

目录 下册

第一章 初相识

梦里是漆黑的长夜，她在路上摸索着，提着一盏灯，走得很急。

月光落在羊肠小道上，映着她瘦削的影子在摇晃的灯光中仿若幽冥使者提灯夜行。

不远处，小巷尽头，灯火通明，有许多人站在那里，议论声中夹着哭喊，男人的怒吼和女人的尖叫交织在一起，似地府被拖到了人间，听得人头皮发麻。

她走出小巷，混入人群，心跳加快，只听旁人议论道："顾家这是犯了什么罪啊？"

"哪里是犯了罪。"围观的人道，"不过是王大人缺了粮饷，宰头肥羊罢了。"

她侧头看去，说话的人是城东说书的一位先生。他消息极为灵通，叹了口气道："梁王谋反后，范轩领兵入东都，说是清君侧，却在一夜间杀了所有李姓子孙，而后挟持太后令百官拥他为帝。他不过是一个幽州节度使，就敢自称天子，其他各方英雄谁能服气？于是各地节度使都打着灭反贼的名义自立为王。乱世来了，咱们王大人也不过是顺势而为罢了。"

"不过也怪这顾家。"说书先生用扇子一指，所有人把目光落在那朱红大门之前。大门前有一个女子，正被官兵抓着头发拖出来，叫得声嘶力竭。然而众人十分冷漠，听着那说书先生道："他家本就富庶，当年仗着

- 1 -

与梁王沾亲带故就在扬州横行霸道。他家那儿子顾九思向来不成气，整日赌钱生事，若非当年他打折了王大人那长子的腿，今日这场灾祸或许还轮不到他们。"

"是啊，"说起顾九思，有人立刻附和起来，忙道，"他当初不仅打折了王大人那长子的腿，我还听说，他还当街纵马差点儿踩死了九生他娘呢。"

这话一起头，所有人都议论起来。不过顷刻之间，柳玉茹就清楚地听到，原本不过是一个喜欢打架赌钱的纨绔子弟突然就变成杀人放火、无恶不作的混世魔王。

她觉得呼吸困难。

她也不知自己为何有这样的情绪，只是清楚那九生他娘本就是个以讹钱为生的人，平日里所有人都对那妇人骂骂咧咧，现在九生他娘却成了一个纯良孤苦的老妇人。

而他们说的那王大人的儿子，那才是个真正的色中饿鬼，不知道糟蹋了多少好姑娘，只是仗着家大势大，所有人拿他没有办法。

她静静地看着一切，捏紧了手里的灯笼，然后看见一个衣着华贵的女子被一个二十多岁的男人拖了出来。随后一个男人追了出来，大吼道："娘！"

追出来的青年看上去不到二十岁，玉冠早已歪斜，如绸的墨发凌乱地散开，衣衫上沾染了血迹，脸上全是眼泪和怒意，饶是如此，仍旧没有使他的容貌折损分毫。

他有一双桃花眼，眉如远山，整个人生得极为秀雅，但因他长得极为高瘦，眉宇间又带着疏朗之气，哪怕五官十分精致，也不显得女气，反而让人觉得清隽儒雅、如松如竹。

在他出现的一瞬间，原本议论着的人顿时止住了声音。所有人看过去，只见拖着他母亲的那人转过头去，将手搭在他母亲的肩头，笑着道："顾九思，你不是挺能耐的吗？现在怎么就只知道哭了？"

听到这话，顾九思整个人微微颤抖，可还是道："王荣，一人做事一人当，你放开我娘。"

"你这是什么话？"王荣笑起来，手里轻轻甩着鞭子，"你们顾家跟随梁王谋反，这罪是你一人能当的？你放心吧，你娘不会死的。我父亲向来宽厚，你们家的小孩儿、女人，我们都会留下。哦，对了，你还没有儿子是吧？"

　　说着，王荣似乎是觉得有些可惜，叹了口气道："唉，你也没娶个妻、纳个妾，家里也就剩下你娘和你爹的那几个妾室能卖了，不过她们人老珠黄，也只能卖到最下等的暗窑去，可惜了。"

　　"王荣！"顾九思怒吼。

　　王荣看见他的模样，大笑起来："这样不正好吗？有人好好照顾你娘，你和你爹走得也没牵挂。"

　　顾九思不说话了，攥紧了拳头。

　　雨淅淅沥沥地下起来，旁边都是女人的尖叫声。他们府中的男子是无论如何都要死的，于是一个个持剑挡在女子身前，似乎想要护住妻儿。

　　顾九思静静地看着王荣，目光绝望又悲戚，整个人像一只被囚于绝境中的孤鹤，高傲中带着决绝。

　　他终于道："王荣，你要怎样才愿意放了我娘？"

　　"怎样？"王荣笑起来，摸了摸下巴，想了想，"要不，你给我磕三个头，今后当我的干儿子吧？当了我的干儿子，你也算我爹的孙子了，说不定我爹会放你们顾家一马呢。"

　　听到这话，顾九思睫毛微颤。

　　柳玉茹静静地看着。雨越下越大，打湿了她手里提着的灯。围观的人因着这大雨也陆陆续续离开，只剩柳玉茹站在那里，面色平静，无悲无喜。

　　好久后，她听见顾九思低声道："好。"

　　说着，他颤抖着身子，低下了头，弯了膝盖。

　　也就在那一瞬间，王荣身边的女子骤然从袖中抽出利刃，猛地朝王荣的腹部捅去。旁边侍卫反应得极快，在女子抽刀的那刻就挥刀砍了过去。顾九思高喝一声，猛地扑到那女子身上，然而四面八方都是刀剑，母子二人当场被十几把刀剑刺穿了身体。

　　"我儿……"女子微微颤抖，抬起染血的手覆在顾九思的面容上，喘息着道，"宁做太平犬……不做乱世人……轮回路上，莫要走错了路……"

　　顾九思没有动，鲜血大口大口地从口中呕出来。女人慢慢闭上了眼睛。他单膝跪在地上，低声应了句："孩儿……遵命。"

　　而后他从自己身上抽出了刀，慢慢站了起来。雨水混着他的鲜血一路漫延，漫到了柳玉茹的脚下。他提着刀转身，浑身染血，在电闪雷鸣间，仿若修罗。

众人惊得不由得后退了一步。

那人却提着刀一步一步朝她走了过来。

"救我……"他沙哑出声，目光死死盯住了她。"柳玉茹，"他叫出她的名字，"救我！"

柳玉茹是被鸡鸣声惊醒的。

她睁开眼时已是辰时，太阳刚刚出来，温柔的光线落在房间里。丫鬟印红捧了刚从院子里采摘的凤仙插入花瓶中，笑着看向柳玉茹道："小姐醒了？"

柳玉茹轻轻喘息着，没有回话，满脑子都是那双绝望又痛苦的眼睛。印红皱了皱眉头，走到柳玉茹身前，不由得问道："小姐可是魇住了？"

印红的话让柳玉茹慢慢回神。等反应过来，柳玉茹轻拍自己的额头，叹息道："是做了个噩梦。"

那不仅是个噩梦，还有些荒唐。

她不仅梦到了和她素昧平生的顾九思，居然还梦到了梁王谋反引得天下大乱。

众人皆知梁王乃忠心耿耿的西南异姓王，手握重兵，曾数次救天子于危难之中，为了让天子放心，还把自己的一家老小送到了东都作为人质以打消众人的揣测。他若是要反，大约早就反了，还会等到现在？

虽然她不知道如今的幽州节度使具体名谁，但也知是姓赵，绝不是她梦里那个范轩。

而顾九思和王荣……他们两家一直交好，怎么会有顾九思把王荣打断腿一说？

一番细想下来，柳玉茹顿觉可笑，自己竟然被这样的梦境给吓住了。

她怎么会梦到顾九思呢？

她不由得想，觉得自己也是太奇怪了。

她和顾九思是八竿子打不着的，顾九思是扬州城里有权有势的富豪家中的嫡子，而她只是一个小小的布商之家不受宠的嫡女。她之所以知道顾九思，无非因为这位少爷平日在扬州城里闹个不停，走到哪儿都能听闻其人其事罢了。

她今日听说他在春风楼一掷千金博花魁娘子一笑，明日听闻他在赌坊豪赌万两白银一夜输光。偶尔她上集市也会遇见顾九思，这个公子哥儿十分显眼，常常身着白衣，一手拿个折扇，一手提个鸟笼，一张英俊的脸上笑容春风得意，眼角眉梢俱是傲慢之意。

人长得英俊，做事又如此招摇，旁人想认不出他都难。

她不知道顾九思认不认识她，想来也可能认识，毕竟她在扬州城也颇有名气，但有这名气不是什么值得庆贺的事，原因无他，她的名气就是出了名的处境艰难。

在扬州，她家勉强挤进富商之列，以丝绸布料为营生。她的父亲柳宣生性风流，母亲苏婉则是父亲应父母媒妁之言所娶，故而虽然是正室，却不受宠爱，加之身体不好，这么多年也就生了柳玉茹一个女儿，反倒是姜室张月儿生了两儿一女。

没有一个儿子，于这个时代便是女子最大的错，于是苏婉虽为正妻，家中却是由张月儿掌管中馈。苏婉有名无权，那自然过得也不甚如意，于是整个扬州城的人都知道柳宣宠姜灭妻，都对苏婉和柳玉茹十分同情。

生活在这样的环境里，柳玉茹便学会了守规矩、识时务、知进退，见谁都是三分笑。不做任何逾矩之事，成为一个标标准准的大家闺秀，找个妥妥当当的人体体面面地嫁了，安安分分地过上一辈子，这就是她一生的规划。

她是个极有目标和执行力的人，为了过好这一生，很早就确定了目标：嫁给叶家的大公子叶世安。

叶家与他们这些商户不同，乃士族出身，早先叶家就住在柳家对门，两家算得上是字面意思的门当户对。柳玉茹与叶家大小姐叶韵交好，常去叶家串门子。柳玉茹早早看出来叶家家风正，不嫌贫爱富，叶家老太太也喜欢她。而叶世安，这位公子早些年还未去白鹭书院时柳玉茹见过几次，那时他还小，不大看得出相貌，但人也长得算端正，虽然不大爱说话，做事却很踏实，小的时候就是一干童生里功课最好的，日后或许能争个功名。叶世安人不错，叶家也好，她嫁过去差不多就能实现"安安稳稳过一生"的目标。

为了嫁给叶世安，她常去叶家找叶韵，去了就陪着叶韵一起照顾叶老太太，哄叶老太太开心。这么一照顾就是七八年，叶老太太也对她上了心——与其让孙儿娶一个不知根底的女人，倒不如娶知根知底又贴心的柳玉茹。

于是柳玉茹前日及笄，叶老太太亲自上门来当了她的宾客，私下里同她道："过些时日，我再单独来找你父母聊聊。"

得了这话，柳玉茹自是明白了叶老太太的意思，便一直等着。

等到了今日，柳玉茹用水清洗了脸，让自己从噩梦中清醒过来，便听印红高兴地道："小姐，叶老太太来了！"

柳玉茹听到这话，心飞快地跳起来。

柳玉茹很想上前厅去听一下叶老太太是如何说的，可晚辈未经召唤就过去，始终是不妥的。等了许久之后，终于有人过来让柳玉茹上前厅去。柳玉茹已经梳洗完毕，深吸了一口气，跟着侍女到了前厅。

厅里坐了三个人，叶老太太坐在正上方左边的椅子上，柳宣坐在右边，而张月儿笑意盈盈地坐在柳宣身旁的椅子上同叶老太太说着话。

柳玉茹先是愣了愣，随后迅速低下头来，遮住了那一丝不悦的情绪。

叶老太太见她进来了，高兴地道："来来，玉茹，坐过来说话。"

柳玉茹抬头朝着叶老太太笑了笑，还是恭恭敬敬地先行了礼，得了柳宣的应许才到叶老太太身边坐下。

叶老太太握着柳玉茹的手，笑着道："玉茹啊，你是我见过最乖巧、有礼的姑娘了。我以前就想着，柳家的家教这样好，能教出这样好的姑娘来，若这姑娘是我的孙女，那就太好了。"

"老夫人哪里的话，"柳宣给叶老太太倒了茶，笑着道，"还是因为玉茹常在您的身侧，您教导得好。叶家书香门第，让我们玉茹也沾染了些墨香。"

双方互相恭维了一番后，柳宣终于跟柳玉茹说了正事，轻咳了一声，道："玉茹啊，今天老夫人上门来是和我们商议你的婚事。她希望你能和叶家大公子结秦晋之好，我们便叫你过来问问，你怎么想？"

听了这话，柳玉茹压着心里的激动，温和地道："玉茹听爹娘的。"

大伙儿笑了起来，柳宣道："那便定下了。不过大公子如今正在参加乡试，不知提亲得到何时了？"

说着，柳宣似乎是有些忧虑，道："我听说顾家那位大公子也到了年纪，他母亲正到处给他相看，前阵子才上了刘家的门。"柳宣转过头去，同叶老太太道："老夫人，得抓紧些。"

在座所有人都明白柳宣的意思，顾九思是扬州出了名的霸王，但顾家家大势大，顾九思的父母自然想让儿子娶扬州城最好的姑娘。只是这扬州凡是好姑娘都看不上他，怕就怕他退而求其次，来求娶柳玉茹这样姑娘拔尖、家世一般的，到时候顾家仗着家世逼迫，姑娘就是不嫁也得嫁了。

只是顾母既然去了刘家，应当不会再来柳家，毕竟刘家姑娘刘雨思的背景比柳玉茹的更好一些。柳宣如今说起来，也不过是给柳玉茹添点儿面子而已。

而柳玉茹听到"刘家"，下意识地抬眼看了看，心里有了几分不安。刘雨思是她的手帕交，与她情谊深厚，顾母居然去了刘家？

她垂眼琢磨着，等一会儿得去见见刘雨思。

而叶老太太听了柳宣的话，也没多想，只是道："您放心，等乡试完毕，我立刻让我儿带着世安上门提亲。"

"那不如让叶老爷先来提亲吧？"张月儿适时开口，"这本也是长辈的事，大公子回不回来倒也无妨，先定下来，以免后面再生变故。"

"这怕是不行，"叶老太太摇了摇头，"我儿的一个朋友出任幽州节度使，我儿赶去庆贺，还未归来。"

听到"幽州节度使"，柳玉茹下意识地问："可是姓范？"

所有人看向了她。

柳玉茹愣了愣，自己都没明白为什么会突然问出这一句话。

或许是早上的梦境一直让她有些精神恍惚，然而话已经问了出来，也不是什么大事。她刻意放柔了声音，假装懵懂道："新任的幽州节度使大人，可是姓范名轩？"

"你怎么知道？"叶老太太有些诧异。

柳玉茹心里猛地一惊，犹如受到了当头一棒，然而面上不显，只是道："听朋友提起，之前我还不信，节度使这样的官位岂是说换人就换人的？"

"原是如此。"叶老太太笑起来，"你说得是，不过这范轩在幽州任职已有十三年，根基深厚。上一任节度使病去，临死之前举荐了他，这才让他当上了节度使。"

听到这话，柳宣点着头，感慨道："人生际遇啊……"

亲事差不多说完，叶老太太闲聊了一会儿，便起身离去。

等叶老太太走后，柳玉茹回到屋里，让印红退下，整个人便焦躁起来。

她来到书桌前，开始拼命写着梦里的信息。

"幽州节度使范轩""顾九思""王荣""梁王"……

她把梦里所有的事都写了一遍，看着上面的字，脑海里浮现出了顾九思的那双眼。

"救我……"

她慢慢闭上眼睛。

范轩……这到底是巧合，还是预知？

这或许是巧合吧？

柳玉茹拼命地说服自己，或许过去就听过这个消息，只是忘了……

她找了无数理由，然而过了许久还是忍不住站起身道："去帮我同月姨娘说一声，我要去刘家一趟，请她应允。"

如今张月儿掌着后院的事，柳玉茹要出门需张月儿的允许。

印红不解柳玉茹为什么这样吩咐，只能提醒道："是不是该先同夫人说一声婚事？"

柳玉茹愣了愣，随后叹了口气："你说得是，当同母亲说一声才是。"说着，她便提步去了苏婉的房里。

苏婉的房里常年带着药味，苏婉躺在榻上，正低头看着一本话本。

柳玉茹走了进来，仔细地检查了屋内的摆设，确认下人没有怠慢苏婉之后才坐到她身边，道："母亲，你可听说今日叶老太太上门了？"

"听说了，"苏婉轻咳着，笑着道，"你父亲让人来请我，可我病着，不好见客，便让月姨娘过去了。"

柳玉茹听着这话，并没有揭穿苏婉的谎言。柳玉茹知道苏婉是为了让她这个女儿心里舒服一些，否则亲生女儿的亲事，不让嫡母出面，却让一个妾室去待客，真是莫大的耻辱。

柳玉茹心里微酸，却笑着从旁边端了茶给苏婉，将今日的事详细说了一遍。

"叶家的聘礼应是给得丰厚，所以月姨娘和父亲着急，就怕叶家悔了这门亲事，才催促着定下。"柳玉茹笑着道，"母亲您放心，我嫁过去不会受委屈的。"

然而听了这话，苏婉却皱紧了眉头。

她似乎想说什么，最后却叹息了一声，无奈地道："你父亲这样不妥，会让人看轻的。"

柳玉茹心中苦楚，自己如何不知道呢？可是自己也不能当着母亲的面哭诉，毕竟母亲也做不了什么，说起来不过徒增伤感。于是柳玉茹假装什么都不懂，道："母亲您多想了，叶家老夫人可疼我了。"

看到女儿傻乐的样子，苏婉也不知该担心还是该庆幸，最后只能长叹一声，嘱咐了柳玉茹几句一定要规规矩矩之类的话。苏婉也累了，便躺下睡了。

从苏婉这里走出来，柳玉茹叹了口气，看着院子围墙圈出来的一方天地，心里盘算着：以后嫁到了叶家也不知道能不能经常回来看望母亲。想了片刻，她终于提步动身，同张月儿请示过后急急去了刘府。

路上柳玉茹让人去刘府给刘雨思下了拜帖，好让刘雨思早做准备。

然而一进屋，柳玉茹就看出刘雨思应当是刚哭过。柳玉茹走上前去，装作什么都不知道，笑着拉过刘雨思道："今日这是怎么了，肿着眼来见我？"

一听这话，刘雨思的眼睛立刻又红了。柳玉茹给旁边的丫鬟使了个眼色，让丫鬟退了下去，便单独拉着刘雨思步入园子，同刘雨思道："你且先哭着，我拉着你逛逛园子，等你心情舒畅些再同我说话？"

听了这话，刘雨思吸了吸鼻子，似是要笑起来，然而最终还是笑不起来，强行扬了几次嘴角后，终于道："算了，在你这儿我也不强颜欢笑了。"

"到底是怎么了，且说出来听听？"

"顾家老爷来了我家一趟。"刘雨思艰涩地开口，"就前两日，顾家老爷和夫人一起来的，把我叫到了正堂，看了我几眼，夸了几句，给了我一个玉镯子，就让我退下了。"

听到这话，柳玉茹皱起眉头："他们这是什么意思？"

"我不知道，但我爹娘琢磨着，"刘雨思一说起来顿时又要哭了，"他们怕是来给顾九思说亲的。"

不出所料的答案让柳玉茹叹了口气，她脑海里闪过梦里顾九思的一双眼，心里琢磨着，且不说这梦是真还是假，这个亲是不能结的。

柳玉茹和刘雨思见面的时候，三个青年穿着刘家下人的衣服，低着头走在花园里。

三个人里，两边的人稍矮一些，中间那个个头儿高上许多，于是三人走在一起就成了一个典型的"山"字形。

他们三个虽然穿着下人的衣服，看上去神色僵硬，但举手投足间并不显胆怯，明显不是下人的模样。尤其是走在中间的那个，走着走着，还从袖子里掏出了一把扇子，轻轻戳了戳前面的青年，道："陈寻，你到底搞什么鬼？"

"等一会儿你就知道了。"走在前面的陈寻道，"九思，你别着急。"

"你这话说了大半天了。"顾九思不满地道，"在外面的时候说混进刘府了告诉我，现在混进刘府了你还不说，你是不是讨打？"

"我来替他说。"走在最后的杨文昌忍不住了，有些兴奋地道，"我们这是带你来看你媳妇儿的！"

"我媳妇儿？！"顾九思猛地顿住了步子。

杨文昌差一点儿撞在顾九思的身上，看着顾九思震惊的表情，不由得有些害怕地道："对啊。"

"我哪儿来的媳妇儿？"顾九思皱起眉来，"我怎么不知道？"

"你爹娘前两天上刘府了，"杨文昌小心翼翼地道，"你不知道哇？"

听到这话，顾九思深吸一口气，收了扇子就要走。旁边的杨文昌和陈寻立刻拉住他，小声道："别走别走，都来这儿了，好歹看一眼再走，先确定她长得怎么样。"

"长成天仙也不成！"顾九思低喝。

陈寻还要往下说，被杨文昌往假山后面推去。杨文昌用又急又低的声音道："有人来了！"

三个大男人惊慌失措，赶紧躲进了假山洞里。山洞里有些窄，三个大男人挤在一起，顾九思还不忘用扇子戳陈寻。陈寻咬着牙不说话，捏住顾九思的扇子，两个人在山洞里默默对视，用眼神厮杀。这时候外面传来了声音，是两个少女在交谈。

三个人听了半天，听明白了，原来这就是刘雨思，而且人家不想嫁给顾九思，正为此哭得伤心欲绝。而从称呼上看，另外一位说着话的少女就是这扬州城那家宠姜灭妻出了名的柳家的嫡女柳玉茹了。

于是三个人也不打闹，开始认真听着两个少女聊天，就听刘雨思聊到动情之处哭着道："玉茹，顾家家大业大，我真怕我爹为了钱就这么应承了，真嫁给了他，让我怎么活？"

柳玉茹闻言叹了口气，握住了刘雨思的手，温和地道："我明白，你的苦我都理解，若换作是我要嫁给他，我便是立刻投了这湖的心都有了。"

听到这话，顾九思的脸色不太好看了。他的两位兄弟都看着他，顾九思故作淡定地打开了扇子，假装没听到，轻轻摇着扇子。杨文昌默默抬手按住了总是试图打自己脸的扇子。

三个人聚精会神地听着对话，就听见柳玉茹给刘雨思出主意："不若这样，我们去打听一下他的好恶，到时候与他的喜好反着来，逼着他来退亲。"

"逼着他来退亲？"刘雨思愣住了。

柳玉茹点点头，继续道："比如说，我听闻顾九思至今未婚配，主要是他对妻子的要求甚高。他讨厌遵守繁文缛节的大家闺秀，尤其讨厌张口就是圣人经典的。你今日回去便将四书五经好好读一读，尤其是劝学类的，好好记下来，改日见了他，便时时刻刻劝诫他。"

听到这话，陈寻和杨文昌都看着顾九思，朝顾九思竖起大拇指，用眼神赞叹：这姑娘厉害呀。

顾九思没说话，眼里带了几分鄙夷之意。

接着他们又听柳玉茹道："我还听闻，他厌恶矫揉造作的女子，尤其是主动靠近他的。你日后若是见了他，需捏着嗓子说话，他若说一句重话，你就哭，说话千万别太有条理像个正常人，一定要说不清楚话，做不清楚事，就知道和他要钱。"

"这……"刘雨思犹豫，"这不大好吧……"

"你莫做得太明显。"柳玉茹笑了笑，"人前便不要同他有什么正面接触了，你私下偶遇他几次，恶心他几次便好。他的名声这样，就算他说你的不是，大家也会觉得是他诋毁你。"

"好。"刘雨思下定决心，"你说得对，若我不恶心他，他就得找我麻烦了。"

"还有，"柳玉茹认真想了想，"他从不参加春花宴。有一日叶家摆酒，他来之后，有一个侍女靠近他，他连着打了两个喷嚏。那侍女身上的香囊是最次的浓香，用花瓣所制，他或许不喜浓烈的花香，甚至不喜欢花，我去替你找一个浓烈的香包，到时候你见了他记得把味道弄在帕子上，在他面前多扇一扇。"

杨文昌和陈寻更同情顾九思了。

顾九思闻到太浓烈的花香就容易打喷嚏，甚至满身起红疙瘩，这种事都被这个姑娘观察出来了，若她真的去认认真真调查一下顾九思，或许顾九思还要遭遇更多的不幸。

顾九思听着两个姑娘计划着如何整治自己，以退掉自己这门亲事，不由得怒火中烧。

顾九思直到听到刘雨思担心地道："若到如此地步，他还是想娶我怎么办？"再也听不下去了。

他感觉自己受到了莫大的羞辱，于是在陈寻和杨文昌都没反应过来时，突然冲出山洞，提高了声音道："你放心吧，我绝对不会娶你！"

柳玉茹和刘雨思同时回头，柳玉茹对上那张今早才在梦中出现过的脸，顿时就呆了，刘雨思却皱起眉道："你说什么？你……你是哪个院的下人？你怎么会在这里？你……"

刘雨思有些反应不过来，断断续续地问着，而柳玉茹看顾九思一挑眉一张口，便知顾九思是要自报家门。

然而在这后院之中见着顾九思，刘家是万万不敢把他怎么样的，到时候传出去，吃亏的还是她和刘雨思。

于是柳玉茹也顾不得其他，当机立断上前一步怒喝道："哪里来的奴才敢擅闯后院？！来人，把他给我拖下去，扔出府！"说完，她拉着刘雨思掉头就跑。

顾九思被柳玉茹这么一吼，居然当场蒙了片刻。等反应过来时，他和刚刚出了假山洞的杨文昌、陈寻三个人，已经被不知道情况的家丁团团围住。

这是刘府家丁生平第一次遇到这样偷入刘府的人，虽然搞不清楚贼人是谁，但觉得必然只是一些不入流的宵小，于是使出了十二分干劲，上前就要擒住三个人。

然而三个人平日惯常在街上打架斗殴，尤其顾九思自幼学武，一身好武艺，在人群中左躲右闪，一手捞一个好兄弟就跑。三个人被家丁追了一路，随后攀墙而出。

等三个人甩开追兵，衣冠不整、气喘吁吁地靠在墙上时，陈寻终于道："那姑娘胆子也忒小了，二话不说就喊人，真是跑得累死我了。"

"她胆子小？"顾九思听到这话，嘲讽出声，"她明明是揣着明白装糊涂，怕咱们坏了她们的名誉！柳玉茹这'黑莲花'，外表圣洁，内心怕是像九曲回廊，如淤泥深沟，心机可比刘雨思深多了。"

"怪不得，"听到这话，杨文昌喃喃道，"我说就她那样子，怎么能嫁给世安兄？"

"你说她嫁给谁？"顾九思下意识地回头。杨文昌奇怪地道："就那个，白鹭书院的第一名，叶世安哪。听说叶家老太太早就放话了，孙媳妇儿必须得是柳玉茹。这事你不知道？"

顾九思神情茫然，脑子里闪过刚才那个姑娘的模样。

她看上去就是普普通通的一个姑娘，家世普普通通，长得平凡无奇，性格循规蹈矩，除了心思多一点儿没有其他闪光点。就她那样的，配那个早就被大学士苏文收为关门弟子、所有人都知道他前途无量、但是让自己特别讨厌的伪君子叶世安？

顾九思想了想——可以！他同意这门婚事！

顾九思对叶世安的印象，几乎来源于自己的爹顾朗华。

顾九思他爹虽然是个商人，却喜爱诗词，一心指望儿子能好好读书，考个功名。

然而顾九思对读书向来没什么兴趣，打小就贪玩，为了激励儿子，顾朗华便常常以叶世安为榜样教育顾九思，故而顾九思对叶世安的印象非常差。如今知道叶世安要娶柳玉茹这样一个心思活络长得又普通的姑娘，顾九思不由得有些幸灾乐祸。

顾九思勾了勾嘴角，转念一想，便用扇子戳了戳陈寻，同陈寻道："你找人给我盯着柳玉茹去。"

"盯着她干吗？"陈寻愣了愣，随后睁大了眼道，"九思，你不是看上柳玉茹了吧？"

"你胡说八道什么呢？！"顾九思一扇子敲在陈寻的脑袋上，怒道，"我是这么没品位的人吗？我告诉你，就算全天下的女人都死绝了，我也不会娶她！"

"那你让陈寻盯着她一个姑娘做什么？"杨文昌有些警惕，总觉得顾九思什么事都做得出来。

顾九思挑了挑眉："她今天这么收拾了我，我就算了？你们就算了？我和你们说，她如今可是叶世安的未婚妻，叶世安欺压我们，如今她又这么打我们的脸，这样我们都不反击，还算得上是男人吗？"

杨文昌和陈寻一听，觉得颇有道理。

叶世安是扬州城里所有纨绔子弟最讨厌的对象，仗着学业好欺压他们，现在他的未婚妻也欺压他们，是可忍孰不可忍，他们必须反击！

三个人迅速达成共识，陈寻立刻去找街头小弟安排下去蹲守在柳玉茹家门口，有任何风吹草动都不要放过。

三个人在那边商量着要怎么对付柳玉茹，而这边，柳玉茹拉着刘雨思一路狂奔回了小院。

柳玉茹同刘雨思说明了情况，在刘家安抚了刘雨思一番，让她放下心之后才回了家。

坐在马车上，柳玉茹不免头疼起来。

这下子，刘雨思是不会嫁给顾九思了，按照顾九思那脾气，他绝对不会娶刘雨思，只要顾九思不同意，他家这样宠他，也不会勉强他。只是顾九思和自己的梁子，怕是就这样结下了。

她一贯是小心谨慎的性子，头一次冒失了些，就招惹了顾九思这样麻烦的人，好在她要嫁人了……柳玉茹想到这一点，舒了口气，放下心来。她马上就要嫁人了，只要嫁给了叶世安，顾九思就算对她不满，也要看在叶家的面上就这样作罢吧？

顾家可以看不起经商的柳家，可对士族出身的叶家，无论如何都是要给几分薄面的。而且她毕竟只是个小姑娘，顾九思一个大男人应该也拉不下脸来找她的麻烦。

然而她还是有些不放心，便巴望着叶世安能赶紧回来将亲事定下来。

后续几日，柳玉茹一面打听着叶世安的消息盼着他回来，一面让人看着顾府的动态。隔了没两天，印红就笑着走进屋子，道："小姐，你听说了吗？顾老爷昨儿个气得追着顾大公子打到了大街上。"

听到顾九思的名字，柳玉茹的手颤了颤。她低头绣着花，装作无事，道："怎么了？"

"听说是为了婚事。"印红收拾着桌子闲聊，"顾大公子满大街嚷嚷，说他的婚事他做主，他不答应，他的爹娘去谁家提亲都算不得数。顾老爷气疯了，听说从家里提了根棍子就追着顾大少爷打了出来。"

说起这事，所有人都笑了起来，柳玉茹也忍不住笑了。

她不由得想起那个梦来。

顾九思这个人其实算不上坏，平日也就是行事荒唐了些，伤天害理的事倒也没做过，在扬州城闹笑话反而是常有的事。这样一个人虽然讨厌了些，但若真是梦中那样的下场，未免太过凄惨。

柳玉茹叹了口气，一时也不知道梦中的事是真是假，若是真的，自己又能做些什么呢？

她思索了很久。旁边的印红插好了花，见柳玉茹发着呆，便笑着道："小姐可是觉得无趣了？不若上街买些胭脂吧。"

柳玉茹听到这话回过神来，这才想起来，自己的胭脂近来也用完了，而苏婉的房里也需增添一些。想了想，她便起身，道："那出去逛逛吧。"

如今长大了，在府里待的日子是一日一日少下去，柳玉茹便想对苏婉好一些，能多给母亲买些东西就多买些，也算自己作为女儿的一番孝心。

柳玉茹如此想着，同张月儿请示过后便上了街。

她一出门，陈寻安排的小乞儿便赶紧去报了信。

顾九思、陈寻和杨文昌正在赌场里赌钱，顾九思一听柳玉茹出了门，顿时不赌了，拖着杨文昌和陈寻气势汹汹地去找柳玉茹。

他们商量好了，柳玉茹怎么对付顾九思，顾九思就怎么对付她。

柳玉茹让刘雨思学顾九思最讨厌的样子，顾九思就去学柳玉茹最讨厌的样子！

而柳玉茹最讨厌什么？

顾九思琢磨了一下，其他的他不知道，但是有一点他知道，柳玉茹很讨厌他。毕竟那是柳玉茹亲口说的——"若换作是我要嫁给他，我便是立刻投了这湖的心都有了。"

她既然这么讨厌他，他就要赶紧去恶心她！

三个纨绔子弟的思路非常简单。他们直奔柳玉茹去的地方，到的时候，柳玉茹正在胭脂铺里挑着胭脂。她是这里的常客，店家知道，柳玉茹出手并不阔绰，但脾气好，为人和善，和那些骄纵的大家千金不一样。所以虽然柳玉茹出手不算大方，但店家与她的关系还算不错，正给她介绍着新款。

柳玉茹看中了一款最新的胭脂，但询问了价格后，便有些犹豫，正在思索间，突然听见一声热情的呼唤，那声音里仿佛含了蜜一样，从店外传来："玉茹妹妹！"

一听到这声音，柳玉茹便僵了身子。她下意识地抬头看去，就看见胭脂铺门口三个公子哥儿正抬腿跨进来。为首的是顾九思，一身正红金线绣云纹长袍，头戴衔珠金冠，手中握着一把折扇，面上笑若桃花，艳丽非常。而在他身后，杨文昌一袭蓝袍，陈寻一身青竹绿衣，两个人都拿着折扇，跟着顾九思摇着扇子进来。

这本是女眷待的地方，他们三个大男人却没有丝毫脸红的意思，其他女眷都吓得赶紧用团扇遮着脸躲开。柳玉茹虽然反应慢了半拍，却还是很快回神，转身就往胭脂铺的后堂走去。

"玉茹妹妹！"陈寻马上反应过来，大步一跨，就拦在了柳玉茹前面。

柳玉茹赶紧转身，杨文昌立刻堵住了柳玉茹的另一条去路。

柳玉茹和丫鬟被三个大男人团团围住。

顾九思整个人往旁边的柜子上斜斜一靠，懒散地道："玉茹妹妹，买胭脂呢？"

顾九思有一副好皮囊。他这么随便的一个动作，若是旁人做起来大约就是没精打采、软了骨头，他做出来却是慵懒中透着优雅，还带了几分说不出的冶艳。

印红被这架势吓得瑟瑟发抖，柳玉茹也是强作镇定，赶忙转头同店家道："掌柜的，男客到这儿来，不方便吧？"

听到这话，掌柜立刻走过来，勉强地笑着同顾九思道："顾公子，这里是胭脂铺，您看您过来，我这里的客人都……"

"哦，没事，"顾九思打断了掌柜的话，抬眼朝着掌柜抛了个"懂事点儿"的眼神，直接道，"今天你这儿的胭脂，我都买了，这不就不影响其他客人了？"

说着，顾九思转头看向柳玉茹，放柔了声音道："玉茹妹妹，你想要什么胭脂就拿，哥哥送你。"

"顾公子，您说话注意分寸！"印红终于爆发了，颤抖着声音道，"我们家小姐是清清白白正经人家的姑娘，您这样……您这样……"

"我怎样？"顾九思笑着询问，"小丫头，你说说，我怎样了？"

"顾公子，"柳玉茹露出委屈又害怕的表情，有些惶恐地道，"我不知您今日寻玉茹是做什么，您与玉茹是云泥之别，向来没什么交集，若是我的兄弟、家人有什么得罪您的地方，还望您见谅。"

柳玉茹想明白了，顾九思今天就是来找麻烦。她躲不掉，当务之急就是保住名誉，别让其他人以为她和顾九思私下有什么交往。所以她上来先撇清了关系，然后暗示大家是其他人得罪了顾九思，她不过是受了牵连。

顾九思看见她这副模样，顿时有些牙酸，还没开口，就听柳玉茹继续道："顾公子，您大人不记小人过，得饶人处且饶人，我为我的兄弟、家人向您道歉，烦请您不要继续为难我了。"

柳玉茹说着，眼眶就红了。在旁人看来，那完全是一副良家妇女被欺凌的模样。

旁边的杨文昌和陈寻顿时有些慌了，他们的良心遭到了谴责——竟然把人欺负哭了？他们是不是过分了？

顾九思却清楚柳玉茹的那些小九九，啐了一声，忍不住感慨道："你可真能装啊！"

"顾公子……"柳玉茹一听这话，眼泪啪嗒啪嗒地就下来了。

杨文昌慌乱地道："九思，要不算了……"

顾九思一看旁边的人倒戈，心里的火噌噌地就上来了。

这个女人……这个女人！

他有些忍不住了，深吸了一口气，终于决定使出一个两败俱伤的绝招。他笑起来，脸上的表情如春风化雨，温柔地道："玉茹妹妹，你哭什么呀？我不是为难你，是喜欢你啊。"

柳玉茹听见这话，顿时有些发蒙。

她呆呆地抬头，看着对面强作深情的男人，有种一巴掌抽在对方脸上的冲动，然而她还要故作娇羞、茫然外加几分震惊："顾公子，您切勿玩笑！"

"玉茹妹妹！"顾九思上前一步，柳玉茹后退了一步。顾九思看着柳玉茹那矫揉造作的姿态，忍住了把人扔进外面湖里的冲动，柔声道："我哪里是玩笑？我是对你一见钟情，再见倾心，今生今世，非你不娶！"

柳玉茹感觉自己输了。论脸皮，她真的赢不了顾九思。

看着柳玉茹几乎伪装不下去的样子，顾九思忍不住扬起了一抹得意的笑。

柳玉茹看他这个样子，算是明白顾九思有多小气了。她沉默了片刻，知道再这样下去，顾九思怕是会追着她不放。

她叹了口气，干脆小声道："顾公子，上次的事，我向您道歉。那也是无奈之举，女子闺中名誉重要，那日是我的不是。今日您找了我的麻烦，也算扯平了，还请您高抬贵手，可否？"

顾九思听着柳玉茹的话，皮笑肉不笑地道："不是说嫁给我就跳湖吗？我现在都向你求亲了，赶紧的，时不我待啊玉茹妹妹。"说着，仰了仰下巴，小声道，"护城河就在你的后面，去跳。"

柳玉茹没说话，抿了抿唇，整个人气得发抖，压着火气道："顾公子，您一定要我跳了这河才肯罢休？"

顾九思想了想。其实看见柳玉茹被他气得发抖还认认真真地向他认错，他也就没有那么生气了。没那么生气，他也失去了戏弄柳玉茹的心思，于是琢磨片刻后露出一抹笑，摸了摸下巴道："也不是，但你得说一句'叶世安是个大浑蛋，不如顾九思玉树临风、英俊潇洒、才思敏捷、人品端正'。"

这些都是以前他爹夸叶世安的话。

听到这话，柳玉茹有些蒙，张了张口，努力回忆着刚才的词语，磕磕巴巴地小声道："顾公子说的是，叶……叶公子是个大浑蛋，不……不如您玉树临风、英俊……"

"潇洒。"顾九思提醒她。

"对，"柳玉茹点点头，继续磕巴道，"英俊潇洒、才思敏捷、人品……"

"端正。"

"嗯，端正。"柳玉茹继续点头，赶忙道，"您乃正人君子，品性高洁，断不会为难我一个小女子的。"

顾九思听到这话，啧了一声，随后道："你这人还怪会说话的。行了，"他抓了个胭脂盒在手里抛着，"走吧。"

得了这句话，柳玉茹如蒙大赦，赶紧就要离开。

然而她提着裙子才往外走了几步，顾九思就叫住了她："等一下。"

说着，顾九思抬眼看向内堂里正用扇子遮着脸的姑娘们，道："大家一人挑一盒胭脂吧，记我账上。"

听到这话，姑娘们面面相觑，随后有几个想了想，大着胆子就挑了起来。

有人开了头，大家都跟着去挑挑拣拣。顾九思也不说话，提着扇子，吩咐了自己的小厮留下付钱后，就招呼着杨文昌和陈寻走了。走到柳玉茹身边，他朝着柳玉茹上下打量一番，仰了仰下巴道："站着做什么？去选啊。"

柳玉茹愣了愣。

顾九思挑眉："瞧不起我？"

"不敢，只是……"她的话没说完，顾九思突然将一盒胭脂扔给了她："拿着，再挑几盒。以后嫁给叶世安，"他压低了声音，明亮的眼里带着光彩，认真地道，"给我好好收拾他，嗯？"

说完，他便大笑着带着人走了。

柳玉茹愣在原地，捧着手里的胭脂，呆呆地想着顾九思最后那一挑眉的样子。

这盒胭脂，正是她方才舍不得买的那盒。

顾九思走出店铺，杨文昌有些奇怪地问："你送她们胭脂做什么？"

"怪不容易的。"顾九思摇着扇子。

陈寻也有些奇怪："什么怪不容易的？"

顾九思叹了口气，有些怜悯地道："就是刚才，她突然一转口气向我道歉的时候，我突然觉得这个姑娘也没那么讨厌。"

他抬手翻过扇子，遮住头顶的阳光，抬头看向春风楼翘起的屋檐下挂着的风铃，皱着眉道："我才觉得这么欺负她好像有点儿不厚道，毕竟，"顾九思抿了抿唇，"她也活得怪不容易的。"

柳玉茹拿着那盒胭脂，好久后才反应过来。

店里的姑娘都忙着挑选胭脂，倒也没人听清顾九思和她的交谈。印红也去挑了一盒胭脂，回来的时候看见柳玉茹手里拿着胭脂，笑着道："小姐，您不再选一盒吗？"

"嗯。"柳玉茹垂下眼帘，如今店里的姑娘都在挑胭脂，自己若不挑，倒显得异样了。

柳玉茹悄悄将胭脂收在了袖中，上前去挑选了几盒。掌柜看着她，笑着道："柳小姐，顾公子就是这个脾气，您别介意。他向来就是刀子嘴豆腐心，定是您的兄弟在赌场上赢了他，他来找您出口气，您忍一忍就罢了，也没什么的。您瞧，他出了气，便拿银子买高兴了。"

"您说得是。"柳玉茹叹了口气，"让姐姐看笑话了。"

柳玉茹在店铺里挑着胭脂，顾九思又回了赌场继续赌钱。两人刚才的那番对话却迅速传到了顾家。

顾朗华正在厅里对着自己的夫人骂顾九思。他怒气冲冲地道："这小兔崽子不知好歹！他以为我给他定亲是为什么？我还不是怕他亲舅舅把他拖到宫里举荐。他长成这样，万一真让哪个公主看上了，他受得了这个气吗？"

"你也别气了。"顾夫人江柔叹了口气，"九思说得也对，毕竟是他的婚事，他得找个自己喜欢的人。你这么稀里糊涂地给他定了亲，他娶个不喜欢的人，终究是不妥当的。"

"那什么算妥当？尚了公主就妥当了？！"

两人正争执着，管家急急忙忙地从外面赶了过来。

"老爷！夫人！"管家高兴地道，"找着了！"

"找着什么了？"顾朗华和江柔都有些好奇。

管家高兴地道："少爷的意中人啊！"

听到这话，江柔首先出声，提高了声音道："九思有意中人？！他怎么不和我们说？"

对比江柔，顾朗华则沉稳些，道："你怎么知道九思有意中人了？"

管家将侍卫带回来的话说了一遍，高兴地道："少爷都说了，非这个姑娘不娶，这不是意中人是什么？老爷，这姑娘我知道，也派人打听了。这是个好人家的姑娘，脾气是顶好的，模样普通了些，但也不算差。娶妻娶贤，少爷喜欢，那最重要不过了。"

"你说得是。"江柔缓过神来，忙道，"那你赶紧准备一下，再打听打听那姑娘的情况，若真是好姑娘，我明日就和老爷上门提亲。"

管家得了吩咐，赶紧退了下去。

顾朗华回想着刚才管家的话，转头同江柔道："夫人，这事怎么看都有些奇怪啊。"

"是奇怪啊。"江柔叹了口气，"九思向来什么都同我说的，如今有个喜欢的姑娘却未曾同我提起过，还是这么普通的一个姑娘，他们是怎么认识的？"

顾朗华没说话，仔细想了想，同江柔道："提亲的事，你先不要同九思提起。反正这姑娘是他自己说了非她不娶的，我们先把亲事定下来，这次绝不能让他瞎闹腾了。"

"这……"江柔有些犹豫，"提亲这么大的事，不同九思说……不太好吧？"

"无妨。"顾朗华摆了摆手，"再拖下去，等你哥哥提出让九思入京，咱们再推拒就晚了。"

听到这话，江柔便明白了。

顾朗华已经不想管顾九思是因为什么说这话了，总之顾九思说了这话，到时候顾朗华也就有了理由和儿子争下去。

柳玉茹是土生土长的扬州人，过去普普通通，就是一个标准的大家闺秀。管家隔日就带了画像和柳玉茹的生平回来。顾家夫妇十分满意，对自己那不靠谱的儿子能找个这么靠谱的姑娘，觉得再好不过了。

"不过有一个传言，"管家犹豫了片刻，还是说了出来，"听说叶家的老夫人十分喜欢柳小姐，两家的婚事大概是私下定下了。"

一听这话，江柔顿时急了："那是定了？"

"没有。"管家赶忙道，"都是传言。"

"这样吧，"顾朗华想了想，沉稳地道，"我们亲自上柳家去，把情况问清楚。若是两家定了，那自然是君子不夺人所爱；若是没定下，总该是由柳家选的。"

管家明白了顾朗华的意思，隔日便同江柔拟出了聘礼的清单，带着人直接去了柳家。

顾家夫妇到柳玉茹家里时，柳玉茹还在屋中照顾苏婉。

江柔和顾朗华过来，谁都没想到他们是来提亲的，于是柳宣也就没有召柳玉茹出来。

顾家家大业大，张月儿和柳宣都有些忐忑，一面揣测着顾朗华的来意，一面同顾朗华闲聊。聊了一会儿后，顾朗华笑着道："前些时日听说贵府有了喜事，似乎是柳大小姐和叶家公子定了亲，可有此事？"

听了这话，柳宣同张月儿对视了一眼，张月儿脑子活络，瞬间便明白了顾朗华的来意。

她说今日顾家怎么会上门，原来是冲着柳玉茹来的。

柳玉茹是苏婉的女儿，张月儿对柳玉茹一贯不大喜爱，但面子上得过得去。张月儿看出柳玉茹对婚事的谋划，明白她是想嫁个好人家。

柳玉茹嫁了好人家，聘礼就多，聘礼进了柳家大门，日后都是留给她张月儿的儿子的，于是张月儿也乐意让柳玉茹谋划。原先叶家来，张月儿已经很满意了，叶家的聘礼不菲，所以她急着将柳玉茹嫁过去。可是同顾家比起来，叶家的身家又算得上什么？

张月儿想得极快，在柳宣犹豫之时，便笑着道："这都是谣言，我们玉茹同叶家大小姐乃闺中密友，所以我家同叶家走得近些，但婚嫁之事是全然未曾提过的。如今叶家的大公子还在赶考，哪里有时间说这些？"

柳宣看着张月儿睁眼说瞎话，颇为不安，但话已经说了出去，他也不好驳张月儿的脸面，只能点头道："未曾定亲。"

江柔和顾朗华对视一眼，都舒了一口气。江柔也没有绕弯子，开门见山就说了来意："实不相瞒，今日我们上门来，是想为小儿九思求娶柳大小姐。"

说着，江柔就将柳玉茹夸赞了一通，又将顾九思夸了一通，终于说到了重点，对身旁的侍女挥了挥手，转头同柳宣道："我们顾家是直爽人家，做事都得讲诚心，若是二位同意，这是顾家下聘的礼单，明日我们便会过来正式下聘。若是二位觉得有什么不妥，可以同我们说一声，我们能做到的，都会做到。"

听到这话，张月儿的眼睛亮起来，她笑意盈盈地看着柳宣接了礼单。那礼单从长度上来看已经十分惊人，而其中的数额对柳家这样的普通商户来说更是巨大。张月儿看着柳宣的表情，哪怕柳宣已经尽量故作镇定，可他的眼神仍旧出卖了他，于是张月儿心中便有数了。

柳宣看完礼单，将礼单交给了张月儿。张月儿看着上面的数额，连呼吸都有些不畅，可还是轻咳了一声，故作惋惜道："我虽不是玉茹的生母，但玉茹是我们的嫡女，我也是把她当成亲生女儿看大的，钱财不是最重要的，最重要的是顾公子那边是不是诚心。"

江柔来之前已经将柳家摸了个透彻，自然十分清楚张月儿是个什么样的人，明白所谓的"诚心"是什么。

江柔看了一眼顾朗华，笑了笑道："我们家人不大会说话，也说不出个花样来，故而只能用金银表达诚意，但万万没有辱没柳大小姐的意思。人这一辈子，唯有实实在在的东西才是能握在手里的，您看是吧？"

"这样吧，"顾朗华轻咳了一声，"东街那边我们还有五个铺面，都归到这份聘礼里，您看如何？"

东街是扬州城最繁华的街道，一个铺面就价值不菲，更何况五个！

哪怕是顾家，这也是出手阔绰了。

张月儿知道见好就收，看了一眼柳宣，压抑着内心的激动道："老爷，顾公子本就是青年才俊，能看上玉茹，是玉茹的福分，您看……？"

柳宣听着张月儿的话，目光落在礼单上，一面担忧着柳玉茹的未来，一面又舍不得这些真金白银。

他挣扎了许久，终于道："敢问，顾公子对这门婚事怎么看？"

顾家夫妇他接触了，是好相与的，柳玉茹嫁过去应当不会受累。顾九思虽然……虽然荒唐了些，但一个女人活得好不好，重要的还是那个男人喜不喜欢她。

听到这话，江柔笑起来："若不是我儿倾慕柳大小姐，我们又怎么会如此大费周折？"

柳宣舒了一口气。他就说顾家这样的人家，就算低娶，也该先去刘家才是。

柳宣笑起来，正打算说去问问柳玉茹，就听张月儿道："那便是天作之合，月老钦点的好姻缘了！我们玉茹以前也说过，顾公子相貌堂堂、古道热肠，是不可多得的好男儿！"

柳宣变了变脸色，然而这时江柔将话接了过去："柳小姐当真是如此说的？"

"是啊。"张月儿同江柔攀谈起来，"我们玉茹与顾公子虽然没有什么交情，但对顾公子也是赞赏有加的。"

"那太好了，"江柔转头看着柳宣道，"柳老爷，那明日我们便来正式下聘，就这样说定了吧？"

柳宣看这两人一唱一和，话都说到这里了，也反对不了了。认真想了一下后，他觉着婚姻这事本也是父母之命、媒妁之言，柳玉茹向来温婉乖巧，不管是嫁给叶世安还是顾九思，对于她来说，应当没有什么区别。

于是柳宣点了点头，笑着道："那明日柳某恭候二位大驾了。"

柳宣起身同张月儿一起送走了顾朗华和江柔。

柳宣回身，叹了口气道："这事你去同玉茹说一声吧，你们女子说这些话也方便些。"

张月儿笑着应下，抬手挽着柳宣的手，同他道："放心吧老爷，顾家这样的人家比叶家好多了。叶家规矩多，顾家人好说话，家中有权有势，又只有顾九思一个儿子。顾九思虽然性子荒唐了些，可这世上哪有十全十美的人？只要顾九思喜欢咱们家玉茹，玉茹就能过得好。"

"你说得是。"柳宣舒了口气，"还是你思虑得周到。"

"您别担心了，我去同玉茹说说。"张月儿温柔地道，"玉茹年纪小，婚事这样重大的决定，还是我们老的替她相看好才是。"

张月儿安抚了柳宣一番，柳宣放下心来便重新去忙生意上的事了。等柳宣离开后，张月儿召人来打听了一下柳玉茹和顾九思的事，便听说了胭脂铺的事。

张月儿听着笑起来，坐在椅子上同旁边的侍女道："苏婉是个没本事的人，她这个女儿倒是招人喜欢。行吧，你就拿着这个由头过去同玉茹说，她行为不检，禁足半月。先把婚事定下来。让下人管好了嘴，订婚前谁要是让她知道了这事，我就把谁发卖出去！"

侍女明白张月儿是动了真格的，忙道："您放心，绝不会有人嘴碎的。"

张月儿点了点头，想了想，又道："说话好听些，她现在还巴巴地等着叶世安回来定亲呢。你多哄哄她，等和顾家的亲事定下了，我再去劝她。"

"明白。"侍女笑着道，"您放心吧，奴一定把事办得妥帖，她毕竟是未来的顾少奶奶，不会得罪的。"

"可惜了，"张月儿叹了口气，"我也没个合适出嫁的女儿，雪儿年纪太小了，不然叶家也不错。"

"这柳玉茹啊，"张月儿低头看了看礼单，嘲讽一笑，"可真值钱。"

柳玉茹得了张月儿让自己禁足的消息时，有些意外。

张月儿对柳玉茹算不上好，但为了讨柳宣的欢心，一向是一副慈母姿态，虽然是个妾室，但是为人处世不落正室半分风度。这些年来，张月儿虽然从不培养柳玉茹，但向来也不拘着柳玉茹，为了顾九思的一桩戏弄让柳玉茹禁足，这便让柳玉茹有些诧异了。

来传话的侍女桂香看出柳玉茹的疑惑，笑了笑，解惑道："大小姐也别怪月姨娘，姨娘说了，您如今和以前不同，禁您的足也是为了传出去说我们柳家家教严，是为了您的名声着想，还望您见谅。"

桂香这番话合情合理，若非柳玉茹深知张月儿的品性，几乎都要觉得张月儿真是再好不过的姨娘了。

然而柳玉茹清楚知道张月儿是个无利不起早的人，张月儿突然这么为自己着想，柳玉茹不由得有些不安。不过柳玉茹面上不显，老老实实地接受了这个禁足的惩罚。

送走桂香后，柳玉茹从房里拿了针线，便带着印红在小院里坐着绣花。

印红是个直率的，有些疑惑："您说月姨娘怎么突然转性了，都开始真心实意地为您着想了？"

柳玉茹绣着花的手顿了顿。她想了想，终于道："大约是怕我和叶家的婚事出什么变故吧。"

毕竟柳玉茹的婚事对张月儿而言，可都是白花花的银子。柳玉茹没有兄弟，日后柳家的家产都是张月儿的儿子继承，所以这些年来，柳玉茹想要谋求一门好的婚事，张月儿心知肚明，也从不阻止。

因为没有核心利益的冲突，她们的关系还类似于盟友，所以这些年来，柳府内宅一向和睦。而柳玉茹清楚，在自己母亲没有儿子的情况下，能让母亲过得好的唯一办法，就是自己嫁得好。

柳玉茹嫁得好，张月儿就算看在柳玉茹的面上，也要好好对待苏婉。

在这个时代，于女人而言，出生是第一次投胎，决定了婚前的命运。婚姻是第二次投胎，决定了一生的命运。柳玉茹相信这个道理，所以从懂事以来，日日夜夜费尽心机，就为求一门好姻缘。如今她终于求到了，或许张月儿也是因此改变了态度吧。

柳玉茹想着，放心了不少。

她绣好了一对鸳鸯，觉得眼睛有些疼，便放下针线，起身去了屋里。

"小姐，"印红知道她要去做什么，不免有些奇怪，"又读书啊？"

柳玉茹应了一声，将一本《小石山记》拿了出来，柔声道："上次去叶府，阿韵同我说，叶公子之前读过这本书，十分喜欢。我须跟上，日后同他才好有些话说。"

印红听到这话，叹了口气："小姐，您可想得太远了。为了和叶公子说得上话，您都快成才女了。"

听到这话，柳玉茹笑笑，没多说什么，低下头去翻阅这本《小石山记》。

从她决定嫁给叶世安起，就一直在和叶韵打听他的情况。叶韵知道柳玉茹的心思，作为闺密，也从不遮掩。叶世安看过什么书，喜欢什么东西，柳玉茹都一清二楚。这些年来，为了日后能同叶世安好好相处，柳玉茹读了叶世安读过的书，学了琴棋书画，能写几首上得了台面的诗，还临摹了一手和叶世安极为相似的小楷。

柳玉茹默默地付出了这么多努力，就等着有一天能嫁给叶世安。一个人努力得久了，付出得多了，难免就有了一些错觉。她同叶世安没见过几面，也没说过几句话，叶世安从十三岁起就去了白鹭书院，她对他的印象都停留在十三岁以前，可就是这样，她心里也觉得，自己似乎是、也应当是喜欢叶世安的。

她从没想过嫁给其他人。

柳玉茹看着《小石山记》，心里想象着叶世安翻看这本书的模样，猜想着他会想什么。看完的时候，柳玉茹叹了口气，抬眼看向印红，有些苦恼地道："你说叶公子什么时候才回来啊？"

"放心吧。"印红笑着道，"叶公子很快就回来了。"说完又小声道，"很快就回来娶您了！"

"别瞎说！"柳玉茹推了印红一把，却笑意不减。

柳玉茹私下会放纵一些，印红也知道。两人玩闹了一阵，柳玉茹才洗漱睡下。

睡前，她睁着眼看着旁边的书，也不知怎么的，就忍不住开口小声道："叶公子，你要快点儿回来，我这辈子可就靠你了。"说着，她将书抱进怀里，仿佛抱紧了自己所有的期望。

第二天清晨，柳玉茹照常起身。她先是临摹了几幅字帖，不久后就听到了外面的喧闹声。她觉得有些奇怪，便同印红道："你去看看，怎么回事？"

印红应了声，然而出去没片刻便折回来道："小姐，守在外面的侍卫说您被禁足了，我也不能出入。他找人去看了，等一会儿回我们的话。"

柳玉茹点了点头，始终觉得有些不安。过了一会儿，外面送了早饭过来，柳玉茹同来送饭的侍女道："劳烦您去同月姨娘说一声，便说我想去见见母亲，可否？"

侍女应声下去。

柳玉茹等在屋中，印红同她道："小姐，要不您先吃点儿东西，等吃完了再去看看？"

柳玉茹知道印红说得也是，总不能什么事都没搞清楚就先慌了。于是柳玉茹故作镇定，用了早饭，然后等着人来。

然而她坐了没一会儿就觉得眼皮有些沉重，这样突如其来的强烈困意让她有些不适，她忍不住道："印红，我怎么这样困？"

"困？"印红有些疑惑，"小姐要不睡一会儿？"

柳玉茹有些迷糊了，困得不行，便由印红扶着上了床。

印红笑着道："小姐可是昨夜没睡好？今天困成这样。"

柳玉茹没回答，头一沾在枕头上便彻底昏睡过去。

这一觉睡得绵长，她醒来时已经是下午。

印红轻轻唤她："小姐，小姐。"

柳玉茹愣了愣，印红忙道："小姐，起来了，月姨娘来了，说是有话要同你说。"

柳玉茹听到这话，忙坐起身来。她的头有些疼，这种突如其来的不适让她警戒起来。她仍旧搞不清楚发生了什么，可也只能强撑着起身，梳洗过后到了外堂。

张月儿已经等候了一会儿，看见柳玉茹进来，面上露出了几分哀愁之色："玉茹……"

柳玉茹看见张月儿的表情，心里就咯噔一下。

张月儿叹了口气道："玉茹，我今日来是要同你说一件事。今日，"张月儿犹豫着道，"今日，顾家来下聘了。"

听到这话，柳玉茹猛地睁大了眼。她几乎是一瞬间就明白了发生了什么——然而也不明白为什么会这样。顾家来下聘了。顾家怎么会来下聘？

柳玉茹的身形晃了晃，旁边的印红连忙扶住她。

印红也慌了。她清楚柳玉茹有多想嫁给叶世安，也知道柳玉茹日日都在等着叶世安，怎么就……怎么就会有顾家来下聘这种事呢？

"父亲，"柳玉茹由印红扶着，艰难地开口，"父亲……怎么说？"

"老爷他已经应下了。"张月儿惋惜地道。

柳玉茹痛苦地闭上了眼睛。

张月儿站起身来，握住柳玉茹的手，柔和地道："玉茹，这事我知道你难受。可是你父亲也是为你好。"

柳玉茹轻轻颤抖，咬着牙关，一言不发。

张月儿拉着柳玉茹坐下，语重心长地道："其实原先你要嫁入叶家，你父亲就有顾虑。叶家是书香门第，规矩严，我们是商户之家，你嫁过去，怕别人会轻慢了你。而且叶世安如今已去参加科举，未来前途无量。

若他去了东都做官，日后怕是又有其他际遇。万一他当了陈世美，你成了糟糠妻，到时你的日子就难了。"说着，张月儿又露出几分难过的神色，"而且你真到了东都，山高水远，日后父女难以相见，你父亲心里也十分难受。正巧顾家上门提亲，你父亲想着，顾九思这人虽然不学无术，性子也放荡了一点儿，但顾家家大势大，顾夫人的兄弟在东都担任高官，顾老爷又是扬州的首富，而顾九思没什么建树，日后也不会去东都，你就可以留在扬州，靠着这金山银山吃上一辈子。而且我们也同顾家谈过了，顾老爷和顾夫人十分看重你，日后你嫁过去就是稳稳的正室大夫人，家中还不是由你说了算？你将银子攥在手里，顾九思那性子，就随他去好了。"

柳玉茹不说话。她已经在张月儿的话语里慢慢地平静下来了。

她知道发生了什么。顾家来提亲了，以顾家的财力，必然许下了重金。重金面前，嫁个女儿算什么？得罪叶家算什么？能把钱攥在手里才是最重要的。张月儿为什么罚她禁足？今天早上她为什么吃了早饭就困？那都是张月儿为了定下这门亲事做的事，就怕柳玉茹出来闹，怕柳玉茹不答应！

可柳玉茹怎么甘心？

柳玉茹几乎是咬碎了银牙。她花了这么多年才等到了叶世安，将自己一辈子的期许都给了叶世安。到头来他们却告诉她，她要嫁给顾九思？这个扬州城里所有的大户千金都避之不及、闻之色变、人人都骂是混世魔王的顾九思？他们说什么为了她好，说什么日后坐吃金山银山，若这是真的也就罢了，可若那个梦才是真的呢？如今幽州节度使已经是范轩，若那个梦是真的，嫁给顾九思，她赔上的不仅是一辈子，还是一条命啊！

她固然不畏死，可她死了，母亲怎么办？母亲只有她一个孩子，一个无子的女人在家中随时面临着被休弃的危险，她若是死了，谁来给母亲撑腰？谁来照顾母亲？而且，她若真的没了，母亲还活得下去吗？

柳玉茹心里想着，整个人都冷了下去。

张月儿见柳玉茹不说话，拍了拍柳玉茹的手，温柔地道："玉茹啊，你别想不开。你若嫁进了顾家，夫人也会过得很好的。且不说其他的，就说夫人的病吧。以前大夫就说了，夫人这病啊，就得靠一些名贵药材养着，只是咱们家没这本事，找不到夫人要用的药，你若嫁进了顾家，这天下什么奇珍异宝找不过来？玉茹，"张月儿半是劝导，半是威胁地道，"为你母亲想想，嗯？"

柳玉茹不说话了，睁开了眼睛。她突然就冷静下来了，静静地看着张月儿。

被这样一双清明的眼睛看着，张月儿的心里突然有些发寒，觉得被柳玉茹看明白了所有的想法，可又觉得不大可能。柳玉茹不过一个十五岁的女娃娃，能明白什么？张月儿心中的顾虑一闪而逝。

片刻后，柳玉茹低下头，有些难过地道："我……我可否同母亲商量一下？"

"傻孩子，"张月儿温和地道，"你父亲已经决定了，聘礼也收下了，你还有回头路吗？你要是退了亲，便再也找不到顾家这样的人家了。"

这一点张月儿没说错，如果真去退了亲，柳玉茹这辈子或许就只能下嫁一些贫寒子弟、屠夫商贩了。

柳玉茹沉默了片刻，做出认命的姿态，继续道："既然父亲和月姨娘已经定下了，那便定下吧。但叶家那边……总该有个说辞。"

"这个你放心，"张月儿立刻道，"我已经派人去同叶老夫人说了，顾家这么突然下聘，谁都没想到，但顾家家大势大，我们也不敢得罪，叶老夫人会理解的。"

柳玉茹说不出话了。张月儿谋划着一切，没有给柳玉茹留半点儿商量的余地。这一刻，柳玉茹很想撕破脸，和面前这个女人同归于尽——然而理智克制住了冲动。

柳玉茹甚至含着眼泪，低着头，哑着声音道："姨娘做事如此周全，玉茹也放心了。"说着，她站起身来，柔声道："姨娘，也到了我母亲用药的时间了，我放心不下，想去照顾一下，不知可否？"

张月儿沉默了片刻，心里琢磨着，柳玉茹终究是要嫁给顾家的，能不结仇就不要结仇。现在的柳玉茹看上去也没想明白这是怎么回事，自己继续当个好姨娘未来才能钓大鱼。

于是张月儿柔声道："若你不嫌累，便去看看，多照顾照顾你母亲。如今你也定亲了，咱们也不用做样子给外人看了，这禁足令便免了。"

"谢姨娘。"得到允许，柳玉茹感谢了一句，张月儿心满意足地走了。

张月儿离开后，柳玉茹抬起头来，捏着拳头，神色冰冷。

"小姐……"印红有些害怕，"怎么办……我们要怎么办？"

柳玉茹道："你把外院的芸芸叫来，让她跟我一起找我娘去。"

印红虽不明白柳玉茹要做什么，但也应声去了。

柳玉茹独自坐在屋内，咬着牙关。她终于低下头去，让眼泪肆意地流了出来。

完了。她清楚，不管她再怎么努力，再怎么报复，她这辈子已经完了。

印红很快把那个叫芸芸的姑娘带了过来，这时候柳玉茹已经哭完了。

柳玉茹在印红来之前用水清洗过自己的脸，现已平静下来，若不是那双有些泛红的眼，根本看不出她哭过。

芸芸身材苗条，长得清丽温婉，站似弱柳迎风，十分惹人疼惜。柳玉茹上下打量了她一番，随后问："芸芸，你母亲可好些了？"

听到柳玉茹问话，芸芸忙道："谢大小姐费心，我母亲好多了。"

"芸芸，"柳玉茹叹了口气，"今日叫你过来，便是想问问你，我不久后就将出嫁，日后在柳府，你可能帮衬我母亲一二？"

芸芸愣了一下，柳玉茹忙道："我只是问问你，你若愿意，那就留下，你若不愿意，也不用勉强。"

芸芸听后便明白了柳玉茹的意思，笑起来："小姐说笑了，奴婢家贫，又生成这副模样，寻常人家去不得，去大户人家，要么当歌姬，要么就是……能成为大夫人开脸的妾室便是福分，又怎会不愿意？"

"我是怕委屈了你。"柳玉茹迟疑着道，"你毕竟这个年纪……"

"小姐，"芸芸叹了口气，"奴想得明白。其实能荣华富贵地过一辈子，奴觉得没什么不好。况且大小姐对芸芸恩同再造，芸芸心中愧疚，能帮着小姐照顾夫人，芸芸也觉得高兴。"

得了这句话，柳玉茹放下心来，拍了拍芸芸的手，吩咐了芸芸两句后，便让人给芸芸洗漱。

芸芸换了衣服，随柳玉茹去了苏婉的房里。

苏婉还在房中熟睡。她本就病弱，时常觉得困倦无力，一日之中大部分时间只能卧床休息。柳玉茹不敢打扰，在房里候了一会儿，苏婉慢慢醒来，柳玉茹忙上前去服侍着苏婉起身。苏婉用茶净口，被柳玉茹扶着到了饭桌前，柔声问："今日我听外面十分热闹，是不是叶家来下聘了？"

听到这话，在场的所有人都愣住了。苏婉未觉有异，拿了筷子，继续同柳玉茹道："叶家下了聘，这事也就算定下大半，我特意让人去打听过，叶公子是个好儿郎，日后你嫁了他，我也就不担心了。"

"母亲……"柳玉茹犹豫着开口。

苏婉回过头来，看着柳玉茹，有些疑惑："嗯？"

"不是叶家。"柳玉茹终于出声。

苏婉微微一愣，眼中带着不解之意。

柳玉茹深吸了一口气，抬起头来，看着苏婉认真地道："来下聘的不是叶家，是顾家。"

苏婉面露惊色，握着筷子，忙出声问："哪个顾家？"

"顾九思。"柳玉茹几乎是咬牙切齿地说出了这个名字。苏婉整个人都呆住了。

"顾九思……"苏婉猛地反应过来，"就是那个整日赌钱斗殴、不思进取、仗着家里的权势为非作歹的顾九思？！"

全场没有人说话，柳玉茹垂下眉眼，苏婉喘息起来。柳玉茹见苏婉情况不好，忙上前去扶，然而在柳玉茹触碰到苏婉的一瞬间，苏婉猛地喷出了一口血。

印红惊叫起来，柳玉茹忙让人去唤大夫，硬把苏婉扶到床上躺下。

苏婉挣扎着要起身，一向柔和的面容上带了怒意："我要去找你父亲……我要去找他！他这是连最后一点儿廉耻都不要了……这门亲事不能定，不能定！"

"母亲！"柳玉茹一把按住苏婉，大吼，"没用了！"

苏婉整个人呆住了。

柳玉茹红了眼，低声道："聘礼已经下了，哪个正儿八经的好人家都不可能娶一个退过婚的女子。母亲，"柳玉茹嗓音沙哑地继续说，"我没的选了。"

苏婉没说话，呆呆地看着屋顶，整个人呈现出一种绝望来。"玉茹……"很久后，苏婉声音沙哑地开口，"是我没用啊。"

苏婉生不出儿子，时时刻刻都怕丈夫休了她，若被休了，那就是苏家的奇耻大辱，她除了一条白绫挂在横梁上自尽以外别无选择。苏婉这一辈子活得小心翼翼、战战兢兢，就想着柳玉茹能有个好出路，谁知道最后还是走到了这一步。苏婉知道女儿为了嫁入叶家付出了多少努力，而柳玉茹这么多年的付出就因为顾家白花花的银子而付诸东流，一生的幸福也被柳宣亲手葬送。苏婉恨啊。

苏婉捏紧了拳头，恨不得拉着柳宣、张月儿连同这柳家上下的人一起去死。可苏婉不能，若真的做下什么，柳玉茹的名声怎么办？或许连顾九思都不会娶柳玉茹了，那女儿这一辈子还要不要过了？

苏婉深陷在绝望里无法自拔。柳玉茹看着苏婉的模样，紧紧抓住了母亲的手，抹了一把眼泪，忙道："娘，你别乱想。我是愿意的。"

苏婉缓缓看过来，眼里全是了然之意。

"你愿意什么啊？"她的声音沙哑，"这些年来你总是报喜不报忧，总说你过得好。可你过得好不好，心里怎么想，娘怎么会不知道？可娘做不了什么，只能眼睁睁地看着你受委屈，让张月儿讨巧卖乖，希望她能看在我们母女识相的分儿上，对你好一些。"

"可如今呢？"苏婉落下眼泪来，"她这是把你卖了啊。"

"娘，没有，"柳玉茹笑起来，擦着眼泪道，"真的，我愿意的。其实顾九思人特别好，顾家会来提亲，也是因为我和他先认识了，他帮过我，我们觉得对方人都挺好的。"

说着，柳玉茹忙把自己和顾九思的相遇过程胡编乱造一通，生生说成了一个一见钟情的故事，又给顾九思加了许多没有的事，把一个纨绔子弟说成了一个虽稍爱惹事但有着赤子之心的青年。

"上次给你买的胭脂，就是他送我的。他见我舍不得买，又怕单独送我对我名声不好，就买下了一个胭脂铺的胭脂，给每个人都送了，其实就是为了给我送。他对我好，真的，我嫁给他不会受气的。"柳玉茹半真半假地说着。

苏婉一时竟也听不出来真假了，只扑簌落着眼泪，拉着女儿的手埋怨着自己的无能。

第二章　姻缘错

苏婉的情绪稳定下来，大夫也来了。大夫给苏婉看了病之后，确认她是怒火攻心、气血逆行，开了几张方子，又给苏婉施针之后才离开。

大夫走后，柳玉茹见苏婉缓和下来，犹豫了一下，拉住苏婉的手柔声道："母亲，我与顾九思定亲已是定局，你也别多想了。当务之急是另一件事。"

苏婉转过头，看着柳玉茹冷静的表情。

柳玉茹接着道："顾家此番下聘，聘礼必然不少，否则父亲不会冒着得罪叶家的风险和顾家结亲。但以张月儿的性子，我的嫁妆怕是不多，到时若让人笑话，我在顾家就真的抬不起头了。"

听到这话，苏婉认真起来，应声道："你说得是，我得为你去争这嫁妆……"

"母亲，先别提这事。"柳玉茹平静地道，"顾家才下聘，离成亲还有一些时日，您与父亲的感情向来算不上好，张月儿得宠，你此刻与她争没有胜算。"

"那如何是好？"

"芸芸。"柳玉茹出声。芸芸从印红身边走出来，给苏婉和柳玉茹行了个礼，柔声道："见过大夫人。"

"母亲，"柳玉茹握着苏婉的手，沉声道，"我出嫁之后，芸芸会替我照顾您。"

苏婉看着走过来的姑娘。这姑娘看上去不过十八九岁，生得清丽可人，被柳玉茹稍做打扮，便像大家千金一般。

苏婉呆呆地看着芸芸。几乎在看见芸芸的面容的一瞬间，苏婉便想起了柳宣书房中的一幅画。

柳宣是真心实意地爱过一个姑娘的，只是听闻那姑娘去得早，及笄不久便身患恶疾去世，让柳宣念了一辈子。

苏婉也好，张月儿也好，都与那画中人极为相似，而芸芸更是有一张像极了那个女子的脸。

苏婉立刻明白了柳玉茹的意思。

"母亲，之前我将芸芸打发到外院，一来是不想和张月儿结仇，这么多年，我们也相安无事地过来了，二来也是怕你难过。可今非昔比，我要走了，你一个人在府中，我放心不下。"

"我明白。"苏婉应声。若放在以前，苏婉心中或许还有几分难过，然而此时此刻，看着女儿的面容，苏婉握住女儿的手，道："我都明白。你就将她留在我这儿，明日我会装病让你父亲来看看我。"

三人商量了一阵子，夜深了，柳玉茹才走出房门。

柳玉茹走到庭院中，想了想，道："印红，你等一会儿去打听一下，顾家送来的聘礼到底有哪些东西。"

像顾家这样的人家，下聘时会有专人大声报礼单上的内容，只要是在院中的人就能听见。印红应了声便去了。不久后，印红回来同柳玉茹报了聘礼单的内容。

柳玉茹听完后抿了抿唇，立刻道："印红，你找几个靠得住的人，让他们立刻去赌场找顾九思，若是找到了，就替我递封信。信我写给你，让他把地契改成我的名字。"

地契的转让需要得到官府的红印，顾家下聘太快，但官府的红印不可能这么快拿到，铺面应该只是被写入了礼单而已。地契是这份聘礼中唯一还没送到柳家又极为值钱的东西。为了防止顾家把地契的主人写成柳宣，她需赶紧行动。

印红听了这话，有些犹豫："小姐，这样做会不会让顾家看不起？"

"你以为顾家不知道我们家的事吗？这扬州城谁不知道？你看，叶老夫人也好，顾夫人也好，她们来了谁又问过我母亲一句？不就是都知道柳家妻不如妾，我母亲根本说不上话吗？"柳玉茹苦笑起来，"我早就是个笑话，又怕丢什么脸？"

"小姐……"

"你也别担心了，"柳玉茹叹了口气，"我让你传话便是有把握，顾九思本性不坏。"

哪怕他看上去张扬跋扈，可是从他送她胭脂这事来看，她就知道这是个好人。他是个护短的人，心里也没什么规矩，既然让顾家来求亲，必然也是对她有几分心意的，这话告诉他，他顶多日后笑笑她罢了。

印红想了想，觉得柳玉茹说得也有道理，于是等柳玉茹写了信，便连夜让几个熟识的家丁出去找人。

清晨时分，家丁把人找到了。这时候顾九思已经在赌场里赌了一天一夜，输得身上一分钱都没有了。他踏着晨光打着哈欠往家里走，走了没几步，就被人拦住了。

顾九思觉得莫名其妙，打量了那家丁一番，打着哈欠道："你今日若说不出个拦我的由头，就别怪我打你。"

"顾公子，"家丁把信交给了顾九思，认认真真地重复了一遍印红让带的话，"我家小姐说了，既然有心成为夫妻，就劳烦公子多护着她些。"

顾九思听得莫名其妙。他展开信，一面看信，一面皱着眉道："你在说什么乱七八糟的？是不是找错人了？爷是顾九思，什么夫妻不夫妻的……"话没说完，顾九思突然察觉有些不妙。他看了看信的内容，又想起自家老爹的作风，立刻抬头问："你家小姐是谁？"

"柳家大小姐……"

"柳玉茹？"顾九思提高了声调问道。

家丁看着顾九思的反应，有些摸不着头脑。

顾九思深吸了一口气，顿时明白发生了什么，咬着牙道："好……好得很。"说着，顾九思就要往家里冲。

家丁忙拦住顾九思，着急地道："顾公子，地契……"

"地什么契！这种婚事都答应，你家小姐脑子有病啊？！"说着，顾九思一把推开那个家丁，"再拦着，爷就打断你的狗腿！"

顾九思这么一喝，家丁也不敢再拦了。

顾九思气势汹汹地往家的方向冲，一面冲一面骂："这个糟老头子，把我的话都当耳边风了吗？"

家丁实在搞不清顾九思的意思，只能回了柳家。

印红守在家门口，见家丁回来了，忙问家丁："怎么样？顾公子怎么说？"

家丁涨红了脸，没好意思说话。

印红焦急地催："你倒是说句话啊！"

"顾公子……顾公子说，"家丁吞吞吐吐，不好意思地道，"小姐脑子有病……"

印红将家丁的话原原本本地送到了柳玉茹的耳朵里。柳玉茹喝着茶，气得手发抖。

印红让所有人都退了下去，慌乱地道："小姐，您也别把自己气坏了，先想想其他办法。顾公子看上去也太不靠谱了，要是夫人这边没把您的嫁妆抢到手，您嫁到顾家后要怎么办？"

"有病……"柳玉茹颤抖着手，咬牙重复着。

印红有些迷茫："小姐？"

柳玉茹终于忍不住了，失去了一贯的冷静和风度，猛地将茶杯摔在了地上，怒喝："顾九思他全家都有病！"

柳玉茹算是搞明白了。顾家这一家子，老的没搞清楚情况就敢来下聘；小的瞎说话惹事，整天就知道赌钱，对婚姻大事一无所知。顾家拿别人的婚姻当儿戏，上上下下没一个靠谱的……有病，顾家全家都有病！

柳玉茹生平没恨过几个人。就是对张月儿，柳玉茹也不过觉得大家利益不同罢了，毕竟谁也算不上是好人。然而这一刻，柳玉茹是真切地记恨上了顾九思。

听家丁说了顾九思的态度，联想到顾家近来的动向，柳玉茹大概能猜测出是怎么回事了。顾家老爷和夫人应是打算给顾九思找一个合适的人，结果顾九思自己不乐意，但他放话要娶她这事被人传到了他父母的耳朵里，于是他父母干脆先斩后奏把亲给定了。她这么多年的辛苦谋划、经营，就因为顾九思的一句话全毁了！

柳玉茹觉得有无尽的委屈涌上来，夹杂着深深的无力感。她深切地感受到何谓命若蝼蚁。她的一生在顾九思眼里，不，在顾家人眼里，不过是一句玩笑话罢了。

柳玉茹不知道顾九思会不会帮她，甚至猜想着，在顾九思的眼里，或许她嫁到他家还是攀龙附凤了。

顾九思的确是这么想的。

他不明白柳玉茹为什么会突然同他定亲，就算他父母上门提亲，她也大可拒绝，怎么就同意了呢？她不是要跳湖吗？她这样有心计的女人……

想到这里，顾九思似乎明白了什么。他不由得猜想柳玉茹是不是看上了他家——所以这一切都是她算计好的吧？若真是如此，顾九思也毫不意外，他对柳玉茹的心机没有半点儿轻视的意思。

顾九思气势汹汹地回了家，直接冲到了自家大门前，怒吼："爹！顾朗华！糟老头子！你给我出来！"

顾朗华和江柔刚刚起床便听见自家宝贝儿子在外大吵大闹，顾朗华气得立刻从床边找出了棍子，怒骂："小兔崽子又无法无天了！"

说着，顾朗华冲出大门，怒吼了一声："你还敢回来？！"

"柳玉茹是怎么回事？"

看着顾朗华的棍子，顾九思这次半点儿不虚，手里拿着柳玉茹的信，毫不退让地道："你们去柳家定亲了？怎么都不同我说一声？"

"说一声？你是我儿子！"顾朗华气得口不择言，全然忘了最初的打算，怒道，"婚姻大事自然是父母之命媒妁之言，我让你娶谁你就得娶谁，你还要造反？"

"我上次不是和你说过吗？"顾九思当即大喝反击，"我不同意的亲事谁都不能勉强！除非我说要娶，不然就算你是我爹，我也绝对不会屈服！"

"可是，"江柔看见父子俩针锋相对，有些犹豫地道，"这个姑娘不是你说要娶的吗？"

"我什么时候说要娶了？"顾九思觉得莫名其妙。

旁边的管家赶紧出来提醒："公子，就是在胭脂铺的时候哇，许多人听到了。"

"是呀是呀，"站在江柔身后的侍女赶紧出来补充，"全城人都知道了。"

顾九思蒙了。他想起来了，片刻后语气弱了下来，道："我……我那是玩笑话，这也能当真？"

"婚姻大事岂容玩笑！"顾朗华摆出姿态，叱喝，"说了话就要负责，不然你这不是败坏别人的名誉吗？你平日小打小闹我可以不管，你要真败坏了人家姑娘的名誉，那就是一辈子的事！"

"那她嫁给我就不是一辈子的事？"顾九思立刻反驳，随后摆摆手道，

"我不管，赶紧去把婚事退了，她马上就要嫁给叶世安了，你们在胡闹什么？"

"你是担心这个啊？"江柔顿时放松了。她以为是因为柳玉茹要嫁给叶世安，儿子不愿仗势欺人所以按压住心意。于是她连忙解释："我们提亲的时候打听过的，没有这回事，柳家说了，柳小姐心仪的人是你呀。"

听到这话，顾九思感觉像是有天雷轰过他的脑子一样。

柳玉茹喜欢他顾九思？柳玉茹不喜欢那个前途无量的端方君子叶世安，反而喜欢他这个不学无术、赌钱闹事的纨绔子弟？她是脑子坏掉了吧！

但很快，顾九思就反应过来了。柳玉茹脑子没坏。比起叶家来说，他们顾家更有钱，规矩更少。他顾九思是独子，又总是让父母操心，柳玉茹嫁过来之后，他娘一定会把生意和中馈交给她打理。柳玉茹嫁过来，从钱这件事上来说可真是一点儿都不吃亏。而他作为夫婿虽然爱玩了一些，可是除了爱玩也没其他毛病。如果就是冲着钱，她嫁给他比嫁给叶世安好太多了。

这一瞬间，顾九思突然觉得柳玉茹这个女人真是恶心透了。或许柳玉茹要嫁给叶世安这个消息也是她故意放出来迷惑他的，就是为了接近他，让他关注她，给他下套！

他一想就怒火中烧，立刻道："不管怎么样，这门婚事我不认，我不娶她！"

"胡闹！"这次顾朗华拿出了从未有过的威严，怒道，"亲已经定了，你要是把人家的亲事退了，让柳小姐怎么办？你这就是毁了柳小姐的一辈子！"

"是她毁了我的一辈子！"顾九思怒喝，"我要娶也要娶个我喜欢的人，凭什么被她这么算计着、被你们这么逼着娶她？"

"我逼你？"顾朗华冷笑，"'非她不娶'是不是你说的？"

这句话让顾九思哽住了。片刻后，顾九思反问："这话也能信？"

"男子汉大丈夫，敢说就敢做，做不到就不要说。你说非她不娶，我们如今给你定下来了。你现在要退婚，可想过这姑娘的一辈子怎么办？"

"什么怎么办？"顾九思完全不能理解，"她该找个喜欢的人，该做喜欢的事。退了婚就退了，她还能白绫一条上了吊、短剑一把抹了脖子？她一辈子除了嫁人就没其他事了？你们简直是莫名其妙！"

"九思！"这一次，便是一贯宠爱他的江柔都忍不住了，皱起眉头训他，"女子与男子终究不同，你若退了这门亲，要别人怎么看她？别人会怎么说她？谁又会娶她？九思，难道你会娶一个退过婚的女人？"

"我若喜欢她怎么不会？"顾九思立时反问。

顾朗华和江柔都愣了。这一刻，他们彻底明白，儿子在他们一贯的放纵和宠爱下一直有着和这个世道格格不入的想法。

顾九思离经叛道，觉得一切思想与他不同的人都是懦弱无能的。

江柔无法与儿子争辩什么，许久后，只能无奈地道："九思，玉茹与你不同。她是正儿八经的大家闺秀，没有你这样的勇气，或许你今日退婚，明日她就会因羞愧自尽。"

"那你们为什么这么着急定亲？"顾九思冷冷地看着江柔。

江柔叹了口气，走下台阶，温和地道："你舅舅之前便已来信，要带你入东都给你安排个位置，看你有没有机会被公主殿下看上。可这事若成了，便是毁了你半生的前途。驸马就是听着好听，一辈子不能有实权，只能看着公主的脸色过日子，过得憋屈。你不了解你舅舅的性子，他提了这个要求，等他真的过来要带你走，我们也拦不住。所以在他来之前，我们得帮你把亲事办了。你一直也没个看上的姑娘，好不容易看上了一个，我们只想着赶紧先定下来。"

"胡说八道！我不走，舅舅还能逼我？"顾九思满脸不服的样子。

江柔苦涩地笑了："九思，人这一辈子总有许多迫不得已的事。哪怕是我们这样的人家，在权势面前，也只能是'迫不得已'。"

顾九思冷笑："借口！"

顾朗华看出顾九思是听不进去了，直接道："你要是听不明白，就给我滚回房间去思过，也不用想了，就老老实实地等着成亲！"

"我不成亲！"顾九思立刻道，"我要退婚！我这就去……"

"来人，把他拿下！"顾朗华大喝一声。

庭院里的侍卫顿时朝着顾九思冲了过去。顾九思在人群中左躲右闪，整个顾府的侍卫都拥了过来，闹腾了许久，才把顾九思压住，顾九思被捆了个结结实实。

"把他给我关房里去，成亲之前就给我关着！谁都不能把他放出来！"

所有人都看出顾朗华是气急了。顾九思被人押着，东踹一脚西打一拳地被押了回去。

顾九思在房间里骂了一个早上，嗓子都骂哑了才停下来。

他拿着柳玉茹的信，闲着没事，看着柳玉茹信上的内容。不得不说，柳玉茹这信写得倒是挺好的，言辞恳切，一副小女儿家的姿态。信里说了她在家里受的委屈，还请他帮忙搞定地契的事。他看着信，气得笑了，觉得柳玉茹的算盘打得啪啪响。但是气了一会儿后，理智让他认识到，柳玉茹这信里说的八成是真的。

柳家那乱糟糟的一家子人大家都清楚，顾九思也不傻。顾家上门提亲，给了这么多钱，柳家肯定要争疯了。顾九思是看不上柳玉茹，但更看不上柳家其他人。一想到白花花的银子都给了那宠妾灭妻的柳宣和他那上不了台面的妾室，顾九思就不高兴。

顾九思想了一会儿，让人把江柔叫了过来。

江柔过来时，看见顾九思盘腿坐在床上。他一开口，沙哑的声音顿时令江柔心疼得不行，她忙道："儿啊，我让人给你炖雪梨汤去。"

"那个……娘，"顾九思坐在床上，神色有些不自然，"我有件事要拜托你。"

"你说。"

"那个……"顾九思不知道为什么，明明很坦荡的一件事，为什么变得有那么几分说不出的奇怪味道？他不敢看江柔，故作不在意地道，"既然成亲这事改不了，那个柳玉茹也算半个顾家人了。他们家你也知道，那些聘礼估计都得落在那个什么小妾手里，我想着怪恶心的。你……"

"我明白。"听着顾九思说这话，江柔笑起来，心里颇为宽慰，觉得他终于知道心疼人了，虽然他嘴上说不愿意，但实际上还是关照柳玉茹的。于是江柔道："这事我想过了，这次聘礼里最贵重的就是那几亩田和东街的铺面，这些我都落了她的名儿。等地契盖了红印，我还得送过去，到时候我会再敲打一下她家里人。嫁妆的事，我会指名要柳小姐的亲娘来操持。"

听到这话，顾九思放心了不少。他还觉得有些别扭，撇撇嘴道："就随便照看一下，她家那小妾太恶心，我没有其他的意思。"

"是是是。"江柔抿着嘴笑，"我明白呢。"

顾九思和江柔的打算，柳玉茹是不知道的。

柳玉茹搞清楚了事情的来龙去脉后不再指望顾九思，让母亲安排了芸芸在房里侍奉。当天晚上，柳宣就留宿在了苏婉这边。

苏婉照着柳玉茹的话，没立刻抬高芸芸的身份，只让柳宣日日到自己这边来找芸芸。柳宣心中有鬼，也不敢同张月儿说，就日日借着找苏婉的名头跑来找芸芸。芸芸是个嘴甜的姑娘，哄得柳宣全然不知天南海北了，而苏婉也放下了以往端着的架子，显得异常端庄大方。柳宣不由得对苏婉有了怜惜之情，觉得自己从前对苏婉过分了些。

就这么过了半个月，柳家和顾家都忙着筹办婚事。顾九思被他爹关着，柳玉茹每日练字，求个平心静气。

半个月后，江柔上门来，将田契和地契亲手交过来。

上门送钱的，柳宣自然盛情接待，江柔和张月儿、柳宣说了一会儿话后，突然道："过了这么久了，还没见过柳夫人和大小姐呢。"

听到这话，张月儿面上一僵。若放在以往，柳宣肯定会借口说苏婉身体不好，然而近来他心里对苏婉存着几分愧疚与怜爱之意。柳宣心知苏婉定想亲自操持柳玉茹的婚事，于是轻咳了一声，在张月儿诧异的目光下同下人道："将夫人和小姐请过来。"

张月儿心里有些慌乱。

没多久，柳玉茹就扶着苏婉进门来。

江柔这才见了柳玉茹。

大家都说柳玉茹生得平常，江柔却看出柳玉茹的骨相其实生得极好，只是脸蛋尚未长开，还带着些稚气，五官没有舒展开，整体便显得平常。日后眉眼长开了，柳玉茹也是个清雅美人。

柳玉茹扶着苏婉进来，一举一动都显得十分规矩。柳玉茹虽然生在柳家这样的小门小户里，却不比江柔在京都见过的大家闺秀逊色半分。

这都是柳玉茹在叶家学来的，叶家是清贵门第，孩子们的教养都极好。

柳玉茹感觉到江柔打量的目光，没有抬眼，规规矩矩地立在苏婉身后。

江柔笑着和苏婉寒暄了一阵才道："我差点忘了，今日是来将聘礼中的田契和地契送来的。按理说，聘礼下到柳家该留给玉茹的兄弟，但玉茹也没个亲兄弟。我们又想着，这次我们家给的聘礼太厚，玉茹的嫁妆你们也难凑，于是干脆将这些铺面和田产都落在了玉茹的名下，你们再随便陪嫁些金银就好了。"

"什么？"听到这话，张月儿猛地抬头，"你们将田契、地契的名字落成了玉茹的？"

别说张月儿，柳宣的脸色也不太好。江柔面色不变，而苏婉和柳玉茹都呆了。

过了好半天，张月儿先反应过来，艰难地挤出一个笑容："江夫人说笑了，玉茹还有两个弟弟，怎么能说没有兄弟呢？"

"弟弟？"江柔有些诧异，露出愧疚的表情来，"那是我没搞清楚了，之前听说大夫人只有一个女儿，名下也未抚养其他孩子，原来大夫人还有其他孩子……"

"未曾。"这次苏婉开口了。苏婉不是个会绕弯子的人，虽然无子这事是她心头的伤，可此刻她也觉得江柔说得对极了。她面不改色，平静地道："我名下没有其他孩子。"

江柔疑惑地看向张月儿。

柳宣轻咳了一声："那个……我的两个儿子都是月姨娘所出。"

听到这话，江柔低下头，用帕子轻轻掩了一下嘴，似乎是笑了又生生克制住。江柔这一副模样看得在座的人心里都有些微妙，张月儿更是觉得自己是江柔在笑话的那个人。柳宣也感觉脸上火辣辣的，江柔什么都没说，他便觉得自己闹了个大笑话。

"咳……柳老爷，"江柔抿唇，抬头笑着道，"嫡庶有别，哪个大户人家会让庶子继承家业？凡是有头有脸的人家，哪怕正房无子，也是正房从妾室名下挑选出一个孩子来，把孩子过继到自己名下，再把这个孩子当作嫡子抚养大。这个……玉茹是嫡女，身份不一样。"

江柔这一番话说出来，众人的脸色都变了。

柳家的情况外人都知道，只是大家从来不说，毕竟谁闲着没事管别人家的事？大家顶多私下议论一下。这么明着打脸的，还是头一次。可打了又怎么样？这是顾夫人，是扬州首富顾家，柳家又能怎样？

柳玉茹低下头，憋住了笑。她头一次觉得嫁进顾家也是个不错的选择，也是头一次遇见这样一个女人。

顾夫人只是这么气定神闲地喝着茶，就把柳宣和张月儿的脸打得啪啪作响。苏婉微微颤抖着手，感觉到一种从未有过的快意。

这时张月儿反应过来，忙道："那就算不落在玉茹的兄弟名下，也该落在我们老爷的名下啊！你们下了聘礼，落在玉茹名下，不是又带回去了吗？"

"月夫人，"江柔听了张月儿的话，笑眯眯地道，"这就是我考虑的第二点了。我们顾府若将田契、地契落在了柳老爷名下，柳府的嫁妆打算给多少呢？"

这话说出来，大家的脸色就变了。只有柳玉茹神色平静，镇定如初。苏婉是又担心又害怕，不知道江柔是敌是友。柳宣和张月儿则是彻底黑了脸，觉得江柔太过分了。

张月儿原本想着，柳家收了聘礼，找些听着好听又不值什么钱的东西给柳玉茹做嫁妆就可以了。顾家财大气粗，听闻顾朗华也是个心善手松的人，张月儿觉得顾家既然一开始没谈嫁妆的事，之后自然也不会谈。谁承想如今亲事定了，顾家却来谈嫁妆了。

柳宣同张月儿的想法差不多，但作为父亲和一家之主的理智提醒了他，再如何惦记着顾家的聘礼，也不能丢了脸面。

柳宣轻咳了一声，反问江柔："顾夫人以为怎样合适？"

"柳老爷说笑了，"江柔笑了笑，神色柔和地道，"我也就是问，具体怎样安排还是你们顾家的事。我们也不是贪图姑娘的嫁妆的人家，只是嫁妆是新娘子的脸面，我怕大夫人没有经验，所以特意来问问。"

江柔一句话就把嫁妆的事安排给了苏婉，张月儿迅速反应了过来，忙道："这事不劳姐姐费心，顾夫人问我就好。"

江柔听着，目光落在柳宣的身上。她似笑非笑地问："所以，如今这柳家不是大夫人在管，是一个妾室在管吗？"

柳宣没说话，想着刚才江柔刺他的话，脸有些疼，若此刻再承认张月儿管家，脸就被打得更疼了。他下意识地看了一眼苏婉。苏婉也不说话，扭头看向一边，死死地捏着扶手，眼里含了眼泪，明显是受了极大委屈的样子。

柳宣的心里涌出几分愧疚之意，他正想开口，就听张月儿道："顾夫人有所不知，我家大夫人身体不好，平日就让我帮衬着。"

"所以亲生女儿的嫁妆也让你帮衬咯？"江柔笑着询问，眼里是已经掩饰不住的笑意。

柳宣忍不住了，低声呵斥张月儿："顾夫人说话，哪有你说话的地方？"

听到这话，张月儿整个人都呆了。她从未想过柳宣会这样同自己说话，突然联想到柳宣近来总往苏婉那里跑，顿时觉得柳宣与苏婉之间似乎有些不可告人的亲密。张月儿在柳府顺风顺水十几年，被娇纵惯了，此刻咬了牙关扭过头去，干脆不说话了。

柳宣见张月儿不说话，也落个清静，轻咳了一声，同苏婉道："夫人，嫁妆这事既然是你管，你就同顾夫人多说几句吧。"

听了这话，苏婉应了声后就同江柔商量起来。苏婉不是个得寸进尺的人，估摸着顾家给的聘礼，报了个数。这个数不算大数目，但算上顾家给的田契、地契，作为嫁妆也算体面。江柔得了话，高高兴兴地走了。

江柔一走，张月儿就闹了起来，愤怒道："她这不是等于什么都没给吗？咱们还要倒贴嫁妆过去，这到底是嫁女儿还是送银子？"

"你别闹了。"柳宣被张月儿吵得头疼。张月儿这些年来越发嚣张，张口闭口都是银子，和芸芸根本没法比，甚至一贯安静的苏婉都比张月儿强些。柳宣心中不由自主地有了对比，但他对张月儿还有些感情。他想起顾家的钱来，便不满地道："夫人，不是我说你，这些钱你该同她争一争。"

"老爷，"苏婉叹了口气，"争一笔钱，得到的只是一笔钱，丢掉的却是我们整个柳家的面子。老爷您还有前途，不能因为这种蝇头小利留下一生的污点。这钱财的事，您也别担心，我会从我的嫁妆里拿出钱来贴补玉茹的。"

一个为钱吵吵闹闹，一个想着丈夫一生的前途还打算自己拿钱补贴，高下立判。柳宣突然觉得自己以前是瞎了眼吗？他有些烦躁了。

当天晚上，柳宣又歇在苏婉房里，苏婉安排了芸芸侍奉他。他酒足饭饱，抱着芸芸叹了口气，道："你说这人怎么今天一个样，明天一个样呢？"

芸芸柔声道："若是心慕郎君，自然事事为郎君着想。"

芸芸的话点到为止，柳宣却听明白了。若是心在自己身上，人不就事事为自己着想吗？张月儿哪是为了柳家争这钱哪？这明明是为了她自己和她的两个儿子！柳宣心中愤愤。

第二天醒来，柳宣看着苏婉病弱的样子，心里充满愧疚感。他叹了口气，同苏婉道："婉儿，玉茹的嫁妆不必你补贴了，柳家也不缺这点儿银子。我原本就给玉茹备了嫁妆，你送去就好。"

苏婉听到这话，连忙推辞。她越推辞，柳宣越愧疚。最后苏婉终于答应了，柳宣虽然心疼，但看着苏婉感激的眼神又想：也行吧，反正顾家下聘时给的银钱也不少，不管怎么算，柳家都赚了。

经历了这一番折腾，柳玉茹的嫁妆终于定了下来，此时婚期也近了。

顾九思已经被关在房里好几天了，感觉自己已经被关疯了，每天就是坐在门边，一下一下地敲打着门，有气无力地喊道："放我出去……放我出去……"

柳玉茹也把自己关在了房里，但她是因为怕自己再在外面溜达就会忍不住逃婚。当然，这也就是想想，她是不敢的。顾家的聘礼他们收了，婚期定了，鸳鸯戏水的床单、被套也绣好了，哪里还容她反悔？只是一想到要嫁给顾九思，想到那个梦，她就觉得透不过气来。

成婚的前一夜，柳玉茹没能睡熟，迷迷糊糊地又做了那个顾家被抄家的梦，只是这次她不再是旁观者。梦里她被人拉扯着从门口拖了出去，听见王荣用恶心至极的语调道："以前老子要你，你给老子装清高，现在还不是要被卖到勾栏？"她惊叫着从梦中醒过来，一身冷汗，看着床单，对嫁给顾九思这件事产生了无尽的恐惧感。

这时外面已经开始点灯了，大伙儿忙着贴喜字。

印红从外面走进来，笑着道："还没叫小姐，小姐就自己起了。"印红走到柳玉茹面前，觉得有些奇怪，道，"小姐怎么了？额头上全是汗。"

柳玉茹动了动眼珠，缓过神来。刚才是做梦，她清楚。她安慰着自己只是一个梦罢了，可还是害怕。她向来不信怪力乱神之说，但这梦太真实，难免让人难以心安。

印红看出柳玉茹的呆滞，不由得笑着道："小姐是太紧张了吧？"

"无妨。"柳玉茹摇摇头，深吸了一口气，让自己镇定下来。嫁给顾九思是无法逆转的事了，自己不能为了这么一个梦而毁了这门已经定下的亲事。她没有这么荒唐。

柳玉茹直起身来，在侍女的侍奉下起身换上了喜服。

她的喜服是早早备下的，上面的刺绣都是她一针一线绣出来的。绣这些图样时，她想的是：如果能嫁给叶世安，到时候他或许会夸她心灵手巧。

叶世安……

看着镜子里的自己，柳玉茹也不知道为什么，想起这个名字，骤然就有几分心酸与委屈。她感觉这不是一个名字，而是自己的七年时光。

她从八岁第一次认识到自己得嫁一个人时，心里想着的就是叶世安。或许其中有盘算，但这念头里多多少少带了些少女情怀的。纵然她和叶世安说过的话不过是年少时的那么几句，从叶世安十三岁去白鹭书院后，他们就没有再见过，她自己都不知道自己喜欢的是叶世安还是自己心里的那份期盼，可是无论如何，这都是她生命里坚持得最久、最认真的一个念头。如今她却不得不放弃了。

这事来得猝不及防，此刻她才真真切切地意识到真的无法回头了。眼泪忍不住涌出，她自己都说不清那是什么感觉，但莫名地就扑簌落了泪。

苏婉早早起身，来替柳玉茹梳头发，看见女儿坐在镜子前咬着牙关一言不发地哭着，心里顿时如被刀割一般。

苏婉抱紧了女儿，声音沙哑地道："你的苦我明白……都明白……"

柳玉茹一心一意想要嫁给叶世安，付出了这么多的努力，到头来却换来一场空，还要转头嫁给一个生平最看不上的男人。这样委屈绝望的心情，苏婉作为母亲自然知晓。可她们又能怎么办呢？若柳玉茹是个男子，退婚便退了，可再如何要强她也只是个姑娘家啊。

苏婉抱着柳玉茹，哭得比柳玉茹还要伤心。

柳玉茹连忙吸了吸鼻子，拍了拍苏婉的手，道："娘，没事的，你别难过。人家说出嫁的时候都要哭一哭才吉利，我就是随便哭一下。"说着，她忙抹了眼泪，强笑着道，"来，上妆吧，我没事的。"

看着柳玉茹的模样，苏婉心里更难受了。苏婉握住了女儿的手，反复地道："我明白的……"

苏婉明白的。女儿这样乖巧懂事，凡事都自己一个人承受着，就怕她这个做母亲的操心。其他人只知道在母亲怀里哇哇大哭的时候，柳玉茹就学会了躲在角落里偷偷抹泪，怕苏婉发现，怕苏婉担心。如今柳玉茹长大了，便是这样委屈一辈子的事，也是打掉了牙往肚里吞，强颜欢笑，怕苏婉担心。可柳玉茹是苏婉生下来的，苏婉怎么会不明白？

苏婉拉着柳玉茹的手劝慰，嗓音都哑了："娘帮不了你什么，你别担心娘，娘也不担心你。你想哭就尽情哭出来，娘不会担心你。"

柳玉茹笑着道："娘，我还要出嫁呢。我也没什么好哭的了，就是图个吉利哭一下而已。"

母女俩说着话。柳玉茹上了妆，穿上喜服，戴上凤冠，最后盖上盖头，等着顾九思来迎亲。

然而她等了许久才听外面道:"来了来了。"

柳玉茹有些紧张,不断地绞着手帕。片刻后,只听大门砰的一下被人一脚踹开,随后她就听见顾九思带着愤怒的声音:"赶紧起来,走了。"

柳玉茹:不知道的人还以为他这是催她赶路呢。

见柳玉茹不动,顾九思顿时要发火。

顾朗华冷声道:"九思。"顾九思顿时想起今天早上在房间里挨的那一顿劈头盖脸的乱揍以及现在还被吊在家里的小厮。

顾九思痛苦地闭上眼,走到柳玉茹面前,将红绸的一端递给她,僵硬地道:"抓着,跟我走。"

柳玉茹不说话,知道顾朗华和江柔应该在,愿意给江柔这个面子,于是握住红绸站起身来,跟着顾九思跨出门去。

顾九思走在前面。他虽然不太愿意,但回头时发现柳玉茹盖着盖头,估计不太好行走,心想:一个姑娘家,若是出嫁的时候摔下去,估计要成为全城的笑话。不管怎么样,这个人也要成他的夫人了,虽然他不想承认,可不妨碍别人觉得她是。于是顾九思有些不满地哼了一声,低声提醒:"前面有个坎子。"

柳玉茹愣了愣,片刻后抿唇笑了笑,突然就没那么生气了。

柳玉茹坐到了轿子里,顾九思放下轿帘,上了马。

轿子抬起来,迎亲队伍吹吹打打,柳玉茹坐在花轿里,感觉周边一片喧闹。她没有任何一刻比此时更清醒地认知到,她过去作为柳小姐的人生结束了,她的另一段人生即将开启。当时她以为开启的只是她作为顾夫人的人生,却不曾想过开启的会是一段传奇。

十五岁的柳玉茹坐在轿子里,一面担忧着自己的未来,一面缅怀着自己的过去。然后她就听见喧闹的声音中夹了一句"大公子,你慢着点儿"。

这扬州城里能被称为"大公子"的有很多人,可是她不知道为什么,在那一刻心跳骤然加快。她颤抖着手,突然很想掀开自己的盖头。她特别想看一眼,看看外面这个大公子是不是她曾日思夜想的那一个。

她十三岁才初有少女模样,十五岁成人,而叶世安走时她刚刚十岁,牙都没换完。她从未以一个少女的身份见过叶世安,这个人却是她少女时期的全部。

她一直规规矩矩,从不曾离经叛道,然而那一刻突然涌出一股力量让她掀起了自己的盖头,然后悄悄地把轿帘拉开了一条缝。

也就是这一刻，有人打马而过。公子玉冠白衫，广袖卷起的一股梅花清香从她鼻尖缭绕而过。她清晰地看见了对方的面容，哪怕五年未见，依旧从那轮廓分明的面容清楚地辨认出——

这是叶世安。

就在她出嫁这一日，叶世安回来了！

柳玉茹整个人愣在花轿里。她掀开盖头时其实并没有想过叶世安会真的回来。她算过时间，这个人刚刚参加完乡试，按理来说应该还要休息几日才会回来。

他此刻出现在这里，让她脑子里有些乱。他为什么提前回来？会不会是……会不会……？

柳玉茹的脑海里突然闪过一个不可能的想法，她立刻停止了自己的思绪。她素来是个冷静自持的人，这个念头太过危险。她深吸了一口气，将它生生压了下去。

柳玉茹垂下眼眸，盖着盖头，在一片吹吹打打声中到了顾府门前。

她让自己什么都不想，从顾九思手里接过红绸，跟着顾九思走了进去。周边是礼官唱礼声，是噼里啪啦的鞭炮声，是许多来顾府门口讨红包的人的恭喜声。她在喧闹中跨过了顾家的门槛，到了礼堂，然后和顾九思拜了天地。没有什么预想中的羞涩或紧张感，这和她过去所期盼的婚礼全然不同。此时此刻，她的内心平静又茫然，感觉这就是个仪式，她也没什么好想的。

拜过堂，便有人扶着柳玉茹进了新房。柳玉茹等在新房里，规规矩矩地盖着盖头，一动不动。屋里就留下印红守着，外面的喧闹和新房里的安静呈现出强烈的对比。

印红取了些点心，同柳玉茹道：“小姐，您早上什么都没吃，要不先吃些东西吧？”

“不了。”柳玉茹道，“盖头要等郎君来取，若不慎弄掉了，不吉利。”

听到柳玉茹这话，印红愣了愣，放下盘子，叹了口气。

印红是跟着柳玉茹长大的，自然知道柳玉茹放弃了些什么，此刻看着柳玉茹对这段婚姻低了头，心里不知道怎么的就有些难过。

“今儿个我在外面，”印红犹豫着道，“瞧见叶大公子了，他赶路赶得很急，您说他是不是……？”

“慎言。”柳玉茹出声提醒。印红的话落在柳玉茹心里也不是没撬起波澜，只是理智让柳玉茹克制住了自己。柳玉茹平静地道："如今我嫁到了顾家，就是顾家的人。往日种种，莫要再提，若让人听见，恐惹是非。"

印红知道柳玉茹说得有道理，不甘愿地应了声是，不再说话。

酒席一直办到了夜里，顾九思迟迟未归。

外面传来脚步声，没过一会儿，柳玉茹就听见了开门的声音，随后却是叶韵的声音。

叶韵同其他人道："顾夫人让我来陪陪新娘子，你们下去吧。"

听见叶韵来，柳玉茹不免有些诧异。周边的人都下去了，叶韵站在门口犹豫了片刻才走近。叶韵坐到柳玉茹身边，叹了口气，道："我来陪陪你，如今也没有其他人，你便把盖头取了吧，等一会儿盖上就行了。"

"规矩不可废。"柳玉茹答得恭敬，"咱们就这么说话也是无妨的。"

"你呀，"叶韵有些无奈，也没勉强，"张口'规矩'闭口'规矩'，心却比谁都野，你这样心口不一，日后要吃苦头的。"

柳玉茹听着叶韵说话，感觉仿佛还是未出嫁的时候，心里突然就涌出了几分难过的情绪。她不知道为什么，特别想和叶韵打听一下叶世安的消息，然而又知道不妥，于是只道："你怎么过来了？"

"我在前面的酒席里吃着酒呢，"叶韵道，"是顾夫人来找我，说你一个人在房里等得久了怕你无趣，让我来陪陪你。"

听到这话，柳玉茹心里有些暖意。江柔是个好婆婆，对柳玉茹的好，柳玉茹是记在心里的。

"顾夫人有心了。"

"那可不是吗？"叶韵嗑着瓜子，叹了口气，"有时候我也不知道你嫁进顾家是好还是不好。我奶奶虽然喜欢你，可也的确做不到顾夫人这样好。我娘就更别说了，不找你的麻烦就是好的了，只是你向来规矩，我娘估计也找不出你的什么错处。"其实叶韵如今说这些话有些不妥，柳玉茹却没拦着——她素来知道叶韵的脾气。

叶韵随口道："哦，我哥回来了，你知道吧？"

柳玉茹沉默了片刻才道："不是说还有一阵子吗？怎么这么快回来了？"

"你和顾家定亲的消息传过去了，我哥就提前回来了。"叶韵说完这话，又迟疑了片刻，终于道："玉茹，这事你别怪我哥。"

柳玉茹听了这话，一时说不出话来。

叶韵慢慢地道："你还没及笄的时候，奶奶就给我哥去了信，问了同你定亲的事，我哥说听家里的安排。后来顾家上门求了亲，我奶奶……也就作罢了。毕竟顾家不是好相与的人家，我奶奶的性子你也知道……"

叶韵没有明说，柳玉茹却是知道的。

叶家这种高门大户，对名声看得这样重，且不说顾家先定亲，他们绝不会让自家大公子娶一个定过亲的女人，就算真的要和顾家争，也绝不会为了一个平平无奇的柳玉茹争。

柳玉茹心里清楚，所以从一开始就没寄希望于叶家。

而叶韵似乎是怕柳玉茹记恨叶世安，接着解释："可我哥不是这样想的。他知道你和顾家定亲后就给家里来信了。信里说顾九思不是个好归宿，还说君子守诺，我们叶家既然已经早早和你说好了，就该上门同顾家把事情说清楚。他说顾老爷是个讲道理的人，不会仗势欺人，所以我哥这次特意赶回来……"

"但也晚了。"柳玉茹平静地说，声音里听不出波澜，可喜帕之下，眼泪早已停不住了。她突然很庆幸没有取下盖头，没有让叶韵看到自己狼狈的样子。

叶韵虽然不知道柳玉茹已经哭了，却也知道此刻柳玉茹绝对不会高兴，叹了口气，安慰柳玉茹，道："事已至此，嫁给顾九思其实也未必不好。至少顾九思喜欢你，比我哥强一些。我哥只是看着不错，其实为人冷心冷情，只一心扑在仕途上，当他的妻子很辛苦的。"

"顾九思好哇，虽然不着调，可他家有权有势，他挥霍一辈子也没事。最重要的是他喜欢你，心疼你，你看，他愿意为了送你一盒胭脂而买了整个胭脂铺的胭脂，这事大家可都羡慕极了。玉茹，"叶韵拉着柳玉茹的手，柔声道，"别恨我哥，也别难过，以后你会过得好的，嗯？"

很久后，柳玉茹压着声音道："你别担心，我想得明白的。"

"那就好。"叶韵松了口气，忙道，"你不知道，这些时日为了这件事，我几乎都睡不着觉。我怕你恨我家，恨我哥，也怕你过得不好，怕你不搭理我了。咱们一块长大，对我来说你比我那些姐妹都亲，你千万别因为这事和我疏远了。"

"不会的。"柳玉茹叹了口气，柔声道，"阿韵，我有些累了，你让我休息一下，好吗？"

"好好好，"叶韵忙答应了，"你休息，我先出去了。"

柳玉茹一个人待在房间里，终于克制不住地小声呜咽起来。如果她从未看到过希望，或许还没什么。可原来最想要的那个人曾经只差那么一点点就同她在一起了，原来叶大公子也想娶她。这叫她怎么能甘心？

柳玉茹感觉自己的内心起起伏伏。她恨顾家毁了自己半生的心血，恨顾九思的幼稚妄为。但江柔的好和顾九思那偶尔的贴心言行又让柳玉茹不能恨得彻底。柳玉茹不知自己的命运该怪在谁身上，只能躲在喜帕之下无声咽泪。她哭了许久，终于停住了泪水，趁着没有人，起身给自己补了妆，又重新坐回床上。

外面的人声已渐渐散去，突然又有一阵喧闹声越来越近，随后柳玉茹就听见门砰地被人踹开，有人摔在屋子里，门就哐一下被关上。紧接着，她就听见顾九思愤怒的声音响了起来："放我出去！顾朗华，你有种就放我出去！这亲我已经成了，你还要干什么？你还要逼着我，难道非逼死我不成？！"

"闭嘴！"外面传来顾朗华愤怒的声音，"给我把窗户也锁死，今天他敢出房门，就打断他的腿！"

"我呸！"顾九思朝着顾朗华怒骂，"你这个老骗子，说好成了亲就算了的，现在你关我又是怎么回事？你不讲信用！你放我出去！不然我和你没完！"

这次顾朗华不和顾九思说话了，直接让人钉死了窗户和门，留了侍卫在院子外面就带着人走了。

顾九思坐在门边骂，柳玉茹就坐在床边顶着喜帕静静地听着。

顾九思骂了一会儿，骂累了。他从地上起来，找了水喝了一口，喝完了才发现柳玉茹还端端正正地坐在床上，当场被吓得后退了一步。随后他缓过神来，话语带了些许被吓到后的结巴："你……你顶个帕子坐那儿干什么？你没睡啊？"

"您没回来，"柳玉茹让自己什么都不想，用恭敬的声音麻木地道，"喜帕未揭，玉茹不敢入睡。"

"你不会自己揭啊？"顾九思感觉有些莫名其妙，但还是走过去一把掀开了柳玉茹的喜帕，然后端着水杯走回了桌子边。柳玉茹神色平静地坐在床上，顾九思回头看了她一眼，见她一动不动，皱起眉来："盖头掀了，你一动不动地挺在那儿装死尸呢？大半夜的别吓唬人了，赶紧洗洗睡了。"

"郎君还未同我喝交杯酒。"

听到这话，顾九思吓得手都抖了一下，回头看向床上坐着的柳玉茹。柳玉茹的神色看不出喜怒，好似一潭死水，没有半分两个人初见时的灵动。

他静静地注视着她，片刻后突然道："你当真是心甘情愿嫁给我的吗？"

柳玉茹不说话，抬眼看着顾九思。

顾九思握着酒杯，有些紧张，磕磕巴巴地道："其实我也知道，扬州城的大家闺秀没一个看得上我的，我除了有钱和有脸，其他什么都没有，大家看不上我也正常。我也没想让谁看上。我这辈子就想娶个真心喜欢我，我也真心喜欢的姑娘，和她和和睦睦地过一辈子。"

"所以呢？"柳玉茹不明白他要说什么。

顾九思想了想，倒了杯茶，讨好地跑过来坐在她面前的椅子上，给她递了过去。柳玉茹捧着茶，一言不发。

顾九思谄媚地道："柳小姐，我知道其实你是个心思通透、十分聪明的女人。"

柳玉茹抬眼看他，让他继续。

顾九思笑了笑，随后道："所以我想和你打个商量，我知道你喜欢的也不是我这个人。要不这样，以后呢，家给你管，你也可以拿着我家的钱去挣钱，等你挣了很多很多钱，有了立身之本以后，要是看上了谁，或者我看上了谁，咱们就和离，怎么样？"

听到这话，柳玉茹猛地睁大了眼，惊恐地看着顾九思。

顾九思沉浸在自己对未来的美好设想里，认真地规划着："我想过了，你们女人之所以在意名声，就是为了嫁个好人家，嫁个好人家也是为了过得好。那如果你自己就能让自己过得好，你就可以不用嫁个好人家，不用嫁个好人家，人家爱说什么不说什么也就不重要了对不对？

"人一辈子就这么几十年，谁也不能委屈了自己，不能白白在这世上走一遭。柳小姐，以后你要成为一代女商，然后遇到一个真心爱你的人。他真心爱你，自然会娶你。同喜欢你的人过一辈子，那才叫一辈子。若那人不爱你，你都是个富商了，自己一个人过也没什么。

"而我呢，也会遇到一个我喜欢的姑娘，当然，遇不到就算了，我一个人斗蛐蛐儿斗一辈子也挺好的。但如果遇到了，我想同她好好过。我既然喜欢她，断不能委屈了她，所以我想过了，早晚咱们得分道扬镳。因为我没这么伟大，没办法为了你的一辈子就搭上我的一辈子。我知道你现在接受不了，可我这些话你好好想想，咱们有很长时间，你慢慢想，等想明白了就知道，我这个法子真的挺不错的。"

柳玉茹说不出话，整个人都在颤抖，不知道为什么自己会遇到这样的人。她的牙关都在打战，内心惶恐不已。她咬着牙道："既然……你不喜欢我，为何要娶我？"

"这该我问你呀，"顾九思一脸莫名其妙的表情，"既然你不喜欢我，为何要嫁我？"

"你答应了婚事，搞得咱们俩都进退两难。我不娶你，你要去死；可我娶了你，得葬送我这辈子的幸福。我不能坐以待毙啊。咱们好好商量，"顾九思神情认真，"我相信有一天，你一定会接受和离这个想……"

顾九思的话没说完，柳玉茹已经忍无可忍，啪的一巴掌就抽在了顾九思的脸上。顾九思整个人被打蒙了，随后就听到柳玉茹爆发式的哭声。

"滚！你给我滚！"

顾九思整个人都是蒙的，呆呆地捂着脸，很久都没回过神来。

柳玉茹再也克制不住，直接扑在床上号啕痛哭。她怎么就嫁给了这么一个人？……怎么就嫁给了这么一个人？！

纨绔子弟也就罢了，没个正经也就罢了，若真像叶韵说的那样对她有几分心还好，可他对她是全然无意的！不仅无意，他还当她是冲着顾家的钱财嫁过来的，一心想着给她钱让她和他和离。他说的那些邪门歪道听着好听，若真做起来，怕是他刚同她和离，她就要被众人用唾沫星子淹死了！她不知道顾九思怎么会有这么莫名其妙的想法，想来想去也只觉得他是不满被迫着娶了她才故意羞辱她的。

她也无力解释了，就算顾九思知道了她是被逼着出嫁的又怎么样？如他所说，谁会为了另一个人的幸福赔上自己的幸福？顾九思若真存了和她和离的心思，早晚是要休了她的，就算不休她，也绝不会让她过得好。女子若没有丈夫的怜爱，哪怕是正室，一辈子过得怎么样她不清楚吗？她娘苏婉就是前车之鉴，柳宣之所以没有休了苏婉，一来是因为苏婉忍气吞声，二来也是因为张月儿上不了台面，而苏婉是地地道道的大家千金。可柳玉茹呢？对顾家而言，柳家绝对不在他们考量的范围内，她也没有能让柳家更上一层楼的兄弟，顾九思若真遇到了心仪的女子，根本不可能为了柳家而不休她！

柳玉茹越想越绝望，一想到自己只差一点儿就能嫁给自己挂念了许多年的叶世安，更觉得眼下已经没什么盼头了。她整个人失控了，趴在床上号啕大哭。

顾九思被她哭蒙了，好半天才反应过来，捂着脸道："被打的是我吧？"

回应他的是更大的哭声。

顾九思感觉这哭声哭得他一个头两个大，赶紧劝她："别哭了别哭了，我不说了。你哭得我头疼。唉，算了，你吃东西没？"

柳玉茹不说话，继续哭。顾九思的肚子咕咕叫。他早上起来就被他爹打，然后出去接亲，接着就一直在外面被拉着喝酒，饭没怎么吃，酒喝了一肚子。他起身来到桌子边，拈了块点心，倒了杯茶，一面吃一面观察柳玉茹。柳玉茹一直在哭，顾九思就不明白了：怎么有人能哭成这样子？

他端了糕点过去，叹了口气，道："别哭了，吃东西吧，吃点儿东西，人会高兴很多的。"

"滚开！"柳玉茹回了声。

顾九思也来了脾气，看着柳玉茹的眼泪，烦躁地道："你这个人到底是有什么毛病？好心当驴肝肺啊？我不就是和你商讨一下未来的规划吗？你不是喜欢叶世安吗？怎么我给你指条明路你还个没完了？"

顾九思一面说着，一面斜靠在旁边的柱子上，吊儿郎当地吃着糕点，含糊不清地嘀咕道："我和你说，你别哭了啊，随便哭一下就行了，我这个人脾气很不好的。"然而柳玉茹不为所动，啜泣的声音不绝于耳。顾九思终于忍不住了，爆发道："你到底哭个什么啊？！"

他放下盘子，气势汹汹地道："不就是说未来可能休你吗？这有什么大不了的？到时候我肯定会给你安排好出路的，你怕什么啊？你喜欢的不是叶……"话没说完，顾九思突然顿住了，仿佛骤然明白了什么一样猛地睁大了眼，诧异地看着柳玉茹，"你不是喜欢我吧？"

一听这话，柳玉茹更控制不住自己了，放声大哭。喜欢他？她怎么可能喜欢这种人？！

顾九思却仿佛找到了一切的核心，又惊又怕，看着床上的柳玉茹，一时居然不知道如何是好。

这么多年了，头一次有人喜欢他，他感到有那么一丝……羞涩和别扭。

但他很快反应过来，放柔了声音，态度好了许多，轻咳了一声，道："那个……你的心意我明白了，可是我的确不能回应你，你不是我喜欢的那种类型，你别把心放在我身上。如果你要钱，这是小事，我们顾家有的是钱。可你要是要我的心，那就太难了。"说着，他叹了口气，眼里带了怜悯之意。

之前想着柳玉茹千辛万苦地盘算着嫁进他们家就是为了钱，他真的是又气又烦，如今知道柳玉茹居然是因为喜欢他，心里倒真有些替她感到悲哀了。

他不喜欢这种类型的女人。他喜欢的女人该是闪闪发光、和这个世界全然不一样、让人看一眼就能被吸引的那种，而柳玉茹太普通，也太规矩了。

一想到这将是一段他无法回应的感情，而柳玉茹又牺牲了这么多，顾九思就有些愧疚。他也不大声和她说话了，只放低了声音，小声地哄着她："别哭了，未来的日子还长，你还有时间慢慢想。虽然我不喜欢你，可你既然嫁进来，我娘也会对你好的。我爹娘为人都很好，你别担心。"

她又不是嫁给他爹娘！柳玉茹差点儿呕出一口血来。她不想理他，只是一个劲儿地发泄着自己委屈的情绪。

顾九思就在一旁做小伏低地劝："不哭了不哭了，我给你说笑话吧。来吃点儿东西，饿坏了多不好。柳小姐啊，情爱伤身，你别把心思放在我身上了，你以后要往'钱'看，真金白银，那才是最重要的。你这么聪明的人，怎么想不透这个理呢？来，停下来，好好休息一下。你休息好了，明天我带你去花钱。等你把大把大把的银子花出去的时候，你就会感受到，人世间如果有什么痛苦无法痊愈，一定是因为你的钱不够多。"

"来。"顾九思从怀里掏出了一张银票。这是他的最后一招了，以往只要他拿出银票，谁都不会不对他露出笑脸，但他不确定这会儿能不能管用。他将银票放到柳玉茹怀里，认真地道："你也哭累了，抱着这张银票好好睡吧。"

柳玉茹没说话。她是真的哭累了。她被顾九思扶到床上，顾九思替她卸下了凤冠，帮她脱了鞋，还小心翼翼地给她盖了被子。柳玉茹就蜷缩着抱着银票在床上抽噎。

顾九思靠着床坐在地上。

柳玉茹终于不哭了。顾九思听着身后传来的熟睡的呼吸声，叹了口气。他的心好累，人好疲惫。他一个纨绔子弟，为什么要面对这么复杂又沉重的感情羁绊？他在感慨之下摸了摸自己的口袋，再一次确定，人真的要多带点儿钱在身上。当一张银票没法解决问题的时候，你还能有另一张。

柳玉茹睡了一夜，抱着银票醒了。她躺在床上一动也不动，内心平静而麻木，什么都没想。

在彻底宣泄后，那些痛苦和愤怒的情绪倾泻而出，但随之而来的是对未来的茫然和绝望。她不知道自己这么多年的坚持是为了什么，也不知道自己未来将要如何走下去。

再如何聪慧机敏，她也只是个十五岁的小姑娘。哪怕她已经及笄，可度过的这短短十五年远不足以让她的内心成熟。人可以用十五年熟读四书五经，却无法用十五年换来一颗能坦然面对世事的心。

她不想再抗争了，决定彻底放弃。她躺在床上，不想动，不想说话，不想吃东西，什么都不想。

顾九思也没敢招惹她。在下人把大门打开的那一瞬间，他立刻跑了出去。他想了一晚上，想好了。他不能就这么认命，要反抗顾朗华！他要让柳玉茹熄了对他的心思！他要用行动表达他的反抗！于是他连夜从新房里掏出了自己藏着的私房钱，还换好了衣服。在下人开门的瞬间，他一路狂奔出了顾府。顾府的下人被自家少爷逃跑的速度给惊到了，面面相觑，片刻后赶紧报告了顾朗华。

这时顾朗华和江柔刚起身。顾朗华听说顾九思跑了，只摆了摆手，道："跑了就跑了，儿媳妇儿呢？儿媳妇儿还好吧？她没跑吧？"

来禀报的管家愣了愣，有些茫然地道："没跑。"老爷不关心儿子，反而这么关心儿媳妇儿吗？

听说柳玉茹没跑，江柔和顾朗华都松了口气。

江柔道："儿媳妇儿还在就好，九思跑了就跑了吧。"

管家：这儿子大概不是亲生的。

江柔和顾朗华的宽容顾九思是不知道的。顾九思拼了命地跑出了顾府，根本没敢停，一路狂奔到了自己常去的酒楼，进了包间派人给杨文昌和陈寻送了信，又喝了口小酒，才觉得有了几分安全感。然后他就在酒楼里等着杨文昌和陈寻，等了半个时辰，两个公子哥儿衣衫不整地跑着来了。

关上门后，兄弟三人面面相觑。短暂沉默后，杨文昌朝顾九思拱手，道："恭喜恭喜……"

"别恭喜了，"顾九思痛苦地捂着额头，"我感觉我的头都快炸了。"

"炸什么啊？"陈寻走到桌边倒了杯酒，劝慰道，"不就娶个女人吗？也不是多大的事。柳玉茹不就是贪图顾夫人的身份吗？你给了她就是了，以后咱们该怎么玩就怎么玩，你也别担心。"

"不，"顾九思痛苦地道，"她要是只贪图钱就好了，问题是我昨晚才知道，她不是冲着钱来的。"

"那她是冲着什么来的？"杨文昌有些蒙。他们三个早就达成一致了，柳玉茹就是冲着钱来的，没有其他可能。

顾九思抬起头，叹了口气："她，是冲着我来的。"话里带了几分怜悯之意。

"她想报复你？"杨文昌惊讶地道，"这个代价有点儿大吧？"

"不，"顾九思认真地道，"她喜欢我。"这话刚出口，陈寻的一口酒就喷了出来，喷了对面的杨文昌一脸。

陈寻连忙道歉："对不住对不住，我太震惊了。"

杨文昌面无表情地让陈寻擦着脸，转头看向顾九思："我也太震惊了。"

"谁不是呢？"顾九思喝了口酒，"人这辈子就是感情债最难还，她要钱还好，要我这颗心，我也不知道怎么办才好了。"

"你想让她死心？"杨文昌明白过来了。

顾九思点了点头："她早点儿死心就能早点儿放弃，免得她越陷越深，我也难办。"

"这好办，"陈寻道，"让一个女人死心太简单了。"

"怎么说？"顾九思看过去。

陈寻意味深长地笑了笑："你在春风楼上睡上三天，保证她死心。"

顾九思沉默了。

扬州最有名的风月之地春风楼也是顾九思以前常去的地方，只是他以前都是陪着杨文昌和陈寻去的。顾九思不太喜欢这种地方，比起春风楼，更喜欢赌坊和酒楼。吃喝嫖赌，除了嫖，别的他都喜欢。因为他有钱，去哪里都是贵宾。当年春风楼花魁的初夜竞价，他为了给杨文昌庆生也曾一掷千金，因而他在风月场上也颇为有名。

对于一个女人来说，有什么比成婚第二天丈夫就去青楼的打击更大？而对顾朗华来说，有什么比儿子成婚第二天就上青楼更气的？

顾九思稍微一想便点了头，同陈寻道："好，咱们去春风楼！"说完，他便带着陈寻和杨文昌高高兴兴地去了春风楼。

三人到了春风楼后，楼里的管事把姑娘们带过来，让姑娘们一排一排地站好，然后走到顾九思面前，恭恭敬敬地询问他："不知大公子可有什么偏好？我们这里的姑娘各有所长，唱曲、跳舞、弹琴、吟诗、投壶……您若有什么喜欢的，奴才可给您推荐几位。"

顾九思听了，认真地想了想，随后抬头："有会打叶子牌的吗？"

管事愣了愣，下意识地发出一声："啊？"

顾九思接着问："有会赌钱的吗？"

管事：这是来找姑娘的还是来赌钱的？

然而顾九思毕竟是贵客，管事很快叫了平日里喜欢打牌、喝酒、摇色子的姑娘上来。顾九思兴高采烈，立刻让人架起了赌桌，在一片吹拉弹唱之中高兴地赌起钱来。

顾九思找到了玩乐之处，而柳玉茹还躺在床上一动不动。

她知道顾九思离开了，但并不想问他去了哪儿，也不想问自己接下来该做什么。反正日子已经这样了，她也没有了任何经营的心思。至于什么规矩不规矩的，她也没心思想了。

她像一只躲在龟壳里的乌龟，不愿意再去看这世界的任何一点儿变化。

印红见柳玉茹久久不叫人伺候起身，便进去看了一眼。见柳玉茹木然地看着床边一动不动，印红不由得有些害怕，小心翼翼地推了推柳玉茹，道："小姐？"见柳玉茹不说话，印红关上门，急急地走到床边，同柳玉茹说道："小姐，您怎么了？您是不是哪儿不舒服？"

"小姐，您说句话，"印红拉着柳玉茹的手，很焦急，"昨晚姑爷怎么您了？您怎么还穿着喜袍啊？你们……"印红愣了一下，小声地问，"你们……没圆房啊？"

柳玉茹垂下眼眸，印红见她有了回应，赶紧道："小姐，您回我一声，我害怕。"

"印红……"柳玉茹感觉喉咙干涩，"他要休了我……"

"什么？！"印红惊诧不已。

柳玉茹蜷缩在床上，抬手捂住自己的脸，声音沙哑地道："他说了，他不喜欢我。他说他以后会有喜欢的人，要对那个人好，所以早晚会休了我。他让我早做打算……"

"印红……"柳玉茹微微颤抖着道，"我该怎么办？……怎么办啊？……"

若她被休了，这一生该怎么办？自己在顾家不得宠爱，母亲又该怎么办？这次母亲亲自操办嫁妆，自己带走了那么多钱财，如果没有顾家撑腰，等柳宣反应过来，等张月儿重新得势，母亲的日子要怎么过下去？柳玉茹一想到这些、想到未来，就感到绝望。

印红也慌了，看着柳玉茹，好半天才道："小姐，姑爷……姑爷肯定是胡说的！您别难过，亲是他们家提的，顾夫人很好。顾夫人对您很满意，也不会不管顾公子。您别怕，别难过，啊？顾公子现在是不知道您的好，等他知道了，爱您、疼您还来不及，怎么会休了您？"

柳玉茹没说话，躺在床上一动不动。印红说的是安慰她的话还是真话，她的心里比谁都有数。

她已经哭过了，也不想再哭了，可是未来能做什么，该怎么办，真的一点儿都不知道。

印红劝着，想让柳玉茹吃点儿东西，柳玉茹还是保持着最初的姿势，没有半分变化，像是完全死了心。印红叹了口气，接着道："您就算不吃东西，也该起来给顾夫人和顾老爷敬茶。您刚来，总该有点儿规矩，不然咱们会被笑话的。"

柳玉茹垂下眼眸："就说我病了吧。"她叹了口气，"我现在，真的……已经很累了。"

印红不敢再逼柳玉茹，便出去给柳玉茹带了话。

江柔和顾朗华得了消息，对视了一眼。

印红在一边站着，一动不敢动。

顾朗华有些尴尬，片刻后轻咳了一声："既然玉茹身体不适，那先休息好再来。我今天让九思去办点儿事，所以他早上才走的，让玉茹别放在心上。"

这话刚说完，一个小厮就急急忙忙地跑进来，喘着气道："老爷，不好了，大少爷去了春风楼！"

顾朗华的脸色难看至极，江柔有些不自然地轻咳了一声，转过头去。印红则暗中捏紧了拳头。新婚第二日就上青楼……这个姑爷，纵然是纨绔子弟，也……也太荒唐了！

顾朗华在反应过来后也不多说什么，果断地从旁边提了棍子便怒气冲冲地要出去打顾九思，江柔却伸手拦住了顾朗华，温和地道："老爷，总不能打他一辈子。他如今也是成了亲的人了，总不能一直像个孩子一样让您管教。"

"这个兔崽子！我不管他，他岂不是要飞？"顾朗华气得大骂。

江柔拉着他坐下，笑着道："老爷，这次我来管吧。您也别气了，这两年您打他的次数少吗？他做事虽然没个章法，但也不会乱来，这次会跑到青楼去，还不是同您赌气？以往他没成亲，您这样打也罢了，若今日您还要将他抓回来打，以后他和玉茹的日子怎么过？"

顾朗华听到这话，迟疑了一下。

江柔劝他："九思本就对这门亲事不满，觉得是玉茹和咱们合伙算计他，您今日再帮玉茹出头，九思要怎么想玉茹？夫妻之间的事，外人要是插手，那就是一团乱麻。将他抓回来打一顿容易，可您打完了，玉茹和九思是要结仇的啊。"

江柔的话说到这里，顾朗华终于松了口，扭过头道："那你去管，看看你倒是有什么法子。"

"这事不在我们身上，"江柔笑着道，"在玉茹那边呢。"

得了这话，顾朗华终于不再说话。江柔站起身来，转头看向印红。印红正等着江柔去找顾九思的麻烦，却听江柔温和地道："你家小姐现在方便见客吗？"

印红愣住。

江柔接着道："她既然不来见我，我便去见见她吧。"说着她便点了人，让人叫了大夫，随后直接踏出房门。

印红反应过来时，江柔已经到了房门口。印红也不敢说太多，只能跟在江柔身后，来到柳玉茹的房中。

柳玉茹还睡着，江柔带着人轻声进了屋中。柳玉茹背对着所有人，蜷缩着睡在床上，身上还是那件喜袍。江柔当即便知发生了什么，不由得叹了口气，走到柳玉茹身边。

柳玉茹感受到身后站了个人，睁开眼，慢慢地转过头来，便见到江柔温柔地看着自己。

"玉茹，"江柔关切地道，"我听说你身子不适，便来看看你。你可好些了？"

见来人是江柔，柳玉茹略迟疑后，还是坐起了身，打算给江柔行礼。

江柔赶忙按住柳玉茹，同她道："你难受就先躺着吧，我们家没这么多礼数，我让大夫来给你看看。"

柳玉茹是没什么事的，但此刻内心麻木，也不想遮掩，便躺了回去。

江柔招呼大夫来给柳玉茹诊脉时，柳玉茹也没什么反应。大夫仔细地诊断了一下，倒也没说是怎么了，只说了一下柳玉茹身上之前就有不大好的地方，说要调养。江柔也没多说，点了点头让大夫去开方子，又吩咐人给柳玉茹准备吃的，然后转过头来，静静地看着柳玉茹。

江柔的大丫鬟见状便领着其他人出去了，房间里只剩下了婆媳两个人。江柔打量着柳玉茹，柳玉茹此刻的模样绝对算不上好，昨夜哭了半夜，妆都哭花了，眼睛也哭肿了，整个人看上去死气沉沉的，完全不像一个新娘子。

江柔叹了口气，给柳玉茹披了披被子，慢慢地道："昨夜你和九思是怎么了？"

柳玉茹垂下眼眸，并未出声。江柔猜测着问："是九思同你说了胡话吧？"

柳玉茹还是不说话。江柔看着柳玉茹的样子，却笑了："我去提亲前，同谁打听，别人都同我说你是个大家闺秀，守规矩得很。怎么你今日嫁到我家来，却不是这样呢？"

"顾夫人，"柳玉茹终于出声了，平静地道，"我本是不愿嫁的。"

江柔愣了愣，没想到会听到这么一句话。过了好半天她才回了神，道："可……可我提亲时，你姨娘同我说，你心慕九思。"

柳玉茹嘲讽地勾了勾嘴角："夫人又不是不知我家的情况，我姨娘说的话也能信？"

"但你爹就在旁边啊，"江柔整个人都蒙了，"你家……你……"

她一时不知该怎么说下去了。

她是知道柳家内宅不平的，但是柳宣在外素来还算是个懂事理的人，在她得到的消息里，柳宣虽然宠着张月儿一些，但是对子女并不怠慢。至少柳玉茹这些年来的吃穿用都不曾短过，作为嫡女该培养的东西也都没落下。儿女都是父母的心头肉，更何况柳玉茹还是嫡长女——父母对第一个孩子的感情总是深一些的，就像江柔将顾九思放在心尖上一样。江柔怎么都想不到柳宣会做出这种事来。妾室在女儿的婚事上胡说，做父亲的都不阻拦一下的吗？

江柔一时也动了怒，但怕吓着柳玉茹，压住了怒气，尽量温和地道："那我问你，你家与叶家到底有没有结亲？"

"是打算结亲的。"柳玉茹神色麻木，实话实说，"叶老太太亲自上我家说了媒，我家里已经同意了，叶大公子乡试归来便会上门提亲。"

"这简直是荒唐！"江柔听了这话，忍不住怒喝。

柳玉茹抬眼看了看江柔。

江柔站起身来，在屋中来来回回走了几圈。花了这么大功夫促成的亲事，儿子不愿，姑娘不喜，他们还生生得罪了叶家。江柔闭上眼睛，深深吸气，算是明白柳玉茹如今的态度是怎么回事了。江柔尽力让自己平静下来，克制着喝了口水。

缓了许久，江柔终于冷静了下来。事情已经发生了，孩子们怕是比他们这些当家的人还慌。她抬头看了一眼神色麻木的柳玉茹，心里有些怜悯。她犹豫了片刻，回到柳玉茹的身前来，斟酌着用词，迟疑了半天，才看着柳玉茹慢慢地道："柳姑娘，这事是我们顾家不够谨慎，没有及时查明你与叶家的婚事。这个错，我给你赔个不是，还望见谅。"

柳玉茹没说话，心里其实是有些诧异的，可这情绪很淡，淡得无法在她的心湖中产生一丝波澜。她垂了眼眸，平淡地道："这样的私事，本也不足为外人说，夫人就算有心也难以知道真相，本应是我家告诉夫人实情。此事我并不责怪夫人。"

江柔看着柳玉茹的样子，便明白这也是个懂道理的姑娘，虽恼恨柳宣，却无法将此事迁怒到柳玉茹身上来。她看着柳玉茹，叹了口气，接着道："只是如今事情已经这样了，柳姑娘作何打算？"

"我能作何打算？"柳玉茹苦笑，"婚成了，我难道让顾九思真把我休了不成？我来了顾家，便是要好好过日子的，还有什么可以选？"

江柔沉默了。

柳玉茹深吸了口气，说得极为艰难："可不是我不过，是顾九思不过啊！顾夫人，"柳玉茹红了眼眶，"他新婚之夜便说要休了我，如今又不见了人影，您让我如何过下去？"

"我本已认命，嫁给他这样的人，这辈子也不多指望什么，可是至少要让我把日子过下去……他若真的休了我，这便是逼着我去死啊！"

江柔静静地听着，揣摩着柳玉茹的话。十几岁的小姑娘，言语里的嫌弃不遮掩半分，江柔不由得苦笑："所以，玉茹，你是想让我们帮你把顾九思找回来吗？"

"找回来又能做什么？"柳玉茹无奈地说，"找回来了，再跑一次，再找再跑，多来几次，我要跟他给扬州城演一出笑话吗？"

"那你现在打算怎么办呢？"江柔继续问。

柳玉茹摇着头。她也不知道该怎么办，什么都不想了。

"就这样吧，"柳玉茹声音沙哑地说，"我认命了，他就是这样一个人，爱去哪儿去哪儿，爱做什么做什么。顾夫人，您就让我留在顾家多吃一口饭吧。就这样吧……我不想再打算了，不想再理会了……"

"我受不了了……"柳玉茹低泣，"受不了了啊……"

命运一次次地捉弄她，反复无常。她本以为康庄大道就在眼前，却骤然跌进了深渊。小心谨慎地活了这么多年，到头来，还是走到了这一步，她不想争，也不敢争了。

第三章　训顽夫

　　江柔看着趴在床边哭的姑娘，忍不住叹了口气，抬手轻拍着柳玉茹的背。这种无声的安抚让柳玉茹的哭声小了，她小声抽噎着。

　　过了很久，江柔道："柳小姐，哭够了便停下，哭过了，当重新站起来才是。"

　　柳玉茹没有说话，江柔扶起她，让旁边的人递了帕子。

　　柳玉茹擦拭着眼泪，江柔看着她慢慢地道："我知道你心里苦，但是人跌倒了，要么站起来，要么躺下去。站起来难，但站起来了就能继续走；躺下去容易，可躺下去了，路也就走到头了。"

　　"道理谁不知道呢？"柳玉茹自嘲道，"可是顾夫人，这条路，我看不见啊。"

　　江柔沉默了片刻，慢慢地道："我知道你对九思不满，觉得他是个纨绔子弟，一无是处，同叶世安比起来，似乎不是个做丈夫的好人选。我说这些话，并非偏袒我儿，只是你回不了头，顾家也回不了头，但日子总是要过下去的。我希望这场婚事是结亲，不是结仇，所以你要是愿意，我便同你说说我的想法。"

　　"夫人请说。"

　　"我儿的确是个纨绔子弟，不如叶大公子上进，但我儿本性纯良，从未做过什么伤天害理之事，除了好赌，其他多有节制。他从不沾染女色，外界盛传的他在青楼为花魁一掷千金，也是他为好友所掷。他今年十八，但至纯至善。他想要的姻缘是一生一世一双人，比起当今许多男子来说，至少在感情这件事上，他不会亏待妻子。"

"感情真挚，对他喜欢的人而言是蜜糖，对他不喜欢的人而言，便是砒霜。他如今要休我，不就是为此吗？"柳玉茹苦笑，"我倒宁愿他能花心一些，至少能留我一条生路。"

"可感情这事，哪里有上来就知道喜欢不喜欢的呢？"江柔笑了笑，"这世上多的是父母之命，媒妁之言。便是我，也是盖头掀起的那一刻，才知道老爷是什么模样。能在婚前便相知相许的人，若非因缘际遇，便是逾越了礼教。那么多的夫妻，也是成了亲，日复一日地相处着，才生出了情意。

"九思过去没有喜欢的女子，甚至没有与女子说过几句话。我们之所以觉得他喜欢你，便是因为他唯一说过'喜欢'的，说过'要娶她'的姑娘就是你，纵使这是误会，在感情这事上你也比其他姑娘早了一步。"

柳玉茹垂下了眼眸。

江柔看出柳玉茹的不情愿，便道："我不是让你去讨他欢心，是希望你别为难自己。你先看看九思，得认可他，觉得他并非一无是处，才有走下去的路。若你心里只想着他已经无药可救，你厌恶他，憎怨他，那日后怎么办？当真就把自己关在这屋子里过一辈子吗？"

"你若真这样做，就是自己为难自己，"江柔叹了口气，"你受的委屈不会结束，这辈子也这样搭上了。"

柳玉茹无声落泪。江柔有些无奈，接着道："我并不指望你一定要与我儿两情相悦，你不喜欢他，我也能理解。可是我希望你既然来了顾府，就用心去过日子。能帮你的，我都会帮。今日九思去了春风楼，这是你与他的第一桩矛盾，你今日如何选择，如何做，决定了你们俩未来的路。你有何打算，可以告诉我。"

柳玉茹听到这话，整个人都在颤抖。春风楼……新婚第二日，他竟去了春风楼！他将她的颜面置于何地？他这是要让她变成全扬州的笑话！

"顾夫人说的会帮我是如何帮？"柳玉茹问。

"这取决于你要我如何帮。"

"我若要夫人此刻就去帮我把顾九思带回来，狠狠地罚呢？"

"可以。"江柔没有半分迟疑。

柳玉茹的唇微微一颤。

江柔抬眼看她："还有呢？"

"顾夫人，"柳玉茹声音沙哑地说，"这是您的儿子，您这样帮我，我不懂。"

"玉茹，"江柔抬手将头发别到耳后，"我说过了，我想结亲，不想结仇。九思在这事上不对，我不会偏袒他，顾府既然让你当了少夫人，不管是怎么回事，阴错阳差也好，骗婚也罢，姑娘的轿子抬进了我家，我便会尽我所能地让这段姻缘往好的地方走。人的一生总会遇到不顺，我们唯一能做的，就是这种时候往好的地方走。

"其实说句实话，以我的私心来说，你嫁入顾府，只会比嫁到叶家更好，不会更坏。只要你愿意好好过，我与你公公性格宽厚，你不需要守那些繁杂的规矩，日后想管理中馈、经商、读书，我都可以教你。以九思的性子，他若不休你，就绝不会纳妾，后院必然安稳。他本性纯良，之所以会在成亲后上春风楼，一来是因为不知道你的处境，只当你是与他爹合谋骗他，二来想找他爹的麻烦，但不懂你的苦处。可是你只要告诉他你的苦处，他便会承担这个责任，替你想办法。"

"你不要断然否定这门婚事，"江柔淡然地道，"至少试着去了解一下九思是个怎样的人。"

柳玉茹听着江柔的话，没有出声。江柔静静地等着，好久后，柳玉茹却道："您刚嫁给顾老爷的时候，是怎样的情景？"

"他啊？"江柔轻笑，"那时候也是浑，在外面养了个外室，婚后纳了好几个妾室。"

柳玉茹眼皮动了动，听着江柔道："这本也是常事了，但那时我年轻，喜欢他，便想不开，日日同他闹。后来经历了许多事，风雨同舟了许多年，终于走到现在。他收了心，妾室都养在了后院里，都是些可怜人，便留在院子里过日子，若找到合适的人家，便送她们一笔钱去了。"

"哦，我并非让你也学我。"江柔突然想起来，这姑娘正是最敏感的时候，忙道，"我过得不能算是顺遂，随口一说而已。"

江柔又说了些旧事，见柳玉茹情绪稳定下来，便让她休息，自己起了身。临走前，江柔道："可要我去把九思带回来？"

柳玉茹张了张口，终于道："罢了……"

带回来，那顾九思与她怕真的就再没有回头路了。

江柔笑了笑，叮嘱了几句好好休息，便转身离开。

等江柔走后，柳玉茹呆呆地坐在房中，一言不发。

印红走进来，低声道："小姐……"

柳玉茹抬手止住了印红的话，轻声道："让我想一想。"

印红不敢开口了，就看见柳玉茹站起身来，慢慢走到了棋桌边。

柳玉茹以往很少对弈。母亲虽然不拘着她，但总觉得女儿家还是以女红针线为根本。只是因为听说叶世安酷爱下棋，所以她才认真学过。此刻她需要什么让自己平复下来的事，于是就坐到了棋桌面前。

她神色很平静，完全看不出什么异样，印红不敢打扰她，就让她静静坐着。

印红记得当年柳玉茹第一次这样子，是张月儿刚刚进府，让柳玉茹和苏婉搬出主院，柳玉茹到柳宣面前又哭又闹，结果却被柳宣打了一耳光回来。那天她就是这样，一言不发，把自己关在了房里。等出来之后，她就会甜甜地叫张月儿姨娘，从此进退有度，能说会道。然而在此之前，印红还记得柳玉茹其实是个会爬树、喜欢玩弹弓、会护着苏婉和柳宣吵架的野丫头。

印红不知道柳玉茹这一次会做什么，然而清楚知道，柳玉茹一定会选出一条最好的路来。

而柳玉茹坐在棋桌面前，拈了棋子，静静和自己对弈。棋子落下时，她觉着自己的人生仿佛在经历了一场暴雨的清洗，被放在火热的岩浆里灼烧，锉骨扬灰后，又重塑新生。

人之一生，最重要的能力，从来不是顺境时能有多聪明，而是逆境时，你有多坚韧。

她静静扣着棋子，慢慢思索着。

她自知样样算不上拔尖，就唯有在"坚韧"二字上，比常人要多那么几分，能够快速调整心态，能够迅速学习，适应周边环境。

就像当年张月儿来到柳家，她就能迅速把自己从大小姐变成一个普通小姐，收敛起对张月儿的敌意，同对方讨巧卖乖，在柳宣和张月儿手下也得到怜爱。

如何讨得别人喜欢，是她同张月儿学的；如何能成为一个让人称赞的闺秀，是她在叶家学的。

她有着超凡的学习能力，而今天遇见江柔，这是她生命里从未见过的女人的类型，她就在脑海里把这个女人仔仔细细地剖析，去认真地思考着江柔的所有逻辑。

她站在江柔的角度去审视这个世界。

江柔嫁了一个不算喜欢的男人，这个男人甚至比顾九思更差，因为他风流多事，姜室许多。可她不曾放弃，一步一步经营，让这个男人成了今天与她一生一世一双人的好丈夫。

听闻早些年顾老爷并不算富裕，甚至有些浪荡，如今的他却是长袖善舞，这或许也是江柔的功劳。

她花重金下聘，替自己的宝贝儿子迎娶了媳妇儿，费尽心机替儿媳妇儿挣来了嫁妆，结果这个儿媳妇儿不仅对自己家心怀怨恨，还没半点儿规矩，与她对话毫无分寸，可她仍旧能不恼不怒，站在对方的角度上开导劝解对方，规划出一条对所有人都好的路子。

若是其他人家，以顾家的权势，今日就自己这样的所作所为，直接关起来收拾一番也好，或者是休弃回去也好，有的是法子磋磨自己。可江柔能对自己晓之以理，动之以情，期盼着自己能够真正收心。

柳玉茹长长舒出一口气来。

居高而不自恃，位下而不自弃，这份胸襟，是她少见的。

然而终究是意难平，道理她都明白，情绪却难收敛。

可她已经知晓，这份情绪不能继续下去，一个人倒一次霉不要紧，怕的就是倒霉之后一直陷在情绪之中，然后一而再，再而三地做错事。

于是她没有说话，就是坐在棋桌前，反复对弈。

然后她让印红将过去侍奉顾九思的人都叫了过来，让他们详细说着顾九思的过去。

他怎么长大，做过什么事，是什么性子，喜欢什么。

她就让对方说，她静静听，手中黑白棋子交错落下，她在落棋的声音中，在脑海中慢慢去勾勒出顾九思的过去、未来。

她大概能摸索清楚这个人。

他心底柔软善良，喜欢猫猫狗狗，会给路边的野猫野狗喂食。

他有自己的责任心，做事常嚷嚷的就是一人做事一人当，最怕的就是连累无辜。

他很讲义气，对自己的兄弟从来都是两肋插刀。

他有一个大侠梦，常常梦想行走江湖……

他想尽办法逃出顾府，挖狗洞、用梯子爬墙，甚至自己制作了许多攀墙工具；他还爱藏私房钱，房间里到处都是他藏的银票，防着他爹娘用金钱控制他；他武艺极好，原本他的师父，现在都要带着许多人才能制服他……

柳玉茹拼命去寻找这个人的优点，试图客观地去评价这个男人，他是善是恶，是真的无药可救，还是只是过于天真。

她听到第三天，该听的都听完了，而内心里那些火，该灭的也灭了。

她抬起头，终于说了三天来的第一句话。

"大公子在哪儿？"

听到这话，印红先是愣了愣，随后反应过来，结巴道："我……我这就找人打听。"

柳玉茹点点头，随后让印红准备了热水，沐浴，更衣，上妆。

她将最后一根头钗插入发丝中间时，去打听消息的人回来了，恭恭敬敬地道："少夫人，大公子现在还在春风楼。"

柳玉茹毫不意外，顾九思以往在赌场一待就一个月不回来的情况都有，现在去了春风楼，也就三天没挪地方，算不得什么。

她点点头，起了身，随后便先去拜见了江柔和顾朗华。

江柔和顾朗华听见柳玉茹来了，顾朗华吓得手抖了抖，咽了咽口水，也不逗自家的鹦鹉了，回头同江柔道："我眼皮子跳得厉害，总觉得心慌。"

江柔叹了口气，摇摇头道："小孩子的事，我们听听就好了，别管。"

没一会儿，柳玉茹就上门了，江柔和顾朗华坐在上位，柳玉茹恭恭敬敬地行了礼，顾朗华赶紧让她起来，同她道："我们顾家也没这么多规矩，你别太见外。"

"玉茹是晚辈，该有的规矩还是要有的。"

柳玉茹面色平和，精致的妆容使她整个人看上去神采好了许多。她抬起头来，温和地道："前些时日玉茹身体不适，没有来给公公婆婆敬茶，还望公公婆婆见谅。"

"这不关你的事，"顾朗华一说起这事就来气，皱着眉道，"都怪九思那兔崽子。玉茹啊，你嫁过来，让你受委屈了，九思小时候身体不好，我们就没敢下狠手管他，长大了就来不及了，但我也没想到他这么浑，你等着我把他抓回来，一定让他给你赔礼道歉！"

"公公说笑了，"柳玉茹神色平和，没有因为顾朗华的话开心，也没有什么不满，说话声音清晰平缓，听得人也跟着平静下来，她慢慢道，"大公子一直是这个性子，天真烂漫，玉茹也是知道的。玉茹嫁到了顾家，就是顾家的人，大公子过得好，那便足够了。大公子喜欢出去玩，那便出去玩吧，也没什么的。"

听着这话，江柔和顾朗华面面相觑，顾朗华心里更害怕了。

如果柳玉茹直接发火，他还没这么瘆得慌，现在柳玉茹说得这么好，直觉告诉他——要完。

柳玉茹不知道顾朗华的内心，低着头，做足了恭敬的姿态，继续道："玉茹今日前来，一是同公公婆婆见礼，二是想来了解一下家中情况，想知道日后在顾家，有什么需要玉茹注意的地方。"

"其他倒也没有，"顾朗华斟酌着道，"只要你和九思能过得平稳顺遂，闲暇时候再督促他上进些就好了。"

听到这话，柳玉茹心中琢磨着，犹豫着开口道："公公的意思是，希望大公子读书上进？您这样的意思，以前同大公子说过吗？"

柳玉茹清楚顾朗华应当是没说过的。如果顾朗华早有这样的心思，以江柔和顾朗华的能力，能把顾九思管教成这样？

"此一时彼一时，"不出柳玉茹所料，顾朗华也没遮掩，叹了口气，直接道，"以前觉得他高高兴兴过一辈子就是，所以从来没要求过他上进读书。但现在不一样了，我如今还是希望他日后能够有些本事，哪怕家里护不住他，他也能护住自己。"

"公公的意思是，家中有什么变故吗？"

柳玉茹将目光落到江柔身上，眼里带了疑惑之意。江柔明白柳玉茹的意思，也不同柳玉茹绕弯子，接过话道："顾家虽是扬州的富商，但其实根在东都，我哥哥在东都任吏部尚书。我哥哥本想要九思入东都，然后给他谋个一官半职，再将他举荐给公主殿下以求前程。东都政局不稳，我们不愿九思卷入朝政中，所以才急着给九思寻一门亲事。"

江柔的话并不连贯，柳玉茹却是明白的。皇帝三个月不上朝，很可能没有多少时候了，那接下来自然会有一番皇位纷争。而顾九思的舅舅想要稳固位置，和某位有权的公主结亲。可是……

柳玉茹皱了皱眉头，如今皇帝子嗣单薄，也早早定下了太子，怎么看都不是会有夺嫡之争的模样，顾家怕什么呢？

柳玉茹心思转了转，脑海里浮现出那个梦来——

"梁王谋反后，范轩领兵入东都……"

"当年仗着与梁王沾亲带故，就在扬州横行霸道……"

她心神一凛，沉住了心绪，假作随口道："不知舅舅在东都可有什么立场？与哪位王爷可有什么关系？"

"站的自然是天子的立场。"江柔抿了口茶，淡然地道，"与皇亲国戚的关系谈不上，只是我有一位侄女，是梁王的侧妃。"

柳玉茹听到这话，心怦怦跳起来。

第二次了，梦里的事第二次应验了！那真的只是个梦吗？一切真的只是偶然吗？！

柳玉茹克制着情绪，端起茶杯，用喝茶的时间给自己一点儿思考的空间。

如果那个梦是真的，那顾家还有多少时间？顾家如果倒了，她作为顾九思的妻子还跑得了吗？！

她的手心出了汗，放下茶杯后，她终于将自己准备好的话说了出来："如今既然家中有了变故，局势不比过去，大公子这性子的确要改一改了。男儿家，不说荣华富贵英雄一世，也总该有些可以依仗的本事，公公婆婆觉得可是？"

"那是自然。"顾朗华叹了口气，"过去我们想得不长远，就想着他过得高兴就行。如今再想管他，他根本不听劝。"说着，顾朗华抬头看向柳玉茹，"玉茹，你刚嫁进来，日后怎么相处，人人看的都是最初的规矩，这规矩你得给他立起来，千万不能再让他嚣张下去了。他确实不懂事，可我看得出来，你是个知书达理的姑娘，要好好管教他啊。"

"公公，"柳玉茹露出为难的模样，"你们毕竟是大公子的父母，都无法管教他，我作为妻子，怕是……"

"不怕！"一听这话，顾朗华立刻知道柳玉茹在怕什么，"你去管，我给你撑腰，他绝对不敢对你怎么样。"

"我毕竟是个女子，最多也就是劝他一二，要是他不听，他走了我也没办法……"

"这个你别担心，"顾朗华立刻道，"我将院中顶尖的高手二十人全交给你，专门用来管教他，他要不听劝，你就把他抓回来，要打要骂，让他们给你打下手就好！"

柳玉茹愣了愣。虽然她的确是这个意思，但本来只是想要两个小厮，没想到顾朗华居然执行得这么彻底……

"玉茹嫁过来了，"江柔跟在顾朗华后面接着道，"我也该歇一歇了。这些时日家中的大小事务就交由玉茹代管，有什么不清楚的都可以来问我，日后熟悉了，中馈一事就彻底交给玉茹吧。"

好了，小厮也有了。柳玉茹心里有了底，江柔和顾朗华怕是在管教顾九思这件事上已经彻底没有办法了，于是直接放权让她放手去干。

"有公公婆婆这样支持，玉茹就安心了。玉茹这就去找大公子，劝他回来读书。"

"好好好。"一听"读书"两个字，顾朗华激动得几乎热泪盈眶，又怕柳玉茹第一战就遭打击以至日后太过消极，于是又嘱咐道，"劝一次劝不了也没关系，只要能把人带回来就行了，读书这事从长计议。要是没劝回来也没关系，不要怕失败，九思这孩子性情顽劣，一次失败没什么大不了的。"

"公公婆婆放心。"柳玉茹像一个将军对皇帝许下必胜的承诺一样，神色沉稳，言语间没有半分犹疑，"我一定会把大公子带回来的。"柳玉茹又转向江柔，道："婆婆，我想先熟悉一下家中的人，不知可否派一个嬷嬷帮着我熟悉情况？"

"陈嬷嬷。"江柔知道柳玉茹要做什么，忙将身后的嬷嬷唤了过来，同陈嬷嬷道，"这些时日你就跟着少夫人，帮她熟悉情况。"

"王寿。"顾朗华也同身后的侍卫道，"你把家中好手都清点出来，跟着少夫人，以后少夫人让你干什么你就干什么，千万别让少爷欺负了少夫人。"

陈嬷嬷和王寿都站了出来，应声之后，规规矩矩地向柳玉茹行了礼。柳玉茹笑着点了点头，而后同江柔和顾朗华拜别。

柳玉茹领着陈嬷嬷和王寿到了院子里，让两人将家中的下人都叫了过来，所有的侍从和仆人一字排开，站满了院子，然后一个个地给柳玉茹报了名字和差事。柳玉茹熟悉了情况后，坐在椅子上喝了口茶，慢慢地道："以后我就是你们的少夫人了，未来在顾家，还望各位多多照顾。"

所有人静静地听着，没人敢发声。

柳玉茹温和地说完这句话，话锋一转，随后道："婆婆将中馈交给了我，日后便是由我管事，我希望我的夫婿能好学上进，所以希望家中规矩一些，干净一些，免得干扰了大公子读书，你们可明白？"

"明白。"跪着的下人赶紧应声。

柳玉茹站起身来，道："七日后我会将新的家规发放下去，所有人按照家规行事。今天我便同大家说说第一条家规，这第一条规矩便是：顾府上下都必须以帮助大公子读书上进为第一要务，不得帮助大公子做任何不利于学业之事，大家可明白？"

这次没人敢应了，大家都沉默着。

柳玉茹平静地道："我现下要去抓大公子回来，必要时还会对大公子做一些非常之事，若我下令，你们不得违抗。记好了，如今管着顾府、管着你们的月银身契的人是我，不是你们的大公子！若有人阳奉阴违，甚至公然违抗，一律发卖出去。可都听明白了？"

听到这话，所有人都看向了柳玉茹身边的陈嬷嬷和王寿。陈嬷嬷和王寿朝着柳玉茹行了礼，认真地道："全凭少夫人吩咐。"

得了这话，众人明白了，如今顾家的掌权人的确是换了。于是众人咬了咬牙，低头大声喊了句："明白！"

柳玉茹点了点头，开始吩咐人做事："你们先去布置书房，将笔墨纸砚、四书五经这些读书人该有的书都备齐了，再把大公子以前看的那些乱七八糟的书、玩乐用的东西、珍藏的酒……总之，所有会干扰读书的东西，全给我收起来，等我回来再处置。"

"还有，把以前大公子挖的用来逃出府的洞全给我堵上，梯子全部搬走，翻墙工具也都扔了，再找几个工匠，把墙再砌高一些，确保他翻不出去。印红。"柳玉茹叫道。印红赶紧上前，应声道："是。"

柳玉茹吩咐印红："去卧室里搜一圈，把大公子藏的银票全都找出来，确保他没有任何私房钱。然后准备好洗澡水、醒酒汤，还有一些吃的，再让裁缝准备三十套素色长衫，衣服不要有花纹，舒服即可。这些衣服专门给他穿着读书。"

"是！"印红大声应下。

旁边人听着柳玉茹的吩咐，都预感到顾九思的日子可能不太好过了。

吩咐完家中的事，确保顾九思被抓回来就再跑不掉之后，柳玉茹转过身。这一转身，她就看见房间里挂着的一把刀。那把刀不大，柳玉茹提着刚好。这是顾九思过去花重金买下的，镶嵌着宝石，看上去十分漂亮，被他当成装饰品挂在房中。柳玉茹盯着那刀看了一会儿，走上前去从墙上取下了刀。

仆人们看着柳玉茹拿下刀，顿时感觉有些不好。一向侍奉顾九思的小厮木南顿时开始心慌，有种想赶紧跑出去报信的冲动。可是一想到现在当家做主的人是柳玉茹，木南又没有这种勇气了。

于是木南混在人群里，听着柳玉茹问："大公子是不是还在春风楼？"

王寿站出来应道："是。"

柳玉茹点点头，平和地道："点四十个人，随我去一趟吧。"

王寿没有迟疑，立刻点了四十个人，二十个顶尖好手，二十个普通侍卫。

一行人浩浩荡荡地到春风楼的时候，顾九思还在睡觉。他喝了一夜，此刻尚未完全醒酒。

柳玉茹的轿子停在春风楼前，老鸨便知大事不好，赶紧去楼上想要叫醒顾九思。

而柳玉茹走下轿子，同王寿道："将春风楼围起来，确保任何一道门、任何一扇窗都走不了人。"

王寿应了。

柳玉茹一个人手里提着刀站在春风楼门口，仰头看向春风楼的牌子。

她的手微微颤抖。她知道只要自己今日上了这春风楼，那一切就都回不了头了。一个提着刀带着人上青楼堵自己丈夫的女人，永远都洗不掉善妒的名声，她过去辛苦经营的形象都将付诸一炬。所有曾经夸赞她的人或许都会觉得自己看走了眼，而叶家或许也会庆幸，觉得幸好没有娶她这样的泼妇回来。甚至叶世安……

柳玉茹心里微微一颤。她想到这个名字就觉得有些难过。别人怎么看她，她都能忍受，但一想到叶世安或许也这么想，她的心就像被针扎了一样。那是她曾经向往并为之努力了这么多年的人，无论如何，她都希望他觉得她很好。可是这条路她必须走。

她告诉自己，嫁给了顾九思，一切都不一样了。她得为自己的未来谋一条出路。

她不指望顾九思能够喜欢她。她已经从别人的口述中知道了顾九思是一个多么看重感情的人。如果他是柳宣那样只贪图女子美貌、温柔的人，她或许还能奢望自己能够通过努力让顾九思爱上她。可一个会许诺一生一世一双人的男子，对待爱情太认真，也把爱情看得太重要了。她自知给不了顾九思想要的爱情，所以也不奢望他的爱情。

她要的只是顾家少夫人乃至大夫人的位置；要的是自己能够出人头地，让母亲母凭子贵，一辈子安享富贵荣华；要的是顾九思这辈子都不能休她，若有朝一日顾九思真要去寻求爱情，也必须是他离开顾家！

所以她一定要逼着顾九思读书、入仕。只有当了官，才会有名声和律法约束着顾九思，让他不能随便休弃她；而顾九思当了官，有了功绩，才能让她当上诰命夫人，让她出人头地，让任何人都不能看轻她和母亲半分！

柳玉茹捏紧了刀，深吸了一口气，大步走进春风楼。

外面已经围了许多看热闹的人。春风楼二楼的雅阁之中，叶世安正和朋友说着东都局势，突然听到了一阵喧闹。

叶世安一回头，就看见一个小姑娘。她身着白色素衣、蓝色绣花广袖长裙，手里提着一把刀，微微颤抖着走上了春风楼的台阶。她的神色坚定中带了几分害怕，整个人像一个奔赴战场的战士，又像一朵顶开了石头盛开的花。

"呀，这不是柳家那个大小姐柳玉茹吗？"耳畔有人发出惊讶之声。

"她来这里做什么？"

"不是来抓顾九思的吧？"

说到这儿，所有人大笑起来。有人摆手道："不会，她是出了名的举止妥当，哪里会来这里……"

话没说完，就听见三楼的门被人砰地一脚踹开，随后就传来姑娘的一声大喝："顾九思，你给我起来！"

老鸨冲进顾九思的房里，焦急地喊道："顾大公子，您快醒醒，您家里来人了！"

顾九思睡得迷迷糊糊，挥了挥手，不耐烦地道："别吵我。"

"您快醒醒吧，"老鸨看着顾九思完全迷糊的模样，忍不住拍着床板道，"您家里人是提着刀来的，怕是来者不善，您快醒醒啊！"

"吵死了！"顾九思烦躁地吼了一声，道，"万事有我顶着，滚出去！"

老鸨被这么一吼，也不敢再说话了，开门出去时，便看见柳玉茹提着刀上了三楼，赶紧用帕子遮着脸走了。

柳玉茹到了门口，先是恭恭敬敬地敲了门："郎君。"

屋里没反应。柳玉茹是让人确认过的，就是这间房，屋里没反应，他要么是睡实了，要么就是跑了。

于是柳玉茹开始拍门："顾九思。"

里面的顾九思被吵得头疼，用手捂住了耳朵，盖上了被子，侧过身假装没听见。

柳玉茹怒了。她今日既然来了，也没打算再顾及什么名声。于是她退了两步，随后猛地踹了一脚，门震了震。接着她又是一脚，门有些松动了。最后她加速跑了几步一脚踹下去，哐的一下，房门终于被打开了。

然后她就看见顾九思躺在床上睡得正香。柳玉茹怒从心头起，再也没忍住，吼了一声："顾九思，你给我起来！"

这一声吼得楼上楼下的人都听见了，顾九思自然也被震醒了。他还有些迷糊，只听见身后传来急促的脚步声，直觉不好，下意识地一侧身，哐的一下，一把刀就直直地贴着他的脸落在了他的身侧。他这次彻底清醒了！

柳玉茹冷冷地看着他，顾九思的心跳得飞快，他感觉到了柳玉茹这种不死不休的气势。他咽了咽口水，颤抖着握住柳玉茹握着刀柄的手，声音有些发抖，道："冷静一点儿……有话……好……好好说……"

"起来。"柳玉茹神色冷漠地说。

顾九思飞快地点头："起来起来，这就起来。"

柳玉茹拔了刀，转身向后走去，将门关上。顾九思懒洋洋地起了身，带着一身酒气坐在柳玉茹对面，打着哈欠道："你来做什么啊？"

"不知郎君何日归家？妾身特来迎接。"柳玉茹答得恭敬。

顾九思的目光落在柳玉茹提着的刀上，他轻嗤了一声："带着刀来迎接？你可真想得出来。"

"郎君在外也已流连数日了，是该回去好好读书，争一个好功名了。"

听到这话，顾九思用看傻子的眼神看着柳玉茹："你说什么？你让我回去做什么？"

"读书。"柳玉茹吐字清晰。

顾九思倒吸一口凉气："你脑子没病吧？"

"郎君，"柳玉茹认真地开口，"您今年年近十八，再有两年就将弱冠，您得为您的未来想想。您的父亲已是扬州富商，就指望着您求取功名……"

"停停停，"顾九思面露痛苦之色，他抬起扇子，"打住打住，你这念经一样的话我听了千百遍了。我说，柳玉茹，"他盘着腿，看着面前跪坐着的女人，拿出自己从未有过的正经态度和对方打着商量，"咱们这婚事，我也是受害者，我娶也把你娶了，名声也给了，钱也给了，你要什么给什么。咱们以后呢，你过你的日子，我过我的日子，你看行不行？"

柳玉茹抬眼看他，对他的反应丝毫不感到意外。

顾九思一只手放在膝盖上，给自己倒了口茶，言辞恳切："你很清楚我是个什么样的人，我生平最烦你们这些讲大道理的人。这些道理，你跑到私塾里去找那些秀才说，他们会听，你和我说有什么用？咱们现实一点儿，我爹是扬州首富，我舅舅是吏部尚书，我表姐是梁王侧妃，我这一辈子就算什么都不做，拿着我家的田地收租，拿着我家银子放贷，都够我吃一辈子了。你说我这么苦去读书干吗呀？"

柳玉茹抿了口茶，听着顾九思给她算账："我给你算啊，我们家钱庄，一年放贷，一本一利，每年利息翻一番。我家每年至少要借二十万两银子出去，一年净赚二十万。等以后我当家了，好心给他们减一点儿利息，一年五成，那也是十万。除了钱庄，我们家还有地，还有铺面，就算我家所有的生意都垮了，咱们吃利息和租金也够吃一辈子。我说柳玉茹，你看不上我，嫁给我是挺委屈的，可在钱这事上你绝对不亏。咱们各玩各的，开开心心地过一辈子，行不行？"

"那要是没一辈子呢？"柳玉茹平静地说。

顾九思有些茫然："什么意思？"

"顾家为什么能放贷而不被人赖账？为什么能有这么多田而不被人眼红？那是因为你舅舅在朝中身居高位，若有朝一日时局变了，顾家的靠山倒了，怀璧其罪，你觉得顾家会有什么下场？"柳玉茹冷笑，"这么多银子，作为一个什么都没有的土财主，你守得住？"

顾九思愣住。这么多年来，第一次有人同他这么说，毕竟从来没有谁敢当着他的面咒他舅舅倒台。然而一时间，他居然就明白柳玉茹说的情况完全有可能！

他心里有些慌，可面上不显，轻咳了一声："那也没办法了。要真到那时候，就随遇而安吧。"

"我呢？"柳玉茹冷冷地盯着顾九思说，"你荣华富贵了一辈子，到时候两眼一闭就算了，我呢？你父母呢？你为我们想过吗？"

"那都是命。"顾九思叹了口气，摆了摆手，道，"你也别多想了，到时候我爹娘会想办法的。"

柳玉茹闭上眼睛，捏紧了刀，忍住了拔刀的冲动，不停深呼吸。

顾九思轻咳了一声，给柳玉茹倒了茶："别气了，消消火。"

"顾九思……"柳玉茹颤着声音道，"你可知，我本是可以嫁给叶世安的？"

顾九思微微一愣。

而这时候，叶世安刚刚走到房门前。

他听到柳玉茹踹了门，想了想，还是决定过来看看。叶家和柳家毕竟是世交，而柳玉茹又是叶韵的好友，还是他……曾经的……顾九思这人性子太浑，又是个爱打架闹事的小霸王，叶世安怕顾九思真动了手，让柳玉茹吃亏，便打算上来看看，不想刚到门口就听到了这话。

叶世安愣了愣，一时有些尴尬，但还没来得及退回去，就听见柳玉茹继续道："你知道我为了嫁进叶家，嫁给他，做了多少努力吗？"

"我不到十岁，就开始学着成为叶家人喜欢的人。"她睁开眼，眼眶微红。

顾九思呆呆地看着柳玉茹，看着面前这个眼泪簌簌而落，却依旧姿态优雅的姑娘，听着她道："我读过他读过的每一本书，临过他寄给叶韵的每一封家书，背完了叶家所有的家规。我偷学琴棋书画，想让自己像个大家闺秀。我花了那么多年去努力学习，以为自己就要成功了，会嫁一个如意郎君，这一辈子会有一个好的结果，会和我的郎君相敬如宾、举案齐眉……"她痛哭出声，"可是你、你们顾家，毁了这一切！"

"我……"顾九思出声。

柳玉茹打断他的话："我知道，你们无辜。我知道，我该恨我母亲软弱、妾室当权、父亲贪财，你们顾家也不知道，你们什么都不知道……可是，那句娶我是不是你说的？"

被她盯着，顾九思的脸色瞬间变得惨白。

"是你说的娶我，顾九思。"她认认真真地看着他，"你离经叛道，以为这世界上所有人都像你一样不在乎人言，可是你说这句话的时候难道就没想过？叶家听了这句话，可能会毁掉这门婚事；你家听了这句话，可能会来我家下聘；其他人听了这句话会觉得我举止不检点……你只觉得那是玩笑，可以一笑而过，可是你毁掉的……是我一辈子的幸福。"她咬着牙说完。顾九思的脸上终于失去了一贯的笑意，他静静地凝视着对面哭诉的姑娘。

顾九思突然发现，原来这个世界上，还有这样在生活中苦苦挣扎的人。他想起自己以前听过的故事，皇帝对着百姓道："何不食肉糜？"

"抱歉……"他垂眸。

柳玉茹抬手，猛地一巴掌扇在了顾九思的脸上。

"道歉有用吗？"她大喝，"我那么多年的努力，那么多年的经营，都毁在你的一句玩笑话上了！你说一句抱歉就够了吗？"

"你听好。"她一把抓住他的衣领，贴近他的脸。她哭花了妆，整个人却像一只小豹子，眼神明亮又坚定，带着足以划破这世间所有险恶的勇气："顾九思，我不管你愿意不愿意，你说了那句话，你顾家把我迎娶进门，你让我成了你的妻子，就得为这件事负责。

"我这辈子既然和你绑在了一起，我本该得到的东西，你就都得给我！我要一个能够顶天立地、扛起家族大业的夫君，要一个能一辈子护住我和我的孩子的夫君，要的不是你这种只知道吃喝玩乐遇到事就靠爹娘的孬货！

"叶世安能做到多好，你就得做到多好。我失去的东西，你都得还给我。从今天起，你给我回家去好好读书，要是再敢来赌场、青楼这些乱七八糟的地方，"柳玉茹踩在桌子上，单手拔了刀，一只手一把抓着顾九思的领子，另一只手将刀架在顾九思的脖子上，"我宰不了你，就拿着这把刀抹脖子死在你顾家的大门口！你听明白了吗？"

"冷静……"顾九思看着已经彻底红了眼的柳玉茹，咽了咽口水，什么话都不敢说了，只能颤抖着尽量用平和的语调道，"你……冷静。"

而站在门外的叶世安回过神来，长长地舒出一口气。他得赶紧走，这一段对话对他而言信息量太大，太可怕了。他完全不需要担心印象里那个柔弱的玉茹妹妹会被顾九思打死，现在需要担心的只有顾九思今日会不会血溅春风楼。但是想想，顾九思血溅春风楼……那就溅吧，也算为民除害了。

柳玉茹平静地看着面前似乎已经完全不知所措的顾九思，然而正是这种平静让顾九思觉得有些害怕，颈上的刀是无所谓的，其实以顾九思的身手，在她动手前他就能抢下这把刀，可是柳玉茹这样的状态让他害怕。

顾九思是真的相信此刻的柳玉茹是豁出性命在和他谈论这件事。他不敢继续和她开玩笑了，此刻清楚地知道，对柳玉茹而言，嫁入顾家是多么绝望的事。

如果真如她所说……那么，她本该是喜欢叶世安的吧？

顾九思的脑子里闪过这么一丝念头，愧疚感疯狂地涌了上来，他有些慌张。他想和她说，他愿意成全她和叶世安，却又怕自己说错话，过了很久才结巴道："你……你把刀收起来，我们慢慢聊。"

"回家去聊。"柳玉茹只有这一句话。

顾九思头痛地道："好好好，回家回家，这就回去。"

柳玉茹收了刀，站起身来，恭恭敬敬地站在一边，像一个再温柔贤淑不过的妻子。

顾九思拉了拉衣服，柳玉茹警惕地看着他。顾九思伸了个懒腰，往内间走去，柳玉茹忙问："你要去做什么？"

"换套衣服。"顾九思叹了口气。

柳玉茹立刻抓住了他的袖子，淡淡地道："不必了，家中备好了衣服，我们这就回去吧。"她不确定顾九思会不会在换衣服的时候逃了，说着就拖着顾九思往外走。

顾九思被她拖着下楼，一面走一面叹气："何必呢？就换套衣服的时间，有这个必要吗？"

柳玉茹不说话，顾九思感觉周边的目光都看了过来。

他有些尴尬，朝着看过来的人吼："看什么看？不怕看瞎眼啊？！"

大家压着笑，纷纷转过头去，却用余光瞟过来。

顾九思感觉自己的面子都丢尽了。和柳玉茹一起进马车的时候，他忍不住埋怨道："你来找我就找我吧，我也不是个不听劝的人，这么大的阵仗，你让我的面子往哪儿搁？"

"你需要面子吗？"柳玉茹抬眼看他。

顾九思感到莫名其妙："我不要面子的吗？"

"以后就不需要了。"柳玉茹说着，将一本《论语》砸了过去，淡淡地道，"看书，从今天开始你就别随便出门了，好好读书。等今年放榜了，去看看叶世安考多少名，日后参加科举，你不能比他差。"

"柳玉茹，"顾九思一听这话就急了，"你这个人就这么虚荣、爱攀比吗？他考多少名关我什么事？"

柳玉茹冷笑："我若不嫁给你，可就是叶夫人了。"

顾九思被这话噎了一下。他知道柳玉茹说的也是实话，但心里还是有些不舒服。他将书一扔，不高兴地道："我不和他比。"

"比不赢是吧？"柳玉茹弯腰将书捡起来，掸了掸上面的灰，"没事，我也没指望你能赢。"

顾九思赌着气道："我原本还有几分愧疚感，现在听着你这话，一丁点儿愧疚感都没了！"

柳玉茹从旁拈了葡萄，垂眸剥着葡萄皮，道："没事，我也不稀罕你的愧疚感。反正这书你读也得读，不读也得读。"

"我不读！"顾九思大吼了一声，"我看你能把我怎么办，我要下车，我……"

他的话没说完，柳玉茹的刀就横在了他面前。

"你下。"柳玉茹冷笑着道，"你今日下了车，不是你死就是我死。"

顾九思看着柳玉茹，她的神色完全不似伪装。她虽然笑着，眼里却不带半分温度："反正我这辈子已经被毁了。"

顾九思听到这话，咽了咽口水。过了半天，他有些烦闷地回到了刚才的位置上，小声嘟哝道："整天死啊死的，你这个人说话太不吉利了。"

柳玉茹："呵。"

一行人到了顾府。车一进顾府，顾九思就赶紧跳了下去。

他已经想好了，柳玉茹他是斗不赢的。他心里愧疚，看着柳玉茹就自动矮了一截，所以得去找他爹娘，他爹娘肯定有办法说服柳玉茹。

他一路小跑着去了顾朗华和江柔的房里，柳玉茹慢悠悠地跟在后面，侍女捧着葡萄跟着。柳玉茹边吃边走，大老远就听到了顾九思浮夸的哭声。

"爹！娘！我快被逼死了！"

"他平时就这么浮夸的吗？"柳玉茹回头问旁边的丫鬟。

旁边丫鬟憋着笑，小声地回答："大公子一贯不着调的。"

顾九思不着调，柳玉茹是知道的。可她没想到，不着调这种事也会传染。她心里一直觉得江柔是女中豪杰，顾朗华也算老一辈中的风流人物。她没想到一踏进院子就看见顾九思抱着顾朗华的腿，号啕着求他们做主，而这对之前明明看着很正常的父母居然也真信了顾九思的话，江柔心疼地看着顾九思，顾朗华神色为难。

柳玉茹心里沉了沉，突然就明白顾九思这性子是怎么来的了。

柳玉茹轻咳了一声，进了内堂，柔声道："公公、婆婆。"

一听见柳玉茹的声音，顾九思号得更大声了："娘！你要为我做主啊！我不读书，不想读书！我读书就头疼、肚子疼、全身疼！我难受啊！"

"不读了，不读了，"江柔赶紧道，"算了算了，我再想想办法……"

"婆婆，"柳玉茹温和地道，"大公子如今年近十八了，还犹如稚子，为人父母，总得为孩子的前程考虑，您说是吧？"

这话让江柔顿时清醒了几分，江柔有些为难地看着顾九思，看着顾九思那祈求的眼神，心里就像刀割一样。

柳玉茹站在顾九思背后，柔声道："公公婆婆还是先休息吧，我这就带着夫君回去了，您二位就不用操心了。"

"是呀。"顾朗华先出声，"柔儿，咱们既然说好了，就让玉茹管好了。"

"爹！"顾九思震惊地看着顾朗华。

江柔不敢看顾九思，握着顾九思的手拍了拍，咬牙道："九思，娘也是为了你好。"说着，江柔便放开了顾九思，站起身来。

顾九思更加震惊了，大喊了一声："娘！"

江柔转过身，由顾朗华扶着赶紧步入了内室。

柳玉茹站在顾九思身后，温柔地道："郎君，快起来读书吧。"

快起来读书吧……快起来读书吧……快起来读书吧！这句话像魔音一样在顾九思的耳边回荡，好半天他才反应过来，颤抖着声音道："你……你对我爹娘做了什么？！"

"郎君，"柳玉茹叹了口气，"我这都是为你好哇。"

"不不不，"顾九思摇着头道，"柳小姐，玉茹妹妹，柳仙子，是我错了，我不该招惹你。我们坐下来好好商量一下，我真的不适合读书，除了读书你让我做什么都行。我从小身体不好，不适合读书的，读书会头疼……"

"肚子疼，全身疼。"柳玉茹帮他说了下去。

顾九思拼命点头。

柳玉茹微微一笑："那关我什么事？我只在意能不能当诰命夫人呀。"柳玉茹说得十分坦然。

顾九思脸色煞白，咬着牙道："柳玉茹，你不要欺人太甚了！"

"哦，"柳玉茹神色平淡地接话，"你这是在威胁我？"

"对，"顾九思怒道，"你再这样，我就……我就……"

"你就怎么样？"柳玉茹面色不变。

顾九思在大厅里乱窜，似乎在寻找什么。柳玉茹喝着茶，静静地看着他。

顾九思找不到他要找的纸笔，便转过头来，气势十足地道："我就休了你！"

所有人都倒吸了一口凉气。

在内室的江柔和顾朗华对视了一眼，顾朗华立刻去提棍子，江柔按住了顾朗华，摇了摇头。

柳玉茹喝了口茶，平静地道："我就问你最后一次，去读书吗？"

"我！不！读！"顾九思答得气势十足。

柳玉茹一巴掌拍在桌上，大喝了一声："王寿！把他给我关到书房去！"

顾九思听到这话，冷笑了一声："这可是我家……"话音还没落地，他就看到侍卫鱼贯而入。

"大公子，得罪了。"王寿行了一礼就向他攻来。

顾九思非常悲愤："王寿，连你都背叛我！"

"这不叫背叛。"王寿神色平静，"我现在的主子是少夫人。"

顾九思感觉自己整个人都快崩溃了。到底发生了什么？！他只是去了一趟春风楼，柳玉茹不是那个憋着哭的柳玉茹了，他爹娘不是疼爱他的爹娘了，连他的小师父王寿都不是他的师父了！

顾九思一面和不断冲来的侍卫对打，试图冲出顾府，一面悲痛欲绝。

柳玉茹带着印红看着顾九思一个人在院子里打斗，他上蹿下跳，身手敏捷。

印红有些疑惑："大公子不是说自己身体不好吗？"

"他不是身体不好，"柳玉茹淡淡地评价，"是脑子不好。"

印红："小姐言之有理。"

顾九思昏天黑地地打了一个下午，终于在侍卫的车轮战中被扣下押进了书房。

顾九思被扔进书房时，感觉又冷又饿，全身都痛，然而房间里什么都没有——只有书！书！书！他感觉自己的头快炸了。他坐在冰冷的地面上休息了一会儿，爬了起来，开始敲门。

"喂！关我就算了，给点儿吃的啊！"

回应他的是他以前的小厮木南颤抖的声音："大公子……少夫人说了，背完《论语》第一则，才准吃饭。"

"滚蛋吧，饿死我算了！"顾九思怒吼。

木南缩了缩脖子。

柳玉茹站在门口，转头同印红道："今晚烤只羊吧。"

印红疑惑不解。

柳玉茹继续吩咐道："就在院子里烤，再准备点儿美酒。"

印红笑了，高兴地道："好！"

顾九思在书房里睡了一觉。他是被一阵香味唤醒的，羊肉的香味混合着美酒的清香飘入他的鼻间，他用力吸了吸鼻子——更饿了。

他听见了外面的欢歌笑语，而他的肚子咕咕作响。好饿，真的好饿，他撑不住了。他艰难地伸出手，在黑夜里点了灯，拿出了《论语》。外面的所有人兴高采烈，房间内的他一个人痛苦不堪。他一面背，一面有些想哭。

其实他很聪明，小时候所有夫子都这么夸他，在饥饿的逼迫下，他背得更快了。很快，他就开始拍门："柳玉茹！柳玉茹！你给我开门！"

柳玉茹正喝着酒吃着肉，就听见顾九思急切的喊声："留根腿骨给我，我会背了！"

所有人面面相觑，又纷纷看向柳玉茹。

柳玉茹轻咳了一声，将羊肉放下，拍了拍手站起身来，走到了房间门前，温和地问："郎君可是饿了？"

"我一天没吃东西，你说我饿不饿？"顾九思被她问得恼火。

柳玉茹听着顾九思不高兴的声音，心里居然莫名有些高兴，这几天来的烦恼因为顾九思的不开心而减轻了许多。她暗中斥责自己不对，这种把自己的快乐建立在别人的痛苦之上的行为，她是不太赞成的。于是她克制住自己内心那儿小小的欢乐，继续道："那妾身这就放郎君出来，可郎君出来后需老老实实地将《学而》背完才能吃饭，郎君没有意见吧？"

顾九思本来想骂人，可是在骂人的前一刻，理智阻止了他。他知道这么争吵下去，只会无限延长自己挨饿的时间。柳玉茹是吃饱喝足和他吵架的，他的嘴皮子再利索也掩盖不了他被饿得头晕眼花的事实。于是他深吸一口气，道："行，赶紧！"

柳玉茹让人将顾九思放了出来。顾九思一看见院子里烤好的羊肉，眼睛就直了，直直地朝着羊肉奔了过去。柳玉茹正要出声阻止，就听见顾九思一面语速极快地背着书，一面赶紧给自己倒酒夹肉，然后在众人惊讶的眼神里，一面吃一面背。

等背完了，顾九思打了个嗝，喝了口酒，终于觉得舒服了。他抬眼看向柳玉茹，颇为得意地道："怎么样，爷厉害吧？崇拜吧？"

柳玉茹看着顾九思的样子，抿唇笑了，觉得面前这个人像个没长大的孩子，刚刚做出点儿小成绩，就赶紧过来邀功。她轻咳了一声，走到顾九思身前去，给他推过去两道凉菜。

顾九思吃饱喝足后，觉得人生满足了，站起身来摇了摇扇子，道："行了，爷睡了。"

"郎君。"

柳玉茹的声音在身后响起来，顾九思抖了抖——他现在听见"郎君"两个字就觉得害怕。

果不其然，柳玉茹道："不如让妾身给您介绍一下您接下来的生活吧？"

"不用，不需要，不可以，谢谢。"顾九思语速极快，抬腿就想溜。

柳玉茹坐在原地，温柔地道："妾身不想关您的。"

听到这句话，顾九思抬起的腿僵在了空中。柳玉茹摇了摇茶杯里的茶，看着倒映在里面的月亮，温和地道："回来。"

顾九思深吸了一口气，当真就垂头丧气地回来了。

柳玉茹先领着顾九思去洗了个澡，然后将提前准备好的衣服给顾九思换上。顾九思被迫穿上一身素色长衫，然后被逼着在脑袋上束上了一条写着"勤勉"的布带，接着跪坐到了柳玉茹的身前。

如今在大厅这些会有外人来的地方，或是书房这些有功用的房间虽已多用椅子、凳子，但在私人场所内还是以跪坐为主。

柳玉茹喝着茶，看着跪坐在自己面前神情悲愤又敢怒不敢言的顾九思，满意地打量了一番。

不得不说，顾九思这皮囊长得是真的不错。人家都说叶世安清俊，好似梅花仙君。柳玉茹却觉得，只从长相来看，顾九思才是真正的仙人之姿。

他眉似远山，眼如桃花，哪怕穿着这样素淡的衣衫，也遮不住眉眼间的艳丽之色。他的面容生得偏女相，但骨骼棱角分明，便显出几分英俊，带着一种如花如月的华丽轻奢之美。

柳玉茹静静地打量着他，突然觉得，其实若是往好的地方想，顾九思虽行事荒唐，但脾气好，长得好，又有钱，这门婚事，她倒也不算吃亏。毕竟她不过中人之姿，又只是小门小户里不受宠的千金，若不是这番阴错阳差，顾九思和她绝不会搭在一起。

顾九思见柳玉茹久久不说话，抬眼没好气地道："要说什么就快说吧，我累了，想睡觉。"

"哦，"柳玉茹收回思绪，"是这样，我同您以前的夫子聊过您读书的进度了，为此给您做了一个规划，日后您每日子时就寝，卯时起身读书。我会为您请一位德高望重的大儒，专门教您四书五经；再请一位先生，专门为您讲解当今天下局势；还有一位杂家，教您算账、分辨粮食等；最后由您的父母亲自教您经商往来。"

听到这些，顾九思倒吸了一口凉气，道："你这是打算逼死我！"

柳玉茹没理会他，继续道："每日我会定时叫您起床，然后陪您去上课，每日上午学儒学，大约两个时辰；而时政与杂务在每天下午的一个时辰里交错进行。晚上我会陪您读书，完成白日里老师留下的功课。每隔五日，我会陪您一同去店里看公公婆婆如何打理商铺，每个月您会有三日休息时间，可自由安排，但不允许到青楼、赌坊等地去。"

"只有三天？"顾九思提高了声音。

柳玉茹笑着道："公子可是觉得时间太长，不利于您上进？要不改成一日？"

"不不不，"顾九思赶忙挥手，"三日吧，三日挺好的。"

柳玉茹点点头，继续道："这些时间里，郎君要戒酒、戒玩乐，您的拜帖我会替您审查，合适的不会阻拦，不合适的便一律推了。为了不影响郎君的心境，郎君出入的房间我会重新布置，衣衫我已经全部重新准备了，您过去那些花花绿绿的衣服不利于修心，日后郎君就穿今日这身衣服吧。"

"不好吧……"顾九思苦笑，"我一套衣服天天穿也不好。"

"没事，"柳玉茹微笑，"妾身为您准备了三十套，您可以一天换一套，保证一定是一模一样的。"

顾九思：很好，你够狠。

"郎君可有什么想说的吗？"柳玉茹看着顾九思愤恨的眼神，轻摇着手里的扇子。

顾九思忍了又忍，憋了又憋，终于道："柳玉茹，你到底打算做什么？"

"什么做什么？"

"你是不是想折磨我出气？"顾九思大着胆子说出来，"所以才想了这么一个办法，逼着我读书？"

柳玉茹转动着手中的团扇，沉默了片刻，道："郎君可知道，玉茹未来的荣辱都系在郎君身上了。日后郎君飞黄腾达，玉茹便享富贵荣华；郎君落魄，玉茹便落魄。玉茹过往的好友都知道玉茹与叶家的关系，如今玉茹嫁给了郎君，不知多少人在看笑话。"柳玉茹转头看向顾九思，苦笑，"若郎君比叶世安好，她们自然什么话都说不出来；若郎君比叶世安差，她们的嘲笑与指点便免不了了。我终究是个俗人，想活得风光漂亮些。所以我希望郎君能比叶世安好，让我不被嘲笑，有风风光光的一天。"

听到这话，顾九思有些诧异，别扭地道："呃……我可以给你买很多漂亮的衣服、簪子……"

"那些都没用。"柳玉茹抿了口茶，淡淡地道："郎君有钱，可这些年受到的嘲笑还少吗？"

顾九思愣了愣，柳玉茹的话在他的心上划出一丝浅浅的伤口，不太疼——其实他也不知道这疼应该如何定义，这或许该是很疼的，可是他自己已经麻木了。小时候他也曾想过当人上人，可是被比较、被嘲笑久了，也就习惯了。他觉得当个纨绔子弟，总比努力后再被人嘲笑要好。

柳玉茹往前探了探身子，打量着他，道："其实您很聪明，我说的话，您也听得明白。您本可成为俊杰，承担起重担，只是不愿意而已。"

"我不行……"顾九思有些尴尬，鲜少有人这么真心实意地评价他，他赶忙道，"我读书真的不行。你换条路吧，换条路我帮你争面子。"

"如今时局变了，您知道吧？"柳玉茹突然换了个话题，"天子已经三个月不曾临朝，您的舅舅急于和公主结盟，您的父母着急让您读书，郎君难道不曾察觉到变化吗？"

顾九思没说话，听着柳玉茹的话，心里有些沉闷。

柳玉茹接着道："公公婆婆终究会老的，您就算不为自己考虑，也该为他们、为我考虑一下。若日后他们被人欺辱，我被人欺凌，您就只能眼睁睁地看着而无能为力，您还觉得无所谓吗？"

"你说的话，"顾九思斟酌着慢慢地道，"我都明白，但不会有这么一天……"

"因为您父母会规划好所有的路，是吗？"柳玉茹笑出声来。

顾九思没有回答，柳玉茹眼里含着笑，仿佛看透了他的心一般。她接着道："这话到底是您自己安慰自己，还是别人安慰您？您是不敢去面对现实，还是真的对现实一无所知？"

顾九思垂着眼眸，这一次终于失了声。

他静静地看着眼前的水杯，听着柳玉茹道："我之所以让郎君读书，不是走投无路，是因为我知道你可以。我知道叶世安读书有多努力，也知道你有多聪慧。叶世安能做到的事，你都可以做到，只是你从来不去做。"

"我不行。"

"你可以。"柳玉茹断言。

顾九思抬眼看着面前的姑娘，柳玉茹的眼神没有半分退缩，两人静静对视。

顾九思的眼神有些闪烁，柳玉茹突然道："你若能赢过叶世安，当个大官，替我争一个诰命，我就原谅你。"

她似乎摸透了他的心思，知道他最柔软的地方。

他之所以一直胡闹作妖却始终没有出格，甚至一再忍让，就是因为心中清楚，这一场婚事是因为他的一句玩笑话。他的愧疚让他无条件地退让，却又控制不住自己的小脾气要挣扎。他这样孩子气的善良与闹腾，她都了解得清清楚楚。

顾九思有些错愕。他突然发现，面前这个姑娘似乎比他爹娘更明白他。

他的眼神直愣愣的，没有半点儿遮掩。柳玉茹被他直视的目光看得有些心跳加速，轻咳了一声，错开眼神。

夜风夹杂着花香吹拂过来，姑娘的发丝轻轻地落在她洁净的脸庞上。

她稳住了心神，再一次开口："顾九思，就算是为了我，你努力一次，行吗？"

听了这话，顾九思沉默着没出声。

后来柳玉茹想起来，其实这话是有些暧昧的，只是那时候他们俩都没想到这些。于感情一事上，他们都没什么阅历。柳玉茹只是想让他对她心怀愧疚，而顾九思也只觉得柳玉茹说的话其实也对，他让人家失去的东西，总得给人家争回来。

只是……超越叶世安，对顾九思来说太难了。

他打小就生活在叶世安的阴影下。小时候他身体不好，一日里总有大半日在喝药。他学东西虽然快，但是看书的时间稍微长些，就容易头疼。那时候扬州城大半的小少爷都在一起读书，每日晨间抽人起来背书时，顾九思但凡看过的都能流利地背出来，没看过的自然一个字都背不出来。但夫子是不会问为什么没看过的，那是扬州城最好的私塾里最严格的夫子，只会劈头盖脸地骂顾九思不上心。

叶世安坐在顾九思的后面，顾九思每次背不出来时，叶世安便站起来，流利地背完后面的内容。于是夫子上门时，总要同顾朗华说上一二。

爹娘不忍心骂顾九思，但也时常会夸叶世安："叶世安怎么这么聪明啊？"

起初顾九思躲在被子里哭，江柔一见他哭便心疼得不行："宝贝不哭了，比不过就比不过了，咱们家也不靠读书吃饭，你高高兴兴的就是了。"江柔觉得自己只是安慰孩子，但这些话落在顾九思心里，就成了他后来的遮羞布。

他是不敢去同叶世安比的，也不想比，反正爹娘都说了，高兴就好。

如今柳玉茹再如何鼓励他，顾九思心里都有那么几分害怕。可这是生平头一次有人这样肯定他，说他能比叶世安更好，他又不忍心让她失望，于是憋了半天才道："我……我试试吧。"说着，他慌忙起来，道，"你先睡吧，我再去看会儿书。"

柳玉茹点了点头，顾九思便离开了。印红进来扶起柳玉茹，柳玉茹起身吩咐道："你让厨房给少爷炖碗吊梨汤，我听着他声音有些哑，让他润润喉。"

"小姐对他这么好做什么？"印红有些不满，把柳玉茹扶到了床边，"您就是太心善了，要不是他，您现在可就是叶少夫人了，哪能在这儿操这个闲心？您这是嫁人吗？这明明是多了个儿子！"

"净胡说！"柳玉茹用团扇轻轻地敲了印红的脑袋一下，坐在床边叹了口气，道，"印红，以后就别叫小姐了，叫少夫人吧。"

印红嘟着嘴不说话。柳玉茹抬眼看她，也明白她的意思："我知道你是为我抱不平，可是人得往好的地方看。其实顾九思有一万种法子整治我，可顾家也好，顾九思也好，他们都没有这样做，反而不断给我让步，这不是因为我多有能耐，而是他们让着我。他们之所以让着我，也是他们好心。能走到今天，顾家谁都不是傻子，便是顾九思，在外面你又见他让谁欺负过？"

印红静静地听着，柳玉茹看着外面轻轻摇动的柳条："这桩婚事，算起来也是张月儿使坏，我爹贪财，我若是把所有气都撒在顾家身上，现在自然可以作威作福，但谁又能忍谁一辈子？过些时日，顾家好好待我，若我还记恨，他们自然有的是法子整治我。我不如把这些事都放下，好好过日子。我既然当了顾家的少夫人，吃着顾家的米，穿着顾家的衣，就不能有太多其他的心思了。"

印红叹了口气，脸上露出些许哀愁之色："理是这个理，可是我想想吧，还是替您难过。毕竟叶大公子……比姑爷，要好太多了……"印红越说越小声，柳玉茹听着却笑了。

"你别这样说。"柳玉茹柔声道，"叶大公子有叶大公子的好，但郎君也有郎君的好。且不说其他，我便问你，若今日这事发生在叶世安身上，你觉得可能吗？"

若柳玉茹提刀去堵叶世安，叶世安怕是一回家就下休书了，哪里还会坐下来委屈巴巴地和柳玉茹谈这些？

印红愣了愣。柳玉茹笑着道："郎君看着凶恶，其实脾气比叶大公子好了不知道多少。你看郎君的身手，若是真打起来，他哪里会跑不出去？他不过是不想伤了院中的家丁，所以才收手。而且呀，郎君比你我想象的聪明得多。你想想，他花了多长时间背完的《学而》？怕一刻钟都没有，叶大公子都没这记性。郎君只是不上心，"柳玉茹摇着扇子，"若是上心，他怕是比叶大公子聪明多了。"

他比叶世安聪明多了。回来拿东西的顾九思听见了，愣在门口。旁边的木南看着他的模样，一时有些疑惑，小声地叫他道："公子？"顾九思抬起手做了一个噤声的手势。他从窗缝里悄悄地看了里面一眼，里面灯光温柔，女子坐在床上，笑容恬淡又柔和，像是春日的夜风，轻轻拂过他的面颊，飘进他的眼里。

他静静地看了一会儿，直起身来，朝木南招了招手，便领着木南回了书房。

他点上灯，翻开了书，静静地看着书，突然觉得这一次是真心，而不是勉强，真心想要补偿柳玉茹。

她是个好姑娘，他想，总该让她过得好一些。

第二天柳玉茹醒的时候，已经是卯时。

柳玉茹起来后，询问旁边的印红："大公子昨儿个没回房来？"

印红给柳玉茹插着簪子："大公子昨晚是在书房睡的。"

"起了吗？"

"没，"印红憋着笑道，"木南一早就在门外候着了，说叫不起来，让您过去。"

柳玉茹点了点头，便进了书房。

书房里，顾九思睡在床上，用被子蒙着头，呼吸深沉又绵长，看上去睡得香极了。

木南为难地站在一边，道："少夫人，我叫了好几次，公子都听不到……"

"无妨。"柳玉茹微微一笑，"端盆水来。"

那一天清晨，顾九思知道了什么叫"醍醐灌顶"。

他被水泼醒的时候，整个人是蒙的，一抬眼就看见了柳玉茹的笑容。

"郎君，睡得好吗？"

顾九思下意识地想开口骂人，又想起昨天晚上这姑娘坐在床边摇着扇子的样子，一口气憋在了胸中，脸色变了又变。周边的人吓得瑟瑟发抖。顾九思深吸了一口气，慢慢地道："还好。"说着，他站起身来，接过帕子擦了把脸，然后换上了一身素色长衫，把写着"勤勉"的带子绑在了自己头上，信心满满地道，"柳玉茹，我一定会超过叶世安的！"

柳玉茹微微诧异，随后忙道："郎君有这样的想法，那真是再好不过了！"

"柳玉茹，"顾九思认真地看着她，"等我超过了叶世安，帮你争了诰命，那时候我们是不是就互不亏欠，你可以寻找你的幸福，我也可以寻找我的幸福了？"

柳玉茹听着这话，嘴角含着笑，转动着扇子道："那是自然。"

顾九思深吸了一口气，拍了拍她的肩："你放心，你失去的东西，我都会帮你争回来！"说着，他满怀壮志地走出了房门。

他先是洗漱，然后用饭。因为老师授课的时间是定好的，他起晚了，只能一面赶着去上课，一面匆忙地吃东西。

柳玉茹跟在他身后，帮他算着时间。

早上两个时辰的儒学，学完之后，顾九思才喘息片刻，柳玉茹就赶紧让人将饭菜端上来，一面给他夹菜，一面道："郎君，你多吃些，下午还有课，在这之前你先做点儿功课，不然晚上做不完。快吃，千万别饿着了。"

顾九思被逼着迅速地吃了午饭，开始做功课，然后就迎来了下午的老师……

一天过去，顾九思做完功课回房的时候，累得几乎走不动了。柳玉茹扶着他，精神奕奕地道："郎君再坚持一下，您还有一篇《论语》要背。"

"背不了了……"顾九思几乎要哭出来了，"柳玉茹，你让我去睡吧，我真的受不了了，背不了了……"

"顾九思，你清醒一点儿！"柳玉茹怒喝一声，顾九思瞬间一个激灵，站直了身子。

"能背吗？"柳玉茹认真地看着他。

挨饿的恐惧感涌上心头，顾九思疯狂地点头："能！"

顾九思是背着书睡着的，咚的一声，他的头就磕在了桌上。柳玉茹看着他睡觉的样子，觉得他像极了一个孩子。他的睫毛很长，在夜里微微颤动。

"烤羊腿……"他低喃了一声。

柳玉茹轻笑出声来。她关他的那一次给他的影响也太大了。

她轻轻推了推他，温和地叫他："郎君，起身了。"

"柳玉茹……"顾九思迷糊着开口，"对不起……"

柳玉茹微微一愣，看着面前像个孩子一样的男人，瞬间觉得内心被柔软填满。

她突然觉得嫁进顾家，嫁给这个男人，或许也并不是一件坏事。顾九思固然纨绔无能，可比起叶世安，顾九思至少有一点好——有心。

她与叶世安相识这么多年，对叶世安而言，她或许也不过是家族间交往中的"玉茹妹妹"而已吧？

她轻笑着用扇子敲了敲顾九思，柔声道："起了。"

扇子把顾九思敲疼了，他唑了一声，捂着脑袋抬起头来，不满地道："你做什么？"

"起来，去睡吧。"

顾九思揉着被她敲疼的地方，不高兴地道："还没背完呢。"

"不背了。"柳玉茹站起身，"放你的假，去睡吧。"

听到这话，顾九思的眼睛顿时亮了，他高兴地起身跟着柳玉茹，道："这可是你说的，我可没偷懒。"

柳玉茹看着他亮晶晶的眼睛，忍不住用手戳了一下他的额头，嗔笑着道："瞧你这出息。"

"喂，你别老是打我的脑袋啊，打傻了你就当不了诰命夫人了！"

柳玉茹没理他，招呼着他往前走。

顾九思犹豫了片刻，道："我还是睡书房吧。"

"嗯？"柳玉茹挑眉，很快明白了他的意思。他还是想着有一天他们会分开的，所以想尽可能地不占她的便宜。她叹了口气："郎君，你成亲头一个月就与我分居，我在名声上过不去。"

顾九思被她说得皱起了眉头。他认真想了想，随后道："那我打地铺。"

柳玉茹：这说得好像她很想让他上床一样。

"行吧。"柳玉茹淡淡地道："地上可大了，你想怎么睡就怎么睡。"

当天晚上，顾九思高高兴兴地打了地铺。他幸福地睡在地上时，柳玉茹也不知道怎么的，就突然很想对他动手。她也没遮掩。或许在他面前，她已经完全不想遮掩。于是她从旁边抓了一个枕头，猛地朝顾九思狠狠地砸了过去。枕头砸在顾九思的脸上，他一动不动，仿若挺尸。柳玉茹冷哼了一声，躺到床上，盖起被子。顾九思听到她睡了，才小心翼翼地把脸上的枕头拉下来。他叹了口气，看着天花板。女人的心情果然阴晴不定，他未来的日子会有多难过，可想而知了。

接下来顾九思每天重复着早读书、午读书、晚读书的悲惨生活。他过得浑浑噩噩，每次哭着喊着说不读了，柳玉茹就鼓励他："你要努力啊，郎君，一定要超过叶世安。"

超过叶世安……超过叶世安……超过叶世安……这句话每日回响，顾九思就时时挂念着叶世安的成绩。

没过几天，乡试放榜，所有学子都赶着去看，顾九思没参加考试，却比参加了考试的人还要紧张。他大清早起来就让木南去打听消息。柳玉茹只见顾九思坐立不安，但不知他在紧张什么。

中午时分，木南终于回来了。顾九思远远看见木南回来，就急急地跑到门口迎接。木南跑过来，喘着粗气。顾九思急忙问："怎么样？叶世安考得怎么样？"

"解……解元……"木南喘着粗气说。

顾九思脸色苍白。

木南怕他没听清楚，又重复了一遍："第一名，解元！"

听到这话，这十几天的早起晚睡，每日发的愁，积攒的一切情绪都在这一刻爆发，顾九思再也支撑不住，两眼一翻，当场晕了过去。

周边的人都拥上来，大声地喊他："公子！你怎么了公子？！"

顾九思悲痛欲绝。他怎么了？他要死了！

第一名！乡试第一名，叶世安未来还可能会考中会试第一，殿试第一，第一，第一，永远第一。

自己怕是拼了这条小命也追不上啊……

顾九思一晕，整个顾府人仰马翻。

江柔和顾朗华赶了过来，看着顾九思几天内瘦了一圈，心疼得不行。

江柔对着柳玉茹，斟酌着道："玉茹啊，万事不可操之过急，这孩子打小也没吃过什么苦，你一下让他这样劳累，会出事的啊。"

柳玉茹叹了口气。她知道顾九思没吃过苦，却也没想到会柔弱成这样。看上去精神头这么好的一个人，说晕就晕，实属罕见。她低头道："婆婆说得是，玉茹知错了。"

见柳玉茹让步，江柔也不好再说什么。但江柔观察着柳玉茹的神色，也知道柳玉茹绝不会这样罢休。江柔看着躺在床上的顾九思，心疼得不行，慢慢地道："玉茹啊，其实人这辈子有许多路要走，也不一定就是要读书。九思不适合，你也别逼他了……"

"那他适合做什么呢？"听见这话，柳玉茹抬眼看着江柔。

江柔被问得噎了一下。

柳玉茹重复了一遍："婆婆觉得，郎君适合做什么呢？"

江柔沉默了，柳玉茹试探着道："郎君武艺高强，不若送到军中……"

"不行不行，"听了这话，江柔立刻道，"我们家就九思一个孩子，战场凶险，九思若有个三长两短……"

"婆婆，"柳玉茹叹了口气，"您在我心中，一直是个聪明至极的女人，怎么在郎君这事上就看不开呢？"

"习武的路子走不了，就只能从文，无论是经商还是做官，哪里有不需要读书的？既然读了书，当然要往最好的路子走，如今这扬州城里，哪户富商家中没有几个出仕的子弟？郎君没有亲兄弟，若不去考个功名，日后就只能靠他的表亲、堂兄弟，但这些亲戚都在东都，二位远在扬州，他日二位年迈，该郎君撑起顾家了，那时他们还会卖郎君这个面子吗？"

这话让江柔沉默了，柳玉茹慢慢地道："就算他们卖这个面子，郎君只是一位商人，地位终究差了些，公公婆婆已是扬州首富，可舅舅要从东都来将郎君带走，公公婆婆也毫无办法，不是吗？与其攀附他人，不如自力更生，您得为郎君的未来着想。您得想着，他今日之所以要吃这般苦，就是因为年少时过得太无忧无虑。人这一辈子总要吃苦的，这时候该吃的苦这时候不吃，未来就会加倍地还回来，您说是不是这个道理？"

江柔沉默了许久，叹了口气，点头道："你说得是。"

"而且，"柳玉茹喝了口茶，出声道，"郎君其实很聪明，这些时日我观郎君之才，以为不低于他人。所以我希望公公婆婆日后不要再说郎君做不到什么，有什么不行。于我心中，他就算拿了状元郎，我也不觉得有什么奇怪的。"

江柔静静地看着柳玉茹，柳玉茹低头道："儿媳一时心急，出言冒犯了。"

"无妨，"江柔吐出一口浊气，"你说得是，是我和朗华糊涂了。你好好照顾他。"说着，江柔起身，拍了拍柳玉茹的肩膀，温和地道，"你是个好孩子，九思娶了你，我很放心。"

柳玉茹垂下眼眸，心里微微一动，有那么几分欢喜之意。她毕竟只是十五岁的人，被长辈夸赞，难免有些飘飘然。

柳玉茹恭恭敬敬地送江柔出去。

到了门口，江柔突然道："等九思的身体好些了，他陪你回门后，你也抽点儿时间，我带你去几个铺子看看。"

柳玉茹愣了愣。

顾家的产业太大，顾老爷一个人管不过来，所以有一部分产业是由江柔管着的。这事放在其他人家就是骇人听闻，居然有让妻子管着产业，还让妻子同外人谈生意的。可对顾家来说，这再正常不过。柳玉茹知道，去几个铺子看看，就是让自己接手顾家生意的第一步。江柔……竟要儿媳也一样经商吗？

柳玉茹的心突突地跳。

她面色沉稳地应了，然后恭敬地送走了江柔。

第四章　祸事起

　　柳玉茹压着心里的激动，折回内间来，便见顾九思醒着。他睁着眼看着屋顶，似乎在发呆。

　　柳玉茹走到顾九思身边，坐到床边给他摇着扇子，道："郎君可觉得好些了？"

　　顾九思应了一声，随后又叹了口气，道："我已无碍了，是不是要读书了？"

　　"今日先休息吧。"柳玉茹笑了，"我陪你说说话好了。"

　　"哦，"顾九思面色漠然，"我不想说话。"

　　"那你陪我说说话吧。"柳玉茹撑着头，靠在顾九思身边。

　　顾九思被她的话逗笑了，笑着看她，道："你的脸皮怎么这么厚了？"

　　"你娘让我陪她去铺子里看看。"柳玉茹按捺着心里的激动，面上的笑容却遮都遮不住。

　　顾九思感觉到她的开心，转头道："看看就看看，你高兴什么？"

　　"我猜她是想让我学着做生意。"柳玉茹以为顾九思不明白，又补充了一句。

　　顾九思嘿了一声，满不在意地道："不就是做生意吗？值得你这么高兴吗？"

　　说着，他突然想起以前柳玉茹在柳家的身份，便明白过来了。他想

- 97 -

了想，随后道："我娘让你陪她去看看，估计就是想看看你是不是这块料。你不是想让我读书当官吗？我们的家业也不能荒废，她估计就是想着，以后我当了官，家里的产业就交给你了。"

听到这话，柳玉茹睁大了眼："你说……你说……"

"顾家未来都是你的。"看着柳玉茹被震惊到的样子，顾九思突然高兴起来，给她让了位置，侧着身，头靠在手上，笑着问她，"怎么，高兴傻了？"

柳玉茹没说话，深呼吸了几下，有些忐忑地道："那你说，我成吗？"

顾九思愣了愣。头一次看见柳玉茹这么忐忑的样子，他骤然笑出声来。

柳玉茹见他笑得没头没脑的，有些不满，伸手去推他："你笑什么？"

"柳玉茹，"他高兴地道，"你也有今天哪？"原来面对未知事物忐忑不安的不是只有他一个人。

柳玉茹忍不住伸手去掐顾九思，顾九思赶忙往床里退。他一边躲着她，一边叫喊："哎呀，疼疼疼，饶了我吧姑奶奶，你最厉害、最凶了……"

柳玉茹被他逗笑了，一面笑，一面掐他。

顾九思躲了一会儿，实在忍不住了，抓住她的手道："好了好了，别掐了，我输了。"

"放手！"柳玉茹故作凶狠地看着他。

"那你可不能掐我了。"说着，顾九思放开了她的手。

柳玉茹哼了一声站起来，同他道："你休息一下，这两天找个时间陪我回门。"扬州的风俗是满月回门，如今也到回门的时间了。

顾九思懒洋洋地应了一声。看着柳玉茹坐在镜子前，他抬手撑起头，温和地道："你也别担心了。"

柳玉茹卸发钗的动作顿了顿。顾九思打着哈欠道："你放心吧，那几个小商铺我都能管，你这么厉害，肯定管得下来。"

听了这话，柳玉茹才反应过来顾九思是在说接手生意的事。许久后，她垂下眼眸应了一声："嗯。"

这些天来，顾九思终于睡了一个好觉。第二天起来，柳玉茹见他精神不错，便让人去柳家送了帖子，领着顾九思回门。路上柳玉茹一直嘱咐顾九思："到了我家，你少说话，表现得对我好就行了。"

顾九思点着头，认真地道："放心吧，我保证给你争面子。"

"还有一件事……"柳玉茹皱着眉说。

顾九思抬眼看她。

柳玉茹思索着道："我想将张月儿最小的孩子过继到我母亲名下，你……"她顿了顿，随后道，"算了。"

她想，这么复杂的事顾九思也做不了。

顾九思看了她一眼，已经明白了她要做什么，撇了撇嘴，扭过头去，没有多话。

顾九思领着柳玉茹回门，刚到柳家大门口，柳玉茹便看见柳宣领着苏婉站在门口，张月儿同芸芸一起站在后面。这么多年了，苏婉第一次站回这个位置，柳玉茹一看见，便知道母亲这些时日过得不错。柳玉茹眼眶微红，微微低头，随后就感觉到顾九思握住了她的手。

众目睽睽之下，顾九思神情关切地问："夫人怎么哭了？可有哪里不适？"

柳玉茹：不，我不需要这么做作的关爱。

但柳玉茹不能拂了顾九思的面子，便勉强笑了笑，柔声道："见到父母，喜极而泣罢了。"说着，她便领着顾九思上前去，恭恭敬敬地给苏婉和柳宣行了礼。

见顾九思规规矩矩地行礼，柳宣舒了一口气。惯来听说顾九思行事张狂，柳宣本来还担心会在众目睽睽下被打脸，谁承想顾九思居然这么给面子，当即高兴了许多，连忙招呼顾九思进去。于是顾九思陪着柳宣，柳玉茹扶着苏婉，一家人欢欢喜喜地进了柳家大门。

顾九思一心想着给柳玉茹争面子，一顿饭下来，不是给柳玉茹夹菜，就是在嘘寒问暖。在座的人都看得面面相觑，柳玉茹的脸也红了个通透，顾九思却浑然不觉。旁边的下人有忍不住的，抿嘴偷笑；张月儿心中不屑，既觉得顾九思太没规矩，又不得不艳羡；而苏婉看见柳玉茹过得这样好，便低下头，悄悄红了眼眶。

一顿饭吃完，顾九思被柳宣拉去喝酒。大概是对顾九思的期望太低，顾九思稍稍表现，柳宣便对他印象极好。

柳玉茹则被苏婉带回房里，苏婉同柳玉茹说了近些日子的情况："如今张月儿的心思全在芸芸身上，同你父亲吵得厉害，你父亲看见她们就头疼，来我这里便来得勤快了。我倒也不觉得有什么，他来或不来，我也不甚在意了。只是大家看见他抬举我，便对我好了许多。倒是你，"苏婉看着柳玉茹，关心地道，"那顾大公子对你……"

"挺好的。"听到这话，柳玉茹便笑了，柔声道，"娘，九思比外界传的好多了，他对我很好。"

"他在家，"苏婉有些不好意思，指了指大堂，"也是那般模样吗？"

柳玉茹红了脸，点了点头，小声道："您放心吧，他是真心疼我。"

"那就好。"苏婉舒了口气，点了点头，道，"女人能被丈夫这般宠爱，一辈子便没什么好担心的了。"

柳玉茹笑而不语。以往她觉得苏婉说得没错，如今却已经无法认同，但也知道苏婉这样想了一辈子，要转变太难了，于是也只是笑着陪着苏婉说话。说了一阵后，她想起今天的来意，同苏婉道："如今您和父亲的感情也好了，趁着这个机会，也该为未来打算一下。我想了想，我婆婆那日说的话也不是没有道理，您如今没有孩子，不妨过继一个。若是抢了芸芸的孩子，怕她会寒心，如今月姨娘最小的孩子尚不满两岁，不如我今日同父亲提这件事，您看……？"

"你提……怕是不好吧？"苏婉有些担忧。

柳玉茹叹了口气："总不能由您来说。如今父亲之所以爱来您这里，就是觉得您性情淡泊，不争不抢，若是您开了这口，父亲怕是会不喜。"

苏婉沉默了。

柳玉茹想了想说道："您别担心，九思在呢，父亲就算不高兴，也不敢说什么。"

苏婉和柳玉茹说了一下午的话。晚饭时，大家正说着话，柳玉茹看着张月儿抱着的孩子，笑着道："荣弟如今也快两岁了吧？"

听到儿子被提到，张月儿顿时有了几分底气，笑着道："是呢，快两岁了。"

"会说话了吗？"柳玉茹问。

"还不大会，但会叫娘了。"张月儿说着，催着柳荣道，"荣儿，来，叫一声娘给大家听听。"

孩子叽里呱啦地说了一堆，也没吐出个清晰的字音来。顾九思噗地笑出声来。张月儿看过来，顾九思低头道："对不住，这孩子太好笑，我没忍住。"

众人一时陷入沉默。

柳玉茹淡淡地看了顾九思一眼，顾九思立马收敛了笑意，坐端正了。这个细节才让苏婉真正放下心来。

见张月儿的脸色有些难看，柳玉茹忙道："姨娘您别同他计较，九思就是孩子脾气。"

"顾大公子天性率真，"张月儿勉强地笑着道，"哪里有什么好计较的？"

"如今月姨娘膝下已经有了两个儿子，玉茹看着十分羡慕。玉茹总想着，如今玉茹嫁出去了，母亲身边总该有个人照顾，父亲，您说是吧？"说着，柳玉茹就看向了柳宣。

张月儿抱着孩子的手忍不住紧了紧。柳宣听着柳玉茹的话，点了点头。

出乎所有人的意料，柳宣道："你说得是，你母亲膝下是该再有个孩子。不如这样吧，"柳宣直接道，"月儿，荣儿就交给夫人抚养吧。"

"老爷！"张月儿惊叫出声，"这……这……荣儿还小，"她的脑子转得极快，忙道，"他若离了我，不行的！"

"月姨娘这话说得有意思了，"顾九思懒洋洋地开口，"哪家的男儿离了娘就不行的？又不是什么软骨头，姨娘，孩子还是得交给大夫人养，免得走弯路。"

张月儿听出自己这是被暗讽没眼界，牙都要咬碎了，只恨自己那些年还是对柳玉茹和苏婉太好了，就该早早弄死苏婉，又或是把柳玉茹随便嫁给个糟老头子做妾室，让她们母女一辈子翻不了身。然而现在说这些都太晚了，她抱着孩子哭哭啼啼地闹起来。

柳宣见张月儿在顾九思面前闹，顿时大怒，让人把张月儿拖了下去，随后便同苏婉说起过继这件事来。饭后柳宣又留顾九思喝了一会儿酒，才让柳玉茹和顾九思回去。

到了马车上，柳玉茹还是觉得有些奇怪："今日我父亲怎么这么好说话？"她原本想着，让柳荣过继过来肯定要费一番周折。

顾九思用手撑着头，靠在窗户边上笑着道："这你得夸我。"

柳玉茹转过头去，顾大公子红衣金冠，眼里含笑，月光落在他白如玉瓷的皮肤上，给他笼上了一层淡淡的光华。他的笑容懒散中自带风流，竟让她有那么一瞬间有些恍惚。

见柳玉茹不说话，他伸出手朝她招了招："发什么愣？快夸我呀。"

"夸你什么？"柳玉茹回过神来，觉得有些不自在，扭过头去，用团扇给自己扇着风。

顾九思掸了掸衣服，颇为自豪道："我下午便同你爹说起这事了。"

"嗯？"柳玉茹回头看他，好奇地问，"你说什么了？"

"我说呀，那些大户人家的妻子都有个儿子，没有的也要过继一个，你娘孤身一个人，我担心哪。我还说我本来打算给我小舅子送好多东西的，可惜你也没个弟弟。我要是把东西给妾室的孩子，还打压着你娘，那我心里多不高兴啊。"

"就这样？"柳玉茹愣了愣。

顾九思挑了挑眉："不然你要怎样？"

"你这样说话，会不会……"柳玉茹斟酌着道，"太直接了？"

"所以我说你呀，"顾九思用扇子轻轻地戳了一下她的额头，嘴角带着笑，"做事就是想太多。你以为你爹为什么这么多年没休了你娘？"

柳玉茹皱起眉，犹豫着道："因为休妻这事……传出去不体面？"

顾九思叹了口气，用看傻子的眼神看了一眼柳玉茹，直接道："你爹是要脸的人吗？他不休你娘完全是因为你娘是苏州苏家的千金小姐，休了你娘，他上哪儿再娶这么体面的女人？上哪儿找那么得力的舅哥？所以呀，你爹宠张月儿也是在不得罪苏家的前提下宠。你娘要是早早地闹了，你爹还敢这么宠着张月儿吗？"

柳玉茹听着顾九思的话，慢慢地道："男人家……也要这么算计吗？"

"男人也是人，"顾九思嗤笑，"是人就贪财，就好权。在你爹心里，女人算什么？如今他想要巴结顾家，自然会对你娘好，我提了要求，还明明白白地告诉了他，只要孩子过继到你娘名下，我就给孩子送东西，我们顾家送东西是随便送的吗？你爹心里算得清楚着呢。"

柳玉茹不说话了。

顾九思摇着扇子等着柳玉茹夸他，等了一会儿没见她有反应，不满地道："你怎么不说话？"

"顾九思。"柳玉茹这次没叫他郎君了。她慢慢回过味来，抬眼看着面前吊儿郎当的人，诧异地道："你……你挺厉害呀。"

至少在琢磨人心这件事上，顾九思比她通透太多了。他想人想得简单，每件事都往本质上想，绕开了规矩和表面那些冠冕堂皇的话，每次都是直击要害。对付柳宣这样的人，顾九思手到擒来，只是面对柳玉茹这种和他根本不在一个思路上的"行走的牌坊"时，才无从下手。

顾九思听着柳玉茹的夸赞，挑了挑眉，把手搭在窗户上，颇为骄傲，道："叫夫君。"

柳玉茹听了话，高兴地蹲到顾九思边上去，给他捶着腿，讨好地道："夫君，你太厉害了。你再给我说说张月儿，你说这人怎么样？"

"茶。"顾九思见柳玉茹这般讨好自己，心里顿时飘了起来。

柳玉茹赶紧给他倒茶，眼巴巴地看着他。

顾九思喝了口茶，看着柳玉茹那崇拜的眼神，忍不住笑了："柳玉茹，"他笑着道，"我发现你挺能屈能伸哪。"

"那是，"柳玉茹立刻道，"成大事者必须有这种魄力。"

顾九思哈哈笑起来，拉她起来让她坐在他边上。

他酒后兴致高，柳玉茹问，他就高谈阔论，从张月儿、芸芸一路说到他身边认识的各个人。

这些时日，柳玉茹让夫子给他说了天下局势，他心里也有了底。柳玉茹见他像是醉了，什么都说，便忍不住问："那你觉得，梁王如何？"

听到这个名字，顾九思的眼中闪过一丝冷意，他冷笑道："乱臣贼子，其后必反。"

柳玉茹骤然一惊，还要再问什么。

顾九思却两眼一闭，靠在马车上，不高兴地道："我要睡了，不要吵我。"

之后无论柳玉茹再如何摇他，他都不肯再多说了，这话却刻在了柳玉茹心里。柳玉茹一夜未眠，在床上辗转反侧。

第二天清早，柳玉茹醒过来就蹲在了顾九思的地铺边上，开始摇他："顾九思，顾九思。"

顾九思抬手捂住自己的耳朵，不满地喃喃："不是说好了给我放假的吗？我好累，好疲惫，好困……"

"你再回答我一个问题，我就让你睡。"

顾九思捂着耳朵，假装什么都听不到。

柳玉茹把他的手拉开，忙道："你为什么说梁王会反？"

"嗯？"顾九思迷迷糊糊地睁开眼，"我说了？"

"对，"柳玉茹肯定地道，"你说了。"

顾九思艰难地想了想，憋了半天，才终于道："瞎说的吧……"

看着柳玉茹的脸色，顾九思知道自己不能再睡了。他坐起身来，痛苦地道："我就是有这个感觉。梁王这人太假了。你说他有兵有权，什么都为皇帝想好，还把自己家里人送去当人质。要是他真的忠心，把兵权交回来呀。你看，他这两年打了三次仗，每次都叫朝廷增兵，但我看了觉得好几场战斗都是可以追击，有机会把敌方一举歼灭的，但他就不，你说这是为什么？

"我就想啊，你说有没有这样一种可能：外敌他是能打赢的，但他怕狡兔死走狗烹，也知道皇帝怀疑他，所以早已经开始琢磨着谋反了。只是现在时机还没到，所以他就装乖，故意让陈国出兵骚扰边境，通过这种打着玩一样的仗反复让朝廷增兵。"

"你怎么知道他可以一举歼灭敌军？"柳玉茹好奇。

顾九思叹了口气："我以前在赌场遇见过好多次从梁王的封地来的人，他们给我复述过那边的情况。我也是瞎猜的，作不得数。"

柳玉茹不说话了。

顾九思抬手抱着头，很久后，抬眼看她："你还有没有要问的问题？要是没有我想睡了。"

"睡吧。"柳玉茹抬手就把他的头按回了枕头上。

顾九思一沾枕头，立刻就闭上了眼睛。宿醉真的容易头疼。

柳玉茹琢磨着顾九思的话。经过这段时间的了解，她觉得顾九思说的话大多是有道理的，他说他是瞎猜的，但柳玉茹觉得，这可能比许多人认认真真地分析情报得出的结论要准得多。毕竟情报可能是假的，但在赌场里随便说的话没有作假的必要。

柳玉茹想了一会儿，外面传来印红的声音："少夫人，大夫人叫您过去。"

柳玉茹回神，连忙洗漱好去了大堂。

江柔已经等在那里了，见柳玉茹过来，笑着道："来，吃过早饭，我便带你去铺子里看看。"

柳玉茹低头应声，同江柔一起吃饭。

江柔问了一下回门时的情况，又问了柳玉茹之后的安排，随后道："等九思习惯了读书，你也不用时时盯着九思的功课了，就腾点儿时间到生意上来。"

"听婆婆的吩咐。"

江柔带着柳玉茹用过早饭，便领着她去了铺子。江柔将她介绍给铺子里的所有人，详细地给她讲了所有铺子的运作。每个铺子的选址、盈利的方式、采购的来源……江柔毫无保留，都跟柳玉茹说了。

她们去过江柔手下所有的铺子之后，江柔取了一个账本，手把手地教柳玉茹看账，而后同柳玉茹道："如今刚好到了查账的时候，你帮我将所有的账查一遍吧。"

柳玉茹微微一愣，知道这是江柔给自己的考验，虽然心里忐忑，却还是应了下来。

回到家时，顾九思没在家，柳玉茹询问了下人才知道顾九思是出去玩了。想着顾九思已经许久没去见他的朋友了，她也没有再管，自己洗漱之后就坐到了桌边看账本，最后忍不住倒头趴在书桌上睡着了。

顾九思玩了一天，兴高采烈地回到家，就看见柳玉茹倒在桌边。见她手边是个账本，旁边是算盘，顾九思愣了愣。

他上前摇了摇柳玉茹："柳玉茹，醒了，去床上睡。"

柳玉茹迷迷糊糊地睁开眼，似乎是困极了。顾九思看见她的眼神，叹了口气。他太能体会这种困到极致被人吵醒的感受了，于是干脆弯下腰，小心翼翼地将她打横抱起来。她比他想象中更轻，他抱着她走向床边。

柳玉茹迷迷糊糊地看见顾九思的面容，小声地问："你回来啦？"

她没骂他，这是顾九思的第一个想法。于是他高兴许多，应了一声，又催促她："别说话，赶紧睡吧。"

柳玉茹应了一声，再次闭上眼。她太困了。

顾九思将柳玉茹放到床上，又给她盖了被子，这才去隔壁洗漱。

他正洗着澡，又忍不住问木南："少夫人今天做什么了，怎么这么累？"

"大夫人带少夫人去熟悉铺子了，"木南早猜到顾九思会问，提前打听好了消息，"听说大夫人把今年查账的事交给少夫人了。"

顾九思愣了愣。他知道每年查账时是他娘最忙的时候，不由得道："这么大的事，就交给她啦？"

"是呀。"木南一边给顾九思搓背一边道，"大家都说大夫人是在栽培少夫人，不久之后，家里的事说不定都是少夫人说了算呢。"

"现在不就是她说了算吗？"顾九思翻了个白眼。但想了想，他又道："那她一边监督我读书，一边管账，岂不是很辛苦？"

那自然是辛苦的。

之后的几天里，柳玉茹每天起得比鸡早，睡得比狗晚。她没去管顾九思，顾九思倒也没给她找麻烦，只是乖乖读书。印红帮柳玉茹看着顾九思，说顾九思近来也还算努力，虽然偶尔开小差，但他也克制着，没做什么出格的事。柳玉茹点点头，也没再多管。说到底，柳玉茹不能真管顾九思一辈子，给他开了这个头，但这条路走不走得下去还得看顾九思自己。

一开始柳玉茹看账比较慢，后来就看得快了，每天先算账面上对不对，然后去铺子里盘点，每次一去就是一整天，回来的时候都已是大晚上了。有时候回来还弄不完，她只能熬着夜来做。顾九思常常睡在地铺上，看着屏风后一直亮着的灯火。他从来没见过这么努力的人，没见过如此自律、克己的姑娘。

那姑娘的身影落在他的眼睛里，带着温暖的烛光，她就这么慢慢地、慢慢地浸入了他的生命，只是那时他浑然不觉。

好在事情都是慢慢地好起来的。柳玉茹做得多了便熟悉了，江柔又教她谈生意，先带了几次，后来便放手让柳玉茹自己去谈。

一位远道而来的幽州商人想订一批布料，柳家本来也以布匹为主要货源，于是这件事就由柳玉茹去谈。那天天气正好，柳玉茹由木南和印红陪着，进了早就订好的包间里。对方叫周烨，据说他的养父在幽州的驻军中任职，因此周烨偶尔会帮军队采购。这批布料就是为了军队过冬采购的。

柳玉茹猜想这人应当已经上了年纪，否则不会被派来做这样大的事。因而进了包间，见到里面是一位二十岁左右的青年时，柳玉茹愣了愣。周烨面容英俊，身材带着北方男子特有的结实感，看上去带着一种阳刚之美。他见了柳玉茹，也有些诧异，但他极好地掩饰住了情绪，恭敬地朝着柳玉茹行礼。柳玉茹压着心里的忐忑，自我介绍道："周公子，妾身柳玉茹，乃江老板的儿媳。如今江氏商行暂由我接管，因此布料一事由我来与您商谈。"

"顾少夫人年纪轻轻就被委以重任，必有非凡之能。"对方极会说话，恭维着柳玉茹，请柳玉茹入座。

周烨善于言谈，脾气温和。两人都是实诚做生意，倒也一拍即合。谈好了数量、价格、运送方式等具体信息后，双方便签了契约。他们又寒暄了一番，也到了回去的时间。周烨看了天色，礼貌地道："我送少夫人回去吧。"

"不用了。"柳玉茹笑了笑,"我带了家丁,周公子自便就好。"

周烨点了点头,但还是送柳玉茹下了楼。

一行人刚走了没几步,走廊上就传来一声大笑:"哟,这是哪家的小娘子呀? 大白天的,怎么跟着其他男人一起从包间走出来,还勾勾搭搭的?"

这一声叫唤出来,全场都安静了。大家寻声回过头去,只见走廊上立着一个男人。那人看上去也就二十五六的样子,却一身颓靡之气。他似乎是喝高了,站都站不稳,双颊通红。

柳玉茹跟着大家回头,目光触及那青年的瞬间,整个人就僵了。在此之前,她是没见过这人的,可是对这张脸一点儿都不陌生。这是王荣。这就是她梦里那个被顾九思打断了腿,然后怀恨在心要杀了顾九思的王荣!

她反应过来,立刻转过身便要走。

周烨却立在原地。虽不知这人是谁,但他为人正直,解释了一句:"公子慎言,我与这位夫人只是洽谈生意,并无其他逾矩之处,家中长辈皆知晓,公子切勿污言秽语。"

"哦。"王荣意味深长地开口,"是家里长辈让你出来做这些的呀。"他把"做这些"三个字咬得极重,众人都听出了其中的味道。

见周烨面色不佳,柳玉茹小声地提醒他:"周公子,这是官宦子弟,切勿与他起冲突,清者自清,公子别招惹了麻烦。"

周烨冷哼了一声,全然不将"官宦子弟"四个字放在眼里。

柳玉茹不由得看了他一眼,想起周烨似乎也是个官宦子弟。她抿了抿唇,同周烨道:"周公子,走吧,毕竟这是扬州。"

听到这话,周烨迟疑了片刻,终于转过头去。

这时王荣却走了下来,大声道:"别走哇,小娘子,你伺候了这位公子,也同我玩一玩呗?"

"王公子,"木南上前来挡在柳玉茹面前,恭敬地道,"我们夫人是顾家的少夫人,还望公子放尊重些。"

"你说是顾家就是顾家?"王荣冷笑了一声,"怕不是冒充的吧?"说着,王荣便上前去端详着柳玉茹道:"乍一看是清白小菜,仔细看着倒是别有一番风味。"

王荣用扇子去挑她的下巴,柳玉茹避开了。

她捏紧了拳头,绷直了背,冷声道:"王公子,今日我的身份已经说明了，你还要借酒装疯，打的就是顾家的脸。你就算不想着自己，也想想王大人，到时候东都一封折子参上去，倒不知王公子挨不挨得起家里的板子？！"

"你！"王荣抬起扇子就要抽过去。

周烨一把抓住了扇子，厉声道："王公子，既然身为官家子弟，当严于律己做出表率。你今日执意装疯卖傻，可是真打算与顾家为敌？"

王荣没说话，死死地盯着周烨，似乎是在衡量。过了许久，王荣冷哼了一声，突然抬手捂住头，露出头疼的表情，道："哎呀，醉了醉了，人都看不清了。来人哪，扶我下去吧。"

王荣走了，柳玉茹才松了拳头。她舒了口气，同周烨道歉："周公子，这次牵连到您，给您惹麻烦了。"

"无妨。"周烨摆摆手，道，"这种败类，就算今日不是少夫人，周某也不会袖手旁观。"

"王家在扬州有权有势，如今他拿我没办法，必会找您的麻烦，您还是赶紧离开扬州为好。布料的事我会办妥，您就放心好了。"柳玉茹话里带了几分歉意。

周烨笑着道："无妨，他也不敢拿我怎么样。"见柳玉茹面露担忧之色，周烨看了看天色，"少夫人，还是我送您回去吧。"

见难以拒绝，柳玉茹无奈地叹了口气，点了点头，便上了马车。周烨驾马护着柳玉茹回了顾府，柳玉茹坐在自家的马车里，心里思索着等一会儿如何同江柔汇报此事。

柳玉茹心里有些害怕，但更多的是委屈和难过。她不知道江柔过去有没有遇到过这样的事，但凡做生意，总是要出去谈的。这生意场上总不能女人和女人谈，男人和男人谈，大买卖也总是机密，得私下单独谈。但男女共处一室，哪怕有小厮、丫鬟，也总会让人说闲话，不知道江柔是怎么处理的？而且王荣为什么突然找上门来？柳玉茹这样威胁了王荣，之后又会不会有什么问题？……

柳玉茹脑子里的念头纷繁杂乱。马车正慢慢地往顾家走，外面却突然传来了熟悉的打马声。

柳玉茹听见那熟悉的声音急促地喊着"驾"，不由得赶紧掀开了车帘，只见顾九思穿着一身素衣，正从她马车边上过去。

柳玉茹愣了愣，随后急忙叫出声来："顾九思！"

顾九思甚至没有看她，只是道："你回去！"

柳玉茹蒙了片刻，看到顾家的家丁在后面驾马追着，忙拦下一个人来，焦急地问："大公子这是做什么去？"

"大……大公子听说王荣欺负了少夫人，"家丁喘着粗气，焦急地道，"从家里抢了马，说要去折了他的腿！"

一听这话，柳玉茹脸色煞白。

周烨在旁边笑了笑："原来这位就是顾大公子，当真是少年意气。少夫人您也别担心，大公子大概就是随便说说，过去吵一架也就罢了。"

"不，不是。"柳玉茹缓过神来，忙道："赶紧把大公子拦下来，快去！"

她缓了口气，又同周烨道："周公子，我家夫君性情暴烈，我得去看看，谢谢您一路相送，改日再见。"

周烨犹豫了片刻，点了点头："那少夫人保重。"

柳玉茹应了声，马上又坐进马车，同车夫道："赶紧去追大公子。"

他们追不上，王荣的腿就真的会折了。

顾九思的马骑得飞快，家丁尚且跟不上，更别提乘着马车的柳玉茹了。

顾九思一路飞驰到了柳玉茹谈生意的酒楼，一把抓了一个小二，怒气冲冲地问："王荣在哪儿？"

小二哆哆嗦嗦地指了三楼的一个包间，顾九思立刻三步并作两步冲了上去。

顾九思一脚踹开了房门，怒喝："王荣何在？"

王荣喝酒喝迷糊了，抬起头来见是顾九思，兴致高涨，道："哟，我说是谁呢？"他端着酒杯，摇摇晃晃地来到顾九思身前，"原来是顾大公子。"王荣上下打量了顾九思一番，笑了起来，"顾大公子不是一向爱出风头吗？今日穿得这样素净，怎么，"王荣凑过去，笑道，"披麻戴孝哇？"

王荣的话刚说完，顾九思就在大家的一片惊叫声中抓着王荣的领子把人摔了出去。王荣从楼梯上一路滚了下去，酒楼内的人都惊了。

顾九思冲出来，抓着王荣的领子道："不是给我横吗？咱们就看看扬州城谁最横！来，再给老子横一个。"

"顾九思你疯了？"这下王荣清醒了，愤怒地道，"你这样，我爹不会放过你的！"

"你爹？"顾九思嘲讽道，"我舅舅还不放过你爹呢！你王荣辱我顾家在前，我收拾你是天经地义！你爹又能说什么？"

"你胡说！"王荣忙道，"我怎么辱你顾家了？"

"方才你找麻烦的那个人是我顾家少夫人，是我媳妇儿！你还说没找我的麻烦？"

"哦，你说这个啊，"王荣露出讨好的笑容，"九思，都是误会。我喝高了，不知道……"

话没说完，顾九思就一巴掌抽在王荣的脸上："现在知道了？"

王荣的侍卫围了过来，都看着两人，又都有些犹豫。王荣往旁边啐了一口，也怒了，嘲讽道："顾九思，你可不能怪我不知道。哪个大户人家的女人能这么抛头露面还和一个男人走在一起说说笑笑的？我可没想到你家这么不要脸哪。"

"我可去你的吧。"顾九思就差没啐在王荣的脸上了，"你全家都活得像缩头乌龟似的就见不得我娘子活得好？她爱做生意我就让她做，她爱逛街我就让她逛，老子宠她对她好，还轮得到你这畜生来说三道四？老子今天可告诉你了，下次你见到她，给我退避三舍，有多远滚多远！"

"顾九思，"王荣气笑了，"你可别给我要横，不然我怕你以后没处哭去。"

"哈，"顾九思笑出声来，"那我现在就让你哭！"话刚说完，他就一拳朝着王荣砸了过去。

这拳头出得又狠又快，王荣吓得连连后退，赶紧叫救兵："来人！来人！"

旁边的侍卫一拥而上，顾九思在人群中身手灵巧地左躲右闪，最后一把抓住王荣就将人直接提了起来，把王荣的腿压在楼梯上就一脚踩了下去。只听咔嚓一声，王荣顿时尖叫出声，痛得当场眼泪横流。

顾九思一手抓着王荣的头发，一手捏着王荣的咽喉，将王荣挡在身前，朝着冲上来的人怒喝："谁敢再上来一步试试！"

谁都不敢上来了，王荣发出声声哀号。

顾府的家丁和柳玉茹一前一后地赶到时，看到的就是这个情景。

顾九思的头发有几缕落在脸颊边上，俊美的面容上带着少有的狠厉之色。顾九思一人面对十几个侍卫却毫不畏惧，甚至拍了拍王荣的脸，冷笑道："我说让你哭，没骗你吧？"

王荣哭着说不出话，已经疼得没法思考了。

顾九思抬眼，目光扫过全场，面色冷峻地道："我同你们说清楚，在我顾家，男人是人，女人更是人。我顾家的女人就要活得肆意，活得堂堂正正，男人能做什么，她们就能做什么。以后谁再在背后胡说八道，我不知道便罢了，若知道了，谁说的我就打断谁的狗腿！"

抓着王荣的头发的手又用力地扯了一下，顾九思道："我之前的话，听懂了没？"

"听懂了，听懂了。"王荣连忙求饶道，"大公子，我错了，以后见着少夫人我就退避三舍。"

"还横吗？"

"不横了。"王荣哭着道，"扬州城，您是爷，您最大。"

顾九思满意了，甩开了王荣。王荣身边的侍卫赶紧上前查看伤势。

顾九思拍了拍手，从楼梯上走下来，才注意到柳玉茹。他微微一愣，随后道："你在这儿做什么？不是让你回去吗？"

柳玉茹的面色复杂极了。她看了看正在哀号的王荣，又看了看面前一脸无所谓的表情的少年，过了许久，叹了口气，无奈地道："回吧。"

事情已经发生了，她只能想想以后怎么办了。

顾九思……终究还是打断了王荣的腿。而那个梦，现在她再安慰自己那只是一个梦也太过勉强了。

回去的路上，他们没有再乘坐马车。柳玉茹提了一盏灯，静静地走在前面。顾九思跟在她后面，明显地感知到柳玉茹情绪不佳，也不敢多说什么。

走了一会儿，他终于低声道："我就是气不过。我觉得我没做错。"

柳玉茹不说话。

顾九思垂下眼眸，慢慢地道："你别操心了，我和他们打打没事的。王荣他爹不过是扬州的节度使，虽然我打断王荣的一条腿，但有我舅舅在，我们不会有事的。"

听了这话，柳玉茹叹了口气，终于顿住了步子，转头看他："顾九思，"她的声音里带着疲惫感，"风水轮流转，人在盛极时，总该给自己留条后路。你这样……"她没说完，最后只是摇了摇头就转过身继续往前走去。

天晚了，夜风吹来有些凉。顾九思往前走了两步，将外衣脱下来披在她身上，从她手里接过了灯，和她并肩而行。

顾九思不满地道："我知道你的意思，所以也不会随便欺负人的。今天他都欺负到你头上，欺负到我们顾家头上了，要是我还不出这个头，还是个男人吗？"他说得理直气壮，"跟在你身边的家丁都是我以前总带着的，他肯定认识，还装作不认识来找你的麻烦，明显就是来找事的。他会无缘无故地找事吗？我不信。他肯定是听到了什么风声，比如说我家不行了之类的。这种人，就算咱们现在让了，如果有一天咱们家真的倒了，那时他也不会放过咱们的，只是看欺辱到哪个程度而已。他现在就是在试探，要是我们今天服了软，以后他就会一步一步地变本加厉。今天把他打回床上躺着，咱们至少能安静三个月呢。"

柳玉茹没说话，睫毛颤了颤。她认真地想着顾九思的话。王荣不会无缘无故地来找他们的麻烦，这人不算个聪明的公子哥儿，喜怒都形于色。顾九思说得有道理，王荣必然是知道了什么。柳玉茹披着顾九思的衣服，突然就打了个冷战。

顾九思注意到了，皱了皱眉头，道："还冷啊？"

柳玉茹愣了愣，正想说不冷了，顾九思却突然伸过手来揽住了她的肩头，用宽大的袖子盖住了她的背，将她半拥在怀里。柳玉茹呆呆地看着面前的人。顾九思的脸上带了讨好的笑。

他一手提着灯，一手揽着她往前走，高兴地道："是不是不冷了？"

柳玉茹垂下眼眸，没有说话，只觉得心跳得有点儿快。

她跟着他的脚步，听见他道："以前我和杨文昌、陈寻两个人通宵赌钱，冷的时候挤一挤就不冷了。你别觉得我在占你的便宜，我是把你当好兄弟！"

柳玉茹哭笑不得，接过他的话头，道："那我真是谢谢你了。"

"所以呀，你也别天天愁眉苦脸的了。"他安慰她，"你看，人遇见事总能想到办法的。你冷了我给你加衣服，还冷我们就挤一挤。事情发生了，咱们就会有办法。你别想太多。"说着，他的语气里带了几分郑重之意，"咱们俩成了婚，虽说指不定以后会分道扬镳吧，但是只要你还是我的夫人，我就一定会护着你。你别担心，我不会让你有事的。谁若欺负你……"

"你就打断他的狗腿。"柳玉茹笑着接过话。

顾九思认真地点头，颇为赞成："正是。"

"顾九思。"柳玉茹低头看着两人交叠在一起的影子，眼皮半垂，遮住了眼睛里的神色。她不敢瞧他，小声道："你之前不是挺讨厌我的吗？我嫁给你，你不生气，不想找我的麻烦吗？"他怎么反倒这样帮着她，护着她？

顾九思听了这话，嗤了一声，道："我又不是个不知好歹的人。你真心对我好，我心里都知道。你让我读书，逼着我戒赌上进，都是怕我未来会出事。虽说你也是为了你的诰命夫人吧，"他似笑非笑地瞥了一眼她的脸，慢慢地道，"可是你对我的心，我都知道哇。

"我这人吧，你对我好，我也不会对你坏。而且你终究是因为我的过失才嫁到我家来的，我就算怪也是怪我爹娘，怪你爹娘，万万怪不到你的头上。不仅不该怪你，我还得护着你，让你不后悔嫁给我才是我该做的。"

柳玉茹没说话，静静地听着，突然觉得心头有些酸楚。

顾九思这人太讲道理。他面对善恶是非，心如明镜，分辨得真真切切，谁应得善报，谁该食恶果，他心里早已有数。而这样的公正，她这么多年来从未得到过，头一次有人给她，就给得这么炽热，这么真挚。他能当着所有人的面，肆无忌惮地宣称"老子宠她对她好"。她的心因之柔软又酸楚。

她吸了吸鼻子，终于道："顾九思。"

"嗯？"

"你真好。"

"这不是废话嘛。"顾九思瞟了她一眼，得意地道，"我早同你说过，我天下第一好。真的，嫁给我，"他的语气很认真，"你赚大了。"

柳玉茹：不能夸，她知道了，这个男人真的夸不得。不夸他就已经上房揭瓦了，夸完简直要上天揽月。活在这种极度爆棚的自信里，他一直所向披靡。

两人一起回到顾家，刚进门，江柔便着急地迎了上来。看见柳玉茹，江柔心里镇静了些。

江柔看了一眼顾九思，按捺住忧心，看着柳玉茹问："我听说王家的大公子今日欺负你了，可有此事？"

柳玉茹应了一声，随后道："也不知道是怎么的，他突然装作看不出我的身份，说了些难听的话。"

江柔听着，叹了口气："女子在外走动，这是常事，你别放心上去。我明日上他家去找他父亲说说，总该要出这口气。"

"倒也不用了……"柳玉茹有些尴尬，觉得如今该是王家上门找顾家说说了。

江柔见了柳玉茹的神情，心里顿时发沉，斟酌着道："可是九思动手了？"

"动了。"顾九思果断开口，毫不遮掩，"我说打断他的腿，就打断他的腿。"

"你！"听了这话，哪怕是一贯好脾气的江柔都忍不住提高了声音。

顾九思却毫不在意地道："娘你也别觉得难做，明儿个我跟你上王府赔礼道歉，你就当着他爹的面把我的腿也打折算了。我不怕！我就算是被打断腿，也要让这王八蛋知道，我顾家的人不是他能随便招惹的！"

"你呀你。"江柔听着顾九思的话，慢慢缓过神来，有些无奈。江柔一贯知道儿子的脾气，柳玉茹一出事，便有家丁赶着回来报信了，以王荣那些话，他被打断腿也不为过。可是今时不比往日，江柔只能道："九思呀，你也该长大了，有许多事不是非要靠蛮力出头的。王荣今日找玉茹的麻烦，也还要伪装成不认识顾家，你直接同他撕破脸皮，就是打了王家的脸，原本有理，也被你这一架打得没理了。"

顾九思嗤笑："什么有理没理，不过都是大家的遮羞布。我们顾家有权有势，他便一句话都不敢说，若我们顾家失势，以王家那小人的德性，他们还不把我们的皮给扒了筋给抽了？娘，"他上前道，"你同舅舅说一声，让他想个法子把王荣他爹调走，这才是永绝后患。"

"胡闹！"江柔冷声叱呵。她看着顾九思，觉得有些疲惫了，叹了口气："罢了，我同你父亲商量一下，明日你便同你父亲去王家道歉去。"她吩咐下人："将大公子关到佛堂去。"她又看向顾九思，缓慢地道："九思呀，你这性子，真该磨一磨了。"

下人上前来，就要去拉顾九思。

顾九思一甩袖子，直接道："不用了，我自己走着去。"

顾九思自己去了佛堂，柳玉茹看着，也不知道该跟着谁。

江柔看了柳玉茹一眼，便道："玉茹同我来吧。"

柳玉茹担忧地看了顾九思一眼，跟着江柔进了屋。江柔进屋，坐在椅子上抬手揉着太阳穴，像是有些疲惫。

柳玉茹给江柔倒了茶，小声劝慰："婆婆也别头疼了，这一次九思是冲动了些，但也不全无道理，王家欺人太甚，我们若是一言不发，便显得可欺了。"

"我也明白。"江柔从柳玉茹手里接过茶，有些无奈，"若是放在以往，九思这样做，我觉得没什么不妥。只是今日……"江柔犹豫了片刻，道，"本来这些事不该同你们这些小辈来说，让你们徒增烦忧，但是九思如今将事情闹得这样大，我想还是要同你们说一下的，至少让你们心里有个底。如今圣上……怕是对梁王有了戒心。"

听到这话，柳玉茹心里微微一颤。

江柔斟酌着道："具体的消息，我也打听不到，如今大家都在观望着。我兄长在朝中虽然身居高位，但同梁王关系深厚。若圣上真对梁王起了疑心，那我们便得小心谨慎，至少不要留下什么把柄。要是有什么事情传到京都去，怕是会拖累我兄长。"

"那……九思今日的事情……？"

"怕是被人下了套。"

柳玉茹听了，叹了口气。

江柔继续道："九思其实说得不错，如今结了怨，赶紧将王家调离扬州才是紧要的事。可九思不明白，节度使一职与其他职位不同，属于军职，与军队关系密切，要王家离开他的大本营，你要把他调到哪儿去？让节度使换一个地方就等于把这个节度使手里所有的权力全部给拔了，谁又肯干？如今你舅舅自顾不暇，哪里能腾出手来动王家？"

江柔这么一说，柳玉茹稍加思索，便已经明白了那梦境的来龙去脉。

皇帝病重，怀疑梁王有二心，想在死前为儿子铲除这个心腹大患，没想到将梁王逼得造反了。王家如今必然已经知晓消息，就等着从顾九思身上下手，寻个给顾九思的舅舅降职的理由。顾九思的舅舅倒了，梁王反了，后来梁王又被幽州节度使范轩所杀，天下大乱，而顾家富可敌国，自然成了王家眼馋的对象……柳玉茹暗中捏紧了拳头。

江柔还在揉着额头，慢慢地道："不过也不必太过惊慌，王家在东都没什么人，应当不会这么快知道消息……"

"不，婆婆，"柳玉茹忙道，"我们不能往好的地方想，今日一定是王家给九思下了套。"

江柔抬头看向柳玉茹，柳玉茹急切地道："舅舅是顾家的靠山，是无论如何都倒不得的。咱们不能留把柄给王家，更不能让他们把这把柄送到东都去。若王家真打算给咱们下套，不会只有白天那一件事，他们必然还有下一步动作，要将顾家推到风口浪尖上。说不定，此刻王大人已经抬着王荣来顾府道歉了！若他真到顾府来道歉，顾家就洗不掉蛮横之名了！"

听到这话，江柔顿时面色煞白。

"拖不得。"柳玉茹立刻道，"您现在就得带九思去道歉，不但要道歉，还要让王大人看到我们服软了，得让所有人都知道顾家服气了。"

江柔一听这话，心疼得不行，深吸了一口气，闭上眼睛。许久后，江柔才开口："你说得对，将九思叫来，我这就带他过去。"

柳玉茹应了声，忙去了佛堂。

顾九思正盘着腿在佛龛前吃鸡腿。

柳玉茹看见他的样子，便忍不住笑了："谁给你的鸡腿？"

"木南啊。"顾九思毫不遮掩，从旁边的侍从手里拿了帕子，优雅地擦了擦嘴，随后道，"只说把我关在佛堂，又不是要饿着我，也就你这狠毒妇人能对我下那种狠手。"

柳玉茹听了，抿了抿唇。她看着顾九思那张狂的样子，一想到接下来要说的事，不知道为什么骤然有些难过。

顾九思上下打量她一番，直接道："有事就说吧，别吞吞吐吐的。"

柳玉茹看了旁边的侍从一眼，侍从赶紧就退下了。佛堂里只剩下了他们两个人，柳玉茹走到顾九思身前，蹲下身来看着他："你娘要带你去王家道歉了。"

"这么快？"顾九思有些诧异。

如今都已经入夜了，道歉他们也该明天去才是。

柳玉茹苦笑了一下，解释道："我说了，也不知道你能不能听懂。陛下如今对梁王起了疑心，王荣这事怕是个套。"她说完，也觉得自己说得太简洁了。怕顾九思听不明白，她正打算再解释一下，便听见他道："我不后悔的。"

柳玉茹愣了愣，顾九思看着她，一双眼清明透彻。他道："其实在去揍他的路上我就想过这个可能了，但还是决定要打他。这事不难解决，我同我母亲去道歉，当着大伙的面折我一条腿，这事就是送到东都去，上面也不好追究了。"说着，他叹了口气，笑了笑，话里却带了几分苦涩之意，"看来，顾家是要有风雨了。"

柳玉茹没说话，心里有些难过。她看着面前的人，感觉他似乎突然长大了，又或者说，他其实一直心思清明，只是过去有那个条件，他就放纵着自己，如今却不得不逼着自己去想那些从不愿意想的事。柳玉茹也不知道怎么了，明明起初希望这个人能够上进成熟一些的，然而如今他真展露了那么几分成熟，她反倒觉得，人还是永远像少年一样未经风雨更让人欢喜。

顾九思看着她的样子，笑了："你这是什么表情？我这个要断腿的人都不难过，你难过什么？"

"顾九思……"她叹了口气，顿了顿，道，"你放心，我陪你去。你的腿若真断了，我把你背回来。"

"哪儿轮得到你呀？"顾九思站起身来，同她一起出去，还如以往一样吊儿郎当地笑着，"我们顾家还没没落到要少夫人背人的地步吧？行了，"他捏了捏她的脸，"愁眉苦脸什么？这事我早想好了，别愁。"

柳玉茹不说话。她走在顾九思身边，他们的衣袖摩擦在一起。她清晰地感觉到他的袖子在微微颤抖——他终究是怕的。那一刻，柳玉茹清晰地意识到：顾九思聪明，可在他有限的人生经验里，当他的父母第一次示弱，他意识到家族需要他成长，需要他去面对风雨时，找不到上上策。他心里也发虚，只是不说。

柳玉茹清楚地感觉到了这份不安，走在长廊上，情不自禁地就握住了他的手。顾九思诧异地回头。柳玉茹静静地看着他，目光坚韧又温柔。

"你别怕。"她说。那一刻，像是有一种无形的力量在安抚他、拥抱他。

"我陪着你，我会扶着你起来，你不会丢脸的。"

顾九思端详着她，不知道为什么，从那一刻起，他的手没有再抖。

他努力地笑起来："行啊，谢谢你了，我的少夫人。"

顾九思跟着柳玉茹出来时，江柔已经等在门口了。

江柔看见顾九思来了，心里松了一大口气，也不多说其他的，直接道："赶紧走吧。"说着，江柔便起身上了前面一辆马车。

顾九思和柳玉茹上了后面一辆车。顾九思撇撇嘴，柳玉茹瞧见了，小声问："你这是什么意思？"

"我娘肯定觉得我会大闹一场，"顾九思压低了声音，一边同柳玉茹一起上车，一边嘀咕道，"现在瞧见你来了，心里指不定觉得你多厉害呢，管得住我。"

柳玉茹忍不住笑了，持着团扇朝着他轻轻一敲："我这不是正管着你吗？"

"这不是你管着我，"顾九思嗤笑，"这是老子乐意。"

柳玉茹：好好好，你最厉害。

柳玉茹同顾九思坐在马车里聊着如今的局势。两人都还是孩子，在过去，柳玉茹的世界只有后院的那一小片天，顾九思则过着赌场、酒楼、家三点一线的日子，因此两人对时局都没什么深入的认识。成婚后，顾九思系统地学了这么一阵儿，说起来已经头头是道，而柳玉茹在外面做生意，听生意人谈得多了，也有些不同见解。

"天下十三州，淮南最为富庶，但论兵力还是幽州最为强盛，我听说那些北方大老爷们儿向来看不起扬州这些靡靡之地。若天下真的乱了，扬州怕会变成一块人人垂涎的肥肉。"顾九思吃着花生叹息道，"我就希望天下太太平平的，我还能继续挥金如土，当个公子哥儿。"

"我觉得北方的官爷倒也不是像你说的那样看不起淮南，"柳玉茹斟酌着道，"近来我认识了一个幽州来的公子，从他的言谈来看，幽州确实觊觎扬州，但对扬州倒还是十分慎重的。他说打仗这事，不是兵悍将勇即可，粮草这些物资、军备也是战场关键。既然这样，若真是乱了，扬州固然是一块肥肉，但也不是谁都敢动的，毕竟，虽然将士不算骁勇……"

"但是有钱哪。"顾九思笑着接过话头，随后抛着花生道，"知道我和你说的话了吧？银子真是人的欢悦之本。"

柳玉茹对顾九思这样的不着调言行有些无奈。

顾九思想了想，道："幽州来的公子？来做什么的？"

"说是要给军中收一些布匹……"

"这就怪了，"顾九思摸着手里的花生米，"军中的物资不都是由朝廷出的吗？还要幽州私下单独采购吗？"

"说是幽州天冷，朝中发放的棉衣难以御寒。他家是行商的，想制一批成衣送给军士们。"

"有这么好的商人？"顾九思脱口而出，"怕不是朝廷克扣了过冬的银子，范轩又要不到钱，自己掏的腰包吧？"

"这倒不是。"柳玉茹笑了笑，"那日我问过这位公子，他说幽州地处边境，常有外敌骚扰，为了避免烦琐的流程，先帝就给了幽州一些特权。幽州的盐税无须上交国库，可用于采买朝廷不能及时发放的物资。所以同样是节度使，幽州节度使的权力可比淮南节度使的权力大多了。"

有独立的军队，有经济大权，幽州俨然已是一个小国，与年年上供朝廷，兵少将少的淮南相比，幽州节度使的权力自然大得多。

"那……"顾九思骤然想到，"梁王的封地在西南边境，他也……"

"也是如此。"柳玉茹接话。

这话一说，两人对视了一眼。

顾九思沉默了片刻，慢慢地道："下次你要再同这个公子谈什么，我陪你去。"

柳玉茹点了点头，心里的不安感更浓了些。

既然拥有独立的财政权和军权，那这些地方的士兵怕是不知天子只知王了。

对这世界多了解一点儿，柳玉茹就感到离动荡又近了几分。

"九思，"她忍不住开口道，"回去之后，咱们寻个合适的地方，将产业转移出去一些，不能将家当全放在扬州。"

顾九思抬眼看向柳玉茹。这姑娘面色镇定，可眼里的担忧之意藏都藏不住，他瞬间便明白了柳玉茹心里的害怕。他坐到她边上，像对待自己的兄弟一样抬手搭在她的肩上。揽住柳玉茹的那一瞬间，顾九思觉得有什么不对，直觉让他意识到柳玉茹和杨文昌、陈寻是有区别的，但他一时也想不明白那具体是什么。他琢磨了片刻，觉得是她的个头比较小。

柳玉茹算不上消瘦，但骨架小巧。触碰到的是女儿家独有的柔软身体，顾九思忽视了那种想要捏捏她的冲动，宽慰道："柳小姐就不必操心啦，天塌下来有高个子顶着，你呢，就好好吃，好好喝，好好睡，想干啥就干啥，千万别操心。这人呢，操心多了，就会老得特别快，你千万别自恃年轻貌美就拼命糟蹋，到时候年纪轻轻就满脸皱纹，头发稀疏，那可就太不值得了。"

柳玉茹本想严肃一些，但被顾九思这么一说，就忍不住笑出来了。她用团扇遮住自己的笑脸，在他怀里道："你这人，怎么就没个正经的时候？"

"我很正经啊，"顾九思大大方方地把手一张，认真地道，"我是很正经地在安慰你好吗？"

柳玉茹拿团扇敲他，顾九思嘻嘻哈哈地躲。两人正玩闹着，马车突然一顿，柳玉茹扑上前去，顾九思忙扶住了她。

外面传来江柔诧异的声音："王大人。"

柳玉茹和顾九思对视了一眼。柳玉茹赶忙掀起车帘的一角，只见前面的江柔的马车停下了。江柔的马车前站了一群人，为首的是一个中年男人，身材魁梧，却显得一身绯红色官袍有些不伦不类。中年男人身后的仆从抬着担架，担架上躺着的正是被打断腿的王荣。

柳玉茹回过头，小声道："是王善泉。"

顾九思赶紧凑过来，两个人从车帘缝隙里往外看。

江柔没想到会在路上遇到王善泉，一看王家的架势，心里就抹了把冷汗，顿时庆幸柳玉茹机敏。这王善泉竟然真的大晚上就带着人上门了，怕是刚把王荣的腿给包扎好就来了。

江柔假装偶遇，看着王善泉道："王大人！您怎么在这里？我正打算拜谒贵府呢！"

王善泉听到这话微微一愣，似乎也没有料到这种情况。王善泉赶紧鞠躬道："顾夫人，王某也是要上顾府拜访的，没想到这就遇上了。"不等江柔说话，王善泉接着道，"小儿在酒楼与令公子发生冲突，王某得知后心中忐忑，所以特意带着孩子上门道歉，希望顾夫人大人不记小人过，看在小儿已经断了腿的分儿上饶过小儿吧。"

王善泉说着便退了一步，给江柔又鞠了一躬，道："老夫在这里替小儿赔不是了！小儿酒后失言，不知那女子是贵府少夫人，只是心生倾慕便起了结交之意，没想到因此得罪了大公子。都是小儿的不是，大公子打也打了，骂也骂了，我们都认了，还请顾府高抬贵手，就此算了吧。"

王善泉上来就将事情歪曲成了顾九思因妒生怨。顾九思在马车里听得咬牙，低声道："我真想现在就出去打死他。"

柳玉茹抓住了他的袖子，怕他真冲出去，小声地劝他："别这么冲动，等婆婆叫咱们出去咱们再出去。"

江柔听着王善泉的话，叹了口气，慢慢道："王大人，不瞒您说，我听了这事也很不安，所以才立刻带着孩子上门，想要给您道个歉。顾家只是商贾人家，我儿性情冲动，见贵公子因我儿媳貌美而说了些话，一时激愤下了重手，这是我顾家教导无方。我已训斥了九思，王公子看得上我儿媳玉茹，那是玉茹的福气，不过就是嘴上说几句，又算得了什么？虽然别人对你的妻子夸赞几句什么合他的胃口，要你妻子陪他耍玩一下，但毕竟被家丁死死地拦住了，也没真成事，你又怎能下这么重的手呢？王大人您说是吧？"

这话一说出来，王善泉的脸色顿时有些难看，路旁围观的人顿时便明白了来龙去脉，都在窃窃私语。

顾九思看了柳玉茹一眼，小声道："你等会儿千万别下马车。"

"怎么了？"柳玉茹觉得奇怪。

顾九思忙道："你下去了，我娘说他因你貌美而见色起意这事就站不住脚了！"

柳玉茹忍不住狠狠地拧了顾九思一把。

顾九思疼得倒吸凉气："你这凶狠的妇人！"

柳玉茹瞪他。

外面的王善泉很快反应了过来，忙道："顾夫人误会了，我儿不过是赞赏少夫人气度高华，心生结交之意，而且当时他真没想到那是顾家少夫人，若是知道，我儿是打死也不敢招惹的啊！如今我儿的腿都已经被打断了，还请顾夫人放我儿一条生路吧！"

说着，王善泉就要跪下，江柔忙让管家去搀扶，王善泉却执意要跪，一面跪还一面道："我知道此事在夫人心中已经有了定论，是无论如何都说不清了，老夫只能用这一辈子的面子求大夫人宽恕，请大夫人放过我儿……"

"王大人你这是做什么？！"江柔有些慌了，王善泉是节度使，无论此事到底缘何而起，只要王善泉今日跪了，这事传到东都，那就是顾家让一个节度使在儿子的腿被打断的情况下还要跪下来求饶。顾家一介商贾，行如此之事，打的是朝廷的脸面、天家的脸面！

一见这情形，柳玉茹顿时慌了，忙推着顾九思，小声催促："你快去跪啊！"

顾九思立刻反应过来，王善泉做到这种地步了，他们顾家得把姿态摆得更低。

顾九思掀了帘子，直直地冲了出去。他猛地冲到了王善泉面前，一把拉住了王善泉，大喊道："王大人，你放我顾家一条生路吧！"

听到这话，众人都愣住了。

柳玉茹急了——让他去下跪示弱，他怎么这般强硬？！柳玉茹连忙下了马车，疾步赶到了人群中间拦住了顾九思，道："九思，别闹了，快认错吧。"她慌慌忙忙地朝着王善泉和王荣道歉："王大人，对不住，我夫君性情冲动，稚儿脾气，您千万别见怪。"她一面说，一面去扭顾九思，"你快放手！快道歉哪！"

"王大人，"顾九思没有放手，看着王善泉认真地道："今日出手打了王公子，这是我的过失，我愿意道歉，然而在此之前，我希望王公子先向我妻子道歉。"

"顾大公子……"王善泉的唇微微颤抖着，看着像是气急了，"得饶人处且饶人吧！"

顾九思很平静，抓着王善泉，没有半分退缩。周围都是看热闹的人。顾九思开口道："今日我夫人到酒楼谈生意，不知为何，王公子无端出言侮辱，败我夫人名节，我夫人性情软弱，不想争辩，只想离开，王公子却不肯放过她，硬是要她留下作陪。我家的家仆以及同我妻子商谈生意的朋友奋力搭救，才保住我妻子不受屈辱。"

"你撒谎！"王荣坐在担架上怒喝道："我不过是赞扬了少夫人几句，问她是哪里人氏，怎么就成出言侮辱了？"

"我是不是撒谎，将当时在场之人都拉出来问一圈不就清楚了？"顾九思转过头去，看着王荣，冷静地道，"陪着我夫人外出的家仆都是在我身边服侍惯了的，你我二人也常常会在各种宴席上相遇，你说不知那是我顾府的少夫人，这让我如何相信？是了，王公子尊贵，怎会认得我顾家的家丁？但即使认不出这是我顾府的少夫人，你只把她当作普通的女子，她也不该任由你这样羞辱，难道身为节度使之子便可为所欲为？难道这世间，一个姑娘不是顾府的少夫人，你就可以调戏、羞辱？你王家有权有势，便可不讲道理？"

这番话说出来，在场的百姓交头接耳。王善泉给王荣使了个眼色，王荣愤怒地道："如今还不是你说了算吗？你舅舅在东都当着尚书，你顾家是扬州首富，我父亲不过是一个地方官员，还敢招惹你不成？"

"是，我舅舅确实是尚书，可国有国法，朝有朝纲，尊卑有序，我顾家不过商贾之家，难道能越了王法，越了朝廷去？王大人，您乃当朝节度使，国之栋梁，当朝大臣，若向我顾家下跪，那就是要把我顾家逼成千夫所指的罪人了。我今日动手打了王公子，此事不假。身为百姓，我越过王法行私刑，这是我的不是，九思愿受处罚。可我也是我妻子的丈夫、我

- 122 -

家的儿子，若我妻子、我家受辱，我还不闻不问，又是什么丈夫、什么儿子？"

"九思……"江柔呆呆地看着顾九思，从未想过自己的儿子能说出这番话来。她素来知道顾九思本性纯良，却从未想过儿子能这样有担当。

顾九思放开王善泉，退了一步，朝着江柔鞠了个躬："身为人子，却做此错事，让母亲担忧，这是儿子的不是，这是九思的第一桩过错。"

顾九思转头看向王善泉，再鞠一躬："王大人作为慈父，我伤及贵公子，令王大人心痛难忍，这是九思的第二桩过错。"

"顾大公子……"王善泉想说什么。

顾九思没理会他，转头朝着东都的方向深深鞠躬："身为大荣子民，以商贾之身越尊卑之礼，动手伤了王公子，纵然是为护妻护家，却也难辞其咎，此为九思的第三桩过错。"

顾九思站起身来，看向王善泉，平静地道："九思不懂这世上诸事的弯弯道道，只知道有错要认，有罪要罚。今日九思有错，便认了这错。我打断了王大公子的腿，便以一腿相偿，但在此之前，敢问王公子，你的错，你认不认？！"

王荣有些慌了，看向王善泉，王善泉一时也不知该如何处理。江柔同王善泉打太极，王善泉还能应对，可是面对顾九思这样撕破脸豁出去的人，王善泉反倒一下子不知怎么办才好。戴惯了面具，骤然看见这样真实的愣头青，王善泉不知该如何处置。

没得到王善泉的回复，王荣只能硬着头皮道："若是与一个女子说几句话就算过错，那这个错我也只能认了。"

王荣的话刚说完，顾九思就从旁边家丁的手中抽出刀，朝着自己的腿砸了过去。柳玉茹下意识地想去拦，然而人群中的另一只手更快，一把截住了顾九思的手。众人看过去，见是一个极其英俊的青年。

柳玉茹愣了愣，慢慢道："周公子？"

"顾大公子敢作敢当，品行高洁，周某佩服不已。"周烨将顾九思的刀取下来，笑着看向众人："但周某以为，此事是王公子有错在先，顾大公子至情至性，为护妻子挺身而出，虽有罪，但也情有可原。另外顾大公子还要帮着我押送货物，若是断了腿，我这边就有些难办了。"说着，周烨笑着取下了腰上的皮鞭，转头看向王善泉，道："王大人，在下以为，不若将打断腿换成打二十鞭，给您出个气，您看行吗？"

"你是谁？"王善泉皱起眉头，对这个突然冒出来的青年颇为不满。

周烨笑了笑，恭恭敬敬地行礼，道："在下乃幽州周高朗的义子周烨，见过大人。"

一个人如果只需要报名字而不必报称号，那必然是非同凡响的人物。顾九思和柳玉茹虽不太清楚这是什么人物，但也知道这必然不是什么小角色，于是沉默不言。孩子们不知道，江柔和王善泉却是清楚的。所以听见周高朗的名字时，江柔和王善泉都愣了愣。周高朗乃幽州军中的一员悍将，当年与范轩同为幽州前太守的左膀右臂，范轩任文职，周高朗为武将，沙场百战，未有败绩，乃一国杀伐之利器。如今范轩任幽州节度使，周高朗就更受器重。范轩和周高朗兄弟情深，如今虽然是范轩执官印，但幽州可以说是范、周二人共同治理。而周烨竟是周高朗的儿子！

王善泉反应极快，立刻道："竟是周公子！公子言重了，我儿虽受重伤，但也没有让顾大公子也受一番折磨的道理。罢了罢了……"王善泉摆摆手，又给江柔行了礼，叹息道："顾家不计较犬子之过，王某不胜感激，既然误会解除，便就此作罢。"

"王大人言重了，"江柔叹息道，"孩子之间的事，还望不要伤了两家和睦才好。"

两人寒暄一二，王善泉便带着王荣要走，却听顾九思道："站住。"

这话引来了所有人的目光，柳玉茹知道顾九思的脾气上来了，赶忙去拉他的衣袖，手却被顾九思反手握住。

顾九思将她的手包裹在自己的手里，盯着王荣道："你还没给玉茹道歉。"

"你别太过分！"王荣受不了了，怒道，"顾九思，你不要仗势欺人！"

"我不仗势欺人。"顾九思从周烨手中取过鞭子，走到王荣面前，猛地一甩鞭子。

王荣吓得缩了缩身子，却见顾九思反手把鞭子甩到身后，啪的一下，身上便皮开肉绽。

众人瞠目结舌，连周烨都愣住了。

顾九思盯着王荣道："我说了，做错事就要道歉。王公子，可知错？"

王荣被吓蒙了，只见顾九思扬手又是一鞭。鞭子落得太狠，不带半分情面，血从顾九思的白衣里渗了出来。

顾九思盯着王荣，再一次重复："王公子，可知错？"

王荣不说话，顾九思便一鞭子接一鞭子地抽。顾九思面色惨白，连站都有些站不稳，冷汗大颗大颗地落下。

"王公子，可知错？

"王公子，可知错？

"王公子……"

"够了！"江柔再也忍不住，扑上前去按住顾九思的手，红着眼眶道，"够了，九思，够了啊！"

她看着面前似乎是骤然长大的顾九思，清楚他的意思，也正是因为知道才心疼。

顾九思在为柳玉茹讨一个公道。他要王荣把这个错认下来，王荣认了错，顾九思挨了这二十鞭，未来顾家无论如何也是清清白白的。顾九思打了王荣，已领这二十鞭的罚；为什么打王荣，王荣认了。顾九思这一番心思，江柔明白。

江柔身为母亲，一直呵护着儿子，就是希望他能够一直无忧无虑。当看见顾九思突然变得成熟，看见他用他的方式反抗，看见他的剔透心思与鲜血时，江柔心疼得难以自抑。她感到羞愧，为人父母，没能护好自己的孩子，这是她的过失。

她拉着顾九思的手，哭得嗓子都哑了："九思……够了……"

"娘，"顾九思转头看着江柔，苍白的脸上浮出笑容，似乎毫不在意自己的伤，"我没事的。我都快弱冠了，是个男子汉了，您别这样，让旁人看了笑话。"

江柔想说的所有话都被堵在嗓子里，她只抓着他拼命摇头，止不住地落泪。然而顾九思态度坚决，抬起一只手拦住她，随后猛地又抽了一鞭。

顾九思扬声道："十五鞭，王荣，道歉！

"十六鞭，王荣，说话！

"十七鞭……

"十八……

"十……九……

"二……二十！"

顾九思的声音已经颤抖得快让人听不清了，他几乎站不稳了，但仍死死地盯着王荣："王公子，我的二十鞭……抽完了。"他苦笑起来，"你欠的道歉……还不肯给我顾家吗？"

王荣不敢说话，惊恐地看着顾九思。顾九思的背上鲜血淋漓，鞭子上也带了血肉。顾九思拖着鞭子往前走了一步。

王荣再也控制不住了，看着顾九思的样子，捂着头大叫起来："我道歉！我错了！少夫人对不起！我错了！"

听到这话，顾九思顿住步子，转过头朝柳玉茹扬起笑容："他给你道歉了。"他的声音很轻，脸上的笑容很真挚。柳玉茹静静地看着他，说不出心里是什么感受。多年以后，她历尽纷繁世事，回头再看，才明白该如何形容。

那一刻的顾九思像一道光。在这个黑暗的世界里，其他人都戴着面具张牙舞爪，只有他一个人真实又固执地照亮世间，看得人眼眶发红。

她忍不住笑了，只是笑着笑着眼睛就有些模糊。

"傻子。"她开口。怎么会有这样的人呢？怎么会有一定要分个是非讨个公正，说不让她受半分委屈，就死活要给她讨个道歉的傻子呢？

顾九思笑了，想说些什么，就在开口的时候，突然觉得眼前一片模糊，直直地往前倒去。柳玉茹急忙上前一把将他抱在了怀里。

旁边的人都慌了，江柔忙吩咐："快将大夫找来！"

周烨也立刻道："他这伤动不得，旁边有个医馆，我去拿担架。"

顾九思倒在柳玉茹怀里，小声问她："我厉不厉害？"

柳玉茹想哭，却又有些想笑。这次她没再用团扇敲他了，声音沙哑地道："厉害，太厉害了。"

顾九思听着，心满意足地闭上了眼睛。

多得周烨帮忙，柳玉茹和江柔好歹将顾九思弄回了顾府。周烨有处理伤口的经验，大夫接手时还好生夸赞了一番。

顾朗华这时也赶了回来，看到顾九思，又听下人说了前因后果，怒道："王善泉欺人太甚！我这就去……"

江柔见周烨在，忙拉住顾朗华，小声道："我们里面说。"说着，江柔就拖着顾朗华进了内间。

柳玉茹同周烨一起坐在外堂。柳玉茹愣愣地坐着，心思系在顾九思身上。周烨看着，迟疑了片刻，安慰她："少夫人不必忧心，大公子正值盛年，身体强健，静养一段时日应该就没有大碍了。"

柳玉茹听到周烨开口，赶忙回神，勉强地挤出一个笑容，道："今日让周公子看笑话了。"

"哪里，"周烨叹了口气，"王家欺人太甚，我也是看见了的。只是周某在东都人微言轻，不能为大公子说什么。"

"周公子侠肝义胆，今日肯出面说这几句，顾家已是感激不尽了。"柳玉茹连忙道谢，"若是没有周公子，我家郎君此番怕是要断一条腿了。"

"这二十鞭子可不比断腿轻松，"周烨脱口而出，"朝堂上被二十鞭打死的文臣也不是没……"话没说完，他便觉得这话有些不妥，"不过我看大公子武艺高强，应当无事。"

"谢公子吉言。"柳玉茹笑了笑，"今日周公子首次登门，却是这样的情形，实在是不好意思。改日我家郎君休整好，必好好宴请公子以表谢意。"

"这些都是小事。"周烨摆了摆手，"大公子能康复才是最好的。夜深了，周某便不叨扰了。"

柳玉茹送走了周烨，回了房间。顾九思的伤口已经处理好了，他趴在床上，睡得迷迷糊糊的。

他的额头上全是汗，柳玉茹拧了帕子，轻轻地为他擦着。顾九思闭着眼，迷迷糊糊道："今天我背疼，不想睡地上了，咱们挤一挤行不行？"

"好。"柳玉茹的声音很轻，她拧了帕子，又开始给他擦着手。

顾九思睁开眼，把一只手垫在下巴下，趴着转头看她："你怎么突然这么好脾气了？是不是今天被我迷住了，感觉我特别帅？特别迷人？"

听到这话，看着顾九思颇为得意的表情，柳玉茹忍不住笑了。她不敢乱推他，只能嘴上回击："顾九思，你这张口就吹捧自己的本事是跟谁学的啊？"

"我这叫吹捧吗？"顾九思正色道，"这都是大实话，我这个人从来不说假话。"

柳玉茹被他逗乐了。顾九思看见她笑，松了一口气，刚转过头，就听见柳玉茹道："另一只爪子。"

顾九思将另一只手伸过去，不满地道："什么爪子爪子的，这叫手。"

柳玉茹低着头，仔细地给他擦着手指。顾九思有些累了，眯上了眼睛，感觉柳玉茹这样给他擦着手很舒服。

旁边下人看着两个人，悄无声息地下去了。

柳玉茹想了会儿，终于道："以后别这样了。"

"嗯？"顾九思睁开眼。

柳玉茹没敢抬头看他，小声道："其实道歉不道歉我也不在意。你以后得学着圆滑一些，别这么直愣愣的。今天是你误打误撞，你太过直率，反而让王善泉无措。但人的运气不会总这么好，你这样的性子，半分不肯低头，以后要吃亏的。"

顾九思沉默了一会儿，慢慢地道："我知道了，以后我不给你和娘惹麻烦。"

"我不是……"

"开心吗？"顾九思突然问。

柳玉茹有些诧异，抬头看着顾九思，眼里带了些茫然。顾九思把脸贴在手上，歪着头看她："看着王荣被吓到，给你道歉，心里有没有一点儿高兴？"

柳玉茹没说话，顾九思接着道："陈寻小时候的脾气和你很像，被人欺负了屁都放不出来，我带着他把欺负他的人一个个地揍了，他听到那些人给他道歉，高兴得哭了。"

说着，顾九思将手从柳玉茹的手里抽出来，拍了拍她的肩，道："我知道你以前过得委屈，但没事，既然你成了我的人，我会罩着你。"

柳玉茹听着这样幼稚的话，又不由自主地有些想哭。顾九思转头看她，颇为得意地道："我说让你别担心，就……你……你又哭什么呀？你这人怎么这样啊？眼泪不要钱哪说哭就哭？"看着柳玉茹的眼泪啪嗒啪嗒地掉，顾九思赶紧劝她，"行了行了，我以后不这么莽撞了，我换个法子，我想想办法，别哭了，好不好？今天干翻了王家，这是一桩喜事，你别这么丧气。你要想，我打折了王荣的一条腿呢，而且今天我打了这二十鞭，王家怎么说都没道理，传到东都也不可能给我舅添麻烦，二十鞭换一条腿，咱们赚了啊！"

柳玉茹听着顾九思的话，哭笑不得。顾九思伸手刮了一下柳玉茹的下巴，满不在意地道："别哭了，来，给爷笑一个。"

柳玉茹忍不住笑了，顾九思点了点头："这就对了，高兴点儿嘛，有我在，你有什么委屈的呢？你一直这么哭哇哭的，会让我觉得我这个丈夫当得很失败，你总不能让我学周幽王给你点个烽火台不是？"

"我心里是高兴的。"柳玉茹小声开口，"有人这样对我好，我心里高兴。"

"那你还有什么好哭的？"顾九思有些茫然。

柳玉茹吸了吸鼻子，低声道："我就是心疼。"

听到这话，顾九思愣了愣。陈寻和杨文昌是说不出这样的话的，这一刻，他终于觉得柳玉茹同他的那些兄弟有些许不同。他有些不知所措，转了转头，慌乱地道："哦，没事，我以前常打架的，皮糙肉厚，没关系。你别担心，我休息两天，只要你放我去赌场，我马上就能站起来了！"

"嗯，好。"柳玉茹吸着鼻子点头。

顾九思有些害怕了："你……你别这样啊。柳玉茹，你正常一点儿。你也别觉得我有多好，你要想啊，如果没有我，你就嫁给叶世安了。叶家好哇，"他说着，叹了口气，"叶家人里当官的多，虽然叶家也没出什么大官，但是他们不站队，不结党，天下再怎么乱，他们都能好好的。我们家啊，成也舅舅，败也舅舅，你嫁过来，我若再不对你好一些，你这日子也太惨了。"

顾九思停了口，犹豫了片刻，抬眼看向柳玉茹，踌躇道："柳玉茹，如果……我是说如果哈，如果以后顾家走到了要被抄家灭族的地步，你千万别犯傻。"他认真地道，"活着比什么都重要，我给你休书，你可千万别觉得是我想休了你，别觉得我对你不好，嗯？"

柳玉茹愣了，顾九思转头看向前方，声音平静地说："我这人虽然有点儿没谱，但不坏。你本来就无辜，我是打心底希望你这一辈子能够好好的。"

一辈子平平稳稳，好好的。

第五章　少年愿

顾九思说的话让柳玉茹愣了愣，她一时竟然不知道该说些什么。

她和顾家人待久了，便明白顾家人说话做事的思路。若是放在以前，听见顾九思说休她，她会觉得这人想逼死她，如今她却真真切切地知道顾九思是在为她打算，这是为她好。

顾九思有一双眼睛，这双眼睛能勘破这世上包裹在真实外面的虚妄的东西，直接看到本真。因此他说的话大多也是实话。他休了她，只要她有钱，扛得住流言蜚语，她的日子还是一样过。甚至有了足够的钱和足够的权势，她还能过得比现在更好。

他如今考虑的是，如果有一日顾家真的倒了，如何给她谋划一条出路。其实以他现在所掌握的信息来说，他想得太早了，怕是被今日的事吓着了。而柳玉茹也不知道那个梦会不会成真，如果成真了，她是会接下这份休书，还是会留下来与顾家生死与共？

她不知道。

梦里的哭喊声、江柔的鲜血、顾九思满身利刃一步一步朝她走来时她的惶恐犹在眼前。柳玉茹很喜欢顾家，可自知自己不过是个凡人，若真的到了那日……柳玉茹眼眸低垂，自己怕是要走的。

这样的念头让柳玉茹唾弃自己。

顾九思看她不说话，赶紧道："我瞎说的，不会有那一日的，我爹娘可厉害了，你别担心。我就是被吓到了，"顾九思露出浮夸的害怕表情，眼神却有几分认真，"我是真没见过我娘这么让着人的时候，就是心里害怕，你别被我带歪了跟着瞎想。"

"我知道。"柳玉茹叹了口气，"你睡吧。"

柳玉茹简单洗漱过，便熄了灯躺到顾九思边上，拉上被子，在黑夜里睁着眼睛。

"其实你想的可能情况也是有几分道理的。"她突然开口。

顾九思有些疑惑："嗯？"

柳玉茹道："我们要做最坏的打算。如果真像你说的，梁王有一天反了，你表姐是梁王的侧妃，你舅舅与梁王关系深厚，你觉得接下来会发生什么？"

顾九思没说话。

柳玉茹侧过身，看见顾九思趴在黑暗里，他把脸贴在手上，似乎是在认真地思考。

"我不知道。"顾九思想了许久，终于道，"我掌握的信息太少了，我怕现在想的都是错的。"

"如果按照你所掌握的消息来推测，你觉得会发生什么呢？"

"你怎么总问我啊？"顾九思叹了口气，"你也知道，以前的我只管喝酒、赌钱、斗蛐蛐儿，哪里想过这些？"

"可是……"柳玉茹直接道，"我就觉得你想的都对。"

顾九思微微一愣，被这么一夸，有些不好意思。躲开柳玉茹带着期待的目光，他道："好好好，那我就随便说说，你也随便听听，千万别当真啊。"

"你说你说。"

"接下来吧，就要看我舅舅和皇子有没有亲戚关系了。如果我是我舅舅，现在要做的一定是拼命把家里的孩子再送一个到宫里去，和皇子或者公主结亲，他日梁王叛变，也可作壁上观，先看看战况再说。"

"所以你舅舅打算让你尚公主。"柳玉茹恍然大悟。

顾九思下意识地道："那我舅舅岂不是知道梁王要反？"

两人对视了一眼。柳玉茹看着顾九思震惊的表情，抬手想要拍拍他的背安慰他，又想起他背上有伤，于是方向一转，摸了摸他的头，安慰道："没事没事，都是我们瞎想的，作不得数的。"

"你摸什么头，摸狗呢？"顾九思翻了个白眼。

柳玉茹没收手，反而笑眯眯地道："你头发柔顺，手感很好哇。"

顾九思哽住了，头一次被柳玉茹堵住了嘴。他红了脸，扭过头去，小声道："你怎么这么不矜持，男人的头是能乱摸的吗？"

"可你是我的夫君哪。"柳玉茹一本正经地说。

顾九思立刻道："那也不能随便摸！"

"啧，"柳玉茹反击道，"真小气。"

顾九思半天才反应过来，转过头说道："我说你现在怎么伶牙俐齿的？"

"哦，"柳玉茹平静地道，"你现在开始了解我还来得及。"

"来不及了。"顾九思神情悲伤。

"怎么说？"

"我要是休了你，怕你不是伶牙俐齿，而是铁齿铜牙，能一口一口地把我撕碎那种。"

柳玉茹被顾九思逗笑了，在被窝里咯咯笑着。两个少年人就这么有一搭没一搭地说着话，有时说的是正事，有时就绕到了一些奇怪的事上。顾九思的人生经验比柳玉茹的丰富得多，他说的都是她没听过、没见过的事。他说他在街头斗鸡，在赌坊赌大小，在酒楼宴请江湖豪杰。柳玉茹听到离奇之处会睁大眼，一副不肯相信的样子，顾九思就会笑很久。

两人有一搭没一搭地说到困了，迷迷糊糊地就睡过去了。半夜时分，顾九思迷糊着睁眼看了一眼，看见柳玉茹侧着身，头靠在他的肩上。她像只猫儿似的紧挨着他。他也不知道怎么的就抬手抚了两把她的头发，然后心满意足地睡了。

第二天早上柳玉茹醒过来，顾九思就打着哈欠道："你将王先生请过来，这几日我就在房里上学吧。"

王先生是柳玉茹专门请来讲天下局势的先生，她听了顾九思的话便明白了顾九思的意思。如今他备考科举怕是来不及了，毕竟下一场考试已是三年后，即使三年后考入朝廷，也才刚入仕，但梁王已经有了这样大的动作，顾家怕是等不到顾九思入仕升官了。顾九思当下要做的就是将最核心、最重要的东西先学下来。柳玉茹的心沉了沉，虽然昨夜的谈话被玩笑着打了岔，但顾九思在心里已经有了定论。

她应了声，让人去请了王先生，而后便要去找江柔和顾朗华。顾九思叫住她。柳玉茹回过头，看见顾大公子趴在床上，夏花盛放在他身后的圆窗之外。

他忽地笑了，笑容若春花绽开，带了天地绘笔描出的一抹好颜色：

"小娘子，做你该做的事，莫要忧心了。"他突然来了这么一句说轻浮不算轻浮，说庄重不够庄重的话，像是陌上公子随口说的玩笑话。

柳玉茹读出了这份风流之意，红了脸，小声啐了一口："浪荡！"她转身便领着人出去了。

顾九思逗了柳玉茹，趴在床上拍着床板笑出了声。

柳玉茹走出长廊，心跳才恢复正常。她以往见过的男人大多是叶世安那样的，恭敬有礼，说话的时候规规矩矩地站在帘子外面，唯恐逾越了规矩。第一次见顾九思这样放浪的人，她觉得新奇又无奈。顾九思脾气放肆便算了，偏偏还有这样一张好皮囊。无论男女，骨子里都是爱美的。且不说顾九思确实是块璞玉，哪怕真是个草包，那也是个金玉其外的草包，这是整个扬州城都无法否认的事实。

柳玉茹缓了缓神，冷静下来才去了大堂。江柔和顾朗华已经起了，两人正忧心忡忡地说着什么。柳玉茹进去后，给两人行了礼。

顾朗华漫不经心地应了，随口问："九思怎么样了？"

"郎君还在休养，大夫说再过五天就能下床了，只是伤了元气，怕是要调养一阵子。"

"不落病根就好。"江柔听着，心里又有些难受，随后道，"过一会儿我同你公公去看看他。他还在睡着吧？"

"郎君醒来后，便让人请王先生过去了。"柳玉茹实话实说。

江柔和顾朗华微微一愣，江柔先反应过来，慢慢地点着头敷衍道："好，他想多学点儿东西也是好事。"

顾朗华点点头，却叹了口气："以往总逼着他读书，"他苦笑道，"如今他真读书了，倒高兴不起来了。"

江柔垂眸看着茶杯中的绿汤，有些恍惚："是呀，我但愿他一辈子长不大，可哪儿有一辈子长不大的孩子？"说着，她苦笑道，"他愿意上进，也是好事。总不能事事都让玉茹一个人操心，毕竟是当丈夫的人了。"

"哪里会事事都是我操心？"柳玉茹笑起来，"如今我与郎君都还小，全靠公公婆婆照顾着。但九思现在主意大着呢，思路清晰敏捷，儿媳做事还是听他的。"

"玉茹莫要妄自菲薄，"说起这些，江柔面上终于有了笑，"昨日全靠玉茹机敏。若我们真到今日再去王家，王善泉就抢先一步了，咱们无论如何都会显得不够真诚。玉茹虽然年纪小，但做事周到谨慎，可比我们强多了。"

柳玉茹听着，连忙推拒，不敢应下这份称赞。

三人用了早点便一起去房中看顾九思。

顾九思正在上课。柳玉茹走到门前便听见顾九思不断询问王先生。顾九思似乎将满朝文武的姓名、职务都一一记了下来，正想着了解更多的细节。有些时候王先生也答不上来，顾九思便接着问下一个问题。

时间到了，王先生从屋里出来，见顾朗华一行人站在门口，面露尴尬之色，匆匆行了礼便走了。三人进屋时，顾九思正在喝茶。

顾九思吩咐木南："王先生知道得还不够多，你按照我说的，将十三州地方官员的姓名、生平、性格全给我打听一遍，送来给我。"说完他才发现门口站了人。他抬眼看去，诧异地道："爹？"

"公公婆婆来看看你。"柳玉茹说。

然而顾九思觉得莫名其妙，道："看我做什么？娘来就算了，爹你来做什么？今天你看不看我，我背上的伤都不会好，赶紧该做什么做什么去吧。咱们家都快完蛋了，你个糟老头子快去做点儿有用的事……"

"郎君！"柳玉茹看着顾朗华铁青的脸色，忙扑了过去，小声制止，"住嘴吧！"

顾九思莫名其妙地看了柳玉茹一眼，江柔拉了拉顾朗华的袖子。顾朗华冷哼一声，甩了袖子，和江柔一起坐到顾九思边上，冷着声音问："可好些了？"不等顾九思说话，顾朗华就接着道，"看你骂得动人，想必是好多了。"

"行了行了，"顾九思不耐烦了，道，"有话就说，别拐弯抹角的。"

"你这个逆子……"

"老爷，不是说好好说话吗？"江柔嗔怪道。

顾朗华僵住了，坐下来干脆一句话不说，扭头看向窗外，不搭理顾九思了。

顾朗华不搭理顾九思，顾九思嗤笑，也扭过头去，看向另一边的窗户。不理就不理，谁尿谁是孙子。柳玉茹看着这阵势有些想笑，却又要板着脸。

江柔轻咳了一声，柔声道："九思好些了，我和你父亲也放心许多。昨天的事，我夜里和你父亲商量过了。我们觉得后续的处理应该同你和玉茹一起来做。毕竟你们也成亲了，不是孩子了，我们不能凡事都大包大揽，总要让你们学着些。"

顾九思听了这话，垂着眼眸低低地应了一声。

江柔抿了口茶，接着道："昨儿个我和你父亲商量了，王善泉这事明摆着是冲着你舅舅来的。我们暂时不能确定王家背后的人是谁，可能是陛下，也可能是其他人，但无论如何，只要顾家还留在扬州，就难免有风险。王善泉是节度使，咱们商家不与官斗。"

"嗯。"顾九思应声道，"母亲想得周到。"

"那是我想的！"顾朗华突然出声。

柳玉茹没忍住，扑哧一声笑了出来。顾朗华听到笑声，有些尴尬。柳玉茹也有些尴尬，忙低下头，假装什么都没发生过。

江柔轻咳了一声，接着道："我们在扬州的产业太大，全都搬走也不现实，去新的地方也要有个适应期，所以我和你父亲就想着先去探探路，看十三州里哪里合适一些。到时候我们就先在那边开几个店，然后逐渐将重心转过去。在扬州的土地、庄园我们也会慢慢变卖，但这事咱们不能让人发现，毕竟咱们也预料不到王善泉会做些什么事。"

柳玉茹想了想，道："那……地点何时才能定下来呢？"

"快则一两个月，慢则半年。"江柔皱着眉，"我已经派人去京中寻我哥哥打听消息。如今他没有给我们消息让我们准备，可见形势还算不上严峻，我们也不必杯弓蛇影，先好好过日子吧。"

柳玉茹没说话，暗暗揣摩着，若是病重的皇帝决心除掉梁王为新皇帝铺路，那梁王谋反就是不久之后的事了。依照那梦境看，江尚书也逃不开，不仅逃不开，或许还牵扯颇深，所以如今也不敢给顾家通风报信，这或许就是最后顾家没能逃出扬州的原因。

柳玉茹思索着如何开口，许久后，终于道："婆婆，不如去幽州吧。"

江柔有些意外："为何？"

"咱们如今重新择地安家，看重的就是三个方面：一来要易于经商，这样我们作为商家才能立足；二来要上下安稳，我们能好好生活；三来要交通便利，这样我们过去才不会太过麻烦。就这三点来看，首先幽州位居边境，与北梁交易频繁，向来尚商，且不如淮南富庶，我们过去，商机诸多。"

顾朗华点着头，应声道："的确如此，只是……边境战乱频繁，幽州是不是不太安稳？"

"这个……公公不必担心，我们不去最前线的城池，"柳玉茹解释道，

"我专门查过，幽州虽然多战，但也多是北梁骚扰。大荣强盛，幽州筑有长城，大荣建国以来长城之内未有一战，所以幽州长城之外多战，但长城之内十分安稳。而且如今让我们忧虑的其实是舅舅，儿媳揣测着，舅舅出事，或许便是梁王……"

"慎言！"顾朗华打断了她的话。

江柔却抬了手，同柳玉茹道："如今都是自家人，出了这门，话就烂在肚子里。"

"玉茹都敢说，你个老头子怕什么？"顾九思趴在床上说。

顾朗华怒道："逆子闭嘴！"

顾九思嗤笑，仰了仰下巴，同柳玉茹道："继续说。"

"到时天下必有动荡，只是大乱小乱的区别罢了。幽州兵强马壮，又有盐税免贡之权，可为一国。纵使天下真的乱了，先乱的也必是扬州这种兵弱民富之地，而幽州则应是外乱内稳，反而是最安全的。"

"那……"江柔想着，慢慢道，"若说兵强马壮，有盐税免贡特权，十三州中也不止幽州如此，为何非幽州不可？"

"这就是第三点，"柳玉茹道，"此番不可大张旗鼓，否则王善泉绝不会坐视不理。我们要将大笔资产在短时间内转移走，幽州交通最为便利。"

"这……"江柔有些想不明白，"幽州与我们隔着两州，怎么会便利？"

"幽州沿海。"这时候，顾九思突然点出来，江柔和顾朗华恍然大悟。

他们竟忘了！淮南之地最善用船，大宗货物皆走水路。比起陆运，水运载重量大，成本低，时间快。幽州虽然和他们隔着青州与永州，可是他们可以从水路入海，然后沿海到幽州！到了幽州之后，他们就不必担心王善泉等人，再转陆路，就安全得多。

而且若是走陆路，每一个州都要递交一次入关行文，然而海运的话，除了必须停靠的几个码头之外，几乎没有官府所在，而码头也主要是漕帮在管，官府势力极弱，这样他们就可以神不知鬼不觉地举家迁至幽州。

"玉茹真是太聪慧了。"江柔忍不住感慨，"假以时日，玉茹必将有一番作为。"

从未听过有人这样形容一个女子，柳玉茹愣了愣，轻咳了一声，道："玉茹只是胡乱想想，还需婆婆和公公定夺。"

"行。"顾朗华立刻道，"你这法子可行。我在漕帮有几个朋友，这些时日我们就想办法将地都卖了，换成黄金白银，和古董字画一并走水路运出去。我再派人在那边开店，买一条船，早早做好准备，如果出事，咱们就直接离开扬州！"

"那为何……不直接离开扬州？"柳玉茹斟酌着道，"不瞒大家，其实早在之前我便做过一个梦，这梦不大吉利。我梦见王荣找了顾家的麻烦，顾家……所以我想着，能早走还是尽量早走吧。家产可以让下人帮着变卖，我们先走比较好。"

"玉茹，要出扬州并不是你想的这么容易的。"江柔耐心地解释，"无论是走水路还是陆路，只要我们走出百里，就必须有扬州官府开具的路引才能出入城池。路引上还要写明从哪里出发，到哪里，做什么。

"顾家是扬州大户，扬州每年的税赋我们占了大半，官府盯得紧。平日若我出行，老爷就得留在扬州，若老爷出行，我和九思就得留在扬州，从无举家出行的情况。若是我们举家申请路引，去的还是幽州，怕是路引没到，兵马就先到了。他们随意寻一个理由将你拖一拖，你也没有办法。而若是没有路引，扬州百里外，你哪个城都进不去。"

柳玉茹从未出过扬州，这是头一次考虑路引的事情，不由得道："那怎么办？"

"所以我们得先弄一个假身份。"顾朗华开口，"我会私下买通人先给我们弄四个身份文牒，再拿着这个文牒去官府开路引，然后我们买艘船去幽州，只在我们需要补给的时候停靠的码头看一下就行了。码头上多是漕帮的地方，管得不算严格，应当无事。"

"那又需要多久？"柳玉茹焦急地问。

顾朗华想了想，回道："快则一个月，慢则两三个月。"

"这中间若是出事了……"

"玉茹，"江柔拉住柳玉茹的手，柔声道，"只是一个梦，切勿为此伤神。有警惕心是好的，但是为此惶惶不可终日便得不偿失了。"

"夫人说得对。"顾朗华说着，站起身，"我这就去办，尽量快些。"

"老爷。"江柔叫住顾朗华。顾朗华回头，江柔笑着嘱咐："路上慢行，切莫着急。"

"知道了。"顾朗华笑了，有些无奈，"我多大人了你还操这个心？"他说完，摆摆手便走了出去。

顾朗华出去后，江柔抬眼看向柳玉茹，道："近来查账查得如何？"

"还有三家铺子的账没查完，"柳玉茹恭敬地回答，"再过五日便可给婆婆一个结果。"

"辛苦你了。"江柔点了点头，安抚道，"熬过最初的这一阵子便好了。"

"不辛苦的，"柳玉茹却笑了，"婆婆教我这些，我高兴还来不及呢。"

江柔舒了口气："你看得明白就好。"

聊了一会儿，江柔又嘱咐顾九思好好休息，便起身离开。

等江柔走了，柳玉茹回头轻轻推了推顾九思，道："你怎么对你爹这样？"

"这老头子坏得很。"顾九思轻嗤，"我和他的事你别管了。"

"顾九思，"柳玉茹哭笑不得，"你多大了？怎么还跟个孩子似的？"

"你怎么不问我爹多大了还跟个孩子似的？"顾九思抬手捂住耳朵，"不听了不听了，我要睡觉了。"

"别睡，"柳玉茹拉他，"听我几句劝，别总和你爹闹。"

"哎呀你别管了。"顾九思干脆用被子蒙住头，"不听，不想听。"

柳玉茹拿他没办法，叹了口气。她走出去，让人将账本都搬了过来，然后就坐在了顾九思边上。顾九思睡觉，她便开始算账。她对数字有种超常的敏锐感，看过十几家铺子的账本，现在不用算盘也能算清楚，于是她也不打扰顾九思，低头默默对账。

顾九思在翻页声中睡过去。午后的阳光催人入眠，树叶在风中沙沙作响，蝉鸣声在外面此起彼伏，柳玉茹一抬眼就看见顾九思睡得正酣。她不自觉地笑了，觉得这人过得也太自在了。可看见他趴着的姿势，她才意识到这人还背着一身的伤呢。她静静地看着他的睡颜，许久后摇了摇头，笑着低下头去，觉得顾九思真是个孩子。

顾九思一觉睡到下午。他一睁开眼就下意识地擦了擦嘴角，柳玉茹看见便笑了，顾九思这才发现柳玉茹也在。

他有些尴尬，道："笑什么？你趴着睡也一样。"

"醒了？饿了吗？"

"还好吧，"顾九思打了个哈欠，趴在床上像青蛙一样活动着手脚。

柳玉茹到他边上坐下，一边给他捏手臂一边道："想吃些什么？我让厨房做了送过来。"

顾九思张口就开始点菜。在生活上，他从不委屈自己。柳玉茹转头吩咐下去。给他捏了手脚，她又按照他的要求找了本游记给他。

顾九思向来不爱看那些正儿八经的书，只对一些打来打去的故事和地图游记感兴趣。他闲着没事，翻看着游记，不时偷瞄柳玉茹一眼。柳玉茹一直在看账，顾九思醒了，她也就不再心算，开始拨弄算盘。顾九思就听见算盘被打得啪嗒啪嗒响，时不时偷瞄，柳玉茹不免觉得好笑，回头看他："你看我做什么？"

"我说，"顾九思放下书，疑惑地问，"一直看账本，不累吗？"

柳玉茹愣了愣，笑起来："一直看游记，不累吗？"

"我是放松。"

"我是喜欢。"柳玉茹伸展了身体，让僵硬的肩颈舒服一些，拿起算盘摇了摇，道，"我喜欢数银子的感觉。看银子多了、少了、对不对，我就觉得开心。我啊，就想看着账面上的银子涨涨涨。我同你说，上次我出去，掌柜叫了我一声柳老板，我高兴坏了。"

"这有什么好高兴的？"顾九思觉得奇怪。

柳玉茹认真地想了想："大概因为这是属于我自己的称呼吧？"

"柳姑娘"是天生的，"顾少夫人"是顾家给的，只有"柳老板"代表着她自己的努力，纵然这里面也有几分别人的帮助，可归根到底事情是她在做。

柳玉茹本以为顾九思不明白，顾九思却点了点头，认可了她："说得对，我也希望有一日人家能叫我一声顾大侠。"

"那好，"柳玉茹点头道，"要不这样，以后你把顾家给我，我赚钱，每个月固定给你一部分钱，你去闯荡江湖，怎么样？"

"好，"顾九思点点头，"到时候我行侠仗义，做了好事就写下'柳玉茹之夫'几个字，保证你名声大噪，到时候大家都去你店里买东西。"

"胡说八道！"柳玉茹不高兴地纠正他，"你该写上我的店铺的名字才对！"

这话让顾九思大笑起来："好好好，写你的店铺的名字，到时候，咱们一起名扬海内好不好，柳老板？"

柳玉茹和他胡扯一通，吃过饭又各自做各自的事，柳玉茹算账，顾九思看书。

蜡烛燃了一根又一根，柳玉茹终于看完了最后一笔账，这时候顾九思已经能下床走动了。

顾朗华忙于处理家当，每日在外奔波。江柔则雇了许多书生，将顾家与王家的事写成了一出"化干戈为玉帛"的戏。戏中顾家大度明理，王家嚣张跋扈，顾九思自鞭二十看哭了许多看客，大家纷纷称赞他的赤子之心。这出戏虽然不指名道姓，但扬州城内的人都知道在说什么。没多久，王善泉便让人到处抓唱戏的人。

得到消息时，顾朗华还在屋中喝茶，江柔放下茶杯，淡淡地道："淮南境内，这戏就不唱了，去东都唱吧。"

院子里，顾九思正在柳玉茹的搀扶下散步。顾九思小声地道："我娘生气了，王善泉要倒霉。"

柳玉茹抬头瞪了他一眼："好好走路。"

两人正走着，就见管家走进来。管家恭敬地同顾朗华和江柔道："老爷、夫人，方才周公子派人带了消息来，说他的仆人在三德赌场惹了些麻烦，不知老爷和夫人是否认识赌场的人，能不能去帮个忙？"

"周公子？"顾朗华有些茫然，"哪位周公子？"

"说是周烨周公子。"

听到这个名字，柳玉茹和顾九思对视了一眼，这个忙必须帮。无论是因为周烨之前的帮忙，还是因为周烨的身份，这个忙他们都要帮。

只是顾家一向和赌场这种地方没什么交集……

顾朗华和江柔正为难着，就见顾九思努力地快步走进来。

顾九思激动地道："我去，三德赌场我熟！我去帮周公子！"

众人无语，第一次发现了顾九思赌钱的作用。

"你去什么去，去了还回得来吗？"顾朗华不高兴了。但想了想，顾朗华又发现除了这个儿子，好像真没什么能去三德赌场的人。最后顾朗华只能摆了摆手，道："去去去，少拿点儿钱，别乱赌了。"

得了这话，顾九思兴高采烈地让木南备马。他整个人容光焕发，神采奕奕，完全不像一个走路还要人扶着的病秧子。

他这个样子让所有人都有些无奈。

顾朗华忍不住道："玉茹跟他去。"

"啊……啊？"柳玉茹有些发蒙，让她去赌场？然而她很快就反应过来了，连青楼都去过了，去个赌场算什么？于是她笑了笑，柔声道："郎君且等一等，我去取刀。"

"不必了！"顾九思一听这话，忙道，"我是去办正事，大家放心，我绝不会在那里赌钱的。"

顾朗华："把银子全放玉茹身上！"

对这个结果，顾九思表示很不开心，但还是带着柳玉茹去了。

下了马车，顾九思先掀了帘子走进去。柳玉茹跟在后面，还没进去，就听见里面有人大声问："顾公子买大买小？"他还没到赌桌边，旁人知道他的脾气，直接就开始下注了。

顾九思正要回答，柳玉茹猛地把帘子一掀，站到顾九思身后，朗声道："大也不买，小也不买，今日顾公子不赌。"

全场静默，大家都看着柳玉茹。对很多人而言，青楼和赌坊总是先后都要去的，于是今日在场的，大多是当日目睹过柳玉茹提刀上青楼的人，其中就包括了顾九思的好友陈寻和杨文昌。

陈寻咽了咽口水，下意识地问："刀呢？"

他这一声询问在一片安静中显得特别嘹亮。顾九思走到他面前，抬头推了他的头一把，直接道："刀个鬼，我来找人。见过一个长得很英俊、北方口音、二十出头的男人吗？"

"哦，见过啊。"杨文昌立刻接口，"半个时辰前还在旁边的赌桌那儿呢，我听说他的兄弟欠了钱不肯还，现在他们都在后院。"

三德赌坊的后院就是专门来处理一些见不得光的事的。

顾九思皱了皱眉，应了一声，用身子遮住自己的动作，抬手从袖子里拈出一锭银子放了杨文昌面前，小声道："买小。"说完他直起身来，转身朝着后院走去，柳玉茹寸步不离地跟在身后。

杨文昌感慨地摇头："可怕，太可怕了。"

陈寻点头道："还好没有姑娘看得上我。"

杨文昌抬眼看他："这事也能拿出来庆贺？等等……的确值得庆贺。"杨文昌将顾九思给的银子啪嗒放在了桌上，扬声道："大！"

顾九思领着柳玉茹要进后院，刚到门口，就被两个壮汉拦住了去路。两个壮汉见是顾九思，有些为难，道："九爷，您知道三德的规矩，这个后院……"

"我懂。"顾九思道，"叫老乌鸦过来，他们今天带走的那人是我朋友，这事我来管摊子，按规矩来。"

壮汉们犹豫了片刻，一个谄媚的声音从后院里传了出来："哟，九爷！很久不见了！"一个老者从院内走出。

顾九思朝柳玉茹仰了仰下巴："赏。"柳玉茹愣了愣。顾九思拼命地朝她挤着眼："愣什么愣？赏啊！"柳玉茹反应过来，忙给了老者一两银子。

老者高兴地收下了，笑着问："这位是夫人吧？"

"嗯，"顾九思懒洋洋地应了声，又问，"你们今天留了个人？"

"九爷消息灵通。"老者笑着道，"今日可是为此而来？"

"对，"顾九思扇子一抬，"带路吧。三德有三德的规矩，我晓得，我不会乱来。"

老者犹豫了片刻，但还是点了头，道："那九爷同我来。"

顾九思从鼻子里应了一声，跟着老乌鸦往前走。柳玉茹跟在后面。她头一次来这种地方，心里又是新奇又是害怕，偷偷瞟来瞟去。

顾九思看见了，直接道："要看就大大方方看，偷偷看什么？"说着，他又转头看向老乌鸦："这女人没见识，你别笑话。"

柳玉茹："……"

老乌鸦连忙道："少夫人第一次来，头一回来都是这样的。能陪着您过来，少夫人也算是女中豪杰，十分开明了。前些时日九爷不来，我们上下都担心是少夫人不让您来呢。"

"她敢不让我来吗？"顾九思看着柳玉茹这敢怒不敢言的样子就有些高兴，想为了自己的颜面再吹两句牛，"我要赌她还管得住？我在我们家向来说一不二，让她往东她不敢往西，也是看她乖巧，今天才带过来。"

一行人走到门口，顾九思朝着守门的人仰了仰下巴，吩咐柳玉茹："赏。"

柳玉茹保持微笑，将银子递给守门人。两人进了房里，便看到房里黑压压地站了一堆人。周烨坐在赌桌前，额头上冒着冷汗。旁边的一个少年被压着跪在地上，嘴里被堵了帕子，似乎十分恼怒。

顾九思也没说话，从容地落座，同柳玉茹道："给我拧块帕子擦擦手。"

柳玉茹微笑，走到边上拧了帕子，又坐到顾九思身边给他擦手。这么使唤柳玉茹，顾九思心里暗喜不已。柳玉茹看着他的笑，靠近了，用平静且温柔的声音小声道："你等着。"顾九思一个激灵，忙坐直了身子，抽回手，轻咳一声："可以了，可以了。"

他转过头，看向旁边的周烨，道："周兄，我来得迟了，见谅。"

周烨听着这话，勉强挤出一个笑容来："顾公子能来，在下已很感激，哪里还说晚不晚的？"

顾九思笑了笑，直接道："周兄的事就是我的事，不必客气。"说着，他转过头去看向坐在对面的男人。

对面的男人看上去三十出头，个头瘦小，一只眼用黑布遮掩着，让人觉得有些阴险。

顾九思似乎与之十分熟悉，道："竟然惊动了杨老板，看来这次的事不小啊。"说着，他往前探了探身子，"杨老板，我这哥们儿是输太多了？"

"是呢，"杨龙思笑起来，看着有几分古怪，"这位范小公子输的可不是小数目，九爷确定要管？"

顾九思转头看向周烨。

周烨浑身僵硬，小声又迅速地道："那是与我一同出来的公子，身份尊贵，绝对不能有差池。今日我们本要离开扬州，他想再见见识识扬州的风情，自己大清早地就来了赌场，然后这里的人带着他赌什么……跳马。他以为只是普通下注，不承想……"

听到"跳马"二字，顾九思顿时变了脸色。

柳玉茹有些好奇，小声问："什么是跳马？"

"就是赌大小，"杨龙思笑着解释，"二两银子开局。"

"二两银子？"柳玉茹睁大了眼，"二两银子，就算是赌一夜也赌不了多少钱……吧？"怎么会闹得让周烨被困在这里的地步？

"开局二两银子，"顾九思神色严肃，张合着手中的折扇，解释道，"但是每过一局就要加钱。第一局二两，第二局四两，第三局十六两，第四局二百五十六两，第五局六万五千五百三十六两，以此类推……每一局叫一马，因此叫跳马。"

柳玉茹瞬间明白过来，下意识地道："小公子赌了多少局？"

"六局。"杨龙思笑眯眯地道，"在下是个厚道人，零头便不算了，四十二亿两白银，九爷，您要帮周公子垫付吗？"

这是不可能的。四十二亿两白银，便是一国几十年的税收都没有这么多。

顾九思张合着小扇，斟酌着道："杨老板，您这就是玩笑话了，这个数额，普通人哪里给得出？您这样赌，就不怕官府怪罪吗？"

"顾大公子不必拿官府压我，"杨龙思淡淡地回应，"在下做的是明码标价的实诚生意，赌钱这事，愿赌服输，便是告到官府去，也是我有道理。这位范小公子一时凑不上钱，在下可以理解，把借条打上，先付三千万两，余下的这辈子慢慢还也无妨。"

众人面面相觑，不要说四十二亿两，哪怕把周烨的家底掏空了，他也凑不出三千万两银子。

周烨怒道："你这是骗他年纪小……"

"年纪小就能欠债不还了？"杨龙思淡淡地抬眼，"年纪小就能为所欲为？他年纪小不懂事是你们教得不好，没有让我们赌坊来优待他的道理。规矩就是规矩，今儿个他若不给钱就走出了我们三德赌坊的门，日后个个都学他，我们的生意还怎么做？"

说着，杨龙思抬手将飞刀甩到了那少年的脚边："要么卸了四肢，要么欠债还钱，总得给杨某一个说法。"

这话出来，整个气氛都僵了。杨龙思身后的人都亮出了刀子，柳玉茹有些害怕。她头一次见到这种阵势，手不由得微微发抖，但她努力让自己平静一点儿，不要太丢人。她在心里反复告诉自己："没事，别怕，他们不会怎样的……"但是不知道怎么了，刀光总落进她的眼里，让她的心跳不由自主地快了许多。周烨比她更紧张。周烨捏着拳头，全身肌肉绷紧，像是随时要动手。杨龙思眯起眼，周烨的手下意识地放在了腰上。柳玉茹盯着这一切。在这千钧一发之际，一只手突然覆在了柳玉茹的手上。

顾九思歪在椅子上，声音懒散地道："不就是钱的事吗？这么严肃做什么？你们看，都把我这小娘子吓成什么样了。"他抬眼看向杨龙思，话里带了几分责怪，"杨老板，女人胆子小，你别这么吓唬她。"

没人说话，众人蓄势待发，唯独顾九思还是平日那副吊儿郎当的模样，甚至有拨弄柳玉茹的手的闲情逸致。

杨龙思盯着他，目光不善。

顾九思仿佛完全没看到一般。大家都捉摸不透，面前这个男人到底是傻到根本对四十二亿两白银没什么概念，还是真的胸有成竹，对这事没有半点儿压力？

柳玉茹被他握着手，也不知道为什么，心就放下了。她垂着眼眸，静静地等着对方的回应。

杨龙思突然笑了："那顾大公子的意思是，这钱您帮他还？"

"还哪。"顾九思应得干脆，"愿赌服输，欠债还钱，江湖规矩。"

"顾公子！"周烨急了，忙道，"在下……"

"没事，"顾九思推开周烨，往前探了探身子，道，"只是在下赌兴来了，还钱之前也想同杨老板赌上一把。"

杨龙思冷着脸，没有说话。

顾九思把手搭在桌上，道："听说杨老板能听声辨色子，九思不才，还请杨老板与我再赌一次跳马。"

杨龙思盯着顾九思许久，笑了："顾大公子年轻气盛，为了朋友总会做些糊涂事。虽然顾家家财万贯，可杨某觉得还了四十二亿两白银，顾家怕也不能再赌一次跳马了。"

"杨老板，咱们明人不说暗话，"顾九思道，"跳马只要开赌，就没有回头路，赌的哪里是钱？赌的就是全副身家，加上性命。您觉得这范小公子的命值三千万两，于是四十二亿两变三千万两，那您看一看我顾九思值多少？我能同您赌多少局？"

杨龙思眯起眼。

顾九思笑着伸手："杨老板，就这一早上，您若赌赢了，此后莫说淮南再无第二人能与您匹敌，您便是富可敌国也未可知啊。"

"若是输了……"杨龙思小声道，"那就是倾家荡产，流落街头。"

"不一定啊，"顾九思提醒他，"您还有四十二亿两白银没收回来呢。"

杨龙思笑了一声："杨某虚长大公子几岁，见过的风浪比大公子见过的多太多了。杨某倒是敢赌，只是少夫人，"他将视线投向柳玉茹："您确定让大公子赌吗？"

柳玉茹的手微微颤抖，她抬眼看向顾九思，顾九思静静地看着她，目光十分沉稳。

柳玉茹觉得自己是疯了。她也不知道为什么，被顾九思这么看着，就觉得他能行。他一定有什么法子。她要相信他，他肯定行。

于是她听见自己那颤抖的声音道："赌！"

这让所有人都感到意外。杨龙思皱起眉头道："少夫人，您确定？"

"确定，"柳玉茹深吸了一口气，道，"夫君说要赌，自然有他的分寸，我信他。"

旁边的周烨听了，也莫名地放心下来，深吸一口气，开口道："把我也算上。"见顾九思转头看过来，他认真地道，"若是顾兄输了，我周某倾家荡产也要帮您把债还上。"

这话让顾九思笑了，他摆了摆手，道："不必不必，在下有分寸。"说着，他看向杨龙思："杨老板，开门是客，您说过，规矩就是规矩，如今我要和您赌跳马，您要是不赌，烦请给我找个庄家，我要同三德赌场赌。"

顾九思这一番话说得利落，杨龙思沉吟着，不敢应声。开赌场的人，客人要赌，那就得赌，若是见好就收，以后三德赌场的名声就毁了。

旁边的人都有些心虚，老乌鸦小心翼翼地道："老板……"

"怎么？"顾九思笑起来，"杨老板纵横赌场这么多年，还怕我一个毛头小子不成？"

话说到这份儿上，杨龙思再不应战就没法做人了。

杨龙思深吸一口气，站起身来抬手道："请。"

杨龙思便领着顾九思一行人走了出去。赌场里的人见顾九思和杨龙思一起走出来，顿时沸腾起来，纷纷打听着发生了什么。

"顾九思要和杨老板赌跳马。"

"跳马？疯了吧？！那不都是骗外地人的玩意儿，哪个扬州城的人会赌这个的？"

"这次顾九思他爹怕是要把他打死了。"

杨文昌和陈寻还在赌，听见顾九思的名字，顿时变了脸色。陈寻和杨文昌跟过去，便看见顾九思带着周烨施施然落座。

杨文昌挤过去，着急地问："九思，他们说你要赌跳马？"

"对呀。"顾九思随口应了一声。

陈寻也急了："你疯啦？！这要是输了你会被你爹打死的！"

"无妨，"顾九思摆了摆手，道，"我心里有谱。平时我闹着玩呢，这次我认真赌。"

"你……"

"九爷，先签了契约。"老乌鸦端着一份写明了规则的契约上来。

柳玉茹审阅过才交给顾九思，顾九思匆匆扫了一眼，大笔一挥，龙飞凤舞地签了字。他那字丑得扎眼，柳玉茹眼皮一跳，脑子里浮出的第一个想法是——还得请个书法师父。

赌跳马这事不常见，听说顾九思和杨龙思开局，整个赌场的人都兴奋了，围了过来。顾九思签完字，旁边的人给顾九思和杨龙思递了热毛巾。

两人擦过手，杨龙思道："按规矩，您来挑战，赌什么本该是我们赌场来定，但是顾大公子年少，算是杨某的晚辈，所以杨某愿意让顾大公子一步，大公子来定吧。"

"无妨。"顾九思摆摆手，"什么都行，我无所谓。"

杨龙思看着顾九思的模样，不由得笑了："大公子还是谨慎些好。"

听到这话，顾九思像是有些无奈："您让谨慎，那就谨慎吧。赌大小如何？"

杨龙思抬了抬手，旁边的人拿了色子来。顾九思突然道："停一下。"他站起身来，抬手掂了掂色子的重量，笑了笑，道："没问题。"说完他又坐回了自己的位置。

杨龙思面不改色地道："大公子多虑了，在下不会做这种事。"

"赌得大了，自然要谨慎些。既然三德赌场如此讲信誉，这样吧。"顾九思指了指旁边的柳玉茹，道，"你去摇。"

柳玉茹愣了愣，杨龙思皱起眉头。

顾九思微笑着道："内子是扬州名门闺秀，从未接触过这些，杨老板放心吧？"

杨龙思沉默，比起赌场里的熟手，柳玉茹的确更干净些。

柳玉茹没有出声，也没退缩，大方地起身站到了赌桌边。

顾九思看着杨龙思，道："杨老板，今日咱们先定个规矩，七局为止，中间不可弃赛，若您弃赛，不但要将这小公子的账一笔勾销，还要倒贴五万两白银给他们赔礼道歉。若我弃赛，便算是彻底认输，明日你就可派人上顾家清点财产。若我们都坚持到了最后，就看最后各自输赢多少，如何？"

"九思！"陈寻听着着急，顾九思抬手止住了他的话。

杨龙思面不改色，抬手道："请。"

所有人都看向了柳玉茹，柳玉茹深吸了一口气，举起了色盅。她的力道有些小，顾九思便给她做示范，甩着手道："这样甩，用力点儿！手没力气全身一起甩！大力一点儿让色子动起来！"柳玉茹听着这话，一瞬间什么紧张、担忧都没了。她翻了个白眼，举着色盅，又稳又狠地摇起来。

她一摇色子，杨龙思就闭上了眼。顾九思动了动耳朵，转过头小声吩咐旁边的人："给我端盘蜜瓜上来。"他的声音不大，但所有人的注意力都在他和杨龙思的身上，柳玉茹听得咬牙，简直想揪着他的耳朵吼他：你清醒一点儿哪！你正赌着全家的家当啊！你输了全家就完了，完了啊！

她一直摇个不停，想等顾九思回过头来认认真真地听听色子，谁知道顾九思是回头了，却是在认认真真地等蜜瓜。于是柳玉茹就一直摇，她手上的肌肉都酸得不行了，顾九思的蜜瓜也端上来了，他吃了口瓜，才道："你还没摇够啊？"

柳玉茹受不了了，哐的一下放下了色盅，觉得好疲惫。

顾九思将蜜瓜的籽吐进盘子里，抬手就将玉牌丢到了"小"上。杨龙思慢慢地睁开眼睛，将自己的玉牌放到了"大"上。

"开，开，开。"旁边的人都在催促。

柳玉茹揭开盖子。三颗色子，按规则，十点以下是小，十点以上是大。

三、三、五，十一点。

柳玉茹面色惨白，周烨的面色也不太好。杨龙思舒了口气，笑道："看来是杨某胜了。"

顾九思吃着瓜，似乎也有些诧异，勉强挤出一个笑容，道："杨老板是棋高一着。来，继续。"

第二轮，顾九思神色认真，似乎开始认真听了，柳玉茹放心了许多。

这次必然要成功了。柳玉茹和周烨都信心满满地想着。

押注开盖，杨龙思露出笑容："看来又是杨某赢了。"

顾九思的脸上露出了几分担忧之色："没想到杨老板这样厉害，顾某真是后悔啊……"

杨龙思心里对顾九思的戒备彻底放了下去，只觉得顾九思是个草包，一时被江湖义气冲昏了头就开这个局。杨龙思放松下来，接下来的三局都赢得异常轻松。顾九思每次都能精准地押在输的那个点上，押小开大，押大开小。

杨龙思赢得顺畅，心情都好了许多，叫了杯茶来，又劝对面愁眉苦脸地撑着下巴的顾九思："顾大公子不如早点儿认输吧，若是真到了第七局，怕是把顾家全抵上也还不起了。"

"横竖都到这步了，"顾九思叹了口气，"总得赌下去，大不了我就在这儿还一辈子债，以后还要杨老板多多照顾哇。"

杨龙思就差没开口嘲讽了，抬手让柳玉茹开第六局。

然而柳玉茹不敢开了。第六局输了就是四十二亿，顾家就真的完了。她不知道顾九思的葫芦里卖的是什么药，但是这么一直输他们是真的输不起了。她太害怕了，抬眼看向顾九思，嘴唇颤了颤。

顾九思在她开口之前抬起手指，搭在了自己的唇上，做了一个噤声的手势。这一刻他的神色异常镇定，带着一种让人信服的自信。但他瞬间又变回愁苦的样子，询问道："玉茹可是摇不动色子了？坚持一下，就剩最后两局了。"

杨龙思一直盯着顾九思，把顾九思的一举一动都收在眼里，忍不住皱起了眉头。

柳玉茹深吸了一口气，再次举起色盅。这时旁边的周烨也有些忍不住了，站起身就要说话，却被顾九思一把按住。顾九思靠过去，附在周烨耳边轻声道："莫慌，我有法子，等我松开你，你就伪装出好像是知道了什么所以很镇定，但又想要遮掩的样子。不要慌乱。"说完，顾九思便直起身，认真地听着柳玉茹摇动色子的声音。

柳玉茹落下色盅之后，顾九思抬起眼看向杨龙思，笑道："杨老板，请。"

杨龙思没说话，紧紧地盯着顾九思。

不对劲。多年的江湖经验让杨龙思多疑又敏感。凭借着自己的直觉，他无数次躲过生死大劫。连着赢到现在，他有些飘飘然。可是在这一刻，他猛地反应过来——不对劲。顾九思前段时间才在路上怒斥王善泉。普通百姓看不明白，杨龙思却明白其中发生了什么。一个能如此灵巧地化解危机的公子怎么会是一个草包？如果顾九思不是草包，又怎么会因为江湖义气随便来赌这么大的赌局？顾九思来赌，就一定是有把握的。顾九思检查过色子，还让他的人来摇色子，但现在已经是第五局，到第五局了……顾九思竟然没赢过一次！

杨龙思猛地变了脸色。顾九思的赌技杨老板是清楚的，这个公子哥儿就算不能一直赢，也绝不会连着五把一把都没赢过！除非顾九思一直都清楚点数，是故意输的！

杨龙思的呼吸有些急促。如果顾九思完全有赢的实力，那为什么要输？对方为的就是留住自己，不让自己提前离席。为的就是麻痹自己，让自己就这样飘飘然下去，直到第七局。第六局已经赌到了四十二亿两白银，第七局就会赌上他杨龙思所有的身家，赌上他杨龙思的命！如果自己止步于第六局，就得抹平周烨的账，还得损失五万两白银。可若是赌到第七局……赌到第七局……

杨龙思的额头冒着冷汗。他在脑子里疯狂计算着，顾九思到底是真的输了五局，还是装的？为什么柳玉茹会在打算放弃之后被九思简单的一个动作劝服？他们之间有什么协议？为什么周烨会在濒临崩溃后突然镇定？顾九思到底跟他说了什么？顾九思到底是在唱空城计，还是真的……真的下了套？

杨龙思一言不发，顾九思看着，故作忧愁的表情下，那双似笑非笑的眼里似乎带了些嘲笑的意思。一开始杨龙思真的以为顾九思很慌乱，此刻却觉得这份慌乱做作得很，完全不像是真的。

顾九思还有心情吃蜜瓜，一面吃着还一面催促："杨老板，押注哇。"

"你……"杨龙思的呼吸都有些不稳了，他顿了顿，"你先来。"

"哦？"顾九思笑起来，"你确定？让我先来？"

杨龙思急切地点头："你先来。"

顾九思靠在椅子上，随意地将玉牌扔出去，玉牌落到了"大"上。

柳玉茹深吸一口气，开了盖子。

小。

顾九思连输六把了！

杨龙思呼吸不畅。

顾九思叹了口气，似乎有些无奈，道："又输了，来来来，第七局。"

"等一下！"杨龙思叫住了柳玉茹。所有人都看向杨龙思。老乌鸦有些茫然，完全不知道发生了什么。

顾九思也抬眼看向杨龙思："杨老板，怎么了？"

杨龙思的脑子飞速地转着，若是他赢了，能得到顾家所有家当；若是输了……那就是……那就是倾家荡产！而自己会输吗？顾九思能连着输六把，六把都只差一点儿，明明就是知道如何赢故意输的！顾九思根本没有展露真正的实力，这是在下诱饵，要一步一步地走到第七局再一把翻身，让他杨龙思倾家荡产！若自己此刻认输，只是赔五万两白银。若是第七局输了，那就……那就……杨龙思脸色惨白，心里却有了数。

杨龙思抬起头，慢慢地道："我认输。"

众人哗然，顾九思的神色也带了一丝震惊。他站起来，像是有些慌乱，道："杨老板，只差最后一局……"

听到这样的挽留，杨龙思顿时肯定了自己的结论。输成这样，若没有赢的把握，顾九思怎么还敢留到第七局？于是杨龙思立刻道："乌鸦，给周公子清点银子，送他们出去，这一局，我认输。"说完，杨龙思站起身来，领着人迅速回了后院。

所有人都有些茫然。

陈寻站在顾九思的背后，还处于彻底蒙了的状态，疑惑地道："就这么……认输了？"

"怎……怎么回事？"杨文昌也有些看不明白。

乌鸦把那少年放了，周烨赶紧上前询问那少年的情况，没一会儿，乌鸦便拿了银票出来，把银票交给了周烨。

顾九思吃完了最后一口瓜，见事情了了，就同陈寻和杨文昌告别。

陈寻小声问："你现在到底是什么情况？我们都见不着你了。我能不能上你家去串门子？"

"来。"顾九思小声道，"提着书来，说是来和我一起听课的。"

陈寻："……"

顾九思伸了个懒腰，朝着柳玉茹招了招手，笑着道："媳妇儿，过来。"

柳玉茹刚刚放松下来。她出了一身的汗，整个人疲惫不堪。她走到顾九思身边，顾九思站起身来，将手搭在她的肩上，和大伙儿打了声招呼便领着周烨还有那个范姓少年走了出去。

"顾大公子，您可太厉害了。"周烨赞赏不已，"那杨老贼必然是看出您的赌技出神入化，不敢应战。顾公子有此绝技，也是非凡之人，顾……"

一行人还未走远，刚进巷子，周烨的话也还没说完，顾九思就双腿一软，险些站不住。周烨和柳玉茹赶紧扶住他。

众人都有些诧异，柳玉茹着急地问："你怎么了？"

"腿……腿软……"顾九思结结巴巴地道，"撑不住了，你们谁来背我回马车上吧，我真的走不动了。"

周烨、柳玉茹、范小公子："……"

周烨作为这中间唯一一个身强体壮能背起顾九思的男人，义不容辞地承担了这份责任。安置好顾九思，柳玉茹见周烨要走，忙问："周公子是今日要启程？"

"本是如此打算的。"周烨叹了口气，"但出了这事，还是过两日再走吧。"

"那不如到顾府用个饭吧。"柳玉茹笑着道，"上次的事，我们没能及时感谢周公子。我与郎君早就想请周公子吃顿饭，但郎君的伤势迟迟未愈，因而拖延至今。"

周烨迟疑了片刻，道："那周某叨扰了。"他带着那少年上了周家的马车，跟在顾家的车后。

顾九思上了马车便瘫在那里，一边揉肚子，一边道："可撑死我了。"

"吃了什么撑成这样？"柳玉茹擦着汗问。

顾九思叹了口气："你没看见我吃了一整个瓜？"

"那不是你想吃的吗？"柳玉茹觉得有些奇怪。顾九思的确吃了许多瓜，但她没想过他是硬塞下去的。

顾九思摆摆手，痛苦地道："都是因为紧张，不吃点儿瓜，我怕我装不下去了。"

"喂，你给我说说，"一说这个，柳玉茹就来劲儿了，"你是不是真的赌钱特别厉害？"

"我要是真的这么厉害，我爹还不让我泡在赌场里当个赌神？"顾九思翻了个白眼。

柳玉茹觉得奇怪："那你怎么能连着输六次？"

"那不是我厉害，"顾九思道，"是杨龙思厉害。这六次里面，有三次是他先押注的，我只需要压他的反面就可以了。如果让我只听色子的声音，我能赢一两次，但是要每把都赢就不太可能了。可杨龙思可以，他以前在赌场听声辨色子几乎没失手过。"

"那另外两次呢？"

"一次是我看他的眼神，再加上自己听的，猜的。"顾九思解释道，"另一次，也就是第六局，其实我对输赢已经无所谓了。我输了，他会觉得我是赌技超群故意给他下套；我赢了，他会觉得我是打算翻盘了，在故意嘲讽他。

"他能坐到这个位置，就是因为很会预测风险。这次赌得太大，他的心理压力大，加上他本来就多疑，总怀疑我在给他设套，脑子里多转两圈，自然就觉得不如给我们五万两白银把我们打发走算了。"

柳玉茹明白了。顾九思摸色子、让她摇色子、叫蜜瓜吃，都是为了干扰杨龙思的判断，让杨龙思捉摸不清顾九思到底是个什么样的人。之后顾九思根据杨龙思的判断下注，让自己连输，达成一个不正常的输赢情况。接着顾九思再通过和她对视、和周烨对话等细节，利用她和周烨的反应给杨龙思一个"顾九思还有后招"的错觉。在这么大的压力下，与其冒着倾家荡产的风险赌下去，杨龙思自然会选更稳妥的那个方案。

而顾九思所做的这一切也是基于对杨龙思的了解。杨龙思赌的是大小，顾九思赌的是人心。想明白这一点，柳玉茹豁然开朗。

她不由得感慨道："顾九思，你总是超出我的预料。"他有着出乎她意料的善良和出乎她意料的聪慧。

顾九思摆摆手，痛苦地道："也就这一次了，你不知道，我的心跳得快炸了。其实我坐在椅子上的时候腿就软了，真怕他会赌到第七局。我连输七局，顾朗华一定会把我的人头提到杨龙思的门口去的。"

柳玉茹笑着用团扇敲他："净胡说，把你爹想得这么坏。"

"我没胡说，是你不了解他啊。"顾九思赶忙道，"真的，你要知道他以前对我做过多少残忍的事，就了解了。这根本不是亲爹。"

"别瞎说了。"柳玉茹推了他一把，"你爹可疼你呢。"

"拉倒吧。"顾九思翻了个白眼，"他从小就只会打我。"

"呃……"柳玉茹迟疑了，"但我听说你父母都很宠爱你。"

顾九思听着这话，也没说话。过了好久后，他才道："不过是这扬州城的人给我的行径找个由头罢了。"他把手搭在窗户上，看着外面人来人往的街市，"人都是很奇怪的，看见一个行事乖张的人，就会觉得必然是他的父母溺爱他，否则他不会无法无天。许多人觉得若是一个孩子不听话，打一顿便好了，若是孩子做得不对，必然是打得不够狠。"

"我很讨厌这样的想法。"顾九思露出嘲讽的笑容，道，"所以吧，他越打我，我就越是要同他反着干，我越同他反着干，外面就越爱说他不够严厉，就一直这么循环下去。我小时候身体不好，常常是他要打我，我娘死命拦着，家里乌烟瘴气的。"

"那你听话不就好了？"柳玉茹觉得有些奇怪。

顾九思用看傻子的眼神看了她一眼："你傻啊，他打我，我就听话，只要有这么一次，他就会觉得打我是有用的。以后只要遇见问题，他就会想着打了就好了。你以为那些想着打了就能教好孩子的人的想法是怎么来的？就是因为他们打完孩子，孩子就忍气吞声地变乖巧了。他们都觉得自己的孩子、别人的孩子都是这样，唯独你的孩子被打了还不听话，一定是你太宠爱孩子了，不肯下狠手。"

"我和你说，这世上很多看似莫名其妙的事情其实都是有缘由的。你知道少年人为什么都要叛逆一阵子吗？因为我们骨子里的一些东西告诉我们，我们得这样反过来教育父辈的人，让他们知道打是没用的，不能用打来教育孩子，所以有一次我爹气急了失手打断了我的一根肋骨我都没服软。我只能自己变好，绝对不是让他们逼着变好的。"

柳玉茹被顾九思的一番话说得愣愣的。

顾九思抬手在她面前挥了挥："你在想什么啊？"

"哦，"柳玉茹回了神，"我觉得你的这个想法听上去稀奇古怪，但又有几分道理。"

"我说的话向来有道理。"

"不过……"柳玉茹有些疑惑,"打你没用,那你为什么会被我从春风楼逼回来读书呢?"

顾九思听了这话,僵了僵身子,有些不好意思地扭过头去,小声地道:"我不是……我不是觉得对不起你吗?我要是不答应,万一把你气死了……"他倒是不怕血溅春风楼,以他的身手,若打起来,受伤的绝不是他。他怕的是柳玉茹这一根筋的脑子,怕的是她真抹脖子吊在他顾家大门口!

柳玉茹微微一愣,看着面前这人,突然想起一句话——君子可欺之以方,难罔以非其道。不知道为什么,她的心里突然生出一种荒唐的想法。在这短短十几年中,她所接触过的男子里,包括叶家那些谨守家规的子弟,没有一个人能像顾九思这样将这句话践行到底。顾九思这个一直被人骂作纨绔的浪荡子弟,似乎在以一种不可言说、难以为常人所理解的方式践行着他内心的君子之道。

他固守自己内心的道,又对责任服软。所以并不是她在管教顾九思,而是顾九思以退让的方式在教导她。

她觉得这个人在她心里种下了一颗种子,他的离经叛道、莫名其妙被放进她心里,生根发芽。她像是闯入他的世界的一个旁观者,静静地观察他、了解他、挖掘他。顾九思是她预料之外的宝藏,她每挖掘一次都能收获新的惊喜。

她笑着转过头去,看着扬州城外吆喝着的摊贩,柔声道:"那我谢谢你了。"

她用团扇抬起车帘,阳光落在她秀丽的脸上。她的面容带着温柔与沉静,她抬眼看鸟雀从屋檐振翅飞起,白云和蓝天相映成趣。

"谢谢你给了我一个新开始。"

——一个真实、波折又肆意的新的人生。

柳玉茹和顾九思一起回到府中,下了马车,便瞧见周烨也领着那范小公子下来了。范小公子似乎受惊不小,下车时面上还带了些慌乱之色,嘴里反复咒骂着杨龙思。周烨微皱着眉头,静静地听着,倒也没有作声。

周烨领着少年到了顾九思和柳玉茹面前,道:"这位公子是我一位叔父的儿子,年方十四,叔父想要让他历练一下,便让我带着他过来。小玉,见过顾公子和顾少夫人。"

范玉敷衍地朝着顾九思和柳玉茹拱了拱手，一言不发，明显是不大看得上顾九思等人。周烨有些尴尬，正要解释，就突然被顾九思揽住肩头。

　　顾九思搂着人就走，直接道："周兄，走，我们喝酒去，让这小孩子自己玩儿去吧。"

　　一听这话，周烨便知不好。

　　范玉果然怒了，道："你叫谁小孩子？！"

　　"哦，你不是小孩子？"顾九思回头嗤笑，"那怎么一点儿规矩都不懂？我救了你，又算是你兄长的朋友，你就这个态度？"

　　"你这贱商……"

　　"范玉！"

　　遭了周烨的叱呵，范玉的脸色也变了。范玉转头冷哼了一声，道："这饭我不吃了，你爱吃自己吃，我回去了。"说完，他转身又上了马车。

　　柳玉茹皱眉看着，有些担忧。虽然周烨没有明说，可这既然是他叔父的孩子，又姓范，也就只能是幽州节度使范轩的儿子了。他们顾家还打算搬到幽州，顾九思却把那小公子得罪了，日后顾家该怎么办？但这些忧虑此刻也不能说出来，柳玉茹叹了口气，见顾九思拖着周烨往家里走，便跟了上去。

　　来的路上两人已让家奴去报了信，江柔和顾朗华早就设好了宴席，酬谢周烨当日的搭救。周烨是个实诚人，不太会说话，但心里对顾九思怀着感激之情，便端起酒杯来，道："话不多说了，今日多谢顾公子，话都在酒里！"一杯酒下肚后，他看着小杯子，皱了皱眉头。

　　顾九思立刻吩咐："上大碗来！"

　　周烨笑了笑，转头同顾朗华解释道："我们幽州人喝酒都是用大碗，头一次用这样的小杯子喝酒，总觉得心意不够。"

　　虽然顾家人包括柳玉茹都不太理解这种"心意都在酒里"是什么逻辑，但是顾家经商，跟幽州等北方的人也接触得多，顾朗华忙道："周公子不必解释，这些我们都明白，今日想吃就吃，想喝就喝，权当在家中，自便就好！"

　　周烨笑着应了。

　　一行人吃吃喝喝后，江柔和顾朗华先离席去，就由柳玉茹和顾九思陪着周烨去了庭院里，顾九思和周烨聊天，柳玉茹跪坐在一旁倒酒。

　　顾九思把今日如何算计杨龙思的事解释了一番。周烨感慨不已，赞道："顾公子年纪轻轻便有如此城府，真是人中龙凤。公子若在幽州，在下必当举荐一番。可惜公子在扬州，在下能帮上忙的地方不多。日后只要公子有用得上周烨的地方，尽管开口。"

"周兄不必这样客气，"顾九思摆了摆手，"上次周兄仗义执言，我顾家上下感激不尽，今日这些都是分内的事，周兄若一定要说什么感谢不感谢的，未免生分了。出门在外，总当有个朋友关照，周兄不必多想。"

"顾公子说得是，"周烨颇为激动地道，"周某不才，想结顾公子这个朋友，不知公子意下如何？"

顾九思笑了："周兄说笑了，若不是朋友，顾某又怎会去赌场？你我本就是朋友，周兄不必多说。日后有用得上九思的地方，周兄大可开口。"

周烨听了放下心来。顾九思伤势未愈，被禁了酒，此刻只能无奈地喝着枸杞菊花茶，看着周烨大口喝酒，便有些心痒。

顾九思抬头看了柳玉茹一眼，小声道："让我喝点儿吧？"

周烨大笑起来，同柳玉茹道："少夫人便让他喝些吧，战场上多的是人受了伤喝酒提神的，不妨事！"

柳玉茹有些无奈，瞟了顾九思一眼，终于给他倒了一杯酒。顾九思端了酒才抿一小口，就做出滋味无限美好的模样来，逗得周烨和柳玉茹笑出了声。

顾九思想了想，同柳玉茹道："来，我喝不了酒，让周兄这么干喝多没意思？要么我同周兄划拳，你来替我喝？"

"我哪里会？"柳玉茹有些无奈地道，"而且，你划拳要我喝，你不觉得臊得慌吗？"

"少夫人说得是，"周烨笑着道，"哪里有男人划拳让女人挡酒的？"

"那不一样，"顾九思道，"你不知道，我在家是吃软饭的，我们家以后要靠我夫人赚钱养我呢。"

周烨一口酒喷了出来。

柳玉茹忙道："玩笑话，他说的都是玩笑话。"

"你别推诿呀，要对自己有信心！"顾九思说着，又转向周烨："周兄我同你说，以后你见着她别叫少夫人，得叫柳老板。你叫一声，她心里能美一天。"

"你别胡说了！"柳玉茹觉得臊得慌。她私下里和顾九思嘀瑟也没什么，但没想到顾九思会拿到人前来说。

顾九思嬉皮笑脸地哄她："那柳老板，喝点儿呗？"

"你别说了，我喝就是了。"柳玉茹红着脸道。

顾九思教了周烨南方的玩法，和周烨划拳。

给周烨备下的是北方的烈酒，给柳玉茹上的是南方的果酒，大家一面划拳，一面说笑，一面喝酒。柳玉茹没喝过酒，只觉得滋味甜甜的，其中还带了些果香。她喝得有些急，顾九思划了没几轮，她就哐的一声倒在了桌上。

顾九思下意识地道："就这酒量啊？！"

旁边的印红有些无奈地道："少夫人就没喝过酒，您也太为难她了。"

"你这丫鬟大胆，"顾九思的话里没半分威胁之意，他故意板着脸道，"怎么敢这么同我说话？！"

印红翻了个白眼，扶着柳玉茹就走了。

周烨在旁边闷笑："你家小丫鬟厉害呀。"

顾九思故意叹了口气："家门不幸，我的地位太低了，我心里苦。"见柳玉茹被扶到一边了，他又高兴地道，"来来来，她醉了，咱们痛痛快快地喝一场！"

众人：原来顾九思在这儿等着呢。

周烨有些哭笑不得："九思，"他换了称呼，足见亲昵，"你若将这聪明劲儿放到正事上，恐怕早就在扬州扬名立万了。"

"扬名立万什么呀？"顾九思摆摆手，"扬名立万无非就是为了多赚点儿钱，多得点儿尊敬，可我生来就是扬州首富的儿子，有什么买不到的？又有什么求不得的？既然没有，我还往上爬做什么？"

周烨听着顾九思的话，沉思起来。过了许久，周烨慢慢地道："往上走，倒也未必只图权势，你的位置越高，能做的事就越多，也就能为百姓多做一些事。"他苦笑了一下，"不过这也只是我个人的想法。幽州不如扬州富庶，外战内贫，物资也没有扬州丰富，不靠海的那些地方连水都珍贵。每次我到扬州来，都觉得此地是人间仙境。每次看到扬州城中欢歌笑语的景象，我都希望幽州的百姓也能享这一番光景。"

"其实北方物资贫乏，主要原因还是土地贫瘠、商贸不够发达。"顾九思淡淡地道，"若北方像南方一样，水路四通八达，运输费用少，货物成本低，再找到自己的优势所在，以北方牛马换南方米粮，以北方山珍皮草换南方绫罗绸缎，北方自然不会太过贫瘠。北梁也是如此，若他们能学会耕种，能固定地生产什么东西来与大荣交换，保证他们的粮食供应，他们自然就不会年年来进犯幽州。毕竟这世上争来争去争的不过是个活命的路子。"

周烨感慨地点头："你说得是。"说着，他又笑起来，道，"没想到你年纪轻轻，还有这番见解。"

"都是人，"顾九思轻笑，"赌钱要想赌好，学的就是人。况且我家本就是经商的，我再如何颓靡纨绔，也逃不过耳濡目染。说到底，不过是我投胎时够努力罢了。"说着，他又高举起酒杯，"来来来，喝酒喝酒。"

周烨见顾九思想法独特，来了兴致，便聊起国家大事。周烨给顾九思讲天下的大事，讲自己的野心和抱负。

周烨喝高了，口齿不清地道："我以后……要让所有百姓都吃得上饭，穿得上衣服……不会被冻死、饿死。每个人都要好好地活着……要有尊严地……好好活着……"

顾九思听着周烨的话，也不知道怎么的，感觉胸中热血沸腾，高兴地举杯："好！九思就祝愿周兄他日如愿以偿！"

顾九思喊得大声，柳玉茹迷迷糊糊地睁了眼，看着远处喝着酒的人，就听见顾九思重复的那一句话——

"我以后，要让所有百姓都吃得上饭，穿得上衣服，不会被冻死、饿死。每个人都要好好地活着，要有尊严地好好活着。"

她不由得弯起嘴角。是呀，她也想平平安安、有尊严地好好活着。她求了一辈子，其实求来求去，求的不过就是"尊严"二字。

顾九思和周烨都喝高了，激动起来还拜了把子。柳玉茹被风吹得清醒了些，看着他们觉得有些好笑。

深夜，下人把三人扶回去休息。柳玉茹同顾九思一起躺在床上，顾九思喝多了高兴，一直笑眯眯地看着她。

柳玉茹抬手捏了捏他的鼻子，忍不住道："都要大祸临头了，还高兴什么呢？"

"一辈子长着呢，"顾九思闭上了眼，还在笑，道，"能高兴一天是一天，事没来，愁也没用，还不如高高兴兴的呢。"

柳玉茹看了他一眼，笑笑没说话。

顾九思是能万事不愁的，她却不能，他们成长的环境不同，性子也不同。

柳玉茹把眼闭上了："睡吧。"

一觉到天明，柳玉茹如往常一样早早起身。宿醉让她有些头疼，但她还是强撑着去问了安。她回来时，顾九思也起了，周烨来和顾九思辞行。

男人和男人之间的情谊，一顿酒就够了。

周烨道："九思，我这就要回幽州了。你到了幽州，若有什么事便到望都来找我。"

"行。"顾九思笑着道，"我们家正要到幽州去置些产业，到时候你别嫌弃我事多就行。"

"你家要到幽州开店？"周烨有些疑惑。

顾九思叹了口气："商不与官斗，和王家闹成这样，我们待在扬州也为难。所以我们就想着，先到处看看，遇到合适的地方便搬过去。"

"那你来幽州就对了。"周烨笑起来，"我父亲和范叔叔是公正明理的好官，你们来，不会受欺负的。"他要来纸笔，把周府的地址写给了顾九思。顿了片刻，周烨又道："九思，如今天下局势不稳，有些事我不好多说，但是你要照顾好自己的家人，一旦有事，立刻离开扬州到望都来寻我。你若来不了，就让家丁来找我。我们虽然交情不多，但我心中是将你当作兄弟的，只要是我能做的事，我必会尽力。"

顾九思看出周烨的认真，知道此人并非玩笑，便也收敛了平日嬉皮笑脸的模样，认真地道："周兄放心，我不是逞强的人。说实话，你说的我心中都有数，若真到了山穷水尽之时，还望周兄能给条生路。"

周烨叹了口气："互相帮扶着，这是自然。"

第六章　高楼倾

顾九思亲自送走周烨，回过头就看见柳玉茹站在门口，她的神色有些忧郁。

顾九思笑了笑，走到她身前，抬手抚平了她的眉心，笑着道："别愁了，一切都会好的。"

顾九思是这么说，柳玉茹却放心不下。

之后的一个多月里，柳玉茹陪着顾朗华和江柔处理了部分产业。顾家家业太大，他们不敢做得太明显，否则会引起恐慌。所以他们只能尽量找外地人，卖出去后也不声张，只让柳玉茹偷偷地去其他城镇将银票分批兑换成黄金带回来。同时顾朗华借着卖米的生意将黄金、古董、字画等藏在米粮中，用以运载的大船也已经买下了。一部分财产都用船运转移了，为了保险，他们又委托了几个镖局，将余下的财产从陆路分批送走。管家顾文领着一批得力的掌柜，随镖局一起前往幽州。

至此，柳玉茹已经把顾家的产业摸熟了，顾家的账、管事们的长处、铺子的经营模式她都牢记于心。这段时间，顾九思每天都在学习，现在再学什么四书五经来不及了，江柔请了几位大儒来给他讲课，想着若是遭逢乱世，顾九思或许还能当个谋士。柳玉茹和顾九思只有每天晚上躺在床上的时候，才能隔着两床被子嘀嘀咕咕地聊一阵子。慢慢地，柳玉茹习惯了遇事就和顾九思说，他总有一套歪道理，却总能把她劝服。

船从幽州回来的那天，路引和文牒终于办了下来。他们时时带着自己的身份文牒，以防万一。家里开始挑出门的日子，他们得悄悄离开，被发现得越晚，他们成功离开的概率就越大，否则跑到一半被王家抓回来，那才是功亏一篑。另外，他们要走水路，尤其是这样的长途旅行，择日很重要，近日阴雨绵绵，实在不适合远航。

　　大家都盘算着，柳玉茹却突然病了，或许是突然间放松下来，整个人便垮了一般。她早上在铺子里查着账，突然晕了过去。

　　顾九思正在书房里听课，有人来报这事，顾九思急急忙忙地赶回了房间，然后就看见柳玉茹躺在床上。

　　"夫人忧思过度，"大夫叹了口气，"又太过疲惫，气血不足。老夫开个方子，夫人吃了能好转些，但最重要的还是凡事想开一些，若是想不开，郁结于胸，恐有大碍。"

　　顾九思站在帘子外静静地听着，没进去。

　　过了一会儿，柳玉茹问："大夫辛苦了，可有什么药吃了能开心些？"

　　大夫笑起来："少夫人说笑了，若世上有这种药，怎么还会有愁苦人？"

　　"是我愚昧了，"柳玉茹叹了口气，"我尽量吧。"

　　大夫给柳玉茹开了方子，印红送大夫出去，就见顾九思站在门口。顾九思抬手朝印红做了一个噤声的手势，印红便低头领着大夫走了出去。顾九思这才进去，装作什么都没听到，笑着同柳玉茹道："听说你晕倒了，我吓得不轻，特意过来看看。"他嬉皮笑脸地仔细打量了她一番，"我看你面色红润有光泽，怎么也不像会晕倒的样子呀？"

　　柳玉茹嗔笑道："你就不会说些好听的？"

　　顾九思坐到床边："无碍吧？"

　　"没事的。"柳玉茹摇摇头，"你该做什么做什么，不用特意来看我，有印红守着呢。"

　　"唉，你这个女人太可怕了，我好不容易找到个借口逃出来透透风，你就要赶我回去。"说着，顾九思靠了过来，温和地问，"你累不累？"

　　柳玉茹叹了口气："累是有些累的。"

　　"那我替你扇风，"顾九思从她手里拿了团扇，轻轻地扇着，柔声道，"你睡吧。"

　　不知道为什么，他一过来，柳玉茹就觉得心里很踏实。他坐在她身边，轻轻地给她扇着扇子，她很快就睡过去了。

柳玉茹醒过来时已经是深夜。见她醒了，顾九思就让人上了饭菜，同她一起吃饭。

　　柳玉茹觉得奇怪："你还没吃？"

　　"等你呢。"顾九思笑着道，"你一个人吃饭，多寂寞。"

　　柳玉茹笑了笑，这人无心的话，她听了却生出几分难过的情绪。

　　顾九思看出她的情绪，便道："我这话让你不高兴了？"

　　"倒也没，"柳玉茹怕他误会，解释道，"我只是想起了一些小时候的事。"

　　"嗯？"

　　"小时候去上学，回来得晚了，家里人是不会等我吃饭的。"柳玉茹笑着道，"谁都不会给我留饭，也就管家人好，会给我剩几个菜。等我晚上回来了，就一个人吃饭。"

　　顾九思静静地听着，眼前浮现出一个小姑娘的身影。小姑娘一个人坐在桌前的烛光下，一个人吃饭。其实让人难过的不是一个人吃饭，而是在这偌大的家里，没有一个人肯等她、能等她。

　　"那你母亲呢？"顾九思不由得问。

　　柳玉茹笑了笑："我怕姨娘介意我和我娘亲近，所以也不能每天都去我娘那儿。而且这种事也不是天天发生，偶尔一次，我也不想让她操心。"她叹了口气，"她身体原本就不好，还要操心我的事，怎么受得了？"

　　"柳玉茹，"顾九思轻叹一声，"你过去过得当真不容易。"

　　"也还好，"柳玉茹苦笑，"算起来已是比上不足，比下有余了。至少没人克扣我的衣食，外面看着，我还是嫡出的。这日子已经比许多人过得要好了，不是吗？"

　　"你放心吧。"顾九思看着她，认真地道，"以后只要咱们在一起一日，我便陪你吃一日饭。"

　　柳玉茹愣了愣。

　　顾九思郑重地道："再不让你受委屈了。"

　　"我不……"柳玉茹的话没能说完。看着那双清澈而坚定的眼睛，她张了张口，却再也说不出半个字了。

　　顾九思道："你不想让你娘操心，那是你为人子女所怀有的孝心。不让你受委屈也是我作为丈夫的责任。你以后有什么喜欢、不喜欢、委屈、难过的事，都同我说，别闷在心里。"话音刚落，柳玉茹的眼泪也落了下来。她自己都没察觉，顾九思倒先慌了："你怎么哭了？"

"我……"柳玉茹慌忙抬手去擦，下意识地道，"我没事……"

顾九思有些无奈："柳玉茹，我才说的话，你怎么就记不住呢？"他直起身，抓住她擦眼泪的手，看着她认真地道，"你跟我说，你委屈。"

柳玉茹呆呆地看着他，顾九思一个字一个字地说得清晰又肯定："你委屈，你难过，你想哭。

"你只是难过而已，有什么错呢？"

柳玉茹的睫毛颤了颤，她垂下眼眸，眼泪顺着脸庞落了下来。

沉默了片刻，她吸了吸鼻子，抬起头看着顾九思，道："从未有人同我说过这样的话，见笑了。我都习惯了……那些话我的确说不出口。"说着，她露出了温柔的笑，"但是你能明白，我很开心。"

顾九思愣了愣，觉得心轻轻地抽动着，有点儿疼。如果此刻这个姑娘号啕大哭，他或许还不觉得这么难受，可她就这么温柔又内敛地落着眼泪，他就觉得这人太让人心疼了。他轻叹了一声，走到她的身前，伸手将她揽到了怀里。他不再出声，她的眼泪悄无声息地浸透了他的衣衫。他这才发现，沉默不语比喋喋不休更有分量。

柳玉茹靠在少年怀里，听着他的心跳，依靠着他，头一次觉得心酸和悲伤是可以被化解的。她感受到了一种难以言说的安慰，他的温柔驱散了她内心积压已久的阴郁情绪。

"小的时候，我娘身边的嬷嬷同我说，小时候的很多东西是会影响人一辈子的。"柳玉茹抽泣着说。

"她瞎说，哪儿有一辈子都改不了的事？"顾九思轻轻地抚着她的背，开解她。

"是呀，"柳玉茹慢慢地道，"顾九思，我觉得……如果你一直对我这么好，很久之后我可能就不会总是患得患失的了。"

顾九思抱着柳玉茹，听着她的话，扬起嘴角。那一刻，他没有想起他们所谓的约定，也没有去想未来的事，只希望她能高兴一点儿，希望她不再需要把眼泪压在笑容下面，希望她能够想哭就哭想闹就闹，那么他对她一直好下去，也没什么大碍。

于是他勾着嘴角道："行，这事包在我身上了。"

柳玉茹低笑出声。

顾九思叹了口气，摸着柳玉茹的头发，有些无奈地说："你说说，你这样的脾气，得是受过多大的委屈？"

"也没受过多少委屈……"

"那你往日在家中都过的是什么日子？张月儿是怎么进你家的，说来听听？"

顾九思问了，柳玉茹也不隐瞒，细细地同他说起来。她为嫁进叶家费尽心机，为自己的嫁妆使尽手段，一桩桩、一件件，她都告诉了他，因为她知道顾九思不会在意这些。顾九思一面听一面笑，时不时夸一句："你厉害呀。"

一直说到深夜，她说想念娘亲了，这么多年，因为怕张月儿不高兴，自己和娘在一起的时间太短了。

他告诉她没事，以后会见到的。

她嘟囔着，声音越来越小，最后睡了过去。她脸上全是眼泪，睡着了还用手抓着他的袖子，像猫儿一样靠在他身边。

顾九思借着月光看她的面容，突然觉得她长得有点儿好看。她似乎是瘦了一点儿，五官都立了起来，皮肤也好了许多，月光为她蒙上了浅浅的光晕。顾九思突然很想亲亲她，这个想法涌现出来，他立刻暗骂自己无耻——居然对自己的兄弟起了这种心思！他和柳玉茹，那是这世上最纯洁的战友情，他绝对不能让这些龌龊的念头玷污这种纯洁的友谊。于是他赶紧往床边缩了缩，抱紧了自己的小被子。

柳玉茹第二天起来，竟觉得心里有种说不出的畅快感。她的精神好了许多，江柔和顾朗华见她还是体弱，便道："再休养几日，毕竟水路难行，养好了再走，不然路上有的折腾。"

他们决定等柳玉茹养好了再走。休养了两日，柳玉茹自觉无碍了，顾家决定再过两日便趁夜离开。

后日就要动身，顾九思突然让柳玉茹明天早点儿回来，柳玉茹觉得有些奇怪，但还是答应了。

第二天早上，顾九思起得出奇早，坐在门边看柳玉茹选衣服。见她选了套素色衣衫，他忙拦住了："这套不好看，选套好看的。"他替她挑了一套浅粉色的笼纱长裙，还同她商量妆容，甚至亲自拿了画笔来，认认真真地为她描了眉。

柳玉茹不知道他这是做什么，但觉得他要告诉她时便会告诉她，于是始终没问。她早早地去了铺子里，查看一圈后便回了顾府。路上她揣测着顾九思的心思，思来想去也想不透，许是他有事要带她出门？到了顾府，她下了马车便问印红："大公子今日可用心听讲了？"

印红抿着唇笑了笑："听说用心了。"

柳玉茹点点头，往大堂走去。她刚踏入院门，噼里啪啦的鞭炮声就响了一圈。她吓了一跳，只见顾九思跳了出来，他身后还跟着杨文昌和陈寻。杨文昌抬手甩出上联"福如东海一世平安"，然后陈寻甩开了下联"寿比南山万事顺遂"，接着顾九思拉开横批"贺寿大喜"。

柳玉茹愣了愣。顾九思朝她走去，习惯性地把手搭在她的肩头，高兴地道："生辰快乐啊柳玉茹。"

柳玉茹抿起唇，想遮掩一下笑意，嘴角却克制不住地微微弯着："让郎君费心了。"

"别装了。"顾九思轻嗤，道，"心里乐开花了吧？"

"郎君。"柳玉茹道，"总归要给我留点儿面子。"

顾九思大笑着搂着柳玉茹进去。柳玉茹一进门就看见苏婉坐在大堂上，芸芸也在。苏婉抬起头来，看见愣住的柳玉茹便笑起来："九思特意让顾夫人请我来，"苏婉温柔地道，"让他们费心了。"

"娘……"柳玉茹说话的声音都颤抖了。

江柔在旁边笑了，温柔地道："站着做什么？还不去和你娘说几句话？"

柳玉茹疾步走上前去，到了苏婉面前，久久说不出话来。最后她颤抖着声音也还是只能叫出一声："娘……"柳玉茹以为嫁了人就不容易见到苏婉了，没想到自己过个生日便能见着了。

苏婉被柳玉茹的情绪所感染，也有些伤怀，叹了口气，道："本来是给你庆生，倒把你惹哭了。"

"女儿……女儿这是喜极而泣，"柳玉茹连忙笑起来，转过头去看顾朗华和江柔，道："公公婆婆费心了。"

"这算什么费心？"江柔笑着道，"九思过生辰年年都是一番折腾，这是你在顾家过的头一个生日，我还觉得简单了。"

"不简单，"柳玉茹心底有说不出的情绪涌上来，她拼命摇着头，"很好了。你们对我……很好了。"这是头一次有人为她庆祝生日，头一次有人为她做这么多事。

"好啦，"顾九思走上前来，把手搭在她的肩上，道，"你娘这次要住上几天呢，还有的是时间。今天你就先听我安排，我保证你这个生日过得高高兴兴的，嗯？"

"好。"柳玉茹想都不想便应下来，"听郎君的。"

众人笑着落座，有杨文昌和陈寻两个活宝在，一顿饭吃得其乐融融。

吃过饭，柳玉茹便同苏婉一起进了房里。苏婉说起柳府时很平和，可见这些时日过得不错。柳玉茹放下心来，同苏婉说顾九思的事。苏婉静静地听着，看着女儿眉飞色舞的模样，能明显地感觉到柳玉茹这一次说起顾九思时的情绪和上一次是不一样的。苏婉含笑看着。

柳玉茹回过神来，才觉得自己似乎太放肆了，低下头小声道："女儿说多了。"

"无妨，"苏婉笑了笑，拍拍柳玉茹的手，温和地道，"九思是个好孩子，对这桩婚事，当初我也多有芥蒂，如今却觉得你嫁给他真是一桩好事。"

柳玉茹低低地应了一声，没敢同苏婉说顾九思的那些离经叛道的话。关于那些话，柳玉茹如今也不愿意想了。

柳玉茹说起了正事："娘，有件事我得给你通个信。"

"嗯？"

"如果我要离开扬州，你能否随我离开？"柳玉茹认真地问。

苏婉呆住了，颤抖着声音问："你……你说什么？"

"我的意思是，"柳玉茹深吸了一口气，"我得寻一条生路。娘，这世道要乱了，留在扬州可能会有危险。但我离开之后，也不知道这辈子能不能回来，你要不要同我一起走？"

女儿可能一辈子不回来……苏婉的手微微颤抖起来，她不敢想象再也见不到女儿的场景。

柳玉茹见苏婉犹豫，便道："娘，到时候是要打仗的，也不会有人在意名节不名节的事了。你这些年是怎么过来的，难道你对爹还有情意吗？你还要同他在一起吗？"

苏婉没说话，垂下眼眸，唇轻轻颤抖着。柳玉茹继续道："我与父亲，如今你只能选一个。你若愿意同我一起走，到时候我通知你，你找个借口，带上要带走的人到顾府来，偷偷溜出来也行。到时候我们一起离开，从此天高海阔，再也不回来了。"

"可是……可是我始终还是柳夫人……"

"到时候就不是了。"柳玉茹平静地道，"到时候天下大乱，谁又顾得了谁？"柳玉茹认真地看着苏婉，道，"娘，你若不走，我不强求，这是你的选择。但我要离开扬州，若不走，我必死无疑。"柳玉茹神色坚定地说。

苏婉沉默了很久。像是想明白了什么，她深吸了一口气，随后道："就当柳夫人死了吧。我只有你一个女儿，自然是你去哪里，我就去哪里。"她红了眼，声音沙哑地道，"玉茹……你不在我身边的这些时日，我特别后悔，很难受。我总在想，当初怎么没多和你说几句话，多陪你一会儿……"

听着这话，柳玉茹微笑起来，抓着苏婉的手，垂下眼眸温柔地道："娘，以后我们还有很长的时间，我们会一起生活。你就当我是个儿子，以后我会赚得很多很多钱，你会过得很好。"

"好……"苏婉拉着柳玉茹的手，声音沙哑地道，"有钱没钱没关系，只要娘能多见你几面，看见你活得好好的，知道你有夫君疼爱，你平平安安的，就够了。"苏婉含着眼泪道，"我也帮不了你什么。你觉得我能做什么，让我做什么都行。"

"我就希望你好好的，"柳玉茹吸了吸鼻子，"高兴一点儿，别守着那浑蛋了。"

两人正说着，外面传来了敲门声。

"柳玉茹，走了。"顾九思在外面高兴地喊，"我带你去看好东西。"

苏婉抬眼看看门外，又看向犹豫的柳玉茹，笑了笑，道："去吧，娘会一直在这里等你。"

柳玉茹应了声，和苏婉道别后便起身走了出去。顾九思、杨文昌和陈寻站在门口，正嘀嘀咕咕地说着什么。

柳玉茹一出来，杨文昌和陈寻立刻道："嫂子好。"

柳玉茹有些羞涩，低头应了一声就站到了顾九思身后，小声道："郎君。"

"走，今天我带你出去玩。"顾九思高兴地道，"都是你没见识过的东西，你不知道这世上有多少好玩的事，我早该带你出来花钱的。"

柳玉茹抿嘴笑了。顾九思从怀里掏出了一沓银票，道："今天我带了许多银子，咱们放开了花！"

柳玉茹轻叹了口气，但看着顾九思眉开眼笑的模样，也不好多说什么，只抿唇笑了笑。

顾九思领着他们，一行四人首先到了一家斗鸡的场子。

柳玉茹跟在后面，觉得很新鲜。

顾九思大摇大摆地走进去，同柳玉茹道："这里就是我平时斗鸡、斗蛐蛐儿的地方，大家买了鸡或者蛐蛐儿，再一起下注。我的鸡是这儿的鸡王，是当初我花千金购下的。"说着，他把她带到了一个金边笼子前。他给了伺候的小厮一锭银子，小厮连连道谢，将金边笼子里的鸡抱了出来。

顾九思抱着鸡同柳玉茹炫耀道："看见没？这就是我的鸡，金元帅！"

柳玉茹抿着嘴笑："它叫金元帅？"

"对，"杨文昌立刻接话，"这是我和陈寻起的名字。本来九思叫它铁将军，可铁哪儿有金阔气？将军哪儿有元帅风光？"

"有道理。"柳玉茹点了点头。

顾九思抱着鸡，同她道："走，我带你斗鸡去。"

一行人走到场边，顾九思把金元帅放在边上，一边认真地擦着它的毛，一边道："宝贝，今天爷可就靠你了，你要好好打知道吗？回来给你上等的粮食吃，乖。"说着，他还低头亲了它一口。柳玉茹用团扇遮着脸笑。等顾九思走过来，她轻轻地用团扇拍了拍他，道："脏死了。"

"哪儿呢？"顾九思赶忙道，"金元帅天天有人打理的，和一般的鸡不一样，不脏。"

金元帅脏不脏柳玉茹不知道，可它的确和别的鸡不一样。它的体形不算特别大，和对面的肥鸡比起来要精壮许多。它上了场，整只鸡精神抖擞，器宇轩昂的样子。它傲慢地踱着步子，那目空一切的神态让柳玉茹忍不住笑了："这下我可真信这是你养的鸡了。"顾九思知道她是在埋汰他，冷哼了一声。

两只鸡打了起来，对面的肥鸡朝着金元帅急速冲来，金元帅灵巧地围着场子快速绕圈。

柳玉茹皱起眉头："它是不是怕了？"

"怕什么怕？！"顾九思有些激动，"元帅，冲！别怕！冲啊！"

周边的人喊成一片，柳玉茹在这样的气氛下也有些激动，忍不住给金元帅加油。顾九思将银子放进她的手里，催促她："快，下注下注！"

柳玉茹有些蒙，顾九思就从她背后探过来，拉着她的手啪地按在她前方不远处的一个台子上。下了注，顾九思也没有退回去，就伏在她身上，还在激动地喊着："元帅！对！快，揍它！揍它！"

"揍它！"钱放了下去，柳玉茹顿时觉得有些不一样了。她开始期待着赢，开始怕输。于是她的目光一直放在鸡的身上，她和顾九思一起给金元帅加着油。

只见金元帅猛地一啄，彻底把对方击垮。见金元帅势如破竹，对肥鸡穷追不舍，柳玉茹和顾九思一起欢呼起来："赢了赢了赢了！"众目睽睽之下，顾九思一把抱紧了她。旁边的杨文昌和陈寻也抱在了一起，片刻后，杨文昌突然道："我怎么感觉有些不对？"

陈寻回头看了看顾九思和柳玉茹，他们用了十几年的这个表达兄弟情谊的动作，突然就变得有些奇怪了。陈寻和杨文昌松开了对方，轻咳了一声。

这时候柳玉茹才觉得不妥，赶紧退了一步，同顾九思道："咳，刚才放肆了。"

顾九思也有那么些不好意思，但不能表现出来，不然就更尴尬了，于是赶紧拍拍柳玉茹的肩膀，道："无妨，我们兄弟都是这样的，你把自己当我的兄弟就行。来来来，快把我家元帅抱过来，可把小宝贝吓坏了。"

斗完鸡，顾九思便领着柳玉茹去了赌场。一行人在赌场里赌得昏天暗地，柳玉茹激动地押着大小，摇着色子，还学会了打麻将。等他们走出赌场，天已经黑了，一行人去酒楼里喝酒高歌。顾九思来了兴致，带着柳玉茹、杨文昌和陈寻一起出了城。

柳玉茹不会骑马，顾九思三人却是纵马惯了的。顾九思让柳玉茹坐在前面，自己揽着她，然后带着两个兄弟一路御马出了城。

柳玉茹坐在马上，马背有些颠簸，夜风夹杂着寒意，她身后的人的温度却让整个夜晚都变得柔和起来。她的发丝轻轻拍打在他的脸上，她看着辽阔的夜空、广阔的土地，听着周边的蛙声虫鸣，还有身后杨文昌和陈寻的高歌，感觉到天高海阔，一种说不出的畅快感喷涌而出。

"来来来，"杨文昌在后面追着顾九思，大声道，"九思来一首。"

顾九思大笑着道："你就是想骗你爷爷唱几声。"

"嫂子在，"陈寻追上来，笑着看向柳玉茹，道，"嫂子想听，对不对？"

"哟，是呢，"顾九思低下头来，"我家小娘子还没听过我唱曲，来，今天我为你唱一首。"

柳玉茹的脸有些红,她以为按照顾九思的性子,这时候他会唱点儿逗弄她的曲子。然而少年忽地高喝一声,唱的是——

"君不见,黄河之水天上来,奔流到海不复回。君不见,高堂明镜悲白发,朝如青丝暮成雪。人生得意须尽欢,莫使金樽空对月。天生我材必有用,千金散尽还复来……钟鼓馔玉不足贵,但愿长醉不复醒。古来圣贤皆寂寞,惟有饮者留其名……"

他的歌声很嘹亮,带着少年的轻狂气势,好像这世上什么忧愁、什么烦恼都与他没有半分干系。他身上的少年人的狂放与骄傲引得她热血沸腾。

他猛地提高了声音:"五花马,千金裘,呼儿将出换美酒!"他低头笑着看着她,星光映在他的眼里。他的声音显得温柔,他低声道:"与尔同销……万古愁。"

柳玉茹的心狂跳不已,她慌忙低下头去,不敢多看。

旁边的杨文昌和陈寻大笑起来:"嫂子害羞了。"

柳玉茹急了,轻轻地啐了他们一口:"孟浪!"

"听到没?"顾九思斜睨着旁边的两人,似笑非笑地道,"我媳妇儿说你们孟浪呢。"

"九思,嫂子哪是说我们孟浪,"杨文昌道,"说你呢!"

一行人胡扯了一路,到了郊外的河边,马跑累了,他们下马走了一会儿。顾九思怕柳玉茹走不动,便让她坐在马上。他牵着绳子,领着她慢慢地走。走了一段路,快到陈寻家里的门禁时间了,杨文昌便和陈寻一起走了。两人走之前给了柳玉茹礼物,陈寻恭敬地道:"嫂子,生辰快乐。我们这位兄长虽然看着不着调,却是个十足的好人,小弟祝你们白头偕老,祝您高高兴兴,一生顺遂。"

"我说你话怎么这么多?"顾九思不高兴地踹了他一脚,"赶紧走,小心你娘又揍你。"

陈寻笑呵呵地走了。顾九思看着坐在马上的柳玉茹,想了想,道:"嗯,再玩一会儿吧?我们接下来干什么呢?"

"听郎君的。"

"那我教你骑马吧?"顾九思温和地道,"人这一辈子,总有遇上事的时候,不会骑马不成。我牵着马,你感觉一下。"

柳玉茹答应了。在回城的路上，顾九思给她唱了首小调。他的歌声温柔又平和，搭配着月光，让人觉得这世界都温柔了几分。

"郎君哪，"柳玉茹忍不住开口，"明年，我还过生日吗？"

听到这话，顾九思笑了。他回过头来："你傻呀？生日当然是过的。"他又转过头去，随口道，"以后每一年我都陪你过生日。年年都不一样，年年都高高兴兴的，好不好？"

柳玉茹低笑着没出声。她心里想：好呀。她好想一直过这样的生活，有个人给她牵着马，给她唱着歌，让她年年有今日，岁岁有今朝。

两人在城外漫步时，王家已经鸡飞狗跳。

王善泉拿着字条，想了想，又确认了一遍："你确定顾家要跑？"

"是。"前来禀报的男人恭恭敬敬地道，"安排在他们府中的探子说，他们昨日已经开始收拾行李，应当就是这几日了。"

王善泉琢磨了一会儿，道："点兵备马，我们立刻去顾府。顾府的人可都在？"

"暗桩今日被调了出去，属下暂时不知。不过这么晚了，他们明日又要走，应当都是在的。"

"那立刻去顾府。"

"大人，"幕僚有些犹豫，"就这么贸然过去，不大好吧？"

"无妨。"王善泉摆摆手，道，"江城在朝中已经自顾不暇，陛下正等着机会将他和梁王一网打尽呢。陛下不知道梁王的厉害，等陛下动了江城，把梁王逼反，这世上哪里还有什么天子？都是一群名不正言不顺的货色，到时候天下便是我们自己的。"

"您说得极是，"幕僚思索着，又道，"到时候得增兵，要增兵就得有钱，直接向这些富商要钱，他们怕是不会应允，得用些铁血手段。顾家富庶，过去又对大人多番羞辱，从他们开始也是应当的。"

"照着陛下的意思，江城也就这些光景了。"王善泉思索着，随后道，"咱们先动手，拿下了顾家，江城倒了的消息也该传过来了。今日咱们若不出手，放他们到了幽州，那白花花的银子到了幽州就回不来了。"这样想着，王善泉打定了主意，吩咐道，"荣儿不是一直记恨顾九思吗？去把荣儿叫来。"

王荣领了命，立刻点了亲兵去顾家。

这时顾朗华和江柔正准备睡下。江柔叹息道："我心里总有些不踏实，怕明日走不了。"

"不用担心，"顾朗华劝道，"咱们做得隐蔽，无论是准备路引还是东西装船，都是分开人来做，除了咱们一家人，谁都不知道咱们要走。我准备了陆路和水路两条路，到时候若一条不通，就换另一条。咱们的路引水路走得，陆路也走得，别担心了。"

"你说得……"江柔的话还没说完，外面忽地传来兵马之声。

两人对看了一眼，顾朗华警觉不好，立刻道："你带上必要的文书，领着柳夫人，赶紧从地道出去，若一个时辰后我未赶到，你就不要等了，直接开船。"

"那你怎么办？"江柔一把抓住顾朗华，有些焦急地问。

顾朗华拍了拍江柔的手，温和地道："你放心，到时候我会想办法，你直接出淮南，在第三个停靠口淮城等我，我会想办法过去的。"

江柔匆忙地点了点头，知道此刻不能迟疑，便迅速收拾东西。

顾朗华走出门，刚到大门前，便看见王荣领着官兵正和家丁争执。顾朗华站在门口，双手笼在袖中，笑着朗声道："王公子，稀客啊。"

王荣冷笑道："顾朗华，你可知罪？"

"王公子说笑了，"顾朗华有些疑惑，"我顾家向来本分，何罪之有？"

"梁王意图谋反，江城与其勾结，你顾家参与其中，你敢否认吗？"

"王公子，"顾朗华淡淡地回应，"说这些话，你可有证据？"

"如今已有人证，物证就在你府中，一搜便知！"王荣大喝。

顾朗华笑了："王公子这话倒是有些意思了，也就是说你手里现在没证据。既然没证据，你怎能说顾家有罪？既然顾家无罪，又为何要平白被人搜查？"

"放肆！"王荣怒喝，"如今我是奉命搜查，顾朗华，你不敢让路，是不是心虚？！"

"我心虚？"顾朗华大笑，"心虚的怕是你！是你爹！江尚书刚出事，你王家便急不可耐地要搜我顾府，司马昭之心路人皆知！你王家不过是眼红我顾府的银两，寻着由头来抢劫罢了！一群贼子，还敢打着朝廷的名义行事。我就问你，你说江尚书谋反，可有证据？！怕是他还未受审，你们就急急赶来了吧？！"

江城必然还未定罪，否则顾家不可能一点儿消息都没收到。梁王肯定也不会这么早就谋反，所以此时必然是皇帝想对梁王动手，才干脆给梁王安了个谋反的罪名，再由此将江城秘密关押起来。这一切都是暗中进行的，事情还没放到明面上来，所以作为商家的顾家才不知道，而王家或许早就得了皇帝的命令，因此动手这样早。

　　顾朗华在心里谋划着，面上丝毫不显慌张，道："你王家想要找我顾家的麻烦，可以，不过你去问问你爹，今日他动了我顾家，当年扬州赈灾银两一事，他怕不怕？"

　　听到这话，王荣愣了愣，见顾朗华脸上毫无惧色，一时竟也拿不准主意。王荣看不出顾朗华是装腔作势，还是真的抓着王家的把柄。

　　"王公子，"顾朗华看他露怯，大方地道，"你年纪小，这事你做不了主，赶紧问你爹去。"说完，顾朗华让人给王荣搬了凳子、倒了茶，就这么悠闲地坐在门口。

　　王荣咬了咬牙，抬手道："将顾府团团围住，一只鸟都不能飞出去！"

　　顾朗华和王荣僵持着的时候，江柔领着苏婉等人迅速地从密道里出去了。

　　苏婉跟在江柔身后，有些不安，道："顾夫人，我们就这样走了，玉茹和九思怎么办？"

　　"我们先出去，我派人去寻他们。"江柔迅速地道，"您放心，不会有事。"

　　江柔和苏婉沿着密道一路出去。

　　一个月前才挖的密道并不算长，只延到了离顾家不远的一个铺子里，江柔领着人出了密道，便派人去找顾九思，自己领着人往码头赶去。

　　顾九思还在城外教柳玉茹骑马，这匹马性子温驯，柳玉茹这时候已经能驾着马小跑了。他们玩闹了一会儿，顾九思牵着马带着她慢慢地往城门走去。快到城门时，他们隐隐听到了喧闹之声。

　　顾九思笑着回头同柳玉茹道："扬州就这点好，不管多晚都这么热闹。"

　　柳玉茹笑着应声："是呀，也不知道去了幽州，还有没有这样的繁华景象。"

　　柳玉茹正说着，就见杨文昌和陈寻疾驰而来，顾九思拉停了马，站在原地皱起眉头。他心中忐忑，只觉这两人去而复返必定不是什么好事，却也没表露出来。

杨文昌和陈寻一路飞奔到顾九思身前，陈寻焦急地道："九思，你家被官兵围了。"

"被官兵围了？！"柳玉茹惊了，立刻问，"谁带的人？"

"是王荣。"杨文昌皱着眉头，把两个人拉到暗处，迅速地对顾九思道，"你们现在不宜回府，不如先在城外留着；我们去城里打听情况，一旦有动静立刻通知你们。"

"不必了。"顾九思打断他的话，心乱如麻，用了好大力气才镇定下来，随后道，"你们不必替我打探消息，也绝不要再和我们联系，立刻回去收拾些细软，先出了扬州城再说。"

"九思，"陈寻担忧地道，"这是发生什么事了？"

"我一时半会儿说不清。"顾九思急促地道，"你们只需知道几件事，扬州城可能会乱，王荣打算拿富商开刀，他与我有仇，你们又向来和我交好，他怕是不会轻饶你们。你们迅速带着家人离开扬州，情况若是不对，立刻离开淮南！"

"至于吗？……"陈寻有些结巴，感到难以置信，"王善泉虽是节度使，但也不能这么目无王法吧？"

"要是天下乱了，哪里还有什么王法？"顾九思抬头看了陈寻一眼。

杨文昌面露震惊之色，一把抓住顾九思，严肃地问："你说的都是真的？"

"绝无儿戏。"顾九思冷静地说。

杨文昌恍惚了一瞬："陈寻，我们立刻回去通知家里。"他又转过头来，认真地看着顾九思："九思……"他一时似乎想说很多话，良久，狠狠地抱了顾九思一下，红着眼道，"今日一别，不知何时才能相见，望君珍重。"

原本大大咧咧的顾九思，在这一刻竟也有些伤怀。他点着头，叹息道："去吧，日后局势平稳了，我还回来找你们喝酒。"

杨文昌和陈寻翻身上马，疾驰离开。

柳玉茹抓着缰绳，看着扬州的方向。她心里挂念着苏婉，却还要强作镇定，低头看向顾九思，开口问："郎君打算如何？"

"我们先去码头。"顾九思神色平稳，"我父母必有办法，若他们都没有办法，我们去了也没用。我们到码头等着，等他们来了就立刻开船。"

柳玉茹有些着急："可是……"

顾九思翻身上马，一手抓住缰绳，一手握住她的手，他的手有些颤抖，可他还是道："玉茹，我们去码头。"

那一瞬间，柳玉茹骤然明白了：他也在怕，也在挂念。她不知道是什么在逼着他成长。她蜷缩在他的怀里，夜风夹杂着泥土的气息扑面而来。他们两个像是在寒冬里互相依偎的小动物，她依靠着他，他则把怀里这个人当成了一种信念，她束缚着他，不让他做出傻事来。

他们刚才的位置距离码头不远，两人一路狂奔到码头，顾九思找到了原本安插在码头上的人。这艘船是顾朗华悄悄买下的，挂在漕帮的名下。顾朗华本就和漕帮的人相熟，这样一来，王家就算知道顾家要走，也想不到顾家会有一条船。顾九思清点了人手，就和柳玉茹坐在甲板上，静静地看着扬州的方向。

夜里江风更冷，顾九思抬起手揽住她，为她遮挡着风。

"我有点儿害怕。"柳玉茹看着灯火通明的扬州，声音飘在夜里，"我娘还在那儿，我好怕她走不出来。"

顾九思苦笑："我也是。我爹娘都在那里，我好怕他们没有办法……我派了人进城，如果天亮前没有消息……"他抿唇，好半天才颤抖着声音道，"我们就开船。"

柳玉茹不敢说话，紧紧地抓着顾九思。她知道顾九思这个决策是最理智的，可是她做不到。娘还在城里，自己怎么可能开船？！有些话她说不出口，可是心里明白，如果这时候和顾家脱离关系，她们母女凭着柳家和苏家，或许还是能活下来的，可是她说不出口。前一刻还想着要这么在顾家过一辈子，此时顾家落难，自己又要同顾九思说弃他而去？她做不到。

于是柳玉茹只能静静地看着面前的少年。顾九思看着她含着眼泪的眼睛，似乎读出了她眼里的意思。

他轻轻地笑了，柔声道："若是一封休书就能让你安枕无忧，我巴不得给你，可是玉茹，那没有用。"他眼里也含了泪，"人心哪里这么好？如今皇上逼梁王谋反，是皇帝天高地远，不知梁王深浅，其实以梁王的实力，攻入东都不过是早晚的事。各地的节度使早就打好了算盘，谁都不会对东都施以援手的，到时天下大乱，节度使手掌兵权便是一地之王。天下混战，王家岂止是要找顾家一家的麻烦？他要找的，是整个扬州所有富商的麻烦，他要的是银子。扬州很快就会出事，你一个弱女子，我怎么能留你在那里？"

柳玉茹被他说愣了，可反驳不了。她知道他说得没错，王家哪里是为了那么点儿仇怨大动干戈？王家是盯上了顾家的钱哪！她的内心凉成一片，她绝望了，感觉自己像是漂在水里的水草，被人斩断了根。她这一辈子的牵挂就是苏婉，要是苏婉出了事，对人世间她还有什么可挂念的呢？柳玉茹想起梦里王荣对待江柔的手段，整个人如坠冰窟，不自觉地哆嗦了一下，顾九思忙将她抱进了怀里。

"你别怕。"他笨拙地安慰她，"我娘很聪明，你娘会没事的，我们都会没事的。咱们只要等着就行了，玉茹，你看看我。"顾九思叫着她的名字，柳玉茹呆呆地抬眼，看向顾九思。顾九思勉强挤出一个笑容："我们所有人都会没事的，信我，嗯？"

柳玉茹不敢说话，可能是习惯了相信这个人，在这样的绝境下，居然也觉得还有那么点儿希望。她缓慢地点了点头，顾九思舒了口气，抱紧了她。他抱得很紧，仿佛是在从她身上汲取某种力量。

他们就这么静静地等着。

等到半夜，他们听到了急促的马蹄声。两个人猛地站起来，赶紧到了船边，然后就看到江柔骑着马，带着许多人赶过来。

"他们来了！"柳玉茹的眼泪顿时落了下来，她回头看向顾九思，高兴地道，"来了！他们赶上了！"

顾九思静静地看着远处，看了很久才反应过来，猛地退了一步，坐在了甲板上，虚脱地道："来了就好。"他深吸一口气，翻身站起来，跑到船舱里道："人来了，准备开船！"喊完这一声，他回到了甲板上，扫视一圈，发现了不对劲，询问江柔："娘，那个糟老头子呢？"

江柔的手微微颤抖，她克制着情绪，指挥众人上船。

顾九思顿时察觉到不对，冲上前去抓住了江柔的手，道："我爹呢？！"

"他还在府里。"江柔扭过头去，看着江水故作平静地道，"咱们等着，再过一刻钟他不来，我们就开船。他会走陆路，我们出了淮南，在淮城接他。"

"他怎么出来？"顾九思焦急地问，"他如今还在府里，必然是在和王荣周旋给你们争取时间。你们走了密道，王荣又盯着他，他不能暴露你们的行踪，就不可能走密道，这样他又如何出来？！"

"你别问我了……"江柔颤抖着声音道,"他说能来,那就是能来!"

顾九思愣了,江柔推开他,急急地走了进去。

顾九思站在船头,一句话都说不出来。

柳玉茹安置好了苏婉和芸芸,又回到了甲板上。她走到顾九思旁边,柔声问:"九思,人都到了吧?方才我看见了婆婆,公公呢?"

顾九思回了神,努力控制住颤抖的手,勉强地挤出一个笑容:"他马上就来了。"说着,他整了整柳玉茹的衣衫,温和地道,"你先去休息吧,我想在甲板上再看看扬州城,等我爹来了,我们就走了。"

"那你多看看,"柳玉茹叹了口气,"我去看看该带的文件都带好没。"

开船之前,要将必要的东西检查一遍,见江柔的情绪不是很好,柳玉茹便去检查东西,再回过头来,顾九思已经不在甲板上了。柳玉茹愣了愣,进了船舱四处寻找顾九思,遍寻不见,回房却看见桌上留了一封信。

那是一封放妻书,上面端端正正地写着顾九思的名字。

"愿娘子相离之后,重梳蝉鬓,美扫蛾眉,巧逞窈窕之姿,选聘高官之主,弄影庭前,美效琴瑟和韵之态。解怨释结,更莫相憎。一别两宽,各生欢喜。数月欢喜,便献柔仪。伏愿娘子千秋万岁。"

柳玉茹的手微微颤抖,她急急地喘息着。

她的脑海里突然浮现出顾九思当初趴着和她说话的模样,他曾对她道:"活着比什么都重要,我给你休书,你可千万别觉得是我想休了你毁约,别觉得我对你不好,嗯?"

如今这封休书真的给她了,而她也真的知道,这辈子他不会对她不好。可是她感觉不到半分喜悦,只觉得心上仿佛破了个洞,风哗啦啦地吹过去,好疼。

船已经开了,他们慢慢地离开了码头。柳玉茹深吸了一口气,抓着信赶紧冲到了江柔身边,急促地问:"婆婆,公公呢?"

江柔背对着柳玉茹,躺在床上,声音沙哑地道:"他说他打陆路来,咱们去淮城等着他。"

"公公怎么会没来?"柳玉茹低喘着。江柔迟迟不语。

很久后,江柔才艰难地道:"王荣来得太急,他在为我们争取时间。"

听见这话,柳玉茹的身子晃了晃,她顿时明白顾九思去做什么了!顾九思那样的性子……那样的性子!

柳玉茹不敢作声,怕惊到江柔,遮掩着神色,恭敬地道:"公公既然说能来，自然有他的打算，婆婆不必担心，先好生歇息吧。"柳玉茹退了下去。

她手里捏着休书，呆呆地站在原地，从窗户里看到扬州越来越远。

她或许这一生都不会再见到那个人了。

那个明媚又骄傲、如太阳一样光芒四射的少年，为她挨打，和她玩闹，在赌场上豪赌身家，带她赌钱、斗鸡、唱歌、跑马。

他给了她不一样的人生，凡事总想着她。这是她一生从未遇到过的、对她这样好的人。

而她就要失去他。

她的眼泪模糊了眼睛，她想让自己回去，想用理智告诉自己，分开了就是分开了，活着比什么都重要，却挪不动步子，满脑子都想着他牵着马走在她的前方唱着小调，同她说，他以后每年都要给她过生日。

她想救他……

这个念头闪现出来，她感觉自己仿佛是疯了，内心有了一个越来越清晰又疯狂的念头。

她想救他。这么好的人，她不想放弃他！

她这辈子可能都遇不到这么好的人了，他给了她这么多东西，甚至在最后一刻，他都是选择了先将她安稳地送上船才去救父亲。他这样好，她又怎能负他？！

当这个念头出现，她就再也无法回头。

她咬着牙，干脆走进了房里，迅速地收拾了银子、身份文牒、路引等东西，提着她以往常常用来吓唬顾九思的刀，带上了一些伤药、毒药和迷药，又取了幂篱。她疾步走到船舱，吩咐下人："给我一条小船。等我走后，你再告知大夫人，拜托她护着我娘，大公子回去救老爷了，我回去，拼死也会把大公子带回来！"众人愣了。柳玉茹厉喝道："快去！"

这艘船的一应事务是柳玉茹和顾朗华一同操办的，她在下人中威望极高，这么一吼，管事的人立刻去办了。

印红赶到柳玉茹身边来，焦急地问："少夫人，你这是要去做什么？"

"印红，"看着船夫将小船放下去，柳玉茹抓住印红的手，认真地道，"你好好照顾我母亲，护着她，知道吗？！"

"少夫人，"印红死死地抓着柳玉茹，"姑爷去了就去了，您去了也没用的啊！"

"他性子莽撞，我得去劝着。"

"要是劝不住怎么办？！"印红哭喊起来，"您就不想想大夫人？大夫人就您一个女儿，您要是……要是……大夫人怎么办？"

柳玉茹愣了愣。片刻后，她慢慢地道："郎君以诚待我，我当以死殉之。"

旁边有人来回话："少夫人，船好了。"

"我会回来的，来人，拉着她！"柳玉茹推开了印红，背着包裹，戴着幂篱，攀着麻绳梯子从船上下到了小船上。

印红趴在船头，哭得撕心裂肺，一时也忘了礼数，大喊着："小姐！小姐！"

柳玉茹站在小船的船头，看着那远去的大船，长叹了一口气。她自己都不知道自己为什么会做出这个选择，但也并不后悔。她在船头朝大船的方向跪下，叩首："女儿不孝，就此拜别。"

甲板上的喧闹声惊动了苏婉和江柔，她们到了甲板上来。苏婉看着那远去的小船，声音颤抖地问："她……她回去做什么？！"

管事的人站在江柔身边，低声道："少夫人方才说，大公子回去救老爷了，拜托您护住柳夫人。少夫人说，她这番回去，必定拼死也会护住大公子，让大公子平安回来。"

江柔没说话。

湿润的江风轻拂而过，苏婉软了腿，江柔一把扶住她。"柳夫人，"江柔看着扬州城，眼中含泪，神色平静，"他们必当平安归来。"苏婉用手捂着嘴。柳玉茹这一拜让多年来软弱不堪的苏婉有了为人母的自觉。苏婉没让自己哭出声来，声音沙哑地说："您说得对……我们等着他们。"等他们平安归来。

柳玉茹下船时离岸边还不算远，她上了岸便立刻去租了匹马，直接往顾府赶去。她才学会骑马，不敢骑得太快。到了顾府附近，她将马藏好，提了一盏灯，匆匆往顾家走去。

月光落到青石板路上，她走在这小巷里，惊觉此情此景竟和那场梦里的情景别无二致！她顿住步子，有些害怕。她怕自己走上前去，便会像梦里一样看见顾九思满身兵刃地倒在她面前。她迟疑了片刻，深深地吸了口气，告诉自己不会的——事态已经变化了，这一次江柔已经走了，那么顾九思也不会有事。梦里他让她救他，这一次她便来救他了。她绝不会放弃他。

她提着灯，匆匆转过青石巷道。她听见不远处有人尖厉的叫声，心跳变得极快，然而还是告诉自己，往前，必须往前。她走在小巷里，四处张望，此时顾府周边已经围满了人，王善泉和王荣站在顾府门口，而顾朗华守在门前，家丁都持刀挡在顾朗华身前。

"顾老爷，"王善泉笑着道，"您说的事都是子虚乌有的，拿不出证据，您就别忽悠犬子了，赶紧束手就擒，免得徒增麻烦。"

"你说我没证据就没证据？"顾朗华嗤笑，"我手里的证据都已经交给了御史大人，只要我死了，我保证东都大狱的簿子上必有你的名字。"

听到这话，王善泉低下头轻轻地笑了。

柳玉茹看着王善泉的笑，心里暗道不好。若是放在以前，这样的话大概是能吓到王善泉的，可是现在……若王善泉已经存了作乱的心思呢？若王善泉也想趁着梁王一事自立为王，那么东都的一个御史又能拿他如何？

顾朗华似乎也想到了这些，面上看似不在意，心里却有了几分慌乱。

王善泉轻咳了一声，道："顾大人，清者自清。您这话吓吓孩子就算了，在下也只是不想做得太难看，若是敬酒不吃，您可就只能吃罚酒了。"

顾朗华沉默了许久后，轻叹一声，低声道："说来说去，不过是为了钱。王大人，若顾家愿将钱全部捐赠出来，可能抵了这罪过？"

"顾老爷玩笑了，"王善泉的声音平和，"朝廷法度，怎能用钱来收买？今日不是王某要将您如何，而是您犯了王法啊。"

"这么说，"顾朗华闭上眼睛，"王大人是不肯放过顾家了。"

王善泉这次不再遮掩，坦然道："正是。"

顾朗华深吸了一口气，大喝道："列阵关门！"说完，他便朝着屋里直冲去，然而王荣的士兵动作也极快。

王荣率先一个箭步冲上去，就领人抵住了大门。随后两方人马混战中，人群里猛地冲出一个身影。那人一脚踹开抵着大门的人，提刀直接抵在了王荣的脖子上，对着周边的人大喝了一声："都给我退下！"这竟是顾九思！

顾九思穿着一身粗布麻衣，手上提着的是一把镰刀，头上戴着箬笠。正是因为这身装扮，他才能一直藏在人群中没被发现。王善泉看见顾九思，脸色顿时变了，顾九思换了衣服站在这里，证明他是出逃后回来的，那么……王善泉猛地回头，吩咐手下："立刻封锁城门和各处码头！搜查顾家名下所有产业！通知淮南境内各城，严查顾家钦犯，把通缉令全部发下去，给我把人抓回来！"

"你回来做什么？！"顾朗华看着顾九思，怒喊。

顾九思把刀架在王荣的脖子上，没有回头看顾朗华，只说了一个字："走。"

府里的地道不能这么快被发现，顾九思得把人都拦在门外，让顾朗华顺着地道离开。一旦被发现，只要王家的人在密道口点烟，那么密道里的人走得慢些都会被熏死在里面。

"走个屁！"顾朗华怒喝，"你把这兔崽子给我，你走。"

"我武功高，挡得住，再拖延谁都走不了！"顾九思猛地回头，提高了声音说道，"一大把年纪了能不能不要任性了？！"

"可我是你爹！"顾朗华也提高了声音，"哪里有让儿子为爹挡刀的道理！"

"顾九思，"王善泉抬手道，"你放了荣儿，我们可以好好谈。"

"放我们出城。"顾九思果断地道，"要么没的谈。"

"你们是朝廷钦犯。"王善泉叹息一声，"要提条件，也该提个合理一点儿的。"

"王善泉，"顾九思冷着声音说道，"你不过是要钱而已，顾家的钱我们可以都留给你，你为什么就不肯放我们一条生路？"

"放你们一条生路？"王善泉嘲讽地笑了，"要吓猴我总得杀鸡，不是你们也总有下一个，个个都和我要生路，我是活菩萨吗？"

"钱都已经到手了……"

"我要的只是钱吗？！"王善泉怒喝，"我要的是你跪着！"

王善泉岂止是要顾九思跪着，是要用顾家的血，逼着整个淮南的世家都给王家跪下，如果不是抄家灭族，又怎能震慑他人？

"顾九思，"王善泉冷声道，"今日你给我跪下，我尚且可以给你留一条生路，你反抗得越厉害，我越是留你不得。你今日敢将刀架在我儿子的脖子上，我便要用你顾家上下所有人的血祭他！"

"爹……"王荣的声音颤抖了。

王善泉声音温和地说："荣儿，做人得有点儿志气，别像个窝囊废一样，被人把刀架在脖子上。"

"王善泉！"顾朗华怒喝，"这可是你的亲儿子……"

"我有十六个儿子！儿子算个屁！"王善泉大喝道，"给我放箭，给我上！"

话音刚落，士兵便猛地扑了上来。

顾九思将顾朗华一推，然后死死地堵在大门前，大喝了一声："老头子你给我走！"

顾朗华站在门口，愣住了。他想打开那道门，但又清楚，打开了也不过是送命而已。

顾九思提着刀在外面疯狂砍杀，大声道："你不要我娘了？！你快滚哪！"

顾朗华猛地一震。对……还有江柔。他们父子不能都断送在这儿，顾九思已经保不住了，自己必须回去。如果自己也死了，江柔怎么办？顾朗华用尽所有理智，颤抖着转过身去，冲到密道里。他在密道里狂奔，不敢回头。

而顾九思站在门口，手里提着一把抢来的刀，大有一夫当关，万夫莫开的气势。他对黑压压的士兵大喊："来！给爷爷来！"

柳玉茹看顾朗华进了门，就知道他一定是去了密道。

密道的另一个出口在顾家的另一处产业里，王善泉已经派人去清查顾家所有的产业，柳玉茹不知道那边的密道会不会被发现，可此刻也顾不上那么多了。顾九思孤身突破重围，正一路朝着王善泉杀过去。

王善泉看出顾九思擒贼先擒王的意图，有了王荣的前车之鉴，不敢松懈，干脆彻底退出了战局。王善泉上了马车，同幕僚道："尽量活捉，不行就杀了。若这小子不死，日后扬州怕是个个都要来这么一遭。"幕僚拱手送走了王善泉。

顾九思还在人群里麻木地挥着砍刀。他身上的衣衫被血染污，周围打成了一片，看热闹的邻里都躲了起来。柳玉茹环视四周，见不远处是一家粮油店，就趁乱奔了进去。此刻店里的人都跑了，她找到盛油的坛子，把油一盆一盆地端出来。柳玉茹猫着腰，躲在阴影里往巷子外倒油。顾九思一个人吸引了所有人的注意力，柳玉茹仍怕被发现，心跳得飞快。她用油把巷子口铺满了，又马上将余下的油、屋里的面粉、衣服……一切容易被点燃的东西都搬上了二楼。

这时候顾九思的身上已经带了刀伤，他喘息着，还堵在顾府门口，始终没有让任何人靠近一步。手里的刀已经卷了刃，他又从敌军手中夺下了一把。他身后是顾府的大门，他依靠着它，坚守着，不肯退让一步。肩上的伤口流着血，他看着眼前黑压压的人，这一刻是真真切切地觉得自己是要死在这里了。他捂着伤口喘息，士兵们被他杀怕了，谁都不敢上前。

"愣着做什么？！他一个人，你们这么多人，还怕他不成？！活捉赏百两，取其人头赏五十两，上去！"得了这话，士兵大喝一声，再次冲了上去。顾九思低低一笑，抬眼的那一刻突然瞥到不远处亮起了零星的火光。那是一间铺子的二楼，那扇窗前，女子的青衫随风而动，她把手中的火把朝着人群猛地砸了过来！顾九思睁大了眼，那一瞬间，火光冲天而起。

柳玉茹站在楼上，疯了一般开始从上面往下泼油！

油一盆接一盆地泼了出去，下面的士兵惊叫起来："有帮手！"

"有帮手来了！"

"在二楼！"

有人发现了柳玉茹，但柳玉茹也顾不得了，闭着眼睛用尽自己所有力气将剩下的面粉泼了出去。

她从前做饭时，曾经不小心让面粉落入火中，当时那一点儿面粉当即炸开了。她不知道那是偶然还是必然的情况，然而这已经是如今她能够想到的唯一办法。面粉随风飞散，她慌忙躲进了屋中，迅速趴下。火舌瞬间将面粉吞噬，火势骤然增大，地动山摇，此处成了一片火海。周边的木楼迅速燃烧起来，柳玉茹所处的屋子也噼里啪啦地烧起来了。她匆匆赶下楼去，就见一楼已经站满了士兵。她拔出刀来，双手颤抖。她恐慌地看着四周："你们不要过来……"

就在这时，顾九思踹门而入。他单手提刀，活生生地劈出一条血路，抓住她的手，焦急地道："走！"周边兵荒马乱，许多人为避火纷纷逃散，只剩下一些训练有素的王善泉的亲兵还追着他们。柳玉茹捂着口鼻大声道："右边的巷子里有马！"顾九思立刻抓着她，往右边的巷子冲过去。

"放箭！"后面有人大喊，"不计生死，放箭！"

柳玉茹上了马，箭如雨而来，顾九思抬手用刀斩断飞来的利箭，立刻翻身上马，随后疾驰而去。如今城门已经被锁了，他们根本无法离开扬州城。顾九思不知道顾朗华在哪里，正思索着去处，就听见柳玉茹道："去湖边！"顾九思掉转马头朝湖边奔去，后面的士兵紧追不舍。柳玉茹紧紧地抱着顾九思，将头埋在他怀里，闻见了他身上的血腥味。

"你怎么来了？"顾九思的语调有些生硬。

柳玉茹抱着他，沉默了许久，只轻轻说了一句："我对你放心不下。"

"柳玉茹，"顾九思的声音里没带半分情绪，"我发现你这个女人，真是厉害得很。"

顾九思骑术了得，七拐八转就让身后的士兵落了很大一段距离。到了湖边，顾九思二话不说带着柳玉茹跳了进去。两人刚没入水中，就感觉箭密密麻麻地落了下来，柳玉茹还没反应过来，就被顾九思抱住了。

水流让一切都变得迟缓，柳玉茹只能感觉到顾九思拉扯着她。两人一起奋力往外游去，都憋足了气，实在不行了才忽地抬一下头，换了气又马上下潜继续游。他们不敢停，一路随着水流游下去。身后是追兵的马蹄声与脚步声，岸边有猎犬的吠声，顾九思将腰带的一端缠绕在她的手上，另一端缠绕在自己手上，两个人靠着这根腰带不至于在水流中失联。

柳玉茹完全不敢想自己还有没有力气，只知道追着顾九思的身影，拼命地往前游。然而顾九思的动作越来越慢，过了一会儿，他竟不再有动作，径直沉了下去！柳玉茹奋力将他拽起来，只见他脸色煞白，他的背后还插着一支羽箭！柳玉茹来不及多想，迅速地用腰带将他的腰绑上，然后拖着他继续往前游。河水冰凉，水流湍急，她奋力地往前冲着，几次都感觉快要没有力气了，可一看见旁边被她拽着的人，就又生出了几分力气，继续往前游。她觉得水流就像这纷乱的人世，所有人都在里面苦苦挣扎。

她终于没有了力气，突然想哭，想号啕大哭。她抱着顾九思冰冷的身躯，勉强又划了一下水，牙齿咯咯直响，感觉到自己在水里翻滚。她真的没有力气了。

"顾九思……"她用额头轻轻地触碰着他的额头，艰难地道，"活下去……"

活下去，他们都要活下去。她一路走来，如野草，如蝼蚁，是自己在拼命生长，奋力挣扎，总是逆着这世间给她的一切，不断往上冲，如今老天爷想让她死，她也要逆流而上，绝不会这么轻易地死去！

她和他在水里顺流漂着，她不肯睡过去，尽量用最省力的方式漂浮着，随水而去，水中的水草划得她遍体鳞伤，也不知道熬了多久。终于，天明了，她看见了远处的河岸。柳玉茹深吸了一口气，用攒了许久的力气抓着顾九思游到了岸边。一上岸她就瘫倒了地上，急促地喘息着。

"起来。"她和自己说。数到十，她就得起来。她要把顾九思带回去，好好地、完完整整地带回去。她给自己倒数，数到一的时候，再一次站起来。她拖着顾九思，艰难地往陆上走去。

顾九思感觉到自己被拖到岸上，迷迷糊糊地睁开眼："玉……茹……"他的声音很沙哑。

柳玉茹动作微微一顿，声音干涩地问："你起得来吗？"顾九思转头看她。柳玉茹勉强地露出一个笑容："我没力气了。"

疲乏和伤口的疼痛一起涌来，若放在以往，他是起不来的了。可如果不走，王家的人早晚要追上来。而且面前的女子还没倒下，他又怎能倒下？于是他咬着牙关，忍着疼，艰难地站了起来。他们互相搀扶着，一步一步地往密林中走去。柳玉茹双唇发白，他们谁都不敢说话，害怕说了话，就再也走不动路。

两人一路走到密林深处，终于找到一个隐蔽的山洞。两人进去，顾九思用草遮住洞口，坐到柳玉茹身边。柳玉茹拿出伤药给他处理了伤口，又从包里拿出泡开了的饼，两个人吃了一点儿。

柳玉茹靠着顾九思，轻轻闭上眼睛。顾九思抬起手揽住她的肩。他们什么话都没说，既没问"你怎么来了"，也没问其他人如何。两个人互相依靠着，像是在这人生里只有彼此了。

柳玉茹和顾九思休息了一会儿，恢复了一些力气。这时候顾九思的伤口疼起来，柳玉茹明显地感觉到他的身体开始发热。她有些慌乱，但很快镇定了下来。她从瓶瓶罐罐里找了药出来，让顾九思服下。

顾九思看着柳玉茹的样子，忍不住笑了："你怎么这么聪明，还知道带这么多药出来？"这些药都被装在瓷瓶子里，用木塞塞紧，防水防光，藏得严实。柳玉茹想起来就来气，瞪了他一眼，道："谁跟你似的，一声不吭就知道跑。我今日要是不来，你怎么办？"顾九思笑笑不说话，把手枕在脑后，一副吊儿郎当的样子。柳玉茹狠狠瞪了他一眼，检查了他的伤口，低声道："咱们先休息一下，存点儿力气，然后我们去城里找个地方落脚，你养伤，我去打听公公的情况。我找到公公，等你养好伤，我们一起去幽州。"

顾九思垂下眉眼，低声道："嗯。"

"我出去捡点儿柴火。"柳玉茹说着站起身。

"别走太远，"顾九思神色温和地说，"就在我听得到声音的地方，如果出了事我好过去。"

"我可求求您了，"柳玉茹忙道，"受了伤就好好歇着吧，我要是出了事你就好好地躲着，可千万别出来送死。"

"那怎么成？"顾九思打趣道，"小娘子为我出生入死，我自当生死相随呀。"

"滚。"柳玉茹啐了一口，"若不是你爹娘只有你一个孩子，我才不管你。"

顾九思笑出声来，全然不信。柳玉茹凭空生出几分不好意思，赶忙起身出去。她过去从未试过独自进山，即使手里提着刀，心里也是有些害怕的。她怕遇到坏人，更怕遇到野兽。好在现在晴空朗朗，阳光给了她勇气，若是夜里，她就不敢出来了。

她随意捡了些树枝，回到洞里，顾九思一看就笑了："你这是去捡柴的，还是去捡棍子的？"

"就你话多。"柳玉茹不高兴了，"有本事你去。"

"湿的树枝烧不起来。"顾九思提醒道，"干了的才行，那种踩着嘎嘣脆的更容易点燃。"

柳玉茹愣了愣，低头敲了敲怀里抱着的树枝，想了一会儿才想明白，脸瞬间红了。她懒得搭理他，又转过身去，重新捡了一堆柴火回来。她拿出柴火，打开了铁盒子，从里面拿出火折子来，在顾九思的指点下生了火。生好火后，她灰头土脸的，顾九思就在一旁笑，指着她的脸道："好了好了，现下真成小花猫了。"

"顾九思。"柳玉茹有些恼了，"你不气我就不舒服是吧？"

"我就是随便说句实话，怎么就成气你了呢？"顾九思神情无奈。

柳玉茹拿他没办法，便道："你少说两句话，省省力气吧。等你好些咱们就上路。他们肯定会顺着河流来搜查的，咱们没多少时间的。"

顾九思点点头，道："等你有力气了，我们便走。"

"我是有力气的，"柳玉茹叹了口气，道，"我就是担心你的伤。"

箭落在顾九思的肩上，柳玉茹不敢拔，只能斩断了箭尾方便他活动。他的背上有一条斜划过整个背的刀伤，手上也有一道大伤口，其他的小伤更是不计其数。

柳玉茹想了想，还是不放心，便起身道："我出去探探路，搞清楚了路，等一下我们好直接走。你在这儿好好休养，别再浪费力气了。"顾九思应了一声，没有多话。

柳玉茹站起身，走到外面，顺着一开始来的方向走去。

城市一般是顺着水流而建，她如今必须先带着顾九思进城找个大夫，再找个地方躲起来，等顾九思好些了再走。如今他们有假的文牒，在淮南找一个落脚的地方，变了装深居简出，兴许能躲过搜捕。柳玉茹思索着，小心翼翼地顺着河流的流向走。走了没多远便听到马蹄声，她连忙躲了起来。那声音很近，似乎只有一个人，柳玉茹感到有些奇怪。过了许久，她听见了一个熟悉的声音："吁！"她猛地睁大了眼，只见一个素衣公子驻马河畔。他紧皱着眉头，看着柳玉茹和顾九思上岸的方向，似乎在思索着什么。

那人竟是叶世安！

叶世安来做什么？柳玉茹完全想不通。她不敢贸然露面，哪怕是一起长大的邻家哥哥，此时此刻也不可轻易相信。

叶世安驾马在周边转了一圈，然后就走到了树林边上。他四处查看，竟找到了他们刚才走过的路。他一面走，一面用剑另外劈砍出几条不同方向的路来。柳玉茹远远跟着，看着他的动作，有了一个猜测。叶世安或许……是在帮他们遮掩痕迹？这个想法让柳玉茹放松了几分，然而她还是不敢完全松懈，仍远远跟在叶世安身后。见藏身的山洞被发现，她立刻急了。叶世安要揭开遮掩着洞口的荆棘，柳玉茹再也藏不住了。她迅速拔刀冲过去，将刀抵在了叶世安身后，厉声喝道："不许动！"

山洞里的顾九思瞬间睁眼。他翻身起来，握着刀弯下腰，警惕地听着外面的动静。

叶世安被刀抵着，也没有慌张，举起手来，平静地道："玉茹妹妹，我没有恶意。"

"你来做什么？"柳玉茹警惕地询问。

叶世安淡淡地道："救你们。"

"你为何要救我们？"柳玉茹还是不放心，"此刻我们是钦犯，你不怕叶家受牵连吗？"

"唇亡齿寒，今日是顾家，焉知来日不是叶家？再说，顾公子与我曾是同学旧友，你又是我的世交邻妹。"叶世安开口，"王家如此肆意妄为，无论是出于道义还是利益，我都不会放任不管的。"

柳玉茹其实已经信了，叶世安的为人她是知晓的，可如今顾九思重伤，她又只是一个弱女子，这刀若撤了，谁都拿叶世安没有办法。

叶世安叹了口气："玉茹妹妹，我若真想对你们怎么样，直接带着王家的人过来就是了。我单独来找你们，又能有什么好处？"

"玉茹，"顾九思的声音从里面传了出来，"放下刀吧。"

听到顾九思的话，柳玉茹终于找到了一个支持者，放下刀来，叹了口气道："抱歉，叶哥哥，今时不同往日，我得警惕些。"

"这是好事。"叶世安不以为意地点了点头，走上前去，拨开门口的荆棘，看见了躺在里面的顾九思。顾九思把刀放在手边，看着叶世安，嘴角带着笑："这种情况下还能见到你，我真是没想到哇。"

叶世安打量顾九思一番，直接同柳玉茹道："玉茹妹妹，你将我的马牵过来吧，等一会儿我们一起把他抬上去。前方两里外就是大道，我的小厮带着马车候在那里，你们先上马，我给你们牵着马。"

"好。"柳玉茹赶紧去牵马。

顾九思有些不高兴，道："我自己站得起来，又不是死了，哪里要你们抬？"

叶世安没理会，伸手就要去扶他。顾九思看着叶世安的手，冷笑一声，撑着刀就站了起来。

叶世安面无表情，淡淡地道："英雄。"说完，他转过了身。顾九思非要自己上马，叶世安似笑非笑地道："英雄请上马。"

一听这话，柳玉茹心里就发紧，顾九思现在的伤势，他哪里能自己上去？她赶紧道："我扶你……"

"不用。"顾九思本还犹豫着，一听柳玉茹的话，就咬牙抓了缰绳翻身上了马。

柳玉茹：不用这么要面子，面子早就没了，真的。

柳玉茹不好当着叶世安的面数落顾九思，就轻咳了一声。顾九思朝她伸出手，道："我拉你。"

"不用不用。"柳玉茹哪里还敢让他拉，赶紧自己爬了上去。她坐在顾九思背后，手里抓着缰绳，顾九思像是被她抱在怀里。顾九思皱了皱眉，道："你下去，到我前面来。"

柳玉茹明白顾九思在纠结什么，觉得他真的是无聊透了，就没搭理他，转头同叶世安道："叶哥哥，不如我先领着九思到前面去，将他安置在马车里，再回来接你？"

"也行。"叶世安点了点头。他们不好放柳玉茹一个女子在林子里，也不能放顾九思一个伤患在林子里，最妥当的办法就是叶世安自己慢慢走，柳玉茹和顾九思出去了，再让家仆回来接叶世安。

柳玉茹同叶世安说了声抱歉，便载着顾九思驾马往林子外走去。

顾九思的脸色不太好看。他们走远了，看不见叶世安了，顾九思便小声地道："你当着他的面这么抱着我，成什么体统？"

"哟，"柳玉茹忍不住笑了，"你也会讲体统啊？"

顾九思有些不好意思。他过往的确是不把什么体统放在眼里的。于是他换了个话题，道："你们说话怎么这么肉麻？都不会叫名字的吗？柳玉茹就柳玉茹，一定要喊成玉茹妹妹；叶世安就叶世安，一定要叫成叶哥哥？你怎么不叫我顾哥哥？"

"从小就是这么叫的，"柳玉茹解释，"突然改了倒显得生疏，多尴尬啊。"

"那有什么尴尬的？"顾九思不满地道，"你嫁了人，改个口又怎么了？哦，你这么一口一个叶哥哥的，以后让外面的人听见了，我的脸往哪儿放？"

柳玉茹有些无奈。顾九思胡搅蛮缠，但她不想同他理论这些，便道："好好好，那以后我不叫了行不行？"

"他也不能叫。"顾九思道，"他得叫你顾少夫人！"

"顾九思，"柳玉茹哭笑不得，"你怎么总管这些莫名其妙的事啊？不就是这么两个称呼，你纠结半天做什么？"

"这哪里是两个称呼？"顾九思理直气壮地说，"这是我的颜面！"

"行行行，"柳玉茹无奈，叹了口气，道，"我知晓了，你别嘀咕这事了，我的头都被你说痛了。你一个大男人这么婆婆妈妈的，不烦吗？"

顾九思冷哼了一声，扭过头去，大概也是觉得自己说得多了，再说下去不像个样子，就不再多说了。

第七章　生死随

　　柳玉茹带着顾九思行了二里路，终于见到了叶世安说的马车，那马车前方挂着牌子，牌子上写着一个"叶"字。柳玉茹上前去，侍从认出柳玉茹来，同柳玉茹一起把顾九思扶上马车，便听柳玉茹的骑马去找叶世安了。

　　柳玉茹在马车里检查顾九思的伤口，原本包扎好的伤口此刻渗着血，应当是在他强行上马的时候裂开的。她有些无奈："你什么时候才能改改你这脾气？我和叶哥……"她看见顾九思的眼神迅速扫过来，连忙改了口，"叶公子说抬你上去就抬你上去，你犟个什么劲儿？"

　　"刚才那小厮认识你。"顾九思仰了仰下巴。

　　柳玉茹愣了愣，有些茫然："又怎么了？"

　　"你和叶家很熟嘛。"顾九思酸溜溜地说。

　　柳玉茹沉默了很久才慢慢地道："九思，你是不是……吃醋了啊？"

　　顾九思愣了愣，随后用被吓到了的表情道："柳玉茹，你这个想法真的太可怕了。我不乱说话了，你也别乱想了。"

　　柳玉茹抿唇笑了，抬头点了点他的额头，却发现他额头滚烫。她微微一愣，这才想起来，这人还带着满身的伤，还发着高烧。

　　见她不言，顾九思放柔了声音，温和地道："我没事，你别担心了。"

　　柳玉茹应了声，摸了摸他的额头，坐到他边上来，让他靠着她。她放低了声音道："睡一会儿吧。"

顾九思不说话，靠着柳玉茹，说不出自己是什么感觉，只觉得身边这个女人太不可思议了。她明明是那么柔弱的一个姑娘，是人家口中的大家闺秀，是提着刀都会颤抖的小女生，怎么就能从那么多人手下救下他？能拖着他在水里漂这么久？能在此刻还坐着，让他靠在她消瘦的肩头，给他一种只要她在就可安稳度日的错觉，此刻他的内心特别平静，他曾经以为自己无法抵挡这么大的风雨，可这风雨真的来了，他才发现一切比他想象中的要好许多。

柳玉茹和顾九思静静地靠着彼此，叶世安和小厮一起赶了过来，叶世安迅速上了马车，让小厮驾着马车往最近的城池赶去。

"你们有文牒吗？"叶世安问。

柳玉茹应了声："我们有两份新的文牒。"

叶世安点了点头："那就好。等一会儿你们就说是我的朋友，因水土不服染了病，其他的我会去交涉。"说着，他拿出了一个包裹和一个盒子，"你们先换衣服，再化个妆，现下通缉令已经发了出去，你们要把面容多改动些。"说完，他便出了车厢。

马车里留下顾九思和柳玉茹两个人，柳玉茹有些为难。顾九思抬手抓了一条带子，直接绑在了眼睛上："你换吧，我不会看的。"

柳玉茹没说话。让她在一个男子面前——哪怕他蒙着眼睛，让她这么换衣服，她也觉得有些难堪。可是如今没有这么多时间可以浪费，她咬咬牙，还是开始换衣服。顾九思听着旁边窸窸窣窣的声音，不知道为什么，仿佛听力突然变得格外好，甚至能分辨出大概是什么重量的衣服落在了地上。他感觉马车里有些燥热，扭过头去，道："还没换好哇？"

他一开口，柳玉茹就慌了，尴尬地道："嗯……"

"你们女人就是麻烦。"

他这话一出口，柳玉茹顿时觉得尴尬少了几分，火气多了几分，将最后的腰带系上，嘲讽道："我倒要看看等会儿你多快。"她抬手扯下蒙在他的眼睛上的带子，将衣服扔给他，道，"你自己换吧。"柳玉茹说完，便转过身去背对着他。若不是叶世安和小厮都在外面，她就出去了。

顾九思嗤笑一声，开始脱衣服，道："你可别偷看我。"

"少不要脸。"柳玉茹说。

顾九思换得很快，没一会儿道："好了。"

叶世安听见里面的声音，询问道："那在下进去了？"

"进吧。"顾九思大大咧咧地说。

叶世安卷了帘子进来，这时候柳玉茹已经端端正正地坐着了，顾九思带着伤，就跟没了骨头一样靠在柳玉茹身上。柳玉茹有些尴尬，推了推顾九思。

顾九思抬了眼皮，不满地道："我伤着呢。"

于是柳玉茹只能无奈地朝叶世安笑笑，道："他……他伤着呢。"

叶世安点点头，完全没有在意这个，只是道："昨日我听说顾家遭难便赶了过去，但是也没法做什么，只能悄悄潜伏在暗中，后来看见二位入了湖，便顺着水流一路找了过来。"

"你可曾见到王家的人？"柳玉茹忙问。

叶世安应声道："今早上他们沿河一路搜查过去，不过奔波一夜，这些兵都疲乏了，大多是做做样子，没有仔细搜查。"

顾九思和柳玉茹松了口气。顾九思沉默了许久，终于道："你可知我父亲他……"

叶世安摇了摇头："未曾听说令尊的消息。"

顾九思没再多问，柳玉茹抬手握住他的手，道："此刻没有消息便是最好的消息。"

顾九思垂着眼帘，低低地应了一声。

叶世安抬眼看了二人一眼，犹豫了片刻，道："虽然冒昧，可叶某还是想询问……顾家……为何突然有此大祸？"

车厢中安静了片刻，柳玉茹回答了："我们与王家结了怨，又提前得了消息，知道陛下想动梁王，因此打算离开。我们本打算今天走的，王家或许是知道了我们要走，又或许是出于其他原因，昨夜就来了。"

叶世安愣了愣，沉吟道："江尚书与梁王一系牵扯颇深，陛下三月未曾临朝，却关押了江尚书……可梁王哪里是那么容易被扳倒的？梁王一直暗中屯兵，只等一个借口而已。所以，王家如今是看江尚书倒了，来报复顾家？"

"你可以这么认为。但是若想得长远些呢？"顾九思抬头看着叶世安，"若是想得更长远一些，陛下想要处置梁王，梁王叛逆，以梁王如今的实力，以如今各藩王节度使拥兵自重之局势，你觉得谁输谁赢？"叶世安不敢回答——他学过的东西不允许他将如此大逆不道的话说出口。顾九思却能直言："梁王会赢。所有人都会看着梁王一路攻入东都，在那之后呢？"

"梁王师出无名，乃乱臣贼子，人人得而诛之。"柳玉茹出声，抬眼看向叶世安，"至此，天下大乱，再无朝廷纲纪。"

顾九思端起茶水抿了一口，等叶世安消化了这些内容，抬头看向叶世安，平静地道："到那时候，你觉得王善泉想做什么？"

叶世安如今若是再听不明白，那就是白被称赞了那么多年。他此刻已经清楚了王善泉的意图。王善泉所谋划的，岂止是报复顾家？若只是为了报复顾家，王善泉又怎么会搭一个儿子进去？王善泉是准备自立为王，而顾家就是王善泉为开刀选定的对象。平了顾家，日后他再举刀，还有谁敢违逆？谁敢反抗？到时各家还不是该交钱交钱，该称臣称臣？

那叶家怎么办？叶世安一时竟想不出法子，双目无神，顺着顾九思的话想下去。但那是与之前的十几年全然不同的乱世，而在这乱世之中，他一介读书人又能做什么？

"那……"叶世安不自觉地喃喃出声，"叶家该怎么办？"

"走。"顾九思开口。

叶世安抬眼看着顾九思，有些茫然："走？"

"不要留在扬州，"顾九思平静地道，"十三州哪里都可以，扬州不行。"

叶世安沉默不言，很快便明白了顾九思的意思。纵然在乱世中，世家不论在哪儿境遇都差不多，毕竟打起仗来哪里都要钱，可是能做到王善泉这步的节度使不多。毕竟边境的州府年年都有盐税，只有扬州的税全都交给了东都。而且这还不是最惨的，最惨的是扬州空有钱粮而无雄兵，一旦乱起来，扬州便是其他节度使首选的进攻对象。

叶世安深吸了一口气，抬头看向对面的两人，道："我明了了，多谢顾兄指点。"

"指点谈不上，"顾九思淡淡地道，"你救我一命，我不过是报恩。"

一行人到了城门口，叶世安卷了车帘，下去交涉。守城的人随意看了里面的柳玉茹和顾九思一眼，柳玉茹给自己的脸上加了痣，又变了装，和画像上几乎没有什么相似之处，叶世安又给了银子，对方也就没有仔细检查。

入城之后，叶世安将顾九思和柳玉茹安置在一座小院里，又去请了大夫。大夫看了顾九思的伤，忙活了大半夜。

等处理好伤口后，大夫同柳玉茹道："他的高烧若是一直不退，便危险了，若退了，也就没有大事。"

柳玉茹愣了愣，道："若是不退会怎样？"

大夫沉默了一会儿，叹了口气，道："那就准备后事吧。"

柳玉茹呆住了，旁边的叶世安付了银子，让小厮送大夫出去。

等大夫走了，叶世安才道："玉茹妹妹，吉人自有天相，你不必太忧心。"

柳玉茹一时也听不出叶世安说了什么，只是见到叶世安在对她说话，理智让她强撑着朝叶世安点了点头。她要进屋去，叶世安却道："你还是去休息吧。你不比他好到哪里去，再这么强撑着，要出事的。"

"我没事。"柳玉茹摇了摇头，往屋里走，说道，"我还行的。"

"柳玉茹，"叶世安终于忍不住了，"你这个人，怎么从小就这么不听劝呢？"

柳玉茹回头看他，有些诧异，叶世安竟会说出这种逾矩的话来。叶世安叹了口气，道："你打小就性子倔，想做什么就一定要做到。我惯来欣赏，但是凡事要量力而行，你这么熬着对你对他都没好处。我和我的小厮都在，等一会儿我们照顾他，你先好好睡一觉，行不行？"

柳玉茹知道叶世安说得也没错，内心挣扎了片刻，还是道："我再看看他吧，看一眼就去休息。"

叶世安争不过她，只能由着她卷了帘子进了屋里。

顾九思闭着眼睛，似乎很疲惫。他到了安全的地方，也没了强行遮掩的动力，整个人迅速萎靡了下去。感觉到柳玉茹坐到他身边，他低声道："你去休息吧，我没事，你别熬坏了自己的身体。我很快就好了……"他的声音有些沙哑，"我明早就好了，然后咱们去找我爹……他一个人这么到处乱走，我不放心……"

"好。"柳玉茹抬手拂开他额前的头发，温和地道，"明天你就好了，我带你去找公公。"

顾九思没再说话。

柳玉茹静静地看了他片刻，还是放心不下，便去隔壁将被褥抱了过来，干脆歇在了外间。

叶世安看着她抱被子，愣了片刻，有些尴尬地道："玉茹妹妹，今夜我会照顾顾大公子。"自己也在房里，她睡这儿怕是不好。

柳玉茹却摇摇头，道："我就睡外间，无妨。"她有些无奈，"我听不到他的声音，放心不下。"

叶世安沉默了片刻，终于点了点头。

柳玉茹睡在外间，叶世安便搬了凳子守在一旁。柳玉茹睡到凌晨，听见顾九思梦呓就惊醒了，慌慌张张地进内间去就见叶世安在给顾九思换头帕。叶世安朝着柳玉茹摇了摇头，小声道："你去睡吧，没什么事，他做梦了。"

柳玉茹还在刚起床时的茫然里，看着床上的顾九思。顾九思慌张地道："爹……爹你快走……柳玉茹……柳玉茹你快走！快！"柳玉茹清醒了几分，走过去半蹲在床前，握住了顾九思的手："没事了。"她也不知道为什么，就有那么几分心疼。她叹息一声，宽慰顾九思："我在，没事了。"

叶世安静静地看着，不知道为什么，看着面前的两个人，就感觉他们两人仿佛组成了一个独立的小世界，又因此而不惧这世上的风雨。叶世安握着手里的帕子，看着面前的姑娘，心里突然有了几分艳羡和遗憾的心情。这是他从未遇到过，却十分期待的感情——有那么一个人，能对自己不离不弃，和自己生死相随。

过了许久，顾九思慢慢稳定下来。

柳玉茹道："叶大哥，你先去休息吧，我睡够了，我照顾他。"她靠在床边握着顾九思的手，温和地道，"我不在，他睡不安稳。"

叶世安也有些累了，见柳玉茹这样固执，也只能无奈地睡下了。

柳玉茹坐在顾九思边上握着他的手。她这么握着，顾九思当真不再胡乱叫嚷，安安稳稳地睡了。柳玉茹也觉得困，便干脆趴在床边小憩。

顾九思的高烧到第二日下午才退。他迷迷糊糊地醒过来，就看见柳玉茹正坐在边上帮他擦着额头。他看了一会儿，声音沙哑地道："你多久没睡了？"

"睡了呢。"柳玉茹抬头笑笑，道，"我和叶大哥轮流看着你的，我可没这么厉害。"

顾九思似乎放心了些，闭上眼睛应了一声。

柳玉茹给他喂了水，询问道："要不要吃点儿什么？"

"都行。"顾九思说。

"那我去厨房给你盛点儿粥来。"

"我爹有消息了吗？"顾九思问。

"没呢，"柳玉茹将杯子放在一边，"叶大哥回扬州打听消息了，明天回来。"

顾九思点了点头，有些疲惫。

柳玉茹去厨房端了粥来，将顾九思扶起来。失去了最初那股撑下去的意志，此刻伤口发作起来，哪儿都疼，顾九思动得小心翼翼。柳玉茹不动声色地看着，开始给他喂粥。顾九思静静地看着面前的姑娘，仔细地打量着她的眉眼。

柳玉茹察觉到他的目光，觉得有些奇怪，抬头问："你看什么？"

"就看看你。"顾九思轻笑，"以往都没认认真真地看过你。"

"那如今可看出一朵花来？"柳玉茹笑出声来。

顾九思答不上来。其实他也不知道自己为什么看她，就是突然觉得应当好好地看看她，把这个人的模样、这个人的每一个细节都深深地记在脑海里。看着看着，他发现这个人比他记忆里的样子美好太多。他记得最初见她的时候，只觉得这姑娘长得平平无奇，毕竟他见过的美人太多。东都宫廷是天下最美的女子的汇集之处，顾九思曾随舅舅在宫中见过那样的盛景，这扬州城里的姑娘便入不得眼了。

此刻顾九思才发现是自己眼拙，眼前的姑娘明明有一双漂亮的眼，眼里带着秋水一般明净，夕阳柔和的光洒在这秋水上又给这双眼平添了几分说不出的温柔之色。她的五官生得极为精致，只是带着些少女的稚嫩娇憨，假以时日，等她长开了，必然是很好看的。

"好看的。"他笑着道，"我突然觉得你长得还可以。"

然而这话是绝不会让女人开心的，柳玉茹抬头瞪了他一眼，将最后一口粥塞进他嘴里，不满地道："话都不会说，打小人家都说我长得好看、清秀、漂亮。"

"原来你一直活在这样的谎言里吗？"顾九思张口就来。

柳玉茹不想搭理他了，将碗放了回去，然后去熬了药回来，让他喝了药，又给他身上的伤换了药。顾九思吃了东西，又休息了这么久，已经好了许多。换药折腾得他满头大汗，却也让他清醒了许多。等做完这些事，柳玉茹便搬了张小凳子坐在顾九思身边，开始清点他们的盘缠。

柳玉茹一面算着钱，一面询问他："大半天不说话，想什么呢？"

"我在想，"顾九思话语里带了几分忧虑，"我爹到底怎么样了？"

柳玉茹的手顿了顿，过了一会儿，她终于开口道："无论如何，你已经尽力了。公公机智，不会有事的。"

顾九思应了声。柳玉茹看他没了以往的精神，探过身子趴在床边，仰头看着他："你别操心了，咱们想想以后的事吧。"

"以后？"

柳玉茹笑眯眯地道："对呀，以后啊，咱们到了幽州，就要开始经营生意了，你说到时候我做什么好？"她想了想，"我养马卖马吧？你说到时候有钱人家还有没有心情花钱？等我们到了幽州，到底谁的钱好赚些？"

"赚钱赚钱，"顾九思忍不住笑了，"你都掉钱眼里去了。"

"你这话说的，"柳玉茹像是不高兴了，"钱是快乐之本哪，而且你花钱这么多，我不多赚点儿，家里的钱怎么够你花？"

"那我不花了，"顾九思叹了口气，"你给口饭吃就行，我很好养的。"

"不赌了？"柳玉茹看着他。

"不赌了。"顾九思说。

"我信你个鬼。"

"真不赌了。"顾九思轻笑，"有钱自然可以挥霍，无钱便省吃俭用，在什么位置就做什么位置的事，这个道理我知道。"

见顾九思这么认真，柳玉茹叹了口气："我同你闹着玩的，等到了望都，你想赌钱、斗鸡都可以，只要别太过分了，去玩玩终归不是什么大事。九思，"她看着他，认真地道，"我希望你能像以前一样高高兴兴的，就这么高高兴兴地过一辈子。"

顾九思静静地注视着她，有些哽咽。其实他很早就想问了，又觉得问出来没什么意思。人都已经来了，他还问来做什么呢？可此刻他还是忍不住问了："为什么？"

"嗯？"柳玉茹听不明白他在问什么。

顾九思勉强地笑起来："你回来做什么？休书我已经给你了，你都在船上了，又回扬州城来做什么？你不要你娘了？也不要你的小命了？柳玉茹，"他顿了顿，道，"我记得你向来是个会谋划的女人。"你怎么做这么傻的事呢？

柳玉茹沉默了许久，道："那你为什么在出事时先送我上船呢？"顾九思愣了愣。柳玉茹平静地道："出了事，按你的脾气，你是放不下你爹娘的，但不是先回扬州城查看情况，确认你父母的安危，反而先将我送到了船上，确保我的平安，这又是为什么呢？"

"我当时回去也没什么用，"顾九思认真地解释，"不过是冲动犯傻。你本就是无辜的，又是我的妻子，我本来就应当确保你的安危，这是我的责任。"

"那不就是了？"柳玉茹笑起来，"九思，我是你的妻子，尽我最大能力去救你，这也是我的责任。你能为我学着理智起来，那我为你学着冲动一些，又有什么呢？"

顾九思没说话，看着她真诚的眼神，心里有什么涌现出来。"柳玉茹……"他声音沙哑地说，"你太傻了。"

这世上多少人说着生死不离，却在大难临头时各自飞？这个傻姑娘却背道而行，说好要各奔东西，各自欢喜，她却又一头扎回来，死活要陪他在这泥潭里挣扎。大家都以为她最会算计，却没想过这个姑娘才是最傻的。

顾九思说不出心里是什么感受，只觉得这个女子于他绝望之时手持火把，青衣翻飞飘扬的模样会印在他的脑海里一辈子。他尚不明白这是什么情绪，但知道他愿意将一生给她。

"以后不要随便给我写什么休书，"柳玉茹轻笑，"一封休书拦不住我，你若是真为我好，那就明明白白地把所有事都告诉我。我不傻，你要做什么，我都会帮你，帮不了你，那就罢了。"

"我知道了……"

"顾九思，"柳玉茹看着他，神色认真地说，"你对我好，我也会对你好的。"

顾九思静静地看了她一会儿，伸出手将她揽到怀里，轻轻地拥抱着她："我对你还不够好。"他轻声道，"以后我会对你更好。以后我不赌钱，不闹事，什么都听你的，你想要的东西我都给你，我会让你当诰命夫人，会让你平平稳稳、顺顺当当地走完这一生。我再也不任性了，会做个好丈夫，绝不丢你的面子，也不让你失望。"

柳玉茹轻声笑了，轻靠着他，温和地道："九思，你已经很好了，没丢我的面子，也没让我失望。你以前很好，未来只是更好而已。"她听着他的心跳，慢慢地道，"你只要做好顾九思，我就已经很开心了。"

顾九思的高烧退了，最危险的时候就过了，接下来的一段时间里，柳玉茹就给顾九思煲汤疗养身体，叶世安回扬州城替顾九思打探消息。过了半月，顾九思的伤好得差不多了。这些日子里，他们听说梁王反了。

柳玉茹天天外出打听消息，顺便给顾九思买药。梁王谋反，物价飞涨，粮铺提价当天，柳玉茹便赶着去买粮食。

那天大家都疯了一样往里面挤，柳玉茹个子小，被人挤得发髻都乱了。最后她好不容易挤进去了，却被告知粮食已经被抢完了。她心知未来的日子里会更难买到粮，赶紧到了第二家店铺。她抛开所有矜持，终于挤了进去。年长的婆子咒骂她，她也装作听不见。她将银子握在手里，同前方卖粮食的小哥道："我要十斗米，若无米，面也行！"

"哟，夫人对不住了，"小哥笑起来，道，"现在一人最多只能买一斗。"

"那就一斗！"柳玉茹果断地说。

当天她跑遍了城里所有的粮店，终于抢了三斗面回来，回来的时候衣衫都被挤得凌乱了。

顾九思看着她的模样，皱起眉头道："怎么了？"

柳玉茹用手梳了梳头发，故作轻松地道："无事。今天粮商提价了，我去抢购了。"她提起手里的袋子，高兴地道，"我抢了三袋粮食，可厉害了。"

顾九思愣了愣，叹了口气，道："看来梁王已接近淮南了。"

"他不会到淮南来的。"柳玉茹道，"他的目标是东都，从他的封地一路到东都就好了，淮南不会受难。"

"但百姓会来。"顾九思的语气里带了几分担忧之意，"百姓受难，到时自然会有大批流民朝着没有打仗的地方走，淮南便是首选之地。"顾九思等不及了，便道，"我如今也好了许多，若是明日叶世安还没有带消息回来，我便亲自去扬州城打听消息。"

柳玉茹知道拦不住他，叹了口气，点了点头："到时候我同你一起去。"

当天晚上，叶世安便从扬州城回来了，还带了许多物资，但看上去有些疲惫，面色不太好。

叶世安进来之后，关上大门，将东西都放在桌上，同柳玉茹和顾九思道："顾九思可好了？若是好了，赶紧上路吧。"

"我爹……"顾九思的话还没说完，叶世安便抬手止住了他的声音。

叶世安看着顾九思，平静地道："我去打听过了，你走的那日，顾家钱庄发生大火，后来他们抬出来一具尸体，从身上佩戴的东西及验尸的结果来看……"叶世安顿了顿，道，"应当是你父亲。"

顾九思听到这话，身形微微一晃，柳玉茹一把扶住他，追问："可确认了？！"

"烧得不成人形。"叶世安摇了摇头，"我也只是转述，不敢多说。"

"密道……"顾九思声音干涩地说道"密道出口……在钱庄……"

而那一日，王善泉早就让人去搜查顾家的所有产业了。

众人都说不出话来，顾九思整个人都在颤抖，死死地抓着柳玉茹，努力让自己不哭出声来。

"那……"柳玉茹尽量让自己镇定下来，"尸首如今在何处？"

"我派人去义庄打听……已经烧了。"

顾九思听了这话，脸色变得煞白。叶世安抿了抿唇，慢慢地道："顾兄，如今不是难过的时候，梁王谋反，王善泉已经开始对城中的富商下手，所有人都要按照比例捐粮捐钱，且所有当家的都被扣押在了王家府邸里。在王家名册上列举的家族，出入必须通报，我也是借着查看生意的名义出来的，我父亲还在扬州城中，我很快就要回去。你们要去幽州，就要赶快走，已经开始乱了，你们拖得越久，就越难离开。"

"我明白。"柳玉茹深吸了一口气，道，"叶大哥，多谢你了，我们明日就走。"

"杨文昌呢？陈寻呢？"顾九思突然开口，像是不敢询问，却又不得不询问。顾九思看着叶世安，眼里带着希冀之意。

"顾家罹难当夜，杨、陈两家人连夜出逃，陈家都走了，杨家只有杨文昌带着他娘跑了出去，王善泉要求杨家将杨文昌交出来。"

"交出来……"顾九思声音干涩地问，"做什么？"

"他们说，杨文昌与顾家牵扯太深，连夜出逃，是为逆贼。"叶世安垂下眼眸。

柳玉茹愤怒了："他们说是逆贼就是逆贼，他们眼里还有王法吗？！"

"他们要的哪里是王法？"叶世安苦笑，"他们是要杀鸡儆猴，让其他人看看出逃的下场罢了。"

"那他……"顾九思有些不敢问，却还是问了，"如今呢？"

叶世安沉默了。

顾九思慢慢地抬头，死死地抓住柳玉茹，眼里蓄着泪："他如今，在何处？"

"王善泉用杨家一家人的性命要挟他，他回来了。"叶世安艰难地道，"明日午时，于菜市口行刑。"

顾九思白了脸，点头道："我知晓了……"他转过身去，道："你们聊，我有点儿累，去休息一会儿。"

他似乎是真的累了。他一贯是个意气风发的人，现在却佝偻着背，走得格外艰难，连上那只有两层的庭院台阶都踉跄了一下。柳玉茹追过去想扶他，他却摆了摆手。

他背对着柳玉茹，克制地道："没事……我没事的……"他不知道是同自己说，还是同柳玉茹道，"我撑得住，我没事。"他说着，自己强撑着重新站起来，步入了房中。

叶世安看了顾九思一眼，又看了柳玉茹一眼，抿了抿唇，道："玉茹，我知道这一切都不好接受，可是你们没时间想这么多了。你好好劝劝他，明日赶紧走，拖得越晚，变数越大。"

"你呢？"柳玉茹抬眼看着他，眼里带了担心之色。

叶世安笑了笑："王善泉如今也要用人，派人来拉拢叶家，我又能有什么选择？乱世浮萍，择木而栖，能活下去就已经不错了。"

"叶哥哥……"听到这样的话，柳玉茹不知道为什么突然就有些鼻酸，仿佛回到小时候。她恭恭敬敬地行了一礼，声音沙哑地道："好好珍重。"

"我明白。"叶世安笑了笑，看了会儿柳玉茹，温和地道，"其实以前一直以为我会娶你，但现在才知道，人一辈子的命都是天定的。"

柳玉茹愣了愣。

叶世安退了一步，展袖躬身，认真地道："玉茹妹妹，有缘再会。"说完，他便干脆利落地转身出了大门，打马而去。

柳玉茹在庭院里站了片刻，平复了自己的心情，才转过身去走进了房里。

房中没有点灯，她没有看见顾九思，却听见了他的呼吸声。她借着月色走进去，然后看见了他。顾九思就坐在床边。他蜷缩着，抱着自己，咬着牙，颤抖着身子，一句话没说。他泪流满面，眼泪鼻涕混杂在一起，却没有哭出声音。

柳玉茹走到他身前。顾九思似乎知道柳玉茹打算说什么，吸了吸鼻子，牙齿都轻颤着："我没事，你不用说什么，我没事，真的没事……

我们明天就去幽州，不耽搁。我娘还在等我，你也还要我送回去，我没事……没事……"

柳玉茹站在黑夜里，静静地注视着顾九思。过了许久，她蹲下身去，张开双臂轻轻地抱住了他。

顾九思微微一愣，僵在了她的怀里，只听她道："你哭吧。"

柳玉茹抱紧了他，低声道："我在这里，不笑话你。"

顾九思沉默了。

柳玉茹静静地抱着他，感觉他的眼泪透过衣衫落在了她的肩头上。

"我一直叫他糟老头子……"

"嗯。"

"我没好好叫过他一声爹。"

"我知道。"

"我总是觉得他不好，觉得他打我，觉得他不关心我，不了解我。他身上让我讨厌的地方特别多，我一直在气他，一直在和他对着干……可我后悔了……"顾九思哭出声来，"我现在后悔了。我该对他好一点儿，不该总是气他。他总想让我读书考个功名，总想着我要有出息一点儿，是为我好，就是怕有一天，有一天我落到今日这样的田地……"他哭得上气不接下气，靠在她怀里号啕，"我有什么用？我到底有什么用？！我谁都护不住，护不住他，护不住杨文昌。我的父亲，我的兄弟，我谁都护不住！

"我自命不凡，自以为举世皆醉我独醒。现在风雨来了，现在，区区一个王善泉！"顾九思喘息着，大骂着，"区区一个节度使，就能置王法于不顾，欺我辱我害我至此，让我颠沛流离举家逃亡，让我丧父丧兄，让我狼狈至此。"

顾九思痛苦地闭上了眼睛，倒在柳玉茹怀里。柳玉茹没有说话，只是死死地抱着他，将头靠在他的颈间，听着他撕心裂肺的哭声。

"是我害了他……"顾九思号啕大哭，"是我害了他……"

"不，九思，"柳玉茹抱紧他，咬着牙道，"不是你害了他。害了他的是王善泉，是陛下，是梁王，是这乱世，是这些为了自己的权力不择手段，将百姓当作蝼蚁的人。"她吸了吸鼻子，"你没做错，错的是他们，该受惩罚的是他们，你不能将他们的过错揽到自己身上，惩罚自己没有任何作用。"

顾九思听不进去，抱着头，整个人歪斜到地上，哭得不成样子。柳玉茹扶着他，哑着嗓子道："九思，你起来。"

顾九思恍若未闻，沉浸在自己的世界里。他抱着头，蜷缩着，看上去懦弱又狼狈。柳玉茹何曾见过他这番模样？她记忆里的顾九思，永远阳光骄傲，可现实打磨他，蹉跎他，试图摧毁他。她眼睁睁地看着宝石一样的少年变成了此刻这副模样。

柳玉茹心头有些酸涩。她扭过头去，不敢看他，声音沙哑地道："起来。"顾九思没动。柳玉茹终于忍无可忍，猛地回头怒喝道："起来！"

顾九思的哭声止住了，柳玉茹叱呵："你现在哭有什么用？你哭了，公公能回来？杨文昌能回来？你这样唾弃自己，这样颓靡，就能让一切改变？顾九思，没有用！做不到！"她也哽咽了，"你要往前看。你还有我，还有你娘，你得往前走，往前看。你说你后悔，说对不起公公，那如今呢？你这样哭下去，这样自责下去，是要等着以后再说一声你后悔，后悔没有好好对待我，对待你娘吗？！"

"你要报仇就去报！"柳玉茹蹲下身，一把抓住了他的领子，逼着他直视着她含着泪的明亮的眼，"你要改变什么，要争取什么，要得到什么，都得靠自己。顾九思，这一路有我陪着，你怕什么？"

顾九思呆呆地看着柳玉茹，突然伸出手猛地抱紧了柳玉茹。他什么都没说，闭着眼睛让哽咽声弱了下去。

柳玉茹见顾九思情绪渐稳，便扶他起来。她给顾九思打了水，替他擦干净脸。

顾九思这时候终于回神，看着她道："我明天想回扬州。"

柳玉茹顿了顿动作，低头应了一声。她出去将水倒掉，回来后，终于问："是去劫囚吗？"

"不是，去送别。"顾九思转头看向窗外，声音低哑地道，"他是自愿回来的，我能带走他，也带不走他的全家人。他选了这条路，我自然不能逼他。"

柳玉茹沉默了很久，叹息一声，道："他家当初不肯听他的，是吧？"

"他家的人向来看不惯他。"顾九思声音沙哑地说，"他应当是带着自己母亲出逃，如今安置好了他母亲就回来了。"他笑着流下眼泪，"他真傻，太傻了。"

柳玉茹静静地坐到他身边，握住他的手。

那天晚上顾九思没怎么睡，一直在和柳玉茹说顾朗华，说杨文昌和陈寻，说自己小时候的事。他认认真真、仔仔细细地把这些人都回忆了一遍。顾九思记得很清楚，甚至连第一次见到杨文昌时，自己嘲笑杨文昌这个小公子衣服上绣菊花娘气的场景都记得很清楚。

第二天早上，两人早早地起来上了妆。顾九思贴了胡子，几乎看不出原貌，穿上了一身白衣，同柳玉茹一起去了扬州。

到了扬州城，顾九思去杨文昌最爱的酒楼里买了一坛杨文昌最喜欢的笑春风，同柳玉茹一起等在了大牢门口。王善泉要求全城的人都出来观刑，街上已经站了许多人。

顾九思和柳玉茹看见了杨文昌。

阴天的清晨，乌云还笼罩在扬州城上，杨文昌穿着一身囚服，站在囚笼里，戴着枷锁。他的面色不太好，有些憔悴，身上却一如既往地带着傲气。看见人群，杨文昌便笑道："哟，还能让这么多人来给我送行，看来杨某也是非同凡响的人物了。"

没有任何人喧哗，杨家的奴仆在人群里低声哭泣，载着杨文昌的囚车朝着菜市口走去。全场没有一个人像对待囚犯一样往杨文昌身上扔东西，所有人都静静地注视着他，像在目送一个英雄。而杨文昌似乎也并不害怕，行到半路甚至高歌起来。

柳玉茹和顾九思一直低头跟着。他们混在人群里，听见那少年像旧日几个人策马同游时一样，朗声唱着熟悉的曲子。

他唱"君不见黄河之水天上来"，他唱"五花马，千金裘"，他唱"抽刀断水水更流，举杯浇愁愁更愁"，他唱"怒发冲冠凭栏处，潇潇雨歇，抬望眼"……

杨文昌的歌声不断，周围的哭声渐响。他跪下等待刀落时，已不再唱那些少年意气的诗词，头一次唱起那些太过沉重的诗词来。

"兴，百姓苦；亡，百姓苦！"

周边围满了人，杨家人的哭声不止，王善泉坐在上方，让县令宣判杨文昌的罪行。

雨淅淅沥沥地落下来，柳玉茹给了一个乞儿几文钱，让乞儿把顾九思买的笑春风送到杨文昌面前。杨文昌看着那酒，愣了愣。片刻后，杨文昌大笑，探出头去大口将酒喝下。

王善泉问："杨文昌，你可还有话说？"

"有。"杨文昌抬起头，看向众人，似乎是找寻着什么人，然而目光落在柳玉茹和顾九思身上后也只是匆匆一扫便移开。

杨文昌道:"我杨文昌曾以为,这世上之事与我无关。我不问世事,骑马看花,便可得一世风流。如今才知,人生在世便如水滴,这洪流去往何方,你都得被卷着过去,大家都是在其中苦苦挣扎,谁都逃不开。"

"若有来世,当早早入世,愿得广厦千万间,"杨文昌哽咽起来,"大庇天下寒士俱欢颜。"

这话说出来,许多人红了眼眶。顾九思静静地看着杨文昌,在一夜痛哭之后,反而生出一种出奇的冷静情绪。顾九思目送着这位从小到大的玩伴,听着杨文昌的大笑,看着刀起刀落,人头滚落到地上,鲜血喷涌了一地。

从未有哪一刻让顾九思这样深刻地认识到什么叫乱世,也从未有哪一刻让顾九思这么真切地明白"安得广厦千万间"是何等迫切又真挚的愿望。当年读书时闻得此句,顾九思只觉字落于纸上豪迈悲凉,今日听着,觉得字字都带着锥心刺骨的疼。

雨淅淅沥沥地落着,围观的人渐渐散去,杨家人哭着上来收尸。顾九思和柳玉茹一直站在暗处,直到周边再没有人了,顾九思走上前去,跪在了地上,将手贴在杨文昌的鲜血上。柳玉茹在旁边看着,鲜血混着雨水从顾九思的掌中流过。

"文昌,"顾九思开口,"好好去吧,你的愿望,我会帮你实现。"

愿得广厦千万间,大庇天下寒士俱欢颜。

顾九思跪在地上,认认真真地磕了三个头,然后站起身来,抓着柳玉茹的手,头也不回地走了。

柳玉茹跟在他身后,顾九思很平静。

他们混过城门守卫的检查,离开了扬州城。扬州城门外停着他们买下的马车。

因为顾家是走水路离开的,王善泉加强了船只监管,如今必须有最新的官府文件才能走水路。柳玉茹和顾九思干脆放弃了走水路的想法,买了马车,到了扬州之后把车停在了城外,让车夫等着他们。

此刻他们出了扬州城,柳玉茹上马车清点行李,顾九思就跟着一旁的车夫学着如何赶马车。顾九思学得快,车夫送他们到了下一座城,顾九思已经学得差不多了。

他们俩在城里住了一夜,城里的住宿费没升高,伙食费却高了许多。

进屋的时候，顾九思看见柳玉茹愁眉苦脸的，便问："怎么了？"

"若这粮价再这么涨下去，咱们怕是到不了幽州了。"

顾九思抿了抿唇，道："那其他能节省的地方我们就多节省一些吧。"

"也只能如此了。"柳玉茹叹息。

夜里他们睡在一起。顾九思背对着她，柳玉茹不知道他是睡了还是醒着，想了想，伸手从背后抱住了他，有些担忧地道："你若是难过便说出来，别这样憋着。"

"没事的。"顾九思轻声道，"你别担心。"

"九思，"柳玉茹把头抵在他的背上，道，"你这样，我很害怕。"

顾九思静静地看着窗外的夜色。其实他清楚柳玉茹在害怕什么、担心什么，可他说不出来。

"玉茹，我并不是不想哭，只是突然就哭不出来了。"他神色麻木地说，"人总要长大的。你不用担心，我大概……只是长大了吧。"

柳玉茹忍不住抱紧了顾九思。她多想这个人一辈子都不用长大，多希望他们一辈子都像以前一样，哪怕别人骂他酒囊饭袋、纨绔子弟，说他傲慢任性、目中无人，都比如今要好。她想哭，却哭不出来。她咬着牙关，不想惊扰他。顾九思感知到她的情绪，转过身去将人揽在了怀里，深深叹息。

顾九思觉得有些鼻酸："玉茹，璞玉固然真实，但被打磨出来的玉也有它的美好之处。你不用为我难过，人一辈子总会经历点儿事。我记得他们的好，经历过，其实就够了。其实文昌说得没错，人如水滴，哪里能独善其身？哪里有真正的风平浪静？我若不自立，就得有其他人强大起来扶我。既然如此，那还是我自立起来吧。"他闭上眼睛，痛苦地道，"这种无能为力的痛苦，我这辈子都不想再经历第二次了。"

"我明白……"柳玉茹重复，"我明白。"

那天晚上他抱着她，一晚都没有放手。柳玉茹不知道他是在温暖着她，还是将她看作一块暖石在暖着他自己。

第二天早上，他们早早出发，顾九思驾着马车，柳玉茹坐在车里。他们的盘缠虽然不少，但柳玉茹不知道以后的情况如何，不敢多用。顾九思忙着赶路，柳玉茹喂他一口，他就吃一口。三天后，他们出了淮南，踏上了青州的土地。扬州和幽州之间隔着青州和沧州两个州，青州的气氛明显不太对，到处都有流民，成群结队地走在路上。两人走了一个白天，傍晚才看到第一座城池。顾九思和柳玉茹一起入城，发现每一家客栈的价格都高得离奇。柳玉茹和顾九思思索了片刻，决定一起睡在马车里。

他们买了几个馒头，顾九思同店家随意地攀谈着："外面这么多流民，都是从打仗的地方过来的吗？"

"有从打仗的地方过来的，也有沧州来的。"

"沧州？"顾九思皱了皱眉。

对方点头道："对呀，今年沧州大旱，又赶上了打仗，朝廷也管不了了，到处都是流民，唉。"

顾九思带着馒头和柳玉茹一起回了车里，叹道："后面的路怕是越来越不好走了。"

"也没有其他法子。"柳玉茹皱着眉道，"周边也没有什么船了，只能走下去。"

顾九思点了点头，没再多话。

两个人越接近沧州，流民越多。街道上经常是马车和流民混杂在一起，那些流民拼命地追逐着马车，大声乞讨。柳玉茹和顾九思都不敢给粮食。

有一个女人要得狠了，拦在马车前，顾九思没有办法，柳玉茹在里面听着急了，冲出去怒喝了一声："放手！"

那女人面上已经没有了半点儿人色，怀里还抱着个孩子。女人满脸祈求地看着柳玉茹，声音沙哑地道："夫人，我的孩子才两岁，求求您，行行好吧……"

柳玉茹的手微微颤抖，她看着面前的人，几乎要答应了。就在这时，前面一辆富商的马车里突然扔出了馒头，流民们都冲了上去。柳玉茹就看见那些人像疯了一般扑过去争抢，而那富商只是个少年，看见流民往马车上爬，惊恐地道："馒头都给你们了，你们怎的这样贪得无厌？！"那些流民完全没有理会少年的话，柳玉茹眼睁睁地看着越来越多的人冲了过去。那辆马车被掀翻了，而那少年也被拽了下来，被扒拉着衣服，慢慢地淹没在了流民中。

柳玉茹痛苦地闭上眼睛，顾九思也不忍再看。他们都清楚，这少年就是太过天真良善。面对生死，对大多数人而言，哪里还有什么底线？这些都是饿疯了的野兽，人一旦对野兽示弱，哪里还有半分活路？

柳玉茹将刀递给顾九思，声音沙哑地道："若还有人扒马车，你别心慈。”

顾九思垂下眼眸，低声道：“我明白。”他将刀别在了腰间。

那女子去而复返，顾九思猛地拔出刀来，叱呵：“要命就滚开！”

女子受了惊吓，其他人看着顾九思的刀，慢慢地让出路来。柳玉茹坐在马车里深深喘息，觉得胸口发慌。

恶人哪里是这么容易做的？若你本性纯良，骨子里就是个好人，做这一件事便已受尽良心谴责，坐立难安了。

当天晚上，柳玉茹和顾九思不敢再睡马车里了。他们终于找了一家客栈，这座城里的客栈不算贵，贵的都是粮食。夜里柳玉茹做了噩梦，梦见白天见过的那个女人的孩子哇哇大哭，那孩子哭着哭着就没了气息。女人抱着孩子，眼里流出血泪，声嘶力竭地喊："你害死了我儿！你害死了我儿！"

柳玉茹尖叫着惊醒，被顾九思一把抱进了怀里。

“莫怕，”顾九思紧紧地抱着柳玉茹，安抚她，“玉茹，我在这里，莫怕。”

柳玉茹急促地喘息着，艰难地抬头看向顾九思，慌乱地道："我梦见那女人了……她死了……她好像死了……"

“玉茹！”顾九思大喝一声，柳玉茹终于清醒，却呆住了。

她看了顾九思好半天，眼泪喷涌而出。

“对不起……”柳玉茹痛哭，“我不知道我怎么了，我……对不起……”她自己都不知道自己是在对谁说对不起，也不知道自己在哭什么，而顾九思也没问。

顾九思只是看着她哭就慌乱得不行，抱着她，不自主地低头亲吻她的额头，柔声道："没事，玉茹，我在，谁都伤害不了你。我在呢。"

柳玉茹终于冷静下来，靠着顾九思一言不发，许久声音沙哑地道："马车不能要了，目标太大了。"

顾九思明白柳玉茹的意思。第二日他们就将马车卖了，换了许多粮食。顾九思甚至换了一袋酒，挂在腰带上以备不时之需。

两人跟着流民一起迁移。他们伪装得和流民别无二致，穿得破破烂烂的，一起在路边向富商要饭。他们还未走出沧州，便发现路上的人越来越少，太阳越来越毒辣，干裂的土地随处可见。沧州的城池已经不让进了，他们便和流民一起待在城门外面。

夜里很冷，两人互相靠在一起取暖，柳玉茹就畅想着，他们什么时候才能走到幽州？等到了幽州，他们要做什么？柳玉茹饿了，就道："我想开个酒楼，当老板，每天都吃好吃的东西。我想吃东坡肉、糖醋里脊、麻婆豆腐……其实我还喜欢辣口，想请一个蜀地的厨子……"顾九思听着柳玉茹念叨，其实也饿。等人们都睡了，顾九思悄悄从怀里拿出一小块饼递给了柳玉茹。柳玉茹拿着饼，想要分给他。

看着不到手掌大小的饼，顾九思摇了摇头，道："我吃过了，你吃吧。"

柳玉茹不信："我都没看见你吃，怎么就吃过了？"

顾九思笑了："方才悄悄吃的，吃太快了，你没看见。"

柳玉茹抬手推了推他的头："你当我傻呢？"说着，她将饼分成了两半，一人一半。

两人不敢吃太快，小口小口地咬着。

城外的星星很明亮，在夜空里闪烁着，夜风徐徐，配合着夏日虫鸣，竟让人心中生出一种莫名的安定感。

柳玉茹靠着顾九思，看着星星，认认真真地咀嚼着嘴里的饼，道："我已经好多年没看星星了。"

"以前看？"

"看。"柳玉茹毫不犹豫地道，"小时候我没事就看星星，特别爱看。我很想知道星星上住的是神仙还是故去的人。我曾经有个弟弟。"

顾九思有些意外："然后呢？"

"没了。"柳玉茹叹了口气，"我娘说是意外没的，可我总觉得是我爹的妾室做的。"

"其实我很怕这种三妻四妾的男人，"柳玉茹说着，突然想起什么，连忙解释，"我不是善妒，就是觉得，成个亲有时候可能就丢了命。后宅的女人，心狠起来太可怕了。"

"放心吧。"顾九思轻笑，"我不会有什么三妻四妾的。"

"你也得能有呀。"柳玉茹下意识地道，"咱们现在一块饼都得分着吃，再来几个怎么办？"

顾九思哽了一下，忍不住道："现在情况是恶劣了一点儿，但是未来会好的。"

柳玉茹抿唇轻笑。顾九思有些不高兴了，觉得柳玉茹没把他的话放心上，于是道："你现在别瞧不起我，等到了幽州我就去谋个职位，日后一定让你跟着我吃香的喝辣的，你想吃什么就吃什么。"

"在你心里，我就知道吃呀？"

"还知道钱。"

柳玉茹靠着顾九思，听他说话就觉得高兴。两人静默了一会儿，柳玉茹突然道："你说，如果，我是说如果，咱们到了最后一刻，不是你死就是我死的时候，你会把最后一块饼或者最后一口水留给我吗？"顾九思愣了愣。柳玉茹叹了口气："我怎么问出这种问题来？你别介意，我……"

"我不知道。"顾九思开口。柳玉茹愣了愣，也不知道为什么，心里有那么几分难受，但是理解的。顾九思接着道："我现下心里想的是，我不但要把最后一口水、一块饼给你，还希望能削肉给你吃，放血给你喝，拼了命也要送你回幽州。"他抬眼看着前方，"可是人心莫测。发誓是很容易的，可真到要兑现的那一刻，到底能不能做到呢？我不知道。"

他转头，笑了笑："或许只有到了那一刻，才会知道。我不确定的事情，是不会许诺的。但我答应你的事就会做到，这一点，你大可放心。"

当天晚上两人睡在城外，没睡多久就听见了哭声，柳玉茹猛地惊醒。顾九思一把揽住她，捂住了她的嘴，没有说话。原来是原野上的一个女子抱着一个孩子号啕大哭，女子旁边的一个男人和另一个女人厮打着。有些人木然地望着，有些人则蠢蠢欲动。

柳玉茹似乎是看出了什么，身子微微颤抖。

那个男人怒吼："给我！把米袋给我！"

那个女人死死地抓住了袋子，无论如何都不肯放手："就一晚上了！"那女子也大吼，"过了这一晚，城门就会开了。进了城官府就会放粮，你连一个晚上都等不了吗？"

"城门不会开了！"那男子大吼，"我们从凉城赶过来，他们就是这样，一直没有开城门，现在青城也不会开的！这么多的流民，他们怎么敢开？！"

"那怎么办？……"有人问，"我们赶过来的啊，他们不开城门，我们怎么办？！"

周围乱起来了，柳玉茹抓住顾九思的袖子，两人提了包袱，不着痕迹地往后退去。

一声声的询问很快就有了答案，当那个男子不顾一切地抢夺那个女子的米袋，当那个女子倒在地上再也不动时，所有的秩序、所有的道德、所有的善良都化作了虚无。周围的人疯狂地朝着他们看到的柔弱的人冲过去，尖叫声和咒骂声混成一片。顾九思抓住柳玉茹往远处冲去。四周密密麻麻的都是人，野蛮和暴力如风如浪，迅速地席卷了人群。

顾九思不忍心伤人，只护着柳玉茹，推开周围的人，艰难地前行。

然而不知道是谁突然大吼了一句："他们有粮食！"所有人都朝着顾九思和柳玉茹看了过来，那人大声道："我刚才看见他们吃饼了，他们有粮食！"

相比起那些饿到骨头都已经凸出来的流民，顾九思和柳玉茹的确好太多了。他们两人虽然看着憔悴，但精神还算饱满，明显不是长期挨饿的样子。柳玉茹看着那一双双狼一样的眼睛，整个人都在抖。顾九思把她护在身后，握紧了手里的刀，故作冷静地开口："你们想怎么样？"

所有人都看着他们，但没有一个人敢上前，双方僵持着。顾九思知道，此刻绝不能退，绝不能示弱，否则一旦有一个人上前，他们两人就会像当初那个富商少年一样落到最绝望的境地。顾九思不允许任何人开这个头，可心里也害怕。

他不是怕人多。王荣带着黑压压的士兵过来的时候，顾九思不怕；可现在顾九思怕，这庞大的人数固然可怕，但更可怕的是……这群人不是军队。

这群人是百姓，是被命运逼到绝路的百姓。这些百姓错了吗？百姓也只是想活着，用尽全力也只是想抓住活下来的机会。顾九思手里有刀，如果拔刀，也许最后会在车轮战中力竭而倒下，可在那之前，就是他单方面的屠杀行为。那将是他一生都洗不清的罪孽，是他一辈子都无法忘却的噩梦。对弱者拔刀，这违背了他过去所有的认知和信仰。如今，如果只有他一个人，那也就罢了，可他身后站着柳玉茹，他的妻子。

顾九思握紧了刀，和流民僵持。

这时候，一个男人突然冲了出来。男人的个子不算高大，他扑到顾九思面前，哭着疯狂磕头，道："公子，公子您可怜可怜我吧，我娘子就剩最后一口气了，她不行了，马上就不行了，您给她一条生路吧。"

顾九思愣了愣。就在这个时候，这个男人猛地扑了过来！

这个男人有刀！哪怕那把刀很短小，在这个时候也是利器。那男人不顾一切地朝着顾九思冲来，顾九思一脚将他踹开。周边所有的人都拥了上来，柳玉茹躲在顾九思身后，旁边的人拖拽着她，抢夺她的包袱。顾九思不敢动手杀人，努力地将周边的人踹开。

可人太多了，太多了，密密麻麻，不顾一切地扑上来。

柳玉茹被人一脚踹在肚子上，抱在怀里的包袱被人一把抓走，早已僵硬的大饼滚落出来。

周边人惊叫："是饼！还有面！"许多人冲过去，抢到东西就往嘴里塞，没有半点儿迟疑。这在流民中是何等珍贵的东西！

"他们还有！"没抢到的人红了眼，再没了顾忌，拼了命地扑上来。

顾九思看见那男子再次拿着利刃朝着柳玉茹捅过来，终于忍无可忍，拔了刀。鲜血飞溅出来，周围响起一片惊叫声。顾九思连斩三人，一手护着柳玉茹，一手拿着刀，目光来来回回地警告着众人，怒喝："滚开！"

终于再没有人敢上前，顾九思抓着柳玉茹，一步一步地朝远处走去，死死地盯着人群，容颜染血，宛若修罗。柳玉茹的眼里噙着眼泪，她整个人都在颤抖，唯一的支柱，唯一支持她应对这一切的力量都来源于那只抓着她的手。所有人都注视着他们，看着他们走出去。

有人扑过来想偷袭，顾九思出手十分干净利落，一回头就将那人砍倒在地，这样敏捷的身手终于让所有人知道他是不可招惹的人物。再没人敢偷袭他们，他们慢慢地离开，消失在夜里，新一轮的哄抢重新开始。

看不见人群时，顾九思就抓着柳玉茹疯狂地奔跑起来。两人在官道上跑了很久，根本不敢停歇，仿佛身后有洪水猛兽。他们看见人就害怕，实在跑不动了才开始走。两人一句话都没说，惶恐和震惊的情绪缠绕着两人的内心。

等太阳升起来，他们走的路上已经没有了人影。之前的人都是从沧州北方往南方走，他们却逆着人流往北方走，路上的人自然越来越少。两人很疲惫，可也不敢停下步子。比起那些流民，支撑着他们两人的还有一个无比坚定的信念——他们要去幽州。在幽州，还有亲人等待着他们。

柳玉茹拉着顾九思的手，两人走在荒无人烟的道路上，一直走，一直走。

路上的人越来越少，两人的粮食也越来越少。两人进食的频率从一日两顿变成了一日一顿，他们困了就找个地方，靠着大树睡下一路北上，在路上几乎看不到人了。

没了柳玉茹的包袱，他们的粮食从管够变成了彻底不够。一路上，他们看见树，看见草，但凡看见能吃的东西，都努力吃下去。如果遇到水源，他们一定要努力喝水，然后把顾九思的酒囊装满。可随着日头越发毒辣，找到水源的间隔时间也越来越长。

他们头一次见到了那种一眼望过去没有边际的荒野，没有草、没有树，房屋空荡荡的，土地仿若龟壳一般大块大块地干裂。先倒下的是柳玉茹，她体质弱。有一天，顾九思发现她醒不过来，吓得赶紧给她灌水，然后打开了包袱，想要给她喂吃的东西。

在打开包袱的时候，顾九思惊讶地发现，包袱里剩下的粮食远比他以为的要多。他愣了愣，而后反应过来。这些留下来的饼，应当是柳玉茹故意少吃而剩下的。他感觉眼睛有些酸涩，说不出是什么感觉。此刻也不容他多想，他赶忙拿了饼，喝了点儿水，嚼烂了之后，嘴对嘴地给她喂了下去。

这种时候也顾不上什么礼仪不礼仪的了，他满脑子只有一个想法：她得活下去，无论如何都得让她活下去。

他给她喂了吃的，就背起她继续走。地面的温度很高，他的鞋早就已经烂了，他能清晰地感觉到脚上的皮被磨破的疼痛，可不敢停下。

他一直往前走，走到下午，天气转凉，柳玉茹趴在他的背上，慢慢地睁开了眼睛。她感觉到他的温度，看看周围，声音沙哑地道："九思？"

顾九思愣了愣，随后高兴地道："你醒了！"

"我怎么了？"柳玉茹没什么力气，感觉全身都是软的。

顾九思背着她，似乎是怕吓着她，温和地道："刚才你晕过去了。"

"抱歉……"

"说什么抱歉，"顾九思笑着说，声音有些哑，"该说抱歉的是我才对。"

柳玉茹没说话，顾九思背着她，努力想要让语调轻快一点儿，却还是克制不住内心的痛苦与绝望、愧疚与难堪。

"我该早点儿发现你没怎么吃东西的。"他的语调似乎很轻松，柳玉茹还是听出了哭腔。他道："我该早点儿知道的……"

"没事的。"柳玉茹趴在他的背上，声音有些无力，"我愿意的。"

"你愿意什么啊……"顾九思的声音有些颤抖。

柳玉茹觉得累，太累了。"粮食不够的。"她开口，慢慢地道，"咱们一起吃，到不了幽州。我少吃点儿，你就能多吃点儿。我算过了，我还能再撑几日，到时候还剩一半的路，粮食没了，你要是没找到水，就放我的血来喝……"

"你胡说八道什么？"顾九思怒喝。他其实早就猜到了柳玉茹的想法，可当柳玉茹真的说出口时，他还是忍不住暴怒。"你别想！"他颤抖着声音道，"我就算死了，也不会做这样的事。柳玉茹我告诉你，要活一起活，要死一起死。你要是死了，我也不去幽州了，什么地方都不去了，就陪着你死在这里。"他说着，眼泪就落了下来。

他以为自己不会落泪了，以为自己成长了，却发现上天永远比自己想象的更残忍。他失去了父亲，失去了朋友，如今上天又要让他失去柳玉茹。而且这次犹如凌迟一般，老天爷非要让他眼睁睁地看着，甚至要让他为了活命而亲手送她去死——可他绝不会让老天爷得逞。他绝对不会做出一个上天以为他会做的选择。

顾九思哭着道："我知道，你还想着你娘，你娘还在幽州等着你。你是她唯一的女儿，你没了，她怎么办？我不会帮你照顾她的，你就算死了，我也绝不会管她。我是一个狼心狗肺的人，不会愧疚，会陪你一起死在这里，绝不会让你如愿！"他低语，"你死得没有价值。柳玉茹，你得活着，一定要活着，知道吗？"

你不能死。你死了……你若是死了……顾九思抬起头，环顾着四野。

她要是死了……他怎么办？他想不出来。如今她的命就是支撑他活着的信念，所以她不能死，绝对不能。

然而柳玉茹没法回应他了。她有意识，可是已经没有了张口的力气。她趴在他的背上，感受到这个男人固执地背着她，一步一步地往前走着。她不知道是什么样的毅力和决心让他没有停下。

他们吃光了所有粮食，只剩下半囊水，这时候路上已经没什么可吃的东西了，于是顾九思和她一起饿着，两人每天喝一点儿水，勉强维持生存。离幽州只剩下一百余里了，顾九思终于支撑不住，摔了下去。他醒过来时已经是夜里，柳玉茹静静地躺着，他慌忙去探她的鼻息，很微弱，但至少还有呼吸。他松了口气，伸出手去将人抱进怀里，收紧手臂抱紧了她。

他的声音很沙哑："玉茹，你一定要陪着我……"他将脸贴在她的脸上，颤抖着声音道，"你是我的命，你得活着，知不知道？"

柳玉茹没出声。

顾九思很想流泪，如果有点儿眼泪落下来，至少柳玉茹能喝一点儿，然而他已经没有眼泪了。水分的缺乏让他也到了极限，他知道再这样熬下去他和柳玉茹都要死。

他咬了咬牙，从腰间拿出刀来，割破了自己的手掌。鲜红的血落下来，他捏住柳玉茹的下颌，让血流进她的嘴里，但还有些落在了她的脸颊和唇上。顾九思见伤口快要凝住，连忙吮在伤口上，喝了最后一点儿血。然后他看着柳玉茹脸上的血珠，低下头去轻轻地舐舐着。

那本是没有半点儿邪念的一个吻，然而那柔软的触感仍然让他的内心一阵颤抖。他慌忙退开，看着柳玉茹脸上的红晕。他不知道那是血留下来的颜色，还是他的错觉，抑或是她的脸上真的有了几分血色。

他重新背起她，继续往前走去。其实他也已经没了力气，可是背上那个人是他的信念。他不怕死，可一想到他死了柳玉茹就要死，就怕得要死。于是他只能一直硬撑着，在无人的荒野上一直走，一直走。他走过了日与夜，终于见到了一点儿绿色，见到了人。

他背着柳玉茹再往前走去，终于看见了界碑。界碑上是已经不甚清晰的两个字——幽州。

顾九思看着那两个字，嘴唇微微颤抖："到了……"他声音沙哑地说道，"玉茹……我们到了！到了！"

柳玉茹恍惚间听到了顾九思的声音。她有些茫然，到哪里了？阴曹地府，还是……？

柳玉茹艰难地睁开眼睛，看见了"幽州"二字。她是在做梦吗？她竟然……竟然活着到了幽州？！

"九思……"她勉强出声。

顾九思听见她的声音，赶忙道："玉茹，我在！"

"到了……"柳玉茹喃喃。

"到了！"顾九思激动得声音都变了，"我们到了！"

"真好。"柳玉茹闭上眼睛，声音微弱，"我们可以见到娘了……"

顾九思只觉百感交集，他的人生从未有过如此复杂的感觉，狂喜与辛酸夹杂在一起，痛苦与希望并飞。他背着柳玉茹，一步一步往幽州第一座城池鹿城走去。其实这里距离鹿城还有五里路，顾九思心中却生出了无限希望，走得完，他一定走得完。他已经走过了那么多里路，已经踏过了那么残忍的地方，如今幽州就在眼前，他怎么会走不完？！

然而饥饿与疲乏还在折磨着他，他颤抖着双腿，咬牙往前走着，走了没有几步，就听见急促的马蹄声。

来人猛地将马勒停，惊喜地喊："九思？"

顾九思猛地抬头，看见骑在马上的周烨，恍惚了片刻，狂喜道："周兄？"

"当真是你。"周烨赶紧翻身下马，一把扶住摇摇欲坠的顾九思，道，"你娘到了望都，立刻来寻我，我已听闻你家中之事，派人多番打听，便猜测着你会横跨青、沧二州过来。我已在鹿城门口徘徊了半月有余。"

听到这话，顾九思大为感动，想开口说些什么。然而如今见了周烨，顾九思仿佛终于跋涉到了终点，支撑着他的意志都溃散了，他勉强一笑，便晕了过去。

顾九思再次醒来时，已经躺在了柔软的床上。他赶忙起身，焦急地道："玉茹？！"

"你别急。"周烨的声音从外面传来，他端着粥，坐到顾九思身边，道，"弟妹在另一个房间，她身子太虚，我已经让大夫给她抓了药，她现在还睡着。"

听着这话，顾九思舒了口气，站起身来："我去看看她。"

"看什么啊？"周烨揽住他，"好好看看你自己吧，你身上的伤可比她的重多了。"

"我没事，"顾九思摆摆手，道，"她没事吧？"

"没什么大事，不过这一次她元气受损，大夫说，若想要孩子，可能要休养好几年了。"周烨说着，有些担心地看了顾九思一眼，斟酌了片刻，道，"九思，虽然咱们见面不多，但也算是交浅言深，我心里是将你当成兄弟的。"

"周兄有话不妨直说。"顾九思明白周烨是有什么话不好启齿，便道，"在九思心中，周兄便如兄长，没什么不好说的。"

周烨犹豫了片刻，轻叹了一声，道："玉茹是个好姑娘，你也还年轻，她这样不计生死地陪着你走过来，孩子的事不着急，你好好待她……"

顾九思终于明白了周烨的意思，他是担心自己会因为玉茹一时半会儿无法怀孕而产生休妻的念头——三年无后男子便可休妻。

顾九思有些哭笑不得，无奈地道："周兄将我想成什么人了？她与我生死与共，孩子这种小事又有什么打紧？最重要的是她愿不愿意同我在一起过。我这辈子无论如何都不会辜负她的。"

"你们情深义重。"周烨有些艳羡，"那为兄就放心了。"

顾九思发现周烨的每一句话都足以让自己愣一愣。顾九思听着这句"情深义重"，一时有几分茫然。他也不知道自己为什么茫然，这话是没错的，自己却总觉得有什么东西变了味道。

周烨看着顾九思喝了粥，下人端了药上来。喝了药，顾九思觉得好多了，便赶着去看柳玉茹。

如今周烨将两人带到了鹿城，也给顾家报了信，打算等两人好些了，再一同回望都。顾九思是着急去望都的，可想着柳玉茹的身体，便将这种冲动生生压了下去。

顾九思急急地冲到柳玉茹的房间里。柳玉茹已经起来了，正在小口小口地喝粥。其实她早就饿急了，但是理智和教养在这一刻控制住了她大口喝粥的冲动。顾九思站在门口呆呆地看着她，她穿着素色的内衫，长发披散在身上，小口小口地喝着粥，动作温柔又平静。她和周边环境构成了一幅静谧美好的图画，似乎是美好、平静、温柔的世界的另一种表达。顾九思没敢惊扰她，只静静地在边上看着她。柳玉茹喝完粥才发现顾九思。她抬起头来，看着站在门口的青年。他一身素衣，头发随意地绾在脑后。

她笑了笑，柔声道："你醒了。"就这么一句话，顾九思就觉得眼睛有些酸涩。他走上前去，半蹲在她身前，将头靠在她的腿边。柳玉茹抬手梳理着他的头发，柔声问："你这是做什么？"

"咱们俩都活着到这里了。"他声音沙哑地道，"你还在，你好好的，我太高兴了。"

柳玉茹没有说话，梳理着他的头发，目光落在他露出的手臂上，他的手上伤痕累累，那都是为了喂她鲜血割出来的伤口。她的目光凝住了。一些片段在她的脑海里闪过，她本以为那是梦，现在才明白不是。柳玉茹久久没说话，顾九思顺着柳玉茹的视线看过去，立刻知道了她在看什么。他下意识地将手缩了缩，却被柳玉茹拉住。柳玉茹掀起他的袖子，看见了上面密密麻麻的伤口。

顾九思觉得有些难堪，转过头去，不好意思地道："没事……"

柳玉茹的指尖带着凉意和少女独有的柔嫩光滑感，落在顾九思的伤口上，让他整个人忍不住颤了颤。一种说不出的酥麻从伤口一路蔓延上，骤然蹿到脑中，他整个人僵在原地，六神无主。

柳玉茹轻声问："疼吗？"

顾九思整个人是蒙的，方才的感觉太怪异了，这种陌生的感觉让他惊得差点儿把手都抽回来，但他又不敢。听着柳玉茹的询问，话从他脑子里过了，却没留下任何信息，他完全不知道如何应答，满脑子只在想着——这是怎么了？柳玉茹的指尖到底带着什么东西，让他这么……这么……他说不出那到底是怎样一种奇妙的感觉，不是讨厌，甚至带了那么点儿小小的喜欢，又有些害怕，还有些难堪，那是他完全不敢让人知道的感觉。

柳玉茹见他不答话，抬眼看着他，认真地问："还疼吗？"

这次顾九思回神了。他慌忙收回手，低头道："不……不了。"

柳玉茹以为他是因为伤口被发现而有些难堪，于是也不知道该说什么。沉默了一会儿，她轻笑起来："之前问你会不会把最后一口水留给我，你说你要把你的血肉喂给我，你当真做到了。"

顾九思抬眼看着她，轻松了许多，笑着道："那你问我这句话时，是不是已经做好了把最后一口粮食留给我的准备？"

柳玉茹抿唇，转过头去，道："还好，咱们都挺过来了。"

顾九思没接话，打量着柳玉茹。这一路行来，她瘦了许多。不知道是不是因为消瘦了，她仿佛突然长大了，脸上棱角分明了点儿，呈现出了一种清丽之美，虽然此刻皮肤还有些泛黄，五官却已经很好看了。那股经历世事后风雨不摧的坚韧和她一低眉、一垂眼之间的温柔混杂在一起，更是平添了一股说不出的韵味。她似乎突然之间就完成了从一个少女到一个女子的转变，从过往单纯的清秀可爱，变得美丽起来。此刻尚且不是最好的状态，她已经如此美丽，顾九思可以想象到她未来会显现出怎样动人的光华。

第八章　重启程

察觉到顾九思的目光，柳玉茹也转过头来看他，笑了起来："你是饿傻了吗？以往我说一句你要顶十句，怎么今日成了闷葫芦，什么都不说了？"

顾九思也笑起来，有些不好意思地回了神。他怕柳玉茹察觉到他的异样，移开目光，笑着道："也不知道该说什么。"

"怎的呢？"

"你是觉得还好，挺过来了，"顾九思的笑容有些苦涩，"可我只想着这一路太难了。"柳玉茹静静地看着他。顾九思将目光转回她脸上，叹了口气，道："你不知道你昏迷的那些日子，我有多难熬。"

柳玉茹听着他的话，神色微动："顾九思，"她顿了顿，又说，"其实你本可丢下我的。"顾九思皱起眉头。柳玉茹垂下眼眸："我与你不过是被一纸婚约强行凑到一起的，若是因着责任感那倒也就罢了，可若我去了，你也不必太过伤心，过些时日再找个漂亮的姑娘成婚便好了。"顾九思听着，也不知道怎么的，只觉得心里闷得慌。柳玉茹看着床，道："你其实也不必如此。"

"那你呢？！"顾九思忍不住有点儿生气，道，"我死了，你再找个人嫁了就行了。到时候你找个比我好看，比我对你好，还比我有前途的人不就好了？你又回来做什么？！"

"你这是在说什么胡话？"柳玉茹抬起头来看着他，认真地道，"若是找个比你有前途的人倒也还有可能，找个比你长得还好的，你让我去哪里找？"

准备好的一席话全堵在了嘴里，顾九思看着柳玉茹，整个人有些蒙。他有种学了绝世武功，却发现对手已不在了的无奈感。

柳玉茹笑了，道："你是我的丈夫，嫁鸡随鸡嫁狗随狗，我自然是要跟着你的。"

顾九思往日听了这话，就会跟她开玩笑了。可是今日不知道为什么，他听了心中却有了几分说不出的憋闷感。他自己也想不明白为什么，干脆换了个话题。他起身给柳玉茹拉了被子，冷着声音询问："药吃了吗？"

"方才喝了。"

"那你多睡一会儿。"说着，他扶着她让她躺下，将被子拉上来帮她盖好，"我去睡了。"

"顾九思，"柳玉茹拉住他，眼里满是笑意，道，"想听你说句好话，怎的就这么难？"顾九思僵着身子没动。柳玉茹柔声道："你说，我昏迷的时候，你慌什么？"

"我怕你死了！"

"为什么怕我死了？"柳玉茹继续追问。

顾九思瞪了她一眼，道："你死了，我上哪儿再找个柳玉茹？"

得了这句话，柳玉茹终于笑了，放开了他，柔声道："去睡吧。"

顾九思总有种无形中吃了闷亏的感觉。他也想不明白，起身转头走了出去，还没走几步，就又折了回来，道："你我是夫妻，分房睡是几个意思？！"

柳玉茹愣了愣，随后就看到顾九思折了回来。

顾九思往床上一坐，不高兴地道："你往里面去点儿。"

柳玉茹也不知道他的火气怎么这么大，笑眯眯地往里面挪了一点儿。

顾九思躺下来，闭上眼睛，同柳玉茹道："行了，睡了。"

柳玉茹静静地躺着。其实她知道顾九思是放心不下她才又折回来的。她笑着闭上眼，觉得很幸福。经历了灾祸，能这样安安稳稳地睡着觉，身边还有个要陪自己一生的人，她已经足够幸福。

两人睡了一夜，第二天醒来，顾九思一开门，就看见周烨神情担忧地站在门口。

顾九思觉得有些奇怪，道："周兄？"

"九思……"周烨叹了口气，道，"我知道，少年人总是火气旺些，可是你和玉茹元气受损，刚刚缓过来，还是休养一段时间为好。"

顾九思迷茫地道："我们休养得挺好的啊，该吃的都吃了，睡得也很好，大夫开的药，我都看着玉茹喝下去了。"

"我不是说这个，"周烨有点儿纠结，"有些话，为兄也不好说得太明白，意会就可以了。"

顾九思觉得自己意会不到，沉默片刻，觉得周烨似乎极其在乎这事，于是道："周兄，九思是扬州人氏，可能因生长环境不同，有些东西您不直说我确实不明白，您就直接说吧，您觉得我做错了什么？"

周烨没想到顾九思一个南方人比自己还直接。周烨其实也还未婚，只是听军营里的人说过一些话。他憋了半天才道："你……刚回来就同房，是不是急了些？"

顾九思微微一愣，随后猛地反应过来。他没吃过猪肉，但也见过猪跑哇！他生平头一次感觉如此尴尬，顿时满脸通红，恨不得赶紧找个地缝钻进去。他不知道该怎么和周烨解释，总不能说他们夫妻至今没有同房。

顾九思磕磕巴巴地解释道："周兄不必担忧，我只是担心内子，并未……并未……"

"可是，"周烨觉得有些奇怪，"这么同床共枕，你自己憋着，也伤身啊。"

"不……不劳费心……不……"顾九思连话都说不清楚了。他也不知道自己是怎么了，周烨一说这话，他满脑子想的都是柳玉茹晚上躺在他身边的样子。他觉得不能再和周烨聊下去了，于是道："周兄，我有事，先走了。"说完，他逃一般离开。

周烨看着顾九思的背影，愣了半天，道："这成了婚的人了，怎么脸皮这样薄？"周烨想了想，觉得南方人到底是脸皮薄。

顾九思回到房里，拿着冷水往脸上泼，泼了几次就清醒了。

这是成婚以来，头一次有人提起他与柳玉茹之间的事——不是名义上的，而是实实在在的夫妻间的事。这让顾九思清晰地认知到，柳玉茹是自己的妻子。她未来会同他生孩子，会同他过一辈子。过往他从不思考这些问题，因为一直坚信终有一日他和柳玉茹是要分道扬镳的。等到某一天，他给了柳玉茹诰命夫人的位置，柳玉茹得到了自己想要的一切，他们这段婚姻也就走向了终结，这是他早就同她说好的。然而他也清楚，这个约定的背后其实是他们两人对未来的设想。他没想过要和柳玉茹过一辈子，也知道柳玉茹若同他过一辈子，是不会幸福的。

他从一开始就是想给她找一条幸福的路。他清楚，柳玉茹嫁给他有想和他过一辈子的想法不是因为喜欢，而是因为她骨子里觉得嫁一个人就得跟着那个人一辈子，也就是她说的嫁鸡随鸡嫁狗随狗，哪怕那个人不是他顾九思，只要她嫁了，她就不会想着离开。然而这样的婚姻能给柳玉茹幸福吗？不能的。他打心底里希望柳玉茹能嫁给一个她真正喜欢的人，希望她能得到她真正喜欢的东西。所以从一开始他就在劝说她，不仅是为了他自己，也是为了她。

如今情况却有了变化，他觉得和柳玉茹过一生也不是不可以。至少他无法想象失去柳玉茹的世界是什么样子的。而如果两人要过一辈子，他就必须去想这些事，想未来，想孩子。

他深吸了一口气，让自己不要再想这些事了。他父亲新丧，如今不是想这些的时候，毕竟他还有很长的时间和柳玉茹商量这些问题。

他站在水盆前，彻底冷静后，抬手抹了一把脸，转过身去回了内屋。

柳玉茹正坐在床上收拾他的衣服，见他进来，便道："咱们现在也好多了，我想赶紧启程回望都，也不知我娘和婆婆如今如何了？"

"嗯。"顾九思应了声，垂下眼眸，道，"我去同周兄说，明日便启程吧。"

夜里顾九思和周烨说了这事，周烨也理解。周烨点了点头，同顾九思道："我还有些事要留在鹿城，便让我的侍卫护着你们先回去吧。"

"多谢周兄了。"

如此约定好后，等到第二日，周烨便派了人送顾九思和柳玉茹回了望都。

他们走了两日，但这两日比之前的两个月好走太多了，有人保护，有马车坐，有吃的，有喝的，两人的心情也好了许多。柳玉茹对幽州好奇，坐在马车里就一直望着窗外。而顾九思同周烨借了书，路上就一本一本地研读着。

周烨早早通知了顾家，顾九思和柳玉茹抵达的那日，江柔和苏婉一起候在了城门口。柳玉茹坐在马车里，卷着车帘探头往外看。

幽州和扬州不同，扬州气候温热，处处都是垂柳小溪，带着一种精致的匠气。幽州则是大开大合的鬼斧神工场景，树木一排排生得笔直，树叶却极其稀少，完全没有扬州那种繁茂的绿意。幽州的男儿豪爽，说话声音极大，一路上柳玉茹见到了驾马而过的青年，这里有青年们的欢歌笑语，与千里荒芜的沧州截然不同。

　　两人来到城门前，柳玉茹老远就看见了苏婉和江柔，激动地道："是我娘和婆婆！"

　　顾九思从书里抬头，掀起车帘，看见站在远处的江柔和苏婉，笑了笑："你的眼神倒是挺好。"

　　马车停下来，柳玉茹激动地下了马车，冲到苏婉面前大声道："娘！"

　　苏婉眼里带了泪，看着女儿冲到自己怀里。柳玉茹小时候极其活泼，但张月儿进府后，柳玉茹便一直收敛着性子，哪里有这样情绪外露的时候？可见柳玉茹此时是高兴极了。

　　苏婉轻拍着柳玉茹的背，吸了吸鼻子，道："回来就好，回来就好。"

　　江柔看着柳玉茹，眼里含着笑，慢慢转过头，看见顾九思从马车上走了下来。他穿着一身蓝衣，头上绑了布冠。他消瘦了许多，似乎又高了几分。更难得的是，他收敛了原来张扬的性子，静静地站在江柔面前，气质内敛又温和，像极了读书人。江柔的眼睛有些发酸，她却还强撑着，笑着看顾九思恭恭敬敬地行礼。

　　顾九思沉稳地道："见过母亲。"

　　江柔勉强笑着，吸了吸鼻子，道："两个月不见，怎么就学会这些虚礼了？"

　　"以前爹总说我没个正形，"顾九思笑着道，"如今我就想着，我也该长大成人了。我也不知道长大成人该怎么做，就想着先从这些虚礼学起好了。"

　　"也是好事。"江柔没有问顾朗华，接了顾九思的话头，道，"你能变好，我也很高兴。好了，不多说了，入城吧，家里已经准备好了饭菜，就等你们回来了。"

　　说着，大家伙儿招呼着柳玉茹和顾九思进望都去。

　　顾家的宅子在望都最好的地段。到了门口，柳玉茹就知是顾家的风格。这宅子原本就是一位江南人氏建的，保留了江南园林的特色，在望都这种水源不算充沛的地方，竟也在院落中修建了水榭。

柳玉茹和顾九思进门时跨过火盆，让江柔用艾蒿蘸水轻轻拍打在两人的头上和肩上。这个仪式让柳玉茹放松下来，它仿佛昭示着一场灾祸的结束，一段崭新生活的开始。

两人一起进了屋里，屋内欢歌笑语，柳玉茹和顾九思看见一张张熟悉的面孔，众人同顾九思、柳玉茹打着招呼，一声声地叫着少夫人、大公子，恍惚间，两人都有一种仿佛还在扬州的错觉。

顾九思不由自主地拉住了柳玉茹的手，柳玉茹抬头看他。顾九思轻轻笑了笑，道："这时候你在身边，真是太好了。"

因为顾九思和柳玉茹回来了，这顿饭很丰盛，虽然和过去的生活不能比，但是对刚刚经过灾荒的两个人来说，这已经是大餐了。一家人在饭桌上说说笑笑，但没有任何一个人提起顾朗华。顾朗华的名字仿佛是一个禁忌，谁都不敢多说什么。

众人都吃完的时候，还剩下许多饭，看着剩下的饭菜被端出去，顾九思皱了皱眉头，柳玉茹心里也有些难受。两人明白了食物有多珍贵，看见食物被这么糟蹋，难免会有几分心疼。

柳玉茹叹了口气，吩咐下人道："能吃的就别倒掉了，看看外面有没有需要的人，有就分出去吧。"

下人们对视一眼，应了声是。

江柔喝了口茶，犹豫了片刻，终于还是道："你们这两个月过得如何？"

顾九思和柳玉茹对看一眼，顾九思无奈地笑笑："尚可。"

"都遇见了些什么，说来听听吧？"江柔想知道他们经历了些什么。

放在往日，顾九思自然会一五一十地说出来，然而如今他张了张口却什么都说不出。斟酌许久，他才道："我回去救爹，玉茹救了我，然后爹没被救出来，一把火……去了。"

江柔听着，面上很镇定，似乎并不意外，声音却沙哑了："后来呢？"

"水路行不通，我们就走了陆路，沧州旱灾，加上战乱，时间就走得长了些。"顾九思轻描淡写地说。江柔知道从顾九思这里应当是问不出什么了，于是随意地和顾九思聊了几句，就让他先下去了。江柔的目光落在柳玉茹身上。"究竟如何？"江柔平和地问，"你说吧。"

柳玉茹没有隐瞒，一五一十地将他们的所有经历都说了出来。

江柔的眼泪止不住了，听到顾九思和柳玉茹吃树皮和草根时，江柔终于忍不住，抓住柳玉茹的手，抽泣着道："受苦了……你们受苦了。"

"没事的，"柳玉茹叹了口气，"能活着回来，已经不错了。"

江柔点点头，得了想要的答案，也不再多问，让柳玉茹回房了。

听到柳玉茹进屋的声音，顾九思一面看书，一面同柳玉茹道："我娘可是问我爹的事情了？"

"问了。"柳玉茹坐在梳妆台前，一面卸妆，一面安慰顾九思，"婆婆看上去很镇定，你也不用太担心。"

"不镇定又能如何呢？"顾九思苦笑，"我娘不过是知道如何收敛情绪罢了。"

柳玉茹扶着簪子的手顿了顿，片刻后，她垂下眼眸，有些无奈地道："睡吧。"

第二天早上，柳玉茹去找江柔熟悉情况，顾九思也去了。

江柔来这边已经有一些时日，也大概了解了一些情况："来了之后，我先找了周公子，让他帮忙多照顾些。周公子是个好人，知道我们的情况，便一直帮衬着。只是周公子毕竟能力有限，我也就没多麻烦他。"

柳玉茹有些诧异："周公子是周将军的儿子，在幽州……？"

柳玉茹和顾九思对视一眼，周高朗是幽州二把手，他的儿子在幽州地界竟说不上话？

江柔明白他们的疑惑，耐心地道："幽州凡事都按规矩走流程，节度使范大人是个讲规矩的人，底下的官员各司其职，就算是周高朗本人，许多事也是办不了的。"

柳玉茹和顾九思点了点头。

江柔继续道："当然，这也不是最重要的。最核心的原因是周公子的地位有些尴尬。"

"如何说？"

"他并非周高朗的亲生儿子。"江柔也看出柳玉茹和顾九思的诧异，解释道，"周夫人原来的丈夫据说是在搬家的路上遭遇了劫匪，周大人路过救下了这对母子。当时周大人还没娶妻，两人日久生情，就成了亲。所以周公子虽然姓周，是周府长子，却并非周大人的亲生子，在幽州并没有什么官职，一直在外做生意。只是偶尔军队需要采购，就由周公子包办。"

比起周烨不是周高朗的亲生儿子，周夫人一个死了丈夫的女人带着个孩子嫁给周高朗更让柳玉茹震惊，这简直颠覆了柳玉茹过去的所有认知。

"其实大多数事情已办妥了，唯一的问题就是咱们的酒楼还没拿到允许开业的文书。据说如今来幽州做生意的人太多，咱们的文书还在排队。我打算明天再去衙门问问，看看是什么情况。"

"那我陪您去吧。"柳玉茹说着又回头看向顾九思。

顾九思道："我便不去了，在家等消息吧。"柳玉茹没想到顾九思会这么说，本以为他会跟着她们去。

第二天，柳玉茹同江柔早早地出去了。

过了一会儿，顾九思带了一些碎银走出了顾府。街上的人来来往往，顾九思朝着流民中的一个小孩儿招了招手，小孩儿愣了愣，顾九思干脆自己走到他面前，半蹲下身，手搭在膝盖上，看着孩子道："小兄弟，在下有件小事，不知你可否帮忙？"说着，顾九思便取出了碎银。

小孩儿一看银子，忙道："公子吩咐！"

"你去帮我找一些人，"顾九思道，"从各个地方来的人，十三州每州一个人，我有话想问问他们。"

顾九思雇的小孩儿去找人时，柳玉茹跟着江柔到了府衙。

府衙门口黑压压的全是人，各地口音混杂着，别说是南方口音，连北梁口音都有。人群里不拘男女，说起话来声音都又大又亮，女子们也没有半分扭捏羞涩的样子，这些人看上去都是走惯了江湖的。

柳玉茹排着队，有些拘束，江柔倒是气定神闲。一个穿着蓝裙的女子站在她们前面，转过头来同江柔搭话，道："你们也是来同官府拿证的？"

"是呀。"江柔笑着道，"您是打哪儿来？"

"我打河阳来，我夫家姓沈，但您叫我三娘就好。"

"三娘，"江柔倒也不推辞，顺着那女人的话头就亲热地喊起来，道，"妾身扬州人氏，夫家姓顾，我看上去虚长三娘几岁，若三娘不介意，可叫我一声柔姐。这是我儿媳玉茹，你直接唤她的名字便好。"

沈三娘点了点头，打量了婆媳两人一番，疑惑地道："有一句话，三娘不知当问不当问，若是不妥当，您也可不答。"

"但说无妨。"

"河阳距离东都太近，又靠近沧州，梁王叛乱，河阳就乱起来了，沧州流民太多，我与我家郎君才早早规划来了幽州。但扬州向来富庶，又距离战区甚远，你们来幽州为的是……？"

听到这话，江柔和柳玉茹苦笑着对视了一眼。江柔叹了口气，同沈三娘将扬州的情况大致说了下。

江柔刚说完，旁边便有人感慨道："可不是吗？何止扬州如此，我们并州也是如此，相差无几的。"一人说了，大伙儿就都说起来。柳玉茹听着大家说起各地的境况，慢慢地皱起眉头，心里有些不安。

如今幽州的新增人口太多，望都尤甚，这些外来人员都是来此安居经商的商人，因为幽州行商环境比其他地方要好许多，于是望都官府规定，每日发放的经商名额不能超过十个。商人需先交申请，若没有问题，就开始排队。江柔的文书交了好几次，都被以各种理由退了回来，如今已是第五次去交了。

到了下午，才轮到柳玉茹和江柔。将文书恭恭敬敬地递上之后，江柔同那官员道："大人，我们酒楼应当办的东西都已经办下了，如今也拖了快两个月了，不是什么大买卖，若还不能开业，酒楼里的员工就真的没事可做了。如今有个生计不容易，烦劳您体谅一下吧。"

"行了行了。"对面的人有些不耐烦，摆摆手道，"谁都不容易，该是你们就是你们，等着吧。"

江柔连连道谢，领着柳玉茹走出去。柳玉茹跟在江柔后面，把步子放慢些，就听见那官员同旁边的人抱怨："天天来这么多人，个个都是张嘴吃饭的，生了张嘴皮子，低买高卖就能过活，你让老百姓怎么办？"柳玉茹脚步微微一顿，沉默片刻，还是假装什么都没听到，走了出去。

江柔叹息一声，道："来望都的商人越来越多，外面怕是越来越乱了。"

两人上了马车，柳玉茹久不回应，江柔就觉得有些奇怪，道："玉茹，你可听见我说话了？"

柳玉茹回神，忙应了一声。

江柔好奇地道："你这是在想些什么，想得这样出神？"

柳玉茹叹了口气，实话实说道："婆婆，您说这天下都在筹备着打仗，打起仗来，上战场的人要吃饭，不上战场的人也要吃饭，每个人都要吃饭，这饭从哪儿来？"

"自然是从种地的人手中来。"江柔觉得柳玉茹问得奇怪。

柳玉茹接着道："那您说，是种地的人来钱快，还是我们来钱快呢？"

"自然是我们……"江柔说着，便觉得有些不对劲了。

柳玉茹担心地道："那便是了，这么多年来，朝廷想方设法地重农抑商，不就是因为这个吗？您想，在那些官家眼里，咱们没什么用处，太平年岁尚且如此，如今呢？现在我们千里迢迢地赶过来避难，于官家眼中，就是多了这么多张吃饭的嘴，却没有多一个产粮的人。幽州每日放出十个经商名额，是因为如今幽州还未为打仗做准备，若幽州开始准备呢？"

野心勃勃的王善泉做的第一件事就是逼着扬州的富商交钱，其他地方也如此。若幽州也准备打仗了呢？

江柔顿时冷汗涔涔，又不能在小辈面前显现出来，只能故作镇定地点头，道："你说得有理，容我再想想……"

柳玉茹轻叹了一声，没有说话。她转头看着马车外的场景，觉得心里沉甸甸的。他们离开了扬州，走过了青州、沧州，却始终没能找到一处太平的地方。

顾九思坐在路边，拿了馒头，又弄了个水袋。他的周围坐了一圈人，他就听这些来自天南海北的人说他们所知道的消息。这小孩儿不仅找了来自十三个州的流民，听说有吃的，许多日常蹲守在街头的乞丐也过来了。说出有用信息的人，顾九思就给馒头。正因为这些人身份卑微，所以讲话并不避讳，一路上听见的看见的消息他们都告诉了顾九思。例如：幽州军系复杂，而周高朗又和地方乡绅关系不好，因此缺钱少粮，范轩为此一个头两个大；范轩如今正在乡下收粮，招募新军；还有……

短短一个下午，顾九思就把望都的情况摸了个透。他听完之后，将最后一个馒头放下，和他们告别。

小孩儿见人散了，跟上顾九思，道："大哥，以后有这种事，记得还找我。"

顾九思转过身看着他，笑了笑："你叫什么？"

"我叫虎子。"小孩儿立刻道，"生在望都长在望都，大哥您不是望都本地人吧？总该有双眼睛帮忙看着，有双手帮忙做事的。"

顾九思上下打量了虎子一番，这孩子看上去也就十来岁，同陌生人交谈竟这么熟练。顾九思挑了挑眉，道："行，我上哪儿找你？"

"城东土地庙，"虎子道，"你给我留个信儿就行了。"

"明白了。"顾九思点点头，给了虎子一个铜板，"赏你的。"

虎子连连道谢。

顾九思回了顾府，柳玉茹和江柔已经回来了。他见她们脸色都不太好，笑着问："可是被官府为难了？"

"倒不是为难，"江柔叹了口气，"今日我和玉茹聊了聊，如今我们已不是在担心官府批不批文书了，而是担心范轩也同王善泉一样……"

江柔话没说完，顾九思便笑了。他抬眼看向柳玉茹，眼神带了几分揶揄之意："玉茹聪明啊。"

柳玉茹见了这眼神就明白了，今日他不跟着她们去，就是因为想到了这个。

柳玉茹顿时有些恼了，但在江柔面前，只能按捺着性子，听顾九思道："其实玉茹说得是，今天儿子也去街上打听消息了，如今各州自立，其他地方都在备战，幽州难保不会如此。我们经商的人，同官府的联系还是要紧密些，不然空有财而无权，也守不住财。"

"你说得是，"江柔叹了口气，"也不知道你舅舅如何了。"

听到这话，大家一起沉默了。

柳玉茹看了看两人的脸色，斟酌着道："不仅舅舅，还有公公他……"她的声音渐渐小了，她说不下去，然而她不说，在场的两个人更说不出口。她顿了顿，才道："人回不来，衣冠冢……也该有一个的。"

顾九思开了口，正想说话，就听江柔道："他还没回来。"顾九思愣了愣，看见江柔冷漠又镇定的面容。江柔道："一日不见他的尸体，我便不信他去了。"

"娘……"顾九思的声音带了几分沙哑。被火葬了的人，哪里还能有什么尸骨？江柔说这样的话不过是不愿意相信顾朗华去了。

顾九思低着头，小声道："我爹他……"

江柔打断顾九思的话："这事不用提。只要还有一丝希望，我就会等着他。你同我说他去了，你是见着他去了，还是见着他的尸体了？若都没有，你怎么就肯定他去了？若等到我去了，他还没有回来，"江柔看着顾九思，颤抖着唇，声音沙哑地道，"你再将他的衣冠同我放在一起，一同葬了。"

"娘……"顾九思还想劝江柔。

"九思。"柳玉茹听出江柔语调里的决绝之意，抬手拉住顾九思，叹息一声，道，"就这样吧。我们说说接下来怎么办吧。"

顾九思沉默着。

江柔巴不得换一个话题，抬眼看向柳玉茹："玉茹觉得接下来该怎么做？”

"我想，"柳玉茹抿了抿唇，"就在这时候，将家中的财产全捐给官府吧？"

听到这话，江柔霍然抬头，震惊地看向柳玉茹，又看向顾九思，两个年轻人像是对捐出全部家产毫不在意。

"玉茹，你可知你在说什么？"

"婆婆，"柳玉茹轻叹，"这世上最值钱的，永远是未来。"有万贯家财比不上在幽州立足，这是为顾家换一个未来。

江柔不说话。顾家的财产是江柔与顾朗华一分一厘地挣了大半辈子挣回来的，江柔没有柳玉茹这样当断就断的魄力。钱不仅是钱，还代表着物资，代表着选择权。

顾九思知道江柔的想法，轻叹一声，坐到江柔面前，劝说江柔："娘，其实这些钱咱们是留不住的。顾家不比那些普通商户，咱们太惹眼了，在幽州又没有什么根基，这些钱攥在咱们手里，别人眼红啊。"

"那也不必都……"

"如果只捐一部分，他们没钱的时候总想着我们有。在他们眼里，我们就只捐了一点儿，他们不会感恩戴德的。咱们干脆一次性全捐出去，不仅要捐，还要找一个人，通过这个人来捐。我们捐完之后还什么都不能要，要捐得高风亮节，这样才会让人觉得我们是义士。"

江柔沉默着，顾九思接着道："而且，有了靠山，以后我的仕途才会好走一些。"

江柔身体微微一颤，柳玉茹也看了过来。

顾九思平静地道："我想做官。我想当大官，当一个有权有势，能影响这天下的大官。所以，娘，"他看着江柔，认真地道，"只捐一点儿钱可以，可之后的风险我们不一定能够承受，而且我不仅想在幽州立足，还想往上爬。"

"那你打算如何做？"柳玉茹看着他，"是直接将钱给官府吗？"

"不，"顾九思道，"我想让周烨把我引荐给周将军，我再私下将钱全数给周将军。"

柳玉茹愣了愣，和江柔对视一眼："这是为何？"

江柔也有些疑惑："与其给周高朗，你为何不直接找范轩？"

如今的节度使是范轩，周高朗只是一个将军，如果他们要讨好，自然更应该讨好范轩。

顾九思笑了笑："如今讨好范轩的肯定有不少人，我们也凑上去，出了十分的力，范大人怕也只能记得七八分的好。可周将军不一样，一来我们本就和周烨关系好，这样显得我们的目的性没那么强；二来我听说周将军的军队正缺钱少粮，我将钱全给他，他必然十分感激，雪中送炭总比锦上添花强。"

江柔沉吟："兹事体大，你容我想想。"

"母亲认真考虑。"顾九思道，"我与玉茹毕竟年轻，许多事思虑不周，您多想想，再做决议。"

说完这些，江柔也有些累了，顾九思就领着柳玉茹回房去。

两人走到走廊上，柳玉茹就伸手去拧他的腰，怒道："心里都想清楚了，还让我和娘去跑一趟，你看我的笑话呢？"

"哎哟哎哟，"顾九思装作痛苦不堪的样子，连连求饶，"夫人轻些，疼疼疼！"

柳玉茹看着他的模样，也分不清真假，勉强收了手。顾九思连忙赔笑："这样的神机妙算，哪里是我能做到的？我就是心里有个想法，反正你也要出门的，这不是分头打听消息吗？"他抬起袖子给她扇风，讨好地道，"别气别气，消消火。"

柳玉茹板着脸，本想伪装一下，但看了他那讨好的样子，又忍不住扑哧笑出声来。

顾九思见她笑了，便道："唉，哄夫人一笑着实太不容易了。"

"这还不容易哪？"柳玉茹笑着看他，"我都没同你要什么，你说几句花言巧语，我便笑了，世上怕是没有比我更好哄的女人了。"

"那你要什么？"顾九思突然问。柳玉茹愣了愣，顾九思没了开玩笑的样子，温和地道："我似乎也没送过你什么东西，做丈夫哪有这么吝啬的？"

柳玉茹听到这话，就觉得耳垂有些发烫。她转过头去，轻摇着手中的团扇，有些不自在，道："我该有的都有了，也没什么想要的，你想送什么就送，哪里还有问我的道理？"

顾九思看见她有些不自在地扶了扶头上的发簪，忍不住在她身后笑出了声。

柳玉茹有些恼了，回头道："你笑什么？！"

"没，没什么，"顾九思嬉皮笑脸地道，"娘子冰雪聪明，就连提要求都提得如此与众不同，在下佩服。"

"顾九思！"柳玉茹怒了，"你自己过一辈子吧！"说完，她就气呼呼地走了。

顾九思连忙追上去："哎哎哎，我错了，我给你买簪子。"

"买什么簪子？！谁要簪子？！"

"好好好，我送你，我想送你。"顾九思拉扯着她的袖子，柳玉茹要甩开，顾九思忍不住了，见她就是抗拒着，一把将人抓在怀里，用手臂困住了她整个人，将人搂在了怀里。两人面对面，柳玉茹整个人都愣住了，顾九思却完全不觉得有什么不对，只是抱着她，笑着道："好啦，我错了，我不该笑你。等我找份差事，自己赚到第一笔钱了，就给你买簪子，好不好？"

柳玉茹感觉到这人环在她腰上的手带着不属于女子的灼热，红着脸扭过头去，小声道："随你。"

顾九思见她松了口，放下心来。这时候他才察觉这个姿势有多么暧昧，顿时僵住了。他想了想，突然松开有些尴尬，可这么抱下去更尴尬。

柳玉茹察觉到他身体的僵硬，用团扇轻轻地敲了敲他的手，红着脸低声道："还不放开。"顾九思忙放了手。柳玉茹转过身去，小声说了句："孟浪。"

过去她常这样说，他也不觉得有什么，甚至嘻嘻哈哈地以此为荣。然而这一次他站在原地，掌中似乎还能感觉到姑娘腰肢的柔软。他扭过头去，觉得空气都多了几分燥热感。那软绵绵的话语仿佛带了钩子一般，柔软又缠绵地划在他心上，勾得他心里酥酥痒痒的。

他头一次觉得自己当真孟浪。

第二天两人醒来便被江柔叫到了屋中。

江柔叹了口气，道："我想了一夜，你们说得对。咱们生意人都是赌徒，"她看向顾九思，"你既然想押周高朗，那咱们就押周高朗。我让人去找周公子，咱们今日就开始清点家中财产，等周公子回来。"

"好。"顾九思点了点头。

江柔继续道："我想过了，你就算私下去找周高朗，周高朗也不可能瞒着范轩，但会明白我们的心意。到时候周高朗会找范轩上报，然后想办法把咱们家财产弄到周家军中。依照周高朗的性子，他不可能什么都不给咱们留，但你别开口，他给什么，你都往少了收。"

"我明白。"顾九思应下。

"咱们家的宅子是一套都不能留的，你要全数交给他。他若要赐给你宅子，你绝不能要我们自家的。"

"为何？"顾九思有些茫然。

江柔叹了口气："傻孩子，你要给他，就得让他放心。你把宅子交给他，他全部搜过了，才能确信你没有偷藏现银。银票他们可以查到来处，但现银只能这样确定。他们不会真的拿得干干净净，但也不可能给咱们留太多。咱们家是扬州的首富，咱们能给出多少他们心里其实也有数。但是再走这么一道过场，他们也更放心一些。"

"其实婆婆也不用太过忧心。"柳玉茹在旁边开口，"对范轩而言，最重要的并不是咱们有没有藏私，而是有人做表率，只要咱们的姿态做足了也就可以了。为了九思以后的仕途，咱们要做得干净些。"

幽州银票管控严格，而大笔银子又难以私藏，如果他们要冒险藏钱，之后势必要考虑如何洗钱。顾九思若是以此博名，日后若被人查出什么，就留下把柄了。

江柔点点头，应声道："的确如此。"

柳玉茹陪着江柔清账，顾九思就坐在家里看书。

过了几日，周烨回来了。周烨半路得了消息，一回到望都就赶到了顾家。他急急忙忙地进去时，顾九思正在看书。庭院里青竹婆娑，顾九思一身白衣，用布带半绾着头发，呈现出一种读书人特有的从容优雅气质。

周烨愣了愣，骤然发现面前的这位公子和当初在扬州遇到的那个人相比，似乎有了一种说不出的变化。不能说这样的变化不好，可是当顾九思挽袖举杯，抬头看过来时，周烨还是生出了一种说不出的怅然情绪。

顾九思看见他，颇为惊讶，道："周兄？"

周烨笑着走进来。

顾九思点了点自己对面，放下书，给周烨倒了酒，笑着开口："周兄何时回来的，怎不让人提前说一声？"

"我刚回来就赶过来了，我听带话的人说，你打算将家产全部捐给我父亲？"

"嗯。"顾九思面不改色，举了杯道，"喝一杯？"

"你可知你这是做什么？"周烨有些着急，"你家乃扬州首富，这么多钱……"

顾九思抬眼轻笑:"这么多钱又如何?万贯家财,护不住,又能如何?"他抿了口酒,平淡地道,"周兄,我本就是一掷千金的人,历经生死,对钱财一事,已看得透彻。这些钱我们拿着也护不住,倒不如换个平安。"

"你若是怕扬州之事重演,那大可不必担心。"周烨急急地道,"我在幽州,可保你无虞。"

顾九思顿了顿动作,一时有些感动。他抬头看向周烨,明白此时此刻周烨是真心实意地为他们着想。然而顾九思不敢将人心想得太好。周烨是这样想,可周高朗呢?范轩呢?官居高位之人,到了紧要关头,谁会是善类?范轩比起王善泉自然是要温和得多,也许他们只要交出钱财便没什么大事,但早交晚交性质就大不一样了。

顾九思笑了笑,道:"周兄其实也不必如此。我知道幽州缺钱,顾家安顿在幽州,自然要为幽州做点儿什么。如今梁王谋反,各州自立,我也希望这乱世能早些结束。我知道令尊与范大人心怀壮志,所以才将家财捐出,无论是用于军队求天下太平,还是救济百姓,都觉得很好。换个位置,若周兄有我这样的家底,看着这乱世中的百姓,周兄又会如何?"

周烨被说服了,沉默了许久,终于道:"我明白了,九思,等会儿我就带你去见我父亲。"

周烨在顾家待了一会儿,便让顾九思换衣服,一起去了周府。

周烨提前让人通知了周高朗,到了周家后,周烨带着顾九思去了书房。周烨让顾九思先等在院子里,自己进了屋中。顾九思身穿白色单衫,印着银白色卷云纹路的蓝色外袍,头顶玉冠,这身打扮配着他俊雅的五官,让他往庭院里一站便十分瞩目。顾九思在门口等了片刻,周烨便让他进去。顾九思进了房中,一直低着头,恭恭敬敬地给周高朗跪下行礼。

周高朗说了句:"起来吧。"

顾九思这才抬眼直视周高朗。周高朗看上去四十多岁,正值壮年,并不算威猛,气质内敛温和,看上去不像个武将,倒像个文臣。

周高朗上下打量了顾九思一会儿,随后笑起来,道:"烨儿同我说了你的事,我还以为你比烨儿大些,不想你这样年轻。"说着,周高朗站起身来,领着顾九思入座,亲自给顾九思斟茶,"小小年纪有这样的气魄,倒令我有些意外了。"

"都是我应该做的，"顾九思恭敬地道，"倒也谈不上什么气魄不气魄的。"

"你求的，我都明白。"周高朗没有绕弯子，直接道，"我的确缺这笔钱，你今日的所作所为，我都会记在心里。你们顾家是生意人，我不会让你们亏本。"

几句话之间，顾九思便了解了周高朗的为人，也不再绕弯子，坦然地道："那九思先在此谢过周大人。"

"你捐的这笔钱，我会同老范说，到时候我们会公开嘉奖。你们既然是表率，留下的东西就不能太多，到时候我会给你们一个院子，然后留一桩生意给你们家过日子，要做什么你定，什么能做什么不能做你心里得有数。"

"我明白。"顾九思应声。他听得懂，顾家得领头过清贫日子，让其他商人看着。但顾家也不能苦得毫无出路，否则其他商人看着也害怕。

周高朗见他上道，满意地点点头，道："这事我交给烨儿办，你有事就找他，等风头过去吧。"

周高朗没说完，但顾九思已经明白了周高朗的意思。周高朗站起身来，拍拍顾九思的肩。顾九思喝完最后一口茶，同周高朗拜别，随后跟着周烨走了出去。

周烨似乎很高兴，出了小院便同顾九思道："九思，父亲很欣赏你，我今儿个刚把你的话和我父亲说，我父亲便同我说，以后要多结识你这样的人。"

"放心吧，"周烨抬手拍了拍顾九思的肩膀，"只要你有才华，幽州一定是最适合你的地方。"

"承你吉言。"顾九思双手笼在袖中，笑着同周烨一起走出去。

两家距离不远，两人干脆一面说一面走。

"现在城内要做生意必须有官府发的许可令。大家都希望能有更多的人去种地，这样明年的收成才够。幽州本来也不是什么盛产粮食的地方，现在又来了这么多人，若是再不多准备些粮食，明年恐怕就难过了。"周烨说。

顾九思点了点头："的确如此。"

"所以现在做生意的最好能少一个就少一个，"周烨笑笑，"再过两日，这许可令就要停止发放了。九思你想好要做什么没？"

"做什么？"顾九思想了想，笑着道，"看我夫人和母亲的吧。她们想做什么，便做什么。"

周烨愣了愣，也笑起来："想不到顾兄是这样的人。"

"她们俩也没什么喜欢的事，就喜欢做生意了。"顾九思说着，似乎突然想起什么，抬眼看向不远处的首饰店，想了想，突然道，"哦，玉茹还想要根簪子。"

"嗯？"周烨有些茫然，还没反应过来，就看见顾九思大步往那首饰店去了。周烨赶忙跟上去，就看见顾九思站在前台翻看着簪子。

太过奢华的顾九思如今是不敢买的，怕给柳玉茹招祸，可太过朴素的，顾九思又觉得差了点儿意思。

顾九思站在一旁挑挑拣拣，周烨看了一会儿，小心翼翼地问："买给媳妇儿的啊？"

"嗯。"顾九思仰了仰下巴，"帮忙挑挑？"

于是两个大男人开始一起挑簪子。挑了半天，顾九思最终还是咬牙买了支凤尾步摇。那步摇雕刻得极为细腻，坠着珍珠，顾九思让人用盒子装上。他看见路边卖花的孩子，想了想，买了一朵玉兰。他将玉兰用细绳绑在了首饰盒上，原本普普通通的首饰盒顿时漂亮了许多。

周烨看了顾九思一路，憋了好半天终于道："九思，你若能将这心思花一半在读书上，早就金榜题名了。"

顾九思听了这话，回头笑笑："周兄说笑了，"顾九思将玉兰的位置扶正，道，"金榜题名，哪比得上美人一笑？"

周烨愣了一下，顾九思大笑起来，提着首饰盒往前走去。

好半天，周烨才反应过来。为什么自己现在还没有成亲？这大概就是原因了。

顾九思回到家里，带着首饰盒找到柳玉茹。柳玉茹正和江柔聊天，顾九思看见江柔下意识地将首饰盒收起来了。

顾九思将周高朗的话大概说了一遍，随后道："你们觉得，咱们做什么生意合适？"

"卖米？"江柔思索了一番，"如今最重要的就是粮食了。"

顾九思笑了笑，道："周大人说了，什么能做什么不能做，咱们心里要有数。"

谁都知道战时粮米贵，这样好的生意给顾家做了，顾家便不是捐钱，而是花钱买利了。顾家要做表率，自然不能做这样的事。

柳玉茹想了想，道："那就卖胭脂吧。"

这倒是让人意外，战乱之际，就算不卖米粮，也总不至于去卖这些东西的。然而顾九思并没有否决："你喜欢胭脂？"

"倒不是。"柳玉茹想了想，道，"我只是觉得，幽州地界应该是不会打仗的，只有幽州打别人的份儿，那对望都百姓来说，接下来的日子和过去的日子相比，只是手里的钱更少些罢了。可钱再少也总是有的，咱们要做生意，既然事关人命的物资不能碰，剩下的又是可有可无的，而在钱少的时候，可有可无的东西里，大家会买什么呢？我想了想，男子大多要忙起来，无暇买东西了，剩下的就是女子了，若是我，我就想买一盒唇脂或者胭脂。"

"为什么？"顾九思有些茫然。

江柔却听明白了，和柳玉茹对视一眼，笑着道："因为便宜。"

柳玉茹见顾九思还是听不懂，便详细解释："打起仗来，人们自然时时忧心，但日子总是要过的，人便需要做点儿让自己开心的事。女人爱美，能让自己变美的东西便能给自己慰藉。可手中的钱不多，花多了就会心疼，只有胭脂水粉这些东西，既便宜又能让人觉得自己还在好好过日子的。"

顾九思懂了，这就是花钱给自己买个安慰。过日子，不花钱不高兴，花多了不高兴，花一点儿钱买些美好而无大用的东西最高兴了。顾九思点点头，算是同意了。

回屋时，顾九思把双手背在后面，同柳玉茹道："这么偏门的生意，你是怎么想到的？"

"因为我以前没钱哪。"柳玉茹笑了笑，"哪像你，想要什么就有什么。我手里没什么钱，可每个月都会给自己买盒胭脂，每次拿着那盒胭脂都会觉得很高兴，就像是一种奖励，会让我觉得自己在努力地生活着。"

顾九思忍不住看她。听着她说过去的事，也不知道为什么，他心里突然有些发酸。他忍不住道："出来这么久了，你就没想过你家吗？"

"我娘在，"柳玉茹的声音轻飘飘的，"我也就没什么好挂念的了，剩下的都是命。"

两人说着进了屋。他们各自洗漱，柳玉茹坐到梳妆台前就发现梳妆台上放了个首饰盒。她愣了愣，回头看了一眼躺在床上的顾九思。她小心翼翼地打开了盒子，看见了那支凤尾步摇。如今她是戴不了这样张扬的东西了，可还是觉得很高兴，比她过去买到自己喜欢的胭脂时还高兴。她抿唇笑起来，将步摇戴上，认认真真地看了半天才放回去。

顾九思一直半躺在床上看书，仿佛什么都不知道。过了一会儿，柳玉茹上床来，躺在他身侧，一直看着他笑。

顾九思被她笑得有些发毛，回头看她："你在傻笑什么？"

柳玉茹低下头，主动伸手抱住他的腰，笑道："顾九思，你真好。"

顾九思愣了一下，看向其他方向，红着脸道："好就好，动手动脚做什么？"他将书放在一边，缩进了被窝，僵着身子道，"睡了睡了。"

柳玉茹一直没放开他，抱着他笑着睡了过去。顾九思睡不着了。他在夜里睁着眼，心跳咚咚作响。他觉得他病了，得了一种心跳慢不下来的病，一种柳玉茹一靠近他就变得奇怪的病。

顾家做好了一切准备，没过几天，范轩的表彰就公布了。顾家遣散了大部分下人，只留下了芸芸和印红。顾家所有人搬到了一个官府给的小院子里，比起以前的宅子，这个院子可以说是很简陋了，但大家也觉得很安心。

搬进去的第一天，全家人一起忙活着打扫院子，然后领了周高朗派人送过来的棉被等东西。

当天晚上，柳玉茹同苏婉聊天。柳玉茹叹了口气，道："娘，你先将就着，过阵子我会赚钱，咱们的日子会越来越好过的。"

苏婉觉得好笑："我哪儿会觉得委屈？如今能有这样的日子，已经很好了。"苏婉拢了拢柳玉茹的头发，温和地道，"如今虽然苦些，但有吃有穿，这便已经很好。最重要的是大家齐心合力。如今九思对你好，我心里也放心。"

"是呀，"柳玉茹笑起来，"他一向对我好的。"

苏婉似笑非笑，过了一会儿后，却道："除了对你好，有没有些其他的呢？"

柳玉茹愣了愣，似是没听懂。

苏婉见柳玉茹不明白，便笑了，"玉茹，以往你嫌弃他，如今可有几分喜欢了？"

这下柳玉茹懂了，笑了笑，低头转动着手上的团扇，道："娘，其实我也不明白什么叫喜欢，什么叫不喜欢。我只知道，我愿意同他过一辈子，他愿意对我好，那就够了。女人一辈子不就是这么过的吗？"她抬眼看向窗外，神色变得温柔，"我看得出来，九思不是一般人，日后他出人头地了，身边人就多了，我喜欢他也不是什么好事。"

喜欢就会嫉妒，嫉妒就会失控。柳玉茹看到过从前的苏婉，也看过叶府里的争斗，心里再清楚不过，对一个女人来说，失控意味着什么，她再清楚不过。顾九思对她好，她却不能因此而沉溺其中——女之耽兮，不可说也。

柳玉茹第二日便出了门，同江柔一起找来了顾家原来的胭脂铺里的伙计。

之前顾家将许多产业转移到幽州来了，胭脂铺便是其中之一。他们聊了一个下午，那些伙计终于答应离开之前的铺子，到柳玉茹的新店去。

柳玉茹的新店里，给伙计的酬劳不能像以前一样，毕竟他们如今没多少本金，手里只有官府给他们留的一点儿银子，不能像以前一样阔绰。为了激励伙计，柳玉茹干脆把胭脂铺改成股份制，这样一来，这两个伙计占了两分，也成了这个店的老板，大家就相当于一起做生意了。

找到了伙计，柳玉茹又开始跑原料。好在这些生意都是以前顾家经营过的，江柔带着柳玉茹在市场上跑了几天，便将进货的事全搞定了。

周烨领着他们去看了铺子。他们的铺子在东三巷，不是当街的位置，要从大道上拐个弯进来才能看到，可以说有些偏僻。

周烨有些不好意思，同柳玉茹道："弟妹，给你们的铺子是我们官府从百姓手里收的，我们的金额有限，好位置的铺面都太贵，我们也不能强征。这个铺面已经是最好的了，我知道……"

"无妨无妨。"柳玉茹见周烨越发愧疚，赶紧安慰道，"周大哥已经很上心了，而且这个位置也不错，周大哥不必自责。"

"是呀。"顾九思站在一旁笑着道，"周兄就是凡事太为别人着想，我看这个位置风水挺好的，应当是个聚财之地。"

周烨勉强笑了笑："哦，还有，九思不是个爱做生意的人，我给九思找了个职位，九思先干着，过一阵子再寻个理由往上升。"

"那再好不过了。"顾九思笑着看了一眼柳玉茹，"我若再在家闲着，她怕是要欺负死我，该说我吃软饭了。"

"胡说八道。"柳玉茹有些不好意思，小声反驳。

周烨笑起来，将装着地契、钥匙等东西的盒子交到了柳玉茹手里，同柳玉茹道："我在这里先预祝柳老板财源广进。"

柳玉茹在回去的路上就有些犯愁了。话是说得好听，可铺面位置这样偏僻，对生意肯定是有影响的，她总得想办法解决问题才是。她在夜里辗转反侧，顾九思察觉到了。他慢慢睁开眼，看着她的背影道："你也别犯愁了，总有办法的。"

"等想到办法，也不知道要折多少钱进去。"现在材料买了，货也在做了，下个月就要付货源尾款和伙计的工资，如今却一分钱未进，她如何能不焦虑呢？

顾九思想了想，安慰柳玉茹："其实位置偏僻也不一定是坏事。你想，当年姜太公钓鱼无饵，诸葛亮也是三顾茅庐才显才高。做生意也是如此，姿态足才显得你东西好，底气足。当街自然好，热闹，大家都能看见，但也像在讨好客户。你的铺面位置偏些，说不定人家还觉得你是酒香不怕巷子深，货好呢。"

顾九思就是胡乱说的，柳玉茹却越听越觉得有道理。她心里算着当街铺面的租金和如今这个位置的租金，又将铺面周边的环境都过了一遍。东三巷街道干净，每个店面都比较大。位置离那些富商和官家的住所不算远，因此喧闹、晦气的店铺都不能开。因为不算当街，所以巷子里的铺子也不做那种很多人的生意，大多是卖些古玩、笔墨之类的，倒显得格调高了许多。东三巷毕竟不是真的偏僻到出了城，他们家的铺子也只要拐个弯进了巷子就能找到，所以重点就在于她得让自己的胭脂值得买。

柳玉茹一晚上没睡，反复琢磨着客人的想法。第二天一早，她就往店铺赶去。

卖胭脂的事是柳玉茹提的，江柔也有让柳玉茹学着当家的想法，很少干涉柳玉茹的决定，只会在柳玉茹走得太偏的时候提醒一两句。

如今店铺里就是两个伙计、柳玉茹、印红、芸芸五个人，外加时不时来看看的江柔和苏婉。今日刚好大家都在，柳玉茹就将自己想了一晚上的想法说了一下。

"我昨儿个想了，咱们在这里开店，就不能开普通的胭脂铺。战乱来临的时候，姑娘们要买咱们的东西，不是真的为了用才买的，而是为了给自己一种奖赏自己、还在好好生活的感觉，我们甚至要让她们生出互相攀比感，让她们觉得，没有咱们的胭脂，就不像个姑娘。

"所以咱们的胭脂要做得精致，这种精致要从价格、盒子、店铺的装饰和店名开始，所以这些我们都要好好斟酌。

"咱们做好了货，就要让别人知道我们的东西，咱这胭脂的价格不能太低，不然没法让人觉得有格调，也失去了奖赏的意义；也不能太高，要恰到好处，刚好让人觉得心疼但又能接受。我们要给货找些由头，越花哨越好，要让人觉得用咱们的胭脂就像过节一样，恨不得用之前先焚香沐浴。"

其实柳玉茹心里有了大致的设想，领着大家商讨了一天。半夜，大家一起回去，路上还十分兴奋地说说笑笑。

畅想未来总是令人高兴的。重复的工作令人心生厌倦，开创性的东西或许赚不着银子，但在想的时候，所有人都会觉得热血沸腾。

他们定下了自己的店名：花容。云想衣裳花想容，春风拂槛露华浓。然后又定了价格，他们将胭脂分成了三个档次，分别是："四季""八花""十二时"。

"四季"以春分、夏令、秋收、冬藏为名，是四个最好看的颜色，最贵也最好。一盒的价钱大约是一个普通姑娘一个月花销的十分之一。"八花"则从每个季节里挑出两种花作为名字，颜色对应着花的颜色，价格中等。"十二时"用十二个时辰命名，几乎覆盖了所有不同肤色的姑娘适合的胭脂颜色，削减包装用料的成本，但极其实用。

他们还商量了物品的摆放等细节。

柳玉茹回来后，兴奋得睡不着，拉着顾九思说她的想法，顾九思就笑着听。最初他只是随便听听，听着听着就愣住了，这么多的想法都是他自己想不到的。他注视着面前的姑娘，觉得她总能超出他的预料。

柳玉茹的眼里流淌着光，她抬眼看他："你觉得我想得怎么样？"

"柳老板，"顾九思认真地道，"你超厉害。"

柳玉茹听得出来，顾九思是在真心实意地夸她，顿时有了信心。

接下来的日子里，柳玉茹亲自监工，保证第一批货没有任何瑕疵。又拜托周烨，请他到时候将第一套胭脂送给他母亲周夫人试用。

柳玉茹忙着时，顾九思就等着周烨给的任职令，同时每日待在家里看书。他从早看到晚，看书的速度越来越快。他疯狂地汲取着过去落下的一切，每日都在鞭策自己，快一点儿，更快一点儿。唯一让他出门的事情就是去接柳玉茹。她晚上回来得晚，他就每天提着一盏灯去店里接她。

他怕打扰柳玉茹，每天都会带一本书。到了以后他就坐在店门口借着灯光一边看书一边等她。于是柳玉茹经常一出来就看见顾大公子坐在门外台阶上，手边放着一盏灯，手里拿着一本书。听见她的脚步声，他就会抬起头来看她："柳老板忙完了？我来接你回家。"那时候她会觉得内心很安定，也很满足。

第一批货出完，店铺的牌匾正式挂上后，顾九思也接到了自己的任职令。

他要到县衙里当个小兵，负责每天的巡逻。他第一次穿上那身红蓝相间的官服时，柳玉茹笑个不停，顾九思瞪了她一眼才去报到。这是最底层的一个职务，每个月一两银子，这点儿钱也就够以前的顾九思打赏一个小二。但顾九思自己从没挣过钱，能有一两银子，也知足。

如今他们家没了马车，去哪儿都是步行，于是大清早顾九思就爬起来，天没亮就到了府衙。进府衙之后，顾九思拿着任职令找到了周烨说的负责接待的人。对方看了他一眼，道："行了，走吧。顾九思是吧？"

"是。"

"文绉绉的。"对方有些不高兴，道，"我叫黄龙，是你们的头儿，以后你就跟着我混了。"

"劳烦黄大哥照顾了。"

对方应了声，打量了他一下，似乎在等着什么。顾九思愣了愣，反应过来，在袖子里抓了抓，终于抓出一个荷包。荷包里放着五十文钱，这是柳玉茹放着给他备用的，顾九思有些窘迫，却还是赶紧交了上去，道："黄大哥，九思初来乍到，不懂事，今天这个权当见面礼，等我回去好好备一份礼物，再送过来。"

黄龙抓过荷包，掂了掂，哼了一声，道："还算懂事，走吧。"

黄龙带着顾九思往县衙后面走，然后带顾九思见了其他人，又吩咐了他们两人一组去巡街。

带着顾九思巡街的是个快三十岁的男人，叫王聪，一直没有娶妻，个子比顾九思矮一个头。王聪看着顾九思，像是不大喜欢。王聪说一口地道的幽州话，和顾九思说话时，始终不肯用官话，顾九思也不介意，就一直跟在后面听着。

"你们这些外地人，一打仗就喜欢往幽州跑，太平盛世就躲起来享受。"王聪说着，打量顾九思一番，"你看上去细皮嫩肉的，以前是富家子弟吧？现在还不是和我们这些人一样？啧，风水轮流转哪。"

顾九思只静静地听着，王聪见顾九思不接话，也觉得无趣，便懒得搭理顾九思了。

到了晚上，顾九思便去胭脂铺接柳玉茹。

柳玉茹忙到很晚，看见顾九思，温和地问："怎么样，今天还好吗？"

"挺好的。"要是以往，顾九思可能会抱怨，可如今学会了遮掩，温和地道，"放心吧，大家对我都特别好。"

两人一面说着，一面往回走。

新店开张，柳玉茹先让周烨送了他娘一套胭脂，周夫人第二天就带着人来了柳玉茹店里。幽州的官太太们来店里逛了这么一圈，胭脂铺的名声就传出去了。而后柳玉茹又同一些首饰铺合作，买这些首饰铺的首饰就免费送胭脂。她又请人写了出新戏，里面有个送胭脂定情的桥段。

"笔扫眉黛手涂脂，唯有花容寄相思"这个招牌打出去，柳玉茹的胭脂铺的客人越来越多。

高官贵族都有收集癖好，常常一买就是一个系列；普通男子也常有过来买一盒胭脂作为礼物的，而要讨好家里的夫人，没有什么比买下一套"四季"系列的胭脂更好的了。女人之间，只看手中的胭脂盒便可分出高低。男人爱一个女人，连一盒花容都不买，还谈什么寄相思？

连柳玉茹都没想到，生意会这样火爆，一些款式甚至断货了。眼见着快断货的款式，柳玉茹大手一挥，让人在盒子上刻上字，就成了"珍藏版"，提了价格再卖。

每天柳玉茹都忙到很晚，顾九思干完活就去接她。她每天清账都是当着顾九思的面点银子。

这天，点完之后，柳玉茹颇为得意，高兴地道："顾公子呀，你说说，你什么时候才来小店买盒胭脂送夫人哪？"

顾九思看着她那"小人得志"的样子，颇为无奈，只能叹息一声，道："依照贵店的价格，怕是要等一阵子了。毕竟我夫人那样的，至少要买一套'四季'，您说是吧？"

柳玉茹哈哈大笑，高兴地道："这价格还好哇，你夫人自己就能买下'四季''八花''十二时'。要是靠你养，你夫人可怎么办哪？"

"是呀，"顾九思感慨道，"还好我长得好，我夫人没吃亏。这碗软饭，在下吃得稳稳当当。"

"顾九思，"柳玉茹哭笑不得，"你能不能有点儿出息？"

"有不起有不起，"顾九思赶忙道，"有出息了要买'四季'，我还是吃软饭吧。"

柳玉茹被他逗笑，两个人一路笑着回去，衣袖擦着衣袖，像是亲密无间。

顾九思认认真真地干活，等到第一个月的俸禄发下来，他拿着那一小锭银子，笑了笑。他趁着柳玉茹不在，进了她的店里，拿这一锭银子买下了一套"四季"。

当天晚上，柳玉茹看着桌面上的那一套"四季"愣了愣，随后大声道："顾九思，你疯啦？！"

顾九思站在门边没敢进去："大家不都买吗？"

柳玉茹哭笑不得："人家买，是为了讨好夫人。你买来做什么？"

顾九思踌躇片刻，小声道："我以为……你想要哇。"

笔扫眉黛手涂脂，唯有花容寄相思。柳玉茹愣了愣，有些不好意思地转过头去。城中女子，哪个不想让丈夫送这个？可是顾九思，你真的知道那些妻子想要的是什么吗？她们想的不是涂抹在脸上时美丽的颜色，而是丈夫的那份情。柳玉茹想，顾九思大概是不懂的。

柳玉茹抿了抿唇，道："罢了，你把这一个月的银子都花了，我看你这一个月怎么办。"

顾九思不好意思地道："那个……那个……饭总还是要管的吧？"

柳玉茹扑哧笑出声来，有些无奈地说："你说说你，买这么贵的东西回家做什么？"

"我想要你高兴。"顾九思小声开口，"看见你高兴，我便高兴了。"

店铺生意越来越好，柳玉茹就开始扩大规模，也请了更多的人。她一方面琢磨着生产更多种类的产品，不要局限于胭脂；另一方面也在考虑增加产量，不仅在望都卖，还要销往其他州。能从其他州赚钱，再把钱花到幽州的，才是官府喜欢的商人。

柳玉茹忙着自己的生意，顾九思每天老老实实地在府衙里待着。

他的同事都不大喜欢他，一来他不是本地人，二来大家都知道他以前是个富家子弟，正所谓"落毛的凤凰不如鸡"，谁都想欺负他。他们喜欢在顾九思吃饭时说他不像个男人，在顾九思佩剑巡街时嘲讽他走路像个娘儿们。但是不管他们怎么诋毁顾九思，都拦不住其他姑娘喜欢他，顾九思每次巡街，都会有许多姑娘跟在后面悄悄观望，这更让同事们怒火中烧。

顾九思在府衙里受排挤，但也不说什么。

周烨来看顾九思，被问起生活，顾九思道："都挺好的。"

周烨笑了笑："上次我爹问起你来，我说给你安排了个活儿，他还骂了我。"

"骂你做什么？"顾九思有些疑惑。

周烨像是不好意思："你这活儿是我私下给你安排的，没同我爹说，我爹知道了把我骂了一顿，说我耽误你的前程。"

周烨朝着四周看了几眼，接着道："我爹说，范叔叔想让你当表率，不是要让你当一个和官府做生意的表率，如果你捐钱，我们就给你好处，那就成了你拿钱来买好处了，其他商人看见了，不就个个都有样学样地来谈条件吗？范叔叔想让你当的是高洁善商，是为了官府散尽家财的商人，所以之前我爹说，你们不能过太好，日子苦一点儿，大家看着心里才有数。等以后时局稳定了，到了论功行赏的时候，才是你仕途的开始。到时候你顶着仁义之名，我爹直接推举你入仕，起点就高。我现在给你弄个小兵当，上不上下不下的，浪费你的时间，还不如让你多看看书。"

顾九思笑着不说话。

周烨叹了口气，道："是我耽误了你。"

"周兄怎能这样说？"顾九思摇了摇头，"你也看得出来，我缺的哪是书上的东西？我最缺的是和人打交道的本事。你将我放到底层来磨炼一下，这是对的。按你爹的说法，我一入仕就是高位，没在底层爬过，就不懂怎么和这些人打交道，日后是要吃大亏的。这世上，人数最多的是普通百姓。你这样安排，我很高兴。只是如今内子经营产业，对范大人的计划可有影响？"

"这个没事，"周烨摆了摆手，"大伙儿都知道弟媳是凭着自己的本事立足的，和我没多大关系。如今个个都在夸她的东西好用呢。我娘天天催着我去预订最新的货，你回去可得帮我说几句。"

"这你放心。"顾九思笑着道，"我会同她说的。"说着，他眼里带了些暖意。

周烨在一旁看着，忍不住道："我觉得你最近和弟媳的感情似乎更好了些？"

"嗯？"顾九思愣了愣，轻咳了一声，有些不自在，"或许吧。这些时日我看着她忙，越看越觉得她和我想象中的不太一样。说实话，周兄，"他抿唇笑笑，像是不好意思，"以前我对她多是愧疚，总觉得是自己害了她，因此该对她好些。但这些时日，我看着她高兴，自己心里就高兴，于是就总想做点儿能让她快活的事。我也不知这是不是感情好，但是比起以往，我的确觉得与她更近了。"

"你这样讲，我听着，心里颇为难受。"周烨叹了口气，"我如今已经二十有二，常年奔波在外，也没个贴心的人，听你说这些，就想找个人成亲。可成亲总得找个喜欢的人，我也不知道何时才能像九思你这样，遇到一个能和我两情相悦的人。"

听到这话，顾九思愣了愣。两情相悦这个词对他来说有些陌生，他忙道："不不不，我和玉茹……也不是……也不是……"

周烨被顾九思的否认搞得有些发蒙。顾九思想了想，将前因后果同周烨说了一通，叹了口气，道："所以我和玉茹之间真不是你想的这样。说句实话，其实我一直喜欢的就不是玉茹这个类型的女人，她太温柔、太文静了，我还是喜欢那种敢爱敢恨、张扬放肆的姑娘。"

"玉茹是个好姑娘，"顾九思摇着头道，"却不是我喜欢的风格。"

"你说得是，"周烨认真地想了想，竟也点头道，"相比你的脾气，弟媳是太温柔了，看着也不像是你会喜欢的，但你们心里想着对方，倒比那些形同陌路的夫妻好上许多。"

两人正说着，一个小乞儿突然赶了过来，着急地同顾九思道："大哥，不……不好了。杜大娘……杜大娘带人去店里找嫂子的麻烦了！"

一听这话，顾九思急得拔腿就跑，一边跑一边跟周烨道："她性格软弱，那个杜大娘是个泼妇，她这次肯定要吃亏！"

杜大娘是杏花楼的老鸨，在青楼这种鱼龙混杂的地方长大的。她年轻时就是一个和人当街对骂能把男人骂哭的人物。在望都，杜大娘毫无根基，却能开起一个青楼，也算是一方人物。她同杨氏胭脂铺的老板杨絮是好友，如今柳玉茹的胭脂异军突起，严重影响了杨絮的生意，杨絮就特意让杜大娘来找柳玉茹的麻烦。

杜大娘知道柳玉茹是一个刚刚嫁人没多久，从扬州过来避难的小妇人。这样大家出身、年纪又轻、凡事都要讲道理的小姑娘，脸皮再薄不过。杜大娘刚好有个"女儿"前两日吃了河虾过敏了，脸上长了许多疙瘩。杜大娘便带着楼里的姑娘，在花容门口一坐，开始叫屈。

柳玉茹在家里听说了，就赶紧过去了。到了店门口，她就看见一群莺莺燕燕围在花容门口，杜大娘站在最前面，抓着印红不让印红进去，还朝着印红吼："我们姑娘就是用了你们的胭脂，现在脸都成这样了，你们不该负责吗？赶紧赔钱！"

"您稍等，"印红被这么多人围着，有些慌乱，"这事得等着我们东家来处理。"

"等等等，你们东家都不敢见人，怕是心里有鬼，让你来搪塞我。我家姑娘靠这张脸吃饭，年纪轻轻的遭了这罪，以后怎么过日子呀？"

"不是，"印红着急地道，"我们东家就在来的路上……"

"花容店的胭脂毁容啦，店大欺客啦！"杜大娘完全不给印红说话的机会，扯着嗓子就喊，"出了事也没人管，就活生生让我这姑娘烂脸，大家走过路过的都来评评理呀！"

印红说话声音小，又总是被杜大娘打断，围观的人听不见印红的话，只听见杜大娘的大喊，又看见一个满脸红疙瘩的年轻姑娘神情痛苦地站在一旁，便都朝着印红指指点点。

柳玉茹急忙走上前去，同杜大娘道："这位大娘，我是花容的东家，鄙姓柳……"

"什么柳哇花的，我不管，今天你就得赔钱！我家姑娘的脸烂了，这辈子就这样了！今天要赔多少，你自己琢磨！"

印红有些怕了，朝着柳玉茹小声道："夫人，这女人太难缠，赔了钱就算了……"

柳玉茹沉默着思索。赔钱倒是简单，可是赔钱就代表花容承认货出了问题。而花容一直卖的都是名气，得让大家觉得花容是家有格调的店。今日这些女子言语粗鄙，身份也颇为……今日这事不处理好，到时候所有人对花容的印象便会一落千丈，这样的女子也在用……大家还会不会把花容当成一个好好生活的标志，真就难说了。

"说话啊！"杜大娘见柳玉茹不说话，步步紧逼，道，"怎么，想赖账啊？！"

"杜大娘，"柳玉茹回过神来，终于道，"若这是我家店铺的责任，自然是该赔偿的，但是赔偿之前，我得弄清楚……"

"你就是不想赔对吧？！"杜大娘提高了声音，怒骂，"你这小贱货说得一套一套的，大家听听，她说什么？她说这不是她的责任！我家姑娘用了你的东西烂了脸，不是你的责任还是我姑娘的不成？你个不入流的小蹄子……"她嘴里吐出一大串难听至极的话。

柳玉茹的脸红一阵白一阵的。她有生以来听过的脏话，都没有这一刻钟听的多。

杜大娘骂起人，声音尖厉，起初还讲几分道理，后来就只剩下市井荤话了。路边的人听着杜大娘的骂声，看着柳玉茹涨红了的脸，都笑了起来。柳玉茹气得整个人都在发抖，说不出话来。若杜大娘是个讲道理的人，柳玉茹还能说上一二，可杜大娘如此撒泼，这……这……这该怎么办？围观的人越来越多，柳玉茹觉得都快喘不上气来了。

印红赶紧道："夫人，算了算了，咱们给钱算了。这种人惹不起的。"

柳玉茹抿着唇不说话，死死地盯着杜大娘。杜大娘盘腿坐在门口，嘴皮子一掀，就编派起柳玉茹的"情史"来，说柳玉茹这胭脂铺的成功背后，简直是一双玉臂千人枕，一点朱唇万人尝。

印红愤怒了，要去和杜大娘对骂，却被杜大娘几句话就羞了回来。印红气得哭出了声，柳玉茹站在门口，捏起拳头，闭上眼睛深深呼吸。

不能慌。对待这种无赖，首先自己不能慌。这无赖撒泼，自己就要更能撒泼；这无赖骂人，自己就得骂得更狠。这无赖不就是嗓门儿大，不就是说话脏吗？柳玉茹捏着拳头，下定了决心。

柳玉茹猛地睁开眼，冲进店里抓了一把扫帚就朝着杜大娘打了过去！

杜大娘一看柳玉茹提着扫帚冲出来，赶忙翻身起来，大喊道："打人了！杀人了！"

"我打的就是你这血口喷人的贼婆娘！"柳玉茹大吼。这是她这辈子说过的最大声的一句话。

杜大娘去抓柳玉茹的扫帚，柳玉茹的动作却十分灵敏，她一脚踹过去，和杜大娘对打起来。旁边的姑娘看着柳玉茹这拼了命的架势，纷纷散开了。杜大娘被追着打，一面躲一面喊："我这么大年纪的人，你也下得了手，你这贱妇当真蛇蝎心肠！"

"那也比你这狗嘴好！"柳玉茹立刻大声回击，"你除了骂人还会什么？！带了个妓子就敢上我门前闹事，真当我是软柿子？！你若是有理，那就让她跟我去验伤！你们同我们买货了？用的哪一款胭脂，怎么用的，为什么长这疙瘩？我们的货也不是随随便便谁都能买的，你说你买了，倒是拿出证据来呀！你拿不出来，不敢验伤，就在我门口这么撒泼，不就是杨絮让你来演戏找我麻烦的吗？一大把年纪了，赚不到钱，就知道耍这些小伎俩，活该这把年纪还要在这儿满地打滚儿，你和杨絮这种人就是要穷一辈子的！又穷又老又恶毒，看着你们这嘴脸我就觉得恶心！"

"小贱人嘴真会说，老身都快信了。"杜大娘还不肯停口。

柳玉茹也不示弱："老贼妇休要再胡言乱语了，乱葬岗上我已备了薄钱为你选了块风水宝地，你赶紧躺下去让黄土一埋！冬天快来了，没土盖着我怕你骨头冷！"

两人一面厮打一面对骂，印红上去帮忙，结果两边的姑娘就在门口打成了一片。柳玉茹在人群中把一把扫帚挥得虎虎生风，颇有大将风范。

第九章　知世事

骂人这事，只要开了头，接下来就没有难度了。柳玉茹一面被骂一面学习着骂，等顾九思赶过来时，她已经能拿着扫帚带着人追打杜大娘，嘴里还一串怒骂不带喘的了："你这天杀短命的老贼妇给我站住，我今日不让你哭着回去我就不姓柳！"

这句话仿若晴天霹雳，让顾九思整个人愣在了原地。跟着赶过来的周烨也呆住了，两个男人震惊地看着这一切。

过了片刻，周烨咽了咽口水："九思，弟妹真是骁勇善战，实属一员悍将啊！"

"悍将什么悍将！"

顾九思冲到人群里去，把拉扯着柳玉茹的人都拉开，怒喝了一声："都给我住手！"

顾九思一个大男人，在一群女人中显得特别扎眼。他这么大吼一声，大伙儿都停手了。

柳玉茹这边人少，一共就五个人，杜大娘却带了十几个姑娘，只是柳玉茹下得了狠手撒得了泼，气势上才没输。经历了这么一场混战，双方都极为难看，柳玉茹的头发被抓散了，衣衫也被扯得歪歪扭扭的。顾九思一来，柳玉茹更觉得难堪。可她也不能泄气，打已经打了，骂也已经骂了，若是此刻退了，刚才的努力不就白费了？

于是柳玉茹提着扫帚，看着杜大娘道："今日我一定要与你捋出个是非黑白，走，同我去公堂！"

"去什么公堂？！"杜大娘看见站在柳玉茹身边穿着官服的顾九思，立刻道，"我知道了，你这是找了帮手是吧？这又是哪里勾搭来的野男人，来给你撑腰了是吧？"

顾九思皱了皱眉头，冷声道："我是她丈夫。"

"哟，丈夫啊，"杜大娘的声音里带着嘲讽之意，"倒不知是哪一个丈夫……"

话没说完，柳玉茹提了扫帚就要打，顾九思却不等柳玉茹过去，一把按住杜大娘，直接取了铁链子就锁上了。他的动作极快，等杜大娘反应过来时，已经被顾九思拖着了。

顾九思道："走，跟我去县衙。"

"去什么县衙！救命啊，官兵仗势欺人了！"杜大娘大喊起来。

柳玉茹立刻大声道："你要是心里没鬼怎么不敢去？！你说你的姑娘用我的胭脂烂了脸，那我们就到公堂对质去！"

听到这话，脸上带着疙瘩的女子就往后退去。印红见了，一把将那女子抓住，大声道："夫人，她想跑！"

"跑？心虚了吧？"柳玉茹冷笑，"要不是心中有鬼，你跑什么？！"

"我……我内急不行吗？"那姑娘声音都颤抖了。

印红拖着她，道："我们店里有后间，我带你过去！"

那姑娘哪里敢被印红单独带到花容店里去，赶紧道："我不用了！"

"既然有冤情，就当找大老爷申诉。"顾九思猜到了来龙去脉，平静地道，"杜大娘，走吧。"说着，他强行拖着杜大娘就往县衙走去。

柳玉茹带着人赶紧跟了过去，杜大娘的人一看，也跟了过去。杜大娘骂了一路，顾九思冷着脸不说话，钳制着杜大娘，没有半分松懈。

到了县衙，黄龙看见顾九思拖着的人就有些不满了，道："你这是又惹了什么事？"

杜大娘看见老顾客，眼睛都亮了，连连道："黄爷，黄爷，您快救命啊！"

"放了！"黄龙喝了顾九思一声，"你这是……"

"放什么？"周烨从后面走了出来。

黄龙看见周烨，赶紧谄媚地道："周公子！"

"方才我路过，看见这两伙女子当街斗殴，见她们被带到了公堂，就过来看看。陈大人呢？"周烨扫了一眼，"可还在？"

黄龙连连点头，将县令请了过来。县令一看见周烨，先行了礼，然后就升堂。

杜大娘心里有些慌了，跪在地上一个劲儿地哭。一群莺莺燕燕跟着哭个没完，人人都开始头疼。柳玉茹带着人跪在地上，捏着拳头，也是委屈极了的模样。旁边的人哭得惊天动地，柳玉茹这边哭得梨花带雨。围观的人看看杜大娘，又看看柳玉茹。

县令喊了几次肃静，杜大娘才停下来。双方把事都说了一遍，县令先看向杜大娘，道："杜大娘，你有什么证据证明这是她家的胭脂导致的？"

"我们买了她的胭脂，涂上就是这样了，我楼里的姑娘都能做证！大人，若是这事和她无关，我们也不至于闹到这一步啊！"杜大娘声泪俱下。

县令看向柳玉茹："对杜大娘的话，你有何辩解？"

"大人，"柳玉茹吸了吸鼻子，声音却十分清晰，"民女觉得，杜大娘既然说是我的胭脂导致的，就当由她拿出证据来。有两点很关键，其一，她们需证明那女子脸上的疙瘩是胭脂所含的成分引起的；其二，他们需证明，这个成分是我的胭脂里的，且她们正确使用了胭脂。目前杜大娘仅有人证，而这些人都是她楼里的姑娘，不足为信。"

县令点头，柳玉茹继续道："故民女恳请县令派人来查看这位女子脸上的伤势，先验伤，确认是什么症状，随后再请她们拿出当时擦的胭脂验明成分。"

"好。"县令应声道，"此言有理，来人，将大夫叫来。再将物证呈上来。"

杜大娘顿时慌了，可事已至此，也不能临时退缩，只能静静地等着。

胭脂和大夫都被带了上来，大夫先去给那脸上有疙瘩的女子验了伤，随后又将胭脂掏出来嗅了嗅。

所有人都看着大夫忙碌，过了一会儿，大夫回过身来恭敬地道："回禀大人，情况已经明了。这位女子脸上的疙瘩，依照老夫的经验，应当是河虾过敏所致。"

"你……你胡说！"那女子着急地说。

大夫继续平静地道："首先，这女子脸上的伤与河虾过敏的情形一致；

其次，老夫在这女子身上闻到了药味，而这之中的两味药是常用来治疗这一病症的，可见这女子之前便知自己真正的病因。"

听到这话，柳玉茹放松了许多。杜大娘却着急起来，叫嚷着要骂。

县令怒道："放肆！"

杜大娘被这么一吼，缩了缩脖子，总算是安静了。

大夫接着道："胭脂的成分我也看过了，用的都是再温和不过的材料，并没有什么不妥。"

这话说完，大家也都清楚了。

柳玉茹扫了那胭脂盒一眼，皱了皱眉，站起身来。她拿起胭脂盒看了一番，不由得笑了："大人，还有一点。"她将胭脂盒放下，平静地道，"这盒胭脂，不是我们家的。"

"你胡说！"那脸上带着疙瘩的女人急得大吼，"这可是我专门拜托人买的！"

"真是抱歉，姑娘，"柳玉茹平淡地道，"我们家胭脂产量有限，每一盒都有编号在册，这个编号的胭脂，我记得是卖给了一位夫人。这个盒子最初是装'冬藏'的，后来改为了'秋分'。你看，这个地方有个缺角，这就是这批盒子的标志。可是你这盒子里装的还是'冬藏'，所以它是假货。"

众人沉默了。柳玉茹抬眼看向众人，平淡地道："买不起真的，也别买假的，费钱是小事，若是真烂了脸，就不好了。"

事情水落石出，杜大娘被打了二十板子，由人抬回去了。顾九思休息的时间也到了，他和周烨告别后，就带着柳玉茹回去了。

柳玉茹走在前面，顾九思走在后面，两个人一句话没说，顾九思就看着她的背影。她的头发乱糟糟的，衣服也被扯得歪歪扭扭，这会儿的她完全没有了平时的精致样子，顾九思看着，不知道怎么了，心里就有些难受。

柳玉茹走着走着，突然顿住了，背对着他声音低哑地道："今日让郎君看了笑话，吓着郎君了吧？"顾九思没说话。柳玉茹像是有些难过，吸了吸鼻子，道："我也知道那个样子难看，可没办法。我同她讲道理，她便觉得我好欺负。我今日若不让人知道我不是个好欺负的人，以后来招惹的人就更多了。我店里人手少，她们人多；我个子小，她们泼辣；我若是再输了气势，她们更会觉得我好欺负。我知道你对我失望，可这也是没办法的事。"她说着说着，就觉得有些鼻酸。

她委屈得想要号啕大哭。她知道这样做很难看，知道这样做不体面，可是又能怎么办？秀才遇上兵，除了拔刀彻底堵住对方的嘴，她还能怎么办？她低着头小声啜泣，抬手擦着自己的眼泪。

顾九思走上前去，将她抱在了怀里："我没对你失望，"他小声安慰她，"我觉着你可爱得很。"

"你胡说。"柳玉茹哭得上气不接下气，"我骂人了，骂得好难听。我还拿扫把打她。"

"打得好。"顾九思赶忙道，"我瞧见了，打得特别有气势，骂得也很有魄力。"

"顾九思，"柳玉茹用手背抹着眼泪抽噎，"你不用安慰我的。"

"我没安慰你。"顾九思看着柳玉茹这么哭，忍不住低头亲了亲她的脸，下意识就道，"真的，特别可爱。"

柳玉茹愣住了，突然就不哭了。顾九思看着她的模样，忍不住笑出声来。他拉着她的手，温柔地道："走吧，我们回家？"

柳玉茹站着没动，像个小孩子，似乎在耍小性子。

顾九思蹲下身去，转头看她："那我背你回家？"

柳玉茹不说话，顾九思把她背了起来。柳玉茹靠在他背上，扭过头看着巷子旁边的墙壁。

顾九思背着她，一边走，一边温和地道："玉茹，经历过苦难还保持着本心的人才是最可爱的。其实呀，我一点儿都不关心你温不温柔，是不是有失仪态，只关心你有没有受欺负。"

柳玉茹听着这话，感受着这个男人背上的温暖，看着月光下被拖得长长的他们的影子。

"我在的时候，当然是我保护你。可我不在的时候，宁愿你泼辣一点儿，也想你好好保护你自己。我来的路上什么都没想，就怕你吃亏，来了之后看见你这么厉害，心里可高兴了。"顾九思转头看向她，笑着道，"我家娘子真棒。"

柳玉茹被他说得不好意思，趴在顾九思的背上，很久后才小声道："谢谢你。"

"谢谢什么啊？"顾九思的声音很温和。

柳玉茹小声道："谢谢你包容我。"

顾九思愣了片刻，慢慢地道："那我该同你说声对不起了。"

"对不起什么？"

"没能替你遮风挡雨，还要让你自己面对风霜。"顾九思说着，轻声叹息，"我本该替你面对这一切的。"

听到这话，柳玉茹轻轻地笑了："你能包容我，不介意我变成一个一点儿都不美好的娘子，我就已经知足了。"她趴在他的背上，认真地道，"顾九思，说句实话，其实当大家闺秀，我并不快乐。我建起花容，靠自己挣钱，给大家发钱，得到大家认可，斗赢杜大娘……我觉得很幸福。我觉得大家叫我柳老板、柳掌柜比他们夸我文静贤淑、是个贤妻良母更让我快乐。"她抬手，替他把落下来的头发捋起来，柔声道，"你能想着尽力对我好，有这份心就很好了。你让我永远相信这世界上有许多好人，让我一直保持这份内心的天真，我觉得已经足够了。"

这世上不知多少人，走到中年就已经伤痕累累；这世上不知多少人，尚在少年便已经难以言爱。

她或许会变得泼辣，或许会变得张狂，可还是希望自己的内心能永远温柔，永远明亮。

顾九思温和地笑着道："好。我会让你现在当个可爱的小姑娘，老了也是个可爱的老太太。"

柳玉茹抱住顾九思的脖子，道："顾九思，你讨不讨厌我？"

"怎么会讨厌？"顾九思轻笑，"我觉得你很好，比我想象的要好很多。"

"有多好？"柳玉茹忍不住问。

顾九思愣了片刻，唇颤了颤，其实不想说的，却还是说出来了："让我想和你过一辈子的好。"

这话把柳玉茹说愣了。她其实不是头一次从顾九思嘴里听到"一辈子"这三个字，在他们离开扬州前，他也曾经和她说过。可是那时候说的"一辈子"和这一刻的"一辈子"是全然不同的。柳玉茹说不出那是怎样的不同，只是觉得这时候他说的"一辈子"绝不是草率的的话。

顾九思在说完这句话后，觉得脸红得发烫。他知道这话莽撞了一些，在说出来之前，自己都不敢相信自己会说这样的话。可说出来了，他又觉得这是理所应当的。

柳玉茹有这么好吗？他问自己，答案是——有这么好。在遇见她之前，他从未见过哪个姑娘有她的冷静、勇敢、善良、坚韧、执着。最重要的是，从未有一个人像她一样陪伴他走过生命里那么多艰难岁月。顾九思无声地笑了。他骤然意识到了这个女人的非同一般，无可替代。

柳玉茹见他不再说话，也沉默了许久。

她慢慢地道："你真想和我过一辈子呀？"

顾九思低着头，应了一声："想的。"

柳玉茹也不知道自己是该舒一口气，还是应该有什么其他的反应。她觉得听了顾九思的这句话，内心就定下来了。她笑着靠在他的肩膀上，接着道："你现在答应和我过一辈子，要是以后又遇到喜欢的姑娘了，怎么办哪？"

顾九思没回话。

柳玉茹扯了扯他的袖子，小声道："顾九思。"

"嗯？"

"如果你真遇到一个喜欢的姑娘，也别丢下我。你可以把她纳进来，我保证不和她争风吃醋，你别和我和离，好不好？"柳玉茹这话问得认真。

放在过去，顾九思大概只会觉得柳玉茹的脑子坏了，可是如今听着这话却觉得心里闷闷的，有些难受。

柳玉茹扯着他："好不好？"

"再说吧。"顾九思低声道，"还远着呢，你瞎操什么心？"

两人回到屋里，顾九思给柳玉茹打了热水。

他以前是没做过这些事的，但现在家里人少，他是唯一的男丁，打水、劈柴这些事都是他干。柳玉茹爱干净，每天都要洗澡，他就一锅一锅地为她烧热水。

柳玉茹洗澡的时候，顾九思就在外室坐着。

她用水浇着背，漫不经心地同他道："等我再赚些钱，就将木南找回来，家里还是得再有几个男人帮你做事，你要多花时间看看书，别做这些事了。"

顾九思应了一声，没有多说。水声哗啦啦作响，他的心里有点儿乱。

睡觉的时候，顾九思还在想柳玉茹的话。他想同她过一辈子，可如果遇到了一个喜欢的人呢？如果遇到喜欢的人，他就要和柳玉茹分开……他突然觉得，那还不如不要有喜欢的人。他情愿像现在这样，一直和柳玉茹在一起。这个念头涌上来，他觉得脸有些热。因为他清楚地意识到，如果要和柳玉茹在一起，似乎就……就不该是现在这样了——他该将她当作妻子来看待。他思索着，脑子里不由自主地往下想。或许，其实他该试着去喜欢她？顾九思觉得呼吸都有些不畅了。他用被子盖住了自己的头，完全不敢再看柳玉茹。

顾九思想着柳玉茹的事，第二天上岗的时候，还有些心不在焉。

例行的早训，黄龙似乎说了什么。见顾九思发呆，黄龙一巴掌抽在了顾九思的头上，怒道："发什么呆？！听到我说话了吗？！"

"头儿，"顾九思赶忙道，"有什么吩咐？"

"吩咐，我敢吩咐你吗？"黄龙冷笑，"和周大公子攀上关系的大人物，一开始就有人替你打招呼，我说是谁呢？原来是周大公子。"

顾九思稍稍一想，就知道黄龙是为了昨天杜大娘的事发火。黄龙毕竟是杜大娘店里的常客，昨天当着杜大娘和一众姑娘的面失了面子，自然是要记恨的。于是顾九思没有说话，想着让黄龙骂一顿就完了。

结果黄龙见顾九思不说话，更是恼怒，指着顾九思的鼻子骂："你别以为有周大公子当靠山我就不敢把你怎么样了，你给我记住，我是你的头儿，最后管你的还是我！你不是很有能耐吗？很傲气吗？今天给我扫茅厕去！府衙里的茅厕，全给你包了！"

顾九思听到这话，脸色变了变。然而想到月银，他深吸了一口气，应声道："是。"

黄龙见顾九思温顺地离开，气消了几分，冷笑一声，道："德性！"

黄龙带着人去巡街，而顾九思来到茅厕前。顾九思从未干过这么脏的活儿，可是静静地看了片刻后，还是拿起了工具开始打扫。黄龙回来时，顾九思刚刚打扫完，不仅扫了茅厕，还把县衙的其他地方都扫了。顾九思恭恭敬敬地向黄龙汇报，黄龙的脸上看不出喜怒。黄龙让顾九思离开，顾九思便恭敬地行礼告退。

顾九思刚走，一个年轻的官兵便上前给黄龙出主意，道："黄哥，您要是觉得还不够解气，咱们就找几个人来，在路上把他狠狠揍一顿，给您消消气！"

黄龙心动了，但还是有些迟疑，道："他毕竟是周大公子的人……"

对方笑了笑："一个养子，大哥怕什么？况且咱们又不是直接找他的麻烦，在巷子里拦下，一个麻布口袋套上去，打了就打了，谁又能说是咱们打的？"

"你说得是。"黄龙点点头，高兴地道，"你这就去安排！他刚出门，还来得及！"

顾九思出了门，在街上逛了一圈才往家里走。走到一条羊肠小道，他还没来得及反应，一个巨大的网就从天而降，随后便有人冲出来，一把将一个麻布口袋套在他头上，而后拳头就如同雨点一般落了下来！顾九思几乎是在对方出手的瞬间就知道了对方是谁，还击的动作微微一顿，随后做了一个保护自己的姿势。对方也只是泄愤，拳打脚踢了顾九思片刻便走了。

这时候顾九思才将口袋取下来。他在地面上躺了片刻，随后站起身来，一瘸一拐地走了回去。

柳玉茹今天回来得早。她正在打算盘，听见顾九思的脚步声，隔着老远就道："我最近新发了一批货，等货款到了，请你吃饭。"她闻到了房间里的味道，吸了吸鼻子，道，"什么味道？"

顾九思正在换衣服，听到柳玉茹的话，有些尴尬。他一直和家里说自己过得不错，但这味道太浓烈了，他想撒谎都难。

柳玉茹想了想，站起身来，转身进了更衣室。顾九思一回头看见柳玉茹，吓了一跳。

柳玉茹的目光则落在他身上的瘀青上，她皱起眉头："谁打的？"

"没，我自己……"

"谁打的？！"

顾九思不说话了，片刻后笑了笑，这笑容有些无力，可还是坚持着，想保有自己这仅剩的骄傲。

"我没事。"他垂眸，平和地道，"真的，没事。"

柳玉茹有些恼怒。看着顾九思的样子，她如何不知道他是受了欺负？可是他不说，她若再追问下去，也会伤了顾九思的颜面，于是索性不问了。顾九思笑了笑，起身去洗澡，出来时犹豫了一下，还是拿了柳玉茹的香粉往身上擦了擦。他抬手闻了闻，确定身上没有别的味道之后才上了床。

柳玉茹还在生气，背对着他，没有说话。

顾九思凑过去，用脸蹭了蹭她的背："不生气了嘛，我自己有办法。"说着，他抬手去逗她，"来，你闻闻，香不香？"

柳玉茹将他的手打开，闭上眼睡了。顾九思无奈地笑笑，也躺下来睡了。

第二日，天没亮他就爬了起来，早早地去了厨房。厨房中印红还在忙活，他咳了一声，有些不好意思地道："印红，可否为我备些点心？十二人份，中午送到府衙来。"

印红愣了愣，顾九思鲜少吩咐她做什么。她赶忙道："是，姑爷。"

顾九思点了点头，提前出了门。他找到虎子，给了虎子一个馒头，道："你可知城中哪几家人最张扬跋扈？"

这个问题简单，虎子立刻报了一串名字，顾九思让虎子仔细说。顾九思清楚了，确定了心里的打算，随后同虎子道："你去我娘子那里领点儿吃的，分给你兄弟，别走前门，走后门。吃完饭找几个人帮我盯着赵严，看看能不能打听到他今日的行程。"

虎子连连应声道："是，您放心。"

赵家在幽州军中的蒋席手下做事。原先靠着和蒋席的关系，赵家在城里做起了棉布生意，幽州军用的棉布多从赵家进购。但赵家偷工减料，给底层士兵做的棉衣用的是最次的棉。周高朗发现此事，才特意让周烨去扬州另买布料。因此赵家和周高朗不对盘。这一次官府号召商家捐钱，顾家先捐了，几个聪明的富商也赶紧捐了一些，而赵家仗着军中有人，只捐了五百两银子。

赵严是赵家的大公子，性情乖张，是望都城里谁都不敢惹的人物。最重要的一点是，赵严近来还纵马街头，肆意欢歌。在这种时候还干这种事，这公子要么脑子不大好，要么就是还摸不清现在的情况。

顾九思见天色亮起来，便去了府衙。他完全没有遮掩脸上的瘀青，黄龙等人看见他的样子，颇为高兴。

黄龙拍了拍顾九思的肩膀，装作很关心的样子，道："哟，九思，脸怎么青了？"

顾九思笑了笑，不在意地道："黄大哥，今儿个有什么吩咐？"

打了顾九思这一顿，黄龙心里舒服了很多，也没再为难顾九思。他们一起去巡街，中午回到府衙吃饭，柳玉茹亲自送了糕点过来。所有人看见柳玉茹都愣了，柳玉茹朝众人笑了笑，给每个人送了一袋水烟，道："我家郎君年纪小，还是小孩子脾气，还望各位大哥多多照顾。"

在幽州这地界，这些粗人哪里见过柳玉茹这样清丽端庄的姑娘？她这么柔柔地一低头，众人赶紧站了起来，颇为紧张地道："没事没事，您放心。"

柳玉茹又笑了笑，这才离开。

顾九思送柳玉茹出去："我说没事，你还不放心。"

柳玉茹头朝里看了看，叹了口气，替他整了整衣衫，道："你过得好我就放心，遇事别太刚强，圆滑一些。"

顾九思应了声，看着柳玉茹渐渐走远。

黄龙和其他人吃着柳玉茹送来的糕点，有个人看着顾九思的背影，小声道："那顾九思真是个傻子，咱们打了他，他还给咱们送吃的。"

黄龙瞪了这人一眼。

顾九思在门口站了片刻就走了回来，大伙儿一块糕点没给他留，他也不甚在意，还笑着道："内子不放心就过来看看，不过内子有些话说得也对，九思年纪小，有些事不太懂，如果有什么做错的地方，还望各位大哥多多提点。"说着，他举起了茶杯，"九思在这里以水代酒，劳烦各位照顾了。"

大家被顾九思这一番动作搞得面面相觑。片刻后，其中一个人吃着糕点笑着道："九思，我看你媳妇儿真好看，明……"

"闭嘴！"黄龙打断那人的话，瞪了那人一眼，"你是吃了酒还是脑子有病，半点儿脸都不要了？！"黄龙站起身来，冷声吩咐顾九思，"巡街去！"

顾九思笑了笑，也没多说。

当天晚上，虎子在顾家后门将顾九思叫出来，同顾九思道："九爷，黑狗今儿个在酒楼听到说赵严明早要去城外踏青。"

顾九思点了点头，道："近来流民增了多少？"

虎子报了个大概的数，顾九思又问了这些流民的来路。

虎子答了，又问："九爷，我听说黄龙欺负了您，您打算怎么办？"

"哦，这事。"顾九思想了想，道，"虎子，你们有人敢偷东西吗？"

"九爷，"虎子有点儿害怕，"您不是要我去偷赵严的东西吧？"

"不偷赵严的，偷黄龙的。"

顾九思淡淡地道："我会帮你挡着，不会让你被抓的。不过你最好还是不要出面，你找个流民，面生的，遮着脸来偷。"

"这个行。"虎子点头道，"我认识人，这事包在我身上了。"

顾九思应了一声，随后道："到时候你将黄龙的东西偷了，把黄龙引到赵严那里去。钱可以自己留下，钱包就别留了，别让人抓着把柄。"

"明白。"虎子忙道，"九爷放心，会做得干净的。"

"你干完这事，就到周府去给周烨递个信，告诉他，无论得了什么消息，都先去找他爹，让他爹来定夺。"

虎子虽然不明白顾九思要做什么，却还是点了头，道："明白。"

顾九思见他少年老成的样子，笑了笑，道："嫂子做的饭好吃吗？"

虎子抓了抓脑袋，不好意思地笑笑，随后道："爷，您要是觉得我干得好，以后您发达了，让我当您的小厮行不？"

顾九思被虎子逗笑了。他毫不在意虎子油腻的头发，抬手揉了揉虎子的头，柔声道："你以后有更好的未来，别惦记一个小厮的位置。"

虎子愣了一下。顾九思道："回去吧，天晚了，你一个孩子，路上小心。"

虎子低下头，小声道："哦，行，九爷，您也早睡吧。"

虎子离开顾府后，顾九思回到家里。

顾九思净了手，给柳玉茹打了水。柳玉茹看着面前这个做事沉稳的男人，抿了抿唇，想问问他白日里如何了，又不好开口。其实她也找人打听了，知道他过得不好，也猜到是谁打他了，可他不告诉她，就是不希望她知道。她心里有些难受，但也说不出口，只能一个人生着闷气。

顾九思不知道她在生什么气。见她洗了澡便倒在床上，他就将她拉起来，替她擦头发。

顾九思哭笑不得："你这是在生什么闷气？就这么湿着头发睡觉，日后要头痛的。"

"我没生气。"柳玉茹闷声说。

顾九思听着她的话，看着她气鼓鼓的脸，觉得面前的人可爱极了。他心里有些痒痒的，给她擦着头发，声音平和地道："你在为什么事不高兴？你同我说呀。"

"没什么不高兴的。"

"玉茹，"顾九思叹了口气，"你这什么都闷在心里的性子要不得。"

柳玉茹冷哼了一声没说话。

顾九思给她擦着头发，她心里对他的气也慢慢消了，思来想去，都是黄龙的错。她看着柔弱，心里却刚强。擦干了头发躺在床上，她心里左思右想，终于决定以其人之道还治其人之身。想出了法子，她就高高兴兴地睡了。

夜里，顾九思听着柳玉茹的呼吸声，睁开眼，看见她唇边似乎还带着几分得意的笑容，不由得抿了抿唇。他猜，柳玉茹就是因为他被打而生气，如今她睡了，应当就是想到什么好方法了。他看着她的睡颜，感觉她像一只耀武扬威的猫，让人心里欢喜极了。顾九思有些脸红，却还是不得不承认——他对她喜欢极了。

他观察着自己的内心，感觉着自己的心意，这就是喜欢吗？他也不清楚，可也不打算反抗它。他看着月光下姑娘白皙的皮肤，低下头，小心翼翼地吻着她的额头。而后他便觉得心跳如擂鼓，万物都安静了。他静静地感受着嘴唇触碰到的温热，片刻后直起身来，静静地注视着面前的人。然后他轻轻笑了，躺了下去，闭上眼睛，伸手握住了她的手，就这么睡了。

第二天醒来，他穿了衣服，柳玉茹高高兴兴地给他系上腰带。顾九思知道柳玉茹有打算，觉得好笑，不由得道："今日你打算做什么去？"

"哦，就去店里呀。"柳玉茹轻咳了一声，觉得自己似乎高兴得太明显，便道，"今天不给你送糕点了，我有一笔大单子要接。"

"好。"顾九思抿着唇，掩着笑，没有多说。

顾九思去了府衙，一切没有任何异样。大家分成几组去巡街，黄龙依旧和顾九思一组。黄龙的态度比之前好了许多，虽然他不怎么搭理顾九思，但也不骂了。只是巡街也无聊，黄龙便随意地道："我听说扬州富庶，你们好端端地过来幽州做什么？而且一过来就把钱都捐了，你们家的人脑子有病？"

顾九思笑了笑，倒也没遮掩，一五一十地将扬州发生的事说了。黄龙听得有些惊奇，对他们这样的小人物，这些事都不太好想象，什么谋反、起兵，每件都是掉脑袋的大事。

黄龙咽了咽口水，忍不住道："那……那你回去了，你和你媳妇儿是怎么来幽州的？"

"我们横跨过了青、沧两州。"顾九思平静地说。

"沧州不是已经都没人了吗？"黄龙回忆起听来的流言，"而且就你和你娘子那样子的……怎么……怎么过得来？"他说着，打量着顾九思，顾九思看上去很瘦弱，完全不像能在乱世中护住柳玉茹那么漂亮的一个女人的人。顾九思笑了笑，正打算回话，一个人忽地冲了出来。那人一把拽走黄龙的钱袋，撒腿就跑。

"喂！"黄龙喝了一声就要追。

顾九思假装不知道发生了什么，回头一挡，那人就跑远了。

黄龙怒道："有人偷我的钱袋！你瞎了吗？！"

顾九思立刻露出诧异的表情，黄龙推开顾九思就追了上去。那人身手极快，黄龙和顾九思在后面追，那人就一路沿着小巷子跑。顾九思跟在黄龙身后，迅速摸出一个瓶子。顾九思打开盖子，红色的布塞上沾了粉末。顾九思追上去，将粉末往黄龙身上轻轻一弹，立刻在袖中单手塞好瓶子，把瓶子放回衣衫中。

黄龙追着小偷，一面追一面骂，两人冲出巷子。顾九思慢了半拍，只听见一声马的惊叫，冲出来时，刚好看见受了惊的马发狂一般奔向黄龙。黄龙下意识地拔出刀来，一刀劈了马腿，随后翻身一滚，躲开了往前跌去的马。骑在马上的人当场滚落下来，随行的人赶忙去扶。黄龙看清了骑马的人，立刻跪在地上开始磕头，惊慌地道："赵公子！小人有眼不识泰山，求赵公子恕罪！"

"你个王八蛋！"赵严抽出鞭子就朝着黄龙打过去，愤怒地道，"你这贱奴才居然敢伤我的马？！"

黄龙不敢说话，拼命地磕着头。赵严抬起鞭子还要再打，黄龙闭着眼睛等鞭子落在身上，然而只听鞭子在空中呼啸作响，并没有落下来。黄龙颤抖着睁开眼，就看见顾九思站在自己面前，抓着鞭子，看着对面的赵严道："当街纵马，当交罚金五两。妨碍公务、殴打朝廷命官，当杖二十、徒三年。"

赵严愣了片刻，猛地反应过来："从哪儿冒出来的混账玩意儿？！知道你在和谁说话吗？！"

"天子犯法与庶民同罪。"顾九思冷静地道，"随我到官府去！"

"九思，放开！"黄龙赶忙起身，要拉开顾九思，焦急地道，"这是赵老爷家的公子！"

顾九思看了黄龙一眼，皱了皱眉。

赵严看着两人说话，拿着鞭子气愤地道："好好好，你们一个砍伤我的马，一个还想抓我坐牢，我都不知道望都居然有了你们这么厉害的两个人物！给我打！"赵严怒喝，"打死了算老子的！给我往死里打！"话刚说完，赵家家丁一拥而上。

陪在赵严身边的都是赵家的好手，十几个人气势汹汹地扑过来，黄龙直接放弃了反抗，然而顾九思面不改色，抬手就是一拳。顾九思身形矫健，在人群中灵动如兔，拳猛似虎，以一当十，看得人热血沸腾！黄龙看着这情景有些腿软，咽了咽口水。

片刻后，黄龙猛地想起来。周烨！顾九思的背后是周烨！黄龙也顾不得其他，赶紧去找周烨了。

顾九思看了一眼黄龙离开的方向，掏出了铁链，动作间，他围着一群人绕了几圈，最后一拉，这群人竟全被捆了起来！赵严反应过来时，已经被铐在了最前头，人群中爆发出叫好声。顾九思拖着赵严，表情似笑非笑，赵严竟从这张片刻前还十分老实的脸上看出了几分嘲笑之意。

顾九思道："赵公子，走吧。"

黄龙跑得上气不接下气，总算到了周府。周烨收到了虎子传的消息，早就等在门外。听了黄龙的话，周烨便道："你等等，我去找我爹。"

黄龙整个人都蒙了，周家从来都按规矩办事黄龙是知道的，难道这一次周烨为了顾九思要把周高朗搬出来？！

周高朗听了周烨的话，琢磨了片刻便大笑起来："聪明。"顿了顿他又道，"你且等等，我找你范叔叔去。"

周烨皱了皱眉，思索着周高朗的意思，而周高朗立刻驾马出门，赶到了范轩那里。

范轩正在喝茶，周高朗进了门就高兴地道："老范，有人给咱们送银子了。"

"嗯？"范轩抬头，有些疑惑。

周高朗来到范轩面前，高兴地道："你不是还在愁那些富商不动吗？之前我就说过，咱们直接把人抓了完事，你又怕留下不仁不义的名声。你拿顾家暗示他们，他们又假装不懂，这次咱们就让他们看个明白。"

"怎么说？"范轩挑了挑眉。

周高朗高兴地道："赵家那个大公子当街纵马，还殴打了官兵，现在被人拖到县衙去了。"

"竟有这样的人物？"范轩是知道赵家在望都的普通人心里的地位的，以前也琢磨过找个理由敲打敲打这些富商，可要动他们，得有个说得过去的名头，还要有一个敢做事的人。如今这赵家飞扬跋扈，又是当街行凶，还被人直接拖到了官府去，是再好不过的机会。有顾家捐钱保命在前，只要他修理了赵家，这望都的商家也就该懂事了。

"就是那个顾九思！"周高朗道，"他特意来通知了烨儿，这事就是他一手策划的。"

"小小年纪，能有这等心思。"范轩沉吟片刻，最后道，"既然礼都送到了门口，不收也不好。你过去看看情况，若是县令处理得不妥当，也该给顾九思一个回礼。"

"我正是这个意思。"周高朗点点头道，"我这就过去。"

拿了范轩的令牌，周高朗便带上周烨往县衙赶去。

这时顾九思已经将人拖到官府去了，县令看见顾九思拖来的人眼前一黑，赶紧装晕退下了。

赵严站在公堂上，对着顾九思冷笑："找爷的麻烦，你也不打听一下爷是谁。"

顾九思站着道："那咱们等大人醒过来吧。"

"那就等着吧，"赵严话语里带着嘲讽之意，"我倒要看看，是谁在找死。"

两人这么默默地等着，外面挤满了人。

周高朗到了门口，让人开了道，走了进去。

"这是在做什么？"周高朗领着周烨走进来，扫了一眼公堂，看见赵严，上下打量了赵严一番，皱起眉头道，"这是犯了什么事？"

"禀大人，"顾九思沉稳地道，"此人当街纵马，差点儿伤人，府衙黄龙为求自保伤了此人的马匹，此人便当街鞭打公差，被小人拿下送来官府，听候处置。"

"哦，"周高朗点了点头，"那县令呢？"

"病了。"

"病了？"周高朗冷哼一声，看向一旁出来窥探情况的主簿，直接道，"既然杨县令身体不适，让他不用来了。多大点儿事？老夫帮他审了。"说着，他走到高堂上，施施然坐了下来。周烨倒了茶，递了过去。

周高朗喝了口茶，抬眼看向赵严："当街纵马，还鞭打官差是吧？"周高朗转头看向顾九思："按律当如何？"

"罚银五两，杖二十，徒三年。"顾九思恭敬地回答。

"写得这样清楚，还需要再审吗？就这样。"

"周大人！"赵严慌了，忙道，"你……这……这……且等我父亲……"

"哦，还有你爹，"周高朗点点头，看向顾九思，道："行，这位小哥，你带一批人去赵家把赵老爷带过来。"

顾九思恭敬地道："是。"

"哦，等一下，"周高朗似乎想起什么来，"你一个衙役去请赵老爷，这不太合适。"

众人面面相觑，不知道周高朗打算干什么。

周高朗转头同站在一旁的主簿道："杨县令不是身体不好吗？这么多年了也不见好转，望都乱糟糟的。这样吧，我看这个年轻人很好，很有干劲儿，你去和杨县令说，让他把官印拿过来，自己好好养病，想养多久养多久，事就让这个年轻人为他分担，如何？"

主簿一听这话，脸色就白了，哆嗦着道："大人，这……这是不是草率……"

"不草率不草率，"周高朗摆摆手，道，"我来之前和范大人说过了，你让他别浪费时间，赶紧把官印拿过来。"

赵严听了这一番对话，顿时慌了。周高朗和范轩都掺和了进来，赵严就算是个傻子也知道这是冲着赵家来的。

周高朗站起身来，朝着顾九思招了招手，平静地道："你随我来，同杨县令交接一下。"

顾九思应声，跟着周高朗入了后院。

顾九思恭敬地道："大人此举，会不会急了些？"

周高朗轻轻一笑："刀都露刃了，再藏着又有什么意义？本想等歇一阵子，给你个立功的机会，再让你入官场，但你既然自己立了功，有了顺理成章升官的理由，我们也不会特意压着。"他神色平静地道，"我和老范不想学王善泉，可幽州比扬州更缺钱。如今梁王已经快入东都了，你可明白？"

顾九思听了这话，心思一动，恭敬地行礼："大人放心，今日我入赵府，必为大人分忧，不会空手而归。"

周高朗点了点头，让顾九思站在门口。周高朗进了房间，片刻后便拿着官印出来。他上下打量了顾九思一番，道："还未为你定制官袍，穿衙役的衣服过去，赵家的人也看不上你，明天换身衣服再带人过去吧。"

"那赵严……？"

周高朗摆了摆手："拖下去关起来就是了。"

顾九思领命，退了下去。

赵严被收押，看热闹的人也散了。顾九思收拾了东西，准备离开。他刚直起身，就看见黄龙站在门口。黄龙看上去有些犹豫。

"黄大哥？"

黄龙似乎想说什么，但又没说话。

顾九思笑了笑："黄大哥也要回家了吧？一起吧。"

黄龙点了点头，跟着顾九思往外走去。两人走了好半天，黄龙才结结巴巴地道："原来……原来你这么厉害啊……"

顾九思嗯了一声，道："一点儿拳脚功夫罢了，没什么的。"

黄龙沉默了一会儿，道："今日的事，谢谢你了。"

"本也是我分内的事。"

"九思，"黄龙深吸了一口气，似乎是做了一个重大决定，开口道，"以前我误会了你，觉得你就是个靠关系进来的公子哥儿，所以对你多有刁难，今天我给你道歉，你才是真正的爷们儿。"

"黄大哥哪里的话？"顾九思满不在意地摇了摇头，"我在这里任职，也受了大哥不少照顾，九思感激还来不及。大哥平日的吩咐都是为了磨炼我的心智，这一点我是明了的。"

"不……"黄龙面露尴尬之色，"不是，九思，我以前真的……对你不好。"

"怎么会呢？"顾九思露出疑惑的神色，随后安慰道，"大哥对我挺好的。"

"不是，"黄龙终于忍不住愧疚地道，"之前你在巷子里被打，就是我和其他兄弟干的。"说着，他又有些慌，"那时候我们不了解你，现在你想打回来就打回来，我绝对没有怨言！"

听到这话，顾九思笑出了声："我知道。"黄龙愣住了。顾九思平和地道："那天你们一动手，我就摸到官服上的纹路了。我没说穿，是觉得我们之间有些误会，而这个误会也是因为我做得不够好。我只希望能和大家好好相处。"

"九思……"黄龙听到这话，一时心头涌出无数懊恼情绪。

顾九思明明知道是他们，以他的武艺，当时他完全是让着他们。而后顾九思不仅没有追究，还让家人送了点心分给他们，以求他们的接纳。这样一个纯良的少年，自己居然这样欺负……黄龙心里难受，特别想回到过去，去纠正自己犯下的过错。

顾九思抬手拍了拍黄龙的肩："黄大哥不要多想，误会解除了。以后我还要依仗大哥呢。"

"你放心，"黄龙立刻保证，"以后你就是我黄龙的兄弟，谁要找你的麻烦，就是找我的麻烦。"

"得了大哥这句话，九思放心多了。九思阅历尚浅，在望都又没什么亲眷，以后还请大哥多多指点。"

黄龙终于找到了一个让自己心里舒坦一些的方式，连声答应，顾九思说什么他都愿意应下。

到了分别时，黄龙还在信誓旦旦地给顾九思打包票，顾九思笑了笑，同黄龙告别。黄龙得到了顾九思的原谅，心里舒了口气，转身低头往自家巷子走去，琢磨着明天怎么和手下那批兔崽子说一声，以后要对顾九思好一些。

然而黄龙还没考虑好，迎面就是一个麻布口袋罩下，眼前顿时变成了黑漆漆的一片，随后一阵拳打脚踢就送了上来。黄龙惊叫起来："谁？！是谁？！"

柳玉茹带着雇来的人默不作声地打。黄龙惊叫连连，顾九思还没走远，听到黄龙的叫声，赶紧跑进巷子，然后就看见了正带着人暴揍黄龙的柳玉茹。

夫妻俩在巷子里四目相对，都愣了片刻。顾九思给柳玉茹使了个眼色，大喊："小贼哪里跑？！"

柳玉茹皱了皱眉头，狠狠地瞪了黄龙一眼，带着人撤退了。

顾九思小跑上来，拿下黄龙脑袋上的麻布口袋，焦急地道："黄大哥，你可还好？"

黄龙被打得晕头转向，迷糊地看着顾九思，道："是谁？"

"没看清。"顾九思立刻开口，满脸担忧地道，"黄大哥，我带你去看大夫吧？"

"啊？"黄龙清醒了些，赶忙道，"没事没事。"他撑了一下地，站起来，"肯定是以前的仇家，做咱们这行的，仇家太多了。九思，不好意思呀，吓着你了。"

"怎么会？"顾九思忙道，"黄大哥，我送你回去。"

“不用不用，”黄龙摆着手拒绝，“不远了，就在前面。我一个大男人，送什么送，你媳妇儿还在家里等你呢，我先回去了。”

等黄龙走远了，巷子安静下来，顾九思才转过身，有些无奈地看着小巷转角处，哭笑不得：“出来吧，还躲着呢？”

柳玉茹磨蹭着出来了。她带来的人都走了，就剩下她一个人。她提着根棍子，像个做错事的小孩子，有些忐忑地看着顾九思。

顾九思打量了她片刻，忍不住笑道：“你怎么就这么皮呢？”

“他欺负你……”柳玉茹小声说。

顾九思有些无奈：“那你就带人打他啊？”

柳玉茹不说话，顾九思看着她孩子气的模样，心里有点儿痒。他走上前去，握住她的手，想说点儿什么，又被她的样子逗得哭笑不得，最后只能道：“罢了，先回家吧。”

两人手拉着手回了家。顾九思换了一身素纱白袍，走出内间，看见柳玉茹正在看账本。他见她平静了许多，便走到她身前坐下来，斟酌着道：“以后别这么冲动了，你这么打了他，要是他知道了，会和你结仇的。”

“结仇就结仇，”柳玉茹打着算盘，小声道，“他敢说什么，我再打他。”

这话说得像个孩子了，顾九思忍不住看她。他头一次知道柳玉茹也有这么不理智的时候。她在他面前一向得体、温柔、沉稳，在这件事上却冲动又聪明，让他不但说不出半句责怪的话，还觉得可爱极了。顾九思一想到她今天提着棍子是为了他，就觉得心里甜甜的。他见柳玉茹一直板着脸，便走到她身边去，半蹲下身把她揽到怀里：“好啦，现在人也打了，仇也报了，你就消消气。”说着，他抬起她的下巴，“来，笑一个。”

柳玉茹一巴掌拍掉他的手，瞪了他一眼。“别和我说这些！”她不高兴地道，“下次你也不准忍着！”

“嗯？”顾九思有些疑惑。

柳玉茹已经在顾九思面前丢了温柔的假面，也不想再故作体贴，气性来了，干脆将算盘一推，道：“下次要再有人欺负你，你就打他们。打完了回家，不干了！”

“不干了怎么行？”顾九思看着面前气呼呼的小姑娘，笑出声来，道，“我一个大男人，不干活吃什么？”

“我养你呀！”柳玉茹脱口而出道。

这话刚说完，两个人都愣了。柳玉茹也不知自己何时有了这样的念头，竟觉得自己也养得了一个男人。

顾九思不由得笑了："柳老板越来越厉害了。"说着，他凑过去将头靠在她的肩膀上，"不嫌我吃软饭哪？"

柳玉茹红了脸，低着头拨弄着算盘，故作镇定地道："吃口饭而已，你又能吃多少？"

顾九思低声笑了："你以往不是总说你都靠着我，让我一定要考个功名吗？"

"那你考不上我能怎么办？"柳玉茹瞪他，"难道我还能休了你？"

"怕了怕了，"顾九思笑着摆手，"我还是吃软饭吧。不过娘子你看，这次我争了个县令回来，"他蹭了蹭柳玉茹，"有赏没？"

"县令？！"柳玉茹忙问，"你怎么就当上县令了？"

顾九思笑了笑，往边上一坐，敲了敲桌子，颇为得意地道："倒茶。"

柳玉茹知道他这是要摆谱了，赶紧给他端了茶，做出了洗耳恭听的样子。顾九思把来龙去脉说了一遍，最后总结道："范轩先是把顾家当成一面锣，想敲醒所有人。但大家还是装睡，范轩必定就要找其他办法。如今他正想找只出头鸟，我给他送去了，他自然感激我。"

"所以，黄龙那件事你让我别管，就是做了这样的打算？"

顾九思点点头，道："黄龙只是一个普通人。他看不惯我，不过是因为我曾是个富家子弟。他也不是特别坏的人，只是脑子不好使。"打了他没什么用，咱们在幽州生活，日后还会遇见千千万万个他这样的人，难道个个都打了不成？把他这样的人变成朋友，才是生存之道。"

"所以你被打了也不吱声？"

顾九思笑了笑："我不仅不吱声，还要给他们送东西吃，说好话。等他们发现这都是我在让着他们，他们才会更加愧疚。"

柳玉茹的神色有些复杂，顾九思看出不妥，放下茶杯握住她的手："你在担心什么？"

"郎君洞察人心，"柳玉茹也不避讳，叹了口气，道，"我心中难安。"

顾九思笑了笑："你放心吧，我算计谁都不会算计你。"

顾九思的语气很郑重，柳玉茹忽地想起当初站在人群里鞭打自己的少年。他那双清亮的眼让她觉得，无论他说什么，她都应该相信。

于是她垂下眼眸，也没回应，换了个话题道："那你出了这个头，岂不是要遭赵家记恨？"她皱起眉头。

顾九思叹了口气："当官怎么可能完全不招人记恨？咱们不能一直在幽州这么窝着，虽说周高朗承诺以后安稳了给我一个位置，但他说这话并不是认可我的能力，只是因为咱们顾家捐了钱，他得给我个好处，到时候估计就是给我一个虚职混个日子。我不想这样。"他垂下眼眸，"我答应过文昌。"

他答应过杨文昌什么，柳玉茹明了。他要实现自己的诺言，要护住家人，就得往上爬，怎么能只混个虚职？

她轻轻叹息一声，拍了拍顾九思的手背，道："都好，既然是你的决定，我支持你。"

"其实我不担心其他的，只担心一件事。"顾九思抬眼看向柳玉茹。

柳玉茹轻轻地嗯了一声。

顾九思叹了口气，道："你说，我如今的行径与当初的王善泉又有何异？"

柳玉茹沉默了许久，慢慢地道："九思，水至清则无鱼。"她组织着语言，想尽量将自己对这个世界的理解说出来，"你得明白你最后想要的是什么东西。如果你想做个好人，那只要当你的真君子就可以。可如果你想做个有用的人，想实现某个目的，那就要考虑你的底线在哪里。

"今日赵家之事，不是你做，就是别人去做。你去做，赵家的结局或许还更好些。我知道你想行善，可你想想，清清白白地袖手旁观和双手染血但让那个被苦苦折磨的人死得更痛快，哪个是善？"

"可是，若不是我，事情落不到赵家头上。"

"那也会落到其他人头上。"柳玉茹平静地道，"范轩缺钱，梁王要反，各州节度使虎视眈眈，这都是现实。范轩已经用顾家示意过了，钱没到手，你以为范轩会停下吗？"

顾九思沉默，许久后深吸了一口气："我明白了，"他抬眼瞧着她，认真地道，"我会尽量做我能做的事，给他们一条更好的路。"

柳玉茹笑了笑："再想想办法吧。其实人的事，都差不多。我们做生意，赚的就是办法钱。甲想要银子，乙想要布，他们距离太远，我们就想办法解决距离远的问题，给甲银子，把布运输过去卖给乙，双方都满意，我们就赚这个为解决了他们的需求的钱。你想一想，有没有什么办法能让赵家好，也能让范轩好的？"

顾九思听着，将柳玉茹的话放在了心上，琢磨了片刻，抬手道："你让我想一想。"

柳玉茹不敢打扰他，应了一声，便起身回到自己桌边。

这些日胭脂的出货量越来越大，柳玉茹便开始增加货物的种类，不仅丰富了胭脂的品种，还增加了唇纸、眉笔、香膏等产品。每一种产品，从外面的装饰到里面的原料，都由她一手把控。同时她带了几个人在同几个外地的商人接触，准备把产品卖出望都。

于是顾九思在一旁琢磨着柳玉茹的话，柳玉茹坐着打算盘。整个房间里都是啪嗒啪嗒的算盘声，顾九思抬头看了一眼，姑娘眼神清亮，他突然安定下来。无论他是善是恶，这个人似乎都会陪伴在他身边。他走歪了，她会拉着他走回来；他摔倒了，她会扶着他站起身。

顾九思的内心一片平和。

柳玉茹察觉到顾九思在看她，不由得抬头道："还没想明白？"

顾九思叹了口气："未曾。我本想让朝廷给他们打借条，日后朝廷给他们还款，可是他们不会信的。"

柳玉茹想了想，慢慢地道："他们不相信，是因为如今连范轩和周高朗都不敢说一定会赢。若输了，谁会认这笔账呢？"

"你说得是。"顾九思苦笑，"那当真无法了。"

"可借钱也总比抢钱好。"柳玉茹叹了口气，"至少若范轩和周高朗赢了，还是会还钱的。"

顾九思点点头，没有再说什么。

柳玉茹见他还在发愁，便放下算盘认真地道："如果范轩输了还有人愿意认这笔债呢？要让赢家也认这笔债，那这笔债一定不能只是一笔债，而是一个方法，一个能让国家的收入源源不断增加的方法。不论是谁当政，都必须偿还上一任的债，才能将这个模式继续下去。要把一个朝廷当成一个债务人……"

"没有双重保险，商人是不会借钱给朝廷的。这笔钱借给朝廷了，朝廷不仅要让商人凭此获利，还要让商人有其他法子赚钱……这笔债如果可以买卖，那商人就有了赚钱的法子。如果一个东西可以买卖，一定要它在众人心里有买卖的价值。"柳玉茹苦笑，"但是一笔可能还不上的钱怎么才能让大部分人相信它有买卖的价值？"

"我以前遇到过一件事。"顾九思突然开口。

柳玉茹抬眼看向他，顾九思转动着手里的笔，吊儿郎当地靠在柱子边上坐着，道："几年前，赌场里有个人说，有个商人专门放印子钱。他说那个商人和官府的关系很硬，和当时的漕帮关系也极好。付一百文钱给那个商人，付钱的人就能每月都有五文钱的收入，钱放着不动，也能生钱。那个商人还会给一笔亲友费，你每带一个人过来付给商人一百文钱，就会给你一文钱。于是每个人都把各自的亲友带过来了，起初大家不信，可是钱确实按月发放了。见到身边的人的的确确每个月都拿到了钱，于是大家都将钱放进去了。还不到一年，我认识的人几乎都在里面放了钱，所有人都在等着未来的回款。"

"后来呢？"柳玉茹问。

顾九思笑了笑："后来那个商人就突然不见了。"

柳玉茹愣住了。

顾九思继续道："那个商人根本没有放印子钱，那时扬州富裕，哪有这么多人需要借钱？那个商人手里拿着的钱早就超出扬州借钱人要借的数额了。"

"所以，你的意思是，一个东西能不能卖，根本不是看它本身有没有价值？"

"对。"顾九思点头道，"第一个月自然是要看它自己的价值，可未来就全看大家的想法了。如果老百姓愿意一直买这些债，不断有人进来买，不论是谁当皇帝，朝廷都绝不会断了这笔生意的。"顾九思有些激动，"我得寻个法子，让这个债更好买卖，然后按月给利息，大家能看见发到手里的钱，这债就能一直买卖下去。"

"对。"柳玉茹忙道，"可以将这笔债分成长期债和短期债，大家自由选择，长期债利息高，短期债利息低。利息按月发放，绝不拖欠。而百姓之间可以自由买卖，比如有人拿着三年到期的债，还剩一年就到期了，可他急着用钱，就会将这个债卖出去，而有人贪图这个债三年后的本息总和，就会出一个合适的价格买下来。

顾九思接着道："一旦有了买卖，就会有人快速买快速卖去赚这快速进出的钱，最后的利息就没有那么重要了。"

两人的脑子越转越快，开始制订方案。

柳玉茹在如何将商品卖出去这件事上总有一套自己的法子，顾九思在对规则的考量中则更加缜密。两人讨论到半夜才将方案定下。顾九思去写折子，柳玉茹撑不住了，就去睡了。

顾九思写完折子，看了看天色，决定去睡半个时辰。他小心翼翼地摸上了床，柳玉茹迷迷糊糊地道："才睡呀。"

顾九思笑了笑，看着面前的姑娘，心头涌出一种幸福感。生死与共能带来巨大的冲击和感动，但爱一个人更重要的是平日里相处的每个瞬间。

顾九思低头亲了亲柳玉茹，抬手将人揽在怀里，紧紧地抱了一下，然后蹭了蹭她的背，高兴地道："嗯，睡了。"

半个时辰后，顾九思起身。梳洗之后，他见东方欲破晓，便去了周府。

到周府时天已大亮，顾九思让人去禀报，过了一会儿，来开门的竟是周烨。

"周兄这样早？"顾九思挑了挑眉。

周烨笑着道，"这话应当我问你才是。我听闻你来了，便特意过来接你，是来找我父亲的吧？随我来。"他说着，把顾九思领到了庭院里。

顾九思将来意大概说了说。周烨连连点头道："你这个想法甚好。"

庭院中，周高朗正在打拳。周高朗刚刚打完一套拳法，周烨便上前去递了帕子。周高朗拿着帕子擦汗，顾九思就静静地候在一边。

周高朗擦完身上的汗，看了顾九思一眼，笑着道："今天不是去赵家吗？大清早来我这儿做什么？"

"下官有一些想法，想要面禀周大人。"

"想法？"周高朗笑了笑，道，"行，去书房里说吧。"

三人到了书房，下人退了出去，为他们关上了门。

周高朗从周烨手里接过茶，淡淡地道："说吧。"

"赵家一事，昨夜下官思前想后，总觉得不妥，所以今日特意来问问大人。范大人与您对日后的打算，二位是求一时之计，还是千秋之盛？"

"何谓一时之计，何谓千秋之盛？"周高朗低着头擦着手，看不出喜怒。

顾九思观察着周高朗的神色，斟酌着道："秦取强国弱民之策，穷兵黩武，一统六国，却二世则亡，此乃一时之计。"

"那千秋之盛呢？"周高朗神色不动地问。

"汉休养生息，外儒内道，得千秋之盛。"

听了这话，周高朗笑了："汉也没有千秋。"

"因他未曾坚持。"

- 274 -

"行了，"周高朗摆了摆手，"我明白了，你是来给赵家当说客的。"

"下官不敢。"顾九思立刻道，"幽州缺钱缺粮，下官不会因一个赵家耽误大事。只是下官觉得还有更好的办法，不知可否一试？"他抬眼看向周高朗，"我相信大人并非短视之人。仁义之名于未来的范大人而言，重逾千金啊。"

周高朗看着顾九思，冷冷地道："你还真敢说。"

顾九思立刻行了一个大礼："下官只是想为大人分忧。"

周高朗看着他，似乎是在思考。过了一会儿，周高朗慢慢道："那你有什么办法？我与范大人算不上是好人，但也非穷凶极恶之徒。若有其他办法，我们不会用最坏的办法。"

"大人，"顾九思慢慢地道，"下官苦思冥想一夜。这钱，大人自然得要的，但若抢，未来必会成为大人洗不掉的污点，大人何不考虑借贷于百姓？"

"这个我们都想过。"周高朗立刻否决，"但他们不会信。"

"请大人听我说完。咱们这个债，要先决定总额。比如说咱们决定借两亿银两，就将两亿银两分成两种类型，一种是长期借贷，比如三年，这种的利息高；另一种是短期借贷，比如三个月，但利息低。再将债款按一两银子一份均分成两亿份，大家按需购买。"我们每个月还一次利息，大家就每月都能见到钱。百姓最初肯定是不会相信的，可若是身边的人都开始赚钱，他们就会心动，自然会入局买债。大家若是都相信这债能赚钱，甚至会私下买卖，这笔债的信用度就已经建立起来了，到时候不仅幽州的百姓会买，十三州的人都会来买，我们的钱就源源不断地从各地进来了。"

周高朗陷入了深思，不得不承认，这前景确实令人心动。他又问："那我们拿什么钱还？"

"没钱时，以债养债，但这是最没办法的办法。大家会评估朝廷还债的能力，所以我们最好的办法应该是发展国力。"

周高朗抬头看着顾九思，此时此刻，顾九思已经直接称"国"了。周烨面露震惊之色，顾九思神色不动，仿佛完全不知自己说了什么。

过了很久，周高朗端起茶抿了一口，随后道："继续说。"

"军队强盛，就能维持一国之安稳，外无强敌，内政温和，百姓生活安定，手里有钱，才会愿意花钱。百姓花钱养活各行各业，各行各业自然欣欣向荣，百姓有钱，朝廷的税收就会增加。所以，若是我们从百姓手里拿的钱能让国家兴盛，我们自然就有钱还。若大人还不放心，咱们还可以专门派一批人来规划这批钱的用处，官方经商也未尝不可。"

周高朗听着，许久后慢慢道："此事我与范大人商量一下。但赵家的钱你今日得拿到。赵家张扬跋扈已久，不收拾一下也不行。"

"下官明白。"顾九思赶紧行礼。

周高朗点了点桌子："折子你放桌上，你先去做事吧。"

顾九思将折子放在桌上，恭恭敬敬地退了出去。

周烨便跟上顾九思，道："你怎么想出这种法子来？我听都没听过。"

顾九思笑了笑。

周烨叹了口气："之前我也希望能有别的法子，毕竟他们原本的打算不应是仁义之师所为，但是我也想不出什么好法子。你这想法好，你这想法很好。"

"但未必行得通。"顾九思感慨，"其实这个法子实行起来风险很大，但也是没法子的法子了。"

周烨点点头，突然提起黄龙："我如今才听说，黄龙那些人欺负你了？"

"小事。"顾九思摆了摆手。

周烨严肃地道："这些人都是欺软怕硬的地头蛇，你有事需同我说。"

"这样的小事都要劳烦周兄，"顾九思笑道，"那我也太没用了吧？"

周烨一时语塞。顾九思出了门，同周烨行了礼，便上了马车，径直去了府衙。

顾九思一进门，就看见黄龙领着衙役站在院子里。众人身上都带着伤，顾九思有些不自然地轻咳了一声。他不用想都知道，这肯定是昨天柳玉茹打的。

顾九思走进屋里。黄龙走上前来禀报道："大人，兄弟们都准备好了。"

顾九思点了人，往赵家走去。他们的阵势很大，路上行人议论纷纷。顾九思大摇大摆地去了赵府，敲响了赵家大门。

顾九思没有硬闯，站在门口恭恭敬敬让人进去禀报。但家丁一看这架势就知道不好，赶紧进去禀报。赵家的家主赵和顺已经一夜未眠，坐在大堂里疲惫地点了点头，道："让他进来吧。"

管家出去，将顾九思引了进来。顾九思带着人走得很轻松，在庭院里还同管家交流着庭院里花草的修剪，俨然一副翩翩公子的模样，完全看不出是来执行公务的。

赵和顺看着顾九思走进来，把双手笼在袖中，坐着没说话。顾九思进门后，赵和顺抬起手，指着旁边的客座道："顾大人，请。"

顾九思行了礼，坐下来。旁边的侍女倒了茶，他端起来抿了一口，道："雨后春前的金银针，一两千金，"说着，他抬眼看向赵和顺，笑着道，"赵老爷用这样的茶招待顾某，顾某内心不安哪。"

"不安的当是老夫。"赵和顺声音平和地说，"咱们打开天窗说亮话吧，顾大人，您今天上赵家来，到底有何贵干？"

"留了一夜时间给赵老爷想，赵老爷还没想明白吗？"顾九思放下茶杯，手中的折扇轻轻敲打在手心上。他转头看着庭院里摇曳的花草，平和地道："赵老爷，您以为顾家为什么来到幽州，又为什么散尽家财？"

赵和顺眼里带着红色的血丝。他盯着顾九思，顾九思转头看向他，笑了笑："赵大人莫不是还不知道扬州的事吧？"

扬州的事传得再慢，如今也传开了。赵和顺骤然变脸色了："他范轩胆敢如此？！"

"为何不敢？"顾九思盯着赵和顺，"人为财死鸟为食亡，赵老爷以为，事到如今，范大人还有什么不敢做的？赵老爷难道不知道如今各方节度使都在谋划什么？您不妨看看近来幽州的财政支出，幽州大批购进的是什么？王善泉在扬州逼着商家捐款，您以为钱去了哪里？各方节度使都开始征兵征粮，您以为是为了什么做准备？赵老爷，赵严如今还在狱中，您还不清楚该选什么吗？命重要还是钱重要？"

赵和顺的神色冷了下来，他抬眼看向顾九思："那他范轩给我什么？"

"他给顾家什么，"顾九思轻笑，"就给你们什么。"

"区区县令之位？！"赵和顺怒了。

顾九思摇了摇扇子："赵老爷别误会，这个县令的位置可是在下自己争的，范大人不是卖官的人。"

"欺人太甚！"

顾九思看着赵和顺的模样，沉思了片刻，终于道："赵老爷，同出商贾之身，我明白您的想法，可我劝您一句，顺势而为才是最重要的。您不需要像顾家一样把钱全捐出来，但是范大人要的数您得给。您要是给不全，到时候赵家就是一个更惨的顾家。我至少还有一个落脚之地，您可就未必有了。留得青山在不愁没柴烧，贵公子在牢里待久了也不好。而且，"顾九思合上扇子，身子往前探了探，"我同您透个风吧，范大人也并不是要赶尽杀绝。范大人会想办法公平交换，不会白拿您这钱的，只不过大人给您什么，由不得您选，如此而已。"

"什么东西？"赵和顺抬眼。

顾九思退回原来的位置，笑着道："这我就不知道了。不过赵老爷，您看，今日是我强行征银，还是大家体面一点儿，您自愿捐赠？"

赵和顺黑着脸，咬着牙不说话。

顾九思低下头，笑出声来："看来赵老爷是想去见见赵公子了，来人……"

"范轩要多少？"赵和顺终于松口。

顾九思给了个数："您一时凑不齐，不要紧，今日先给个定金吧。我就在这儿等着。"

赵和顺一甩袖子站起身，吩咐下人去抬银子。他逆着光站在门口，把双手笼在袖中，看向顾九思道："顾九思，你这样行事，早晚要遭千刀万剐。"

顾九思喝茶的动作微微一顿。

赵和顺嘲讽道："自古当刀的人，哪一个有好下场？商鞅车裂，晁错腰斩，"他走到顾九思身边，淡淡地道，"年轻人，你且等着吧。"

顾九思将最后一口茶喝完，道："赵老爷错了，在下不是刀，只是臣。"赵和顺抬眼看他。顾九思神色平淡地说："天下百姓之臣。赵老爷，今日固然是我逼您，但来年您会感激我的。"说着，他放下茶杯，神色轻松地笑了笑，站起身来朝着赵和顺恭敬地行礼，"在下告辞。"

顾九思走到院子里，亲自点完银子，便带着钱回了府衙，把钱入库。他打了赵严二十大板，大张旗鼓地让人送了回去。

赵家一事落幕，整个望都城的富商都惶惶不安。顾九思当夜就下令封锁望都。

他做完这些事，也不知道自己是怎么了，觉得心里空落落的。他提着灯走在路上，有些茫然，最后走到了花容门口，穿着官服坐在台阶上，将灯放在一边。

黄龙有些犹豫，道："大人，要不小的替您守着吧？"

顾九思摆了摆手，笑道："黄大哥，我等我家娘子，您先回去吧。"

黄龙听着不免笑了，知道这是年轻人之间的情趣，便走了。顾九思抬头看着星星，在这安静的夜里，突然找到了自己的归宿。他像个漂泊了一天的亡魂，终于找到了落脚处，忍不住微笑起来。

过了一会儿，柳玉茹一边和人说话，一边走出来。一开门，她就看见顾九思坐在门口。他的姿势还和以前一样，身上却穿了官袍，柳玉茹愣了愣。顾九思提着灯站了起来，拍了拍身上的灰，温和地道："忙完了？我来接你。"

女孩子们都低声笑了，印红高兴地道："夫人，我们先走了。"一群姑娘小跑着离开。

柳玉茹被她们闹得红了脸，轻咳了一声，不自然地走到顾九思身前："今天你不是要去赵家吗？这么忙，还来接我？"

"我想你了。"顾九思说得很直接。

柳玉茹愣了愣，转过头去，不敢看他："突然说这些做什么？"

顾九思低笑，看着她的眉眼，感觉她有种超凡脱俗的干净气质。她温柔地照耀他，给他往前走的勇气。

柳玉茹感觉到他久久地注视着她，忍不住回头看他："怎的了？"

话刚说完，顾九思突然伸手将她抱在怀里，抱得死死的。

"玉茹，"他道，"别离开我，一直陪着我，好不好？"

"那是自然的啊。"柳玉茹轻笑，"你不休了我，我又怎会离开你？"

顾九思抱着她，不知道这算不算安慰。他感到喜悦，却仍旧有那么一丝说不清、道不明的不甘情绪。他想要更多，却又不知柳玉茹还有什么能够给他。他得到的东西已经够多了，再想要什么便是贪婪了。他感觉拥抱成了他获取力量的方式，抱够了才放开她。然后他拉起她的手，拿过她手里的东西，提着灯高兴地道："走，回家。"

柳玉茹不知道他经历了什么，但能感觉到他的情绪变化，于是什么都没说，只是和他手拉手一起走在这青石路上。她见身边的人虽然穿了一身蓝色官袍，但走起路来还像个孩子似的，就忍不住轻笑："你都是当官的人了，放稳重些。"

"稳不稳重不重要，"顾九思回头看她，"俊吗？"

"俊不俊有什么关系？"柳玉茹挑眉，"你一个大男人，天天关注容貌，又不靠这张脸吃饭，不觉得羞愧吗？"

"我羞愧什么？"顾九思一本正经地说，"我的主业是吃柳老板的软饭，兼职当个县令，不把主业做好，才应当羞愧！"

柳玉茹愣了愣，随后反应过来，哭笑不得，抬手掐了一把顾九思，道："顾九思，你这二皮脸。"

顾九思夸张地嗷嗷大叫，道："柳老板，手下留情！饶我一条小命！"

"顾九思，"柳玉茹被他逗笑，"你这么大个男人，我能把你怎么样？"

"话不能这么说，"顾九思认真地说，"普通女人自然是不能怎么样的，但您是位打遍县衙的女英雄。"柳玉茹愣了一下，不自然地轻咳了一声，像是有些不好意思，放了手。她不说话，仿佛在等什么回应，顾九思赶紧抬手揽住她的肩，笑着道："你别想多了，你为我做这些，我高兴得很。"柳玉茹低低地应了一声。

顾九思看着她，想不明白，她在外面能带着人打遍县衙，怎么在他面前说句话就害羞，一个动作就低头？如果不是亲眼看过她打杜大娘和揍黄龙的样子，又见过那十几个衙役脸上的伤，他完全想象不到这都是柳玉茹干的。他忍不住叹了口气。柳玉茹感到奇怪，道："你叹什么气？"

"我在想，"顾九思有些遗憾地道，"我一向自诩聪明通透，凡事看得清楚明白，可在你身上，却发现我就是个糊涂蛋。"

"嗯？"

"若是有人同我说，你欺负了他们，我当真是不敢信的，只会觉得是他们欺负了你，是他们找了你的麻烦。"

柳玉茹忍不住笑了："我去春风楼找你的麻烦、逼你读书的时候，你忘了？"

"那也是我让着你呀，"顾九思忙道，"不然，就你那性子，你能欺负谁呀？"

柳玉茹憋着笑。

顾九思低头看了她一眼，刮了刮她的下巴："揍人也揍得可爱，看着就是被欺负的。"

柳玉茹忍不住了，捂着肚子笑出声来。

顾九思看着她大笑，也忍不住弯起了嘴角。他突然觉得，所有的放弃，所有的努力，所有的误解，都有了意义。他当了这个官，脏了这双手，其实都是为了面前这个姑娘。

他希望她能够平平安安，享受富贵荣华。

第十章　锋芒露

　　赵家的钱完完整整地送了过来，望都暗潮汹涌，富商战战兢兢，所有人都在做最坏的打算，一面清点白银，一面四处联络。虎子把这些富商每日的行动路线交给了顾九思，顾九思暗中给了虎子钱，虎子如今成了整个望都的流浪汉们的头儿。顾九思看着这些富商的行迹，皱了半天眉，叹了口气，道："明了了，夫人那里，你帮我看着些。"

　　柳玉茹对这一切也有所察觉。她先是发现自己身边的乞丐、流民无形中多了些，他们每日都跟着她，似乎是在放哨。于是她咬了咬牙，花钱聘请了几个人来做保镖，同时打听着城中的动向。

　　生意越发好，柳玉茹就加大了每天的出货量，在离望都不远的安阳又开了一家分店。她时不时往来于安阳和望都之间，每天都在忙店铺的事。一天，她突然问顾九思："范轩和周高朗是怎么谋划的，如今还没给你消息吗？"

　　顾九思应了一声，随后道："或许他们还在想吧。"

　　范轩和周高朗商量了很久，过了十几日，才终于给了顾九思消息。

　　那天是范轩亲自来的。范轩同顾九思又商讨了许久，将所有条理都理顺后，终于道："你这个法子太险，但的确是个办法。你可以在望都试一试。若是望都可以，那我们就推广开来。"

　　"是。"顾九思舒了口气，这个结果已经比他预想的要好得多。

"不过，这个方案既然要执行，望都必须有成效。今年年底，望都交上来的税赋必须满这个数。"范轩提笔写了一个数。

八百万两银，九十万石。

大荣一年税收八千万两白银，而十万士兵一月的粮草正是三十万石。幽州有两百多个县，范轩则是要望都一个县就拿出一国十分之一的税收，十万军一个季度的粮草。

顾九思静静地看着这个数。

范轩放下笔，淡淡地道："我需要这么多银子，这个数不能加上你们顾家捐出来的。你若是能筹齐，用什么办法我都不管。望都我交给你，你放手去干。整个望都的兵防财政，我通通交给你，若你能成，"他抬眼看着顾九思，神色郑重地说，"户部当有你的名字。"

顾九思抿了抿唇，沉默了片刻，深吸了一口气，随后道："下官明白。"

送走了范轩，顾九思站起身来。他早已准备好，就等范轩这一句话。范轩前脚刚走，他后脚就造访了望都各大世家。

此时已是九月，距离年底还有三个月，而如今望都的税收不过二十万两银，加上赵家捐出来的，也不过七十万。富豪大商，大家手里拿着的多是土地，现银根本没有多少。就算是顾家号称扬州首富，身家可抵一年大荣税收，可大多也是握在手中的土地，最后能带来幽州的也不过八百万两白银。如今要凑足另一个八百万两，若不伤及商家根本，又谈何容易？

然而事情终究要去做，顾九思最先造访的是姚家。姚家是望都最大的世家，根深叶茂，家中子弟遍布望都官场，便是范轩也要给姚家几分薄面。

顾九思上门之后，姚家的态度倒也不错。顾九思将自己的想法说了。姚老爷犹豫了片刻，终于道："我明白顾大人的意思，"姚老爷叹了口气，道，"这也是没有办法的办法，顾大人为我等费心了。"

姚家开了头，后续顾九思还没上门，就有几家陆陆续续来买顾九思的"幽州债"。

顾九思将七百三十万的债分成两份，其中六百万长期债是要求商家购买的，幽州近百户商家可根据家中财力情况购买；剩下的一百三十万份短期债则被顾九思放到了市面上公开售卖。顾九思专门在府衙里开辟了一个负责卖"幽州债"的房间，短期幽州债没有购买的限制，一文钱也能买，前三个月购买的人不仅利息高，若介绍亲友过来，还能收到更多的利息。

但这样一来，账就变得特别麻烦，顾九思不得不专门找一个人来打理这些账。柳玉茹便领着人先帮顾九思理账。第一个月，人不算多，柳玉茹一面理账，一面摸索着提高效率的方法。她给所有购买者配了牌子、纸契和编号，再对账目进行分类。

柳玉茹管着短期债，顾九思每天上门说服富商买长期债。

半个月过去，短期债卖得不多，基本是一些无聊的普通百姓拿几文钱买着玩。顾九思在说服了最初的几家富商之后，啃上了硬骨头。

梁家背后是幽州军里的人物，所以无论顾九思如何说，梁家都假装听不懂。

顾九思第三次上门时，梁家的大公子用纯正的幽州话不耐烦地道："你这个扬州的乡巴佬怎么就听不懂人话？你要钱是吧？你再给我找麻烦，我让你小命都没有！"

这样的话自然是吓不到顾九思的，只是让他察觉到梁家可能不是吃软不吃硬的。

顾九思夜里回了家，躺在床上辗转反侧。

柳玉茹见他睡不着，便拉着他的手温和地道："郎君莫要忧虑了，你上任也有一段时间了，总该用点儿铁血手段。"

顾九思抿了抿唇。

柳玉茹靠在他的胸口上轻笑："我知道你心软，你若当真心软，就再歇歇。再过些时日，第一个月的利息发放到百姓手里，短期的债就好卖了，我给你想办法。"

顾九思没说话，看着靠在胸口的姑娘，心里动了动。温香暖玉在怀，他自然会有心思。可他也不知道为什么，每当这种心思一起来，就会被什么压下去。他觉得那种心思有些龌龊，更享受柳玉茹这么静静地靠着他时，他内心平静又温柔、明亮又清澈的那种平和心情。

于是他抬手抱住她，过了许久，叹息了一声："罢了，我明日再想想办法。"

第二日顾九思再去梁家时，梁家干脆关了大门。顾九思在门口站了许久，有些无奈地转身回了县衙。

他刚上任，除了催钱，还有许多条例要修，于是又在府衙忙了一天。下午时分，暖洋洋的阳光落在屋里，他突然感觉有些心悸，抬头看向窗外摇曳的草木，有些恍惚。

片刻后，黄龙匆匆忙忙地进来，焦急地道："大人，不好了。"

顾九思抬眼，有些茫然，就听黄龙道："夫人在去安阳的路上被人劫了！"

顾九思的笔微微一颤，墨落到纸上，染开一片惶恐色彩。

柳玉茹在安阳开了新店。她本来是不打算出远门的，但是新店开起来了，终究还是要去看看的。于是她特意请了镖局的人，又带上了许多壮汉。她挑的时间是白日，想赶在天黑前打个来回，虽说匆忙，但至少能了解一下安阳的情况。谁知道她部署得这样周全，还是出了事。

几十个莽汉打马从山上下来，和镖局的人一阵厮杀。护卫们人仰马翻，只剩柳玉茹和印红两个女子坐在马车里。印红吓得瑟瑟发抖，柳玉茹仍故作镇定，捏紧了自己的衣裙："诸位壮士若是求财，在下的马车上并无太多，不如让在下派人去取。"

听到这话，山贼们大笑出声，一个男人用刀挑了帘子，看了进来。柳玉茹抬眼看去，对方看上去不到二十岁，长得颇为英俊，带着一种北方人独有的阳刚爽朗气，但脸上一条长长的刀疤让他英俊的面容显得有些狰狞，看得瘆人。

"哟，"对方转头同身后的人道，"是两个女的，咱们收获不小哇。"

印红和柳玉茹听了这话，顿时脸色煞白。对方伸出手来，先去拖印红。印红尖叫起来，柳玉茹一把拉住印红，印红又踹又踢，一面哭一面惊恐地大叫道："夫人救我！救我！"

柳玉茹的手颤抖着，但没有放开印红，那壮汉嗤笑一声，猛地一用力，将两个姑娘直接扯了出来。柳玉茹和印红被从马车上拖了下来，山贼们骑着马围着她们转。

这种被彻底包围的感觉让柳玉茹和印红心生绝望，只是柳玉茹强逼着自己镇定下来。柳玉茹抓着印红的手，颤抖着声音道："莫怕。"

那刀疤男听到这话，笑出声来，一把揽住柳玉茹的腰，在她的惊叫声中将她扛到了肩上。

"夫人！夫人！"印红尖叫着扑过去，旁边的另一个男人将她一把扯到了怀里。山贼吹起口哨，那刀疤男将柳玉茹往马上一甩，就带着手下进了山。

柳玉茹发现挣扎和尖叫只会让这群人更兴奋，于是咬住牙关，逼自己不说话。印红则在其他人的逗弄下惊叫连连。柳玉茹听着身后印红的尖叫声和求饶声，控制着自己，咬着下唇，让眼泪在眼眶里打转。

她努力地分析着形势。这批人没有要财，直接带走了她们，明显是为了要人。她的命，如今也只有顾九思在乎，所以这批人很有可能就是那些想和顾九思作对的人派来的。那么这批山贼要么收了钱财，要么是家养的人。

刀疤男见柳玉茹久不说话，笑着道："若不是你方才说过话，我还当你是个哑巴。"

柳玉茹低头不语，刀疤男捏着她的下巴，逼她抬头看他。他盯着柳玉茹，柳玉茹也盯着他，她的目光里带了一丝惧意。

刀疤男打量了她一会儿，忽地笑了："你这姑娘，胆子倒是大得很。我叫沈明，你叫什么？"

柳玉茹用沉默反抗。

刀疤男嗤了一声，道："你不说我也知道，花容的老板柳玉茹嘛。"沈明说着，回头看向一个五大三粗的男人，道："熊哥，你媳妇儿特喜欢她家的胭脂是吧？"

"对。"熊哥憨厚地笑起来，"我前天才去给她买回来，她想要的都断货了。"

柳玉茹听着他们的闲聊，觉得他们也不算穷凶极恶之徒，心里安定了些许。她琢磨着，沈明也毫不避讳，当着她的面就和后面的人闲聊起来。柳玉茹听出来，他们是霸占着这一片山的山贼，沈明是小头目，他们的老大应该是一个叫虎爷的人。

柳玉茹被他们带到山寨上，沈明把她和印红都绑了起来，关在柴房里。

等其他人都走开了，只有沈明一个人给她们端饭过来时，柳玉茹终于开口："沈公子，不管那边给你多少钱，我都能给双份。"

听到这话，沈明愣了愣。片刻后他突然大笑起来。柳玉茹皱起眉头，不明白沈明笑什么。

沈明擦着眼泪道："不好意思……我头一次听到人家叫我公子，觉得有点儿好笑……"

柳玉茹突然有点儿绝望，感觉遇到的是一个完全不能谈判的对象。

沈明轻咳了一声，让自己显得严肃一点儿，接着道："那个……你知道谁给我钱？"

"望都城里的那位。"柳玉茹一脸胸有成竹的样子，好像知道得清清楚楚，只是在故作神秘。她平静地道："他不过是想拿我威胁九思，但是九思要做的事情对他们并不是不好，他们以后会感激九思的。您只是求财，我可以保证，我给的钱一定比那位多。"

沈明没说话。

柳玉茹抬眼看他，他正拿着一只油腻腻的鸡腿认真地啃着。柳玉茹觉得窒息，忍不住道："您听我说话了吗？"

"啊？"沈明回神，轻咳了一声，点头道，"听了。"

"您意下如何？"

"挺漂亮的。"

"嗯？"柳玉茹有些蒙。

沈明看着她，目光里全是欣赏之意，认真且坦然地道："我发现你说起话来比不说话漂亮多了。说真的，你是我这十九年来见过的最漂亮的姑娘，也很有气质。反正你也回不去了，要不跟了我吧？"说着，他往后一靠，颇为自豪地道，"你跟了爷，爷保证不亏待你。"

柳玉茹好半天才反应过来，脸都被气红了。她捏紧了拳头，不敢发怒，只能咬牙道："我已经许人了。"

"哦，那个顾县令嘛，我知道。那又怎么样？"沈明摊了摊手，"你都被我抢回来了，名节也没了，你就算回去，顾九思还认你？"

听到这话，柳玉茹脸色煞白。

沈明靠近她，眼里全是笑意："就算他还认你，这辈子他都不会忘记这件事的。要是你刚好在这阵子怀个孩子，这个孩子是谁的？这个问题他更是要思索一辈子。"他声音里是夸张的遗憾之意，"多委屈啊，是吧？"

"他不会……"柳玉茹的声音颤抖起来。

沈明靠回墙上，打量着柳玉茹。他似乎很喜欢看别人痛苦挣扎的样子，撑着下巴，从容地道："既然不会，你抖个什么劲儿？"

"我家夫人是怕你！"印红壮着胆子说。

沈明冷冷地扫过去："有你说话的分儿？！"

印红被这么一吼，气势顿时就弱了，缩了回去。

沈明给柳玉茹分析利弊："说句实话，其实绑你这事呢，也不是我决定的。你和我说什么钱不钱的，我也不在意。我今年也快二十了，我娘老催我找个媳妇儿，我看来看去，就你还算顺眼，主要是你长得好看。"说着，他又看了柳玉茹一眼。

柳玉茹觉得有些屈辱，扭过头去。

沈明接着道："我这个人呢，武艺好，会说话，脾气也不差，对媳妇儿很好，你喜欢什么我都可以给你买。也没那些腐朽文人的想法，我不介意你过去嫁过人，就看上你这个人了。你回去不现实，就算顾九思带人把你救了，可你回去了，别人怎么看你？你就留在山上，咱们快快乐乐地过一辈子，不是挺好的吗？"

"我夫君不是这样的人。"柳玉茹瞪着沈明，"他不会介意这些。他一定会来救我，你说的事他都能做到，我凭什么要和你过一辈子？"

沈明愣了愣，只听姑娘认真地道："他长得比你好看，武艺也好，脾气也特别好，对我也很好，我想要什么东西他都买给我，能花一个月的俸银给我买胭脂，你能吗？！"

一个月的钱买胭脂……沈明沉默了片刻，道："你那脸是什么《山河图》之类的超大画布怎么的，一个月能用这么多胭脂？！"

柳玉茹愣了愣，怒道："你个土贼，胭脂买来要用完吗？！"

"不用完那干什么？"沈明神情茫然，"不用完你就买，你这个败家娘儿们。"

柳玉茹被气蒙了。

印红在两人吵架的时候，不知道为什么，突然变得特别淡定，扯了扯柳玉茹的袖子小声道："夫人，别吵了，他傻的。"

听到这句话，柳玉茹回过神来，深吸了一口气，压下了脾气同沈明道："沈公子，您若是做不了这事的主，不妨将我的话转告给寨主。他想要的东西，都好谈。"

"放心吧。"沈明叹了口气，"这事你谈不了，你呀，保住自己的小命就不错了。"

沈明和柳玉茹说话时，顾九思站在自家院子里。他穿着一身素衣，发冠镶玉，神色平稳。

虎子急急地冲进来，道："九爷，查出来了，是黑风寨动的手。"

顾九思点了点头："问过周大哥了吗？都安排好了？"

"安排好了。"虎子应声道，"大公子已经按您的吩咐，带着兵马往梁家去了。"

"嗯。"顾九思应了一声。

过了片刻，芸芸焦急地进来，拿着一张字条同顾九思道："公子，您等的字条来了，但是用箭射在门口的，没找到是哪儿来的人。"

顾九思毫不意外，从芸芸手里接过字条，字条上的内容很简单："独身来黑风寨。"

看见上面的内容，虎子立刻道："九爷去不得，这是他们的陷阱，明显是让您去送死啊！"

顾九思沉默了片刻，道："她应当没事。"

沈明是专门看管柳玉茹的。

沈明说这任务原本不是他的，但他觉得柳玉茹这人有意思，就专门留下来看管柳玉茹。

沈明把外面的人骂走之后，转过头来同柳玉茹道："你得谢谢我。"他坐在柳玉茹对面，嘴里叼了根草，但语气很认真，"要是没有我，你和这个小丫头可能就要被糟蹋了。"

柳玉茹没说话，印红忍不住道："你就不糟蹋我们了？！"

"印红！"柳玉茹一把抓住印红，恭敬地道，"沈公子，这丫鬟不懂事，张口胡说，您见谅。"

"见谅见谅，"沈明笑眯眯地看着柳玉茹，仿佛能看出一朵花儿来，"我听说你打南方来，南方的姑娘是不是都是你这样的？"

"什么样？"柳玉茹有些疑惑。

沈明比画着道："嗯，文绉绉的，说话声音又温柔又好听，人又有礼貌又漂亮，但又不让人觉得软弱，看你这眼神，"他感慨，"冷静得很！"

柳玉茹被沈明这么夸着，面不改色。在这么一番交流后，柳玉茹觉得印红说得对，这人是傻的。但傻子有傻子的好，至少在这时候，比起外面那些眼神露骨的大汉，沈明让柳玉茹安心得多。沈明看她不着痕迹地看了一眼外面，知晓她是担心外面的人，便靠着柱子，叼着草道："放心吧，我同他们说了，我要娶你做媳妇儿，他们不会动你的。不过他们要知道你不当我的媳妇儿，那可就不知道会怎么样了。"

印红听着，有些害怕，往柳玉茹身边缩了缩。柳玉茹抬手拍了拍印红的手背，微微弯了弯上半身，道："那多谢公子了。"

"那就以身相许啊。"沈明的眼睛一眨不眨地看着她，"你现在不答应，我就天天问你，早晚你会答应，还不如现在答应了，咱们明天就拜堂成亲，省了这么多麻烦事。"

"沈公子，"柳玉茹犹豫着道，"这成亲一事，您这么草率吗？"

"我已经很郑重了。"沈明立刻道，"你看其他人，都是直接看上了就扛回来成亲了，我把你扛回来，还在认认真真地和你培养感情呢。"

柳玉茹："……"

"不过你要是嫁我，一定是这个寨子里最好看的媳妇儿，我可有面子了。"沈明说着，已经开始幻想柳玉茹成了他的老婆后别人艳羡的样子，忍不住笑出声来。

柳玉茹和印红用看傻子的表情看着他。

三人就这么僵持着。

沈明站起身来，将门窗都关上，随后回来躺在地上，道："睡吧，我守着你们，有什么声音我会发现的，别担心。"

柳玉茹和印红点了点头，但不敢睡。

沈明看了她们一眼，又看了看旁边的草堆，想了想，似乎明白了："哦，我知道了，嫌草扎人是吧？"说着他走到边上，把草垛子认认真真地压了压，又把自己的外袍铺在了草垛子上，道："行了，来这儿睡吧，将就着睡吧。"

柳玉茹恭恭敬敬地道了谢，让印红去睡了。

沈明有些疑惑："你不睡？"

柳玉茹平和地道："现下还早，尚无睡意。"

"你平时什么时候睡呀？"沈明和柳玉茹聊起天来。

柳玉茹想多打探些消息，便轻轻应了时间。沈明感慨："这么晚哪，忙些什么啊？"

"铺子里账多，"柳玉茹想了想，觉得要强调一下自己已经成婚，"而且夫君事务繁忙，我要等他回来，自然会晚一些。"

"你会一直等到他回来才睡觉吗？"

"自然是的。"

"你吃饭也会等到他回来才吃吗？"

"当然。"

"他要是死了，你会一直记得他吗？"

柳玉茹看着沈明亮晶晶的眼，觉得有些奇怪，但还是点了点头："自然会。"

"那太好了。"沈明拍手道,"以后你嫁给我,我应当会很幸福。"

柳玉茹一时无语。

"你少不要脸了!"印红忍无可忍,直起身来看着沈明,怒气冲冲地道,"癞蛤蟆想吃天鹅肉,你照照镜子吧!"

"我照镜子做什么?"沈明理直气壮地说,"我长得已经很帅了。"

沈明又继续和柳玉茹讨论成婚的问题,柳玉茹耐着性子,开始打探沈明的过去。

沈明以前应该算是个游侠,不在望都这边活动,后来认识了熊哥,被熊哥带到了黑风寨,因为武艺高强,就在黑风寨当了个小头目。沈明有两个原则,第一不杀好人,第二不欺妇孺,在这黑风寨里算是一股清流。但他热爱劫富济贫,也给黑风寨创造了很多经济收入,因此混得不错。

而这黑风寨,沈明虽然没有多说,但应当和望都城内某些官员有着千丝万缕的关系。百姓几次三番要求剿了黑风寨,官府都置之不理,唯一决定剿匪的县令在剿匪前就暴毙家中了。在那之后,县令完全不敢管黑风寨了。

柳玉茹静静听着,心里不由得为顾九思担心。

沈明看出来了,忙道:"你不用担心,等他死了,你嫁我就行了。"

这次不用印红开口,柳玉茹先开了口:"闭嘴!"

沈明揉了揉鼻子:"嗯。"有点儿委屈。

顾九思得了黑风寨的信,将黄龙和虎子叫过来,吩咐道:"周大哥去围剿梁家,保证梁家不能和黑风寨通信,所以他那边的兵力要护住望都,我们动不了。如今我们可用的一共只有两百人,黑风寨有五百悍匪,且有地形优势,我们占不了便宜。"

"的确是这样。"黄龙有些犹豫,"要不我们再等等……"

"不能再等了。"顾九思打断他的话,果断地道,"黄大哥,你别怕,我已经研究过黑风寨的情况了。他们虽然人数众多,但天南海北的都有。他们各自为政,行事作风差别很大,一群乌合之众罢了。咱们只要打好一个开头,不需要我们多强,他们自己就会乱。所以重点在于开始。我会先上山混入他们中间,想办法制造攻山机会。山上应当有很多机关,你现在去农户家中买十头牛来,在牛尾巴上绑上鞭炮,等我发了信号,你们就点燃鞭炮,用长矛逼着牛上山。牛上山后,会触发他们的机关,他们搞不清楚情况，一定会先消耗一轮武器，同时你也可以看出他们有哪些机关。"

"明白。"黄龙点了点头。

顾九思又对虎子道："你去城里找一些流民和乞丐，你们去围山，人要多。你和他们说，去的人都赏一个馒头，他们只需要在山下按规矩喊出声来就可以了。抓到逃跑的山贼的人有赏银，抓到一个山贼赏一两银。黄大哥开始攻山时，你就在下面制造声势。"

"明白。"虎子应声。

"但在我发信号之前，你们离远点儿，不要让人发现。"

众人点头。

顾九思让人立刻行动，自己回屋换衣服。他在衣衫里穿了护甲，手臂上绑了匕首，又带了许多药瓶放在袖中，最后套了一身雪卷云纹白色华服。他外披银纱，头戴玉冠，折扇在手中一握，看上去便是个清俊、温文尔雅的读书人。

顾九思做好了准备，刚踏出房门，就看见苏婉和江柔。

苏婉眼睛通红，江柔走上前来握着顾九思的手，抿了抿唇，道："无论如何，玉茹都是玉茹。"

顾九思愣了愣，片刻后猛地反应过来。柳玉茹被抓到了那样的山寨里，会经历些什么，他们不敢想象。顾九思也不知道自己会看见什么，也不敢多想。可江柔说，柳玉茹永远是柳玉茹，是顾家的儿媳。

顾九思一想到可能发生的事，就感觉内心仿佛被利刃划过，又疼又恨。他冷声道："这是自然。母亲、岳母，二位放心，我和玉茹都会好好的。"

顾九思转身大步走了出去。马已经备好，顾九思出了门，翻身上马，同黄龙和虎子嘱咐了一句："你们别跟太近。"之后便打马而去。

他一路奔驰，出了望都城，直接去了黑风寨。

柳玉茹和沈明还在聊天。她旨在打听消息，沈明旨在培养感情，两人正唠着嗑，外面有人敲门道："沈哥，完事没？老大说顾九思来了！"

柳玉茹的眼睛顿时亮起来，印红听见顾九思的名字，猛地惊醒。

沈明愣了片刻，道："这么快？"

"沈哥，"外面的人有些着急，"快点儿哪。"

"行了行了。"沈明大声道，"马上了。"

沈明站起身来，抓过柳玉茹，犹豫了片刻，突然伸手在她的头上揉了揉，随后就去扯她的衣服。

柳玉茹惊叫出声，沈明慌张地道："做个样子，做个样子！"

柳玉茹紧紧地抓着衣服，眼睛红红的，这么一折腾，倒有了几分被蹂躏的样子。

沈明从地上捡了衣服披在柳玉茹身上，抬眼看向印红，道："还不动手？要我来？"

印红恨恨地揉乱了自己的头发，拉了拉衣服。

沈明嗤笑一声，把手搭在柳玉茹的肩上，道："我方才是同那些人说我要你，才把他们骂走的，你这么穿戴整齐地走出去，我不好交代。"

柳玉茹紧紧地抓着自己的衣服，低声问："我们这是去哪儿？"

沈明将她护在怀里，让印红跟在后面，三人走了出去。男人们都用暧昧的眼神看着他们，其中一个道："沈哥厉害呀，不出手则已一出手就是两个。"

柳玉茹轻轻颤抖着，沈明瞪了说话的人一眼："再胡说八道吓到我这小娘子，我撕了你的嘴。"

男人们哈哈大笑起来。

沈明带着柳玉茹和印红上了正堂，一个四十岁的男人坐在正上方的虎皮座椅上，穿着黑色大氅，戴着碧玉扳指，脸色过于苍白，看上去有几分阴冷。

沈明带着柳玉茹恭恭敬敬地行礼："鹰爷，人带来了。"

"办了？"鹰爷露出笑容。

沈明低着头，平静地道："办了。"

鹰爷轻轻鼓掌："好，我倒要看看，顾大人受了这种屈辱之后要怎么办。"他站起身来，抬眼看向前方："到门口了？"

"到了。"

"走。"鹰爷挥了挥手，道，"领着这小娘子，我们去接顾大人。"

柳玉茹听了这话，面色有些白，脚步微微一顿。她要去见顾九思……她要这样见顾九思？！顾九思看见她的样子会怎么想？就算他一贯开明，可哪一个男人容得下这样一根刺？

柳玉茹想逃，沈明察觉到她的意图，一把揽住她，低声道："别乱来。"

柳玉茹微微颤抖，勉强让自己镇定下来，跟着一群人走到了城楼上，远远地看见顾九思朝着黑风寨驾马而来。他就一个人，手里拿着一把扇子。一人一马看上去从容潇洒，好似踏月赏花，若是顾九思此刻高歌一曲，更是应景。

"你说他能打？"沈明狐疑地看了柳玉茹一眼，嘲讽道，"就那身板？你说他会读书我信，他能打？算了吧。"

柳玉茹没说话，心跳得飞快。她说不清此刻是什么感觉，既觉得顾九思太傻，这种情况还一个人过来；又觉得害怕，因为自己将以这副模样见他而害怕；还有几分暗暗的期盼，顾九思来了，必然就是来救她的。她对顾九思似乎有一种盲目的信任，总觉得这人来了一切就都会好的。

沈明转头看了她一眼，又看了顾九思一眼。

顾九思老远就看到柳玉茹站在城楼上，她身边站着个男人，她身上披着男人的外袍。顾九思捏紧了缰绳，感觉呼吸都快停止了。暴怒情绪在身体中狂啸，可越是这样，他越要冷静。

如今这样的局势，他只要走错一步，就可能将柳玉茹和自己置于更不利的境地。

于是顾九思带着笑容驾着马，在黑风寨所有人的审视下，从容地来到山寨门前。

鹰爷身边的人上前一步，大喝道："来者何人？报上名来！"

顾九思抬起头看着众人，嘴角含笑，意态风流。

"望都县令顾九思。"他朗声说，声如清泉击石，玉珠落盘，月光落在他白净的面容上。他的目光落在柳玉茹的脸上，神色里没有嫌弃，没有厌恶。他就像往常一样，带着平和的笑意与温柔神色，隔着人群看着她："得鹰爷来信，为求妻子平安，特来拜见。"

柳玉茹突然就平静了，所有的惶恐不安都消散了。她静静地站在城楼上注视着他，一点儿都不害怕了。

"你倒是真敢来。"鹰爷看着顾九思，神色有些复杂。

顾九思笑了笑，"鹰爷盛情，在下怎能辜负？且开了大门，让在下进去见见娘子吧。"

"好哇。"鹰爷像是很高兴，"只怕你见到了，就不知道该叫沈夫人还是娘子了。"

顾九思依旧笑着，眼神却冷了。

黑风寨寨门大开，顾九思翻身下马，由人领进门去。

在众山贼的目光里，顾九思一路摇着扇子走进了大堂，一副完全没有杀伤力的模样。

大堂中央，鹰爷坐在正前方，沈明和柳玉茹坐在左边。柳玉茹低着头，有些不敢看顾九思。顾九思恭敬地向众人作揖，言行举止像极了普通书生。

山贼们憋着笑看戏。鹰爷吃着青豆，用筷子指指沈明身边的柳玉茹，道："顾大人，喏，您的夫人在那儿呢。"

"在下见着了，"顾九思含笑道，"劳烦鹰爷给在下赏个座，让在下喝杯水酒吧。"

"水酒？"鹰爷冷了脸，"你以为，你还有命喝酒？！"

"在下为何没命喝酒？"顾九思轻摇着扇子，道，"梁大人不过是觉得在下碍了他的事。可在下能碍事，也就能成事，在下乃范大人亲命的县令，以衙役之身直接跳为官身，诸位就这么动了我，我怕各位后患无穷。"

"当然，"顾九思正色道，"在下说这些并非威胁。诸位若是怕这个，也就不会绑了在下的家眷，更不会在此之后还想杀了在下。在下只是觉得，与其两败俱伤，不如我们合作，换个双赢的结果。鹰爷不妨去问问梁大人，看梁大人有没有这个打算。"

鹰爷盯着顾九思，顾九思神态镇定，似乎完全不惧，鹰爷心里有些迟疑。片刻后，鹰爷道："给他一张桌子。"

顾九思谢过了鹰爷，看向柳玉茹淡淡地道："玉茹，过来。"

柳玉茹赶紧站起身来，沈明却一把按住了她，颇为紧张地看向了鹰爷。

顾九思的目光落在沈明按着柳玉茹的手上。鹰爷笑着看着顾九思，顾九思抬眼看向鹰爷，道："我以为黑风寨还算英雄豪杰聚集之地，不承想竟还要用强逼的手段留一个女人吗？"

"话不能这么说。"鹰爷拍了拍手上的渣滓，笑着道，"夫人方才同小沈情意绵绵，如今一时不舍也属常事。这女人嘛，当然是要人护着的，谁有这个能力谁就护着，自己护不住又怎么能怪别人呢？"

柳玉茹气得整个人都颤抖起来，又不敢多说话，牙都要咬碎了。

顾九思扫了周遭一眼，点头道："我明了了。"话刚说完，众人就见顾九思身形突然向前，折扇在手背上一转，便如刀刃一般削向沈明的手。沈明惊得瞬间收手，也就是在这一刻，顾九思的手在柳玉茹腰上一揽，就将她揽到了怀里。顾九思护着柳玉茹，头也不回地往自己的位置走去，还提高了声音道："承让。"

沈明怒喝："你这混账！"

顾九思拉着柳玉茹坐下，手往柳玉茹身上一搭，脚往桌上一踩，手中扇子唰地展开。顾九思看着沈明，笑着道："自己护不住，又怎么能怪别人？"

沈明面色难看地盯着顾九思手中的扇子。沈明是能看出来的，就顾九思刚才的速度，哪怕真的再较量一次，自己也赢不了。

顾九思将目光从众人身上收回来，从桌上取了杯子倒了水尝了尝，确认里面没别的什么"料"，才放到柳玉茹唇边，温和地道："他们有没有饿着你？"

柳玉茹有些慌乱，不敢说话，就着顾九思的手将水喝了下去，稍稍镇定了些，小声道："没有。"

顾九思点了点头。她是下午被掳走的，现在才入夜不久，再饿也饿不到哪里去。他打量了她片刻，将她的衣服整理好，将沈明的外套脱下，让她将他的外套穿上。然后他用手捋顺她的头发，最后还给她戴上了一根簪子，温和地道："从家里给你带的。"

他带的是那支凤尾坠珠的簪子，在这样的环境下，那簪子斜斜地插在柳玉茹头上，十分惹眼。

见顾九思完全不理会别人，自顾自地帮柳玉茹整理仪表，众人一时猜不出他在故弄什么玄虚。

鹰爷等了一会儿，忍无可忍地嘲讽道："顾大人，残花败柳犯不着您这么关心，您年纪小，怕是没怎么见过女人吧？"

柳玉茹捏着拳头，红了眼睛，扭过头去。

顾九思握了握她的手，平静地道："这是我夫人，鹰爷，要是您还想和我好好谈，就注意言辞。"

"梁大人不想给钱，但是范大人如今是铁了心要拿到钱的。今日没有我，也会有其他人，梁大人如果真的不想交钱，那就只有两个法子，一是他反了范轩，二就是他得靠我，给他做一笔假账。"

众人静下来，沈明的目光里带着嘲讽之意。

顾九思抿了一口水，淡淡地道："我可以让其他人承担他该交的钱，这样他既不用交钱，又不会被范轩追究。可我做事是有要求的，我的要求就是和梁大人面谈。今日要么你放我回去，我去望都找梁大人；要么你让梁大人过来，我始终在山寨之中，我们谈不拢，你们再杀我不迟。"

鹰爷摸着手上的扳指没说话。

梁家的人负责守城，一旦城里有任何动静，就会来通知黑风寨的人。如今城里没有消息，黑风寨也就不用担心顾九思带人过来布局。顾九思如此信誓旦旦，大概是因为对说服梁大人有十足的把握，而顾九思说的也的确是梁大人如今忧虑的事。鹰爷左思右想，终于派了人进城。

屋里安静下来，鹰爷不说话，其他人也就不敢多说，只剩下顾九思和柳玉茹闲聊的声音。顾九思同她说着他今天办公的事，又同她说知道了几家酒楼的菜味道不错，等回去了带她去吃东西。柳玉茹小声应着，顾九思知道她紧张，不断地和她说话缓解她的情绪。

众人茫然，谁都不明白他们给顾九思摆的鸿门宴怎么会变成顾九思秀恩爱的舞台。这里的许多人和沈明一样是还未成婚的，有些人看得牙痒，就连鹰爷也有些坐不住了："顾大人，适可而止，女人哪里有这么惯着的？"

顾九思抬头笑了笑，平和地道："我一贯是这么惯着的。"

鹰爷想讽刺顾九思几句，但又想到顾九思刚才说的话，怕坏了主子的事，一时忍住了。于是气氛变得异常诡异，在这群土匪的地盘上，顾九思一个人将小厮呼来唤去，让人为他添茶倒酒加菜，最后甚至抬头问了鹰爷一句："鹰爷，你觉不觉得有些闷？要不找人唱个歌跳个舞吧？"

"这寨子里哪里有唱歌跳舞的人？"沈明冷着声音道，"顾大人喜欢，自己来一段倒也不错。"

"话哪儿能这么说？也是，"顾九思点了点头，站起身道，"空等无趣，不如咱们找点儿乐子吧。"

所有人都盯着顾九思，顾九思却看向沈明，道："听说这位小哥身手不错，不如试试？"

看看顾九思的笑，再看看旁边有些紧张的柳玉茹，还有沈明铁青的脸，众人就知道了，顾九思这是冲冠一怒为红颜，来找沈明的麻烦了。

沈明冷笑了一声，站起身来，道："好，你别后悔。"

"九思……"柳玉茹拉住顾九思。

顾九思拍了拍柳玉茹的手，弯下腰亲了亲她的脸，像是安抚。他靠近她耳边，小声道："等会儿灯一灭，你就往屏风后面躲。"

柳玉茹愣了一下，不再说话。顾九思直起身来，转头看向站在对面的沈明。顾九思估算着时间，如今黄龙和虎子应该都已经部署好了，就等这边的信号了。

顾九思握着扇子，朝沈明恭恭敬敬地作揖："得罪了。"

"受死吧你！"沈明暴喝一声，提着大刀就朝顾九思冲来。

顾九思丝毫不惧，弯身躲过沈明的大刀，扇子直点沈明的眉心。沈明朝着鹰爷的方向疾步退去，顾九思步步紧逼。一瞬间，顾九思的方向一转，拿在另一只手上的飞镖直接朝着房间里的烛火甩去，同时他扑向了鹰爷。在整个房间黑下来的那一刻，顾九思将扇子抵在了鹰爷的脖颈上，低声道："别动。"

而柳玉茹也在房间黑下来的瞬间立刻朝着屏风的方向冲了过去。

在骤然黑下来的环境里根本看不见人，只听见众人怒喝的声音，柳玉茹猫着腰沿着墙壁根据灯灭之前的印象摸到了屏风后面，然后就再不敢动弹。

黑暗中传来瓷器落地的声音，随后就有人喊："迷药！"

"快出去，捂住口鼻！"

大堂里乱成了一片，片刻后，大部分山贼逃了出去，除了来不及逃出去就晕倒了的人，屋子里只剩鹰爷、顾九思和柳玉茹三个人。

这时候顾九思和柳玉茹的眼睛适应了黑暗，顾九思同柳玉茹道："玉茹，从我怀里将响箭拿出来，站在窗口放了。"

柳玉茹没有迟疑，三步并作两步走到顾九思身边，抬手摸进顾九思的衣服里。她的手探进来时，顾九思心中有了几丝怪异的感觉。他努力不去想这份异样感。柳玉茹走到窗口，放了响箭后，快速地跑回顾九思身边。

外面的人已经开始集结，柳玉茹在地上的人群里将印红拖了出来，把印红护在身后。然后她抓了一把刀，瑟瑟发抖地靠在顾九思身边。

顾九思察觉柳玉茹在发抖，平淡地道："山下有五千兵马，莫怕，周大哥一会儿就上山了。"

"五千兵马？"鹰爷喘息着道，"你骗谁呢？山下有五千人我不知道？"

"梁家被斩了你都不知道，你还能知道山下有五千人？"顾九思轻笑起来，"你也太看得起自己了。"

听到这话，鹰爷整个人都僵了。片刻后，他怒道："不可能！梁大人可是幽州军中的老将！"

"范大人还是幽州节度使呢，周高朗还是幽州第一猛将呢，梁辉算什么？"

"顾大人，"鹰爷感觉到脖颈上的刀锋的凉意，忙道，"有话好商量！"

"鹰爷，"顾九思叹了口气，"你辱我妻子，你以为还有的商量？"

鹰爷脸色一白。顾九思平淡地道："就算是为了她的名节，今日你黑风寨也一个人别想出去！"

听到这话，鹰爷立刻明白，今日这事怕是不会善了了。他拼命思索着要如何回应，山下这时传来砍杀声。屋外传来了脚步声，顾九思的扇子离鹰爷的脖子更近了，鹰爷立刻感觉到扇子划破肌肤的刺痛，惊恐地大喊："不要进来！"

屋外的人惊慌失措地大喊："官兵打上来了！"

"多少人？！"沈明率先问出口。

来的人摇着头道："不知道，好多……好多人的样子！"

众人面面相觑，其中有人道："这怎么打得赢？老鹰讨好他主子惹的祸，怎么能让我们担着？"众人七嘴八舌地说起来。沈明在一旁嘲讽地笑了笑："做事的时候不说话，出了事就来埋怨人了，有这样的道理？"

"那你说怎么办？！"对方怒喝，"难道要和他们打不成？"

"你怕什么？！"有人接着道，"咱们有机关有本事，打就打，怕什么怕？！"

所有人乱成一团，闹哄哄的，开始有人悄悄跑下山去。山下砍杀声震天响，顾九思躲在黑暗中，把鹰爷架在身前，让柳玉茹依靠在背后。

顾九思时刻观察着四周的情况，柳玉茹也不敢松懈。鹰爷和顾九思僵持了许久，听到砍杀声越来越近，鹰爷咬了咬牙，道："顾大人，你当真要赶尽杀绝？"

"那得看你的打算了。"顾九思声音平稳地说，"鹰爷要和我交易，就得有交易的本钱，不知道鹰爷打算用什么买自己的这条命？"

"我有钱，"鹰爷急促地道，"我有很多钱。"

"你死了，钱也是我的。"

"我还知道梁大人的许多消息！"鹰爷连忙开口。

顾九思挑眉："哦？比如？"

"梁大人有一个金库，"鹰爷赶紧道，"我知道地址。"

"还有？"

鹰爷拼命地想着能说的消息，和顾九思说了一大串。

而屋外的人还在争吵。

"擒贼先擒王，"有人大吼道，"他们是来救顾九思的，我们把顾九思绑了，他们就不敢上山了！"

"鹰爷还在里面……"

"这时候了，管什么鹰爷？！"大汉不耐烦地转身就走，道，"走，去抓顾九思！"

有人起了这个头，一批人看着山下逐渐逼近的官兵，咬了咬牙，也冲了进去。他们用帕子捂在口鼻之上，滚了进去。

顾九思一看这些人，就知道他们已经放弃了鹰爷。顾九思手起刀落，直接将鹰爷的头砍了下来，又将柳玉茹和印红往角落里一拉。他站在两人身前，提着抢回来的刀，大有一夫当关万夫莫开的气势。

柳玉茹给印红嗅了解药，印红好了许多，却还是只能软绵绵地靠着柳玉茹。印红害怕地道："夫人，好多人。"

"没事，"柳玉茹安慰着印红，"姑爷在。"

听着这声"姑爷在"，顾九思忍不住弯了弯嘴角。

山贼冲了上来，顾九思护在柳玉茹身前，抗住了一轮又一轮攻击。

沈明在暗处观察着局势，一言不发地扫了一眼大堂里的柳玉茹，她还抱着印红瑟瑟发抖。顾九思在车轮战中有些疲惫，却仍旧没有退开一步。

有人在外面提议道："只要抓住那两个女人，顾九思就束手就擒了。"

"可他挡在那个两女人前面，"有人着急地道，"找不着机会下手哇。"

"拿火把来。"说话的人咬着牙道，"烧，烧得没办法了，他们自然会出来。我倒要看看，他一个人怎么护住两个女人！"

沈明皱了皱眉头，这时候熊哥跑了过来，焦急地道："小沈，快走吧，官兵要打上来了，大家都走了。"

沈明点点头，正打算离开，就看到有人拿了火把来。

沈明犹豫了片刻，还是伸出手夺过了那人的火把，一脚踹开那个人，冲屋里大喊："柳玉茹，他们要点火！"说完，他转身跑去。

柳玉茹被这一声喊愣了，顾九思反应极快，立刻道："水！"

柳玉茹赶忙起身，拿了茶壶来。两人在布上倒了水，用湿布捂住口鼻，就等着别人来找他们的麻烦。外面传来咒骂沈明的声音，而后便是一片打斗声，顾九思握紧刀，护在柳玉茹身前。

黄龙一脚踹开大门，大喊了一声："大人！"

听到这声大喊，顾九思反应极快，赶紧将他放在柳玉茹身上的外套蒙在她的脑袋上，随后道："等一会儿你别让人看到。"

柳玉茹咬牙应了声。

顾九思这才站起身来，挡在她身前，回了黄龙一句："我在这里！"

黄龙这才发现了顾九思，赶忙走过来："大人……"

"去找辆马车。"顾九思赶紧吩咐，"就停在旁边，别让人靠近这屋子。"

黄龙愣了愣，但没追问，应了一声后便推开门出去了。

黄龙刚走，柳玉茹便忍不住问了句："结束了吗？"

顾九思听见她颤抖的声音，赶紧回过身去，将她抱在怀里，低头亲着她，安慰道："好了好了，都结束了，你别怕了。"

柳玉茹舒了一口气，这才彻底放下心来。她被顾九思低头吻着，心里骤然生出了几分难堪的情绪。印红因为药效发作而有些犯困，迷迷糊糊地靠在一旁。柳玉茹看了印红一眼，忍不住抓住了顾九思的袖子，有些委屈地道："我……我没事。"

"没事没事。"顾九思没听明白她的意思，接着安慰她，"没事了。"

"我……"柳玉茹憋了半天，终于还是红着脸道，"我……我没让人碰我……"她觉得有些尴尬，说话的声音越来越小，"那个沈明……是个好人……他……"

顾九思愣了愣，片刻后终于明白了。他抱着柳玉茹，一时有些呆愣。他内心突然有些庆幸，这种庆幸让他腿脚发软。他觉得其中还混杂了一些别的情绪，但说不清。那不仅是作为柳玉茹的家人或者朋友该有的情绪，还带了几分他也说不出的意外的欢喜之意。

他呆愣了很久，柳玉茹有些忐忑，忙道："你别不信，你信我，我……"

"我不在乎的。"顾九思突然开口，柳玉茹有些茫然地看着他。而后顾九思认真地道："你说的那些我都不在乎，我只关心你有没有受欺负，能不能平平安安地回来，其他的不重要。"他的声音有些哑，"不管你经历什么，你永远是柳玉茹。你不用同我解释，只要没受欺负就足够了。"

柳玉茹鲜少见他这么认真，抿唇笑了笑："若是我真受了委屈呢？"

"那我就给你讨回来。"顾九思看着她，眼里闪着冷光，"他们欠你的，我都会一笔一笔地给你讨回来。"

柳玉茹没说话，顾九思见她低着头，忙道："我不是不相信你，我知道你没受欺负。"

"你怎么这么肯定？"柳玉茹抬头笑了，"万一我说假话呢？"

"你说假话，我也不傻啊。"顾九思理直气壮地说，"里面的衣服都没被扯开呢，你能吃什么亏？"

听了这话，柳玉茹的脸顿时通红，她扭过头去，小声埋怨顾九思："你看什么呢？！"

"没，"顾九思有些委屈，"我没看见什么，就是随便一瞟……"

两人正说着话，黄龙站在门外恭敬地道："大人，马车备好了。"

顾九思应了声，赶忙起身，自己将马车拉了进来，帮着柳玉茹把印红抬了上去，然后让柳玉茹进了马车。

"等会儿别出来了。"顾九思道，"处理完了，我带你回去。"柳玉茹点了点头。

顾九思牵着马打算出去，柳玉茹突然道："九思，"她有些犹豫，"这些人，你打算怎么办？"

顾九思沉默了很久才开口道："他们看到了你的脸，而且这些年来在望都周边为非作歹，也算罪有应得。"

柳玉茹犹豫了片刻，终究还是道："沈明这个人算不上坏，也救了我们。"她的话只说到这里，是留是杀，全看顾九思的意思。

顾九思点了点头，拍了拍柳玉茹的手："放心吧，我会处理。你睡一觉就好了。"

柳玉茹应了声，进了马车，就不再出声了。

顾九思牵着马车出来，这时候黑风寨的人正被一一抓回来。

黄龙清理着还没来得及跑的人，虎子在下面拦截逃跑的人。虎子没把人送上来，在周烨带军队过来之前，黄龙和顾九思不敢让这些人聚在一起，担心会让山贼们意识到官兵的人数其实并不多。顾九思了解了一下情况，黄龙按着顾九思的法子开始攻打黑风寨，一开始这些人就怕了。毕竟这里的人，许多是奔着鹰爷身后的背景来的，顾九思这样正大光明地攻打山寨，又有虎子伪造出浩大的声势，山贼才会以为官兵很多而纷纷逃窜。逃兵不足为惧，几乎是来一个抓一个。

这一次的顺利攻打是所有人都没想到的。

天快亮时，周烨终于带着人赶到了。周烨来了，虎子也就将逃跑的人押到了黑风寨。

土匪都被捆在一起，老实了。

周烨看了一眼这群跪在地上瑟瑟发抖的人，道："打算怎么办，要押回官府吗？"

"不了。"顾九思扫了一眼，冷静地道，"就在这里挖个坑，全埋了吧。"

听到这话，众人顿时惊慌起来，求饶的、叫骂的喊成了一片。周烨也是忍不住劝顾九思："九思，这样做有损阴德……"

"这德我积不起。"顾九思果断地道，"动手吧。"

周烨有些犹豫，似是不忍。他虽不是士兵，却自幼在军中长大，坑杀降兵这种事超出了他的底线。

顾九思看出他的犹豫，深吸了一口气，说道："周大哥，我知道你在想什么，我要杀他们不是斗气，是为了未来，你明白吗？"

周烨的神色动了动，顾九思接着道："今天这事，你以为只和梁家有关系吗？如今整个望都城的人都看着你我，你我的态度就是范大人和周大人的态度。我之前一直不肯下手，哪怕知道他们已经动了心思，也只是多加防范，总以为这件事会有转机，以为我对他们示好服软就能得到他们的理解。如今一个月马上就要过去，很快利息就会到他们手里，我以为只要钱到他们手里，他们就能明白我并非骗他们。"

顾九思深吸了一口气，捏起拳头，转过头去，表情有些痛苦："可是结果呢？"

"我不动手，他们就真当我好欺负。今日在来的路上，我无数次地想过，若当初我用的是王善泉那样的雷霆手段，他们还敢如此吗？！"

"周大哥，我从不觉得这天下都是坏人，"顾九思转头看着周烨，神色平静地说，"但我也不觉得，天下人都是君子。人都有善恶、趋利避害、贪婪、自私都是人的本能，今日我不杀他们，望都的那些富商知道了以后个个有样学样怎么办？如今开战在即，你难道要周大人和范大人一面在战场上打仗一面还要提防后院起火吗？"

周烨神色一凛，深吸一口气，应声道："我知道了。"他转过头去，面向众人："就这么办吧。"他咬牙继续道，"全部就地处决，逃窜在外的全都缉拿回来，一个不能放过。"

现场顿时响起一片鬼哭狼嚎声。

顾九思冷着脸逼自己看着，看着面前的人一排排地立着，看着士兵手起刀落。四周哭声骂声混在一起。顾九思的手微微颤抖着，而柳玉茹在马车里听着外面的声音，也觉得有些发冷。

所有事她都听得真切。她知道这是顾九思下的令，这样的顾九思让她有些害怕，可她也清楚，他做这一切是因为什么。前些时日他彻夜难眠，她劝他手腕要强硬一些，他还是心软。

只是这世间的事总是超出他们夫妻的想象，二人以为顾九思不过每日上门，对方顶多只会设计削了他的官或者找人把他打一顿，哪里想到对方会走到直接掳人的地步？

柳玉茹听着外面的惨叫声，觉得他们仿佛再一次站在了沧州，再一次被那些流民围着。她抱着印红，咬着牙。

外面声音渐小，许久后，顾九思撩起车帘，勉强对她笑了笑，道："无事了，我们回家吧。"他的脸上还带着血，脸色有些苍白，笑容勉强又温和，像是他的世界里最后的一抹温柔。

柳玉茹呆呆地看着这样的顾九思。

顾九思垂下眼眸："别这样看我。"说完，他便放下了帘子。

这时黄龙跑了过来，小声道："大人，少了两个人。"

顾九思皱起眉头，抬头扫了一眼，仔细回想了片刻，随后冷下脸来："沈明。"他抿了抿唇，思索了片刻，道，"你和虎子一起把山封了，在下面等着，遇见了你别动手，你打不过他，悄悄跟着，叫人来通知我。他们有两个人，如果只出来一个，你一定要派人等着另一个，两个一起抓。"

黄龙应了一声，顾九思看了看天色，同周烨打了声招呼，让周烨收拾残局，自己驾着马车下了山。

顾九思不敢在路上多做停留，马车赶得飞快。顾九思把柳玉茹带回了家，让芸芸等人上来将印红抬进屋。他自己站在边上，把手递给柳玉茹，柳玉茹便当着苏婉和江柔的面，步履从容地下了马车。

见柳玉茹无恙，苏婉和江柔顿时放下心来。

柳玉茹笑了笑，温和地道："娘、婆婆，放心吧，我没事的。"

"那就好……"苏婉含着泪，不敢多问，低头道，"你平平安安地回来就行了。"

"先别多说了，赶紧叫大夫过来。"江柔忙吩咐下人，"将燕窝端上来，房里赶紧备水，少夫人回来了，该做什么做什么。"

众人忙活起来，顾九思站在柳玉茹边上，看着她和所有人打招呼。

过了一会儿，顾九思道："娘，玉茹也累了，让她先回去吧。"

"是是是，"江柔高兴地道，"赶紧回去休息。"

顾九思拉着柳玉茹回到房里，大夫给柳玉茹看了，开了几服压惊的药。

柳玉茹在大家的关照下喝了燕窝，又礼貌地把众人送走。

大家走后，房间里就陷入了沉默。

顾九思坐在桌边，一直没动。柳玉茹有些疲倦，看着顾九思，很久后拍了拍床，温和地道："郎君，你过来。"

顾九思回神，忙起身走到柳玉茹身边，道："玉茹，怎么了？"

"睡吧。"柳玉茹神色温柔地看着他，让了让，道，"你也忙了一夜，睡吧。"

顾九思应了声，转身道："我先洗洗。"

柳玉茹拽住了他的袖子，盯着他认真地道："你累了，休息吧。"

顾九思顿了顿，再也伪装不下去了，平静的神色上露出了疲态。他脱了外衣，掀了被子，躺在柳玉茹身边，而后握住她的手，平和地道："睡吧，我陪你睡。"

两人都有些累了，柳玉茹主动伸出手，抱住面前这个男人。顾九思顿了顿，侧过身来将她揽进怀里，他的手终于不再颤抖了。

他们静静相拥，顾九思睁着眼，有些茫然地看着前方，慢慢地道："玉茹，你别怕我。"

"我不怕。"柳玉茹轻声开口靠在他的胸口上，听着他的心跳，平和地道，"你怎么样，我都不会怕。"

"我听说你出事的时候，特别后悔。"顾九思仿佛失了魂一般，"我一直在后悔怎么不早点儿动手？为什么要和他们讲仁义？为什么要为他们着想？我选了这条路，注定是要遭人怨恨的。他们恨我怨我都无所谓，为什么要找你的麻烦？玉茹，"他的声音里带了哭腔，"我怕啊。听见你出事了，我真的怕。"

"我不是没事吗？"柳玉茹温和地道，"吃一堑长一智，咱们以后会越走越顺的。"她听着他的心跳，慢慢地道，"九思，你没来的时候，我也特别怕。我怕的事情好多，我怕自己出事，怕自己受辱，怕你以后被别人议论，怕你嫌弃我……"

"怎么会？"顾九思笑了，"你怎么担心这些无聊的事？我说了，我不在乎的。"

"我在乎。"柳玉茹认认真真地看着他，"我总希望你心里的我是最好的。所以在你面前当泼妇我会担心，名节有损我也担心。"她的眼里装着他，言语没有丝毫遮掩，完全没有女子的羞涩，她的手挂在他的脖子上，她仿佛完全不知道自己在说什么撩动人心的话，"我就希望你觉得，我是天下最好的姑娘。"

顾九思呆呆地看着她精致的面容，感觉自己的心跳变缓、变重，呼吸清晰可闻，慌乱又欣喜。

柳玉茹见他只是愣愣地看着自己，忍不住将头埋在他的胸口上，小声道："你怎么不说话，好歹回我一句啊？"

"我……"顾九思咽了咽口水，抱着柳玉茹，有些无所适从，好半天才磕磕巴巴地接着道，"我……我觉得你就是天下最好的姑娘。"

"真的？"

"真的。"顾九思慢慢镇定下来，把一只手压在自己头下，看着面前的人，柔声道，"我一想到你，就觉得为你做什么都可以。"

柳玉茹抿唇，压着心里的欢喜之意，小声道："你不骗我？"

"不骗你。"看见她笑了，顾九思突然觉得这世上所有事都可以抛至脑后。他的愧疚，他的害怕，他的挣扎都在慢慢远去。目光落在这个人身上，他就觉得这个人便是整个世界。他柔声道："你说什么，我便做什么。"

"那你开心点儿。"柳玉茹抬头看向他，"你要是什么都听我的，那就答应我，第一要对自己好一点儿，第二开心点儿，第三别怀疑自己，第四喜欢自己……"

顾九思听她一条一条地数着，忍不住笑了："那你呢？"

"嗯？"柳玉茹枕着他的臂弯，抬眼看着他，那茫然的样子让顾九思心头发暖，像是春光照在心尖上。

他看着她道："你说的都是让我对自己好的事，那我对你该怎么好？"

"已经够好了。"柳玉茹抱着他的双臂紧了紧，"你对我这样好，我知足了。"

顾九思眼里带了歉意："玉茹，你跟着我，受苦了。"

"哪里有？"柳玉茹笑起来，"不跟着你，我就不能当柳老板，也不能被人疼。你看哪家娘子能像我一样造次的？大家都是吃饭只能吃几口，坐只能坐在凳子边上，睡要比夫君睡得晚，醒要比夫君醒得早……算起来，我的日子已经好得很了。"

"可是让你遇险……"

"那不是你让我遇险。"柳玉茹握住他的手，认真地道，"是那些坏人让我们遇险。九思，你不能把所有罪过都往自己身上揽。你得明白，你就是个普通人。

"一个普通人不是万能的，我们只能尽力让生活更好些，不能每次出事都觉得是我们做得不够好。我没有你这样良善，九思，我活在这世上，就是努力地生活。在保证自己可以活下来之后，我才能想到为别人做什么。人不犯我，我不犯人，人若犯我，我不饶人。你选了一条善恶难辨的路，要入仕，要为百姓做更多事，就注定要做一些违心的事，你只要尽了力，把你能做的事做到最好就够了。

"我能理解梁家的反抗，可不能接受。若今日你杀这些山贼就觉得心中难安，九思，那你就把官辞了吧。"她看着顾九思，神色平和地说，"我不求你大富大贵，也不求你封侯拜爵。这条路不适合心地纯善的人走，你不用完成杨文昌的遗愿，就在家里继续当你的顾公子，帮我打理一下账，好不好？"

顾九思没说话，看着柳玉茹的眼，内心挣扎着，几乎就要答应柳玉茹了。可是在他开口前的一瞬间，当初顾家奔走逃亡、杨文昌血溅法场、沧州流民暴乱的画面在他眼前一一闪过。

他张了张口，说道："我做不到。"他的声音有些沙哑，"就这么看着世间动荡，自己却置之事外，我做不到。"

柳玉茹笑了："你明白就好。而且你也无法置之事外呀。"她叹息，"一辈子这么长，总会遇到事的。九思，咱们不是圣人，求的也不过就是心安。若是有罪，日后无间地狱，咱们俩一起去。"她笑了笑，"到时候，我和你做伴。"

顾九思没说话，看着柳玉茹的眼，她就 这么平和地说着身后事。以前她总同他说这一辈子如何如何，他总觉得那是因为这辈子她已经没了选择。可是如今有选择了，她还是选择了他。他不想去深思这意味着什么，只是回想起他冲到黑风寨里见到柳玉茹的那一瞬间的场景。

在那一瞬间，他无比真切地意识到——他这一辈子容不得第二个男人出现在柳玉茹的生命里。过去他许诺放她走，让她遇到真爱之类的话，在那一刻都成了狗屁。他满脑子只有一个想法：他这辈子要柳玉茹，下辈子要柳玉茹，他顾九思活着、死了的所有时光，都要这个人。她是他妻子，一直是，永远是。

他怕这样疯狂的念头吓到柳玉茹，于是克制着自己的情绪，温和地笑了。他抬手将柳玉茹的头发拨到耳后，低头亲了亲她的额头。

"好，"他温和地道，"这些话，你都记好了，别到了奈何桥上又不认账。"

柳玉茹抿唇轻笑："你才不认账，我何时不认账过？"

"你说过的话，你都认账？"

"认账。"柳玉茹点头道，"信用是商人之本。"

"那就好。"顾九思握着她的手，温和地道，"那我就放心了。"

长风渡

墨书白 著

下册

青岛出版集团 | 青岛出版社

第十一章　知相思

　　顾九思与柳玉茹两个人说话时，沈明正躲在山洞里认真地观察着外面的情形。熊哥受了伤，在一边自己给自己包扎。他腿上中了一刀，行动不便，一面处理伤口，一面低低地喘息："小沈，你走吧，凭你的武艺你肯定没事，别让我拖累你了。"

　　"不行。"沈明扭头道，"我得带你走。"

　　"是我害了你，"熊哥苦笑，"本以为带你来这黑风寨能求条生路，谁知道却是条死路。当初应当听你的，不该来这儿……"

　　"别说这些了。"沈明冷静地道，"当初你在沧州救了我和我娘，我不会丢下你。"

　　"我也就是随手一救，"熊哥叹息道，"你报恩已经报得够多了，你走吧，别管我了。"

　　"他们现在没动静了，"沈明看了看外面，走到熊哥面前，同他道，"现在他们应该还在山下等着我们，我背着你下山，等会儿我把你藏起来，我出去把他们引走，你就赶紧走。"

　　"小沈！"熊哥焦急地道，"为我搭上这条命不值得，你娘还在等你……"

　　"老子的命值不值得要你说？"沈明瞪了熊哥一眼，随后把人背起来。熊哥拼命挣扎着，沈明立刻道："别逼我绑你！"

熊哥知道沈明说得出做得到，这才不再挣扎。沈明背着熊哥，看了一眼外面，猫着腰顺着草堆走。到了山下，沈明匍匐在草堆里，果然看见虎子带着人在等着他。沈明想了想，让熊哥趴在草堆里，小声道："按计划，你去我娘那儿等我。"

说着，沈明便站起身，小心翼翼地走了出去，趁着虎子的人背对着这边，沈明赶紧小跑起来。然而官兵似乎都没发现他，沈明咬咬牙，故意摔了一跤，终于弄出了声响。

黄龙赶紧道："追！"

沈明一边打一边跑，几个人制服不了他，越来越多的人追过来，他便开始狂奔。熊哥咬了咬牙，忍着腿上伤口的疼痛感，狂奔出去。

黄龙一面追着沈明，一面道："赶紧报告顾大人！"

沈明意在引开人，让熊哥逃脱，所以也不忙着打，只是飞快地跑着。但是时间稍微长些，他便被骑马的官兵团团围住了。他啐了一口，抽出刀来，打定了主意要和官兵同归于尽，砍一个算一个。骑兵围着沈明团团转，沈明武艺非凡，与众人缠斗也不落下风。

虎子在一旁看着，琢磨了片刻，叫了几个头发花白、跟着过来混饭的老者出来，道："我听说黑风寨的沈明有两不杀，一不杀妇孺，二不杀老幼，等会儿我扑上去，要是他不动手，你们就赶紧上。"

几人点头，虎子摸了摸胸口的护甲，咬了咬牙，猫着身就扑了过去。虎子虽然已经年近十四，但身形十分瘦小，看上去也就十二不到。沈明骤然见这么个孩子扑过来，下意识地要甩开，怒喝一声："不要找死！"虎子见状，给几个老人使了个眼神，老人们就都扑了上来，沈明脸色大变。刀在手中转了转，沈明拼命用刀背将人挥开，怒道："走开！"

瞬息之间，四周的官兵就将长矛抵在了沈明的脖子上。沈明终于不动了，提着刀，喘息着看着官兵，眼里全是嘲讽之意。

"非得用这么下作的手段。"沈明啐了一口，怒道，"真是朝廷的一条好狗！"

"沈爷，"虎子笑眯眯地道，"还请放下武器，我家九爷想请您喝杯茶。"

"呵，我喝他的烂茶？"

"就算您不想去，"虎子朝着一边仰了仰下巴，道，"也陪着那位爷去吧。"

听到这话，沈明下意识地看向那个方向，脸色大变。熊哥已经被黄龙抓了起来。沈明静了许久，突然一笑："行啊，找我喝茶是吧？走哇。"

顾九思一觉醒来，木南就来通报说抓到沈明了。柳玉茹赚钱之后，顾家也陆陆续续地把以前的家仆找了回来。顾九思听了木南的话，点了点头，转头看看还在睡的柳玉茹，抿唇笑了笑，抬了抬手，让木南递了旁边的剑来。顾九思用剑割开了袖子，蹑手蹑脚地走了出去。出门之后，顾九思先去洗漱，而后换了一套衣服，接着去了柴房。柴房被弄成了一间临时的牢房，沈明和熊哥被关在里面，顾九思一进去，沈明便笑起来。

"哟，顾大人，"沈明开口道，"怎么就你来？柳小姐呢？印红呢？她们不来见见我啊？"

听到这话，顾九思笑了。虎子正准备上前斥责，谁承想顾九思抬手把扇子一张就啪啪地在沈明的脸上扇了个来回。

众人都愣了，顾九思摇着扇子，笑着道："说，继续说，我看你是嘴硬一点儿，还是脸硬一点儿。"

沈明是蒙的。他这辈子都没被人扇过。他挨过刀，中过箭，被拳打脚踢过，却从没被一个男人扇过。

等沈明反应过来时，他已经被绑在了椅子上。熊哥在另外一边，因为是伤患，所以待遇不同。

顾九思坐在桌边，让人端了茶，拿了从黑风寨搜出来的成员名单，神情闲适地道："你们俩似乎这三个月才出现在黑风寨里？"

沈明不说话，顾九思转过头，同正在给熊哥包扎的大夫道："大夫停止包扎吧，让他就这么流血过量死掉就是了。"

"对！"沈明一听这话便老实了，咬着牙道，"三个月前来的。"

顾九思点点头，开始做笔录："打哪儿来？"

"沧州。"

顾九思的笔顿了顿，片刻后，他又问："以前的职业？"

"街头混混。"

"游侠！"熊哥忍不住开口道，"大人，沈明是个好人，他以前是去名门正派专门学过武的，后来回了乡里，因为乡里一个乡绅糟蹋了一个闺女，沈明动手把人杀了，就逃了出来。他只是冲动些，从来没作过恶啊！是我害了他……"他挣扎着要上前来，想给顾九思跪下。

旁边的大夫淡定地按住熊哥，宽慰道："别激动。"

熊哥也来不及管旁边的人的声音了："大人，沧州没粮食了，那儿都是人吃人，我们没有办法，才来了幽州。幽州也没个能讨生活的地方，我才想到去黑风寨的。沈明没杀过人的，只是抢点儿银子……"

"没杀过人？"顾九思嘲讽。

沈明挑眉，坦荡地道："杀过啊。你们这种狗官，我见一个杀一个。"

"小沈！"熊哥着急地道，"你少说两句。大人，沈明下手都是讲分寸、讲道义的啊。"

沈明被熊哥一吼，扭过头去，没有多说。

顾九思转头看着熊哥道："这三个月来，黑风寨一共作案两次，一次是抢了城中赵家的一批布，你们干的？"

两人不说话，顾九思心里有了底。

顾九思接着问："听说沈公子不杀妇孺老幼，我倒想问问，怎么在我夫人这事上，您就破例了呢？"

"你夫人漂亮呗。"沈明张口就来。

顾九思顿住记录的笔，抬眼看着沈明，眼中满是冷意。

"不是，顾大人，这都是误会。"熊哥赶紧道，"我这兄弟是从来见不得这些事的，但鹰爷吩咐了，这事我兄弟不做就会有其他人做，要是换一个人，夫人可真就要去掉半条命了。我兄弟也是为夫人着想，想着能救就救。我兄弟没碰夫人一根手指头哇！您看，最后我们本也可以早早跑了的，我这兄弟就为了提醒你们，和寨子里的人动了手，这才下山晚了啊。"

顾九思抬眼看沈明："真的？"

"假的。"沈明冷笑，"要杀要剐赶紧的。"

"家里父母还在吧。"顾九思的声音平静，沈明不说话了。顾九思将笔放下，把记好的口供拿起来，吹干之后放在一边。

顾九思看着面前的沈明，两人对视着，顾九思犹豫了一会儿。

这样一个人，杀了，有违自己的本性，无论如何，沈明救了柳玉茹和自己，这是实实在在的事。当时若不是沈明出手，外面的人就会一把火把屋子烧了，自己被逼出来，还能不能护住柳玉茹就说不定了。可若留下沈明的性命，万一他出去胡说八道，又对柳玉茹的名节有损。

顾九思思索着，沈明就静静地等着顾九思最后的结果。

过了许久，顾九思终于再次开口："大娘几岁了？"

"关你屁事。"

"你不想活，大娘总是要活的。"顾九思开口。沈明僵了僵，顾九思朝着熊哥仰了仰下巴:"他也想活。"

"有话就说。"沈明知道顾九思是要说些其他的什么,僵着声音催促。

顾九思犹豫许久,终于还是道:"你身手不错,可以留下给我打个下手,一月两银,月休三天,如何?"

沈明愣了愣,熊哥神情惊诧。片刻后,熊哥催促沈明:"快谢谢大人!"

"你从沧州过来,不就是想给家里人求条生路吗?"顾九思靠在椅背上,垂着眼眸转笔,"想求条生路,就得收着脾气,忍自己过去不能忍的,容自己过去不能容的。你总不能一辈子都像个小孩子一样,只知道嚷嚷头掉了碗大个疤,你的头不值钱,你娘呢?"

沈明抿紧了唇。顾九思见他心动,也不多耗心力了,站起身来,淡淡地道:"黑风寨就剩下你们两个,你要留下,你和这个人就发誓将玉茹去过黑风寨的事烂在肚子里,否则我夫人失了名节,"顾九思抬眼看着沈明,冷声道,"我就要了你们全家的命。"

"你不说我也不会乱说。"沈明僵着声音道。

顾九思点了点头,起身走出去:"给你一天的时间想想,是要骨气还是要命。要骨气简单,我马上送你和你黑风寨的兄弟团聚;要命你就找人同我说,我会给你安排事做。"

说完之后,顾九思便出了门。

他刚走出门,就看到柳玉茹站在门口。她似乎是有些担心,见他出来了,看了里面一眼,道:"我听说你把沈明抓回来了。"

听到这话,顾九思也往门里看了一眼,心里有那么几分不舒服。他把手笼在袖子里,点头应了一声。

"审得如何?"柳玉茹犹豫着出声。

顾九思抬眼看她,直接道:"你是想问如何处置吧?"

"这也是要问的。"

"杀了。"

"啊?"柳玉茹有些诧异。

顾九思挑眉,似笑非笑地说:"怎么,不妥?"

"也……也不是。"柳玉茹磕磕巴巴地道,"你这么处置,总有你的道理。但……我……我就是觉得也……也罪不至死……吧?"那个"吧"字说完,柳玉茹还是有些不信,偷偷地瞟他,想从他脸上看出几分情绪,揣摩着自己的话说得对不对。

顾九思看着她这一副做贼的样子，也不知道是该气还是该笑。他叹了口气，道："算了。"

"嗯？"柳玉茹有些茫然。

顾九思微微弯腰，将脸探到她边上去，指了指自己的侧脸，道："亲一口，就算了。"

柳玉茹被这个要求惊到了，呆呆地看着面前的顾九思。

顾九思见她不动，皱了皱眉，道："不乐意？"他直起身来，双手笼在袖间，转过身去，冷着脸道："那就罢了。"

"哎哎哎。"柳玉茹见他不高兴，虽然不知道他说的"算了"是什么意思，但还是一把抓住了他。顾九思顿住步子，回头看她。柳玉茹扭头往两边看了看，似乎有些害羞。见旁边没什么人，她朝他招了招手，道："脸，过来点儿。"

顾九思没想到柳玉茹真的会答应这个要求。他其实也只是随口一提，给自己找个痛快。谁知道面前这个姑娘会拽着他的袖子，紧张地注意着周围的情况，做贼一般小声道："快呀。"

顾九思方才那点儿不快全都烟消云散了，心里不知道为什么也有些紧张，他还是故作镇定地微微弯腰将脸凑了过去。

柳玉茹踮起脚，轻轻亲了他的侧脸一口，随后低下头去，小声道："不生气了吧？"

顾九思看着柳玉茹的模样，抿起唇，觉得心里像是开了花似的，嘴角压都压不下去。他抬手牵起柳玉茹的手，笑着道："就这样吧，饶他一命。"

"也不用的。"柳玉茹赶紧道，"他以前要是真的做了大奸大恶的事，你也不用饶，只要罪罚相当就好，还是要看你怎么想。"

"我怎么想？"顾九思翻了个白眼，"我想让他去死。"

柳玉茹听了，颇为遗憾地道："那就杀吧。"

顾九思被柳玉茹的口气逗笑了，挑了挑眉，忍不住道："你是真觉得可以杀，还是哄我开心的？"

"为了哄你开心，杀了也是可以的。"柳玉茹神情认真地说。

顾九思听到这话，心里终于彻底放下了，整个人乐开了花。他突然觉得自个儿和沈明计较实在是有失身份，毕竟柳玉茹已经是他的媳妇儿了，他每天想抱就抱想亲就亲，沈明充其量也就是个排着队的爱慕者，柳玉茹这么好，会有人喜欢她再正常不过了。这样一想，顾九思心里那点儿别扭情绪终于没了。

他轻咳一声，道："罢了，他人还不算坏，就是脑子傻点儿，留下来还是能用的。"

这话在柳玉茹的意料之中，她抬手挽住顾九思，靠着他，道："放心吧，我不会跟他跑了的。"

"这种问题，我完全没在意过。"顾九思立刻反击，"就他那样的能从我手里拐人？！我借他一百个脑子也不能！"

"这么有信心哪？"柳玉茹压着笑意，"人家小沈虽然脑子不好使，但长得还是很俊的。"

"你是脑子坏了还是眼睛瞎了？"顾九思瞟了柳玉茹一眼，"有病治病，费用我出，别耽搁。要说俊，他能比我俊？"

"嗯，"柳玉茹认真地想了想，随后道，"各有千秋，那刀疤很有个性。"

听了这话，顾九思也不走了。他用双手捧着柳玉茹的脸，认真地注视着她，眼里全是惋惜之意，嘴里感慨道："明明以前看上我还嫁给我的时候眼神还是挺好的，怎么年纪轻轻的就瞎了呢？"

柳玉茹笑得整个人都软了，抬手用团扇拂开他的手。顾九思见她笑得花枝乱颤，便将手环在她的腰上，怕她摔着。

怀里的姑娘高兴，他也就高兴起来，这么静静地看着她笑，感觉整个秋日都变得温柔又绵长。这个人就是他一生的归宿，哪怕世间充斥着刀光剑影，他仍有这一方天地安然如初。

顾九思血洗黑风寨一事传出去后，整个望都城都震惊了。

黑风寨在望都城外这么久，从未有县令能够成功剿匪。所有人都知道，黑风寨表面是山贼，实际是望都城里的官僚和贵族的刀，只要钱到位，黑风寨什么生意都能做。这些有权有势的人都不想失去这把好刀，于是就都护着。当然，黑风寨背后还有一座最坚实的靠山，以往大家都在揣测，而在梁家因谋反被灭后，这事就不言而喻了。

顾九思审完了沈明，黄龙便走上前来同顾九思道："大人，县衙里来了好多商户，都是来买幽州债的。"

"来了多少？"顾九思洗着手，声音平淡地问。

黄龙报了个数，顾九思沉默片刻，心里有了数。梁家出事了，以往和梁家沆瀣一气的许多商家知道了消息，都急急赶来表忠心了。如今梁家人尸骨未寒，官府还在清点梁家财产和安排剩下的人的去处，但这些人被顾九思的雷霆手段震慑，自然不敢再躲下去了。

顾九思嘲讽地笑了笑，低下头继续洗手，平静地道："今日来的这几家，让他们将全部家产用来买幽州债。"

黄龙愣了愣，之前顾九思一直是秉持着半自愿原则，很少这样强求，今日却上来就要人家的全部家产？

顾九思没得到回答，抬眼看向黄龙："黄大哥？"

"是，"黄龙赶忙点头道，"大人，我这就去办。"

黄龙走出去了，顾九思还站在架子边上洗手。他洗了一遍又一遍，直到手都洗红了，甚至开始疼，才停了下来。他深吸了一口气，直起身，去了府衙。

府衙里，顾九思见到等待着的商户们，便朝他们行礼，商户们忙站起身来，慌张地回礼。顾九思扫了一眼今日在这里的人，发现之前不肯松口的硬茬全都来了。

顾九思嘲讽地笑了笑："我的意思，想必诸位都明白了吧？"

"大人……"有个商户犹豫着道，"给幽州捐钱，我们义不容辞，可是这个数额……"

顾九思抬眼。

另一个商户轻咳了一声，道："大人，其实您这么卖力，钱入的也是这望都城的库房。不如打个商量，您让我们少点儿，我们让您多点儿，您看如何？"

顾九思嘲讽地笑了笑："我顾家捐了多少钱，你觉得能让我看上眼的钱得是多少？"

听到这话，商户们的面色都不太好看。他们再富也不可能比当年的扬州首富更富。顾九思这种能把全副家当说捐就捐的人，要拿钱财打动他，的确太难了。

顾九思仰了仰下巴，黄龙懂事地关上了房门，房间里只留下了顾九思和这些富商。顾九思将茶杯放在桌上，淡淡地道："大家也不用多想了。以往我总想着，你好我好，大家都好，可既然诸位不领情，那就官走官道商走商道。你们能伙同梁家找我的麻烦，想必都做好了准备。"

"大人……"商户们着急地出声，想要辩解。

顾九思抬手止住他们的声音："不用解释，你们有没有做我心里清楚。大家都是商户出身，你们心里想的什么我清清楚楚明明白白。我让你们买幽州债，不是坑你们、骗你们，你们有警惕心，不信我，我都能理解。可是祸不及家人，你们有事就冲我来，别找我家里人的麻烦，这是我的底线。"他抬眼看着众人，"做了错事就地认罚，其他的商户我不会强抢。但你们都给我听明白了，要么认罚，要么就全都和梁家人做伴去！"

众人僵着脸不敢出声。

"黄龙，拿纸笔来。"顾九思靠在椅背上，转着手中的笔，目光一一扫过商户们，"今日大家就在这里歇息吧，写封信回去，什么时候钱到位了，人就到位了。"

大家都清楚此刻的顾九思已愤怒至极。

顾九思可以忍受他们的嘲讽羞辱，可以忍受他们的怀疑揣测，却绝不能忍受自己的家人因为自己而受到伤害。

黄龙将纸笔发给众人，商户们面面相觑。

顾九思坐在上首，打开了近日的卷宗，淡淡地道："大家慢慢写，我陪着大家一起办公。"

作为一个县令，上到财政血案，下到丢鸡找狗，望都整个县所有案件都由顾九思一人来办，每天的事多得不行。还好他看东西的速度快，看诉讼状时能一目十行，又将案件按照重要性排序归类，然后分别给出处置方式。

商户们看着顾九思的样子，咬了咬牙，终于将信写了。信送出去后，商户们就等着家里筹银子。若银子不够，就要拿粮食、布匹、马匹或未来的军中订单来凑。

夜里，柳玉茹见顾九思还不回来，便让人去问。印红从木南那里得了消息，回来禀报。

柳玉茹听了，问道："木南可说姑爷有什么异样？"

印红想了想，道："木南说，今日姑爷洗了很久的手，手都洗红了。"

柳玉茹愣了愣，轻叹了口气，道："终究是走到了这一步，他心里想必还是很难过。"

如今已经是深秋，夜里有些冷，柳玉茹想了想，让人炖了碗甜汤，随后便穿着大氅，提了灯，带着甜汤去县衙。今夜同以往比起来有些异样，人们行色匆匆，似乎都在忙着些什么，柳玉茹看了一眼，没有说什么。

到了县衙门口，柳玉茹也没去让人请顾九思，只是站在门口静静地等着。

等到了半夜，她在马车里迷迷糊糊地睡了过去，顾九思才送走了最后一个商户。顾九思忙完走出来，便看见柳玉茹的马车静静停在一边，写着"顾"字的牌子在马车前被风吹得轻轻晃动。他笑了笑，忙走到马车边上。

印红打着哈欠，看见顾九思走出来，赶忙道："姑爷……"

顾九思抬起手止住了印红的话，掀起帘子，就看见里面睡熟了的柳玉茹。

他抿唇笑了笑，打了个手势，小声道："走吧，别惊到她。"

他轻手轻脚地上了车，坐到柳玉茹边上，轻轻地让她靠在他的腿上。柳玉茹睡得迷迷糊糊的，想睁眼，又觉得很舒服，就没有醒过来。

顾九思给她盖上外衣，用手指梳着她的头发。马车嗒嗒地走，他看着这个人，觉得月色都带着柔情蜜意。

这些感情是如何产生的呢？他自己回想起来都觉得很难说清。但这份感情就这么悄然变质了，从最开始只是想着要负责到觉得这个姑娘不错，之后变成了生死与共，到了今天，闲暇时的温情，关键时的独占欲，他对这个女人的感情已经到了爱情的极致。

他觉得她哪儿都好，便怎么都不想放手。他对她爱极了，想将她一个人独占放在身边，也是自私极了。

顾九思看着她的侧脸，一看就入了迷，只觉得这人的眉目长开了，怎么看都是雕刻的美玉、笔绘的仙子。一不留神就到了家，等马车停下来，他才回神，忍不住有那么几分脸红。还好柳玉茹睡着了，要是知道他居然看她看了一路，她不得埋汰死他。

他小心翼翼地将人打横抱起来，往卧室里走去，但这样大的动作还是把柳玉茹弄醒了。她迷糊着睁眼，看着顾九思，道："郎君？"

"睡吧。"顾九思知道她要问什么，笑着道，"到家了，我抱你过去。"

柳玉茹应了一声。她困得紧，可还是想多和他说说话，便伸手揽着顾九思的脖子，合着眼，迷糊着道："我给你煮了甜汤，去接你了。"

"我知道呢，"顾九思听着她这么努力地和他说话，觉得自己的心软成了一片，"谢谢娘子。"

"你别难过。"柳玉茹低声道，"我给你带了香膏，记得擦手。"

顾九思愣了愣，便知道是早上的事传到柳玉茹耳里了。

他为之动容。他未曾想过，这么一个细节就能让这人猜到自己的心。他抱着姑娘，突然就觉得有些眼酸。少年长成，往往是个棱角退尽的过程。有的人变得圆润和善，有的人却只能生生被折断，鲜血淋漓。

他哑着嗓子应了一声，把柳玉茹抱到了床上。柳玉茹在床上躺了一会儿，慢慢缓了过来。这时候顾九思已经梳洗好，让人打了洗脚水进来。

他将洗脚水放在柳玉茹身前，柳玉茹自己脱了鞋袜。顾九思看出她还犯着困，便撩了袖子走到她面前来，将手探进水里搓揉她的脚。柳玉茹猛地惊醒，下意识地将脚缩回去，顾九思一把抓住她的脚腕，只见这皓足沾着水珠，在灯光下如晨间的荷叶，露珠摇摇欲坠。

他一时目眩，只知道呆呆地看着那手中握着的小脚，心跳骤然加快了，移不开目光。他从未想过有人能有这样的魔力，仅凭着一双玉足就让人像是陷入了某种幻境之中，奇异的感觉升腾而上。他盯着那双脚，那目光如同火一般灼烧着柳玉茹。

柳玉茹红了脸，结结巴巴地道："郎……郎君……"

听到这一声，顾九思才骤然回神。他抬眼看向柳玉茹，却不敢再多说什么。他突然发现看不得柳玉茹了，看哪儿，心中都会生出异样情绪。

那唇色诱人，像是带了水，引人品尝。那脖颈纤长，在灯火下像是覆了一层流动的光，让人恨不得沿着那光一路追随而去，唇流连其上。再往下更是胸有沟壑，腰藏曲江。

顾九思深吸了一口气，逼着自己低下头去，目光落在水里，怕柳玉茹察觉他的异样。他觉得柳玉茹对他的评价太对了，他当真太过孟浪了。他怎能有这样的念头呢？

他低着头，怕自个儿目光里的那些醴醍东西会让柳玉茹不喜。他故作镇定，笑着将柳玉茹的脚拉回水里，柔声道："可是害羞了？"

"唤印红来吧……"柳玉茹红着脸，心跳得很快。

她总觉得面前的顾九思和以往有些不一样，可又说不出有什么不一样，只觉得今晚的他让她又怕又有些……说不出的喜欢。这种喜欢藏在心里，藏得太深了，她自个儿也没察觉。这种喜欢，不是一个人对另一个人的欣赏或者单纯的好感，更像是所有人都不会说出来的、刻在人骨血里的、一种女人对男人的、男人对女人的本能。她只觉得身上有种说不出来的感觉，这种感觉让她太害怕了，说话的声音都忍不住颤抖了。

顾九思听出来了，顿了片刻，道："我让她去睡了，我来吧。"说着，他笑了笑，那笑容看不出半分旖旎，很是温和，"你等我回家，给我煮汤，我就给你洗脚，给你擦手，好不好？"

　　看着顾九思的笑容，柳玉茹心里那份怪异的情绪散了些。此刻他已经用手擦着她的脚了，她再多说什么就显得矫情了，于是只道："那明天早上我给你做桂花糕，帮你穿衣服。"

　　"好。"顾九思笑着应声，"你对我好，我也对你好。"

　　柳玉茹听了这话，安心又高兴。她是生意人，向来不信那些没有付出就有回报的故事。在她心里，所有的礼物都标着未知的价格，只有明码标价的交换才让她心安。

　　她低头看着坐在小凳子上为她洗脚这个男人。他这模样其实一点儿都不帅，和他在外时的风流公子、威严官爷的模样都不一样，他就这么安安静静地、笨拙地替她按着脚，甚至有种说不出的老实，可是她觉得特别平稳安定。

　　柳玉茹静静地看着他，而顾九思也察觉到了她的目光。

　　他的目光都落在她的脚上，他努力让自己不要做出什么逾矩的事来，免得惹她讨厌，可心里又总有那么几分冲动，于是擦着擦着就忍不住用了点儿力气。

　　带着茧子的手指擦拭在柔嫩的脚背上，柳玉茹也不知道怎么的，觉得有那么几分羞耻，便低声道："好了吧？"

　　"嗯？"顾九思抬头。

　　柳玉茹便看见面前的人涨红了脸，他眼里还带了几分水汽，那一贯美艳的眼角眉梢更是说不出的诱人。柳玉茹愣了愣，顾九思却笑了，干净利落地将帕子铺在怀里，将她的脚抱进来压了压，替她擦干了脚。

　　"好了。"他放开她的脚。只是放的时候，她不知道他是有意的还是无意的，他的手指顺着小腿一路滑到脚腕，惹得她轻轻战栗了一下。她更觉得羞恼，赶紧上了床，背对着他躺下。

　　顾九思又回到了浴室里，倒完水，在浴室里待了很久，似乎又洗了一次澡才出来。

　　柳玉茹躺在床上，看着黑漆漆的夜，突然忍不住想，她和顾九思……应当算夫妻了吧？在顾九思心里，她应当算他的妻子，他不会再想着什么放她离开了吧？

她其实很想问，可是又不太敢。她怕问出口来，顾九思给她的还是以前的答案。当初她听到这答案都觉得承受不住，如今更是承受不住。若她付出这么多，顾九思还是这么说，她大概……大概会很难过。

柳玉茹想着，垂下眼眸。她裹着被子，叹了口气，干脆不想了。顾九思从浴室里走出来，似乎有些疲惫。他躺在床上，将柳玉茹揽进怀里。他身上沾着水汽，有点儿凉。柳玉茹抿了抿唇，想了想，回过身去，主动伸出手抱住了顾九思。

"九思，"她小声询问，"你不会丢下我吧？"

"我丢不下你，"顾九思叹息了一声，捋了捋她的头发，柔声道，"柳老板，你可是个活生生的人，不是小猫小狗，也不是小孩子，你不依附我，又哪有什么丢得下丢不下的说法？你该问的是，我离不离得开你？"

"那……"柳玉茹结巴着道，"你离……离……"

她不敢问了。她又羞涩，又害怕，顾九思等着她问，见她半天开不了口，低笑出声。那声音如宝石落在丝绸之上，华贵中带了几分沙哑，撩得人心发痒。

他的手透过指缝扣住她的，他的头轻轻地触碰着她的额头，他们靠得很近，呼吸都交织在一起。

"离不开。"他看着她的眼睛，他漂亮的眼里带着无奈、宠溺、欢喜以及似乎是要让人沉溺其中的深情。他往前探了探，附在她耳边，小声道："你是我的命，我离不开。"

他的话带着热气喷洒在她耳边，柳玉茹的心跳得飞快，她突然觉得，还好自己是在床上问的，若自己是站着问的，此刻怕是站都站不稳了。

顾九思这人，骨子里的风流是与生俱来的，就算只是说句话，也能说得人软了骨头。她分不清这是自个儿的问题，还是顾九思的问题。她双手环着顾九思的脖子，红着脸不说话。顾九思看着她的模样，知道她是害羞了，低笑出声来。他其实也不好意思再多说了，只是又把人往怀里紧了紧。

他原本只是想离她近一些，想拥抱她，想用这个动作表达那些未曾说出的感情。然而在感受过这个人的温热与真实之后，他突然发现，这人是他的命，是随时随地能要了他的命的存在。于是他往后退了退，不着痕迹地拉开了两人的距离，低头亲了亲柳玉茹，柔声道："睡吧。"说完，他就侧过身去，背对着柳玉茹。

柳玉茹愣了愣才反应过来顾九思说了什么。她觉得心里高兴极了，哪怕顾九思此刻背对着她，她也觉得欢喜。她像一只黏人的猫儿，想要讨好面前这个人，就把自己整个人贴上去，从背后抱住了顾九思："九思，你真好。"她用脸蹭了蹭顾九思的背，顾九思在暗夜里感受着身后人的曲线和柔软，听着她渐渐变缓的呼吸，他睡不着了。

他盯着面前的柜子，仿若那是他的死敌。他满脑子只想着一件事——他为什么受这种罪？他为什么不能勇敢一点儿，上进一点儿，再努力往前一步呢？！

顾九思就这么僵着身子盯着墙，困得不行了，才迷迷糊糊地睡过去。

他其实是很想转过身做点儿什么的，可是理智告诉他，他如今不该做这些。时至今日他才明白自己对柳玉茹抱有的是怎样的感情，可柳玉茹对他未必如此。他知道无论自己做什么，柳玉茹都不会拒绝，可不拒绝并不意味着心甘情愿。

柳玉茹这个人理智又内敛，骨子里面始终刻着守规矩和担责任。她愿意同他在一起，本就是因为规矩而不是情爱。她认定他是她丈夫，这辈子都不会变，因此无论他要做什么，无论她喜欢不喜欢，她都会说喜欢，都会受着。

可他看得出来，对他的触碰，她是害怕的。她心里也有犹疑，但她又强装镇定。他怎么舍得让她受这份委屈？他怎么能容忍这份感情里有这样的瑕疵？

一生这么长，他同柳玉茹还有很多时间。他相信柳玉茹一定会慢慢爱上他，她会真诚地接纳他，他们会成为对方生命中最美好的存在，不是亲人也不是责任，只是爱人。但如果他们开始于还未确定这份感情的现在，这会是他一生的遗憾。

顾九思一觉睡醒，晨起的敏感让他有些不适，他赶忙起身。梳洗一番后，他才冷静下来。他让人为柳玉茹备了早点，自己端了一份早点去柴房看沈明。

熊哥在别处养伤，顾九思吩咐了下人照看。沈明坐在柴房里，看上去有些虚弱。

顾九思将早点放在沈明面前，站起身道："想好了吗？"

"为什么不杀我？"沈明冷静地开口，"我听说黑风寨的人都被你杀光了。"

"你罪不至死，又救了我们夫妻两次，杀你不妥。"

"那你为何不放了我？"沈明抬眼看他。

顾九思的语气很平淡："我不放心你到处乱跑，万一嘴上不把风，毁了我夫人的名节，那怎么办？"顾九思扫了他一眼，"而且，你武艺不错，放你出去，我也怕你走歪路，为非作歹。"

"跟着你就不是为非作歹？"沈明嘲讽，"你们这些朝廷狗官，谁又是好的？"

"沈明。"顾九思看着他，"你可以跟着我，若觉得我做得不对，你也可以杀了我。"

沈明愣了愣。顾九思坐下来，淡淡地道："你有什么问题，大可问我。"

沈明静了许久，道："不问了。"

"嗯？"顾九思抬眼看他。

沈明平静地道："你说得是，你要是个狗官，我一刀劈了你就是。"

顾九思笑了笑，没说话，喝了口茶，吩咐人进来给沈明松了绑。柳玉茹醒来时，沈明已经把自己打理好了。

柳玉茹这一觉睡得很好，顾九思见她进了院子，忙问她："怎的醒了，再睡一会儿吧？"

"睡得久了，"柳玉茹笑了笑，"来陪你吃饭吧。"

说着，她的目光落到沈明脸上，她有些诧异，随后却又露出平和的笑容，朝着沈明点了点头。沈明有些尴尬，朝着柳玉茹行了个礼就匆匆转身走了。顾九思看了沈明一眼，又看了柳玉茹一眼，走到长廊上，拉着柳玉茹去吃饭。

顾九思看似无意地道："沈明以后就留在我手下做事了，你身边也没个可靠的人，要不我把他派给你，你用着吧？"

柳玉茹狐疑地看了他一眼，见顾九思满脸平静，没带半点儿情绪。她想了想，点头道："行。"

顾九思的脚步顿住了，他抬眼看她，目光像是有些委屈。他就这么盯着她，也不说话。

柳玉茹憋着笑，继续道："我就让他当随行的小厮，和印红一样，日日跟着我。"

顾九思勾了勾嘴角："想得美。"说完，他便转身进了饭厅，像是不大高兴。

苏婉和江柔正说着话，见两人进来了，江柔正要招呼，顾九思就哐的一下坐下来，飞快地吃东西。

柳玉茹施施然地入座，同苏婉和江柔道："娘、婆婆，吃饭吧。"

顾九思弄出叮叮当当的声响，谁都下不了筷子，唯独柳玉茹丝毫不受影响。江柔和苏婉面面相觑，柳玉茹见两位长辈半天不下筷子，突然出声："顾九思。"

顾九思的动作僵住了。柳玉茹的声音很平和，脸上带着笑，顾九思心里突然有点儿发寒，被关柴房的经历不知道为什么突然涌现在脑海里。

柳玉茹淡淡地道："好好吃饭。"

顾九思不敢说话，坐直了身子，也不胡闹了。

吃了饭，顾九思回到屋里，坐在床上不动。柳玉茹去拿官袍，官袍拿来了，顾九思还坐着不动。

柳玉茹笑着道："郎君，过来换衣服。"

"不去了。"顾九思往床上一躺，像是生气，道，"今儿个我病了，不想去县衙！"

柳玉茹笑了，坐在顾九思边上，轻轻扇着扇子："郎君哪里不舒服？可是热了？"

"我心里病了！"顾九思把自己闷在被子里。

柳玉茹抿着嘴笑："怎么病的，说来听听？"

"柳老板看上新欢了！"顾九思探出头来，漂亮的眼里满是委屈之色，"要厌旧了！"

听到这话，柳玉茹实在是忍不住，笑出声来。顾九思哼了一声，扭过头去，一副"我绝对不和你说话，我就等着你哄"的模样背对着柳玉茹。

柳玉茹用团扇敲着他，笑着道："你怎的这样幼稚？你自个儿试探我，还不让我回两句嘴不成？"

"我不管。"顾九思闷着声音道，"你要让他当你的随行小厮，我生气。"

"那不是逗你玩儿吗？"柳玉茹给顾九思摇扇子，好好地哄着他，"我怎么可能让他当随行小厮？我一个妇道人家，让人看见了多不好啊。"

"你就是怕人看见，别人看不见你就让他当了！"

"顾九思，"柳玉茹哭笑不得，"你没完了是吧？我还没说你不相信我？"

顾九思愣了愣。

柳玉茹叹了口气，道："你心里始终不相信我和他是清清白白的……"

"不是不是，"顾九思赶紧道，"我怎么可能怀疑你？！"

"那你怎的这样问我？"柳玉茹神色哀怨，"你心里还是有了个结。"

"我不是，我没有，你别胡说！"顾九思一口气说完，蹭过来靠着柳玉茹，有些委屈地道，"我看见你看他对他笑了，你就不能夸夸我，给我吃颗定心丸吗？"

"好好好，"柳玉茹觉得面前这人像极了孩子，"夸你夸你，你最好，你最棒。那沈明哪儿比得上你的一根手指头？你把人给我干吗？你自个儿留着，让他离我越远越好。行了吧？"

顾九思还是一副不满意的样子，可也不敢再闹了，哼哼了两声后道："勉勉强强吧。"说着，他直起身来，"行了，我要去县衙了。"

柳玉茹笑着给他穿了衣服，顾九思低头看她在他面前忙活。她展开双臂环住他，腰带在他腰后交叠，她又稍稍退开，把腰带在他身前系上。他一直看着她，眼睛都不眨一下。

她将他的最后一颗扣子扣上，给他戴上官帽，静静地打量了他片刻，笑着道："我家郎君俊得很。"

"俊得很，那不做点儿什么？"顾九思弯下腰，将脸凑了过去。

柳玉茹看见他的动作，便知道他的意思，抿了唇，亲了亲他的脸。

顾九思抬手压在自己的唇上，盯着她道："这里软，你试试。"

"顾九思，"柳玉茹看着他的动作，顿时红了脸，用团扇轻拍了过去，小声道，"别不要脸。"

顾九思轻而易举地握住了她的手腕。他上前一步，手扶在她的腰上。他的手掌很大，贴在她纤细的腰上，温度从接触的地方蔓延开，他抬起另一只手，放下了帘子，房间里暗了些。他贴着她，她想退，他扶在她腰上的手却止住了她的动作。

柳玉茹的脸烧得通红，她小声道："你……你这是干吗？"

"真的软，"顾九思低着头，在她耳边轻喃，用只有他们俩能听到的声音道，"我带你试试，嗯？"

柳玉茹的心跳得飞快。她其实也不知道顾九思是怎么就变成现在这个样子的。这种转变来得突然，却也在意料之中，她早知道他们是要有这么一天的，心里有些害怕，却也不敢拒绝。

顾九思打量着她的神色，小心翼翼地低下头。他故作老练深沉，但终究是新手。温软的唇贴上去，他轻轻地压着，碾着，啄着，一下接一下，温柔又青涩。柳玉茹红着脸，闭着眼，整个人瑟瑟发抖，像一株含苞的桃花，看得人心生怜意。

顾九思觉得这现实的确与想象中的感觉不一样，现实来得更销魂，更迷人。他不自觉地将她压在柱子上，又不敢做更多，只觉得能用唇这么与她贴着，再辗转一二，就已经极快乐了。纵然他想要更多，也不敢往前。他自个儿怕，也怕惊了对方。

他算着时辰，克制着自己，察觉到柳玉茹一直屏息就将唇挪开了，但紧接着就抱住了柳玉茹，身体紧紧地贴着她。他离开后，柳玉茹才得以呼吸，而后他炙热的胸膛就压了上来。

她听着他飞快的心跳声，小声道："你……你这是做些什么呀？"那声音猫儿似的，撩得人心痒。

"我去府衙了。"顾九思的声音有些哑，"你要不再歇歇吧？"

柳玉茹听着他说正事，慢慢镇定下来："不用了，我铺子里事多，我还要去看着。"

"嗯。"顾九思应了一声。他舍不得放开，就这么一直抱着，柳玉茹也不敢动。

很久后，她才听顾九思道："玉茹。"

"嗯。"

"会慢慢习惯的。"他没头没脑地说了这么一句，柳玉茹在他怀里抬起眼来。顾九思低头看她，哑着嗓子道："慢慢习惯我，把心交给我，嗯？"

柳玉茹愣了愣。

顾九思知道适可而止，替她整了整衣衫，笑着道："我走了。"他说完便领着人风风火火地走了出去。

顾九思走出去后，柳玉茹才慢慢地回过神来。其实她有些不明白顾九思的意思。她已经许了他一辈子，还不算将心交给他吗？他想要更多，可更多的……柳玉茹心里有些忐忑，垂着眼眸暗自思忖……她也给不了更多了。

印红走了进来，笑着问："夫人今日不去铺子吗？"

"去呀。"柳玉茹赶忙道，"好几天不去，我怕那些死丫头要造反。"

印红抿唇笑起来。

柳玉茹整了衣衫便往外走去，到了门口，就看见沈明规规矩矩地站在马车边上。沈明换了一身衣服，戴了半边面具遮住了他脸上的疤痕。柳玉茹愣了愣，就听沈明道："大人叫我随行。"

柳玉茹看了一眼旁边的印红，印红轻咳了一声，小声道："姑爷说沈明拳脚功夫好，沈明跟着，姑爷才放心。"

柳玉茹轻叹了一声，明白这一次黑风寨的事的确是把顾九思吓怕了。如今顾九思身边又没有个拿得出手的人，要派来保护她，沈明是唯一能让顾九思放心的人了。柳玉茹也没多说，点了点头便上了马车。

到了店铺里，柳玉茹先清点了账。花容步入了正轨，柳玉茹设计了详细的分工，所有事井井有条，哪怕柳玉茹不在铺子里，也不会出什么岔子。这样的模式方便复制，安阳的店铺就已经开起来了，虽然才几天，但从进账上看也算不错。

芸芸小心翼翼地问："少夫人，要不要着手准备下一家分店？"

芸芸是跟着柳玉茹和苏婉过来的，还年轻，就只在铺子里帮忙做事。但这姑娘机灵，又对这些货物敏感，待了一阵子就被柳玉茹提成了掌柜。

柳玉茹看着账想了想，摇了摇头，道："先把安阳的铺子稳定下来，买一百两银子的幽州债。"

"一百两？"芸芸愣了愣。这对店铺来说，并不是个小数目。

柳玉茹点点头，道："放心买吧，没事。"

没过几天，幽州债第一个月的利息就该发放了。记得这事的人上门来领钱，顾九思特意将领钱的地方设置在了府衙门口，于是府衙门口排起了长长的队伍。

一个月千分之五的利息，可记在账上，也可领取对应分量的米。有些人投的钱很少，甚至不到一文，这样量出来的米的分量就很少，所以大多数人还是选择了记账。然而人们也都知道了，这幽州债的确是发钱的。

至于城中的大商户，顾九思派人将钱抬了过去。大商户名下的幽州债数额巨大，有一家买了近一百万，当月便有五百两的利息。商户们收到这些钱，都有些蒙。他们没想过顾九思当真会还钱。

过了两日便又有许多人来买幽州债。幽州债大部分在商户手里，只有一百多万在市面上流通。百姓拿到第一个月的钱，又得知若亲友买，自己也能得钱，就争相推广。第二个月时，市面上的幽州债便已经卖完了。八百万凑齐，顾九思心里很高兴。

这时候，那些被顾九思逼着买了幽州债的商户就将长期的幽州债拿出来售卖。如此一来，幽州债便如同货品一样小范围地流通起来。柳玉茹每日打听着幽州债的价格，遇到高买的，就将手中的幽州债卖一部分出去，见到低卖的，又买一部分进来。她还专门准备了一个册子，记录着每日幽州债的价格。每天顾九思回来，都看见她坐在房间里，小算盘打得啪啪啪响。

顾九思忙完了钱的事，就开始处理整个望都的行政事宜。望都虽然是个县，但它是幽州的首府，幽州的商政名流都住在这里。顾九思往上要管杀人命案，往下要管走鸡丢狗的事，往左要管财政农商，往右要管城建教育。他之前一心扑在钱上，这些也就是随便管管，如今总算腾出手来，就得好好管了。

他每天都忙得脚不着地，本以为回家时柳玉茹早已安睡，谁知道自己的娘子比自己还忙！

他每天回家，柳玉茹在打算盘，洗完澡，柳玉茹在打算盘。他擦干了头发，躺在床上，把衣服拉开："玉茹。"柳玉茹抬眼看了一眼，冷静又果断地开口："你先睡，我还得再算算怎么买才划算。"顾九思："……"

钱财蒙蔽了柳玉茹的双眼，让她对所有美色视而不见。

一日，顾九思终于忍不住了。

他颇有气势地坐在床上，认真地道："玉茹，你忙好生意就好，幽州债没有多少利息，你为此熬坏了身子不值得。"

柳玉茹抬头看他，认真地道："郎君此言差矣，幽州债很赚钱的。"

顾九思有点儿发蒙，年五厘的利息，怎么赚钱？

柳玉茹知道顾九思在钱这事上不敏感，便直接给了他一个计算结果："郎君，我之前投了一百两本金进去，如今低买高卖，快速出手，已翻了两倍了。"

一百两，翻两倍，四百两。他当衙役时，一月二两的俸禄，现在当了县令，增到一月八两，另有炭银、布匹和一石米粟，这收入和老百姓比可说是不错的。但他几年的俸禄攒起来才能凑够的数，柳玉茹在家拨弄算盘，不到两个月就挣到了。顾九思陷入了沉思，后面的"我养你，你赶紧来睡"全都咽入了口中。他发现——养不起，这个娘子，他真的养不起。

柳玉茹忙着赚钱，而顾九思其实也是在百忙之中努力抽空撩，她这么一拒绝，他便完全歇了其他心思，只是无论如何都要柳玉茹在每天早上出门时亲亲他。起初柳玉茹总会脸红，亲了两个月，终于可以做到脸不红心不跳地亲了。

商人总是有着超出朝廷想象的法子。幽州债作为商品流通还没有超过一个月，就已有人开始炒卖。柳玉茹也是其中之一，但不过是一只小虾米，手中握着几十上百万幽州债的富商们见了机会就想尽办法鼓吹，将幽州债卖给其他州的人。

而这个时候，梁王谋反一事终于传来了定论。东都沦陷，大荣改朝换代。皇室子孙四处逃散，梁王血洗东都。各地纷纷举事，藩王自立，节度使拥兵为王，大荣从元德盛世到如今四分五裂，不过十几年光景。

梁王攻入东都的消息传来时，顾家一人正在吃饭。虎子走了进来，将消息报给顾九思，顾九思顿了顿碗筷，下意识地看向江柔。打从在望都定居，江柔就想尽办法打听东都的消息，她那哥哥还在东都牢狱之中，如今梁王称帝，按理说江尚书也应该出来了。

然而所有人都高兴不起来，虎子走后，顾九思垂下眼眸，道："娘，差人去和舅舅说一声，与梁王断了吧。"

江柔没敢说话。她那位哥哥向来是个有主意的人，若是能断了早就断了，又怎么会走到今日？

"先找人去探探消息。"江柔叹了口气，"能劝就劝，劝不了，也无法了。"说着，江柔勉强笑了笑，"吃饭吧，别烦心这些。"

大伙儿吃了饭，江柔站起身走了回去，柳玉茹和顾九思一起回屋。

柳玉茹察觉顾九思情绪不大好，忍不住问："你在担心舅舅？"

顾九思回了神，叹了口气，点头道："我舅舅这个人……其实对我还可以。我希望他能好一点儿。"

"那你……"柳玉茹试探着问，"有没有考虑过投靠梁王？"

顾九思听了，淡淡地瞟了柳玉茹一眼："我脑子有坑吗？"

柳玉茹愣了愣。

顾九思停住步子，看着天边的明月："梁王之所以能够攻陷东都，不是因为梁王强势，而是因为大家都想让梁王当这个出头鸟。没了正儿八经的皇帝，梁王这个逆臣，谁都能扯个大旗去打，你觉得梁王能撑多久？"他垂下眼眸，"咱们家不能蹚这浑水。只愿最先打倒梁王进入东都的是范轩，这样咱们或许还能救下舅舅。"

"放心吧。"柳玉茹握着他的手，温和地道，"会的。"

顾九思抬头看着柳玉茹，轻轻地笑了笑："玉茹，"说着，他握着她的手，又低头，像是有些腼腆，"其实只要你在，我就什么都不怕。"

柳玉茹愣了愣。她知道这人又在说好话哄她。现在的他就是这样，拣着时候就甜言蜜语地灌，从来没有见过哪家的郎君会这样没事就哄人开心的。

柳玉茹也不知道是该教育一下他让他当个正经人，还是应该鼓励他再接再厉，只好轻咳了一声，道："我还有事，先去看账本了。"

顾九思："……"

柳玉茹转身进了房里，顾九思站在长廊上，对月无言。

木南端着炖汤走了过来，看见顾九思独自摇着扇子看月亮，不由得问："公子，您站这儿做什么呢？夫人呢？"

顾九思把扇子合上，叹了口气："去赚钱了。"

木南愣了愣。

过了片刻，顾九思幽幽地问："你说，她是爱我还是爱钱？"

木南轻咳了一声："公子还是想开些吧，您以前说过，不开心的时候，多花点儿钱就好了。"他笑着将炖汤往前举了举，道，"这里面的都是名贵补药，一碗汤就值半贯钱了，您喝了，也开心些。"

顾九思听到"半贯"，心尖颤了颤。他突然意识到自己再也不能像以前那样无忧无虑地花钱了。一个人心疼钱，会从什么时候开始？他自个儿赚钱的时候。

顾九思看着那碗靠自己根本喝不起的汤，静了很久，忍不住摸了摸自己的脸。

"没想到，"顾九思感慨，"我最终还是走上了靠脸吃饭的路。"

木南："……"

对柳玉茹沉迷赚钱这事，顾九思无可奈何。

顾九思清晨醒来，颇为哀怨地看了一眼睡在身边的柳玉茹。

他琢磨了半天，终于总结好了。感情这事不能勉强，随缘最好。反正人是他的，他也不用急于这一时半刻的。

虽说如此，他心里总有那么几分不甘。早上柳玉茹给顾九思系腰带时，他面露愁容。柳玉茹察觉了，主动踮脚亲了亲他。顾九思见她主动，立刻伸手揽住她的腰。

柳玉茹看他，笑着问道："郎君这是做什么？"

"培养感情。"顾九思答得正儿八经，柳玉茹被逗笑了。

她抬手挡了顾九思蹭上来的脸，笑着道："哪儿有这样培养感情的？"

"那该怎样？"

"当是花前月下，月老庙前，山盟海誓，互许终身。"沈明的声音从外面传了进来。顾九思和柳玉茹一起看过去，沈明往门口斜斜一靠，将刀在手里一抱，拖长了声音道："顾大人，有人找您。"

"找什么找？"顾九思拉下脸，道，"你给我滚出去，把那人也给我轰出去。"

"好。"沈明一口应下，转头就去轰人。

顾九思叫住他："等等，"他放开柳玉茹，轻咳了一声，问道，"谁来了？"

"哦，好像是范轩。"说着，沈明转身，"我去轰人。"

"等等！"顾九思赶忙叫住他。沈明脚步不停，顾九思急了，道："你给我站住！别冒犯了大人！"

顾九思追着沈明出了院子，柳玉茹和屋内的丫鬟对视了一眼，都笑了起来。

沈明和顾九思进了前厅，范轩、周高朗、周烨等人正在前厅赏画。周高朗同范轩聊着顾家大厅里挂着的一幅山水图，顾九思到了门口，整了整衣衫才进去，恭恭敬敬地道："见过两位大人。"顾九思又朝周烨行礼，道："见过周兄。"

"哦，顾大人，"范轩转过身来，抬手让顾九思起来，坐到了椅子上，又招呼其他人坐下，转头同顾九思道，"听说你如今已经将望都今年需要筹备的银子都筹备好了。我觉得十分惊奇，所以特来问问。"

顾九思将事情的来龙去脉同范轩说了一遍，范轩点头赞赏道："能想出这样的法子，还能推行，顾大人果然非同凡人。"范轩想了想，道，"那你觉得，把这幽州债推行到整个幽州如何？"

"大人，"顾九思平稳地道，"这一次幽州债之所以能发行，第一是强行逼迫富商购买了大部分，第二则是望都富饶，能有这么多有钱人。若是放到其他县乡，大家自己吃饱都难，哪里还有钱买幽州债？而且，幽州债最关键的不是发行，而是未来怎么还。今日我们发了幽州债，许期三年，每月偿还利息，我们要保证幽州债的信用，这样大家才会一直信任它。有了大家的信任，朝廷就能常年有这一笔借款，以后我们也无须在幽州推行，大人能管多大，我们就发行多大的债券。所以当务之急不是让各县都来尝试这种方法，若朝廷还不上利息，这事就毁了。今日的富商为何不愿借钱与朝廷？皆因有管仲这一前车之鉴。所以咱们更应有个长久之计。"

范轩点了点头，打量了顾九思一眼，慢慢地道："这事既然是你提出来的，你执行，我也就不多加干涉。如今关键也不在此事上，现下梁王已攻入东都，我们也得去东都救驾。若是能夺回东都，到时必然要与各方已经自立的藩王和节度使僵持，得早做打算。你那三十万石粮草可有着落了？"

顾九思的面色沉了沉，他抿了抿唇，道："下官会尽快办妥的。"

"最迟年底，"范轩点着桌子，慢慢地道，"我得见着粮食，否则心中难安。"

"下官明白。"顾九思听出范轩是在敲打自己，立刻应声。

范轩笑了笑，道："不必紧张，你如今已经做得很好，我就是想知道你能不能做到更好。"他看看墙上那幅山水画，问道，"这画出自何人之手？"

顾九思愣了愣，看了一眼，这画是柳玉茹之前画的，他觉得好，便挂在了厅里。他有些脸红，忙道："内……内子画的。"

"竟是夫人？"范轩愣了愣，随后夸赞道，"夫人胸有沟壑，非一般女子呀。"

顾九思听范轩夸柳玉茹，比自己被夸还高兴些，顿时笑起来，应声道："确实如此，内子若为男儿，必为俊杰！"

听到这话，旁边的周高朗没忍住，笑出声来。顾九思这才察觉，自己竟不自觉地就夸起柳玉茹来。

周烨有些无奈，平日看着挺聪明的一个人，怎么一提媳妇儿就浑身冒着傻气。周烨轻咳了一声，道："范叔叔，顾大人与夫人情深义重，爱妻心切，这才……"

"好事。"范轩点头道，"看一个人如何对待家里人就能看出这人的人品，会对家里人负责的人，也就会对其他事负责。顾大人爱妻，这是极好的，我作为同僚也十分欣赏。"

得了这话，周烨放下心来。顾九思和周烨陪着范轩、周高朗在顾府逛了逛，聊了一会儿，顾九思送三人离开。

三人走后，顾九思站在门口，吩咐木南去准备茶酒。顾九思等了一会儿，便见周烨去而复返。

周烨有些疑惑，问道："你怎的还站在这儿？"

"不是等着你回来吗？"顾九思笑眯眯地开口。

周烨有些诧异："你又知道我要回来？"

"猜着了。"顾九思领着周烨回到院中，"走吧，酒已备好，喝一杯。"

周烨笑了笑："你以后改名叫顾半仙算了。"

顾九思摇着扇子点头："倒也是个出路。"

两人坐下来，周烨才道："我替你探了消息，如今幽州兵粮是足够的，范叔叔只是想试试你。"顾九思点头。周烨继续道："你也知道，范叔叔现在手下的武将主要就是我义父，剩下的以马昌为首和我义父分庭抗礼。而谋臣之中，也有张钰、曹文昌、陆永等人。其中陆永主要负责管理钱粮，但年纪已经不小了，范叔叔如今正要为陆永培养一个后继之人。这次你能拿到三十万石粮食自然不错，拿不到也无妨，你心里不要有太大压力。"

顾九思听着，分析着周烨的话，拱手道："谢过周兄提醒。"

"哦，还有。"周烨笑了笑，道，"我月中便要娶妻了，到时你一定要来喝喜酒啊。"

顾九思愣了愣，随后忙道："恭喜恭喜，怎的这样突然？"

"也不算突然，"周烨无奈地道，"母亲早已为我定了亲，本来是明年的事，但如今战乱，姑娘家里遭了难，前些时日投奔了过来，母亲觉得姑娘这么住在家里不是个事，便说先将亲事办了。"

顾九思点了点头，道："你可见过？"

周烨的脸色变得微红，他像是有些不好意思，道："见过了。"

"如何？"

"挺……也挺好。"周烨不好意思地出声。

顾九思见周烨的模样便笑了，举杯道："那恭喜周兄了。"

送走了周烨，顾九思站在门口叹了口气。

柳玉茹正打算出门，听见他叹息，便问道："郎君怎在此伫立叹息？"

"你要去铺子里？"顾九思回头看见柳玉茹，便问。

柳玉茹笑了笑："是呀，郎君与我同行？"

顾九思点了点头，拉过柳玉茹，与她一起走到马车前，扶着她上了马车。

顾九思也上车后，柳玉茹问："你刚才叹什么气？"

"就是有些感慨，"顾九思露出惋惜的神色，"觉得周大哥的日子，过得不大容易。"

"怎么说？"

顾九思将周烨的情况说了说，柳玉茹觉得有些奇怪："娶妻是好事，你怎的感慨起他的不容易来？"

"这女子的家里人都没了，"顾九思提醒她，"若周大哥是周高朗亲生的大公子，周夫人安能选一个这样毫无背景的儿媳？如今不论是在军中还是在幽州官场中，大家都知道周大哥是周高朗的义子。然而周大哥一直只是打打杂，没有实权，如今又娶了个这样的女子，无非是周夫人想告诉别人周大哥毫无野心。周大哥是在被母亲忌惮啊。"

柳玉茹明白顾九思的意思，不免沉默了。

顾九思的确是比常人敏锐的，不过几句话，就已经摸透了周家那些不为外人所知的情况。柳玉茹平日和望都城中的女眷打交道打得多，对周家的事，自然也知道一二。

周高朗有一妻一妾，按照周高朗这个身份，他在当下已经算得上是不好女色了。加上周烨，周高朗一共有三子两女，而这三子中，除了周烨，便是一个嫡子、一个庶子。嫡子只有十三岁，庶子也不过十岁，都与周烨有很大的年龄差。周高朗向来将周烨视若亲子，若周夫人再不压制一二，周烨若有什么心思，那两个小男孩儿又怎是其对手？

周夫人的想法不是没有道理，可是对周烨来说，养父没有给他机会，亲娘却对他心生猜忌，这无疑是让他十分痛苦的。

柳玉茹叹息一声："周大哥自己会想开的。他既然没同你说这些，你就当不知道吧。"

"我知晓。"顾九思点点头，突然高兴地道，"哦，还有，今日范大人夸你画画画得好。"

"他如何知道我画画好？"柳玉茹有些疑惑。

顾九思笑了笑，将范轩来家里的事说道了一番。

柳玉茹听了这来龙去脉，关注点落在筹粮上："所以，你年末得凑出三十万石粮食来？"

顾九思点了点头，琢磨着道："范轩准备出兵，到时候粮食便是最重要的事了，一个兵至少得有三个后勤才能保证供给，十万军队，也就是说战场上有四十万人，后方农耕劳作的人就少了。沧州来的这些流民，我打算都安置下来。我得让他们到郊外去将荒地开了，种下粮食。今年种，明年才有的吃。"

"那这三十万石粮食，你打算如何筹？"柳玉茹听出顾九思避开了这个话题，皱了皱眉头。

顾九思见她追着不放，叹了口气，道："你别担心，我会想办法。这三十万石粮食，重在考验，不在数目，比起最后的结果，范轩更在乎的应该是我要怎么弄到粮食。所以咱们不能拿着幽州债筹集的钱在幽州境内买粮，这从整个战局来说，对范轩没有什么帮助。可到底要怎么筹……我再想想。"

两人说着，便到了府衙门口，马车停了下来，黄龙在外面道："大人，到了。"

顾九思点了点头，起身道："我先去办事，晚上回家。"

柳玉茹应了一声，心里还琢磨着。顾九思下了马车，顿了顿，突然回头掀了帘子，露出带着明亮笑容的脸，柔声道："记得想我。"

柳玉茹愣了愣。

顾九思放下帘子，外面有人叫顾九思的名字，顾九思应了一声，疾步跑去。柳玉茹卷起车帘，看见顾九思的背影。他穿着蓝色的官袍，似乎又高了些，少年气中夹杂了些沉稳。柳玉茹静静地看着，他跑出了她的视野，她还望了许久。直到印红唤她，她才想起来——哦，该走了。

放下帘子后，柳玉茹琢磨着，自己怎么看一个人的背影都能看呆了呢？她觉得自己有些可笑，从边上拿了芸芸做的销售记录，细细盘算着，花容冬季又该推出些什么新奇的东西。

柳玉茹到了店里，花容依旧是平日的模样，芸芸和专门负责调配胭脂香膏等产品的师傅聊过了，将讨论结果向柳玉茹报告了，又道："这些时日，有许多外地客商慕名而来，到我们这儿拿货，他们拿货的数量都很大。"

"我知道。"柳玉茹点头，"他们是要带回当地去卖的吧。"

"昨儿个我遇到一个从扬州过来的。"芸芸斟酌着开口。

柳玉茹听见"扬州"二字，手上的动作顿了顿，抬眼看向芸芸。

芸芸犹豫着道："他同我说，他是替他娘子来买的，扬州那边的价格翻了三倍有余，而且还有人仿冒。"

柳玉茹皱起眉头。她一直打探着扬州的消息，知晓近日扬州已经平稳了。王善泉将扬州搅了个天翻地覆，过去的首富顾家倒了，与王家有旧怨的许多商家花钱买命也只是苟延残喘。然而扬州商贸发达，生意总是要做的，日子总是要过的，有人倒下，自然有人起来，于是一时之间涌现出了许多新贵。这些人大多与王善泉有瓜葛，或是亲眷，或是朋友，或是狗腿，总之，如今的扬州已是王家的天下。

柳玉茹沉默片刻，终于道："你是如何想的？"

"我想着，"芸芸小心翼翼地道，"咱们赚不赚扬州的钱可能不是那么重要，但让人砸了招牌还是不好的。就算夫人现在无力在扬州开店，也得想个办法让人能有可靠的渠道买到咱们的货。"

柳玉茹听着芸芸的话，点头道："你说得极是。"她想了想又说到，"你让我想想。"

这一想，她就想到了夜里。柳玉茹其实明白，要给人以可靠的购买渠道，只有两种方式，要么她把店开过去，要么她指定一个商家，只让对方卖。将店开到扬州是不可能的，若开到扬州，她就要时常过去打理，时日长了，难保王善泉不会发现。而指定一个商家，指定谁，具体怎么销售，都是需要商议的，要商议，她也必须去一趟扬州。

如今她去扬州，自然和当初逃难时不大一样了，可以走官道，一路有护卫保护着，安全问题倒也不是大事，只是……柳玉茹觉得，自己终究只是一个女子，这样独身四处闯荡还是太过出格。她不知道顾九思心里怎么想，更不知道江柔会如何想。事情挂在心上，到家时，她还显得忧心忡忡的。

顾九思看见了，以为她是累了，自告奋勇地要给她梳头。柳玉茹头上的发饰不多，但顾九思怕扯着她，下手又轻又慢。他一面摘着柳玉茹头上的发簪，一面随意地和她聊天："我今日想，这三十万石粮食还是要去外面买才合适。咱们增发一批买粮食的幽州债，我再组织一支商队，去产粮多的地方买这三十万石粮。"

柳玉茹的心跳顿时快了起来，她不由得问："你打算去哪儿买？"

顾九思垂下眼眸，握着柳玉茹的头发沉默了片刻，声音低沉地说："扬州。"

柳玉茹听着这话，愣在原地。

顾九思见柳玉茹愣住，以为她是想起往事，便伸出手将人揽在怀里，从背后抱着她，道："玉茹，你别难过。咱们总会回去的。"

"我有什么可难过的？"柳玉茹回了神，苦笑着道，"我娘已经在这儿了，我爹……命当如何就如何，我也没什么牵挂的。该带来的、能带来的，我都带来了，"她垂下眼眸，"剩下的本也是该舍弃的。只要有你在，扬州、望都、东都，我哪儿都去得，也没什么一定要回去的说法。"

顾九思抱着柳玉茹，低声道："无论如何，我都是要回去的。"说着，他不由自主地收紧了手臂，"早晚有一日，我要回去手刃了王善泉那狗贼。"

柳玉茹听出顾九思语气里的愤恨之意，转过去，抱住了身后的人，宽慰他："九思，早晚会有那一日的。"

顾九思应了声。他很享受被柳玉茹主动抱着的感觉，于是什么话都没说，蹲下身靠在柳玉茹身前，感受着这片刻的宁和。

柳玉茹抬手梳理着他的头发，询问："你如今在望都当着官，也没经过商，总不能亲自去做这些事，商队的人选你可找好了？"

"我也就有个初步的想法。"顾九思叹了口气，"人选我还在想，先准备周大哥的婚事吧。还有三个月才到年末，咱们慢慢想。"

柳玉茹应了一声，有些心不在焉。

第二日，柳玉茹去了铺子里，在屋子里打了很久的算盘。她将芸芸叫了过来，同芸芸道："你最近可统计过，来这儿采买的外地客商主要来自哪些地方？"

"主要是各州首府。"芸芸回道，"来得最多的，就是青州、沧州、扬州以及司州的人，大多是州府来的，他们回去再将货分销。"柳玉茹点了点头，其实她们的账目，都会登记客户信息，她心里也大致有个印象。她确认了消息，点了点头。芸芸接着道："不过也奇怪，来的人里，扬州一个州买的比沧州和青州加起来买的数量都多，司州也不少，但和扬州比起来还是不算多。"

"这也不奇怪，"柳玉茹摇了摇头，"沧州和青州离咱们近，消息传得快，自然会有人来买。但是这两州总的来说不算富裕，越是不富裕，消息就越慢。咱们卖这些没用的东西，都是卖个名头，他们觉得这东西能带来体面就会买，否则就不会。没有那个氛围，自然是不好卖的，所以青州和沧州虽然来人，但买的数量不会太多。"

"那扬州隔了这么远，怎的来这么多人？"芸芸有些不解。

柳玉茹笑了笑："你看看这些商人来的时间就知道了。咱们幽州虽然离扬州不近，可咱们幽州这些官家与东都来往密切，而扬州的人买东西向来是看着东都的。在东都受欢迎的东西，扬州的人就喜欢。而司州虽然大官多，但是若算上老百姓，还是扬州富裕。所以司州的商人先来采买，扬州的才跟着过来。"

听了这话，芸芸恍然大悟，忙道："夫人说得是，以前咱们在扬州的时候，最体面的不都是从东都传过来的东西吗？"柳玉茹笑着没说话。芸芸叹了口气："也不知道何时才能回去。"

"日后再说吧。"柳玉茹摇了摇头，低头翻着账本，心里琢磨起来。

那些商人在望都买，在其他地方卖，长此以往，一来银子白白给了他们，二来她不好管控，市面上难分真假的产品多了，就容易毁了花容苦心经营的口碑。如今最大的客户都聚在扬州和司州，而这样的东西最初都只会在稍稍富裕一点儿的人家中流行，之后才会渐渐往下渗透，所以她只要能在每个州的州府设一个点，就可以留住大部分客户。每个州的人都直接到州府去买，一来有了个能确认真假的地方，不至于让人坏她的口碑；二来也能增加营收。

柳玉茹觉得自己出一趟门打探一番，再找个合适的人将开分店的事定下来，才是最妥当的方法。然而她单独离开望都，这事她怎么也开不了口。她知道顾九思是个很好的男人，可是不知道顾九思的底线是什么，也不敢试探。

她心里有了打算，就时时观察着顾九思组建商队的事。

第十二章　乱扬州

　　按理来说，顾九思要组商队，最合适的人选其实是周烨。但如今周烨即将大婚，而范轩已经开始在前线用兵，大婚之后周烨最多停留七日，七日之后便得奔赴前线主持后勤事务，是决计腾不出手来管这事的。没了周烨，要找一个顾九思信得过、熟悉生意，还熟悉扬州的人就太难了。顾家原来带来的人，固然能满足这几个条件，可是那些人里面最得力的掌柜也只打理过一两家铺子，要将采购三十万石粮食这种重担交给他们，顾九思始终觉得有些不妥。

　　顾九思烦闷不已，到了周烨大婚那日，才有了几分笑颜。

　　那日顾九思早早起来，认认真真地打扮了一番。他颇为兴奋，柳玉茹看着觉得有些好笑："又不是你成亲，你高兴个什么？"

　　"我头一次陪人接亲，"顾九思高兴地道，"我不得高兴高兴吗？"说着，他又有些感慨，"若是陈寻和文昌还在就好了。"

　　说到这话，顾九思似是有些难过。柳玉茹轻轻握了握他的手，他抬头朝她笑了笑，道："我没事，就是有点儿想他们。"

　　"我知道。"柳玉茹温和地道，"我们再找找陈寻，还有文昌的母亲，终有见面的一日的。"

　　顾九思点了点头。

　　外面来了人，叫顾九思出去。顾九思高兴地道："我走了，你去女眷那边，好好地等着我。"

"说什么胡话，"柳玉茹轻笑，"又不是咱俩成亲。"

顾九思亲了柳玉茹一口，转身跑了。

柳玉茹摇着扇子，低头笑了笑，转身寻了印红便去了周府。

柳玉茹和周夫人还算熟悉，去了之后同周夫人聊了几句，周夫人便带着她去看新娘子。

新娘子叫秦婉之，家在司州，也算小富，梁王举兵攻打东都时，他们家恰好在战区。秦家弃了家财要逃到幽州来，路上又在沧州出了事，就只剩下了这么一个姑娘，历经千辛万苦来了幽州。听说也是碰巧，那段时间周烨日日在城门口等候顾九思夫妇。这姑娘见过周烨的画像，看见周烨打马而来，就往马前一扑，还好周烨骑术精湛，不然这姑娘怕也不能好端端地坐在这儿，早就命归黄泉了。

"她抓着小烨就问，认不认识周高朗大人的义子周烨，小烨应了，她将手中信物一递，报了自己的名字，就晕了过去。"周夫人颇为感慨，"这两人，也算是天定的姻缘了。"

"夫人说得是。"柳玉茹应声。

从珠帘里偷偷往里看，可以看见侍女在给秦婉之戴凤冠。秦婉之倒也是个清丽温婉的佳人，约莫是打小身在北地，看着比柳玉茹刚强一些。若说柳玉茹是南方的纤柳，温婉可人，那秦婉之就是北地风沙中长大的柏杨，身姿格外挺拔。

柳玉茹多看了几眼，周夫人笑着道："你若是喜欢她，这会儿无事便陪她多说几句。"

柳玉茹应了声，知晓周夫人是让自己去陪秦婉之，便起身进了内室。

这时秦婉之也已经打扮好了，就等着周烨来接亲。柳玉茹坐下来打量着秦婉之，秦婉之对她颔首道："这位就是顾少夫人吧？"

"你识得我？"柳玉茹含笑开口。

秦婉之点了点头："周夫人同我提起过，夫人对你倍加夸赞，还说顾大人与周烨是好友，让我多和你往来。"

柳玉茹听了这话，不由得笑了，觉着这秦婉之真是个实诚人。柳玉茹柔声道："是呢，周大人与我夫君交好，日后你也可以常来走动。我自个儿开了个铺子，专门卖些胭脂香膏。今儿个你大婚，知道你忙着，我便差人直接给你送到府里了。"她说着，像是有些不好意思，"都是自己店里的东西，你别嫌弃。"

听到这话，秦婉之笑了。她知道花容是什么店，柳玉茹送的东西自然是好的。秦婉之像是有些不好意思，道："让你破费了。"

柳玉茹摇摇头，打开了话匣子。姑娘家坐在一起，说来说去，就说到了各自的夫君。

秦婉之似乎有些不好意思，小心翼翼地问道："周公子……是个怎样的人呢？"

"你不是见过吗？"柳玉茹摇着扇子，有些疑惑。

秦婉之摇了摇头，小声道："他守礼，也就说过一两句话。"她有些羡慕，"不像你，成婚之前还同顾大人见过两面呢。"

柳玉茹愣了愣。她只是刚才随口同秦婉之说了一下自个儿和顾九思的事，从没想过自己会有被别人艳羡的一天。她记得那会儿听说要与顾九思成婚，想死的心都有了。兜兜转转，今日居然有人羡慕自己，她不免觉得有些好笑。

柳玉茹不由自主地放柔了声音，温和地道："周公子是个极好的人，你很快就知道了。"

两人说着话，外面传来了闹哄哄的声音，喜娘进了屋，忙道："来人了，快布置起来，女眷们赶紧跟我来，将门堵上，可别让他们轻易进门！"

柳玉茹还没来得及反应，就被大伙儿抓壮丁一般扯到了大门口。她混在姑娘堆里，听见外面传来顾九思的声音。

他大声道："有什么题目你们赶紧出，不然我们可就硬闯了！"

柳玉茹听见顾九思的声音便笑了。

姑娘们开始翻书，先是问诗词，问了上句，顾九思在外面答下句。这些姑娘又问谜语，说了开头，还没说到结尾，顾九思就已经猜到谜底。

柳玉茹见她们没一个难得住顾九思，不由得有些无奈。顾九思本来就是个记性好的人，考书里的东西的确很难考倒他。猜谜又是扬州那边爱玩的，望都这些谜语放在扬州都是老掉牙的了，更是难不住他。

一连几个问题问出去，顾九思对答如流，姑娘们面面相觑：若是开门，显得太容易；不开门，又没什么理由。

顾九思得意起来，高兴道："没法子了吧？没法子就赶紧开门，别耽误时间哪。"

这时候柳玉茹不由得笑了，从人群中走出来，柔声道："我来。"

顾九思站在门外，一听着那带笑的温柔声音，心里就咯噔一下。旁边的所有人都觉得有些奇怪，跟着来的同僚不由得道："顾大人，可是有什么不对？"

沈明站在边上嗤笑了一声，直接道："他家夫人来了。"

一听这话，所有人都笑了。顾九思面上有些讪讪的，忙道："她厉害着呢。"

柳玉茹站到门口，开口道："郎君且听题。"

顾九思立刻站正了，柳玉茹对数字敏感，这必然是个算术题。

果不其然，柳玉茹道："今有马车一驾，载有母鸡三只，自城东向西行，行十里遇一村，再行五里遇第二村，再行十里遇第三村，再行五里遇第四村，以此类推。每到一村，于村中采买家禽。第一村得鸡三只，鸭三只，鹅三只；第二村得鹅三只，鸡五只，鸭两只；第三村得鹅两只，鸡十只，鸭两只；第四村得鸡两只，鹅两只，鸭五只；第五村得鸭五只，鹅三只，鸡十只；第六村得鸡五只，鸭五只，鹅十只……"

顾九思飞快地计算着现在有多少鸡，多少鸭，多少鹅，柳玉茹顿了顿，突然问："请问郎君，得鸡二十只时，马车行了多远？"

顾九思："……"

周烨愣了一下问："你为什么不问鸡、鸭、鹅多少只？！"

里面的女子都笑起来，柳玉茹摇着扇子道："我也没说要问这个啊。"

顾九思同周烨道："周大哥，你让让。"周烨有点儿蒙，退了一步。顾九思沉稳地道："我有办法。"

外面没了声音，柳玉茹站在离门不远处，抬头看了看太阳，听外面没了声音，朗声道："郎君可想得出来？想不出来，那可就下一题了。"

话刚说完，大门就被人猛地一脚踹开，柳玉茹还没反应过来，就被冲进来的人扛在了肩上。

"周兄，快！"顾九思扛起人就跑，又大声招呼着人往里冲。

柳玉茹大怒，拽着顾九思道："顾九思！"

顾九思扭过头去，看着柳玉茹气急了的脸，觉得这人可爱极了。他将她往角落里一放，扫了一眼边上，周围乱哄哄的，周烨学着他的模样进去抢人了。

"顾九思你……"柳玉茹的话还没说完，顾九思便抬起手臂，用垂下来的广袖挡住了别人的视线，低头就将人按在墙上亲了一口。

"别捣乱。"顾九思说完这句，就看见周烨扛着人从房间里出来了。

周烨大声道："九思，走了！"

顾九思应了一声，吩咐了柳玉茹一句："等我回家。"

随后顾九思就跑了出去。四周鸡飞狗跳，大伙儿都追着周烨和顾九思跑了出去，只有柳玉茹还用团扇遮着脸，定定地站在原地。

这混账……柳玉茹咬着牙，脸红心跳，全然不敢在此时见人。

印红找了半天，终于找到柳玉茹，有些疑惑地道："夫人，你用扇子挡着脸站这儿做什么？"

柳玉茹闭着眼睛静了很久才慢慢放下团扇，长长舒了口气，道："静心凝神。"说着，她领着印红往外走，"去观礼吧。"

印红跟在她身后，有些摸不着头脑，柳玉茹的模样怎么看都不是静心凝神的样子。但她一个丫鬟，也不能说什么，只能跟着柳玉茹去了宴席。

柳玉茹到了大堂上，这时候顾九思不忙了，站到她身边来。整个大堂安安静静的，只有礼官的声音，柳玉茹便悄悄在袖子下拧他。顾九思瞧着周烨拜堂，却反手就握住了她的手，小声说了句："乖。"

这一声乖出来，柳玉茹红了脸，静了下来，但自个儿都不知道是因为什么。

观完礼，顾九思便被拉走了，周烨和他商量好的，今天他得帮着挡酒。

柳玉茹和夫人们坐在一起吃饭，顾九思在另一边喝得烂醉。柳玉茹正有些不高兴，印红便端了盘蜜瓜上来，小声同她道："夫人，刚才姑爷吩咐我给您端盘蜜瓜，说免得您觉得他不想着您。"

柳玉茹听了这话，不由得笑了。一瞬间她也不气了，拈了块蜜瓜，吃着也觉得甜滋滋的。

一顿宴席吃完，柳玉茹看完了热闹，下人终于将顾九思送来了。他醉得不行，被人扶过来，柳玉茹看见了，有些无奈。

她扶着顾九思上了马车，轻声道："喝就喝吧，喝这么多做什么？"

"我高兴。"顾九思迷糊着开口。他抬眼看见柳玉茹，看着她低头用帕子给他擦着手，忽地就笑了。他伸手抱住她，蹭了蹭她的肩，高兴地道："玉茹。"

"嗯？"柳玉茹知晓他是醉了，漫不经心地应着，听他道："咱们成亲了，我好高兴。”

柳玉茹看着他犯傻，顿时心就软了。

“你醉了。”她笑着道，“咱们俩早就成亲了。”

顾九思摇着头道：“没有，没成亲。不算的。”他没力气，整个人靠在柳玉茹身上，反复地否认，“那是……那是老头子逼我的，没成亲呢。”

柳玉茹叹了口气。

那时候，他们两人谁不是被逼无奈呢？她自个儿拜堂的时候还想着，如果这是一场噩梦多好，梦醒了，她还能规规矩矩地当她的柳小姐，然后如愿以偿地嫁给她心里守着的叶世安。但现在，她觉得好在阴错阳差地嫁给了面前这个人。她不知道嫁给叶世安会不会更好，但想来以叶家的规矩，她怕是只能守在叶家后宅里，规规矩矩地替丈夫打理好后宅，帮叶家开枝散叶。如今跟着顾九思，虽然经历了大起大落，可她也不知道怎的，竟没有半点儿悔意。

她依偎着顾九思，柔声道：“不管是不是被逼的，咱俩都成亲了，我是要跟你一辈子的。”

“我不要……”顾九思的声音有些含混。

柳玉茹心里发苦。时至今日，他难道还想着当初那些话，觉得早晚要和她分道扬镳？

柳玉茹心里一时有些乱，就听见顾九思道：“我要娶你。”他低喃，“我要重新来……我要自个儿上门下聘，抱你进花轿，和你拜堂，给你掀盖头，和你喝交杯酒……吉利的事，咱们一样都不能落下……我要和你一辈子在一起，还有下辈子、下下辈子。”他同她十指交扣，用头抵着她的额头。这一大串话说出来，他似乎有些累了，停下来休息了片刻，接着道：“玉茹。”他认真地道，“我疼你，我会疼你、宠你，一直对你好。你别离开我。”

“我不会离开你。”柳玉茹的心软成了一片。她小声道：“你放心吧。”

“我会对你好，”他反复念叨，“让你知道什么叫真正对你好。”

柳玉茹听得发笑，马车慢慢前行，她听着顾九思的宏伟计划，听他说他要怎么对她好。

她拉扯着他进屋去，服侍着他上了床，给他擦了身子，自个儿才歇下。顾九思这时候还念叨个不停，柳玉茹上床了，他就拉着她。

他似乎困了，但还在坚持说着：“我知道……你不是待在后宅里的人。

你的心大着呢……你会去好多地方，赚好多钱，不喜欢当顾夫人……"

柳玉茹愣了愣，正想否认，就听顾九思道："我不在意的……"

"我可以当柳相公，你想做什么就做什么。你想去赚钱，我帮你赚……你想出门，我让人护着你出……玉茹，"他握着她的手，像是有些难过了，声音变得沙哑，"我不是顾九思了，可你得是柳玉茹啊。"

柳玉茹静静地听着，心里突然涌出了那么几分难受的情绪。她听得出他的哭腔，如何能不明白他的意思？

顾九思的梦想是当个仁义侠士。他驾马踏花，在扬州风风火火地傲了十八年，而如今无论是国难还是家仇，都在逼着他迅速成长。他从没说过苦，也从没喊过不甘愿。家里需要他有担当，他就站起来担当。可是他心里总记挂着年少时的轻狂。他做不到了，就想要她做到。他说宠她、爱她，就是想给她一方天地，让她尽情做所有她想做的事，不必忍着让着，又何尝不是因为这是他最想要的生活？

柳玉茹觉得心里发酸，看着面前这张介于少年与青年之间的脸，忍不住抱紧了他。

"九思，"她开口，声音也有些沙哑，"你是我一辈子的顾九思。"

顾九思拉着她，似乎很困了。他的呼吸间夹杂着酒气，柳玉茹听见外面淅淅沥沥的雨声，看着他，探过身去将唇轻轻贴了上去。

顾九思迷糊着睁了眼，看见贴在自己身前的姑娘睫毛轻颤，他分不清这是梦境还是现实，低低地叫了一声："玉茹……"

开口的时候，他的舌头轻轻触碰在她的唇上，双方都颤了颤，柳玉茹僵住了身子。两人都没动，顾九思似乎也被惊到了。片刻后，柳玉茹下意识地想退，但刚一动作，就被顾九思一把揽住了腰。

那一瞬间的触感让他在震惊中又生出了几分说不出的迷恋。他才知道人间还有这样的体验。他揽着她，慢慢收紧了手臂，加大了力气低头去蹭她，一声一声地低喃着她的名字："玉茹。"

柳玉茹被叫得软了身子，这才感觉到他的唇贴了过来。他似乎在颤抖，柳玉茹僵着身子，感觉到顾九思在她的唇上辗转了片刻，试探着将舌头探了进来。

他的脑子清醒又迷茫，酒的味道顺着他的舌头蹿到了柳玉茹的嘴里。酒的味道、若有似无的甜味、湿润软滑的触觉，都刺得两个少年人脑袋发晕。顾九思忍不住翻过身去，压在柳玉茹身上。

夜雨落在窗外开得正好的海棠花上，海棠在雨中轻轻摇曳，纤细的枝叶像是不堪一折，在风雨里展现出万千风情。

顾九思看着柳玉茹像是带了水汽的眼，她若有似无嗔怒地看他一眼，他不由得就笑了。

"得你这么一眼，"他的声音很沙哑，"无间地狱也去得。"

"我不要你去无间地狱，"柳玉茹揽着他的脖子，红着脸小声道，"我要你好好陪着我。"

顾九思有些恍惚，看着身下的人，哽咽了片刻才道："好。"

那一刻，哪怕他还醉着，还迷糊着，也清楚：这辈子若是离开了柳玉茹，他谁都不能喜欢了。他遇到过这样一个姑娘，哪里能再找到另一个？哪怕他遇到了第二个这样好的人，哪儿又会有这样的心？

他低下头去，含着她的唇，动作温柔又细致，许多话说不出口，不知道该如何表达，只觉得自己那份难以言说的心意，似乎都在这一次次的触碰、一次次的亲吻和一次次的拥抱里无言地传递过去了。

两人折腾到了深夜，雨停了，两人才迷迷糊糊地睡下。

第二天早上，顾九思醒来就看见整张床乱得不行，柳玉茹睡在他身边，衣衫还乱着。顾九思的脑子蒙了一下，他吓得往后一退，整个人滚了下去。柳玉茹迷糊着睁开眼，撑着自己起身，衣服就滑了下去，露出她消瘦莹白的肩头。

顾九思目光不由自主地落在了上面，柳玉茹打着哈欠道："郎君怎的摔下去了？"

"我……我……"顾九思克制着不让自己往外跑。

外面的木南和印红听见声音，知道顾九思和柳玉茹起身了，就准备进来。顾九思大吼了一声："都别进来！"

这话让所有人都愣住了，柳玉茹也清醒了几分。

顾九思盯着柳玉茹，又打量了几眼，柳玉茹的衣服乱归乱，但还都是在的。

顾九思的脑子里浮现出一些片段，他红着脸确认了几遍才舒了口气，转过头去，艰难地道："我……我……"

"郎君昨夜醉了。"柳玉茹知道顾九思是要说什么，低着头，红了脸，小声开口。

顾九思连忙点头："对对对，我醉了。"

说完这话，两人就沉默下来，没再开口。

顾九思看见柳玉茹撑着床坐着的样子，她似乎有些难堪，红着脸，一直看着窗外。过了好半天，顾九思慢慢冷静下来，突然觉得其实这样也没什么不好。酒壮怂人胆，他也不过是往前走了一步而已。

他轻咳了一声，从地上站了起来，看着柳玉茹道："你……你没生气吧？"

柳玉茹低着头，摇了摇头。

顾九思努力地回忆着昨晚说的话，坐到柳玉茹身边去，低着头道："你没生气就好……咱们俩是夫妻，许多事是早晚要做的。"

柳玉茹低低地应了一声，脸红得不行。

顾九思咬了咬牙，回身将柳玉茹一把揽到了怀里。

柳玉茹将惊叫声吞下去，怕外面人听见。顾九思抱着她，感觉她更害羞了。他镇定了几分，慢慢地道："昨儿个是我孟浪，但是我说的话都是真心的，做的事也都是想做的。"

"嗯。"柳玉茹红着脸小声道，"我知道。"

"玉茹，"他抱着她，认真地道，"咱们虽然成了婚，可我不想我们是因为这个才在一起的。我们慢慢来，我若着急唐突了你，你不舒服，便告诉我，我会改，好不好？"

"哪里会唐突？"柳玉茹低声道，"郎君想做什么，做就是了。"

顾九思低笑："我做了，你心里不乐意，又记恨我。你向来是个小骗子，当我不知道？"

"我才没有……"柳玉茹急急否认。顾九思笑出声来，没反驳她，应声道："好好好，不是小骗子。你就是自个儿都不知道自个儿想要什么，行了吧？"

"我……"

"玉茹，"顾九思抱着她，认真地道，"别解释，也别多说。许多事是说不出口的，你我心里明白就好。"

柳玉茹沉默了，顾九思平静地道："你过往的日子我知道，你骗得了自己一时，可骗不了自己一辈子。我不急，咱们俩就好好过日子，你始终是顾夫人，只是我们每往前走一步，感情就更好一分，好不好？"

柳玉茹也没多说，点了点头。顾九思帮她捋了捋头发，笑着叫人进来。

木南和印红看了这对小夫妻一眼，笑了笑，什么都没说，服侍着两人洗漱。

柳玉茹从镜子里看见顾九思穿上官袍，垂下眼眸。顾九思正要往外走去，她突然道："九思。"顾九思顿住步子，只听柳玉茹道："我去替你买粮。"他愣了愣。柳玉茹站起身来，认真地看着他："你不用继续卖幽州债，将现在已有的钱交到我手里，我拿着这个本钱出去，回来的时候，必定多给你带三十万石粮食回来。"见顾九思呆呆地看着她，柳玉茹笑了，"你不是说要我当柳玉茹吗？"她神色自然地说，"若不是想着规矩，心里想着你，其实柳玉茹就是这么个人。"

柳玉茹就是个爱钱爱折腾，敢八百万立军令状，愿为爱人和自个儿的事业跋涉千里，也无惧风雨的人。

顾九思整个人都有些蒙，忙道："我自个儿有办法，你若是为了我……"

"我不是为你。"柳玉茹坐下来，同顾九思商量着道，"在商言商，若你不是我的夫君，我早就上门同你谈这笔生意了。顾大人，"她看着他，认真地道，"你现在拿着这么多钱，总要找个人打理的。你擅长为政，可是经商一事，你未必有能耐。你能用的人也大多没有这份才干，有这份才干的人，你也不放心。何不就让我去，你付我一部分佣金，大家一起赚钱呢？"

顾九思看着柳玉茹认真的神色，片刻后轻轻笑开："你要多少？"

"你给我本金，盈利的百分之十归我所有。"

"那要是亏了呢？"

"若是亏了，"柳玉茹答得认真，"亏多少，我补多少。一时补不上，我就拿一辈子补。"

顾九思沉默了许久，苦笑道："柳玉茹，没你这么做生意的。谁都不敢说自个儿一定能赚，你这样立军令状，有点儿傻。"

"我也不是在谁面前都傻，"柳玉茹笑了笑，"只是你是我相公，这钱出了事，你得负责，所以我得给你安排条路。"

顾九思忍不住弯起嘴角，又轻咳了一声，道："既然我是你相公，那这事我就得从私人角度管一下你。你要出去我不拦着，可是你得给我说明白，你要怎么出去，有什么计划，行程路线如何？我得确保你出去不会有事，才能让你出去。"

"玉茹，"他抬手摸着她的发，柔声道，"你别觉得我管着你，只有这一点我让不得步。"

"我怎么会觉得你管着我？"柳玉茹笑了笑，"这么多钱交到我手里，若我是个连自个儿的命都保全不了的人，你又怎么能放心？"

"你先去县衙吧，"柳玉茹抬手给他理了理衣衫，"我会把我的打算都写清楚给。你也不用想着我是你夫人，你若觉得这个法子可行，就将钱交给我，我来操作；若觉得不行，那就罢了。"

顾九思应了声，笑了笑，道："那我先走了。"

两人说完，顾九思便自个儿出了门。

他走在路上，木南跟在后面。看不见柳玉茹了，木南才有些不安地问道："公子，你真打算让少夫人自个儿出去啊？"

"不然呢？"顾九思有些无奈，"我还能拦着不成？"

"少夫人一个女子……"木南斟酌着道，"她自个儿出去，终究还是有些不妥当吧？"

"她若能安排好，我不会拦她；若安排不好，我自然会劝阻。但她终究是个人，"顾九思看了木南一眼，道，"你说若你我选一条路，别人都说不好，死活不让你做，你我做何想法？"

"凡事都管束着我，"顾九思认真地道，"便是我父母，我也是容不得的。我宁愿不要这份好，也不想处处受人牵制。"

"那若是少夫人安排不好，又执意要出行呢？"木南接着询问。

顾九思苦笑起来："我能怎么办？"他叹息了一声，"那只能想办法跟着她去了。"

好在柳玉茹比他们所料的要优秀太多。

她想了几个晚上，终于将整个行程安排写清楚，交给了顾九思。她详细地打听了如今各州的情况，将此行的目标城市都列举了出来，最后综合各城市的情况准备了一支护卫队。她甚至将所有开支预算都列了出来，又将买粮的法子写清楚，甚至连预期的收益都分析了一番。

顾九思看了，不由得有些感慨。其实在此之前，他都没想到柳玉茹能做得这样好。

她的路线几乎将所有危险区域都避开了，沿途都是目前局势比较平稳的城市。而她对护卫人员的安排，也足以解决她能想象到的几乎所有危机。她买粮的法子更是别具一格，让顾九思想都没想到。

柳玉茹在反复买卖幽州债的过程中，对市场有了更深入的了解。她懂得了一些市场的基本原则，如果有人大量收购幽州债，流通的幽州债变少，同时这些人又提高收购价，所有人都会拼命收购幽州债，幽州债的价格也会随之越涨越高；若是有人大量卖出幽州债，市面上就会涌现出许多幽州债，价格就会降低。人们对一件商品的"感觉"就是这个价格涨跌的关键。

所以柳玉茹的计划中，她会先到一座小城，这个小城要满足三个要求：第一，城市不大不小，刚好在他们的本金所能操控的范围内；第二，粮食的价格中等乃至较低，总之绝不是高价；第三，官府管控力度低，不会过分干预市场。

抵达地方后，柳玉茹会在一夜之间不问价格地收购所有粮食，并表示会继续购买，如此一来，所有人都会开始购买粮食，以图高价卖给她，等所有人都开始从各地买粮囤粮时，她再让最初收购的粮食慢慢流回当地市场上，这时当地粮价已高，她可赚一个差价。这些粮食回到当地市场后，粮食价格又会逐步回落，等粮价回落到正常位置乃至低位后，她再买走市面上六到七成的粮食。

顾九思看得明白，柳玉茹这个手段和如今城中富商炒幽州债的手法如出一辙，都是先将价格炒高，再暗中在高价时卖出去，等价格回落，再出手继续买入。

"这样的话，不如你从望都带点儿粮食，"顾九思琢磨着柳玉茹的法子，道，"你在粮食回落到正常价格后，直接砸下五万石，粮价必然暴跌，那时候你再全部买回来，不是更好？"

"不行。"柳玉茹摇摇头，果断地道，"这样一来动静太大，一定会惊动官府。我之所以在价格调整后也只买六到七成的粮食，就是不想让粮价在短时间内受到太大的影响，这样官府就会觉得这次粮价浮动只是战乱时的自然现象，不会过多关注。"

顾九思点点头，这件事上，柳玉茹比他想得周全得多。经商这事，他不比她擅长，于是他看了看她在后勤护卫上的安排，犹豫了片刻，道："沈明你带过去，我再向周大哥那里借几个人，确保万无一失。"

柳玉茹应了声，在保命这事上自然越周到越好。

"到了扬州，"顾九思斟酌着道，"你自个儿别冒头，让人替你做事。"

"我明白。"柳玉茹点头。

当天夜里，顾九思辗转反侧，柳玉茹转过身去，从背后抱住他，问道："怎么还不睡？"

"我在想，"顾九思睁着眼，顿了好半天，终于道，"我同你去吧。"

柳玉茹忍不住笑了："你同我去了，官不做了？"

"我想想办法。"顾九思琢磨着道，"我去找范大人……"

"九思，"柳玉茹的声音柔柔地响起来，"我以后要去好多地方的。"

"其实做生意最重要的就是不同地方之间信息的不对等。波斯的香料在波斯不过是普通物件，到东都来就价值千金。我若是要将生意做下去，日后野心越来越大，就不可能一直在家待着。你陪我去了这一次，下一次呢？下下次呢？你还有事要做，"柳玉茹把手覆在他的手背上，劝道，"你现在在官场刚刚起步，得了范轩的赏识，别为了家里这些事功亏一篑。你若是要跟着我去，我便不去了。"

顾九思沉默片刻后，叹息一声，道："罢了，就这样吧。"

第二日顾九思送柳玉茹出城，说好送到城门口，到了城门口，他又说多送一里。一里再一里，等他送出十里远，柳玉茹终于忍无可忍，掀了马车车帘，道："行了，回去吧，别跟着了。"

顾九思愣了愣，低头道："哦。"

柳玉茹看见顾九思那失魂落魄的模样，一时有些不忍。他以往那么活蹦乱跳不可一世，今儿个就成了离了她就不行的模样。她叹了口气，四处张望了一下，对他招了招手。

顾九思凑过去，柳玉茹捧着他的脸，当着所有人的面轻轻亲了他一口，道："若是想我了，便给我写信。"她迅速回到马车里，放下帘子，故作沉静地道，"行了，走吧。"

顾九思骑着马，看着商队慢慢走远，看了许久才回家。

当天晚上吃饭时，苏婉和江柔见柳玉茹没回来，都觉得有些奇怪。苏婉小心翼翼地问："玉茹呢？"

顾九思这才道："哦，忘了同你们说了，玉茹近期都不会回来了。"

"你们吵架了？"江柔的动作顿了顿。

顾九思摇头道："朝廷有些事要玉茹去办，她自个儿先走了。"说着，他从怀里掏了一封信递给江柔，"玉茹让我交给您的，说她不在的这些时日，店里需劳您多费心。"

"朝廷让她去做什么？"江柔皱着眉头，不满地道，"她一个姑娘，这时候这么乱，能做什么？"

"您不也只是个女人吗？"顾九思下意识地反驳。江柔一愣，就听儿子理直气壮地道："别人能做，她就不行了？没这个道理。"

"你这孩子，"江柔忍不住笑了，"有了媳妇儿忘了娘，当初是谁哭着闹着说不娶的？"

"小时候不懂事，"顾九思神情坦然地说，"长大了，知道什么好了不行？"他摆了摆手，站起身来，道，"算了，我同你们说不清楚，总之玉茹没事，你们放心好了。"说完，他便往自个儿屋里走去。

顾九思坐到书房里，屋里冷冷清清的。他自个儿发了许久的呆，木南端着汤进来，看见他的模样，笑着道："公子在想些什么，这样出神？"

顾九思忙回神，摇了摇头，道："无事。"说着，他开始翻箱倒柜地找纸。

木南觉得有些奇怪："公子在找什么？"

"之前咱们是不是进了一批印了桃花的纸？"

"是。"木南从柜子里寻来给他，见他拿着纸坐回去了，狐疑地问，"大人是要写信吗？"

"嗯。"

木南还有些不确定，道："写给……夫人？"

"嗯。"顾九思认认真真地写着信。

木南沉默片刻，慢慢地提醒："公子，少夫人今儿个才走的吧？"

顾九思笔尖顿了顿，像是被人窥见心事。他忍不住抬头瞪了木南一眼，怒道："就你话多！"

这封信是顾九思在柳玉茹离开的那天写的，却是在柳玉茹到达第一座城市的那天到的。

柳玉茹落脚的第一座城市是沧州的芜城。

她当初路过沧州时，满目都是绵延的黄沙和干裂的土地。而芜城是沧州的州府，其中景象与她记忆中的截然不同。芜城建得很大，城墙很高，城墙外全是一望无际的平原，青草依依，与望都并没有太大差别。

对沧州，沈明比她熟悉得多，于是他们整支商队都跟着沈明，进入沧州时也由沈明交涉。

这一次顾九思给柳玉茹准备了一个假文牒。八品小官也是个官，他如今当着望都县令，弄一个假文牒对他来说轻而易举。

柳玉茹和沈明等人拿着假文牒入了城，找了一家客栈下榻。柳玉茹一入城就开始四处打听物价，观察所有人的服饰言谈。

对柳玉茹而言，这些行走的人都是行走的银子，每个人在她心中都是明码标价的。一般而言，穿着、举止、谈吐都会彰显出个人的生活习惯，知道了生活习惯，要猜到对方的收入水平就不难了。

柳玉茹对数字有种天生的敏感。每个人都知道高卖低买能赚钱，可最难的就是确定什么时候的价格算高卖，什么时候的价格算低买。而柳玉茹面对这种问题时总能把握住最合适的价格，仿佛有预知能力一般。别人都以为这是偶然，柳玉茹却慢慢察觉，这或许和她从年幼时就爱关注周遭、懂得看人脸色有关系。在揣摩价格上她有自己的一套，基本方法就是以小见大，这种事谁都学不来，所以她只能亲自走一趟。

她打听到了晚上，回客栈不久，顾九思派来的信使就到了。柳玉茹接着顾九思的信，有些诧异。信来得这样快，她担心出了什么事，忙拆了信。

第一页他就写了一句话："你什么时候回来？"她看了看日期，发现这是在她出门那日写的，也就是说，她才出门，顾九思就开始琢磨她回去的事了。她哭笑不得，翻开了第二页，就看见顾九思那算不上好看，只能算是规规矩矩的字落在纸页上："千重山，万重山，山高水远人未还，相思枫叶丹。"

柳玉茹看着信，不由得笑了。看第一句时，她还想着，顾九思果然还是朴实，甚至考虑再给他请个诗词老师，免得他想表达感情时就只会说大白话，什么"我想你了，我很高兴，哈哈哈哈哈哈"之类的，不然以后升迁了怕是要被人看不起。好在第二页就转了风格，终于有了几分读书人的酸调子。柳玉茹看着信，想了想，决定等事做完了，总结一番后再同顾九思商议。

她到达芜城的第一日，几乎走访了所有粮店和胭脂铺，胭脂铺大多放着花容的货，价格有高有低，真假掺着卖。柳玉茹花了一天时间，差不多摸清了芜城的底。粮价是中等价格，近期没有太大波动。胭脂铺良莠不齐，有一家叫谢氏香的铺子，在芜城颇有名望，无论是价位还是装修都与花容相近，而且里面的货全是真品。柳玉茹问过，这些都是谢氏香的老板从望都亲自带回来的，因此价格要高上许多。柳玉茹心里差不多有了主意。

她这一次主要是来买粮，顺便搞清楚各地花容销售的情况，看适不适合用代理售卖这种方法来卖货。如果适合的话，她再在当地挑选出合适的代理人选，等回了望都，再另组一队人过来谈这事。因此她也没找谢氏香的老板细谈，了解了情况就回了客栈。

第二日，商队里的人便全都扮成商人，去向芜城各大粮商买粮。柳玉茹吩咐他们，速度要快，而且要放话，表示要买更多。

安排好的人出了门，柳玉茹就坐在茶馆里喝茶，打听周边的信息。

夜里众人回来汇报，所购粮食合计已超千石，而且城中粮商都答应从各地调粮。

柳玉茹听完汇报，看着外面的景象一言未发。

沈明看了柳玉茹一眼，不由得问："你看什么呢？"

"半年之前，"柳玉茹笑着回头，慢慢道，"我曾来过沧州。"

沈明点了点头："我听说过。"

"那时候到处都是流民。"柳玉茹叹了口气，"我和九思被关在城门外，亲眼看到有人杀人夺财，他们甚至易子相食。如今芜城里也有流民，可你看看，同样是沧州，芜城的富商却还能调粮来卖给我们。"

"所以我说，"沈明冷着脸说道，"这些富商狗官狼狈为奸，都该杀。"

柳玉茹摇了摇头："沈明，你若是和一人结怨，自然可以快意恩仇。可是若你怨恨的是一批人，乃至一国，那就得往更高处走。你以为九思喜欢当官吗？"她苦笑，"他不也是为了让更多的人过得更好一点儿？"

越了解这对夫妇，沈明便越明白，自个儿过往对许多人的认知是有偏见的。他不回话了。

柳玉茹喝了口茶，平淡地道："明日再去买粮。"

柳玉茹每日都让人出去不断加价买粮食。无论价格如何往上涨，她都照收不误。

不过四日，城中突然掀起了买粮的热潮，家家户户都去各处收粮回来换银子。这时柳玉茹又让人联络了当地的钱庄，把手上的钱拿了一部分去放贷。

柳玉茹不要肉、不要菜，只要粟米和面，于是一时之间，粟米和面的价格比其他食物贵了很多。人们闻风而动，都做起卖粮的生意来。粮食少，价格自然就水涨船高。大多数人其实不明白这粮价是怎么涨起来的，但发现哪怕不卖给柳玉茹，城中也有其他人高价收粮，于是人们都开始放心大胆地收粮食。

柳玉茹趁着大家四处买粮的劲头，又将之前买的粮食少量多次地悄悄投放到了市面上。大家发现粮食逐渐多起来了，但是许多人还在囤积粮食。

柳玉茹算着时间，吩咐下去："暂时不收粮食了，就这样吧。"

柳玉茹停止了收粮，粮食一时间没了去处，而许多人在粮价高时收购了很多粮食，现在粮食积压在库房里而银子花光了，自然就慌了。很快有人将粮食降价出售，于是粮价迅速下跌，之前囤粮的人现在害怕起来了。柳玉茹看着价格一路往下走，甚至跌破了他们初到芜城时的粮价。

芸芸来询问柳玉茹："夫人，是不是该出手了？"

柳玉茹看着街上行人的神色，抿了口茶："今日先买一千石。"

柳玉茹让入手粮食的数量一直小于每日出手的数量。没有人知道她是如何计算这些价格的，她每天都游走在茶楼酒肆间，看上去完全不在乎这些事。

大伙儿看着粮价一跌再跌，都有些慌。芸芸忍不住道："夫人，粮价再跌下去，官府怕就要发觉了。"

柳玉茹点了点头，却道："再等一日。"

夜里柳玉茹回去看账本，看着之前拿去放贷的钱，算着利息，觉得这应当已经到了一个商人平衡的极限。

果不其然，第二日便有人坐地卖粮，也有人向钱庄提议用粮食等物品抵债。柳玉茹让沈明去同钱庄打招呼，她放出去的钱都可以用粮食抵债。她给了一个价格，这个价格比市面上的稍高一点儿。而后她又让人出去收粮，这时候囤粮的人在贷款的紧逼下早已开始抛售，柳玉茹不买空，每家买五成，不到一日，原定要在芜城买的五万石粮食就够了。

她也没耽搁，让人装了粮食，便立刻带人出城，毫不犹豫地让人把粮食直接送回望都。

柳玉茹算了算距离，若走陆路，运输中损耗巨大，芜城离海不远，她便让人直接去最近的港口城市，走水路把粮食送回去。

运粮的人出发前，印红提醒柳玉茹："夫人，之前姑爷给您写了信，您也带个话啊。"

柳玉茹清点粮食清点了一夜，脑袋有些蒙，听了这话才想起来，忙吩咐："给大人带个话，让他别太想我，这次我出门时间长，他习习惯惯就好了。还有，我打听了消息，梁王布防森严，这仗一时半会儿打不完，让大人记得早些为明年做准备。"

沈明开始憋笑。印红也有些无奈，忙劝道："夫人，再多说几句。"

柳玉茹又想了想，说道："哦，还有，让大人找个师父多练练字。如今他那字是规矩了，可还是难看得很，别当了官就松懈了读书。"

印红："……"沈明在旁边哈哈大笑。芸芸满脸无奈。柳玉茹也顾不得旁人想什么了，摆了摆手便让人走了。

柳玉茹钻进马车："时间紧急，赶紧赶路吧。"她说完便直接睡了过去。

这些粮食带着柳玉茹的话，终于在半月后到达望都。

顾九思知道粮食来了便是柳玉茹的信来了，大清早就亲自出去迎接。

黄龙和虎子跟在后面，忙道："大人慢着点儿，粮食跑不掉的。"

顾九思没理会，直奔县城门口，一看见柳玉茹的商队的旗子，就冲到了为首的人面前，着急地问："张叔，信呢？"

带队的张叔是顾家原来的家仆，柳玉茹挣了钱，便将顾家以前从扬州带到望都的人都找了回来。张叔看着顾九思着急的样子，不由得笑了："公子别急，当时太匆忙了，少夫人买到粮食就带着我们出了芜城，然后又清点了一夜，之后就让我们出发了，没来得及写。"

"没信写，口信总有一个吧？"顾九思皱着眉头，有些不高兴。

张叔赶紧道："口信有的。夫人吩咐了三件事。"

"什么？"顾九思高兴起来，眼睛都亮了，"夫人是不是想我了？"

"不是，夫人说，她这次出门时间长，您别太想她，习惯习惯就好了。"

顾九思听到这话，笑容就僵了。虎子和黄龙赶到了，只听张叔毫无眼色地接着道："夫人还说，她在外面打听到消息，梁王布防森严，这仗一时半会儿打不完，您得早早为明年做准备。"

"还有呢？"顾九思失去了笑容，皱起了眉头，但还是抱着一线希望。三件事，最后一件总该与他有关了吧？

"夫人最后还加了一句，"张叔笑着道，"让您找个师父教您练练字，说现在您的字虽然规矩了，但还是很难看，让您别当了官就松懈了读书。"

顾九思彻底黑了脸，沉默着没说话。

张叔还在感慨："公子，夫人真的很关心您哪，出门在外还记挂着您读书的事，真是难得一见的贤妻。"

顾九思默不作声，把双手笼在袖中，看了一眼张叔背后的商队，淡淡地道："张叔辛苦了，家里备了宴席为您老接风洗尘，我府衙中还有事，先走一步了。"说完，他转身就走，看上去有些恼怒。

张叔有些慌，忙问旁边的木南："木南，公子这是……？"

木南摆了摆手："没事没事。您别担心，这事和您没关系，公子是生自个儿的气呢。"他追上顾九思，笑着道："公子，您别走这么快，商队很快就又要走了，您好歹留个口信给夫人哪。"

"我留给她做什么？"顾九思板着脸，冷声道，"她不想我，我为什么要想她？公事公办就好了。反正她一点儿都不惦记我。"他的声音里带了几分委屈，"她心里还有我这个丈夫吗？！"

这时候柳玉茹正在青州的州府和人谈生意。她喝着茶，聊着天，一个喷嚏就打了出去。

对面的商人愣了愣，道："柳老板，您是不是身体不适？"

柳玉茹有些不好意思，赶忙道："也不知道怎么了，突然就觉得鼻子痒。"

"这么突然打喷嚏，怕是有人想您呢。"对面的商户笑着道，"柳老板出来经商，家里人大概一直挂念着吧？"

听到这话，柳玉茹不由得笑了。她蓦地想起顾九思那句朴实无华的"你什么时候回来"，心里柔软又温暖，声音都忍不住轻了几分："是呢。"她柔声道，"我家里那位怕是一直挂念着我。"

说归说，在商队再次出发前，顾九思还是老老实实地交了一封信给他们。那信十分厚实，放在手里沉甸甸的，交到商队手里时，众人都笑了。顾九思板着脸，这种意味深长的笑容，他已经见惯了。

柳玉茹接到信时，刚刚离开青州州府，正往下一座城市走。青州比沧州富饶得多，范轩要的三十万石粮食，她此时已经凑足了十五万石。

这时候，沧州才后知后觉地发现粮食减少，粮价突然涨了起来。但并没有人发现事件间的关联性，有些聪明人意识到有人布局，但对大多数人而言，也不过是战乱时期常见的粮食涨价现象而已。而青州甚至未察觉这一切，柳玉茹似乎只是偶然经过，偶然遇到了粮价起伏，然后又偶然离开。她不过是一个想要开胭脂铺分店的老板，谁都想不到青、沧两州的粮价起伏会和这个说话时笑得温柔、总是带着几分腼腆神色的小姑娘有关系。

大家关注的都是幽州与梁王。范轩领人攻打梁王后，并州和凉州也有了动作。然而梁王早有对策，于是梁王和三州节度使僵持着。梁王以皇帝之命下了针对范轩的"讨贼令"，范轩则写了一篇洋洋洒洒的《伐梁贼文》。这篇檄文不算文采飞扬，但对仗工整，大气磅礴，用词尖锐甚至有那么点儿刻薄。据闻，梁王看后，在大殿里吐了血，也不知道是气的还是急的。

人们不关注粮价，给了柳玉茹充分的发挥空间，她抓紧机会，没日没夜地忙，忙得昏天黑地的。

接到信那天，柳玉茹已经赶了一天的路，脑子嗡嗡地响。她什么都没想，就坐在床上看顾九思给她的信。

这次的信没有上次的那么轻佻，沉稳了许多。他先是告诉她，那篇《讨梁贼文》是他写的，说他在好好读书，让她不要担心。随后他就写了家里的事，写了苏婉，写了江柔，写了花容，甚至写了周烨和秦婉之。

他还写了自个儿在望都的改革，说他如何整顿城中地痞，如何安置流民。他说他开拓了好多荒地，让那些流民在那里耕种。每一个人都能领到地，第一年缴纳产粮的七成，随后逐年递减，第十年起，产粮就都归他们。流民第一年购买米粮的钱和其他的生活费用都从卖幽州债筹得的钱里出，而明年他们缴纳的粮食就是幽州债的收入。他说他算过了，这样一来，幽州债的利息就完全抵上了。

他说了许多，大多是政事。他还说了一些细节，他自己跟着那些农民一起下地开荒，挥舞锄头时被人笑话了。他说原来种水稻的泥里有虫子，虫子趴在他的脚上，还会吸血，吓了他一大跳。

柳玉茹静静地看着，蜷缩在床上看着这人的话，脑海里居然就能勾勒出他做这些事的样子。她想他大概黑了一些，也许还又长高了些，说话做事应当沉稳了许多。她甚至能想象到他跟着百姓去田里种地的模样，想一想，就觉得这个男人越发窝在了心里。

她看着他的信，慢慢地有了困意，看到了他的最后一句话。

"幽州债的利息我已经解决，三十万石粮食也已过半，剩下的我可以从北梁买来。你莫担心，早些回来。"

柳玉茹愣了愣，那一瞬间脑海中突然闪现了一个极为荒唐的想法。他这么努力地去安置流民，用幽州债赚钱，填补幽州债的利息，甚至亲自和北梁交易，是不是都是……为了让她不要太担心？他觉得她四处奔波是为了给他收粮，为了解他的燃眉之急，于是他自个儿也想尽办法让她少操心。

她不知道自己这个想法是不是自作多情，然而看着纸上的字，还是觉得有种温暖涌上来。她忍不住将纸页贴在胸口，深深呼了一口气。

　　这是她这一辈子头一次遇到对她这么好的人。过去对她这样好的人只有苏婉。而苏婉虽然有心帮她，但性子懦弱，根本帮不了什么，大多数时候是她帮着苏婉。柳玉茹习惯了做别人的依靠，习惯了做顶天立地的那个人。顾九思却是头一个努力为她遮风挡雨的人。她感动得无以复加，在这暗夜之中，突然就特别想念顾九思。

　　然而天南海北难相见，她坐到桌边，犹豫了很久，想写点儿什么给他，却又怕对方窥见自己的心意，怕他觉得她太不矜持，太过轻浮。于是她捏着笔，想了又想，琢磨了很久才开始写。她将自己身边发生的事一一写进去，等写完了，发现事无巨细，也不知该再写些什么了。

　　第二天早上，她将信交给了运送粮食回去的商队。

　　张叔拿到信愣了愣，发现柳玉茹的信也是沉甸甸的一沓。柳玉茹看见张叔诧异的神色，有些脸红。

　　她故作镇定地扭过头去，将发丝别到耳后，轻咳一声，道："张叔，路上小心。"

　　张叔回过神来，笑呵呵地道："少夫人放心吧，信一定带到的。"

　　柳玉茹又吩咐了几句，才让张叔带人回望都。

　　两人让运粮的人传信，就这么一来一回，慢慢熬过了秋天，又熬过了深冬。

　　一月，柳玉茹终于到了扬州，这时候她已经向望都运了二十七万石粮食，还额外赚了五十万两银子。她带着八百万的本金出门，不到四个月，就赚了二十七万石粮食和五十万两白银，这样的能力让整个商队叹为观止。

　　到达扬州时，印红看着扬州的城楼，不由得有些不安，小心翼翼地道："少夫人，如今钱和粮都差不多了，要不咱们回去吧？"

　　柳玉茹看着扬州城，这是她生活了十七年的城市："来都来了，不带点儿东西走，岂不是白来一趟？"她笑了笑，"况且，粮食还不够呢。"

　　说着，她就吩咐沈明："沈明，走吧。"

　　柳玉茹进了城，没有轻举妄动。她的假文牒上的名字叫柳雪，她变了装，在脸上画了疤痕，戴了帷帽遮脸，四处看了看。

　　扬州城的商户明显换了一批，除了一些不赚钱的小生意，大多铺子换了老板，她家原来的商铺也换了主人。她让沈明去打听，才知道顾家逃了之后柳家受了牵连。柳宣将家产全都给了王善泉才捡了条命，带着一家老小出了扬州，也不知道去了哪儿。

柳玉茹听了这个消息，看见商铺里打着算盘的人还是她家的老账房，犹豫了片刻，让沈明去对面的酒楼给老账房买了一壶酒。

沈明跟着柳玉茹在城中游走，问柳玉茹："你这是在找什么？"

"王善泉和普通官家不一样，"柳玉茹平淡地道，"这人没有底线，手段毒辣，咱们要早做防备，做事前先把出逃的路给规划好。"

柳玉茹停在三德赌坊前，朝着沈明仰了仰下巴："你去里面，放一百两银子在桌上，说要同老板赌。他们会让你进后院，到时候你说你家主人要见他，让他到隔壁酒楼找我。"

沈明愣了愣，问："你跑到这儿来赌钱？"

柳玉茹有些无奈，用扇子拍了沈明一下，不满地道："去。"

沈明撇撇嘴，进了赌场。

柳玉茹在酒楼包了一间房，坐在窗台边上，静静地看着赌场外的街道。

没多久，赌场外一阵喧闹，一辆马车停在赌场门口，许多人簇拥上去，嘴里叫着"洛公子"。她循声看去，只见马车里探出一只手搭在侍从的手上，随后一个长得十分秀气的男人从马车里探出身子。

那男人穿着一身湛蓝色的袍子，五官十分精致，面上带笑，手中提着一把纸扇。从整体来看，像是个普通书生，但他眉宇之间带着股说不出的邪气，怎么看都不像个书生。

旁边的人都殷勤伺候着他进去，对方神色慵懒地走进去。到了门口时，他顿了顿步子，朝着柳玉茹的方向看了过来。

柳玉茹惊觉此人敏锐，但也没躲，就凭栏而望，像是哪家小姐出游，随意打量着周遭情形。

对方静静注视着她，过了片刻后，板着脸转过身去，像是不大开心一般，进了赌场。

这人进了赌场后，柳玉茹让印红将小二叫了进来，向小二打听："你可知城中有位洛公子？"

小二得了这话便笑了："洛公子原名洛子商，是节度使王大人的幕僚，如今扬州城有半个归他管，这有谁不知道呢？"

柳玉茹有些诧异，但也立刻明白，一个这样年轻的人，能悄无声息地成为王善泉手下的第一红人，接管半个扬州城，绝非等闲之辈。她抓着小二，立刻将这洛子商的消息打听了一遍。

但这洛子商来得突然，所有人只知道他是在顾家倒了之后出现的，就是他代替王家组织了整个扬州城的商家的清洗，在扬州说一不二，王善泉对他几乎言听计从。然而这个洛子商从哪儿来，过去做什么，是哪里人，所有人都一无所知。

柳玉茹心里有些发沉，觉得这个洛子商或许和顾家的关系千丝万缕。

她抓着小二又问了一会儿，基本摸清了扬州的情况。这时候，沈明便领着杨龙思走了进来。

杨龙思看着柳玉茹，面前的女子一身水蓝色长衫，头戴帷帽，他看不清面容身段，只看得出是位身高中等、颇为清瘦的女子。

他朝着柳玉茹点了点头："柳小姐。"

柳玉茹抬手，刻意压低了声音，道："杨先生请。"

杨龙思坐到柳玉茹对面，开门见山地道："不知小姐请我过来，有何贵干？"

"妾身听闻扬州有白天的官，也有夜里的神。扬州白日里是官府管，夜里是龙爷管，不知这话可说得真切？"

"道上朋友谬赞，"杨龙思很平静地道，"说得夸大了。"

"倒也不尽然。"柳玉茹开口道，"至少夜里的码头得归龙爷管，是吧？"

杨龙思听到这话便明白了柳玉茹的来意，直接道："你要找我借船？"

"龙爷，"柳玉茹平静地道，"妾身听闻您在道上向来是个讲规矩的人，答应了的事，赴汤蹈火也定会做到。妾身敬仰龙爷的侠义之名，特意过来向龙爷借一条船。这条船停在码头，挂一个名，但要由妾身的人管，什么时候出发，装什么东西，龙爷一律不要过问。"

杨龙思笑了："柳小姐，您这要求，往大了说可是得让杨某赔上身家性命的，倒不知柳小姐打算出多少？"

"我打算在扬州做一笔生意，我可以分龙爷三成利润。"

"您说做生意，至少要告诉我是什么生意吧？"

"龙爷，"柳玉茹轻轻笑了，"赌大小只赌一边，总有输的时候，要是两边一起赌，就绝无输的可能了，您说是吧？"

杨龙思听到这话，神色认真起来。

柳玉茹抬手从袖子里拿出一个令牌，上面有个"幽"字。

杨龙思看着那个令牌，听见柳玉茹道："我只是个生意人，生意的内容，很快你就会知道。我不过是买些物资，只是买得多些，所以需要一条船。这笔生意成了，钱财不算什么，但我可以许诺，无论是幽州还是扬州，都有您的位置。"

杨龙思看着令牌，没有说话。过了许久，他慢慢地道："我在扬州待得好好的，为什么要想法子在幽州押宝？"

"龙爷，幽州已对梁王用兵，最迟年后就能拿下梁王，平乱是早晚的事。若扬州换了个人管，那可就又换了片天。换天的时候，龙爷觉得自己还能稳稳当当的吗？

"今日我找龙爷办事，自然要给龙爷规划好后路。您给我艘外地人的船，我买下来，就用他们的资料，您就当什么都不知道。若计划顺利，我不会出事；若出事，您就随便查一查，拎几个人去交差，算领个监督不力的罪就是了。"

柳玉茹给杨龙思谋划出路。

杨龙思皱着眉头想了许久，疑惑地道："就算幽州平了乱，扬州也不一定换人管。"

"若是范大人进了东都，"柳玉茹肯定地道，"王善泉必定人头落地。"

"为何？"杨龙思还是感到疑惑。

"您可知《讨梁贼文》出自何人之手？"柳玉茹平静地提醒他。杨龙思摇了摇头，柳玉茹喝了口茶，淡淡地道："顾九思。"

杨龙思猛地睁大了眼，瞬间明白过来。若这篇檄文出自顾九思之手，说明顾九思在幽州混得极为不错，顾、王两家有血海深仇，顾九思又怎么容得下王善泉？

杨龙思沉默了，柳玉茹喝着茶，静静地等着杨龙思的抉择。

片刻后，杨龙思开口道："我给你找一艘船，但之后的事我不会管。让你的人来赌场，把钱输给我，我不要你的三成利润，给我十万两，一分都不能少。"

"若是十万两，日后你需将扬州的消息及时报过来。"柳玉茹冷静地开口，"我会在这里开一家胭脂铺，日后你通过胭脂铺的人同我联系。"

"好。"杨龙思平稳地道，"日后你若要找我，三德赌场后门敲三下，连续敲三次。"

柳玉茹点头。

两人谈妥，杨龙思便站起身来。离开前他突然道："小心洛子商。"

"嗯？"柳玉茹抬头。

杨龙思淡淡地道："这是位为达目的不择手段的阴狠人物，当年顾家的事就是他一手策划的。"

听了这话，柳玉茹猛地睁大了眼，却没有作声。她怕自己做出什么不理智的事来。等杨龙思走出门去，她才猛地站起身来。

她将沈明叫进来，咬着牙道："你去替我查一个叫洛子商的人，不管用什么手段，给我查清楚，这人从哪儿来的、做过什么、和顾家有什么关系！"

当年用王荣调戏一事逼顾九思出手，还想用这个案子扳倒东都的江尚书，这样的计谋，怎么看都不像是王家的手笔。那时候她以为是王善泉老谋深算，如今看来，怕是这个洛子商的手笔！

沈明见了她的神色，有些疑惑，道："这洛子商怎么了？"

"你不是爱杀狗官吗？"柳玉茹淡淡地看向沈明，"这次就让你知道什么叫真正的狗官。"

柳玉茹给沈明下了命令，沈明便去查了。

而柳玉茹也没有多少时间可以耽搁了。她摸透了扬州的情况后，便故技重施，开始高价收粮，炒高粮食价格。她让手下的人伪装成好几拨人，在扬州城内四处询问粮价，散播粮价飞涨的谣言，不出几日，粮价便迅速地涨了起来。

初到扬州这几天，印红一直十分担心，心始终悬着。等到事情和过去一样顺利进行，她才舒了口气。她同柳玉茹道："还好一切顺利，前几天我可担心死了。咱们本来也就打算买三十万石粮食，不差多少了，姑爷会想办法解决的。您一定要冒这个险，也不知是求什么。"

"我在其他地方你不觉得是冒险，"柳玉茹抬头笑了笑，"怎么来了扬州，你就觉得是冒险了？"

"其他地方能和扬州一样吗？"印红理直气壮地道，"王善泉可狠毒啦。"

听到这话，柳玉茹笑了："若是其他州的节度使知道咱们做了什么，不会比王善泉良善。"她抬手给自己描眉，"咱们做的事，回回都是在刀尖上走路。沧州、青州我都走过了，扬州这块肥肉我也没有放过它的道理。再说，你以为我只是收粮？"柳玉茹看了看镜子里的自己，语气平和地说，"打仗看着比的是武力，实际上打来打去打的不都是钱吗？我若能把扬州刮一层皮，日后扬州就会安生许多，不会给幽州添乱。"

印红愣了愣，没想到柳玉茹还有这样的想法，小心翼翼地道："夫人，其实吧，这些都是那些爷们儿的事，您也不用多管。"

柳玉茹愣了愣，过去她常常听见这种话，甚至自己偶尔也会说说，然而如今回想起来，竟许久没有过这样的念头了。她看了一眼印红，过了片刻后才慢慢地道："那就算是为郎君，我也当多做些事。王善泉欺顾家至此，我到了扬州，若不出口气，心中的坎儿过不去。"

印红笑了，给柳玉茹揉肩："夫人还是小姑娘脾气，您打小就这脾气，如今还是没变。苏夫人知道了，怕是要生气的。"

"所以呀，"柳玉茹转头看了印红一眼，"别让她知道，不然我可找你麻烦。"

印红赶忙点头，两人像小时候一样笑闹起来。这时候外面传来了通报声，沈明回来了。

沈明一进门就灌了口茶，随后道："我可是跑遍了整个扬州，总算知道这洛子商是哪儿来的了。"

柳玉茹赶紧回头，忙问："哪儿来的？"

"其实谁都不知道他是哪儿来的，但我就到处问，皇天不负有心人哪，我遇到了一个老头。那老头住在城隍庙里，是个乞丐，他和我说，这个洛子商长得特别像以前一直住在城隍庙里的一个小乞丐。那小乞丐是另一个老乞丐在庙门口捡的，起名叫来福。"

听到这名字，印红忍不住笑了，小声道："这不是狗名吗？"

"都是穷苦人家出身，"沈明瞪了一眼印红，"你以为个个熟读诗书？还不就想给孩子起个有福气的名儿。"

"后来呢？"柳玉茹打断了沈明的话，接着问，"那小乞丐怎么了？"

"孩子六岁的时候，养大他的老乞丐就死了。这孩子在城隍庙里住到十二岁，突然就不见了。那老头和我说，当年那孩子和现在的洛子商长得特别像。"

"不过是长相相似，你怎么能笃定那就是洛子商？"柳玉茹皱了皱眉头。

沈明喝了口茶，接着道："你听我说啊，长相相似当然不足以断定是同一个人。可后来城隍庙里有个乞丐认出他来了，就想攀亲戚，跑去认亲，结果当天晚上就来了一批杀手，当年城隍庙里那批乞丐全死光了。那晚老头不在，才捡了条命。"

柳玉茹和印红露出惊骇的神情来。

沈明挑了挑眉："够狠吧？"

"那他杀这些人做什么？"印红不能理解。

柳玉茹却明白了："王善泉之所以如此高看洛子商，就是听说洛子商乃名门洛家之后，师从名士章怀礼，当初洛子商是以这个身份拜见王善泉，成为幕僚的。后来洛子商一直为王善泉出谋划策，王善泉四年前当上节度使，正是洛子商入王家一年之后的事。如果说王善泉能当上节度使都是洛子商一手策划的，那么此人如今的地位也就可以理解了。名门名师，这是他的资本，若让人知道他本是一个乞儿，就算不会动摇他的根基，也会给他带来麻烦。但那都是当年如亲如友的人……"她叹了口气，"能下如此狠手，这洛子商真是心肠歹毒至极。"

然而说着说着，柳玉茹又不能理解了："如此看来，他和顾家并无瓜葛，他为什么要针对顾家？"

沈明也在琢磨："或许他并不是针对顾家，只是对付顾家恰好是他必须走的一步。"

柳玉茹沉默着仔细想了想，当时那样的情况，王善泉以顾家立威，似乎也是一件必要之事。她深深吐出一口浊气，道："继续查吧，这点儿消息不够，他必定还有其他一些消息。"

沈明应了声，将茶放下，道："那我出去再查。"

沈明出去后，柳玉茹突然想到什么："你说，如果当时那些乞丐全死了，那这样性命攸关的消息，这个乞丐为什么会和沈明说？"

印红愣住。柳玉茹猛地反应过来，道："让沈明别查了，被人发现了！"

印红听到这话，忙跑了出去。

柳玉茹立刻吩咐其他人："除了还在城中做事的人，全都退到城外码头去，随时准备离开。"

众人开始匆匆忙忙地收拾行李。柳玉茹一面收拾，一面琢磨。沈明是如何暴露的？如今查沈明的是什么人？洛子商怎会如此神通广大，她才开始，他就已经查上来了？

她心中有些慌乱，但还是迅速让自己镇定了下来。现在最关键的是切断自己和沈明的联系，别让人顺着沈明查到自个儿身上。于是她让沈明另找了个留宿的地方，并吩咐他近期别随便来找自己。而后她将手下分散，让他们各自去做各自的事情。

柳玉茹住到城外的旅馆中，每日自个儿去城内喝茶听曲以打探消息。

粮价如期上涨，柳玉茹开始分批小量出售粮食，同时让属下准备了许多私下交易的地方。众人不能理解为什么要培养一批负责私下交易的人，柳玉茹只笑了笑，并未解释。

这个时候，洛子商的案头上放满了扬州的粮价报告。

"粮价为什么涨这么快？"洛子商喝着茶，询问旁边站着的下属。

下属沉稳地道："听说是有很多从各地来买粮的人，买得多了，就涨得快了。"

"突然有这么多人买粮食？"

"是。"

洛子商皱了皱眉，将文书一扔，淡淡地道："查一查那些人都是从哪儿来的，这看着不正常。"

"那需要管吗？"下属忐忑地看了洛子商一眼。

洛子商想了想道："扬州刚刚恢复正常，这些商户都是王大人的亲戚，也不好动。先限售吧，外地人不得购粮，本地人每人每天购粮不得超过五斗。"

"那价格需要压下去吗？"下属询问道，"如今粮价高，许多百姓开始买卖粮食了。"

洛子商犹豫了片刻，道："压价商家怕是不愿意，就留在这个价位上吧，但不准再涨了。"

下属应声。

第二日，命令下来了。柳玉茹听说这事时，正坐在茶楼里喝茶。

张叔都急了，道："夫人，扬州官府来这一出，咱们怎么办？"

"不是早就准备好了吗？"柳玉茹转头看了张叔一眼，放下茶杯，笑着道，"咱们不是专门设了几个点吗？让他们几个去收粮吧。我们不从粮商那里买了，就让老百姓从粮商那里买粮食，再卖到我们这里来吧。我们这边的买卖，两石起步，十天收一次货。到时他们必会组队来，组队的人我们另发奖赏吧。这样一来，百姓就会更多地购买粮食，价格自然会继续升高的。等我叫停，咱们就一天之内把手里的粮食清出去，能清多少就清多少。"

"但粮食大多在粮商那里，"张叔皱着眉头，"我们一直收散户的粮食，得收多久啊？"

柳玉茹笑了笑："粮商是傻的吗？老百姓从他们手里买粮再卖给我们，老百姓可以私下交易赚钱，他们不可以？"她淡淡地道，"放心吧，商人有的是法子，咱们只要保证收钱收粮的渠道别被查到就行。"

张叔应了一声，按着柳玉茹的话去做。果不其然，经过民众私下交易，粮价涨得更高了。没过多久，那些粮商就主动来了，要将粮食私下卖给他们。

第十三章　命轮转

对这一切，洛子商浑然不知。他发现时，柳玉茹已经将粮食都售出了，粮价开始飞速下跌。这时候，扬州有些商户也意识到了有人在做局，但这种闷声发大财的机会，他们不会说破。而洛子商也是在抓到一个炒粮的人之后才意识到一切已经不可控制。

粮价大跌后，柳玉茹便让人快速收粮。她现在只需要两万石粮食，所以秉持的原则就是短期内能收多少收多少，收完上船就走。

洛子商派人扮作炒粮的百姓去打听情况。搞清楚情况后，洛子商陷入了沉思。

下属道："公子，是不是要把这些人都抓起来？"

洛子商沉默许久，突然笑起来："有意思。"他抬眼看向前方，慢慢道："竟是这个意图，我到现在才反应过来。"

"公子？"下属都感到不解。

洛子商淡淡地看了他们一眼，道："他们的主谋这样聪明，肯定不会在城里住，不然会给自己带来麻烦。现在立刻出去，将城外的客栈都给封了，把客栈里的所有人都留下，然后去找城门的守卫，把近来频繁出入的人的名单给我一份。"

"公子，城外的客栈……是不是太多了？"

洛子商笑了笑："他们带了这么多钱来，不会委屈自己，去把最好的几家客栈封了。如果还有余力，再多封几家。"

下属应声。

这时候，柳玉茹正在让人装货。印红陪着柳玉茹，埋怨道："夫人，您这吃也吃不好，住也住不好，好歹要去住个还行的客栈哪。您就租个破房子住，算什么啊？"

柳玉茹清点着粮食，淡淡地道："这就是你傻了吧，咱们做的事要是被发现了，他们开始查人，肯定想着咱们有钱，会住好客栈的。他们一对进出城门的名单，将好客栈一封，咱们就完了。"

印红点头道："明白了，那咱们还是住最破的客栈好了。"她说着，转头看了一眼不远处的茅屋。这种晚上睡觉还漏风的地方，一般人也真想不到里面会睡着个财神爷。

柳玉茹这边正装着粮食，在城门盯梢的人发现洛子商的人出城了。柳玉茹收到消息，便停下了动作，回了住处，假装什么事都没发生过。

洛子商搜查了客栈。

柳玉茹住的地方离被搜查的地方不远，城外的客栈大多聚在一起，柳玉茹的宅子就藏在最边上。

印红听着外面的动静，同柳玉茹道："夫人，不会查到咱们吧？"

"查到又如何？"柳玉茹神色平静地道，"我们不过是来找亲戚的。"

印红做了几个深呼吸才慢慢缓过神来，又和柳玉茹将口供对了一遍。

这个背景故事柳玉茹已经同她说了许多次了：

柳玉茹原是扬州的一位富家小姐，前些年她家迁到了沧州，后来遭了灾祸，她便回到扬州来，投奔在沧州遇到的情郎。当初她与那情郎私订终身，对方回扬州前说会来沧州娶她，结果却一去不归。如今她亲自来寻，却一直找不到情郎，城中客栈费用高昂，她只能住在城外，日日进城寻人。

柳玉茹将所有细节都描绘过了，大家烂熟于心。对柳玉茹没描绘过的事，印红只需说三个字：不知道。

但柳玉茹还是不放心，便同印红道："如果他们将咱们分开，你装晕便是了。"

外面的动静小了，印红从窗户往外看，洛子商的人从客栈里押了许多人出来，洛子商站在前方，一一看着。他随意地同从客栈里出来的人说着话，问两句，便让人过去，看上去倒不是个难缠的人。

最后他让人抓了五个商户，随从问："公子，是回去审还是在这儿审？"

洛子商注视着这大片客栈，突然道："你说，这么聪明的一个人，我会猜他的举措，他会不会也猜过我的想法？如果他猜到了，还会住在好的客栈里吗？"

随从有些茫然。

洛子商突然笑了笑，道："走，我们逛逛吧。"

洛子商骑着马，开始领着人在这一区一家一家地看过去。

印红见洛子商去而复返，心里慌得不行。柳玉茹抬手拉住她的手，淡淡地道："别慌。"说着，柳玉茹给了沈明一个眼神，"要是情况不对，就将人斩了，直接硬闯上船。"

沈明点点头，带着人埋伏起来了。

洛子商随意地敲着门。他看上去彬彬有礼，倒也不让人厌烦。开门的人见着他，大都慌忙下跪，他随意地和人聊两句，就又到下一户去。

等他到了柳玉茹的屋前，印红微微颤抖，柳玉茹深吸了一口气，握着她的手道："他若敲门，你就出去，告诉他我在午睡，不便见外男。他若非要见我，你便说要来请示我。记好了，"柳玉茹抬眼看着她，"我只是个沧州来的大家闺秀，其他什么都不是，一个普通的投奔亲戚的姑娘是什么样，咱们就是什么样。"

印红咬牙点了点头，外面传来了敲门声。

印红站起身来往外走，柳玉茹躺到床上，闭着眼睛，逼着自己冷静下来。

柳玉茹也不知道怎么的，这一刻竟然不觉得害怕，甚至有种隐约的热血沸腾的感觉，像是因棋逢对手而格外兴奋。

印红在前院开了门，洛子商站在门口，笑眯眯地道："这位姑娘，在下乃扬州官府中人，奉命缉拿要犯，可否通报主人，让在下进门喝杯热茶？"

"我家主子尚在午睡，您稍等。"印红关了门，进了屋。

柳玉茹从床上起身，整理了衣物妆容，才让印红将人请了进来。柳玉茹手持着团扇，遮住半张脸，走出房间。

洛子商在屋中等候片刻，见到柳玉茹，眼神微黯。

柳玉茹朝他盈盈一拜，柔声道："见过公子。"

洛子商笑了笑，道："这房屋简陋，没想到内藏明珠。小姐举止文雅，应非出身小门小户，怎的住到这种地方来了？"

"见笑了。"柳玉茹垂着眼，不敢看他，像是有些害怕，道，"妾身打沧州来，盘缠用得差不多了，便歇在了这样的地方。"

"沧州到扬州也算远行，"洛子商打量了两人一眼，"二位姑娘就这么自个儿走过来了？"

"如今正值战乱，我们两个小女子，哪里走得了这样的远路？"柳玉茹叹息，"奴家雇了人护送过来的，到了扬州地界，才叫人散了。"

洛子商没说话，看看扇子，又看看柳玉茹。柳玉茹的言行举止与一个普通的闺秀无异。她神色怯懦，甚至不敢与他对视，可不知道怎么的，洛子商总觉得有些怪异。他一贯相信自己的直觉，便多问了几句："姑娘来了扬州，怎的还住在城外？"

"城中物价高昂，"柳玉茹垂着眼眸，像是有些不好意思，"奴家钱帛不多，只能住在城外。"

"姑娘来扬州，是做什么的？"

"寻人。"

"寻到了吗？"

"尚未。"

"哦，"洛子商点头道，"您要寻的人有什么特征，要不我帮您找找？"

"若是如此，那就太好了。"柳玉茹面露欣喜之色，"我所寻之人是位书生，生得极为俊俏，叫叶晓之，公子可认识？"

"姓叶，生得极好的人，我倒是认识一位。"洛子商摇着扇子，笑着道，"可他既不是单纯的书生，也不叫叶晓之。这样吧，您与我进城去，我帮您找人。"

柳玉茹愣了愣。

洛子商抬眼似笑非笑地看着她："怎么，姑娘不乐意？"

"公子，"柳玉茹低声道，"奴家虽然落难，却也知道男女有别，今日奴家随您走了，该算怎么回事？您打算如何安置奴家？"说着，她看了洛子商一眼，眼里带着忐忑，"总不能去公子家吧？"

那一眼看得洛子商头皮发麻。他突然反应过来，自个儿要是真的带个女人回去，不光是这个女人，所有人都会多想的。无凭无据，他不能随便抓人。扬州以商人缴纳的税款为主要收入，如今扬州刚刚稳定下来，如果再乱抓人，怕是再没有人敢来扬州经商了，王善泉得知会大怒。王善泉好色，洛子商若是抓了这样一个女子，定会被以为是为了女色。

洛子商琢磨了片刻，又询问了柳玉茹一些关于沧州的问题。他问得很细，柳玉茹均对答如流，洛子商找不出破绽之处。沉默片刻后，洛子商不由得觉得自己太多疑，这么一个柔弱的女子翻得起什么风浪？

他笑了笑，温和地道："是在下唐突了。"他站起身，"在下告辞。"

柳玉茹红着脸点头，印红把洛子商送出去了。

印红回到屋中，顿时瘫坐在地："吓死我了，夫人，如今没事了吧？"

柳玉茹坐着，手微微颤抖。同洛子商对峙，她也是怕的，但怕也要顶着。如今里里外外这么多人看着她，她若露怯，众人便失去主心骨了。

沈明从暗处走出来。柳玉茹深吸了一口气，同众人道："歇一歇吧，沈明你去看看外面有没有盯梢的人，入夜后我们再走。"

沈明应了声，出去查看。

柳玉茹盘算着这一次的收获。扬州远比青、沧二州富饶，商贸发达，她在扬州待的这几日，收获便是青、沧二州合计之数。

有了这笔钱和这些粮食，顾九思就不用再操心了。柳玉茹这次给扬州带来的损失一时不会显现，但明年就会现出端倪，也算是对王善泉的一种压制。

沈明逛了一圈，回来时却拎了个人。

柳玉茹先戴上面纱，然后才让人进来。

沈明将人往柳玉茹面前一扔，自己靠在边上，道："盯梢的人没见着，倒见着个鬼鬼祟祟地在门口晃悠的。"

柳玉茹看向地上正爬起来的人，觉得有几分面熟。

那人恭恭敬敬地道："小姐，奴才乃叶家家仆，特奉我家公子之命前来，想请小姐喝杯茶。"

柳玉茹这才想起来，这是原先在叶世安身边服侍的人。柳玉茹沉吟片刻，道："我不方便入城，不知公子可方便出城？"

"我家公子不能出城，"对方认真地道，"公子听闻小姐在打探洛子商之事，又知道小姐与顾家大公子有关，公子有一件关于顾家的要事需告知小姐，若小姐愿意，可入城一叙。"

柳玉茹抿了抿唇。如今开船在即，此刻入城，风险便会高很多。然而叶世安既然说此事与顾家有关，想必是十分重要之事。她沉吟片刻，道：

"我可否派人入城，与公子详谈？"

"公子说，此事事关重大，非本人不能见。"

柳玉茹犯了难。

沈明立刻嘲讽道："一定要让人入城去，怕不是个套吧？"

"叶公子不是这样的人。"柳玉茹开口。

她看了看天色，琢磨了一下带口信来回的时间，终于道："我这就跟你入城见你家公子，但我们只有两个时辰。"她又看向沈明："你让几个人到粮仓和兵器库附近去，准备好油和炮仗。你再亲自带一队人马埋伏在城门口，他们若是锁城，你便让人点了粮仓和兵器库，动静弄得越大越好。等城中乱起来，我们便闯出去。"

"是。"沈明应声。

这样的准备他们已经做过很多次了。

任何一个州的官府都是无法容忍他们的行为的，他们一旦被发现，必遭锁城追捕，因此他们早就有了应对方案。

柳玉茹将所有事安排好，吩咐印红看情况开船，便戴上帷帽跟着那位家仆进了城。

"公子身边有很多人盯着。"那人到了城门口便道，"奴才也不能再跟您待在一起。公子在临湖茶馆牡丹阁，劳您在海棠阁订一个房间。"

柳玉茹点头，那人便离开了。

柳玉茹入城，来到了临湖茶馆，包了海棠阁。

临湖茶馆最大的好处就是能够欣赏湖边的风景。

柳玉茹刚推开牡丹阁的门，就看见叶世安坐在里面。她愣了愣，随后镇定地关上了门。

叶世安站起身，恭恭敬敬地行了个礼，道："见过小姐。"

他这是没认出她来。也是，她戴着这么大的一个帷帽，换她爹亲自来，也未必能认出来。她不由得笑了笑。

柳玉茹将帽子解开，露出她精致温和的面容，看着叶世安，温和地道："叶哥哥，好久不见。"

叶世安呆了片刻后，惊诧出声："玉茹妹妹？！"

"是我。"柳玉茹看着叶世安，他清瘦了许多，依旧有着温润如玉的君子风度，眉宇之间却难掩憔悴之色。

"长话短说吧，"柳玉茹立刻道，"我今夜就要走，至多有两个时辰可以耽搁，您特意让人寻我过来，可是有什么事需要我的援手？"

叶世安认真起来，道："顾老爷还活着。"

柳玉茹惊诧万分："你说什么？！"

叶世安重复了一遍："顾老爷还活着，就在叶府。"他看着柳玉茹，"我本以为来的是顾九思的手下，没想到你居然亲自来了。你来了也好，我也就可以放心地将人交出去了。你立刻安排人手，今夜我们一起走。"

柳玉茹又是庆幸，又是担心，神色变了又变："我公公如今在叶府，身体可有大碍？"

"他的腿受了伤。"叶世安平稳地道，"所以到时候需要让人背出来。叶府如今四处都有人盯着，我身边也都是人，到时候我会先动手处理干净，然后快速出城，你在外面安排人接应，一切都得快。"

柳玉茹应声道："你也要走？"

"对。"

"你的家人怎么办？"

"叶家如今只剩下我和韵儿，韵儿如今在王府，我会通知她的，到时我们在城门口会合。"

柳玉茹愣了愣，问道："你……你的其他家人呢？"

"当初出事，叔父带着其他人跑了，我家留了下来，王善泉为了杀鸡儆猴，斩了我父亲，我母亲当夜自缢。王善泉为了牵制我叔父，留下了我与韵儿。"这一串话他说得十分平静。柳玉茹端着茶的手却微微颤抖。

叶世安看向楼外的湖面，目光中没有半分波澜："韵儿貌美，王善泉垂涎已久，我父母死后，他上门来求娶韵儿，要韵儿做他的妾室。他派人私下与韵儿说，若她不嫁，他便杀了我。我当时忙着办父母的丧事，对她的关注不够，韵儿为了保全我，便答应下来，她就被王善泉用一顶小轿接走了。"

柳玉茹的呼吸几乎要停了。

她与叶韵一起长大，纵然当初是为与叶家多接触，可人心都是肉长的。多年的手帕之交，她知道叶韵向来高傲，作为世家嫡女，叶韵常说这扬州的青年才俊都入不得她的眼，要去东都选婿。这样一个人，居然给王善泉那老头子当了妾？！

柳玉茹怒火中烧，却又说不出话来。

叶世安抬眼看着她，淡淡地道："我知道你与她关系好。你先别太难过，且冷静一些，今日我们便将她接走，日后杀了相关之人，我会再给她寻个好人家。"

柳玉茹吐出一口浊气，努力镇定下来："你先回府中准备，黄昏时你便与韵儿出城，我在城外接应。"

"好。"叶世安应声道，"多谢。"

他这一声多谢平和又疲惫，柳玉茹听得这话里的艰难，一想到当年他新夺魁首意气风发的模样，便觉得有些难受。

"叶哥哥……"她的声音有些沙哑，她想劝几句，却又不知该说些什么。多说唐突，可不作声，看着这人一人扛着所有的样子，又觉得他太苦了。

叶世安静静地站着，等着她的下一句。柳玉茹闭了闭眼，捡起帷帽，道："我先出去准备，黄昏时见。"说完之后，她便戴上帷帽，匆匆转身下去。

沈明站在楼下，忙跟上去，小声问："如何？"

柳玉茹走得很快，神色冷峻，压低了声音道："按原计划部署，我们今晚要带叶世安和他妹妹走。他们出城怕是会有危险，我在城门口接你们，你看情况行事。"

这些时日，沈明在扬州城四处奔走，早已知道叶世安是谁。沈明应了一声，和柳玉茹分头行动。

其实柳玉茹还有很多疑问，比如顾朗华是怎么逃脱的？洛子商到底是什么人？可是她来不及多问了，如今首先要把叶家兄妹和顾朗华救出来，那之后再问叶世安也不迟。

柳玉茹出了城便立刻到码头找到了印红和芸芸。

之前他们已经将五船粮食运出去了。当时他们租了船，将粮食分批运到离扬州最近的青州码头，再由青州商船一路运送到幽州。现在最后一船粮食已经装载完毕，这艘船上还有他们大部分的银两。大批的银子不好放在其他人的船上，只能自己带走。而最重要的是人。她出发时带的加上后续跟着过来的，总计近七百人。现在整支商队全在这艘船上，她必须保证他们的安全。

但现在叶世安要走，定会惊动洛子商。若波及商队，就是她的罪过了。

柳玉茹同芸芸道："你们即刻出发，不要耽搁。今日粮价有波动，等消息传出，洛子商就会猜出我要离开，所以你们必须现在走，不能耽搁。除此之外，你立刻派人联系熟人，给沈明他们这些还没上船的人准备文牒路引，不要去幽州的，去哪儿的都行，去其他商船为他们买船票。另外准备四个人的文牒路引，一位男性老人，外加两女一男。"

芸芸看柳玉茹的脸色便知道情况紧急，也不多问，点点头便去找人。在这扬州码头混迹了一个月，芸芸早已和各个商队打好了关系。她出去走了一圈，带了一堆人回来，这些人将自己的文牒路引交给了芸芸，然后柳玉茹将商队的文牒路引给了他们，又给了每个人一笔不菲的报酬。

柳玉茹道："各位，你们到幽州后，我们会负责你们的食宿，不出一个月就会给你们安排好回家的路，放心。"

领头的老者连连道谢。实际上光是今日芸芸给的钱就已经很多了，日后柳玉茹能给当然最好，不能给，他们其实也无所谓。

交换好了文牒，柳玉茹便让芸芸上船。

印红跟在柳玉茹身后，柳玉茹对印红道："你也走。"

"夫人……"印红有些焦急，"你要他们先走也就罢了，至少让我留下啊。"

"你留下能做什么？"柳玉茹觉得有些好笑，"你武功盖世还是怎么的？赶紧走吧，别拖累我。你好好看着船，确保这些银子到望都就好。"她说着，抬头看向幽州的方向。

"这时候还管什么钱哪？！"印红急得就差跺脚了，"我说别来扬州别来扬州，拿着这么多银子，要是出了事……出了事……"她的双眼红了。

柳玉茹笑了笑："印红，我不是莽撞，"她握着印红的手，认真地道，"你信我，如今我有一定要带回去的人，不得不耽搁一会儿。你先回去吧，我不会有事的。"

"上一次是这样，这一次还是这样，"印红咬了咬牙，"您什么时候才让人放心？！"

"我若足不出户，你大概就放心了。"

"夫人，开船了。"芸芸在后面提醒。

柳玉茹拍了拍印红的手，轻轻推了推她。印红咬了咬牙，终于上了船。

船扬帆起航，柳玉茹看了看天色，算了算时间。她留下的几个人正在待命，她吩咐其中一个："你从陆路走，抄最快的路赶回望都，让顾大人到广阳接我。"

对方应了声。

这人从陆路走，快马加鞭日夜不停地急行，快则两日，至多三日，消息就能送到望都。广阳在扬州与望都之间，顾九思若是快一些，五日后便能抵达广阳。柳玉茹站在码头上，将时间重新算了算，领着剩下的几个侍卫，带上文牒路引赶回扬州城门口。

扬州城门前商客来来往往，许多茶铺在这里搭了简陋的棚子供商客歇脚。

柳玉茹戴着帷帽坐在茶铺里，将路引文牒交给了属下。属下会进城找到其他人，把路引文牒发下去，并传她的口令：今夜若是能趁乱跑出来便直接跑出来，按照路引的要求走，找安全的地方歇脚，再让人带消息回望都，她会派人去接；若是跑不出来，就在扬州待着，在柳玉茹前几日买的宅子里待好，三日后扬州城门应该就会重开，届时出城，先南下找个安全的地方藏身，再传消息到望都，她也会让人来接的。

最后柳玉茹留下一个侍卫在身边。他们扮作歇脚的商客，坐在茶铺里喝茶。

这个时候，叶世安已经收拾好了东西，将顾朗华扶进了马车中看了看天色。

叶世安早先在王府内部收买了人，此时消息已经由那人传到了叶韵手中，黄昏之后，叶韵可以藏在泔水桶中由人运出离开王府。办法是恶心了点儿，但她能出来便好。

叶世安算着时间差不多了，喝了口茶，同侍卫道："动手吧。"

他们早已摸透了那些探子，只是一直假装不知道探子的存在。得了这句话，叶家的暗卫立刻动手，悄无声息地杀了那些探子。

叶世安换了身粗布衣服，戴着斗笠，脸上贴了黑痣。不仔细看，谁都想不到这是叶家公子叶世安。叶世安驾着马车出去，暗卫潜入人群中，跟在马车后。马车嗒嗒向前，街市喧闹，和扬州平日的景象无异。

这个时候，洛子商刚审完早上提回来的那批商人。

他从旁边的人手里接过帕子，擦着手上的血，淡淡地道："这批人都不是，拖到郊外处理了，再给他们家里人报个信，就说遇到山贼没了。"

"那尸体……？"下属有些犹豫。

洛子商淡淡地看了下属一眼："这还要我教？"

下属连忙应声："奴才会处理好。"

洛子商走到庭院里，思索着，道："粮价波动这么大，对方的本金怕是不少，背后恐有官府支持。今日粮价如何？"

下属赶紧将今日的粮价报给洛子商。从早上到下午，粮价足足涨了三文，这是粮食降价以来头一次回涨，洛子商皱了皱眉头，道："今日交易得频繁吗？"

"公子，"专门打探粮价的人向他回话，"今天下午，许多人手中的粮食卖光了。"

"卖光了？！"洛子商猛地回头。

下属应声道："是，我问了许多人，都说手中已经空了，他们都打算明日再收粮去卖。不是一个，许多人如此。"

洛子商沉默片刻，猛地反应过来："不好，他们要跑！立刻封锁所有码头，所有船都不准走！"他急忙往外走，"我这就去找王大人要锁城令。"

洛子商驾马一路疾驰，叶世安低头驾着马车，与洛子商擦肩而过。

洛子商狂奔到王府便找王善泉要了锁城令，又急急地出门去。洛子商一入府，叶世安买通的杂役便立刻将消息传到了叶韵那里。

叶韵的侍女连忙传话："小姐，洛公子方才来了，看上去很着急。"

叶韵正在内间收拾东西，听得这个消息，顿了顿，随后压低了声音问："来做什么？"

"听说是来要锁城令。"

叶韵猛地抬头，心跳得飞快，拼命思索着，洛子商这时候要锁城令做什么？难道洛子商发现叶世安要走？叶世安要走，必然已杀了洛子商手下的人，若是今日出不去，他们兄妹危矣！

叶韵咬着牙，外间的人催促道："小姐，我们得赶快，公子在等我们！"

"不去了。"叶韵蹲下身从床板下拿出匕首，抬头同外面的人道，"你去告诉公子，让他别等我，自己走，我随后就到。若我去不了，便让他给我报仇。"

"小姐……"

"快去！不然误了消息，"叶韵将匕首藏到枕下，低喝道，"我要你的命！"

听得这话，侍女不敢耽搁，匆匆走了出去。

叶韵深吸了一口气，看着台子上的金银首饰。

与其他妾室不同，她出身名门，又年轻貌美，哪怕面对王善泉从没好声好气过，这个老头子也只当她有傲气，仍对她颇为偏爱。如今她进门不足三个月，也不知道这份偏宠会持续到什么时候，但不管什么时候她都只觉得恶心。

叶韵走到桌前，挑了一支最锋利的金钗插入发髻中。而后她穿上了王善泉最爱的一件轻纱薄衣，躺进被子里，同侍女道："去叫大人来，就说我病了，一定要他过来。"

侍女不敢多问，应下便去请王善泉。

听说叶韵病了，王善泉愣了愣，不由得道："夫人是如何病的呀？"

侍女低着头，小声道："奴也不知，夫人穿了纱衣，躺在床上，就让奴婢来请大人。"

王善泉顿时明白了，她这哪里是病了，明明就是勾引，是情趣。王善泉心猿意马，叶韵头一次低头，他心里乐开了花，也来不及多想，便急忙赶了过去。

王善泉进了房中，隔着薄薄的纱帘看见美人躺在床上，她一手撑头，侧卧着看他，一双眼里满是纯情，白皙的大腿露在红纱外，美得动人心弦。

王善泉呼吸一窒，却又装傻道："韵儿这是何意呀？"

叶韵笑了笑，眼里仿佛带了钩子，她勾了勾指头，道："大人，您过来些，我有好东西要同大人分享呢。"

王善泉迫不及待地扑了过去，叶韵咯咯笑起来，翻身将他压到床上，柔声道："大人，您闭上眼，我来。"

"来，快来。"王善泉闭上眼睛，声音急促地道。

"好。"叶韵柔声回答。

与此同时，她一手探到枕下，一手从旁边拿了一只软枕。她毫不犹豫地拔出了匕首，又狠又快地扎进了王善泉的心窝！同时她将软枕狠狠地压在了王善泉的脸上，死死地将他的声音压在了枕头下。

王善泉猛地睁眼，立刻挣扎起来。叶韵不知道哪里来的爆发力，将整个人的重量压在那枕头上，另一只手握着刀，又疯狂地刺了进去，一刀接一刀，整张床被鲜血染红。

叶韵见王善泉没了动静，终于泄了气，直接从床上滚了下来。她浑身染血，在地上呆坐了片刻。

王善泉瞪大双目，躺在床上，死死地盯着床顶。他可能至死都不能明白，一个柔弱的女子怎有这样的胆量。

叶韵整个人都在颤抖，可还是得咬着牙起来。她踉跄着站起身，从柜子里翻出了叶世安让人准备的下人的衣衫迅速换上，从窗户爬出去，大喊了一声："不好了，王大人遇刺了！"喊完之后，她便迅速朝后院跑去。

她要快一点儿，再快一点儿。

王府内人仰马翻，有人叫嚷着："快，找洛公子！找洛公子来！"

而洛子商正带着兵马朝城门赶去。

叶世安远远看见洛子商，咬了咬牙，立刻同身边的人道："马上出发，带顾老爷出城，我等小姐！"

侍卫立刻驾着马车到城门处去。

叶世安藏在暗处，见洛子商驾马疾驰而来，将手中的一个石子打出，洛子商的马受了惊，叶世安迅速离开。

也就是耽搁这片刻，洛子商终于抵达城门时，顾朗华的马车刚刚出城。

"锁城令在此，"洛子商来不及去拦已经离开的人，只能带着兵马在城门前堵住还没出城的人，大喝，"所有人都停下，不得往前！违令者斩！立刻关上城门！"

叶世安捏紧了拳头。

柳玉茹坐在城外的茶铺里，听到这声大喝，放下茶杯，用手绢擦了擦唇。

所有人都呆住了。这时，人群中爆发出一声怪异的惊叫："不得了啦，官府要杀人啦，要屠城啦！"

城门口一时乱了起来，人们纷纷往前挤。

洛子商环顾四周，让士兵竖起长矛。洛子商怒喝："上前者，格杀勿论！"

骚动的人群渐渐安静下来。

叶世安藏在暗处观察，叶韵的侍女急急赶来，低头凑到叶世安身边，小声道："小姐说，让您先走。"

"她在哪里？"

"小姐知道洛子商锁城，说会想办法。"

叶世安咬了咬牙："她能有什么办法？！"他深吸了一口气，吩咐暗卫："赶紧去找小姐，不惜一切代价，将小姐带过来！"

"那您……？"

"不用管我！保护小姐！"

暗卫不敢多说，应声离去。

叶世安看了一眼周围，要出城的人还在和洛子商的兵僵持着。这时候，人群里猛地爆发出一声惊呼。叶世安定睛一看，一批蒙面人突然冲向了那些官兵，二话不说抬刀就砍！

"快走！"

"冲啊！"

"扬州要乱了，出去再说！"

城门下惊叫声四起，一片混乱，叶世安再也按捺不住，也朝城门冲去。洛子商的目光立刻捕捉到了叶世安，洛子商大喊："抓住他！"

官兵们冲向叶世安，就在这时，远处传来一声巨响，火光冲天而起。

"公子，"旁边的人着急地同洛子商道，"是粮仓的方向。"又一声巨响传来。洛子商的手下已经慌了："公子，是兵器库的方向。"

"敌袭，敌袭！"也不知是谁先叫起来的，扬州城内的居民都跑了出来，纷纷朝城门赶来，"开门，大人，求求您让我们出去吧！"百姓慌成了一片，官兵和叶世安等人纠缠在一起，沈明的人在人群中和官兵周旋。

沈明护着叶世安往外走去，洛子商从旁边的士兵手上拿过一张弓，不管不顾地搭箭对准了叶世安。

"大人，"一个士兵驾马冲到洛子商面前，大喊，"王大人遇刺了！"

洛子商的手微微一颤，箭倏然飞来，叶世安赶紧侧身躲开，却被旁边的大刀猛地砍在了手臂上。好在沈明及时架住那刀，叶世安才没有伤得太重。沈明一脚将那人踹开，拉着叶世安就往外冲："走！"

"大人，"报信的士兵下马对洛子商抱拳，"您得赶紧回去，不能再在城门这里耗着了！粮仓和兵器库都必须加派人手，您不能把人全拖在这里。"

天大的事都不如王善泉遇刺之事重要。王善泉就是扬州的土皇帝，这时候，无论如何洛子商都必须回去处理。

洛子商咬了咬牙，立刻道："你们给我追，别放过那人！"吩咐完守城的官兵，他便带着自己的兵奔往王府。

沈明带着叶世安且战且退，洛子商一走，官兵少了许多，加上此时人流量巨大，又都是百姓，守城的官兵也落不下刀。

沈明将叶世安往外一扔："赶紧走！"

叶世安踉跄着冲了出去，将刀扔了，捂着受伤的胳膊，混在人流里出了城门。

一辆马车停在路边，叶世安正焦急地跑着，就听见里面传来一个女子清朗的声音："上来吧。"

叶世安一看，柳玉茹正坐在驾车的位置上，帷帽被卷起来，露出她温和又沉稳的笑容。

叶世安顿时松了口气，连忙上了马车，低声道："多谢。"

"里面有衣服，将衣服换了。"柳玉茹开口。

马车里有一套湛蓝色的布衫，还有伤药和绷带，叶世安也不多问，将伤药倒在伤口上，缠上绷带。他一面换衣服一面道："方才那位公子留在后面，无碍吧？"

"没事，"柳玉茹放心地开口，"他以往流窜惯了，在对付官兵这件事上很有经验。他们的衣服里面都穿着其他衣服，等一会儿将脸上的布一扯、外衣一脱、刀一扔，人混在人群里谁都认不出来。你不用担心。"

听到这话，叶世安稍微放心了一些，又问："顾老爷呢？"

"已经离开了。"柳玉茹淡淡地道，"我让人护送他走陆路，文牒路引全都是现成的，洛子商也没发现他的存在，只要咱们俩没事，他便不会有事。"

"玉茹……"叶世安开口，像是有些为难。

柳玉茹抬眼看着他，知道他要说什么，冷静地道："我们等一会儿要搭别人的船，到了码头，韵儿来了我们就走——若是没来，我们也得走。"

叶世安咬了咬牙："到时候，我自己留下。"

柳玉茹沉吟不语。她知道自己改变不了叶世安的想法，思索着，看还有没有其他办法。

柳玉茹驾着马车到了江边。

这时候江边已经乱成了一片，商队都在和士兵争执，士兵不让开船，商队自然不肯应允。在码头的都是外地来的客商，和城内百姓不同，上一次王善泉血洗扬州商家已经让他们战战兢兢，只是为了钱财不得不大着胆子过来做买卖。如今士兵要扣船扣人，谁心里不觉得发慌？士兵本身就不待见这些商人，说话多有轻蔑之意，两方谈判不成，士兵不耐烦，商人又慌又怒，种种情绪在码头上蔓延。

柳玉茹扶着叶世安下来，便要领他上船。

"不用。"叶世安果断地道，"玉茹，你先上船吧，我在这里等韵儿，若是她不来，我不可能走的。你不必陪我，莫要耽搁了你。"

柳玉茹抿了抿唇，不说叶世安三番五次帮了她和顾家，就说她与叶家的渊源，她也不能把叶世安留在这里。她深吸了一口气："叶哥哥，认识你的人太多了，你身上又有伤。这样吧，你先上船去，我在这里等着，韵儿来了，我带她上船。若是船要开了我们还没上船，你再下来等我们。"

叶世安沉默了片刻，抿了抿唇，终于上了船。

柳玉茹是大家闺秀，除了熟识的人，见过她的人不多。叶世安却是扬州出了名的青年才俊，就这么站在这里，简直就是黑夜里的一盏灯，就差没在全身上下写满"快来抓我"了。

叶世安上了船，柳玉茹就站在外面等着。没多久，沈明也赶了过来。

沈明看了一眼柳玉茹，擦了一把脸，道："你怎么还在这儿？"

柳玉茹不答，静静地看着人群。商家和士兵闹得越来越厉害了，天已经彻底黑下来，正淅淅沥沥地下着小雨。柳玉茹在附近买了把雨伞，撑着伞往码头入口处走去。

她瞟了一眼，领头的商人正朝着官兵怒吼，那壮汉操着北方口音，相当暴躁。那官兵被吼烦了，拔了刀，愤怒地道："吼什么吼？不能出海就是不能，你同我吼什么？你是蔑视朝廷，活得不耐烦了吗？！你们这些商人，净干些低买高卖的缺德事，和你们说话是抬举你们。你们别把官爷惹急了，惹急了把你们一刀一个砍了，百姓还要拍手称好！"

听了这话，柳玉茹笑了，淡淡地道："所以，扬州半年前流的血还未洗净，就打算再送新魂了吗？"

"你这婆娘胡说什么？！"那官兵见柳玉茹是一个女子，要冲上来，沈明赶忙拦住了，赔着笑道："官爷，她只是个小姑娘，您别同她一般见识。"

柳玉茹装出害怕的样子来，连连道歉。众人看着这个情景，心里都窝了火。

柳玉茹叹了口气，道："大家也都别争执了，说也没用的，各自回船上去吧，我去等我的家人了。"说完，她便施施然离开。

官兵看着那些商人，冷笑道："一群大老爷们儿还没有一个小姑娘有见识，听见没？说了也没用！"

商人们不再说话，"说了也没用"这句话印在了他们心里。

柳玉茹看了一眼身后众人的脸色，低声同沈明道："你过去加把火，看他们打不打算一起对抗官府，如果要对抗，你就给他们出主意，等一会儿必须有人指挥，船要一艘接一艘地有序开走，不然不等官府抓人，就先互相撞了。这里面要有人做指挥带个头。"

"明白。"沈明点点头，心里有了盘算。

经历了这半年的动荡，商人们的胆子都大了许多。大家虽说只是生意人，但这样天南海北地做生意的商家，谁不是见过刀、见过血的？扬州发生过的事永远是商人们心里一道迈不过去的坎，如今无缘无故地被困在这里，大家都害怕。

此时码头上有数千人，商人们都有船有护卫，且大多不是扬州人，只要离开了，就是天高任鸟飞。这些走南闯北的爷，在自个儿的地盘上个个都是被供着的，如今本就不安，又遭此羞辱，柳玉茹的话落在他们心里，让他们彻底沉默了。

说了没用，那什么有用？所有人心里都有答案。

沈明刚过去，便看见几个商队的领事聚在一起说话。沈明把手抱在胸前，笑着道："我说，大家要不合作一下，商量一下怎么走吧？"

柳玉茹观望了一会儿，见沈明和其他人一起离开，便知沈明是和那些人商量去了。她没有再理会他们，站在码头入口处，看着不断从城内拥来的人。这些人都是从城里跑出来的，到来后使码头的骚乱更严重了。柳玉茹撑着雨伞，穿着一身素衣，沉稳地站在原地，仿佛就圈出了一片天地，从容安静。

柳玉茹看见人群中有一个女子，那女子头上盖着衣服，被人护着，从拥挤的人流中走来。而不远处，洛子商正驾着马，带着人，急急地追过来。

洛子商回了王府，将最紧急的事一一吩咐了，又将王府三公子王灵秀推出来安定人心，之后便立刻赶往码头。叶世安不会碰巧在这天出走，炒粮的主谋一定与叶世安有往来，所以两人才会在同一天行动；而叶韵也绝不是一时激愤杀了王善泉，要杀早杀了，何必等到现在？叶韵杀王善泉就是为了拖住自己，洛子商想得清楚，动作也很快。

洛子商的人一过来，那些一直紧绷着的商人彻底按捺不住了。他们已商议好了，一不做二不休，最初与官兵交涉的那北方壮汉带头砍杀了一个守在锚边的官兵，众人便准备强行开船。

那壮汉是个有能耐的人，指挥着众人，逐个开船。柳玉茹看见了急急赶过来的叶韵，又看见暗卫突然带着叶韵拐进了暗处。

洛子商丝毫没有停顿，明显是有目标的。

柳玉茹迅速朝着叶韵躲藏的地方走去，走到叶韵面前，叶韵身边的侍卫下意识地就要拔刀，柳玉茹即刻出声："是我。"

叶韵愣了愣，柳玉茹将外衣脱下来，罩在叶韵身上，又将文牒和路引递过去，迅速地道："往后数第十三条船，你哥在上面等你。你从这房子后面绕过去，第五个巷口是正对着船的。但中间有一条路，你一出现洛子商肯定会看到，到时候我会吸引洛子商的注意力，他和我说话时你赶紧上船。"

"你……"

"快走。"柳玉茹转过身，撑着伞便走了出去。

她走在人群里，逆流而上。

洛子商冲到码头，却看不见叶韵了。他刚才分明看见了的，叶韵一定在这里！

船一艘接一艘地在指挥下有序开走，官兵和商人的侍卫有了肢体冲突，洛子商的怒吼也在这片混乱中失效。人太多了，洛子商没法骑马进去，干脆翻身下马，朝人群里挤去。

他只要抓到叶韵，就能抓到叶世安！

他奋力推开四周的人，艰难地前进，有人突然轻轻撞了他一下，随后传来一个熟悉的声音："呀，洛公子？"

洛子商回过头去，便见淅淅沥沥的雨中，女子一身素衣，撑伞而立。她的笑容与周边格格不入，温婉平和。

洛子商皱了皱眉头："你是……？"

柳玉茹抬起手遮住了半边脸，柔声道："又见面了。"

洛子商这才反应过来："是你？你在这里做什么？"

"要找的人没找到，我本打算离开，结果今日太乱了，就打算回去再等一日。"

洛子商点点头，道："既然如此，小姐先行，在下还有要事，告辞。"

说着，他便打算离开。

柳玉茹见叶韵离上船只差一点儿了，情急之下一把抓住了洛子商的袖子："洛公子。"

洛子商回过头来，眼神中带了杀气，而这时柳玉茹的伞撑在了他的头上，她温和地道："夜深雨重，妾身的住所不远，这伞公子拿着吧。"

洛子商微微一愣。柳玉茹将伞交到洛子商手中，微微一福，便转身离开。洛子商看着她的背影，恍惚了一下，旁边的侍卫忙道："公子？"

"继续找。"洛子商扭过头去，冷声道，"立刻调兵过来镇压这些人。"

他收起伞，继续在人群中找人。

柳玉茹迅速绕到船对面的房子里等候，船将要起锚时，她看准了时机，迅速冲到船边。叶世安见到柳玉茹，忙伸出手将柳玉茹一把拉了上去。

洛子商一回头，就看见离岸的大船上，立于船头的女子穿着一袭素衣，身旁站了个青年。

那女子片刻前才同自己打过招呼！洛子商脑海中迅速闪过自己与柳玉茹交谈的景象。茅屋中的女子持着团扇含羞一笑，码头前的女子持伞而立气度从容。这是雨天，她却没有外袍，只着一件单衫。她方才才说要回去再等一日，现在却在那条船上，而她身边那人像极了叶世安。她一个女子，家中无人，寻的是沧州认识的情郎，如今找不到情郎，又怎么会离开？！她一个千金，身边带着的奴婢呢？她撞他的时间又怎么这么巧？所有的线索串联在一起，洛子商猛地反应过来。

"拦住那艘船！"他暴喝，"快！"

然而已经来不及了，他身边的人手根本来不及拦住一艘已经扬帆起航的大船。四周早就乱成一片，他根本没法调动其他人。

他奋力在人群中朝那艘大船挤去，而柳玉茹也看见了人群中的洛子商。她看着他的模样，便知他已明白了真相。她稍稍一愣，没想到对方发现得这么快，但如今她已经上了船，洛子商也拿她没什么办法。她站在船头，含笑看着洛子商的动作。

她不知道对方能不能听到，抬起手遥遥朝着他作了一揖，朗声道："洛公子，后会无期。"

"你给我站住！"洛子商在岸边暴喝出声。

柳玉茹摆了摆手，转过身去，入了内舱。

叶世安和她一起进了内舱，叶韵坐在里面。叶韵脱了外袍，身上还染着血，看见叶世安和柳玉茹进来，愣了片刻，猛地扑过去，抱住了叶世安，声音颤抖着唤道："哥……"

"莫怕。"叶世安拍了拍叶韵的背，沉稳地道，"哥哥在。"

叶韵闭上眼，下唇轻颤，却什么都没说，许久后才爆发出惊天动地的哭声。

叶世安手足无措，抬起头来看了一眼柳玉茹。柳玉茹摇了摇头，做了个噤声的手势。

叶世安没办法，只能僵着身子扶着叶韵，任由她哭着。叶韵哭够了，柳玉茹把她扶上床，便回屋了。

叶世安睡不着，在甲板上见到了同样睡不着的柳玉茹。下过雨后，船行驶得安稳了许多。

柳玉茹吹着夜风，笑了笑，道："之后打算去哪里？"

"去了幽州，便待在幽州吧。"叶世安看着前方，"范叔叔是个好官。"

"我都忘了，"柳玉茹笑起来，"你父亲与范大人渊源颇深。"

叶世安笑了笑，笑容似乎有些苦涩。

柳玉茹叹了口气，看着面前的人。叶世安和顾九思不同，顾九思会哭，会将话说出来，坦白赤诚，从不遮掩；而叶世安自幼被视作栋梁，从来容不得自己露出片刻狼狈或软弱之态。

柳玉茹想要安慰他，也无从下手，片刻后只能笑着道："说起来，韵儿似乎对你误解颇深。我记得以前韵儿同我说，你心里只有仕途，是个冷心冷情的哥哥，如今看来，并非如此。"

"倒也不算误会吧。"叶世安低头看着在夜里翻滚的波涛，淡淡地道，"我的确不知道该如何同妹妹相处，打小就没怎么陪过她。我只知道，若她出事，我需护着她。这是信念，也是责任。"

"她有你这样的哥哥，其实已经足够了。"柳玉茹笑了笑，"小时候我就经常想，我怎么没有你这样的哥哥？"

叶世安有些好奇："小时候，你不觉得我木讷吗？"

"怎会如此觉得？"柳玉茹诧异。

叶世安抿唇笑了："韵儿说的，说我没劲儿。"

"那你可就不了解她了，"柳玉茹笑出声来，"她常常同我们吹嘘你有多厉害。"

若不是叶韵小时候把叶世安吹得那样完美，柳玉茹当年也不会起那样的心思。回想起来，柳玉茹不由得觉得有些好笑。

叶世安看着柳玉茹的表情，知晓她是想起往事了，不由得道："你与顾九思还好吧？他可曾欺负你？"

提起顾九思，柳玉茹忍不住露出笑容。她抿了抿唇，道："你觉得呢？"

"大概是不曾。"叶世安点点头，犹豫了片刻，又开口道，"其实，此事我辜负了你……"

"不不不。"柳玉茹忙摆手，笑着道，"当是我谢你的不娶之恩才是。"

叶世安愣了愣，柳玉茹才觉得这话不大对劲儿，赶紧解释道："其实你也看出来了，我并不是什么贤淑闺秀，当初都是装的。我若嫁入叶家，就是欺骗大家，也是欺骗了自己。"她笑了笑，像是有些不好意思，"嫁给九思，我过得很高兴。我不用守那些规矩，也不用遮遮掩掩。虽然一开始我是挺不愿意的，可是你若与他接触过，便会知道他真的是极好极好的人。"想了想，她觉得这话还是有点儿不对，又道，"我的意思是……"

"我明白，"叶世安知道她是怕他不高兴，道，"其实在我心中，你和韵儿都是我的妹妹。我没有耽搁你的姻缘，你过得好，我便放心了。"他叹了口气，"少时朋友，如今也不剩几个了，玉茹，"他认真地道，"我希望咱们都能好好的。"

柳玉茹抿了抿唇，点头道："对，好好的。"

船静静前行，此刻无风无月，柳玉茹扭过头去，那一瞬间，突然很想顾九思，很想很想。

柳玉茹走后的第三天，洛子商便靠自己的铁腕稳住了扬州。柳玉茹的人走得差不多了，但还是有一个人不慎被抓。那人受了一夜的严刑拷打，终于撑不住说了事情的来龙去脉。

洛子商听完了柳玉茹是如何入扬州，如何兴风作浪，又如何离开扬州的，面色铁青。

他不敢相信，再三询问："她身后当真没有其他人？"

"没有……"

被捆着的人喘息着道："柳夫人在望都就是风云人物，不是普通女子。"

洛子商站起身来，吩咐旁边的人："杀了。"

洛子商走了出去，进了书房。他坐在桌前，拿着口供，一动不动，脑子里反复想象着柳玉茹是如何在背后谋划一切的，从青州、沧州到扬州……洛子商感到热血沸腾，有种莫名的快感涌上来。他放下了手上的口供，将手搭在旁边的纸伞之上，慢慢吐出那个他方才知道就深深牢记的名字："柳玉茹。"

而这个时候，顾九思正坐在府衙之中。

他执着笔，抬起头，看着前来通报的人，道："你再说一遍？"

"夫人让船载着钱粮和其他人先回来了，让您带人去广阳接她。"

顾九思紧握着笔，克制着情绪，艰难地问道："她为什么留下？"

来通报的人见顾九思怒了，不敢说话。

顾九思抬眼，冷声道："说话！"

"夫人说是救人。"

"她如今和谁在一起？"顾九思捏紧了笔，觉得自己的情绪快控制不住了。

"叶……叶世安，叶大公子。"

听到这个名字，顾九思终于忍不住猛地摔了笔，怒喝道："她胡闹！"

没一个人敢说话。

顾九思急急地走了出去，一面走一面叱喝："她要救人不会让别人去救？她一个女人，手不能提肩不能扛，能救什么人？叶世安一个大男人，还要她去救？！"

顾九思一面收拾行李，一面吩咐："给我调一队人马，让黄龙守好望都，你们去准备行李、盘缠和路引，今天就出发。"

众人纷纷动手做事。大伙儿都感觉到顾九思憋了口气，至于憋的是什么气，其他人不清楚，木南却是知道的。木南不敢说话，悄悄瞪了一眼传话的人。救人就救人，这人一定得把救的人说出来吗？但话已经说出口了，没有办法。

顾九思继续吩咐："望都军营里的精锐，借调一百人过来。"

他既然是救人，人不能带太少，可也不能太多，太多就是军队出行，青州怕是不会让他们过的。一百人的商队常有，这个人数不会太引人注目。时间紧急，只有轻骑是最适宜的。

如今顾九思在望都颇有威望，若是放在以前，是决计叫不动那些人的，然而如今望都欣欣向荣，上下都服气，军队里的人有了充足的军饷和精良的兵器，更是对他感恩戴德。于是一百轻骑很快就被借了出来，顾九思带了木南就往城外赶。

木南跟在顾九思身后，直觉他憋了口气，驾马和他平行，小声道："公子，您别生气了。"

顾九思沉默着奔驰了很久，才淡淡地道："我没气。"

木南没敢再说话，一行人策马疾驰，顾九思看着天边的明月，心里有些难受。

其实他知道自个儿在气什么，可不能说出来。她都是自己的妻子了，他还要和一个外人争柳玉茹心里的位置，他觉得丢份儿。但这情绪实在难以控制，他知道柳玉茹是怎么嫁给他的，从前不在意，现在在意了，总会想起当初柳玉茹哭着同他说的那一句"我本该嫁给他的"。那时候她语气里的绝望与隐忍，时至今日他仍记得。

柳玉茹心里有叶世安。对柳玉茹而言，他和叶世安是完全不同的。叶世安曾是她最仰慕的男人，而他顾九思在柳玉茹心中，与其说是男人，不如说是一份责任。她对他顾九思表达的所有感情都稳重又平静，就像一条涓涓流淌的河水，没有半点儿波澜，和他内心那份炙热情感截然相反。这样的平稳绝不是爱情。

顾九思深吸了一口气。

木南一直在旁边观察着，察觉到顾九思的动作，赶紧道："公子，您没事吧？"

"你话怎么这么多？"顾九思有些不耐烦，打马向前，把木南甩在后面，怒道，"离我远点儿！"

航行了四天，船在青州靠岸补给，有一些新客上了船。他们有十几人，都带着刀，虽然客客气气的，举手投足间却带着股肃杀之气。

柳玉茹在船舱上见了，便到甲板上同叶韵和叶世安道："我猜是洛子商派的追兵来了，我们下船，换陆路赶路。"

叶韵和叶世安没有多说，立刻收拾了行李，同柳玉茹一起下了船。他们刚刚下船，那些人便开始在船上打听柳玉茹三人的客房。柳玉茹三人一路狂奔，入了城便买了一辆马车。柳玉茹让两人上去，叶世安忙道："我在这里，怎么好让你一个小姑娘驾车？"

"你受了伤。"柳玉茹笑着道，"韵儿又不会驾车，我驾车也是应当的。"

叶世安摇了摇头，固执地道："又不是什么重伤，我不能让你驾车。"

柳玉茹有些无奈，笑了笑，只能道："那你赶一段路，我赶一段路，我们换着来好了。"

叶世安这才应了，柳玉茹便拉着叶韵上了马车。

柳玉茹察觉到洛子商的人在追他们。对方是追踪的好手，在船上没抓到人，很快就查到了他们三人离开的方向，又找到了买马车的地方，追得很紧。为了躲避追捕，柳玉茹打了几次转。这么一耽搁，到达广阳的时候，已经是十日后了。

叶世安的伤势一直没有得到医治，一路耽搁下来，伤口发炎灌脓，驾车时他从马车上直直地摔了下来。还好地上没有什么尖锐的石头，他才捡回了一条命。柳玉茹知道不能再耽搁了，带着叶世安去了邻镇的医馆。医馆里的人给叶世安清了脓，又开了药。叶世安还在昏迷中，柳玉茹和叶韵两个人也累到了极限，迫不得已歇在了小镇上。

柳玉茹不敢在医馆停留，若她是洛子商，这段时间必然会让人重点搜查医馆。于是她就让叶世安和叶韵在马车里休息，自己在马车外守着。他们就宿在城外，方便赶路。

半夜时分，柳玉茹突然被马蹄声惊醒，回过头来便看见有人朝着他们追来。对方目标明确，明显是冲着他们来的，应当是得到了确切消息。柳玉茹没有迟疑，立刻大声同车里的叶韵道："护好你哥！"她说完便一甩鞭子，马飞快地冲了出去。

马车因为过快的速度而摇摆着，叶韵一只手抓着叶世安，一只手抓着窗户，努力地维持着平衡。而柳玉茹听着后面的马蹄声，根本不敢停歇。她回头看了一眼追过来的人，他们骑马，自己驾马车，虽然中间还有一段距离，但这样下去，被追上是迟早的事。

于是柳玉茹赶紧道："把豆子撒出去！能扔的东西都扔了，调料全都拿在手里准备着，他们若靠近，你就从后窗将调料撒出去！"

叶韵应声，一手抓着昏迷的叶世安，另一只手抓了抽屉里的豆子撒了出去。那是之前买了放在车里的零食，豆子撒完了，叶韵又开始扔衣服。这些东西对疾驰中的马而言都是障碍物，为躲避这些东西，那些人的速度减缓了不少。然而豆子和衣服扔完没多久，那些人又追了上来。不知跑了多久，那些人终于赶了上来，叶韵就开始扔银子，又拿东西砸对方。

这时双方已经离得很近了，叶世安也在剧烈的颠簸中慢慢醒了过来，有些不安，道："怎么了？"

"哥哥！"叶韵慌张地道，"我们被追上了！"

叶世安听到这话，强撑着掀起了车帘。他轻咳了两声，道："这样不行，我下去拦住他们，你们先走。"

"不……"叶韵还没来得及拦，叶世安抓了剑就滚下了马车，只留了一句："快走！"

柳玉茹不敢回头，如今的情形，她和叶韵两个弱女子留下来没有任何作用。

叶世安一个人试图挡住那气势汹汹的十几人，然而那些人明显意不在他，几个人缠住他，余下的人便从两边包抄，靠近了柳玉茹。

柳玉茹看着越来越近的追兵，咬着牙继续驾着车往前冲去。

此时的顾九思正领着人在官道上察看。

"公子，"木南打着哈欠道，"咱们都已经换了三拨人了，这么大半夜的，夫人肯定休息了，不会来的。"

顾九思没说话，柳玉茹从南方来，因此广阳城的南门是她最可能走的城门，所以他到了广阳之后，就让人轮班在城门附近搜索，不分昼夜。顾九思到达广阳已有两天，但还没有见到柳玉茹。可他也不能做什么，只能静静地等着。

突然听见了什么声音，顾九思勒住马，让所有人噤声，皱眉道："是不是有什么声音？"

木南静静地听了一会儿，道："好像是打斗声？"

顾九思毫不犹豫地驾马冲了出去。

柳玉茹驾着马车飞驰。叶韵坐在车里，焦急地看着柳玉茹，手里拿着匕首，颤抖着声音道："玉茹，我觉得这马车似乎很不平稳。"

柳玉茹不敢说话，她们已经被追上了。

那些人不敢贸然上前，只因为她驾车的速度太快。有人侧身要砍马腿，柳玉茹观察着他们的动作，在他们砍过来时，猛地一拉缰绳，马把前蹄高高扬起，跳了过去。这一番动作十分惊险，马车随时可能会翻，柳玉茹的心跳得飞快，头上冒着冷汗。

对方一次没有得逞，再次冲来，将马车团团围住，左边的人砍马，右边的人就朝着柳玉茹砍过来。柳玉茹下意识地躲开，马腿被砍，马跪了下去，马车翻滚了几圈，柳玉茹被甩到地上，叶韵因脑袋直接撞在车壁上而昏了过去。

柳玉茹刚抬头就看见一把刀直直地朝她劈来。她从未与死亡离得这样近，一瞬间，周边的一切都放缓了，她在那一刻想到了苏婉，想到了柳宣，想到了她人生中许许多多的人，最后想到了顾九思。那一刻她居然想着，她若死了，顾九思怎么办？她不知道自己为什么会有这样的想法，或许是顾九思在沧州背着她走在干裂的土地上时，他哭着同她说"柳玉茹你不能死"的情景给她留下的印象太深刻，以至生死之际，她想起的居然还是他。

她在瞬息间决定迎接死亡，然而就在刀锋即将触碰到她的那一刻，一把长剑破空而来，猛地将对方扎穿了。柳玉茹下意识地回头，被人一把拉上了马，揽住了腰。她侧过头，月光下，青年白衣玉冠，明艳的眉目间带着几许张扬的笑意。

"瞧瞧，还是得我来。"他的语调里带了几分调侃之意。

柳玉茹呆呆地看着他。

顾九思一手抓着缰绳，将她护在怀里，另一只手从腰上抽出了扇子，抬手便划破了旁边的偷袭者的脖颈，鲜血和月光同时落在他的脸上。他神色未变，目光落回她的脸上，唇边的梨涡放肆地深陷着。

他看着她的模样，高兴地道："傻愣着做什么？叫夫君呀。"

"你怎的在这里？"柳玉茹终于反应过来。

顾九思护着她，连斩两人，便掉转马头退出了战局。

他出现时，木南已领着人冲到了叶世安面前，护住了叶世安和叶韵。顾九思带了几十人，对方只有十几人，顾九思尚不用出手，追杀者已经节节败退。

顾九思把柳玉茹带到了安全的地方，这才道："我一直在等你，夜里路过听见了声音，便赶过来看看。"他笑着道，"没想到真的是你。"

柳玉茹的情绪还处在生死一线的惊恐中，她死死地盯着战局，发现对方被顾九思的人追着打以后才放下心来，转头看向顾九思。这么一看，她就愣住了。

他的手还环绕在她的腰上，他侧着脸静静地看着她，那宝石一样的眼里全都是她的影子，这一眼就让她挪不开目光。她觉得他眼里情绪纷杂，对方又十分克制，两人就这么静静对视着。

过了很久，他才出声，声音沙哑地道："瘦了。"

柳玉茹心里有些酸涩，又有几分安心。这个人来了，她便什么都不用怕了。此刻她很想抱抱他，却又觉得不合时宜。她低下头去，小声道："在外奔波，自然是要瘦的。"

说着，她将目光转到前方。双方实力相差太大，那些杀手交锋没多久便撤了回去，木南带着叶世安和叶韵朝顾九思和柳玉茹走来。叶韵已经昏了过去，由木南背着，而叶世安又添了新伤，走路一瘸一拐的。

叶世安见了顾九思，勉力行了个礼。顾九思翻身下马，同叶世安回了个礼，恭敬地道："世安兄一路辛苦，这些时日内子给您添麻烦了。"

叶世安愣了愣，觉得这话有几分微妙，却又不敢多说，忙道："是我给夫人添麻烦了。"

"先别说这些了，"柳玉茹赶忙道，"赶紧送韵儿和叶公子回去吧。"

木南应了声，将自己的马给了叶世安。叶世安带着叶韵骑一匹马，木南和其他人共骑，一行人往城内赶去。

回到了广阳，柳玉茹看出叶世安的脸色不对。她知道叶世安惯来是个逞能的，便时刻盯着他。顾九思漠然地看了她一眼，突然加快了速度，直直往前冲去，让柳玉茹再看不到叶世安。

柳玉茹皱起眉头，颇为担忧地道："我觉得叶哥哥脸色不对，要不换木南去照顾韵儿吧。"

"他怕是不肯。他惯来是讲名节的，若不是自己撑不住，不会把自个儿的妹妹随意交托给其他人。"顾九思的声音平淡，过了片刻，他又道，"就一段路，你莫担心了。"

柳玉茹应了声，却依旧放心不下。

到了顾九思早已订好的地方，叶世安背着叶韵进了屋。把叶韵放到床上，叶世安转过头同顾九思道："劳烦顾公子……"话没说完，他就再也支撑不住，整个人往前倒了下去。

柳玉茹一直盯着叶世安，叶世安一晃，她便赶紧伸手将他整个人扶住，随后同顾九思道："快叫大夫过来！"

顾九思看着柳玉茹扶着叶世安的手，没有说话，只是上前去将她挤开，自己将叶世安的一只手搭在肩上，把他扛到了另一边的床铺上。

顾九思转头同木南道："去催催，大夫怎么还不过来？"说完之后，他便坐在一边，不再说什么。

柳玉茹则焦急得多，先是仔细看了叶韵的伤势，又回到叶世安这边。她不敢上手，只能询问正替他清理伤口的木南："他可还有其他伤？"

"还有许多暗伤，"木南叹了口气，"都是小口子，倒也没什么大碍，就是多。"

柳玉茹点点头，也没多说。

过了一会儿，大夫匆匆赶了过来，分别给叶家兄妹诊脉，随后同顾九思道："那位小姐撞到了头，但没什么大碍，睡醒后再好好休养几日就好。这位公子严重得多，他的旧伤没处理好，如今身上又有新伤，现在发着高热。若是明日高热退了，他倒也没什么；若是高热不退，怕是凶险。"说着，大夫写了药方，"我先开服药，你们好好照看。"

柳玉茹听了大夫的话，心里不由得发沉。她害怕叶世安出事，如今叶韵的家人就剩下叶世安了，若是他出了事，叶韵该怎么办？柳玉茹站在一旁看着叶世安，没有半点儿睡意。

顾九思走到柳玉茹身后，淡淡地道："回去睡吧，这里有木南照顾，没事的。"

柳玉茹点点头，应了一声，跟着顾九思出了屋。

夜里风冷，顾九思走在她身侧，替她挡着风。柳玉茹的脑子木木的，满脑子都是叶世安的事情，她心里全是担忧，一时也顾不得身边的人。

顾九思同她一起进了屋，见她动作都有些迟缓，叹了口气，道："你别想那么多，先洗漱，睡一觉。"

柳玉茹懵懵懂懂地点了点头，在床上躺下。

她其实已经很困了，可是完全睡不着，大夫的话压在她的心上，让她高度紧张。自抵达扬州以来，她一直睡得不安稳，每天睁开眼睛就得挂念着那么多人的性命，出了扬州又被一路追杀，精神更是时时刻刻高度紧张。如今叶世安处于生死一线，叶韵昏迷不醒，柳玉茹整个人都是紧绷着的，不安又麻木。

顾九思熄了灯躺在她边上，柳玉茹背对着他无法入睡，但想着他也奔波多日了，不能吵到他睡觉，于是不敢动弹，只睁着眼想着叶世安到底能不能熬过今晚。

若是他过不了……

她心里骤然难受起来。她已经失去了很多东西，家人、好友都一一离开了，如今还要面对叶世安的离开吗？

柳玉茹憋了很久，终于还是悄悄下了床。她披了一件衣服，便打算出去。然而她才悄悄开了门，就听见顾九思平淡的声音："去看叶公子吗？"

柳玉茹僵了片刻，叹息一声："我睡不着，总想着万一他出了事……"

她说着，音调有些艰涩："万一他出了事，最后一面，我总该见一见。"

顾九思没说话，好久后，站起身来披了衣服，然后道："我随你过去看着。"

"你休息吧，"柳玉茹叹了口气，眼里带了些疼惜之意，"你也累了。"

顾九思系好衣服来到柳玉茹面前，替她掌灯，道："走吧，我同你过去。"

两人提着灯走在长廊上，往叶世安的屋子走去。这个人走在身边，为她挡着风，柳玉茹心里突然就放松了许多。她突然很想和顾九思说说话，说她心里的难受、焦虑、不安情绪。可她克制惯了，此刻什么都说不出来。

顾九思察觉她的情绪涌动，转头看了她一眼，见她垂着眼，便伸出手来握住了她的手，平和地道："天塌下来，我总是在的。"

柳玉茹一阵鼻酸，低着头，带着鼻音应声道："我知道。"

两人走进房里，叶世安还躺在床上，叶韵躺在另一张床上。柳玉茹坐到一边，静静地看着叶世安。若她此时是一个人，大约会害怕。她其实胆子并不大，也不够坚强。她害怕面对生死别离，只是老天要逼着她面对时，她避无可避，也只能硬着头皮上。然而如今顾九思站在她身后静静地陪着她，她骤然感受到了一段感情带给人的慰藉和力量。

叶世安因高热而有些迷糊了，断断续续地喊着许多人的名字，他爹的，他娘的，叶韵的，他叔父的……含糊地说着什么。

柳玉茹静静地看着他，突然很想和顾九思说些什么。

柳玉茹苦笑起来，低声道："他这个人哪，就是心思太重，凡事都往自己身上揽，小时候就这样，长大也没变。"

顾九思坐下来，柳玉茹靠到他边上，他的身体僵了片刻，还是抬起手，搭在她的肩上。

柳玉茹慢慢地道："你知道以前我为什么想嫁给他吗？"

"为什么？"

"因为小的时候他每次出远门都会给叶韵带礼物，我羡慕极了，也想要这样一个哥哥。我同叶韵说了这事，也不知道为什么，之后他只要出远门，也总记得给我带一份礼物。我那时候觉得，这个人对人太好了，我若嫁给他，应当是极好的……他真的是个很好的人。"柳玉茹的声音有些哽咽。

虽然相交不深，然而这个恪守礼节的少年是她的年少时光里为数不多的光彩。顾九思或许难以明白，对一个感情贫瘠的人而言，所有感情都很珍贵。叶韵给过她一颗糖，柳玉茹就能牢记在心；顾九思为她过个生日，柳玉茹就能生死相随。

其实柳玉茹也明白，叶世安不仅是故交，更是她年少时光的标志。顾家北迁，柳家流亡，叶家家破人亡，扬州已不是记忆中的扬州，大荣也不再是当年的大荣。乱世所带来的惶恐不安一直埋藏在柳玉茹心底，始终克制着的情绪却在逃亡十几日、自己死里逃生、叶世安生死不明、叶韵昏迷不醒时通通爆发出来。柳玉茹的内心翻腾着，怕叶世安第二天睁不开眼，可这种害怕不仅仅源于对叶世安这个人的感情，更多的是，叶世安死了，柳玉茹的过去或许就彻底没了。

柳玉茹很想和顾九思说这些，很想直接说她害怕、难受——可说不出口。

漫长的十几年中，她学会了沉默和伪装，再难以袒露内心。此时她只能拣点儿脑海中的东西，慢慢地向顾九思诉说。说着说着，她心里终于慢慢平和下来。这时候她才察觉顾九思一直没有回应，觉得有些奇怪，抬头看他："为什么不说话？"

"为什么要说话？"

"我心里难受，"柳玉茹苦笑了一下，"就想同你聊聊天。"

顾九思沉默着，似乎有些抗拒这些话题，然而抬眼看见柳玉茹琉璃一样的眼，突然就明白了她此刻的感觉。她累了害怕了。顾九思的心软了下来，他叹了口气，过了很久才努力地开口道："我小时候很讨厌他，因为我爹总拿他和我比，我又比不过。"

柳玉茹听到这话，轻笑出声。

顾九思抬眼看着前方，慢慢地道："我希望他好好的，今夜别出事。"

"那是自然的。"

"不然，我就真的一辈子都比不过他了。"

听到这话，柳玉茹愣了愣，抬头看他。

顾九思垂下眼眸，继续道："你也别担心了，靠着我睡一会儿吧，若是他醒了，我叫你。"

柳玉茹应了声，靠在顾九思的肩上，感觉到他的温度透过衣衫传到她的身上。她静静地靠了一会儿，终于睡了过去。

其实在来的路上，顾九思生了十天的闷气。本以为见到人了，自己能摆摆脸色，可在看见柳玉茹的那一瞬间他就突然觉得，没什么比这更让人高兴的了。喜欢一个人，就是看见对方觉得什么都好，什么都能原谅。只是这份高兴还没维持多久，他就在她的眼神里败下阵来。

其实顾九思也知道，叶世安如今情况凶险，她担心也是正常的。顾九思一直克制着自己，可是心里总有那么几分难受，或许是因为她语气里那份熟稔，又或许是因为自己知晓的诸多事情。

比如柳玉茹的字和叶世安的相像，柳玉茹的笔调和叶世安的相似，再如柳玉茹的平和沉静和叶世安的如出一辙。这是叶世安留在柳玉茹的生命中的印记，她用了那么多年靠近叶世安，却与这段姻缘失之交臂。在柳玉茹心中，自己与叶世安的差距或许不仅仅是几年的时光，而是责任与感情的差距。柳玉茹看叶世安的眼神让顾九思有那么一瞬间感到颓靡，顾九思觉得或许自己这一辈子都无法从柳玉茹那里得到这样的注视。

可是这些想法他都不能说出来，他只能静静地坐在柳玉茹身边，让她依靠着，等着叶世安醒来。

第十四章 诉深情

　　天亮时分，叶世安迷迷糊糊地醒了过来。他刚一出声，柳玉茹便惊醒了，忙到他身边去，着急地问道："叶哥哥，你可还好？"

　　叶世安茫然地睁着眼，好半天才声音沙哑地道："水。"

　　顾九思走到边上，给叶世安倒了一杯水。他将叶世安扶起来，给叶世安喂了水，柳玉茹去外面叫大夫。大夫给叶世安重新诊了脉，这才道："没什么大碍了，按着之前的方子每日服药就好了。"

　　听了这话，柳玉茹才舒了口气。紧绷的神经突然松弛下来，她忍不住往后退了两步，顾九思抬手扶住她，叶世安见状，忙道："玉茹是不是累了，赶紧去休息吧？"

　　"没事，"柳玉茹摇了摇头，道，"我去看看韵儿。"

　　然而顾九思一把抓住了她，柳玉茹回头看着顾九思。

　　顾九思垂着眼眸，神色平静地道："叶韵没什么事，她醒来了我让人叫你，你先回去休息。"

　　柳玉茹的头脑有些发晕。她还是有些不安，但也明白他说得对，正打算点头，顾九思却以为她还打算犟，二话不说直接将人扛到了肩上。柳玉茹惊叫了一声，叶世安和旁人也都看呆了。

　　柳玉茹被顾九思扛出房间才反应过来，红着脸道："你这是做什么？快放我下来！"

顾九思抿着唇不说话，快步走到门前，一脚踹开了房门，将人往床上一放就转过身去锁门。

柳玉茹被这一连串动作吓得有点儿傻，顾九思沉着脸脱了外衣走到床边，半跪在床前，一把抓住柳玉茹的脚，替她脱了鞋子。然后他就上了床，放下床帘，转头看向坐在一边的柳玉茹。

虽然是白天，但床帘一落，床上就暗了下来，两个人在这狭窄的空间里，温度似乎升高了些。

顾九思静静看着柳玉茹，柳玉茹知道他这是不高兴了，小心翼翼地道："你可是不高兴了？你若是有什么不高兴的事，便同我说，若我不对，我都会改。"

顾九思躺下，背对着柳玉茹淡淡地道："睡了。"

柳玉茹看着他的背影，知晓他很不高兴了。她躺在床上，知道他并没有睡。

顾九思背对着她，看着床帘，一直睁着眼。他也不知道自个儿在等什么，就这么眼巴巴地等着。

而柳玉茹看着床顶，觉得很累。连日的奔波、逃命，叶世安悬于一线的生死都让她神经紧绷，此刻她困极了。可是如今顾九思不高兴，她心里也记挂着。她努力思索着他不高兴的原因，可疲惫让她难以思考。

顾九思察觉她没睡，知道她是记挂着自己，心里又有些心疼。他咬了咬牙，转过身去将人揽进怀里，狠狠亲了一口，冷声道："先睡吧，这架睡醒再同你吵。"

柳玉茹听到这话，忍不住笑出声。她也不知道怎么的，顿时放松了许多，被这个人抱着，就迷迷糊糊地睡过去了。而顾九思抱着柳玉茹，突然就知道为什么恋人都喜欢这个姿势了。这个姿势有一种神奇的力量，他心里再难受、再生气、再委屈，都可以悄无声息地被安抚了。他也许久没睡过一个好觉了，听着柳玉茹的呼吸声也忍不住迷迷糊糊地睡了。

两人一觉睡醒，已经到了下午。

柳玉茹睁开眼睛，发现自己还靠在顾九思怀里。精神好了许多，她就静静地打量着顾九思。几个月没见，他明显瘦了，有了青年的模样，下巴上还带着青色的胡楂，看上去有些憔悴，然而仍旧是好看的。柳玉茹看着他的眉眼，一时竟挪不开目光。她躺在他怀里，感觉周边一切都远去了。

她开始认真地琢磨顾九思的想法，他为何生气呢？因为她照顾叶世安吗？可叶世安昨夜是受了重伤昏迷不醒，她担心不也在常理之中吗？叶世安三番五次地救他们，顾九思也不是这样小气的人。况且叶世安还救了顾朗华，他们还当感激叶世安呢。

不过她对叶世安的确不是只有感激之情的。叶世安对她而言是友人，是兄长，那些超出了感激之情的情绪怕是被顾九思察觉到了。顾九思一贯如此敏锐，她又和叶世安有过婚约，顾九思不高兴也是人之常情。

她慢慢明白了顾九思的意思，不由得笑了笑，将头靠在他的胸口。这个动作让顾九思醒了过来。

他看见柳玉茹依偎在他的胸口，心里暖了暖，下意识地想撩开她的头发，看看她的脸，手却又在半路僵住。他清醒了许多，又板起了脸，收回手便撩起床帘下床，走到桌边喝水。他喝着水，又想柳玉茹会不会想喝水。他想给她递杯水，又拉不下脸，还好柳玉茹这时卷起床帘，下床走了过来。

顾九思见她走过来，也不说话，自己走到水盆前，掬了水往脸上泼。他一抬头，就看见柳玉茹递给他的帕子。他顿了顿，随后选择拿自己的袖子擦了把脸，然后在屋子里看了一圈，最终到案牍边上坐下，开始看没处理完的文书。

柳玉茹知道他在闹性子，也没说话，穿衣洗漱之后便走到他旁边坐下。她先是靠在顾九思的肩上，顾九思顿了顿手中的笔，又假装她不存在，还是不理她。柳玉茹靠了一会儿，见他不回应，想了想，便站起来转到他身后去，给他揉肩。

顾九思被这个动作扰得写不了字，便抬手推开她，低声道："你别糊弄我。"

"郎君说得奇怪了，"柳玉茹笑着道，"我帮你揉揉肩，怎么是糊弄你呢？"

顾九思闷闷不乐，低声道："我还要批文书呢。"

"那我力道小些，不妨碍你。"

顾九思抿了抿唇，还是不高兴。

柳玉茹想了想，终于道："既然你觉着我打扰你，那便罢了，我先去看看叶哥哥和韵儿。"她站起身来便往外走。

顾九思捏紧了笔，道："都说他没事了，你还去看什么？"

"郎君说的话奇怪了，"柳玉茹回头看他，笑意盈盈地道，"就算大事没有，也有小事，我心里惦记着他，怎么能不去？"她转身，声音里带着笑意，"郎君好好办公，我先过去了。"

"柳玉茹！"顾九思终于摔了笔，低喝道，"你给我站住！"

柳玉茹听到这话，脚步不停，反而走得更快了。顾九思见她真的不停步，愣了片刻，赶忙站起来，追着她就冲了出去，焦急地道："柳玉茹，你给我回来！你不准去！"他急急地追到了长廊上，刚转过转角，就看见柳玉茹正笑眯眯地站在长廊边上等着他。

她披着狐裘披风，双手抱着暖炉，像是早就料到他会追上来，笑着道："郎君不是嫌我烦吗？"

顾九思看着柳玉茹的笑，心里顿时明白了。柳玉茹知道他在气什么，只是她想先磨了他的脾气，再同他谈。她向来是个聪明人，这法子是好的，效果也是有的，可一想到事事都遂了她的愿，她怕是要得意坏了，顾九思心里就不高兴了。他见不惯她这从容平稳的样子，一想到自己在这份感情里患得患失、忐忑不安、小心翼翼，她却还像个没事人一样，他就觉得不公平。

柳玉茹知道他在想事，便笑着没说话，等着他的下一步动作，不承想这人却三步并作两步来到她身前。他来得太快，气势太凶，她还没来得及反应，刚说出一个"你"字，他就一把按住她的头，低头亲了下来。

他这吻气势汹汹，唇舌长驱直入，搅得她有些头晕目眩。这是在长廊上，虽然下人早就已经退开了，她也还是觉得心里发慌。她惊得连连后退，他却追着她，一手按着她的头，一手扶着她的腰，根本不容她反抗。她头一次知道顾九思有这样强势的时候，又慌又怕，乱了分寸，急促的心跳下多了几分说不清的情绪，那一贯平静的心湖终于起了几丝波澜。

吻毕，她的脸红透了。她根本不敢睁眼，睫毛微微颤着，身子靠在柱子上，整个人看上去惹人怜爱极了。顾九思看着她的模样，心里舒畅了许多。感觉到她正轻轻颤抖着，他忍不住笑道："还是会怕的，若你再不给我些回应，我真要当你是菩萨了。"

"你……"柳玉茹艰难地睁开眼，不敢看他，颤声道，"你不当如此的。"

她似乎有些腿软，靠他的力道撑着身子，音色变了，一贯温婉的声音里还带了些颤抖，仿佛是带了哭腔，然而她还一副故作镇定的样子。顾九思看着她，感觉身下发紧，忍不住咽了咽口水。之前的气闷一扫而空，他垂下眼眸，声音沙哑地道："是我不对，进去吧。"他将手放下来，握住她的手，低声道，"是我抱你，还是你自己走？"

"我……我自己走。"柳玉茹紧张地说。

顾九思应了声，倒也没为难她。两人手拉手走着，有种莫名的尴尬气氛萦绕在两人之间。

进了屋，顾九思关了门，替柳玉茹解下披在外面的狐裘，柳玉茹缩了缩身子。顾九思的动作顿了顿，他道："方才吓到你，是我的不是。"

柳玉茹不说话，顾九思走上前来，将她抱在怀里。

他的温暖让她慢慢缓过来，她小声道："那儿是长廊，郎君孟浪了。"

"嗯。"顾九思低声道，"是我的不是。"

两人静静地抱了一会儿，顾九思察觉到她放松下来，才慢慢地道："我只是太生气了。"

"我照顾叶公子是因他情况危急。我自幼相识之人如今还在的已然不多，此番回到扬州，物是人非，对旧识，我便更加珍惜。我没考虑到你的情绪，是我的不对。"柳玉茹见他情绪稳定了，抬起手来抱住他，柔声道，"你莫要生气。"

"玉茹，"顾九思平静地开口，"让我生气的不是这个。"

柳玉茹愣了愣，抬眼看他。

顾九思放开她，目光落在她身上，平静地道："我一路上都在想，对你而言，我算什么，他算什么？你舍命救我是因为我是你夫君，若我不是你夫君，你还会舍命救我吗？"

柳玉茹看着顾九思，顾九思觉得有些难堪。

他扭过头去，声音沙哑地继续道："叶世安是不是你丈夫，你都愿意舍命救他，那我呢？他之于你，你说是兄长，是朋友，是故人，可是你给过他的东西太多，为他做过的事也太多。我知道你的字和他的相似，你的画和他的相仿，你从前想嫁给他，过去喜欢他。我告诉自己那都是过去，但现在呢？"

顾九思说着，闭上了眼睛。他原就知道，喜欢这事给人甜也给人苦，可喜欢柳玉茹以来，他是头一次感到苦。

他不是能藏事的性子，低声道："现在，你也喜欢他吧？若不是喜欢他，你又怎会豁出性命去救他？"

柳玉茹看着面前这个青年闭着眼说这些，察觉到他的难过，心里有些发慌。她忙道："九思，我喜不喜欢他并不重要，我与你已经是夫妻……"

"怎么不重要？！"顾九思猛地回头，大声道，"我喜欢你，你喜不喜欢他怎会不重要？"

柳玉茹整个人都愣住了。他眼神清明，眼里带着少年的执着，似乎无论如何都要求一个答案。

柳玉茹其实知道他对她的感情，可这也是他头一次说出这样的话。她以为这些话不用说出口，可真的听见了，也觉得有一种无声的喜悦感蔓延开来。然而这喜悦中又夹杂了些许说不清道不明的惶恐，她扭过头去，不敢看他。

顾九思上前一步握住她的手，咬牙道："今日既然说开了，那就说清楚，你心里，他算什么？我算什么？你喜不喜欢他？"

柳玉茹听他像一个孩子一般追问，不知道为什么心里突然平稳下来。他若憋着气，她无计可施，说开了她反倒不惧。她看着他，平静地问："你说的喜欢，是什么喜欢？"

"把一颗真心交付给这个人，一生一世只喜欢这个人。"顾九思认真地开口。

柳玉茹沉默了一会儿，慢慢地道："若我喜欢他，你当如何呢？"

"若你喜欢他……"顾九思的手微微颤抖起来，他听着这话，心里刀绞一般疼，可还是艰涩地道，"若你喜欢他，他也喜欢你，我自当成全。我不会多纠缠，你于顾家有恩，自此我会只将你看作恩人，一辈子对你好，护你周全……若他不喜欢你，我也守着你，等你再遇到喜欢的人，我还是会对你好，还是会护你周全。"

柳玉茹听到他的话，觉得心里仿佛有什么地方骤然塌陷了下去。他的眼神太认真，让人觉得这样一辈子的誓言也是能当真的。柳玉茹注视着他，忍不住再问："若我喜欢你呢？"

"若你喜欢我，"顾九思勉力笑起来，"我这辈子都爱你、疼你，将你当作我的心头肉、眼中珠，把你当成我的命，陪你白头到老，护你一世安稳。"

柳玉茹忍不住笑了："那我喜不喜欢你，你都要护我一辈子，我喜不喜欢你又有什么区别？"

"这也是没办法的事情，"顾九思苦笑，看着面前似乎因为这话而高兴极了的人，无奈地道，"你喜不喜欢我，我都喜欢你，我又有什么办法？"

柳玉茹微微愣住。她读过许多话本，听过许多戏，那些海誓山盟却没有一句话来得这样动人。

你喜不喜欢我，我都喜欢你，我又有什么办法？

柳玉茹怦然心动，他清晰地落在她的眼里，完美又温柔。那句"喜欢"几乎要脱口而出，然而话到嘴边，她还是咽了下去。她不是冲动的人，过去不是，现在不是，未来也不会是。她不能因为一时感动，就让那些不过脑子的话被说出，于是只是抬眼看着他。

他注视着她，容不得她逃避半分。

柳玉茹轻叹一声："当真要将话说得这么透吗？"

"当真。"

"好吧。"柳玉茹温和地笑起来，"我喜欢你。"

顾九思没动。他知道她还有后话。

她坐下来，给自己倒了茶，轻抿了一口，思索了许久才道："可我想，我这份喜欢并不是你想要的。九思，其实我一直知道你想要什么样的感情。你要那个人全心全意毫无保留地把自己托付给你，可这是我一生都做不到的事。我看过我母亲和其他太多女子的悲剧，不能一时冲动许你一份全心全意的感情，我只许诺我能做到的事，"柳玉茹抬眼看他，神色清明，"我可以一辈子陪伴你，对你好。你若喜欢我，我愿意将心给你；你若不喜欢我，我也会好好地当你的大夫人，绝不背叛。"

顾九思不知道该欢喜还是悲伤。他突然明白自己不安的根源——他不是因叶世安而不安，而是清楚自己对柳玉茹的这份感情毫无根基。他猜不透她的心意，因而患得患失。

他想笑笑，又笑不出来。

柳玉茹低着头，有些难受，片刻后，声音沙哑地道："但是九思，我当真是喜欢你的。"

她会为他心动，因他欢喜，愿为他奔赴千里，与他生死相随。可是他要的感情太多，她又真的给不了。她想给，可是心这事，从不是她能决定的。她这辈子都没这么喜欢过一个人，可是再喜欢他，也改不了自己。

她只在这人面前任性过，也只在这人身边感受过安稳。这是她能给他的独一无二的感情，可他要的不仅仅是这样的独一无二。

顾九思静了很久，突然道："那你对叶世安又是什么感情呢？"

"他曾经是我的一个愿望。"柳玉茹坦诚地回答，"小时候，我总希望人生能过得好一点儿，就会想怎样才能过得好一点儿。我从叶韵口里知道他，偶然与他说过几句话，总幻想他是怎样一个人，幻想他会给我怎样的生活。我曾经以为自己很喜欢他，"她无奈地笑了笑，"后来才知道，喜欢一个人不是这样的。"

"那当是怎样的？"

柳玉茹沉默片刻，抬眼看着他，平静地道："你这样的。"

顾九思没有说话，听到这话便愣住了。

柳玉茹低下头，心里有些难受，也有些害怕，但又不能表现出来。她勉强笑了笑，克制着情绪道："我知道，你觉得我说这些话是戏弄你，一面说回应不了你的要求，一面又说喜欢你，我这份喜欢没什么诚意。你不知道，其实以前我就很忐忑。"

"忐忑什么？"

"就是觉得，"柳玉茹顿了顿，有些哽咽，又尽量让自己平静下来，才道，"我是配不上你的。我贪图你的感情，又给不了一份配得上你的感情，所以总不愿深想，只敢想咱们是夫妻，只敢就这么浑浑噩噩地过日子。可是你这人吧，"她勉强笑了笑，又红了眼，吸了吸鼻子扭过头去，道，"太讨厌了。"

顾九思太讨厌了，一定要把话说得清清楚楚，一定要把事闹得明明白白。他非要让她清楚地知道这份感情不对等，非要让她清楚她配不上他。她配不上，又舍不得，怕他知道了就这么舍弃她离开。她该怎么办呢？她垂着眼眸，心里又害怕又难受。

她不忍心骗他，又知这些话说出来便会伤了感情。顾九思的感情炙热又坦诚，可是太过灿烂的东西往往来得快去得也快。

顾九思没说话，柳玉茹有些控制不住情绪。

其实她也压抑了很久，从扬州到这里，柳家举家流亡，故友家破人亡，故土不复，旧人不再。刚逃过追杀，回到这人面前，她以为到了最后的港湾，谁承想港湾也会有面临风雨的一天。疲惫和酸楚渗进了骨子里，可她又不能言说，一切只是在沉默里无声积累，最后化作眼泪扑簌而下。那一刻她甚至都想好了，若是顾九思因此疏远她，她又当如何？

单薄的身子微微颤抖，她咬着牙关落着泪，他静静地看了许久，突然吐出一口浊气，走上前去将这人抱在了怀里。

柳玉茹听见他的笑，道："你笑什么？"

"我想明白了，不和你吵了。"

"你想明白什么了？"柳玉茹红着眼看他。

顾九思笑了笑，抱着她道："你能为我哭，我便高兴了。"

"你便是诚心要我不高兴是不是？"

"你愿为我哭，便是心里有我。"顾九思把头枕在她的肩上，温和地道，"喜欢这事，哪有绝对公平的？只要你喜欢我，别喜欢别人，便足够了。我是男人，没你这么计较，也没你这么矫情，多喜欢你一点儿，反而高兴得很，这样吃亏的便是我，不是我的心肝宝贝。"说着，他抬眼看着她，满眼认真地又道，"你别去想什么配得上配不上，只要你只喜欢我一个人，没喜欢上其他人，我便放心了。咱们俩有一辈子的时间，我要的感情，我自己会争取，若是争取不到，那也是我不够好，我不委屈。"

"这是你对我好，"柳玉茹的声音有些沙哑，"我心里明白的。"

"你心里明白，那就记下。你就天天记着，郎君对你有多好，记呀记的，你就不记得你爹那些糟心事，也不记得其他人的糟心事，只记得我的好了。玉茹，你不是不够喜欢我，"顾九思叹了口气，"只是人的感情就像钱一样，不是每个人都富有的。我有一百文，给你九十，你有五十文，给我五十，这并不代表我给你的比你给我的多。玉茹，你给我的够多了。"他抱紧了她，低喃道，"我知足。"

他又道："我不求多的，你只答应我两件事。"

"哪两件？"

"这辈子，你只喜欢我一个。"顾九思放开她，注视着她的眼睛，朗笑着，他的笑容明亮又温柔，好似拨云见日，让众生得见天光。"还有，"他道，"每天都多喜欢我一点儿。"

独独喜欢我一个，每天多喜欢我一点儿，这就足够了。

柳玉茹伸出手搂着他的脖子，靠在他的肩窝里，嗓音有点儿哑："我会对你好的。"她认认真真地道，"真的，我会对你特别特别好的。我这辈子都会陪着你。你对我好，我把心给你，也把命给你；你对我不好了，我也陪着你。"

喜欢不喜欢，对她来说有些矫情，顾九思要的全心全意毫无保留，她不一定能给，但她的钱、她的命、她的体贴、她的时光，她能给的东西都愿意掏给他。

顾九思笑了，深吸了一口气，突然有几分难受，不是为自己，而是心疼着面前的人。他抱着她，无奈地道："傻姑娘啊。"

她总觉得自己做得不够好、不够多，别人给她五分，她要还十分，生怕别人吃亏了半分，损失了半点儿，却从不计较自己付出了多少。不知多少自小就被千娇万宠的姑娘一口一个爱你、对你好，又总惦记着自己今日做了顿饭，明日熬了碗汤，柳玉茹却只觉得自己做得不够好、不够多。

他抱紧了她，觉得自己有点儿讨人厌："是我不好，想得太少，没体谅你的难处。我太轻狂，不够沉稳，没能给你你想要的安稳。你累着，我还要同你吵架；你害怕，我还逼着你去回应。"说着，他放开她，仰头看着她苦笑，"我这个丈夫，实在太不像话了。"

"你已经很好了。"柳玉茹低头握着他的手，柔声道，"是我不对，太放心你，太依赖你，反而忽视了你，是我的错。"

顾九思也不同她争，柔声道："无妨，以后咱们俩都改就好了，夫妻哪儿有一直和睦的？咱们还年轻，以后我不高兴，同你说，你有什么害怕的，同我说。你知道吗？玉茹，"他抬眼看着她，笑出声，"其实我起初挺难过的，可此刻也不知道为什么就高兴得很，喜欢得很。你为我哭，说出心里话，我才真真切切地觉得咱们这日子算是过下来了。"

顾九思握着她的手，神色里满是高兴："我以往总觉得你飘在天上，我碰不着，想对你好，又总觉得不够。如今我终于知道我该怎么对你好了，终于知道我家玉茹会哭、会累、会软弱、会悲伤，这种时候我就可以给你支撑，给你依靠。你想往天上飞，我就看着；你若要落地，我便接着。终于可以为你做点儿什么，我心里也算妥帖了。"

"你一直对我很好。"柳玉茹的情绪慢慢平复，她低下头，柔声道，"很好很好。"

顾九思笑出声来："你对我夸来夸去，也就好、很好、非常好几句了。"

柳玉茹被他打趣，有些脸红。

顾九思站起身来，拉着她道："好了，咱们都没吃饭呢，洗把脸，吃了饭咱们聊聊正事吧。"

柳玉茹点了点头，似乎突然想说些什么，但抬头看顾九思的时候，又憋在了口里，脸上露出笑容。

顾九思感到奇怪："你笑什么？"

"有件喜事，"柳玉茹摆了摆手，"先去洗脸，等吃完饭再说吧。"

顾九思心里好奇，但暂时压了下去，同柳玉茹去洗了脸，让人上了饭菜。

柳玉茹从昨夜到如今正午都没吃东西，厨房的人就上了小菜和米粥。

两人吃过饭，坐在桌边喝茶。顾九思这时候才问："你方才说有喜事，是什么喜事？"

柳玉茹看着他，笑着道："我说了，你可得镇定些。"

"嗯？"顾九思有些疑惑。

柳玉茹看着他的表情，认真地道："公公还活着。"

顾九思愣愣地看着柳玉茹，许久，手中的茶杯直直落下，茶杯碎裂的声音让他回神，他握住她的手，急切地道："他还活着？他如今在哪里？受没受伤？他……他怎的都不通知我一声？！"说着，他站起身，"我这就叫人，我去找他，亲自过去……"

"九思，"柳玉茹见他完全失了分寸，赶紧起来抓住了他的袖子，笑着道，"我已将人带回来了。"

顾九思回过头，有些难以置信："带……带回来了？"

"对，"柳玉茹笑意盈盈地道，"你先坐下，我慢慢同你说。公公如今平安无事，我让人护送他走水路直接去幽州，我和叶公子当靶子吸引了洛子商的注意，没人知道公公的存在。等你回去，公公应当已在望都了。"

"洛子商？"顾九思皱了皱眉头，"这又是何人？"

柳玉茹无奈地笑了笑，叹了口气，柔声道："你先坐下吧，此事说来话长，且莫着急。"

柳玉茹拉着他坐下来，从她入扬州城开始说起。洛子商是何人，她在扬州如何炒粮，如何被洛子商察觉，又如何与洛子商周旋，怎样遇见叶世安，知道顾朗华活着的消息，到最后虎口逃生，柳玉茹一一告诉了顾九思。

顾九思静静地听着，一直没说话。

柳玉茹说完了，抿了口茶，抬眼看向顾九思："怎的不说话了呢？就没什么要问的吗？"

"我爹……"顾九思低声问道，"他无事吧？"

"公公的腿受了伤，回到幽州后好好调理，应当就没事了。"

顾九思点点头，没有多说什么。

柳玉茹见他神色有异，小心翼翼地道："九思？"

"没事，"顾九思深吸了一口气，摇头道，"我就是有点儿难受。"

"公公回来了，"柳玉茹认真地道，"你当开心才是，怎么难受了呢？"

"玉茹，"顾九思抬眼看着她，"我真的做得不够好。为人子女，我没有好好保护我父亲。以前我不懂事，总同他吵架气他。我那时候觉得他对我特别不好，可仔细想来，他对我的好，又哪里是言语能说尽的？还好他活着，"顾九思有些哽咽，"不然我都不知道要如何弥补。"

柳玉茹轻笑，道："现在公公活着回来了，我同你一起孝敬他老人家，这不就是了吗？"

顾九思静静地看着她，想说些什么，最后却也没说出口。他伸出手握住她的手。

她去时手还细腻光滑，如今归来手上却已经带了茧子，有的地方还磨破了皮，一双手上全是伤口。

顾九思拉着她的手掌静静地看了很久，才道："还有你。"

柳玉茹愣了愣。

顾九思的声音变得沙哑："你受苦了。"

她受了这么多苦，他却未曾体谅，未能及时给她最好的安慰和陪伴，她却毫无察觉，这或许才是她最大的苦。

柳玉茹有些不明白，但看着他那双带着愧疚的眼，心里就有些发闷。她是见不得顾九思不高兴的，于是笑着往前凑，逗他道："是呀，我受苦了，"她撑着下巴，笑意盈盈地道，"那你当如何补偿我？"

顾九思知晓她是怕他难过，在转移话题，也没有拂她的好意，只是默默地将她这份好记在心里，抿唇笑起来："你要我怎么补偿？"

这话把柳玉茹问愣了。她皱着眉，认认真真地想起来。

顾九思看着她的模样，忍不住探过身子亲了她一口，道："够不够？"

柳玉茹哭笑不得："这是补偿你还是补偿我？"

"补偿我，"顾九思赶紧道，"补偿我这茶饭不思辗转反侧的拳拳相思。"

"顾九思，"柳玉茹抬手推他，"你怎的这样不要脸？"

"因为你喜欢我呀，"顾九思蹭过来，靠在她的肩头要赖道，"而且我也喜欢你呀。要换作别人，我不仅不会不要脸，还不给他们脸呢。"

"别耍赖。"柳玉茹努力压下笑意。直到这人这么嬉皮笑脸地在她身边耍无赖时，她那颗悬着的心才终于放下来。她努力地把靠在她身上的顾九思扶起来，力图保持严肃，道："说正事呢，正经一些。"

"正经不了了，"顾九思仿佛没了骨头一样，一个劲儿地往柳玉茹身上靠，"我得靠在夫人身上才能说正事，夫人不给我靠，我说不了。"

"顾九思，"柳玉茹无奈，"你是软骨头吗？"

"是呀，"顾九思神情坦然地道，"夫人怎么知道？我是吃软饭的，骨头自然软。"

"你起来，"柳玉茹不听他胡说八道，"别给我扯这些。"

"不起来，起不来。"顾九思靠着她，伸手抱着她认真地道，"要夫人亲了才好。"

"顾……"

"公子、夫人……"木南的声音突然从外面传进来。

柳玉茹吓得猛地起身，顾九思一个踉跄，差点儿没摔下去。好在他反应够快，但他这么一手撑着，身子侧卧着，就成了一个贵妃醉酒的姿势。

木南进屋时，就看见柳玉茹有些不知所措地站在一边，顾九思保持着贵妃醉酒的姿势，气氛有些尴尬。

木南愣了愣，小心翼翼地道："公子，你这是……？"

"喀，"顾九思把手握成拳放在唇边轻咳了一声，道，"我歇息一下。"

"何不到榻上歇息？"木南有些迷惑。

顾九思皱眉道："有什么事快说，问这么多做什么？"

"哦，"木南赶忙道，"叶公子和叶小姐在门外，想要亲自向公子和夫人致谢。"

"他们都还带着伤，"柳玉茹立刻道，"当我们过去才是。"

"带伤过来，才更显真情。"顾九思向柳玉茹分析叶世安的心思，"来都来了，让他们进来吧。"

木南应了一声，出去了。

柳玉茹赶紧去扶顾九思，小声道："净瞎胡闹。"

顾九思正准备搭话，木南便领着叶家兄妹走了进来。

叶韵看上去好了许多，叶世安的脸色不太好。叶韵扶着叶世安进来，叶世安先对着顾九思和柳玉茹跪了下去。顾九思一见叶世安这样子，忙上前扶住叶世安，着急地道："叶兄不必如此，叶兄三番五次救我顾家，若这样客气，九思怕是不知要磕多少头了。"

叶世安顿了顿，叹了口气："在下如今一无所有，顾兄与夫人救我，在下无以为报。"

"叶兄客气了，"顾九思扶着叶世安坐下，垂眸道，"你们一路上的事情，夫人已经与我说了。您冒险收留我父亲，对顾家便是天大的恩情，顾家感激还来不及，救您也是理所应当的，您这样，我反而不知道该怎么办了。"

顾九思给叶世安斟茶，柳玉茹上前要拉叶韵的手，叶韵客客气气地行了个礼，柳玉茹的动作僵了僵。柳玉茹抿了抿唇，倒也没强逼着叶韵亲近，只领着叶韵坐了下来。顾九思抬手撩了袖子，给叶韵也倒了茶。

他抬眼笑着同叶世安道："方才我在同玉茹说话，本打算说完话就去向叶兄道谢，无论是当初你救我与玉茹，还是如今救我父亲，我这份道谢都来得太晚了。"

"本也都是我应该做的事，"叶世安笑起来，"大家自幼相识，你我是同窗，玉茹家里又与我家是世交，你们二位蒙难，我又怎能袖手旁观？"

"所以呀，"顾九思接着道，"叶兄若有难处，帮扶也是我与玉茹分内之事。过往我们虽然并不算投机，可如今世事浮沉，"他端着茶杯，苦笑了一下，随后抬眼看向叶世安，道，"我们也算是同患难，共生死了，日后便当作自家兄弟，不必算得太清。来，"顾九思举杯，"以茶代酒，干了这杯吧。"

叶世安听着这话，眼睛泛红，也举起杯来。

顾九思喝了茶，转头看了一眼，不由得笑起来："怪不得你们叶、柳两家是世交，你们这一个个的都是闷葫芦。你们三个往我边上一坐，我就像被包围了似的，孤军无援，当真怕得很。"

柳玉茹被逗笑了，瞋了顾九思一眼，轻轻拍了他一下："净胡说。"

她转头看向叶世安，温和地道："叶哥哥不必介意，九思素来是这样的性子。"

"我知晓的，"叶世安抿唇笑起来，道，"以往他在学堂，就总因此被夫子打出来。"

这倒是柳玉茹不知晓的事，她转头看向顾九思。

顾九思轻咳了一声，像是有些尴尬："过往的事就不说了吧。哦，叶兄既然来了，我便顺道问问，"他皱起眉头，"你可知那洛子商是什么来路？"

"洛子商，"提到这个名字，叶世安端起杯子抿了一口茶，道，"我自是特意打听过的。当初我还特意让人放过消息给玉茹，玉茹可还记得——"

一听这个，柳玉茹便反应过来："当时那个乞丐是你放来给沈明查的？"

"正是。"叶世安点点头，"你入城后不久，我发现粮价不对劲，便知是有人在背后操控。我暗了中查过，发现了那位沈公子的踪迹，后来龙爷又将你入城的消息告诉了我。只是当时我并不知道是你，只知来人与顾兄有千丝万缕的关系，便以为是顾兄派来的手下。"

"你和杨龙思又是怎么相识的？"柳玉茹有些不解。在她的印象中，叶世安这样的人，是绝不会和杨龙思这样的黑道人物有什么关系的。

叶世安有些无奈："龙爷是个好人。扬州城被王家把控后，龙爷就一直在和王家周旋，我这样的人，他能帮的都会帮一把。"

柳玉茹点了点头，杨龙思有这样的侠义心肠，她倒不觉得奇怪。

叶世安接着道："顾家遇难后不久，梁王谋反，王善泉掌权，这个洛子商就被推到了前面，成了王善泉手中的一把刀，人称洛公子。他说的话王善泉几乎都会听，简直是言听计从。那时候所有人都在查洛子商的来历，我本来也在查，但大家都没有头绪。有一日，听闻城外的城隍庙一夜间死了十几个乞丐，我便让人去看，结果我的人就遇到了那个乞丐，这才知道了那个城隍庙里叫来福的孩子的消息。"

"按照那个乞丐的说法，这个孩子应该在十二岁上就死了。"叶世安说着，突然看向顾九思："顾兄可记得，七年前扬州郊外曾经发生过一桩命案？"

"洛家那个案子？"顾九思认真一想，就想了起来。

虽然在科举制的冲击下，家族传承已经不算重要，可是洛家几百年来代代都有风流人物。只是洛家人丁寥落，上一代家主也是洛家独子，官至丞相后辞官归隐，栖于扬州郊外。谁都没有想到，洛家竟会遭山贼偷袭，一夜之间鸡犬不留。圣上大怒，亲派大将军孟傲南下剿匪，一举荡平扬州城外十三寨。此案扬州城无人不知，无人不晓。

顾九思皱了皱眉头："这和洛子商有什么关系？"

"那个乞丐说，当年洛家被灭门时，这个叫来福的小乞丐就在洛府里。"

顾九思愣了愣："什么意思？"

"那乞丐同我说，当年来福与养父在街上乞讨，洛家家仆纵马而过，踢伤了来福的养父。老乞丐伤重,无钱治疗,为了救养父,来福就上洛家去要钱,洛家人将来福打了一顿,就扔了出来。来福回到庙中时,养父已因重病不愈而气绝身亡。"

"那洛家不是杀人吗?!"顾九思愤怒了。

柳玉茹抬手握住顾九思的手,温和地道:"都是过去的事,气也没用,听叶哥哥说下去吧。"

"那个乞丐和来福关系好,本是打算收养来福的,结果当天夜里,来福拿了老乞丐攒下的银子去买了一把刀,随后就跑了。很明显,来福是去找洛家人报仇了。但来福并没有成功,只是被洛家人抓了起来,关在了洛家。"

"关在洛家?"柳玉茹觉得有些奇怪,"这孩子打算杀人,洛家人为何不报官?"

"因为当时有一个很重要的人来扬州。"顾九思开口。

叶世安点了点头,道:"不错,当时洛丞相的好友,名满天下的名士章怀礼正打算来扬州看望故友,洛家应当是不愿意在这时候闹笑话。谁承想,正是来福被抓起来的那晚,洛家被灭门。主办这桩案子的人恰好与我家有旧,我听说,当年洛家其实还留了一个孩子,章怀礼念及故友情谊,也是怕灭门一事背后有隐情,就悄悄收留了那个孩子,作为徒弟养大,又让扬州官府对外宣称洛家满门尽灭。"

听到这里,柳玉茹明白了:"而这个洛子商,传闻就是洛家遗孤、章怀礼的徒弟!"

"可他和当年那个来福长得相似。"顾九思敲着桌子,斟酌着道,"洛家人一贯深居简出,又不屑与顾家这样的商贾之家为伍。不知叶兄过去是否见过洛小公子?"

"这就是问题的关键所在了。"叶世安笑起来,"当年我在洛府学棋数月,与洛小公子还算有些交情,而我记忆之中的洛小公子的长相与如今这位洛子商——相去甚远。"

在场所有人都明了了,如今这位洛子商应当就是当年的乞儿来福。

然而当年洛家为什么被灭门,洛子商又为什么会从一个乞儿变成洛家小公子,还被章怀礼收为徒弟,后来洛子商为什么上来就拿顾家开刀,又为什么对顾家、叶家这些老牌扬州贵族如此憎厌,这一切都是未知的。

柳玉茹稍做考量,便道:"章大师可知自己收错了徒弟?"

"我也不知道。"叶世安摇了摇头,"如今也无从得知了。"

柳玉茹有些茫然。

叶韵道:"顾家出事前半个月,章大师便被人毒杀了。"

听到这话,顾九思猛地抬头。

章怀礼未成名时曾在扬州讲学,顾九思和叶世安都曾经是他的学生。乍闻他的死讯,尤其是通过这样的方式听闻,顾九思有些心绪难宁,忍不住道:"是洛子商?"

叶世安摇了摇头:"难说。"

众人陷入沉默,片刻后,柳玉茹道:"大家都别再想了,叶哥哥和韵儿养伤要紧,有什么话我们回到望都再慢慢说吧。"

"玉茹说得是。"顾九思忙道,"是我思量不周,我送叶兄。"

情谊已到,叶世安也不强撑,便由顾九思搀扶着回了房间。柳玉茹也将叶韵送回房间。叶韵一直僵着身子,柳玉茹察觉到了,但也没说什么。进了屋,柳玉茹关了门,替叶韵铺了床,像年少时一样叮嘱她,告诉她去望都后需要注意什么。

以前她们就是如此,叶韵是大小姐的性子,许多事是不会去注意的,都是柳玉茹照顾她。叶韵以往都是笑眯眯地应下,如今却站在柳玉茹身边,看上去十分恭敬。

柳玉茹说着说着,话音便断了。

叶韵抬眼看向她,有些茫然地问道:"怎么了?"

柳玉茹将嘴里的话咽了下去,叹息道:"没什么,就是觉得你的话少了许多。"

"毕竟也不是从前了。"叶韵笑了笑,面带苦涩地道,"身份不一样了,人也不一样了。"

"你我始终是一样的。"柳玉茹应声说,抬眼认真地看着叶韵,"你始终是我的朋友。"

叶韵苦笑着低头,道:"玉茹,我真的没想过你会同我这样说。"她叹了口气:"你与顾九思在一起,是件好事。"

"怎的突然说这个呢?"柳玉茹有些疑惑。

叶韵坐下来,给自己倒了茶,看着窗外平和地道:"咱们俩打小在一起玩,你家那妾室进门后,你的心思就重了。其实我心里是知道的,你有求于我,有求于叶家。你这个人哪,算计得深,也不够坦率,我呢,脾气不好，没什么朋友，咱们俩混在一起也是各取所需。只是时间长了，才有了几分真情，你救我，我就已经很意外。如今你已经是官家太太，而我，"她笑了笑，看向柳玉茹，"这辈子也就这样了。你还愿意同我这样说话，我心里真的很感激。你嫁给他，总算是有了几分小时候的样子，我觉得一个人能活成自己最本真的模样，应当就算是活得好了。"

"我……的确活得不错。"柳玉茹勉强应答，抬眼看着叶韵。她知道叶韵的心结，失身于王善泉是叶韵心里一辈子都过不去的坎。柳玉茹想要劝一劝她，却又说不出什么。

外面传来顾九思的声音："玉茹，你是同我一起回，还是再等等？"

柳玉茹回过神来。叶韵捧着茶杯，柔声道："过去吧，我这儿没事。"

"那……"柳玉茹憋了半天，终于道，"那我先走了。"

叶韵送柳玉茹到了门口，顾九思站在门口，朝叶韵点了点头。柳玉茹向叶韵告别，同顾九思一起走在长廊上。顾九思伸手拉住她的手，打量着她的神色。

柳玉茹察觉，转头看向他："这样看着我做什么？"

顾九思笑了笑："我看你似乎不大高兴，便仔细看看，记住你不高兴的时候的样子。"

柳玉茹被他逗笑："你每日就琢磨这些没用的事。"

"不不不，"顾九思赶忙道，"这可是我的头等大事。"

两人进了屋，大夫来问诊，确认柳玉茹没什么大碍，让她喝了些安神的药。

顾九思同柳玉茹商议道："等明日咱们就起程回望都，让叶兄随后再来，我在望都城中还有些事要处理。"

柳玉茹应了一声，想了想，道："你是想见你父亲了吧？"

顾九思有些尴尬，低下头，拿了衣服转进屏风后面，嘀咕道："我见他做什么？反正人好好的就行。"

柳玉茹在外面抿着唇笑，也没多说。

顾九思洗漱完，柳玉茹也去洗了个澡。洗完澡出来，她看见顾九思坐在床上正拿着一本书看着。

柳玉茹着的单衫，头发还滴着水。深冬的夜里带着寒意，好在炭火静静地烧着，让室内暖和得恰到好处。顾九思拍了拍床边，高兴地道："被窝我给你暖好了，快进来。"说着，他抬起头来，一望面前的人，便愣住了。

昨夜奔波了一夜，今天又在争执，直到此时此刻，他才在分别后第一次好好注视这个人。三个多月没见，柳玉茹瘦了许多。人瘦了之后，五官就挺立起来，眉眼舒展，越发清丽秀美。

他感觉自己像是养了一棵树，又像是种下一株花，她在他心里生根，发芽，盛开。他不知道是不是自己的错觉，只觉得面前的人眉如远山，眼含秋水，无一处不精致，无一处不美好。

她虽然身形消瘦了，可颈下那一片丰满了起来，如今只穿一件单衫，山峦起伏清晰可见，水珠沾了烛光，顺流而下，穿入山壑，隐于一片白玉之间。顾九思突然觉得有些口干舌燥。

他那视线仿佛带了温度，柳玉茹一时慌张起来，也不敢往前，只低头垂眼，小声道："郎君在看什么？"

顾九思被她问得有些慌乱，却还要故作镇定地笑着道："怎的不多穿点儿衣服，快上来吧？"

柳玉茹应了一声，拿着帕子坐到床上。顾九思用被子将她裹起来，像是怕她冷，又像是在怕其他的什么。裹好之后，顾九思松了口气。

他拿起帕子给她擦着头发，柔声道："我给你擦头发，这么湿着睡，以后老了会头疼的。"

柳玉茹垂着眉眼，他在她身后忙活，她突然想起叶韵那句话来——"你与顾九思在一起，是件好事。"

柳玉茹忽地觉得，其实在这个世间，自己已经算过得很好很好的姑娘了。自己身后永远站着这么个人，哪怕他如今只是个芝麻大的官，也没什么能翻天覆地的本事，但是他在她背后这么给她擦着头发，柳玉茹便觉得天塌下来了也不用怕。

她垂着眼眸，慢慢地道："这一次你准备的这些钱和兵粮给范轩解了后顾之忧，算是立了大功吧？"

"是呀，"顾九思漫不经心地道，"我还让流民在望都开垦荒田，把上下的规矩都定好了，现在的望都又安全又干净，虽然比起扬州还是差了底蕴，但也很不错了，"他说着，眼里带了笑意，"这样下去，最迟三年，我们做的这一切就能看出成效，到时候望都有钱有人，我也不操心了。"

柳玉茹不由得道："听你这话，我终于明白什么叫父母官了，你可是把这望都当成孩子操心了。"

顾九思叹了口气："你说得对，不过也是因为你不在。你不在，我想你，就总要找点儿事做，不然每天都忙活着给你写信，你烦别人也烦。国债的事你扛了，那我便忙活些别的事。"他将她半干的头发梳好，柔声道，"我忙起来，倒也觉得很新奇。哦，你一定想不到我学会了多少东西。"

"嗯？"柳玉茹睁眼看着他。

顾九思高兴地道："我会插稻，会钻井，还会检查堤坝。我觉得呀，以后就算我不当官，只种地也是能养活你的。"

这话把柳玉茹逗得笑出声了，她不由得道："你好不要脸，咱们谁养活谁呀？"

顾九思赶忙道："你养我，可我心里想养你呀。罢了罢了，"他叹了口气，"你这女人太有本事，我不当个大官真是配不上你了。"

"你说哪儿的话？"柳玉茹抬起手握住顾九思的手，垂下眼眸，似乎有些不好意思，"你无论如何都是我丈夫，都是我心里最好的那个人。"

顾九思不动了。她的手落在他的手上，他感觉到她手心里有些许茧子和没好全的伤口，她的手和那些大家闺秀柔嫩的手一点儿都不像。他记得她以前不是这样的，刚嫁到顾家的时候，她虽然不得宠，也终究是个不需为吃穿发愁的大小姐，纵然算不上大家闺秀，但也是小家碧玉。如今她的手却像是一本笔记，清晰地记录了她所经历的一切事情，他不觉得不好，除了心疼，只觉得这样的柳玉茹好得很。

他反手握住柳玉茹的手，隔着厚重的被子从背后抱住了她，低声道："玉茹。"

"嗯？"

"过些年安稳了，我们要个孩子吧。"

柳玉茹微微一愣，觉得心跳得很快，慌乱中还带了几分惊喜。她小声道："嗯。"

"我想要个女儿，"顾九思小声道，"最好像你一样，乖巧听话，我以后当个大官，保护你们母女。当然，儿子也好，"他不知道怎么的，突然就开始畅想未来，"如果是个儿子，我不打他，从小带着他玩。"

"玩成你这样吗？"柳玉茹忍不住抿唇笑了，"那就没有好姑娘愿意嫁过来了。"

"怎么会？"顾九思立刻反驳，"好姑娘都不瞎，能看到我们的好的。就像你，"他将脸凑上来，高兴地道，"你就觉得我特别好，对不对？"

柳玉茹笑着不说话。她的头发已经干了，她将帕子从顾九思手里抽走，起身去吹了蜡烛，随后回到床上来，背对着他躺下，道："睡了。"

顾九思在旁边坐了一会儿，忽地笑了。

他躺进被子里，不知道怎么的，两个人都没闭眼。柳玉茹有些紧张，顾九思也能清晰地听见他自己的心跳声。

这一晚的同床共枕和过去全然不一样，过去两个人懵懵懂懂地过着，浑浑噩噩地"将就"，从最初只是因为实在睡不动地铺而将就着睡一张床，到后来一个忍让着不说话、一个冲动不懂事地尝试，从没有一天是像这个夜晚这样，确定了心意，明确了未来的。

顾九思觉得自己该做些什么，却又有些慌张，而柳玉茹也知道他会做些什么，紧绷着身子不语。过了许久，顾九思终于动了。他翻过身去，从背后抱住了她。

柳玉茹僵了僵，红着脸小声提醒："明天要赶路。"

"我知道。"顾九思温和地道，"我就抱抱你。"

柳玉茹放松下来，靠在这个熟悉的怀抱里。

许久后，她听见顾九思低声念叨："是该再成一次亲的。"

柳玉茹："……"

连日奔波后，柳玉茹已经很疲惫，只是神经一直绷着，现在终于和顾九思和解了，整个人放松下来，就睡得沉了些。柳玉茹醒来的时候，顾九思已经把马匹车辆都准备好了。她洗漱之后，同叶世安和叶韵告别。叶世安伤重，还需要再休养一段时间，顾九思和柳玉茹则先回望都。

从广阳回望都，柳玉茹和顾九思一路走走停停。沧州大旱有所缓解，百姓也多起来，然而路上依旧到处是尸骸，冻死的、饿死的、死于非命的，夫妇两人看着，纵然此时境遇与上次完全不同，心里却还是有些难受。

一路上到处是难民，还没到望都，两人便已经知道了一些前线的情况。梁王虽踞东都，但在东北要与带领大军的范轩正面对抗，在西南又有剑南节度使刘行知不断骚扰。只要东都被攻破，梁王就不足为惧。

得到消息之后，顾九思反而忧心忡忡。

柳玉茹不由得道："范大人将要攻下东都了，你还操心什么呢？"

"梁王如今已不足为惧，"顾九思叹了口气，"可是所有皇室子弟皆遭屠戮，范大人入了东都，推选谁做皇帝才能服众呢？"

柳玉茹沉默了，顾九思抿着茶，继续道："范大人极大可能会自己登基，但若是这样，其他人必然效仿。别人不说，刘行知如今坐拥益、荆两州，虎视眈眈，怎么可能服气？除却刘行知，扬州、凉州、交州的各路诸侯、小王、节度使，又有哪一个是好相与的？"

柳玉茹叹了口气，抬手握住顾九思的手，道："你也别想太多了，就管好望都，日后如何，等范轩给了你相应的俸禄，你再给他操心。"

顾九思愣了片刻，不由得笑了："说得也是。"

倒不是俸禄不俸禄的问题，这些事本就不是他一个县令该操心的。只是他也一直记挂在心，时时派人去外面探查情况。

行了十日路，两人总算回到了望都。顾九思先让人去送了信，两人到家门口的时候，江柔已经带人备了艾叶、火盆站在门口。顾九思和柳玉茹携手刚下来，顾九思的目光就凝住了。

门口一个老者坐着轮椅，头发有些白了，看上去满脸严肃。顾九思看着他，老者也不说话。片刻后，顾九思三步并作两步，朝顾朗华冲了过去。

顾朗华一看顾九思冲来，立刻抬起手，怒骂："逆子你要做什么？！"

这话让所有人都愣住了，顾九思下意识地道："这种时候你还要骂我？！"

顾朗华也觉得这个反应好像太大了，轻咳了一声，道："也不是骂你。"他又责怪道，"你冲这么快做什么？我是怕你撞着我。"

顾九思气不打一处来。他方才看着顾朗华，下意识地就想扑过去来一番父慈子爱痛哭流涕的大戏，结果这老头子就这么有本事，一句话就让他顿时失了所有的温情与感动。

顾九思忍不住道："你还好意思怪我？在外面这么久都不送个信，你知道我……我娘多担心你吗？把自己搞成这副样子回来，你有个当爹的样子吗？"

"九思，"柳玉茹见父子俩吵起来了，赶紧上前拉住顾九思，道，"公公刚回来，你好好说话。"

江柔见状，也拉住顾朗华说道："你也少说两句。"

有了两个女人的安抚，父子俩终于不吵了。顾朗华将手笼在袖子里，扭过头去哼了一声，赤裸裸地表达了自己的不满。

而顾九思听到这声冷哼，冷笑了一声，也不再看顾朗华。

柳玉茹和江柔对视一眼，都有些无奈。

江柔叹了口气，道："先别说了，跨了火盆进门吧。"

顾九思板着脸领着柳玉茹跨了火盆，又让人用艾草沾水泼洒在身上，然后才进了大门。

他和顾朗华一句话都不说，柳玉茹看江柔推着顾朗华，知道顾九思挂念着顾朗华，赶忙道："婆婆，让九思来推公公进去吧。"

"我不要！"顾朗华立刻拒绝，"他莽撞得很，我怕他伤着我。"

"说得跟谁乐意似的。"顾九思嘲讽。

柳玉茹有些无奈，只能道："那我来吧。"说着，她走到江柔旁边。柳玉茹的面子顾朗华是给的，儿媳妇儿来推轮椅，他也不说什么。柳玉茹推着轮椅，同顾九思道："九思，到我旁边来，和我说说话。"

顾九思闷闷地应了一声，却还是来到柳玉茹身边。顾朗华眼中露出些诧异之色，但也没说什么。

两个男人沉默着，柳玉茹笑着道："公公一个人在扬州受苦了吧？"

顾朗华听见柳玉茹问话，僵着声音道："啊，还好。"

"公公不妨说说当时在扬州都发生了什么吧。"柳玉茹看了一眼顾九思，笑着道，"我和九思一直惦记着您。"

"也没什么，"顾朗华轻描淡写地道，"我从密道里出来，被人救了，不小心折了腿，后来被叶公子发现，叶公子收留了我。"

"你遇到什么危险被人救了？又怎么折了腿？怎么被叶世安发现的？"听见顾九思一连串的发问，顾朗华下意识地就想嘲讽，旁边的江柔轻咳了一声，道："朗华，九思这些日子受了很多苦，你当父亲的要多体谅，别这么大年纪了还耍小孩子脾气。"

顾朗华沉默片刻，一一回答了顾九思的问题。开了这个头，再说话就方便很多了。柳玉茹一行人去了正堂，大家喝着茶，听着顾朗华说当时的境遇。等顾朗华说完，顾九思又将自己和柳玉茹遇到的事说了一遍。说完之后，两个男人沉默了许久。

顾朗华道："大家都平安回来就好，你们也累了，先回去吧。"

顾九思低低地应了一声，柳玉茹和顾九思一起起身向门口走去。他们到门口之前，顾朗华突然叫住顾九思："九思。"

顾九思停住脚步。

顾朗华道："你过来，我看看你长结实点儿没。"

顾九思微微一愣，回过头去。顾朗华板着脸，但眼里有藏不住的泪光。顾九思心里一软，这段时间的酸楚一起涌了上来。顾九思走到顾朗华面前，此时他比这个坐轮椅的男人高太多，于是单膝落地蹲了下来。顾朗华静静地打量着他，又伸手拍了拍他的肩膀。

过了一会儿，顾朗华笑着道："长大了。"也不知道是欣慰还是感慨，他又重复了一遍，"长大了，是大孩子了。"

"我不是孩子了。"顾九思嘀咕，"我现在都是县令了。"

"胡说，"顾朗华瞪着眼，"你就算当了宰相，也是我儿子！"

顾九思又想笑又觉得眼酸："是是是，我是您儿子，您要打要骂要怎么样都可以，行了吧？"

"你就想不到我的好，"顾朗华抬手拍了拍顾九思的头，怒道，"当爹的是要给你撑起一片天，我打你骂你不也是为你好？所以下次别再有什么赴死救老子的事了，"他说着，一巴掌将顾九思的头按了下去，"再有下一次，老子打死你。"

顾九思听着顾朗华的话，终于有了几分过去的感觉。

人这一辈子只要父母还活着，无论父母是年迈体弱还是身强力壮，都会觉得有个归处，有个靠山。顾朗华的死像是泰山骤然崩塌，让顾九思觉得一切都变了，而今顾朗华回来了，就算争执吵嚷，在顾九思心里，也是真真切切地再次有了依靠。顾九思此时觉得，虽然外界变了，可自己拥有的，自己的家人、自己的爱情，都没有改变。

顾九思其实有那么点儿想哭，却又觉得丢人，于是勉强地笑了笑，哑着嗓子道："知道了。"

顾朗华拍了拍他的肩，抬头看了看柳玉茹，道："去吧，对你媳妇儿好点儿，别这么大人了还跟个孩子似的让玉茹照顾着。"

顾九思应了声，站起身来，同柳玉茹一起走了出去。到了门外，顾九思拉着柳玉茹的手，走在庭院里，柳玉茹低声同他说着她对后续事宜的打算。

"这次出去收粮是我主持的，你总该给我些报酬。我领了这些报酬之后，打算将花容的生意交给其他人，再在望都城外买一些地。你不是收了许多流民，将地都分给了他们吗？我听说你许诺他们，在这些土地种出粮食之前，你会负责他们的一些基本花销？你答应给的是多少银子？我打算将土地买来统一管理，请个会种粮食的人做规划。这么多人这么多地，总得有点儿规矩才行。"

顾九思听她絮絮叨叨地说着，看她像个小财迷一样啪嗒啪嗒地打着算盘，心里就高兴极了。柳玉茹说完，回头看他，他眼里像是盛了银河星光一样。

柳玉茹愣了愣，问道："你听见我说的没？"

"听着呢。"

"你怎么看？"

"都依你。"

"顾九思，"柳玉茹笑了，"我才夸你是父母官，你能不能上心些？"

"我都听明白了，"顾九思赶忙道，"其实你就是想着帮我，官府一直给他们银子不是事，终究是要让所有人一起赚钱才能大家都有钱赚的。你花钱向他们买地，带着他们种粮，来年望都收成好了，这些人都能有个依靠，你自己赚钱事小，帮我解决了问题才是关键。你想的这些法子都是极好的，我明白。"

柳玉茹微微一愣，忽然有种自己的内心被人看穿了的慌张。她轻咳了一声，扭过头去，道："我明天上府衙去，一切按流程走吧。"

柳玉茹和顾九思商议好，便单独找了苏婉，和苏婉聊了聊。

苏婉得知了柳家的情况，愣了许久。

柳玉茹怕她难过，忙道："娘，你别多想，我让人出去找……"

"无妨。"苏婉叹了口气，摆了摆手，"大半辈子都过去了，自打咱们从扬州离开，我便不愿再多想了。在这乱世中求生，你不容易，也别费神去找他们了。找回来做什么呢？"她苦笑，"咱们总不至于还要和他们认亲又做回一家人。你爹舍不下张月儿和她那些子女，咱们巴巴地去受那个气做什么？"

柳玉茹没说话，苏婉抬眼看着她，抬手握住她的手，柔声道："我只是担心你，那毕竟是你爹，你……"

"过去了。"柳玉茹叹息，看着苏婉，苦笑道，"都是没法子的事，我起初的确难过，可是现在也好了。咱们娘俩相依为命，你在，我心里就安稳了。别多想了。"

柳玉茹安抚了苏婉，走出房间，觉得有种无形的烦闷感压在心口。

她才走出来，就看见一道身影。他背对着她斜靠在柱子上，拿着本书，正借着月光和长廊上的灯光看着上面的字。他是个学不会规矩的人，永远都没个正形，就连站着都站得歪歪扭扭，没骨头一般。

听见柳玉茹开门，顾九思回过头去，看着她笑起来："说完了？"说着，他走过来，将披风披到她身上。

柳玉茹低着头，小声道："你怎的在这里？"

"我看你没披披风就出去了，"顾九思笑着道，"又想你，就过来等着。万一你出了门觉得冷呢？"

"就一小截路。"

"一小截我也想等你。"

柳玉茹说不出话来了。她感觉暖意从这披风一路席卷而入，直抵心底。顾九思的手包裹着她的手，两人走在长廊上，柳玉茹突然觉得这路一点儿都不冷，一点儿都不寂寞。

两人一起回了房，柳玉茹洗了澡，顾九思便进了净室清洗。柳玉茹听着里面的水声，看着屏风上的人影，在镜子前擦干头发。犹豫了片刻后，她小心翼翼地拿了唇脂涂抹在唇上。

做完这件事，她似乎有些后悔，赶忙又擦了，但擦完了之后，唇上依旧带了些不正常的红润。她看着镜子里的自己，抿了抿唇，轻轻啐了一口，便上了床。上床之前，她去柜子里寻了条丝绢白帕垫在了床上，而后熄了灯，躺到床上，用被子盖住了自己。

她有些紧张，一直盯着蚊帐上方，脑子里回顾着婚前苏婉给的册子里的东西。柳玉茹觉得自己的脸烧了起来，不安中又带了几分说不出的喜悦。她心里想着顾九思，想着他可能会怎么对待她，又想着未来，越想越觉得自己浪荡，暗中鄙夷了自己一番。这时，她听见顾九思从水里起身了。

顾九思穿了单衣，擦着头发从净室里出来。发现柳玉茹熄了灯，他愣了愣。他没想到柳玉茹睡得这么早，小心翼翼地走在卧室里，怕吵醒她。

柳玉茹僵着身子躺在床上，心跳得飞快。她琢磨着顾九思什么时候上床，上了床会不会笑话她，然后感觉到顾九思走过来，身子都绷紧了，紧张得不行。不想顾九思摸索到一半，突然就坐下了！

柳玉茹把眼睛睁开一条缝，在夜色里看见顾九思坐在那儿擦头发。好吧，他打算等头发干了再上床。于是柳玉茹就睁着眼盯着顾九思，等着他上床来。

顾九思坐在那儿擦头发，擦擦又停停，似乎是在想什么。柳玉茹一开始还有些焦急，看着看着就困了，过了一会儿后，就昏昏沉沉地睡了过去。

等顾九思上床的时候，柳玉茹已经睡迷糊了。顾九思怕她受寒，等头发彻底干了才上来的。上来之后，他感觉床上多了点儿什么，也没多想，伸手将垫在下面的东西一抽，就扔了出去。柳玉茹一定是困极了，连床上多了东西都没察觉就睡了，他这么琢磨着，又是一番心疼，低头亲了亲柳玉茹的额头，心满意足地抱着她睡了。

第二日，柳玉茹猛地睁开眼，坐起来就伸手去摸她垫的白布，而后注意力就被地上的白绢吸引了。

顾九思迷迷糊糊地睁开眼，含糊地道："这么早，再睡会儿吧？"

"我……我去查账了。"柳玉茹有些尴尬。

昨夜的勇气散尽，她赶紧起床，从顾九思身上跨过去，想去将地上的白绢捡起来藏好。然而她刚弯下腰要捡，白绢就被人抢先一步捞了起来。

顾九思抓着那白绢，挑眉看向柳玉茹："这是什么？"

柳玉茹瞬间红了脸，小声道："我……我怎么知道？"

"那你慌慌张张地想要藏它做什么？"

"我没有。"柳玉茹赶忙否认，转身道，"我去洗漱……"

柳玉茹的话还没说完，顾九思在电光石火间想起夜里抽走的东西，一把抓住她："哎，哎，你别走！"

柳玉茹背对着他，颇为紧张。

顾九思从背后抱住她，在她耳边轻声道："玉茹，你昨晚是不是想同我生小娃娃？"

"顾九思！"柳玉茹能清晰地感觉到脸上灼热的温度，这辈子都没这么脸红过，气恼地道，"我要去干正事！我要去赚银子！你别拦着我！"

顾九思却抱得更紧了，任凭她又挣又推，不仅不放手，还笑出声来，低头亲了她一口，高兴地道："你别急，我准备着呢。"

"你滚开！"柳玉茹更是羞恼。

顾九思也知道不能再欺负她了，又亲了她一口，忙道："明天穿漂亮些！"

柳玉茹一脚踩在他的脚上，顾九思嗷的一声放手。柳玉茹匆匆跑了出去，顾九思单脚蹦跶着，看见柳玉茹从门边探出半张脸来。她看着他，眼里带着担忧，小心翼翼地道："你……你没事吧？"

顾九思赶紧往地上一倒，哭丧着脸道："腿断了。"

柳玉茹知道他没事，放下心来，洗漱之后便出去忙了。

她先去了一趟花容，芸芸之前回到望都就着手清理了花容的账目。柳玉茹一过来便将人召集起来，先了解了一下花容近日来的情况，随后便要说自己和沿路各商家的协议。

柳玉茹刚开口："我之前在沧州……"

芸芸骤然出声打断了柳玉茹的话："夫人在沧州准备的那些礼物，我都已经交给大家了。"

柳玉茹顿了顿，笑着转移了话题："那就好，我在外面也一直惦念着大家。如今平安回来也是幸事一件，我明晚在东来酒楼订一桌，大家一起吃个饭吧。"

等众人散了，柳玉茹单独留下了芸芸。

柳玉茹抿了口茶，抬眼看向芸芸："你方才不让我说话，为什么？"

芸芸低声道："夫人，我回来后，从一些渠道拿到了那些流通在外的假货。"说着，她将一盒胭脂拿了出来，"但我发现，这并不是假货。"

柳玉茹接过胭脂的手顿了顿，她抬眼看着芸芸。

芸芸低声道："这胭脂的配方与我们的没有任何区别。"

柳玉茹明白了芸芸的意思，胭脂配方极其难模仿，多一分少一分，在颜色或手感上就会有差别。柳玉茹沉默了一会儿后，终于道："你觉得是我们自己的人在外面做的事？"

"是。"芸芸果断地道，"具体我还在查，但是基本可以把目标锁定在做胭脂的几个工人身上。"

柳玉茹端着茶笑了："我明白你的意思，咱们做胭脂的每一个步骤都是分开的，一个人只掌握一个部分的配比，只有最初那两个一人知道一半配方，但那两个人是顾家元老，你不方便说，是不是？"

芸芸没说话。

柳玉茹放下茶杯，淡淡地道："这件事最重要的不是情面，而是这两个最核心的人，胭脂是他们做的，你把他们撤了，以后我们怎么办？"

"可总不能一直这样。"芸芸将账本递到柳玉茹面前，小声道，"这些时日，我们店的销售额下滑得厉害。这种东西多了，我们的销售额上不去，名声也护不住。"

物以稀为贵，花容走的本来就是把胭脂当面子的路子，怎么能让同档次的东西在外面泛滥？

柳玉茹思索了一会儿，慢慢地道："你先下去吧，我想一想。"

芸芸倒也没多说，应了一声便下去了。

第十五章　守孤城

柳玉茹休息了片刻，便去府衙找主簿。当初她的商队出行是和官府签了协议，官府需按照利润的一成给她支付收益，而此行归来，所获粮食银两几乎是本金的一倍。

她按约来要钱，主簿同她核对了文书，便拿着契约去找顾九思。顾九思听说是柳玉茹，倒也不避讳。他认认真真地看过内容，才注意到她的字。

她的这字有些别扭，和以前的不大一样，她似乎在尽力抹去她以前的习惯，换了一种写法。

顾九思明白她的意思，忍不住笑了，低头签下自己的名字，看了看时间，把契约交给了主簿，道："你让柳老板再等等，我有些话要同她说。"

主簿愣了愣，却还是应了声，将顾九思的话转告之后，领着柳玉茹到了大厅去。顾九思批完了手上的几份文书，算着到了休息的时间，赶紧起来脱了官服，换了衣服去找柳玉茹。

柳玉茹看着顾九思穿了一身常服走过来，不由得道："你不是还在办公吗？"

"走了走了，"顾九思高兴地道，"时间到了事做完了，我同你回家去。"

柳玉茹有些无奈，这才明白顾九思是想同她一起回家。

两人一起回去，顾九思见她闷闷不乐，不由得道："你这是怎的，满

- 428 -

脸不高兴的样子？我同你一起回去，将你愁成这样？"

"倒也不是。"柳玉茹叹了口气，将店里的事说了一遍，颇为头痛，道，"这两个人，我开也不是，不开也不是。若是将人赶走了，日后这胭脂谁来弄？若是还留着，个个仿效，我又怎么管？"

顾九思敲着扇子听着。见柳玉茹面上全是烦恼之色，顾九思轻笑了一声："你别愁，我觉得也挺好的。"

"挺好的？"柳玉茹抬眼，神色有些茫然。

顾九思笑着道："你呀，就是太聪明，小小年纪就走得这么顺，不摔几跤怎么成？你凡事算着利润，想着如何赚钱，光顾着外面，想没想过千里之堤，溃于蚁穴这个道理？其实花容出这事也是早晚的，早点儿出事，你早点儿明白这些道理，也是好事。"

柳玉茹听他给她分析："你做事的时候，从来是用人不疑。你自己做人是说到做到，就想着个个同你一样，可你对自己的要求是一回事，怎么看待别人又是另一回事。凡是涉及钱的事，你就得想明白，对方是个人。你请了伙计就得防着，最核心的东西不能放在伙计那儿。若是放在伙计那儿，要么设个管制他们的法子，让一群人互相制衡；要么就得把关键人物牢牢捆住。如今这两个做胭脂的人是你这胭脂铺里最关键的人，结果你既没有用利益把他们捆死，也没有管制他们的办法。你把关键人物当普通伙计，走到今日这境地不是必然的吗？"

柳玉茹点点头，应声道："你说得是。"她叹了口气，抬头看向顾九思，眼里带了几分求助的意味，"那你觉得我如今又当怎么办？"

顾九思让那水盈盈的眼一看，心神都荡漾了，恨不得给她出上十几二十个绝妙的法子，让她天天用这样的眼神看着他。他克制住自己，笑着道："这办法当是你去想的，这事也不是什么难事，日后你的生意越做越大，有的是要你想事情的地方，你先拿这个练练手。你就想想，大家都是人，都有私欲，这次的事为什么会发生？你现在最关键的几个要求是什么？要怎么做才能满足你的要求？"

柳玉茹知道顾九思是在引导她，开始静静地思考。顾九思看着她认真的模样，觉得这人真是漂亮极了。

夜里柳玉茹一直没睡。她坐在书房里，反复地清点着账目。顾九思不敢打扰她，拿了本书，坐在屋里一面翻看一面等她。

他看见柳玉茹愣愣地看着烛火。半夜时分，他终于看不下去了，起身走过去，蹲在柳玉茹身边，笑着道："我说这位娘子，若你再不睡，可别怪我不客气了。"

柳玉茹轻笑出声来。看着顾九思不睡她也心疼，便同他一起躺到床上。

顾九思知道这事她想不出来就睡不好，叹了口气，道："算你厉害。我便问你，如今你觉得，花容要留下他们吗？"

"自然是要的，"柳玉茹轻声叹息，"我如今也找不到能替代他们的人。"毕竟是顾家养了十几年的人，替代的人哪里那么好找？

顾九思接着道："要都留下，还是只留一个就行？"

柳玉茹顿了顿，随后应声道："留一个就行。"

"那不就是了吗？"顾九思叹了口气，"如果你只打算留一个，放个诱饵，让他们自己留一个，你再拿另一个立规矩，将他们那条路堵死，保证留下的再也作不了乱，出去的也再没法子给你下绊子。具体怎么做，你得看那两个人是什么性子。你先睡一觉，明天再想。"

柳玉茹听了顾九思的话，低低地应了一声。脑子里回荡着他的话，她慢慢有了打算。

第二日，她进了花容，同芸芸打听了具体情况，便将两个人中资历大一些的那个叫了过来。

那人叫王梅，大伙儿都叫她梅姨，另外一个做胭脂的人叫宋香，原先是王梅的徒弟，一贯听王梅的话。芸芸说，在外面卖花容的方子这事，主要就是王梅带着宋香做，王梅负责找路子，宋香负责研制方子。宋香有着天生敏锐的嗅觉和视觉，花容有一些方子没经过她们的手，但宋香都猜出来了。

不过这主要是芸芸根据两人的性子猜测的，而柳玉茹估计也八九不离十了。

柳玉茹将王梅请过来，喝着茶道："这事我离开之前就打算同梅姨商量的，结果走得匆忙，现在才来说，倒显得迟了。"

王梅坐在一边，显得有些忐忑："东家是打算同我说什么？"

"你和香姐儿在我一无所有的时候投奔我，也算是同我一起创建的花容，花容能有今天，你和香姐儿功不可没，我却没给你们应有的待遇，都是我的不是。"

听到柳玉茹的话，王梅赶紧道："东家说笑了，老东家带着我们从扬州过来，还把我们安置好，我们感激还来不及，东家给多少都是应该的。"

"话不能这么说。我是赏罚分明的人，之前有疏忽，还望你们见谅。"柳玉茹笑着道，"如今花容的规模越发大了，我这次去沧州，一路谈妥了各处的商家，保证日后花容能顺利卖到各地。我也同沧州、青州、扬州三个地方的官府打好了交道，以后在这些地方一旦有仿冒花容卖假货的人，一律抓起来，这样我们不用担心生意的问题，能在研制上多花些心思。我想着，总这么乱乱的不是个样子，咱们得规矩一些，就像军队一样，凡事都有个安排。我的想法是，得有人管着这些负责研制的人，这个人以后就是咱们的关键人物，待遇自然也要高些。"

王梅听着柳玉茹的话，脸色变了又变，听到最后，眼睛亮了些。她似乎明白了柳玉茹的意思，小心翼翼地道："您的意思是……？"

"所以，"柳玉茹笑着道，"您觉得，香姐儿怎样？"

见王梅脸色巨变，柳玉茹只抿了口茶，柔声道："我听说香姐儿对颜色和味道都非常敏感，无论什么方子，她一抓一闻就能知道。她是您的徒弟，我想着给她提上一级，每月多给她十两银，再多给她一成店铺里的红利，您应该为她高兴，是吧？"

王梅没说话，脸色不大好看。

柳玉茹假装没看到，笑着看着外面："日后天下平定了，以我如今为范大人立下的功劳，花容能成为皇商也未可知，到那时咱们就再也不愁了。香姐儿说不定还能得个品级呢，梅姨您是她的师父，到时候就可以同别人说这是您的徒弟了。"说着，她看向王梅，"梅姨觉得，我这个想法可妥当？"

王梅听着柳玉茹的话，绞着手帕，努力挤出一个笑容来："香姐儿过得好，我自然是高兴的。只是香姐儿的资历……是不是浅了点儿？"

"这应当不会，"柳玉茹笑了笑，"我也问过其他人了，他们都说香姐儿是老师傅了，毕竟如今店铺里都是新人，您是她的师父这事知道的人少，不会有什么影响的。"

王梅僵着笑容，什么话都说不出来了。

柳玉茹柔声道："不过在我心里，您始终是香姐儿的师父，所以我特意来问问您，您看这事我做得妥当吗？"

"这自然……自然是妥当的。"王梅也没什么话好说了。

宋香的能耐更强，王梅是知道的，可是一想到宋香如今要压到自己头上去，她心里终究是不舒服的。柳玉茹看出了也假装没看见，王梅出了柳玉茹的屋子，心里就开始琢磨。

如果柳玉茹将花容的产品直销外地，又同官府一起抓卖假货的人，那么卖假货这件事不仅利润变低，风险还不小。仿卖假货罪，自己到时候怕是要被废手挖鼻，再也不能干这一行了。到时候自己风险大收益小，而宋香升了位置，不仅涨了月钱，还能得到花容一成的利润，怕是再也不愿意和自己一起干了。一成的利润哪，以花容现在的规模，数目已经很可观，以后规模更大了，这笔收入可比卖假货能赚的要多，更何况没风险、没负担，她只要安安心心做事就行。

王梅看得出来，柳玉茹这次为了招揽人是下血本了。可是凭什么是宋香呢？自己一手教出来的徒弟怎么能越过师父呢？王梅心里越想越不平。

王梅在外面走来走去，最后咬了咬牙，回到屋里去，恭恭敬敬地叫了一声："东家。"

柳玉茹故作诧异地问道："梅姨怎的又回来了？"

"东家，"王梅冷静地道，"有些事，我思前想后，觉得必须同东家说明白。东家要提拔香姐儿，其实不妥。"

"怎么说？"柳玉茹眨眨眼，一脸茫然，"香姐儿人品端正、手艺出众，又是大家一致推举的，梅姨觉得有何不妥？"

"东家，"王梅叹了口气，"其实这事我也犹豫了很久。香姐儿是我一手带出来的，许多事我没教好她，却还护着她，这是我的不是。本来我想着，我多规劝她些时日，她说不定就能迷途知返，但是东家想要提拔她，我就不得不说出来了。"

"她怎的了？"

"东家知道外面假货泛滥，其中一些与花容的真货几乎没有区别吧？"王梅观察着柳玉茹的神情。

柳玉茹皱起眉头，颇为忧虑地道："我听说了，正为此事烦心着呢。"

"东家可想过，为什么外面的货能和花容的相似到可以以假乱真的地步？"

柳玉茹愣了片刻，猛地抬起头，惊讶地道："你是说……是香姐儿？"

"是。"王梅叹息道，"之前有人找上香姐儿，向她要花容里胭脂、唇脂的配方。您也知道，咱们家的工艺都是一人负责一个部分。但香姐儿拿着东西看一看就能看出原料和配比，所以这段时间她一直在给外面的人供货。不仅偷方子，还将店里的残次品卖出去。"

柳玉茹沉下脸来。

王梅看了她一眼，心中暗喜，继续煽风点火："我也劝过她，可是香姐儿最近有了个相好，那个男人生了重病，她也是为钱所迫啊。您也别怪她，我说这些就是让您慎重考虑。她是我的徒弟，可您是我的东家，手心手背都是肉，我也是为难得很。"

"梅姨，我明白，"柳玉茹深吸了一口气，抬眼道，"可是您说这些，总得有些真凭实据。这毕竟是大事，我不能随意相信。"

王梅脸上僵了片刻，咬牙道："我知道东家谨慎，我有证据。"

"哦？"

"昨儿个我看到香姐儿给外面的人写字条，约对方到东来酒楼庭院交货。她会把花容最新的一款唇脂的配方交给对方，东家过去，自然能人赃并获！"

"当真？"柳玉茹皱眉。

王梅点头道："千真万确，只是东家，香姐儿这人……到时候怕是会胡乱攀咬。我冒着危险来告诉您，您当信我才是。"

"您放心。"柳玉茹应声道，"您能将这些事告诉我，我自然是信您的。您的人品我知道，放心吧。"

柳玉茹和王梅谈完，王梅退了出去，颇为高兴地拿着帕子扇了扇风，方才出了一身冷汗，如今终于放心了。

王梅其实是不怕的，虽然做了中间牵线的人，但自认为做得谨慎。宋香是个傻脑子，决计不会保留什么证据。王梅觉得，到时候即使自己做的事被宋香说出来，可自己先发制人，柳玉茹那样的小姑娘，聪明有余心眼不足，不会信宋香的话。

王梅心里盘算完，高高兴兴地走了。

王梅走了，印红和芸芸从内间里走出来。芸芸叹了口气，道："这王梅，真是心思太过恶毒了。"

"不过也好呀，"印红高兴地道，"她们贼喊捉贼，夫人就可以把她们和背后的人一锅端了，到时候看他们再怎么兴风作浪。"

柳玉茹却道："宋香真在幽州找了个男人，那人真生了重病？"

芸芸听了，应声道："我最近查过了，的确是这样。她应当也是因此

- 433 -

才答应了王梅。"她犹豫了片刻,道,"香姐儿人还是好的。"

柳玉茹垂眸静了片刻,喝了口茶,抬眼看向印红:"沈明也回来了吧?让他带人去东来酒楼等着,跟我一起抓人。"

印红应了声,便赶去找沈明。

沈明正跟着顾九思在大街上买东西,两个大男人,抱着一堆喜帕、灯笼等物件,用布包裹着,偷偷摸摸的。

沈明走在顾九思身边,有些不耐烦,道:"你说你这么大的人了,又不是小孩子,还搞什么仪式?那交杯酒没喝就没喝,你一天到晚瞎折腾什么,请了假跑回家挂灯笼,让人知道了你害不害臊?"

"你话能不能少一点儿?"顾九思皱眉道,"我让你来帮忙的,又不是让你来数落我的。"

沈明撇撇嘴,想了想,又凑上前去,高兴地道:"你们真还没圆房啊?我是不是还有机会?"

"沈明,"顾九思凉凉地看他一眼,"脑子太热你早说,我送你去菜市口凉快凉快。"

沈明见顾九思恼了,赶紧缩回去不说话了。两人买好了要准备的东西就往回走。

看见蹲在街头要饭的流民,顾九思忍不住皱起眉头:"我听说范大人破了灵江关,现在已经在东都城下和梁王对峙了。"

"啊,听说是。"沈明高兴地道,"等范大人破城,你是不是就能升官了?我是不是也能升官了?"

"你不是还想当山大王吗?"顾九思开口嘲讽,"还想升官?"

沈明轻咳了一声:"为百姓做事,干啥都行?我可以受这委屈。"

顾九思勾了勾嘴角,又突然有些忧虑:"可梁王不是还有十五万军队吗?如果有十五万人,范大人怎么能这么快攻破灵江关?"

"谁知道呢?"沈明耸了耸肩,随后劝道,"你也别操心了,赶紧准备婚房,今晚就……"

沈明露出意味深长的表情来,顾九思有些不好意思,轻咳了一声,正要说话,身后就传来印红的呼唤声:"沈明!"

一听见这声音,顾九思赶忙道:"快把东西给我,给我!"

沈明慌慌张张地把东西往顾九思身上扔过去,顾九思抱着比自己还高的东西,赶紧往旁边跑了。

印红小跑到沈明面前，有些奇怪："我刚才看见姑爷在这儿，人呢？"

"没呀，"沈明东张西望，道，"刚才只有个问路的，九哥还在府衙里呢。"

"我真看见了呀。"印红觉得有些奇怪。

沈明立刻道："有事就说，别在这儿东问西问的，你是探子呀？"

"你这是什么态度？！"印红颇为不高兴，但也不纠缠于这个话题了，赶紧道，"哦，夫人说，让你晚上带点儿人到东来酒楼去，帮她抓人。"

沈明挑了挑眉头，让印红把事情原委说了。沈明听明白了，点点头道："行，小事，我去叫人。"

印红得了话，放心地走了。

等她走了之后，顾九思抱着东西回来："她来找你做什么？"

沈明将话一说，顾九思立刻道："我同你去。"

于是两人叫上虎子和一批兄弟，再带上顾家的家丁，就去了东来酒楼。大家化了妆，混在酒楼里喝着酒，假装什么事都没有。

顾九思和沈明坐在楼上，有一搭没一搭地聊着天。天黑下来，听到一群女子银铃一样的笑声，两人转过头去，便见是柳玉茹来了。

花容的伙计大多是女人，且都是爱美的女人，整个店的人出来吃饭，马车都用了四五辆。老老少少的姑娘说着话从马车上走下来，脂粉香浮动，所有人便都看了过去。

为首的柳玉茹身披狐裘，内着蓝衫，耳边水滴般的白玉耳坠在灯光下轻轻摇晃着，整个人柔美中带了几分灵动。

她在北地算不上高，手里拿着暖炉，整个人也没有什么气势，可奇怪的是，在这一片喧闹场景之中，她始终是焦点所在。她清丽绝伦的五官，呈现出一种难以言说的超凡之美。

本来这样多的女子出行就引人瞩目，何况人群中还有柳玉茹这样的江南美人，众人都安静下来，看着柳玉茹走进酒楼。柳玉茹同伙计吩咐了几句，便带着人上了包间。

她提着裙一步一步往上走的时候，没有人敢说话。便是顾九思，都在这样的情景中忽地感受到了她那不知何时出现的、惊人的美丽。

柳玉茹似乎感觉到顾九思的目光，突然顿了顿步子，抬起头来看向他。两人四目相对，见顾九思举着杯子愣愣地看着她，柳玉茹忽地就笑了。

那一笑在柔柔的灯光之下仿佛莲花绽开，惊得人心中掀起惊涛骇浪。顾九思回不过神来，柳玉茹觉得好笑，没想过成婚大半年，还会从这对自己熟悉得不能再熟悉的人脸上见到这样痴傻的表情。她抿唇扭过头去，又悄悄斜睨了他一眼，眼角眉梢俱是风情。她领着身后的人从旁边的楼道折上去，进了包间中。

等花容的人都进了包间，大厅才恢复喧闹，众人都在议论，花容的女老板不仅能赚钱有本事，还生得这样好看。

而顾九思举着杯子许久都没说话，似乎还沉浸在方才那似羞又撩的眼神所带来的冲击感里。

沈明忍不住伸出五根指头在他面前晃了晃："九哥？"

顾九思的眼睛直直的，一口闷了杯里的酒，他总算缓了过来，道："我死了。"

"嗯？"沈明有些迷茫，好端端的他怎么说这个？

顾九思叹了口气，面上带笑，似乎是有些无奈，但偏生又让沈明看出了几分高兴："死在这女人手里了。"

"这什么意思？"

顾九思没说话，只是微笑着喝酒。他心里清楚，在柳玉茹抬头看向他时，在两人四目相对的那一瞬间，他就已经找到了沧海的水、巫山的云。他想他这辈子都再找不到第二个能让他这样心动的女人了。更可怕的是，他发现柳玉茹的美丽似乎还是一棵正在飞快生长的树，在他眼里，在这世上，以难以想象的速度生长。他不知道她能美到什么程度，只知道每一次当他认真打量她都会惊人地发现，他更喜欢她一点儿了。

顾九思喝完酒，抬手从兜里抓了些铜板递给旁边的虎子，笑着道："去，帮我找个人，买几株梅花送到夫人那儿去。"

顾九思的花送到柳玉茹那一桌时，柳玉茹还愣了愣，随后在一片人的起哄中接下了花。众人都在笑，只有宋香和王梅明显心绪不宁。王梅一直打量着宋香和柳玉茹，而宋香一直坐立不安，似乎在为什么事情忧心。

柳玉茹领着大家一起吃火锅，屋里热腾腾的，众人闹腾成了一片。柳玉茹端起酒杯主动来到了王梅面前，先给王梅敬了酒，又来到宋香面前，认真地道："香姐儿，我来敬你一杯。"

宋香听到这话，赶忙站起来，有些慌张："东家……"

"来幽州这半年，兵荒马乱的，我没来得及多照看大家，是我的不是。

你是花容的功臣，与花容一起走到现在，我视你为姐妹，有什么事，你一定要同我说。"柳玉茹叹了口气，"这杯酒我干了，香姐儿，你呢？"

宋香没说话，心跳得有些快。看着柳玉茹那双清明的眼，宋香几乎觉得柳玉茹什么都知道了。可柳玉茹若是知道，又怎么容得下自己站在这里？

宋香心里又慌又愧疚，低下头去，急急将酒一饮而尽，道："东家，对不起。"

柳玉茹抬手拍了拍宋香的肩膀，没有多说。

王梅静静地看着，越发担心，若是柳玉茹偏袒宋香，自己日后要怎么办？然而王梅很快镇定下来，只要把动静闹大些，今天所有人都看着，柳玉茹就算不想也得办了宋香。王梅心里有了底，也不再多想。

大家喝着酒吃着火锅，觥筹交错之间，所有人都放松下来。宋香听见外面布谷鸟的声音，便借口出恭走了出去。

王梅看见宋香出去，赶紧到柳玉茹边上小声道："东家，香姐儿出去了。"

柳玉茹抬眼看过去，点了点头，应声道："知道了。"她招手让印红过来，笑着同所有人道："大家玩着，我出去一下。"

柳玉茹说完，便由印红扶着走了出去。王梅坐了片刻，也有些坐不住，站起身来，叫了个平日里关系好的姑娘一起出去"方便"。

三拨人先后往庭院里赶去，顾九思和沈明早埋伏在后院长廊的房梁上，正坐着嗑瓜子。

沈明听着布谷鸟的声音，忍不住笑出声来："大冬天的学布谷鸟，这是个傻子吧？"

顾九思嗑着瓜子，啧啧两声，道："这么拙劣的局，这些人也太看不起他们东家了。瞧着吧，等会儿我家玉茹一定把他们的脸打得啪啪响。"

沈明翻了个白眼，没有多话。

两个大男人就嗑着瓜子看着，只见一个男人鬼鬼祟祟地走到了长廊边上，不久之后，宋香便出现了。那男人看见宋香，急促地道："方子呢？"

宋香犹豫了片刻，终于道："我想了想，这方子我不能给，你们的钱我也不要了，这些定金……"

宋香从袖子里掏出钱来，那男人的脸色顿时变了，他一把打开宋香手里的银子，怒道："说好给方子的，现在工人准备好了、材料买好了，各处的运输渠道也已经打点好了，你临时说不干了？你以为这么多损失是这几两银子能赔的？！"

宋香的脸色白了白，对方稍稍冷静下来，压低了声音道："宋师傅，我不是故意为难你。大家都是为别人做事，你是求条活路，我不也是吗？你家里还有个痨病鬼要养，你至少把这一单做了。做人要言而有信，你若不愿意，早早说出来嘛，现在我们都准备好了，你说不干，是不是有些不讲道理？"

"我……"宋香有些为难，憋了半天，也只道，"我对不住……"

"你的方子带在身上对吧？"对方终于没了耐性，一眼看见了宋香袖口里的纸页，抬手就要去抢，道，"老子也不同你废话，今天给也得给，不给也得给！"

"你放开……"宋香和对方推搡起来。看着两人拉拉扯扯起来，顾九思嗑着瓜子，琢磨着该什么时候出手。

这时候，突然传来一声气势十足的怒喝："你们在做什么？！"

那声音一贯是柔和平稳的，骤然带了怒气，吓得顾九思手一抖，手心里的瓜子哗啦啦地落了下去。众人循声看去，就看见柳玉茹紧皱着眉头，身披寒霜，极有气势……然后瓜子哗啦啦地落了她一头。

柳玉茹："……"

顾九思抬起手，痛苦地捂住脸。沈明坐在顾九思对面，无声地鼓掌。

没有人敢说话，柳玉茹抬起头来，神色平静地看向坐在房梁上的顾九思。顾九思露出一个讨好的表情。

柳玉茹：这个并不重要。

她迅速将眼刀扫向了对面，压下心里所有情绪，随后笑着走向正在争执的两人，伸出手来，柔声道："二位是在争什么，不妨拿出来给我看看？"

宋香身子微微颤抖，那男人也静默着，似乎早已知道柳玉茹是谁。

僵持中，后赶来的王梅一个箭步冲上前来，一把从宋香的袖中抓出了方子，随意看了一眼，就激动地大叫："好哇，香姐儿，东家对你这么好，你居然这么吃里爬外？！"

宋香脸色煞白，那男人见势头不对，转身就跑。然而他刚过长廊，就大叫了一声，似乎是被人打疼了。片刻后，他就被沈明押了回来。

王梅捏着方子，看着宋香，痛心疾首地说："香姐儿啊香姐儿，东家对你这么好，就算是为了你家男人，你也不能这样吃里爬外呀。我知道你平日里因为东家重用一个丫头而不满，可你也不能这么糊涂，你看看你做的都是些什么事啊？！"

"我不是……"宋香颤抖着声音想解释，却又只是看着王梅，着急地道，"梅姨，事情不是这样的，你知道的。"

"我知道什么？"王梅大声道，"这时候了，你还执迷不悟，就想着拖人下水吗？！"

"我……"

"梅姨。"柳玉茹声音平静地唤道。

众人看过去，发现柳玉茹正拿着王梅抢过来的那张"配方"。

柳玉茹将那张纸转过来，看着王梅，道："香姐儿给这人写了几首童谣，这怎么了？"

众人都愣住了，便是宋香整个人也是蒙的。

柳玉茹低下头看着手里的纸，眼里带着赞赏之色，温和地道："没想到香姐儿不仅制作胭脂技艺高超，连字都写得好得很。"

这一番变故让王梅措手不及，同王梅一起来的人见情况不妙便赶忙告退。长廊里顿时只剩下了王梅、宋香、柳玉茹以及柳玉茹的人。

柳玉茹看了看天色，平和地道："站在这儿让外人看到不好，大家到屋里说话吧。"

柳玉茹领着人回了楼上，进了早已经开好的房间里。她坐在主位上，其他人各自寻了个位子坐下，沈明押着抓来的男人，让他跪下，宋香和王梅站着。

柳玉茹喝了一口茶。王梅察觉情况不对，不敢多话，只是悄悄地打量着四周，众人似乎都在等着什么。宋香也察觉情况不妙，但做好了最坏的打算后反而坦然了，低头看着地板，什么都没说。

片刻后，虎子和黄龙便押了两个人进来。王梅见了脸色就变了。见手里押着的人还在挣扎，黄龙朝他的腿上一踹，怒道："跪着！"这一踹终于让这人消停了。虎子禀报道："夫人、九爷，这人才是真正传话的，他在门口吩咐屋里这男人进来传话。他们有三个人，跑了一个，我们已经让人去追了。"

"干得好。"柳玉茹点点头，笑着道，"劳烦你们了。"

虎子哪敢接这句谢，赶忙摆手，示意无事。

被他们抓来的男人看情况不对，也不再说话了，飞快地看了一眼王梅又低下头去。

柳玉茹平和地看向王梅："说说吧，到底是怎么回事？"柳玉茹将纸页放到桌上，"明明只是一些诗词，梅姨，你是如何肯定这是方子的？"

宋香的目光落到王梅身上，柳玉茹继续道："香姐儿是你的徒弟，你作为师父，理当更相信她，告发她的是你，如今搞错了的也是你，你说……"

"东家，你千万别被蒙骗了！"王梅听柳玉茹这样说，顿时反应过来，心里思索着，觉得这一定是宋香使诈，忙表忠心道，"他们要在东来酒楼交接这件事是我亲耳听见的，所以我才这么肯定那是方子。东家你再查查，再查查便知她有问题……不然这个时辰，她为什么要和一个男人在这里交接东西？就算只是童谣，也说不过去啊！"

"梅姨！"宋香再也听不下去了，因为过于气恼，涨红了脸，颤抖着声音道，"你在说些什么？这事……这事明明是你让我去做的。"

"你胡说！"王梅怒喝，"你问问今天被抓来的这些人，看看他们到底是来找谁的？！"

沈明低头推了最开始抓到的男人一把，半蹲着道："问你话呢，你是来找谁的？"

那人颤抖着抬起手，指向了宋香，宋香愣住了。

柳玉茹叹息道："香姐儿，原本我还想着给你个机会，想给你升个位置，多给你些钱，没想到你居然……这个位置也只能留给梅姨了。"

王梅心中暗喜，宋香却猛地想明白了前因后果——必然是王梅眼红她，将她卖了！宋香一时有些恨意，但憋了半天也没能多说出一句话来。

柳玉茹见宋香只盯着王梅，过了一会儿，慢慢地道："香姐儿，如果你真做了这样的事，花容就留不得你了。"

宋香的脸色白了白，片刻后，她深吸一口气，抬眼看向柳玉茹："东家，我做了这样的事，不能留，我也是明白的。只是我留不得，梅姨更……"她的话只说了一半，她似乎还在斟酌。

柳玉茹接着道："更什么？"

宋香最后定了定神，终于道："更留不得。"

"香姐儿，我知道你恨我出卖了你，"王梅叹了口气，"可你这样诬蔑

- 440 -

人，东家是不会信的。"

"你可有证据？"柳玉茹接着询问。

王梅的心提了起来，只听宋香道："证据，我没有，可是我知道他们的整条销售路子，知道王姨怎么运作，您顺着我给的线索查，一定能抓到人。"

"没有证据你就要查人抓人？"王梅提高了声音说道，"没见过你这样不讲道理的。"

宋香着急了，声音也大起来："我说的都是真的！是梅姨在外面认识了这些卖假货的人，才来找的我。他们说了只会在花容卖不到的地方卖货，不会影响铺子里的生意的！"

宋香说着，眼里带了愧疚之色。她跪了下来，恭恭敬敬地给柳玉茹磕头，认真地道："东家，我知道我现在说什么您都不会信，可我真的没有害花容的心。我男人病重，我们缺钱，我没有办法，这是我对不住您，可我不是没有原则、没有底线的！我辜负了您的苦心和栽培，"宋香红了眼眶，"我走之前希望能尽量帮帮您，梅姨是不能留的，她生性贪婪，也没什么本事……"

"你说什么？！"王梅猛地站起身来，怒喝道，"我是你师父！"

"你什么都没教过我。"宋香低着头，似乎已经决定豁出去了，又快又冷静地道，"那时候你天天防着我，我都是自己想、自己学，后来我有了成绩，你就到处和人说你是我的师父。你让我进了顾家，对我有恩，我才一直忍让。可如今我要走了，不能留你在东家眼皮底下胡作非为。东家，店里不止我一个人被梅姨收买，我可以给出一份名单，我……"

"小浪蹄子你再胡说！"王梅从没想过宋香会在某一天突然说出这样多的话来，猛地扑上去想要让宋香闭嘴。宋香和王梅在地上厮打起来，王梅愤怒地道："我让你说，我让你不择手段，想弄垮我？也不看看你几斤几两！"

"你……偷东西……"宋香一边和王梅撕扯着，一边将事一桩桩一件件地抖搂出来，"你欺负人……你做假货……你偷拿材料出去卖……你从你亲戚家……买便宜材料……"宋香发了狠，全说了出来。王梅脸上挂不住，嘴里不停地咒骂着。

柳玉茹见她们说得差不多了，就让人将她们拉开。她看着头发都已经扯乱了的两个人，淡淡地道："行了，别打了，你们公说公有理，婆说婆有理，这样吧，"她抬眼扫视了一圈，"我一个一个问。九思。"她抬眼看向顾九思。

顾九思赶紧坐好，等着柳玉茹发令。

柳玉茹指了一下被抓来的两个人，道："你审他们。"

顾九思赶紧应下，便带着沈明领着人去了隔壁。

而后柳玉茹将宋香留下，让王梅去门外等着。

宋香坐在柳玉茹面前，显得异常平静。

柳玉茹敲打着桌子，突然道："其实事情的始末我大概都知道。"

宋香有些诧异，抬眼看向柳玉茹。

柳玉茹淡淡地道："我只是不明白。香姐儿，其实你的性子我清楚，我一贯欣赏你。本来你男人的病，你早同我们说，我们会为你想办法的。你来顾家这么多年，又是花容的大功臣，不能这么见外。"

"东家……"宋香听着这些话，心里悔恨不已。

柳玉茹笑了笑，柔声道："也是我没照顾好你们，不知道你们的状况，没为你们好好规划。这是我这个做东家的不是，以后我会好好改正，也希望你——"她的话意味深长，"同我一样。"

同她一样，自然是同她一样知错就改，宋香赶忙跪下来要表忠心。柳玉茹将宋香扶起来，笑了笑，道："真为了我好，你就将你知道的事都告诉我。"

柳玉茹不仅要抓假货，还要彻底切断宋香的后路。再好的人都不能放在试金石上去试。人性之所以是人性，便是每个人都有，只是不同的环境会激发出不同的反应。她给了宋香高的薪水，自然也要有相应的监督机制，不能把宋香时时刻刻放在诱惑中。

然而宋香也没多想，赶忙起来将知道的事一五一十都说了。

等宋香说完，顾九思那边也差不多审完了。他将口供全都录上了，柳玉茹让所有人都进来。

王梅一直站在门口，颇为不安，揣测屋里发生的事情。王梅的脑海里出现了一个很可怕的想法。如果这是柳玉茹下的套呢？如果柳玉茹就是想挑拨离间，通过他们师徒内部的不和得到信息呢？一想到这个，王梅就冷汗涔涔。她努力安抚着自己，然而进入大堂，看见宋香情绪稳定地坐在柳玉茹身边，一颗心突然就落了地——她明白过来，这果然是柳玉茹设套。

柳玉茹看见王梅一个人站在门口，端起茶杯来，柔声道："梅姨，过来坐吧。"

王梅忐忑地坐到柳玉茹指定的位置上。

柳玉茹喝了茶，将一沓口供砸到王梅面前，平和地道："梅姨，解释一下吧。"

王梅没话说了，看着那份口供，完全不敢想象那些人到底经历了什么。王梅沉默了，全场就都沉默了。过了许久，王梅突然嘲讽地笑了笑："其实你心里都有数了，还问我做什么？"

"问一问你……"柳玉茹喝了口茶，正打算说下一句，就听见顾九思道："客气客气。"

众人看过去，顾九思赶忙低头："你们聊，我随口说的。"

"顾大人说得也没错，"柳玉茹将目光转回王梅身上，"我也就是客气客气而已。"

王梅沉默了许久，叹了口气，道："东家既然要罚我，早说便是，我也不是不认罚的人，这么拐着弯子，倒是让人费解。"她抬眼看着柳玉茹，眼里带了几分愧疚之意，"事情是我和宋香一起做的。我们跟随顾家千里迢迢地来了幽州，却半点儿好处都没有。香姐儿家里有困难，我家也是一家老小都指望着我……东家，这事不会有下次了，您就看在我在顾家待了几十年的分儿上，给个面子吧。"

"这事的来龙去脉，我已经清楚了，"柳玉茹平静地道，"我原本以为你不过是卖点儿假货，后来才发现你不仅是卖方子，还盗窃财物，甚至打着我们店的名号在外招摇撞骗。"

"东家，"王梅一听这话赶忙跪了下去，"这都是香姐儿报复我胡说的啊！她有证据吗？没证据的事，您怎么能当真呢？"

"你又知道是香姐儿告你的状了？"柳玉茹嘲讽地说完，招了招手，顾九思赶忙将抓来的人的供词递过去。顾九思这么识相，柳玉茹忍不住抬头看了他一眼，抿唇想笑，又忍住了。她将那份口供扔过去，淡淡地道："自个儿看吧。"

王梅不用看。那个被抓的人就是她的相好，他知道多少事，王梅清清楚楚。

见王梅不说话，柳玉茹叹了口气："梅姨，你在顾家也这么多年了，我就不明白，你怎么会这样呢？"

"我怎么会这样？"王梅笑出声来，猛地提高了声音，"我怎么会这样，你不得问问你自己吗？！"

在场的人都愣住了。

王梅看着柳玉茹，急促地道："你也知道我在顾家这么多年了，我十几岁就跟着大夫人，大夫人让我来幽州，我二话不说就来了；你们要遣散所有下人，我们走了；你们求我们回来，我和香姐儿也回来了。结果呢？！"她抬起手，指着芸芸道，"你就找这么个玩意儿来管我们？！"

"你什么意思？"芸芸被这么一指，也怒了。

王梅嘲讽道："平时大家谁都不敢说，今天我们就打开天窗说亮话。反正我都看出来了，您要杀鸡儆猴，要把我送官对吧？送就送啊，大不了我把这双手砍了从此不做这行了。可是柳玉茹我告诉你，就算你今天把我弄死了，花容也不可能好好开下去！这小姑娘什么脾气？欺软怕硬欺上瞒下，什么都不懂就知道瞎指挥。上次你接了两个订单，其实第一个订单我们就做不完了，她还告诉你我们能接第二个，于是你们又接了三百盒的单子，最后那单子延了期，她就将事全怪到我们头上来，找了个人出来罚给你看，说是我们偷懒。其实我们每天就睡两个时辰，而且这样已经持续快一个月了！"

"你胡说八道！"芸芸愤怒地拍桌，涨红了脸，喘着粗气，努力地克制着情绪："小姐，没这回事，我不会做这种事的！"

柳玉茹蒙了，芸芸站在边上，眼泪啪嗒啪嗒地往下掉。许久后，柳玉茹抬眼看向宋香，终于道："香姐儿，梅姨说的话是真的吗？"

"香姐儿！"芸芸赶紧半跪到宋香面前，握住宋香的手，道，"你替我说句话，你说句实话！我没有，我都是为了大家好哇。"

宋香被芸芸拉着，也有些为难，叹了口气，道："大家各有各的难处吧。芸芸不懂工序，凡事都想象着来做，也不知道其中的困难之处。她一心向着您，平日里自个儿就不怎么睡觉，一天到晚都在忙着店铺里的事，所以方法不对，也能靠时间弥补。可是她年轻，我们不年轻了，这样一直做工不休息，自然撑不住，难免有情绪。"

芸芸听着这话，整个人都蒙了。

宋香抬头看了一眼王梅，又低头道："没有梅姨说的这么夸张，但也确有其事。只是芸芸也不是坏心……"

"我明白了。"柳玉茹叹息出声，觉得自己有些累了。

柳玉茹本以为解决了宋香和王梅的事，花容的事就解决了。如今她才发现，这就是一个线团，一扯就能暴露出无数问题，而这些问题所暴露的都是自己的无能和无知。

柳玉茹突然有些庆幸，庆幸自己发现得早。这一路她走得太顺，如果这些被埋藏在白雪之下的伤口在她往前再走一些的时候才被发现，就是致命伤了。

柳玉茹摆了摆手，站起身来："先把梅姨带下去吧。"

听到这话，王梅愣了愣，旁边一直跪着不说话的男人突然挣脱了绳子，往后一把推开了沈明就往外冲去，大吼："快跑！"

王梅猛地反应过来，自己不能被送官府，盗窃主人财物，又将秘方外传，这些罪名足够斩了自己的手。

王梅跟着男人拔腿就跑，芸芸一个箭步上前抓住王梅，王梅奋力挣扎，一脚踹开了芸芸。场面瞬间混乱起来，那男人推开了大门冲出去，顾九思赶忙起身追去。而王梅和整个屋子里的女人缠斗起来，王梅力气大，又无赖，整个房间被弄得鸡飞狗跳。顾九思和沈明把要跑的男人抓回来，这时候印红、芸芸、宋香等人压在王梅身上。沈明走进来，啧了一声后拨开了压着王梅的人，在王梅反抗前一把抓住了她的手，迅速地用绳子捆了起来，随后抬眼看向旁边的印红，道："看见没？这样绑人才利索。"

印红似乎有些气愤，鼓着腮帮子不说话。

柳玉茹被闹得头疼，扶着额头道："行了行了，送回花容吧。"她站起身来，吩咐了印红几句，便走了出去。

顾九思对沈明嘱咐了一声，赶忙跟着柳玉茹走出去。

柳玉茹和顾九思走在长廊里。今夜天气不错，明月高照，但还是有些冷。顾九思见她低头不语，伸出手去，用小指头钩着她的指头。柳玉茹抬眼看他，眼里带着不解之意。

顾九思笑着道："有什么不高兴的？同我说呀。"

柳玉茹苦笑了一下，叹了口气，慢慢地道："其实也不是难过。"她转过头看着前方，"我就是觉得，我吵嚷着抓凶手，可是抓来抓去，最后才发现凶手是自个儿。"

顾九思愣了愣，柳玉茹转头看着他："我做得不好，是不是？"

顾九思没说话，柳玉茹手里抱着暖炉，眼里带了些茫然："其实我理解梅姨。我刚才想，如果我是她，在顾家干了十几年，却被一个什么都不懂的小丫头压着，也不服气。可是我当时怎么就没想到呢？"她苦笑，"我现在能想明白，当时怎么没想到呢？我怎么没多问问他们过得好不好？没想到大伙儿会不服气。从我把他们当成伙计而不是人的那一刻开始，就注定了这结果，可是我……"

"那又怎么样呢？"顾九思抬手揽住她的肩，道："玉茹，别想这么多，做人不能太自负。"

"自负？"

"凡事都觉得自个儿能做好，这不是自负是什么？事事做完美，那是圣人，可大家都是凡人，凡人就会犯错，犯错又怎样？有什么不可原谅的？错就错了，吸取教训往下走就行了。"说着，顾九思停下步子。他抬起手，把柳玉茹的脸挤在一起，让她的脸看上去肉嘟嘟的。

柳玉茹睁着眼，眼里全是茫然。

顾九思看着就忍不住笑了："大家都是第一次来这个世界，都没经验，走得跌跌撞撞没什么，谁都别笑话谁，而且我还在呢。"

柳玉茹听到这话，慢慢地笑了。她抬起手将顾九思的手推开，抿唇道："说话就说话，揉我的脸做什么？"

她刚说完，外面就传来一个急促的男声："顾大人可在这里？！"

柳玉茹和顾九思都愣了愣，同时回过头去，就看见叶世安跟着一个仆人从转角处走了出来。叶世安身上染血，脸色苍白。

顾九思忙道："叶兄怎么在这里？你当再休息几日……"

"来不及了。"叶世安用一只手按着伤口，急促地道，"我在路上遇到了梁王的军队，他们估计要到望都来，我就日夜兼程地赶过来，想来通知你。"

"梁王的军队不在前线，来望都做什么？"柳玉茹的话刚问出口，在场的所有人就都明白了。

望都是幽州的州府，如今范轩正带着大军在前线和梁王的人僵持。顾九思之前就想，梁王的军队在灵江关怎么会败得这么快？他只觉得有诈，却没想到是这样！

梁王派重兵绕后直取幽州，到时候就算范轩入了东都，梁王也可以占据幽州继续与范轩僵持。

"梁王就算取了幽州，和范大人对峙对他又有什么好处？为什么不直接守好东都？"柳玉茹想了一圈，还是不明白。

顾九思摆了摆手，急促地道："这些我日后再同你说。"说着他往外走去，一面吩咐人取马，一面询问叶世安："你是在哪里遇到的？他们有多少人？"

"我们入幽州的时候，他们已经率兵入境了，我听说梁王带了十万大军。我绕开了主路，从小城前行，估计他们……"

顾九思止住了叶世安的话，大家都感觉到地面隐约的颤动，顾九思沉声道："怕是已经到了。"

"怎么办？"叶世安有些着急了。

梁王倾巢而来，前面的城池梁王如履平地，若是望都城被攻破，范轩就必须回兵增援——或者放弃幽州。

众人都看着叶世安，旁边的木南忍不住开口道："公子，要不弃城吧？"

"不行。"三人异口同声道。

此时他们弃城，就是将城中百姓都抛下了。而且对范轩来说，这是不可容忍的大罪，战时弃城是要被砍头的罪过。

顾九思沉默了片刻，心里有了数，迅速从腰上拿了腰牌递给叶世安，道："我去拖他们一会儿，你赶紧找到沈明，开始准备布防。玉茹去找信鸽，把所有信鸽全放出去，从西门放，别让人看见。"说完，他便领着木南疾步往外走去。

顾九思翻身上马，同木南道："去点一千兵马跟我走！"

柳玉茹听到他要一千兵马，想问他要怎么拖，可如今这样的时刻，也不敢多问，吩咐了人领着叶世安去找沈明之后，便转身去找养信鸽的地方。柳玉茹带着女眷，开始写求援的字条，一条一条地绑在信鸽上往外放。

柳玉茹安排好了信鸽的事，就赶紧往城楼的方向跑过去。顾九思最后说他会拖住梁王，但他只带一千兵马，她不知道他怎么拖得住，只觉得心中不安极了。她得亲眼去看着他，确认他没事。

这时候城里人大多知道了战讯，拖家带口地往城外赶。此时只有西门还开着，所有的百姓都往西门赶过去，顾九思在东门迎战，柳玉茹逆着人流一路狂奔。等来到东门城楼时，她看见大门已经关上，士兵站在城楼上，很多人正在拖各种防守兵器过来。

柳玉茹到了城楼下，见沈明和黄龙正在清点士兵，慌忙地抓住沈明道："大人呢？"

"夫人？"黄龙看过来，忙道，"夫人怎么在这里？这里危险哪。"

"大人如今在何处？"柳玉茹慢慢地顺着气，道，"他方才同我说他要去拖着梁王的人，我来看……看他怎么拖住。"说着，她镇定下来，抬手擦了擦汗，再问了一遍，"大人呢？"

沈明和黄龙的脸色都不大好看，两人对视了一眼，都没说话。

柳玉茹直觉情况不对。

这时候，叶世安从城楼上急急下来，一把拉住沈明，道："沈公子你同我上去，他们不听我的！"说完这句话，叶世安便看到了柳玉茹。

叶世安愣了愣，就听沈明道："你拿着九爷的腰牌，要是他们都不听你的，怎么会听我的？"沈明抬手指了指黄龙，"你还不如拉这位大哥，我就是个侍卫。"

黄龙一听沈明的话，赶紧摆手道："我就是个衙役的头儿，你让我管衙役行，城里的其他人，我还真管不了。"

黄龙说了这话，三个人就僵住了。

叶世安紧皱着眉头，似乎是在想法子。

柳玉茹看了一眼三个人，立刻道："大人如今不在城中？"

叶世安果断地点了点头："他现在在外面列阵准备迎战，让我在这里统领剩下的人备战。"

听到这话，柳玉茹呼吸一窒，急切地问道："他在外面有多少人？！"

"一……一千……"这话沈明都有点儿说不出口，见柳玉茹脸色煞白，他赶忙补充，"我们劝过了，他说他有数，情况不对就会让我们开城门的。"

"玉茹，他既然敢带人出去，就是心里有底。"叶世安立刻道，"当务之急是用好他争取来的时间，好好备战。如今城中军械、粮食都要清点，人员也要调整，百姓要安抚，方方面面都要安排。我初来乍到，所有人都不服我，城中可有能让大家服气的老人，可以给我引荐一番吗？"

"那些德高望重的老人都在城楼上，"黄龙仰了仰下巴，颇为不屑地道，"刚才和你说话那些人就是了。"

叶世安的眉头皱得更紧，他没有办法了。柳玉茹捏着拳头，虽然心里担忧着顾九思的安危，但也知道叶世安说得没错。

她深吸一口气，随后道："走，我同你上城楼。"

叶世安有些诧异："你？"

"带我上去，我去试一试。"柳玉茹神色坚定地说。

沈明立刻道："让她去试试吧，她够泼，说不定能成。"

柳玉茹听了这话，狠狠瞪了沈明一眼。沈明赶紧捂住嘴，表示不再说了。

叶世安想了想，点头道："好，你同我一起进去。"说着，他便转过身，带着黄龙、沈明，四个人一起上了城楼。

如今望都城中所有重要的官员都聚在城楼的会堂中，柳玉茹被黄龙和沈明护着，由叶世安领着，疾步往会堂走去。

她走到城楼边上时，忍不住顿了顿脚步。看见远处尘烟弥漫，像是有大军疾行，她停下脚步静下心来，就能感觉到地面越发明显的震动。而城楼下面只有一千骑兵，由顾九思领着在城门前列阵。几乎没有上过战场的士兵似乎还有些害怕，马因地面的震动而焦躁不安，而顾九思穿着银色铠甲，手中提着一把长枪，只留了一个背影给她。

她抿紧了唇，捏着拳头，有一种想冲上去抽顾九思的脑袋的冲动。

顾九思做事从来不靠谱，但怎么能不靠谱到这样的程度？一千骑兵他就敢往外面带，争取时间，争取的是什么时间？争取让对方多碾压一会儿，让敌军玩上瘾不想入城吗？！荒唐，简直是荒唐至极！

她不解极了，却仍旧愿意去相信他。其他的她帮不了，但顾九思吩咐的事，她都会尽力做。既然顾九思让叶世安管事，那她就努力让叶世安能管事。

她走到会堂门口，深吸了一口气，同叶世安低声道："等一会儿你就进去，当我不存在，该怎么说就怎么说。"她又转头同黄龙道："找几个信得过的士兵，把会堂围起来。"

说完之后，她仰了仰下巴，同叶世安道："进去吧。"

叶世安看了一眼柳玉茹。他没想过，在这样的环境下，她能如此镇定，甚至带了几分大家的从容，比他一个男人都来得冷静。他不由得放下心来，像找到了一座靠山一般。他领着柳玉茹走进去，会堂里的人正在商量着事，见叶世安进来，所有人都皱紧了眉头。

叶世安上前一步，朝着一位中年男子恭敬地道："杨主簿，在下并非来这里夺权谋职的，只是如今事态紧急，需要一个协助着大家往一个方向去的人。如今我必须知道城中兵器的数目，才能分配给每个城门、每个士兵……"

"叶公子，"杨主簿笑起来，"不是在下不听顾大人的话，只是我们与叶公子毕竟从没合作过，叶公子对望都几乎是一无所知。这种紧急时刻，突然让叶公子插手，怕是会延误军情。"

　　"那如今你们一盘散沙就不延误军情了？"沈明在一旁嘲讽。

　　杨主簿的面色冷了冷，他抬眼看向沈明，淡淡地道："沈公子也不必为了给叶公子出头而讥讽在下，在下只是实话实说罢了。叶公子还是太年轻，我们也是为整体考虑，并非有意为难。"

　　"这就是杨主簿不了解叶公子了。"柳玉茹在旁边突然开口。

　　众人抬眼看过去，杨主簿赶忙站起身，道："夫人。"

　　柳玉茹因为幽州债的事和这位主簿打过不少交道，也知道他的为人。她笑着抿了口茶："诸位，我家郎君此时此刻把望都交给叶公子不是没有理由的。诸位在幽州，想必一直不知道叶公子在扬州的名声。叶公子三岁能诵五岁能文，七岁便与家人议论国事，讨论战局。他父亲与范大人乃莫逆之交，叔父叶将军曾镇守西南边境。大家可知这十年来西南最出名的，以三千人马打三万人那一战？"

　　"这倒是听过，"杨主簿皱起眉头，"但这与今日有什么关系？"

　　"那一战就是这位叶公子的手笔。"柳玉茹抬手，面上全是崇敬之色。

　　叶世安愣了愣，张了张口想要辩驳，却不敢在这时候开口。

　　柳玉茹站起身来，同众人道："叶公子自幼师从名士，勤学兵法，十三岁便随同叔父征战西南，在扬州贵族圈中无人不知无人不晓，只是他们家一直重文轻武，希望他能通过科举入仕。可他于战事的非凡天赋是毋庸置疑的，章怀礼章大师曾经亲自说过，他乃白起转世、麒麟之才。"

　　"章……章怀礼大师竟然如此说过？"人群中有人发出惊呼。

　　柳玉茹郑重地点头，叶世安保持沉默。

　　此刻叶世安已经心如死灰。他从未见过一个人能这么脸不红心不跳地撒谎，还撒得如此有模有样。他要是十三岁就能以三千打三万，此刻站在这里又慌什么呢？可他不能说，只能听着柳玉茹继续吹嘘，将他吹成了一个身怀绝技，为了顾九思这个兄弟才决定出山的高人。

　　柳玉茹吹捧得差不多了，终于道："说句实在话，生死关头，不管顾大人将重任交给了谁，大家都理当配合。今日若是不配合，万一出事，将来谁来担这个责任？"她冷眼扫过众人，放慢了语速，"如今可不比平时，战时犯罪可是要杀头的。"

这话终于让众人都安静了。柳玉茹端着茶杯，抿了一口，而后站起身来，从沈明手中抽出剑来。

握着这把剑对她来说有些吃力，她来到桌边，柔柔地坐下之后，沉声道："如果话说到这份儿上，大家还不明白的话，就别怪我把话说得太透。"她的神色一凛，"如今是战时，你们耽搁片刻都是命！谁不珍惜他人的命，就别怪别人取了他的命。我最后再问一次，"她将剑猛地砍在桌子上，怒道，"顾大人下了命令委任叶公子监管城中一切事务，如今到底是谁在违抗军令？！"

这次所有人都不敢再说话了。柳玉茹已经把他们心中所担忧的一切事都解决了。他们担忧叶世安没有资历没有能力，柳玉茹的一番吹捧已经让他们昏了头，一个个名士的名字，一场场战役，让他们很难再去细想。他们害怕叶世安抢了功劳，可功劳和危机并存，他们想抢功劳，承担得起输的后果吗？承担不了。此时他们拦着叶世安，好处没有，风险却很大。而且大家也看出来了，若是今日他们敢说一个"不"字，柳玉茹就真敢在这里杀人。

经过短暂的沉思后，杨主簿终于笑起来，道："夫人提醒得是。"他朝着叶世安招了招手，道："叶公子，坐到这边来。"

听到这话，柳玉茹和叶世安等人都松了口气。

这时候，外面传来急促的战鼓声。柳玉茹赶紧跟着叶世安等人跑到城楼上，发现已经可以看清梁王的军队了。他们挥舞着刀和长矛，大喊着朝着顾九思奔来。

柳玉茹紧紧地抓着自个儿的袖子，心中暗暗祈祷。

城楼之下，木南骑着马，穿着铠甲，提着长矛，看着对面黑压压的人群，咽了咽口水，道："公子，你……你有把握吗？"

顾九思皱眉看着前方，冷静地回答："没有。"

木南的心跳更快了，这是他第一次上战场，面临这样的场景，依旧选择相信顾九思，继续道："那……那您是不是有什么退敌之策？"

顾九思点了点头："我在考虑。"

"您……您在考虑什么呢？"木南勉强地微笑，顾九思盯着从尘沙中露出来的敌军，斟酌着道："我只是在想，我要不要主动骂骂他们。"

木南的笑容僵在脸上。

骂骂他们？对方这么黑压压一片人朝着他们这弱小可怜又无助的一千人奔过来，顾九思还打算再骂骂他们？是怕死得不够迅速、不够残忍、不够有画面感吗？

"那……您的决定是？"木南仍旧怀有一丝希望，然而下一刻，顾九思就骤然大笑出声。

随后顾九思就大声叫嚷道："梁王老贼，你可算来了！！"

这一声暴喝让所有人都蒙了。

木南满脑子只剩下"完了"二字，而柳玉茹站在城楼之上，抓紧了袖子，颤抖着声音问道："他……他这是做什么？！"

城楼之下，梁王的军队却迟疑了，大军在军鼓的指挥下远远停下，和顾九思对阵。片刻后，梁王的士兵纷纷让开，一个人驾马出列，看上去四十出头，身披战甲，气势不凡，和顾九思遥遥对望，朗声道："拦路者何人？"

"望都县令，顾九思！"顾九思也驾马出列，大声回话。

对方上下打量顾九思片刻，点了点头："本王记住了。"梁王扫了一眼顾九思身后带着的人，嗤笑道，"你就带了这么点儿人？你可睁眼看清楚了，我身后乃十万大军，踏平望都都易如反掌。我建议你不要和我对抗，早早投降，我可以给你们一条生路。"

"乱臣贼子，"顾九思呸了一声，轻蔑地道，"也敢说给我一条生路？你们自个儿看看自个儿那猪狗不如的模样，被范大人打了个落花流水不敢正面对抗，只知道用这种龌龊法子给自个儿求一条生路，还敢说放我们一条生路？你能不能清醒一点儿，是五百里路的沙子太多瞎了你们的眼，还是东都护城河的水灌了你们的脑子？一群谋反的狗贼，敢和朝廷命官说这种话？！"

"你！"梁王怒而上前。

旁边的一个青衣男子赶紧拦住了梁王，小声道："王爷且勿动怒，这小儿是在激您。"

梁王听到这话，动作顿了顿。顾九思见他停住，似乎是嫌他不够生气一般接着道："怎么不说话？不说话就是心虚呀，就是默认了吧？从东都一路逃亡过来不容易吧？你们饿不饿？我们望都城一贯宽容，对流民待遇不错，你们放下武器也还是个人，早点儿改邪归正，别总想着跟着畜生当畜生！"

这话骂得梁王身后的士兵也骚动了，顾九思先前是骂梁王，如今却开始骂他们所有人了！

有脾气暴躁的士兵忍不住怒喝："你个小白脸胡说八道什么呢？！"

"小白脸胡说八道，你猪头脸就不胡说了？"顾九思的耳朵敏锐，他听见后直接骂了回去，谁骂他他怼谁，一时间一人同许多人对骂，两军嗡嗡声响成了一片。

对面骂得难听，顾九思嘴里不带脏字，却比对面骂得更难听。在他们对骂着的时间里，叶世安赶紧同杨主簿等人对好了剩下的人马、兵器、粮草。

城中如今一共有一万士兵，有一批兵器刚造好，本来要运往战场上，但没来得及，如今还留在城内。因此望都虽然兵少，但是武器充足。叶世安立刻让人将这些兵器发放下去；又让人挨家挨户地将油全都拿了出来，柴火等东西都备上；然后安排好城中布防，南、北门各两千五百人，西门一千人，东门四千人。

顾九思和梁王的军队吵成一片，其实梁王的军队还未到齐，后面的人还在陆陆续续地跟过来。梁王身边的青衫男人观察着顾九思，同梁王道："王爷，此人一早在这里摆阵，明显是早已得知咱们要来，却只带了这么点儿人，还主动开口挑衅，怕是有诈。"

梁王沉默片刻，心中有些不安，抬头看了看正在和人对骂的顾九思，低声道："可我们如今已到望都，无论如何，这城非攻不可！"

青衫男子迟疑了一会儿，低声道："您可一试。"

梁王沉下脸，转过头，抬起手来，朝着扛旗的人一挥手。

看见梁王的动作，顾九思便知道梁王这是要进攻了，扭头迅速同木南道："等一会儿我说退，就立刻退！"

木南蒙了，随后就看见梁王军队中扛旗的人突然开始挥动大旗，而后梁王的士兵就大吼着冲了上来。

顾九思一咬牙，骑着马就往前冲去！柳玉茹在城楼上看着，感到肝胆俱裂。这么多人，便是一人一口，也足够将顾九思给生吃了！她眼睁睁地看着顾九思冲上前去，心跳得飞快。她不敢出声，怕自己失态，只能不断地和自己说：信他。信他！就像当初的扬州豪赌，像过去的每一次一样，她必须信他！

顾九思手提长枪，骑着骏马朝着千军万马疾驰而去，大吼："杀！"

后面跟着他的一千人骑着马，也是闭着眼睛往前冲。

顾九思冲得最快，长枪一挥，两军才交战，他就突然大吼一声："打不赢了，快跑！！"

话刚吼完，大家就看见顾九思掉转马头，一路朝着城门狂奔而去，一面奔一面喊："快开城门！"

其实骑兵都在等着顾九思的这道命令，没冲上前去的掉转马头就往城里冲，已经冲上前的都是马比较好的，也毫不恋战，转身就跑。

梁王的军队百里奔袭，本就疲惫，根本追不上顾九思的这一千骑兵。于是大家就看见战场上这群人来去如风，前一秒还气势汹汹地喊着"杀"，后一秒就拿出了玩命的架势哭爹喊娘地逃回了城。

这一番举动不仅镇住了梁王，也惊到了城楼上的所有人。柳玉茹最先反应过来，立刻急促地道："开城门！快开！"

望都是一座大城，城门外有厚厚的城墙，城墙成弧形，供进出的门有两道，而保护城门的城墙外面就是护城河，人要在南北两侧的城门落下并搭成桥后才能通过。

顾九思朝着城门一路飞驰，柳玉茹从没见过他这样快地骑马，有些哭笑不得。顾九思刚刚到护城河边，城门恰好落下，他驾马冲了进去。刚进城，他立刻翻身下马，随后就朝着城楼冲了上去。

城楼刚刚完成布防，士兵全部拉开弓箭待命，叶世安紧张得捏紧了拳头。

顾九思冲上城楼，大声道："别动！别射箭！"

所有人都被他搞蒙了，杨主簿忍不住道："大人，此刻不射箭，他们就离城门不远了。"

"别射。"顾九思盯着战场，冷静地道，"再等等。"

梁王的人距离城池渐近，越来越多的顾九思的士兵赶了回来。顾九思不下令，所有人都不敢动，大家看着密密麻麻地围过来的敌军士兵，却都忍不住颤抖了。

叶世安看着梁王军队的距离，忍不住提醒："九思，只有两里了。"

"最后一里。"顾九思感觉心跳得飞快，却还是道，"若不再往前，就不射箭！"

杨主簿忙道："若是最后一里才开始射箭，就太迟了！"

然而也就是这一瞬间，梁王的军队中突然吹起了号角！

城楼上的人都蒙了，梁王的士兵当真停了。就在梁王退兵的空当，望都的最后一个骑兵进入了城池，顾九思这才抬手，盯着战场道："关城门。"

城门缓缓关上，梁王和青衫男子都盯着城楼上的顾九思。

顾九思露出嘲讽的表情来，大吼道："老贼，怎么不敢进来了？有本事你就攻城啊，我城里没什么人，都是些老弱病残，你赶紧来呀！你不来就是我孙子，我数三声，你要是不攻城，就离老子的城池远点儿！老子不耐烦和孙子靠太近！三、二、一！嘿！"他高兴地大喊，"孙子！"

顾九思在城楼上手舞足蹈，不着调地骂来骂去。梁王却不为所动，只叫自己的人往后退，在五里外围着望都城安营扎寨，准备休整。

顾九思见他们退开，继续在城楼上骂："怎么走了？这么听话啊？"

等梁王全军撤走，顾九思见梁王进了帐篷，才虚脱一般退了几步，直直地往后坐。柳玉茹赶紧一把扶住他，却被他直接带着滚了下去。他一身铠甲就已有几十斤重，哪里是柳玉茹扶得动的？他看见她被他带着在众目睽睽下滚坐下来，自己靠着墙，忽地就咧嘴笑了。柳玉茹看着他朝她没心没肺地笑，害怕和愤怒情绪一起涌来，扬手就啪的一巴掌抽了过去。顾九思被这一巴掌抽得愣了愣，正要回嘴骂她小气，就看见她的眼泪啪嗒啪嗒地落了下来。

柳玉茹往他怀里一扑，哭喊着道："你这虎崽子，怎么这么蛮哪？！"

顾九思反应过来了，所有人都围着他们，有些哭笑不得。他也不知道柳玉茹平日里的端庄此刻去了哪里，只觉得他们夫妻两人这么坐在地上抱着哭还被这么多人围看，饶是他一贯脸皮厚，也有些扛不住。

他轻咳了一声，拍了拍柳玉茹的背，小声道："玉茹，我没事，你起来吧。"

他一开口，柳玉茹就听出他声音中的沙哑。他方才骂了这么久，都是扯着嗓子骂，如今泄了气，喉咙便疼了起来。她赶忙从他怀里抬起头来，这才意识到周边人多。她假装什么都没发生过，从他怀里起来，伸手擦了眼泪。顾九思被叶世安拉扯着站起来，柳玉茹去倒了杯水给顾九思润嗓子。

顾九思喝了一口水，同众人道："大家先跟我进来吧。"

主事的官员跟着顾九思一起进了会堂。

顾九思坐下来，同旁边的叶世安道："你先同我说说现在是什么情况吧。”

叶世安点点头，将布防情况和后勤储备都说了一遍，顾九思点了点头。

旁边的杨主簿见顾九思面色沉稳，有些着急地道："大人，如今我们怎么办？"

"先拖着，"顾九思声音沙哑地道，"我已经想办法求援，范大人会派兵来救援，在此之前我们尽量和他们耗着。"

"可他们……他们好多人哪。"有一个人小心翼翼地开口。

顾九思抬眼看过去，沉默片刻后开口道："你还有其他法子吗？"

"我们弃城吧。"那人道，"或者投降。"

"林峰，这是你第一次说这话，咱们平日也是兄弟，这次我便饶了你，"顾九思神色平静，声音还带着沙哑，却有了几分平日全然没有的严肃之意，"但今日我说清楚，从此刻开始，若再有人说投降弃城，就拖出去斩了！"

众人神色一凛。

顾九思抿了一口茶，道："你们不要怨我，我也是为大家好。你们可要想明白了，他们为什么疾行这么远过来？他们是被范大人打得还不了手才来的！今日我们若是投降，回头范大人再夺回幽都，我们一个个的全是被抄家灭门的罪！"他抬头扫了一眼所有人，"我们如今没的选。若是投降，等范大人回头，我们一个都跑不掉；若是弃城，也是死罪。我们唯一能做的就是安安心心地顶在这里，等着范大人回来救援。"

"可他们人这么多……"杨主簿有些忧虑，"我怕我们反抗太激烈，最后城守不住，反而遭到屠城怎么办？"

"不会的。"顾九思沉稳地道，"一来他们虽然人多，但梁王本就是败军，此时孤注一掷，军心不稳；二来他们千里迢迢地赶来，将士疲惫不堪；三来他们最好的攻打时机就是方才，他们却迟疑不前，我们部署好了，他们再想攻城就难了。而且，"他敲着桌子道，"我们也要把他们再次攻城的时间再往后拖一拖。"

"大人的意思是……？"黄龙有些迷茫。

顾九思一边琢磨一边问："你们可知方才战场上那青衣人是谁？"

"是梁王的谋士，"叶世安开口回答，"秦泗，据说此人足智多谋，但狡猾多端。"

"聪明反被聪明误哇。"顾九思笑了笑，道，"梁王估计会先休整一番。他们应该是骑兵先到，步兵还在后面，梁王估计是打算等所有士兵到了再攻城。这样吧，"他敲了敲桌子，"你们去将青楼里的姑娘都叫出来，夜里让她们到城楼上去唱点儿荆州小曲，此外，每隔两个时辰就擂一次战鼓。"

顾九思的意图大家清楚，这就是不打算让对方睡了。本来就是长途奔袭，又这么闹，谁还睡得着？

顾九思向众人说了一下之后的安排，最后看着大家道："其实大家也不必太过忧虑，我不是个不怕死的，在这里与大家共进退，不会拿自己的命开玩笑。你们放心，梁王就是个纸老虎，望都城不会破，范大人会救我们的。"

这句话平平淡淡，可所有人听着心里都安定了。大家的眼里重新燃起希望，各自下去做各的事情了。

所有人都走了之后，叶世安犹豫了一下，最后却什么都没问，转身离开了。顾九思看着叶世安离开，轻笑出声。

柳玉茹有些疑惑："你笑什么？"

顾九思摇摇头，站起身道："你等我换身衣服，我跟你回去。"

柳玉茹点了点头。顾九思转到屏风后面，脱了战甲。片刻后，他又换回了自己平时那件蓝色官服，披着狐裘，从屏风后走了出来，道："好了。"他说着走上前去，握住柳玉茹的手低头看着她。柳玉茹有些茫然地抬头，看见他柔和的笑容，听见他小声道："今天吓到了？"

柳玉茹没说话，顾九思也明了她的意思："让你操心了，"他伸手抱住她，笑着道，"是我不对，我以后不这么蛮了。"

"对不起。"柳玉茹声音低哑地说，"我没克制住，打了你。"

顾九思笑了笑："我知道，是你太害怕了。让你这么害怕是我不对，我该早点儿同你说才是。"他握着她的手，轻笑道，"走，回家。"

这一声回家让柳玉茹心里暖洋洋的，她感觉整个冬天都变得温和起来。

他们手拉着手，在寒冬的夜里一起往家里走。

街上人来人往，大家都拿着兵器，整个城池弥漫着一种肃杀之气，柳玉茹拉着这个人的手，却觉得内心一片安定。

她惊讶地发现，拉着这个人的手，就会觉得人生没有什么坎走不过去。他如高山供她依靠，如大树为她遮阳，哪怕她从来不是什么娇花琉璃，他也将她捧在手心里视若珍宝。她握着他的手，清晰地感知到，今天在战场上意识到自己可能会失去他的那一刻，她的内心惶恐到了怎样的程度。

第十六章　天地证

他们回到家，顾九思便去洗了个热水澡。他穿着衣服出来，发现柳玉茹正在铺床。他静静地看着她的背影，听着烛火轻轻爆开的声音，感觉到炭火适宜的温度，嗅着房中恰到好处的橘香。这是一切都恰到好处的生活，而他清楚这份"恰到好处"要花费多少心思。怎么样的温度才合适，什么样的香味才恰当，都是要费心思的东西。可自从和柳玉茹一起生活，无论怎样的境遇，她都有一种神奇的、让他们的生活过得很好的能力。

别人是混日子，她是过日子。

柳玉茹铺好床，回过头来，就迎上了顾九思的目光。她愣了愣，抿了抿唇，有些不好意思地道："你看着我做什么？"

"没什么，"顾九思柔声笑起来，"我就是想起娘亲以前说过的一句话。小时候我娘同我说：'娶了一个好女人，你会发现你这辈子无论怎样都会过得好。'过去我不信，如今我却信了。"说着，他招了招手，"过来。"

柳玉茹红着脸走过去，顾九思一把将她揽到怀里。他让她坐在自己的腿上，手抱着她的腰，靠着她，温和地道："玉茹，你在，我就觉得什么事都会过去的。"

"别胡说了，"柳玉茹笑了，"我又不是护身符。"

"玉茹，"顾九思将脸埋在她的肩头上，低声道，"其实我很怕。"

柳玉茹愣了愣，顾九思慢慢地道："今天我是骗他们的。范大人不会很快来救援，至少会在打下东都后才回头来救我们。"

柳玉茹蒙了，不敢动，也不敢惊慌。她花了很久才镇定下来，小声地道："那你今日是安抚他们吗？"

"不然又能怎么办呢？"顾九思的声音很平稳，"不能投降，也不能弃城，现在我们只能咬着牙求一条生路。梁王要取幽州，怕是想向北梁求救。"

"北梁？"柳玉茹不能理解。

顾九思声音平静地道："北梁一直被长城阻挠，若是梁王以幽州相换，求北梁出兵中原伐范，北梁怕是求之不得。梁王如今想利用幽州东山再起，除了这个法子，我想不出其他的来了。"柳玉茹不说话。顾九思继续道："望都不能丢，幽州不能破。"

"我知道。"

"我们除了守着，没有办法。"

"我明白。"

"可我不知道能不能守住。"顾九思忍不住收紧了手臂，声音低哑，"要是我守不住了，你怎么办？爹娘怎么办？"

"你别怕，"柳玉茹柔声道，"要是守不住，我还能提刀呢。"

顾九思听到这话，有些茫然地抬起头。

柳玉茹转头伸手环住他的脖子，笑着道："到时候咱们杀一人不亏，杀两人稳赚，黄泉路上一家人一起走，也没什么好怕的，对不对？"

顾九思没说话，看着柳玉茹，这姑娘似乎是在撒娇，说出来的话却完全不是撒娇的人会说的。他一贯知道她骨子里有血性，却没想过这个姑娘胆子这样大。他深吸了一口气，抬手覆上她的脸。

"放心吧，"他柔声道，"不会有那一天的。"

顾九思轻笑出声："我家玉茹还没当上首富，连她想要的东西都没得到，我怎么舍得让她陪我去做什么'杀一人不亏，杀两人稳赚'的事呢？放心吧，"他抱紧她，仿若宣誓一般，声音又稳又沉，"我拼了命也不会让他们进望都城。"

两人紧张了一天，都有些累了，顾九思先去休息，柳玉茹梳洗之后，也回到了床上。

她靠在顾九思怀里，突然想起来，道："今日你为何让叶大哥来管事？他才刚来望都，你不怕大家不服吗？"

"望都城那些官员我清楚，"顾九思闭着眼，平静地道，"干得好的都被范轩带走了，就剩下些普通官员，这种场面他们撑不住。如果让他们管事，到时候可能我前面稍微受挫，他们就都投降了。他们降了，梁王入城之后，你和爹娘作为将领家属怕是逃不了的。叶世安的本事和品性我清楚，事情交给他，就算我在前面战败，他也会不惜一切代价地守城。而且论如何守城，叶世安好歹以前跟着他叔父的时候见识过，他又是个聪明人，比那批只知道中饱私囊的饭桶好太多。至于他能不能服众，不还有你吗？"

听到顾九思提到自己，柳玉茹有些无奈："你竟连我都算计进去了？"

"这哪里是算计，"顾九思叹了口气，"这是了解。"

柳玉茹笑了，靠着他接着道："那你今天就这么冲出去，是早就算好了他们会退兵？"

"试一试罢了。"顾九思闭着眼睛，平和地道，"他们来时城内根本没有准备，他们若是直接攻城，城池必破无疑。我心里盘算着，梁王孤注一掷，他的军队必然人心惶惶，所以我故意带兵出去，列阵在前，让他们以为我是提前得了消息的。然后我再骂他们，接着假装战败逃跑，梁王追击的时候，我任由他们靠近，无论如何都不放箭，一副要诱敌深入的模样。这一套戏做下来，梁王便会害怕，以为范大人早就得了消息，已埋伏好了，只是我年少没有经验，将戏演得太浮夸。"

柳玉茹听着，终于明白今日梁王为何在最后一里地退兵了。

顾九思在演戏，梁王何尝不是在试探？如果当时城中的人显示出了阻挠之意，梁王可能就会打过来。只是顾九思坚持到了最后一里地都未曾放箭，才真正让梁王因不安而退兵。

"这是梁王最后一次下注的机会，他不仅要得到望都，还不能损失惨重，"顾九思有些困了，"否则到时候范轩打回来，梁王根本没有抵抗住范轩的能力，就没有和北梁联系的机会，那就竹篮打水一场空了。但是望都他非取不可，所以他现在就在等待最佳的进攻时机，时候到了，他们就会动手。"说着，他睁开眼，抬手拍了拍柳玉茹的背，勉强笑了笑，"不过你别怕……"

"我不怕。"柳玉茹果断地开口，抱住顾九思，听着他的心跳，温和地道，"风风雨雨都走过来了，你在我身边，我一点儿都不怕。"

顾九思愣了愣，抿了抿唇，叹了口气，伸手抱住柳玉茹。

"我欠你一个婚礼。"他柔声说。柳玉茹有些迷惑，只听他道："等这次的事完了，我们再成一次亲。"

柳玉茹有些脸红，低低地应了一声，没有多说。

人总是要有个盼头的。

两人睡觉时，城楼上却热闹非凡。整个望都城的青楼姑娘都到了城楼上，唱着荆州小调，在城楼上欢歌笑语。她们唱唱跳跳，叫唤着城外的士兵，城外的士兵有一些被吵得睡不着，大半夜起来就看见城楼上站着轻纱裹身的姑娘，更睡不着了。

他们已经在外征战大半年了，这几个月更是一路匆忙行军，几乎没有近过女色。此刻看着城楼上的女人，一些胆子大的人忍不住，就靠近了许多，想要看得更清楚些。听着家乡的曲子，看着远处的女人，趴在冰冷的土地上，有些士兵一时间不由得茫然起来。

他们一路走到这里，是为了什么呢？如今老家已经被刘行知攻陷，东都又被范轩围困，他们千里迢迢地来到了望都城，哪怕攻下了望都，前路又在何方呢？

白日里顾九思骂的话在士兵心里浮现，这也不是他们第一次听见类似的话，但他们头一次这么赤裸裸地被人骂。乱臣贼子，不忠不义，天下共讨之……祸害百姓，乱大荣纲纪，举国共伐之。这明明是梁王一个人的私欲，怎么就将大家拖到这样的地步了呢？

城楼上这么唱唱跳跳了一晚上，天亮时，军中长官才发现有许多士兵偷偷跑去看姑娘。他们把人抓了回来，当场斩了几个，士兵这才消停，回了帐篷。

然而被斩的几个人却成了士兵心里的刺，他们跟着梁王成为这样的逆贼，却只因看个姑娘就被斩了首级。大家心中愤愤，也未曾休息好。后续的部队还在零零散散地赶来，梁王察觉军心不稳，心中有些不安。

顾九思休息一夜，早早起来，让人熬了一碗润喉的梨汤。他穿上红色长衫，披了暖洋洋的纯白狐裘，头顶金冠，手拿暖炉，吩咐木南："你去城里找些特别会骂人的人来，不管男女老少，会骂就行。"

"你这又是要做什么去？"柳玉茹笑着从房间里转出来，看见顾九思的打扮问道。

他生得漂亮，如今身着红袍和白狐裘，漂亮中就多了几分明艳与张扬，落在柳玉茹眼中，生生带了几分可爱。旁人却不觉得，只觉得这人依旧是他们那个俊朗的父母官顾九思。

顾九思见柳玉茹出来，笑了笑，道："我去城楼上看看，带人去和他们打打嘴仗。"

柳玉茹觉得这一仗从顾九思口里说出来，就如同儿戏一般，十万大军立在城下，他却是去打嘴仗的。她叹了口气，上前去给他整理了衣衫，柔声道："随便骂骂就好，别又把嗓子骂哑了。"

顾九思被这话逗笑了，摆了摆手，道："放心吧，这次带了帮手呢。"

顾九思和柳玉茹商量完便走了出去，柳玉茹去找叶世安，同叶世安清点兵器的库存，安抚城中百姓。

如今大军在外，城中百姓的情绪极其紧张，叶世安让城中茶楼全都免费待客，支出由官府负责，又让说书先生及时说明情况，好让百姓不要紧张。

顾九思上了城楼，看见沈明领了一批人。这批人都是城内吵架的好手，看见顾九思都战战兢兢的。

顾九思抱着暖炉，温和地道："你们不要紧张，站在城楼上骂一骂他们，会有人保护你们的，骂完了就可以领赏，这是靠着你们的才能吃饭呢。"

大伙儿被顾九思的话安抚了，都偷偷看着这位脾气很好的大人。顾九思将骂人的内容和这批人说了一下，今日的骂重在分散对方的军心，要让梁王的兵士清清楚楚地知道自己现在是个什么情况，梁王打算做什么，这些兵士跟着梁王最后会是个什么下场。

众人听了顾九思说的内容，便明白了要怎么骂。

顾九思领头，站上城楼，旋即开骂："梁王老贼，今日为何不攻城啊？不攻城是不是心虚，怕你做这些事要遭天打雷劈？你带着这些士兵来望都做什么，你以为大家不知道吗？你无非是想取下望都，以幽州作为赠礼，联合北梁再伐中原！你这样的打算，以为所有人都不知道吗？北梁几百年间皆被挡于长城之外，以幽州换你的皇位，就是以我大荣百姓日后千百年的安危换你梁王的皇位！如此丧心病狂、叛国叛民、丧权辱国之事，也就你梁王做得出来！"

顾九思张口就将梁王的盘算说得彻彻底底，梁王在帐内听见，提了剑就想冲过去。

秦泗一把按住梁王，着急地道："王爷，先前已经忍了，此刻动手便是冲动了啊。"

"你听听这兔崽子在说些什么？！"梁王愤怒地道，"他这样说，其他人要如何看我？！让他这么骂下去，仗还打不打了？！"

"王爷少安毋躁，"秦泗笑了笑，"嘴仗而已，王爷不必动怒，我去就行了。"

秦泗这话让梁王稍稍冷静了些，梁王点了点头："那你去。"

秦泗拱手应声，便退了下去。

秦泗走到城楼下，掸了掸衣袖，而后大声道："不知天高地厚的混账小儿，胡说八道些什么？！梁王乃李氏正统，此乃光复江山社稷、顺应天时之举，你却将他打成乱臣贼子，这才是真正颠倒是非黑白！如今王爷欲取望都，为的是江山百姓，岂容你如此诬蔑！"

"我诬蔑？"顾九思大笑出声，"那你倒和我说说，梁王如今老家荆州被刘行知取下，东都又被范大人围困，他既不南下扬州又不西取荆州，偏偏北上幽州，为的不是用幽州长城与北梁做交换还能是什么？莫非你们以为，你们这么些乌合之众当真能阻天下大势，自成一国不成？！取了幽州不送，到时候你们北边每年秋冬受北梁侵犯，南面又要被国内诸侯讨伐，你倒是和我说说，不打着我说的主意，你们费了老大力气来幽州做什么？！"

"王爷做什么轮得到你管？"秦泗冷笑出声，"扬州纨绔子弟，连个秀才都考不中的蠢货，靠着家里买官当了个县令，还敢在这里议论国事？你以为到了幽州，就没人知道你在扬州的斑斑劣迹了？年过十八还只会斗鸡赌钱的货色，到了望都就是凤凰了？这种人说的话，你们也信？"

木南当场怒了，上前正要大喝，却被顾九思一把抓住手。

顾九思笑道："这位竹子精说得怪了，难道我和你认识？我以前是做什么的你又知道了？我顾九思打小聪明，不考科举是我懒得考，我这县令是我在做衙役的时候立了功当上的，这城里谁不知道？我如今能站在这里，也是靠我顾九思灭了黑风寨、安置望都流民、筹齐军队粮饷之后得到的名望，怎么，你几句话就能把我说成个酒囊饭袋了？"

"是不是酒囊饭袋，考考不就知道了吗？"秦泗面无表情地说。

其实秦泗也不想和顾九思扯这些，只是顾九思说的那些话实在太能动摇军心，更何况顾九思说的是事实。若顾九思是个傻的还好，可他偏偏聪明，如今还占着理，就算秦泗舌灿莲花也改变不了事实，与其纠缠梁王起兵的正当性，不如编派些顾九思难以胜任的无聊话。

顾九思也知道秦泗的意思，只是自己本也只为了拖时间，能拖一天是一天。

顾九思记忆力极好，看书又快，这半年来，他几乎有时间就看书，和秦泗互相考了一下午，最后的结局居然是两人将对方难倒。到了夜里，两人嗓子都疼了才停下。

秦泗回到军营之后，梁王沉声道："不能再等了，再等下去这小子恐怕还有后招，今夜好好睡一觉，明日我们就攻城！"

秦泗点了点头。骂了这一天，秦泗也深感顾九思不是个普通人物，从时间上来说，也的确不能再拖了。

而顾九思从城楼上下来，便急急地去找叶世安。

叶世安听说顾九思在找自己，赶紧跑上去，就听到顾九思哑着嗓子吩咐："准备一下，今晚我要带所有人出城突袭。"

"出城突袭？！"叶世安蒙了，那句"你疯了"差点儿脱口而出。想到梁王之前退兵的事，叶世安生生将这话压了下来，劝阻顾九思："九思，我们还是好好守城，不要冒险才好。"

"他们明日会攻城。今晚他们不会有防备，我们先偷袭他们，他们如今军心大乱，我们这样偷袭，或许他们会退兵。"顾九思抬眼看向叶世安，声音沙哑地说，"不然，梁王的军队一攻城，我们的人就会自己先崩溃了。"

叶世安愣了愣。他明白顾九思的意思，他们本来就是险中求生，如果不剑走偏锋，哪里还有赢的机会？

叶世安沉默片刻，终于道："我去准备。"说完，他就转身离开。

顾九思回家里吃了饭，便同柳玉茹告别。他临走前一直看着柳玉茹，柳玉茹亲手给他穿的铠甲。她似乎对一切一无所知，全然相信他。

她柔声道："郎君以往执笔颇为俊朗，今日着戎装，也十分英俊。"

顾九思认认真真地看着她，柳玉茹神色平静。

她低头在他的腰间系上了护身符，小声道："别冲动啊。"

"我知道。"顾九思笑起来，"我心里有数。你好好睡一觉，一切就都好了。哦，夜里听见战鼓声也别怕，都是我吓唬梁王的。"

"嗯。"柳玉茹点头。

她送顾九思出了门，到了门口，看着他上了马。她始终面带微笑，神色镇定。顾九思以为她没察觉，打马离开时都没回头。如果他回过头，就会看见柳玉茹骤然失去的笑容和突然弯了的脊梁。

旁边的印红一把扶住柳玉茹，小声道："夫人！"

"我没事。"柳玉茹摆了摆手，片刻后道，"将佛堂打扫一下，我今夜去佛堂。"

人对一件事无能为力时，往往就只能将希望寄托于神佛。

她太了解顾九思了，看他的模样，就知道他将有大动作。但他不说，她自然也不会问。她猜也猜得到，他会瞒她的事情无非是打算上战场。她怕他担心，便不多问，只让人扫了佛堂，自己跪到佛前。她从来不信神佛，这一刻却化身为信女，求菩萨的保佑和怜悯，希望那个人能平平安安地回来。

顾九思回到了城楼上，吩咐了今夜的计划，然后就去睡觉。

梁王这边也做好了第二日进攻的准备，让士兵好好休息。到了夜里，梁王的军队睡下后不久，就听到战鼓声如雷鸣般响起。

"敌袭！敌袭！"梁王的军队突然乱了起来，士兵从睡梦中惊醒，穿上铠甲提起武器，冲出军营列好阵后却发现荒野上茫茫一片，没有半个人影。

众人骂骂咧咧地回去睡了。又过了一个时辰，大家才睡着，外面又传来了战鼓声！这次还有马蹄声，梁王的军队又被叫了起来。大家冲出来，外面却已经没了人影，这次他们彻底怒了，干脆不睡了，在城门口骂骂嚷嚷。然而他们骂了片刻，不见有人理会，便又困了。

这次他们睡下前，许多士兵嘲讽道："那些幽州的兵崽子也就只会这些伎俩。"

"下次他们再敲再喊，也绝不搭理他们！"

一群人愤愤地讨论着，而后便睡下了。

这时已经到了夜里最黑的时候，花容后院的柴房里，王梅一口一口地咬着男人绑在手上的绳子。她嘴里已经带了血，可还是没有停下。

这男人叫钱三，是她十多年的相好。钱三身上还背着命案，这次被顾九思抓了，也是顾九思没时间审，可等战事了了，她和钱三一个都跑不了。

她崩掉了一颗牙，终于咬断了绳子。钱三的绳子一松开，他立刻就从旁边找了个碗，砸碎后拼命割开了她手上的绳子，然后领着她偷偷开了门。这时候大家都睡了，花容里格外安静，王梅和钱三偷偷摸摸地出了花容，就朝着城门的方向一路狂奔。

他们方才听见战鼓声了，有战鼓声，就是要打仗；打仗了，就会开城门！这是他们唯一的机会，哪怕战场凶险，这也是他们离开望都的唯一机会。两人跑到城门不远处，看见城门口士兵来来往往，不敢露面，躲在巷子里偷偷观察着。

天有些冷，王梅和钱三互相依偎着。

王梅声音沙哑地道："钱你放在钱庄的是吧？"

"对，"钱三低声道，"咱们出了望都，就去沧州把钱取出来，我想办法换个身份文牒，从此以后隐姓埋名。"

王梅有些疲惫，不再说话，但钱三的话成了她唯一的盼头。她就和他坐在台阶上，等着城门再次大开。

其实他们也不知道城门会不会再开，若是不开，他们也不知道该去哪儿。他们等了许久，启明星亮起来，战鼓再一次响起！

这一次的战鼓声响起之后，门缓缓打开，士兵骑着马、拿着刀，一路朝着外面冲去。他们动作很小，路线很隐蔽，没有发出任何声音。

而梁王的军队再次被叫起来，士兵心中都带着不满。许多人拖拉着不肯起来，觉得这肯定又是一次戏耍。"他们就是不想让咱们睡觉，"有人开口，不满地道，"咱么这么一次次地起来，就是中计了！"许多人这么想，因此这一次集结显得格外困难。然而就在梁王还在集结军队的时候，地面突然就震动起来。

这一次梁王的士兵终于察觉有问题了，然而等他们反应过来时，黑压压的一大片铁骑已经挥舞着长刀，朝着他们砍过来了！

黑夜里一切看不分明，既不知道对方有多少人，也不知道对方是什么情况，梁王的士兵只能摸着黑四处逃窜。将近十万人的大军，一时间不分东西南北地各自奔逃。才刚刚打起来，甚至连有力的抵抗都没组织起来，大军就溃散了。

顾九思乘胜追击，一路砍杀过去。鲜血染红了他的眼睛，身边都是刀光剑影，他却一点儿都不怕。他挥舞着长枪，驾马在战场上驰骋。

梁王早在第一次军鼓声响起来之后就没入睡，一直在思索着，犹豫着。望都城一定要取下吗？这是幽州的州府，他能取下自然是最好的。可幽州最重要的是什么？是长城。他只要能拿下长城，要不要望都有那么大的意义吗？梁王拼命给自己找不去攻打望都的理由，全然忘记了最初为什么来望都。此时梁王只是觉得望都太让人捉摸不透，往前怕有埋伏，如今只能后退。

秦泗看出梁王的犹豫，小心翼翼地道："王爷可是惧怕城中有埋伏？"

"秦先生，"梁王叹了口气，"我输不起了。"

秦泗沉默了片刻，点了点头，平静地道："我明白，只是王爷，如今已经到最后一刻了，不拿下望都，您甘心吗？"

梁王抿唇不语，自己怎么可能甘心呢？他深吸一口气，终于道："如先生所言。"

两人刚说完，外面就乱了起来。只听一声暴喝，一人驾马提枪直接冲进帐中，直逼梁王！

四周慌乱成了一片，秦泗护住梁王，厉喝道："来人！保护殿下！"

混乱中，许多人拦着顾九思，梁王和秦泗被护卫着来到帐外。

帐篷外面，灯火映照之处全是厮杀中的士兵。梁王站在其中，一时分不清对方到底有多少人，只觉得自己被顾九思的人包围了，危在旦夕。他的士兵都在跑，没有人听他的，他一时也慌了神，翻身上马大喝道："走！先走！"

梁王骑马跑得飞快，秦泗紧跟在后面。秦泗知道，梁王在直面过生死后，很难再被说动了。他只能跟随着，听着梁王的分析："城中一定埋伏着很多人，范轩知道我要来，怎么可能不做准备？望都我们不要了，我们去下一个地方！"秦泗没说话，但觉得不妥当。

后面杀声震天，顾九思紧追着他们，似乎一定要用他们的命来平息这场战斗。

而王梅和钱三趁乱悄悄打晕了一个士兵，拿着那士兵的文牒匆忙逃出了城门。二人这才发现到处都是厮杀的人，到处都是鲜血。他们惊慌无比，手拉手地在战场中挪动，害怕自己会出事。

一夜过去，天亮起来，顾九思终于下了撤退的命令。梁王跑出老远，见顾九思不追了才缓了口气。梁王又看了看，发现自己的军队大约还剩一半。他见四野空旷，心里安定了些，决定安营扎寨。

而顾九思领着人回到望都城，一进城就看见大家都看着他。他们似乎是想夸赞他，却没有什么好词，只能是满怀希望地看着他。

顾九思笑了笑，道："放心吧，他们走了。"说着，他放下长枪，"该做什么就做什么去吧，别耽搁了。"

大家点头应声，心里的激动情绪却是怎么都控制不住。所有人都知道，这一仗是结束了，而他们即将迎来的是望都城以一敌十的好名声！

叶世安组织着大家将伤员抬下去，顾九思扫了一眼伤员，叹了口气，道："还好走了，若是他们再回来，我们还不知道该怎么办哪。"

叶世安点点头，应声道："还好。"

而这时，王梅和钱三正互相搀扶着往前走。

钱三突然顿住步子，小心翼翼地道："那是不是梁王的营寨？"

王梅愣了片刻后，看了一眼飘扬着的"梁"字大旗，点了点头。

钱三咬了咬牙，却道："梁王在这儿正好，阿梅，你在这儿等我，我去去就来。"

"你……你要做什么？！"王梅有些害怕。

钱三拍了拍她的手，温和地道："你放心，我是去要吃的，不会和他们起冲突的。"

王梅不敢相信，钱三非常坚决，完全不顾王梅的想法，一路朝着梁王的方向狂奔过去。

钱三焦急地同守兵道："快，快帮我禀报梁王，我有很重要的信息要告诉他！求他见一下小人！"

梁王本是不打算见这种人的，然而听到钱三是从城里逃出来的，便让人将他带了过来。

钱三克制住激动的心情，叩拜之后抬起头来同梁王道："殿下，小人此次过来，是特意来为王爷分忧的。"

"如何分忧？"

"王爷大概不知道城中有多少人吧？"

梁王霍然抬头。

钱三轻轻一笑道："在下知道，不多不少，刚好一万。"

众人听了这话都愣了，梁王下意识地道："不可能！"

若城里真只有一万人，顾九思怎能如此嚣张，甚至带着人追杀自己？自己可是有十万人马，谁给顾九思的胆子？！

"你这贼子居然敢蒙骗本王。"梁王怒而拔剑，当下就要斩了钱三。

秦泗一把拦住梁王："殿下，且再听他说说。"

梁王看了一眼秦泗，咬了咬牙，让其他人都下去，只留下钱三和秦泗在营帐里。

钱三被梁王的举动吓到了，哆嗦着不敢说话。秦泗走上前去，温和地道："这位壮士不必害怕，我们王爷是宽厚的人，只要您说的是实话，不但不会被杀，还受重赏，到时候金银美女都不在话下。若是能够破望都城，您还是首功，高官厚禄近在眼前，王爷不会亏待您的。"

钱三听着这话，慢慢地冷静下来。他方才路过营地，想到梁王，又想到顾九思，就打起了这个主意。透露消息给梁王，不仅能够整死顾九思，还能得到一笔钱，何乐而不为呢？

钱三道："王爷，草民句句属实，若有半句虚言，就让我被天打雷劈，不得好死！"

梁王僵着脸，点了点头。他难以相信城中只有一万人。若城中只有一万人，那自己不就是被顾九思这个毛头小儿耍了？！一个未及弱冠的少年就能把自己耍得团团转，这传出去，岂不让天下人耻笑？！

秦泗扶起钱三，细细询问钱三的来历。钱三老老实实地将自己和顾九思的矛盾说了，梁王和秦泗这才放心了些。

秦泗还有些疑惑，道："那就算你和顾九思有矛盾，望都毕竟是你的故土，你今日如此不怕连累亲友吗？"

"大人，"钱三笑了笑，"草民不是幽州人，是扬州人。"

"原来如此。"秦泗点了点头，"看来你们是随顾家一起从扬州来的。那么你也算是忠仆了，顾九思却如此对你，实属不该。"

"是啊。"钱三一说起来就恨得咬牙，"我那女人对顾家是尽心尽力，我也跟着他们一路到了幽州，为他们做了不少事，没有功劳也有苦劳，没想到他们居然这样对待我们。"他转头同梁王道："王爷，小人本就仰慕王爷，早就想来投靠。这次王爷能够接见，是小人修了三辈子的福气，小人愿为王爷做牛做马，求王爷成全！"说着，他就跪下来重重地叩首。

梁王被这马屁拍得浑身舒坦，笑了笑，随后道："行了，你的忠心我知道，你把城里的具体情况再同我们说说。"

钱三赶忙开口，知无不言，言无不尽。梁王和秦泗越听眉头皱得越紧。

梁王听得火大。顾九思根本没有提前知道什么消息，更不是摆好了鸿门宴，上一次、上上次，梁王这才知道自己只要再坚定一些就能将望都城收入囊中，可自己偏生没有！梁王一时想埋怨秦泗，却又知道不能在这样的关头抱怨属下。

梁王心里有火无处发泄，等钱三将有价值的消息说完，就挥了挥手，不耐烦地道："拖下去！"

秦泗看出梁王不悦，甚至清楚梁王的不悦中有一部分是对他秦泗的不满，也知道梁王需要一个出气筒，所以就没说话。

梁王的人冲进来，钱三被架了起来。这样突然的变故让钱三整个人都有些蒙，他声音急促地说道："做什么？你们这是做什么？！"

"做什么？"梁王烦躁地开口，"你这种背主弃义的叛徒，还指望受别人尊敬？拖出去砍了！"

听到这话，钱三的脸色顿时就变了，他惊叫道："王爷！王爷不要！小人还有用，您还需要小人……"

梁王冷笑一声，钱三被士兵拖着走远，在外面惨叫了一声，继而没了声音。片刻后，外面传来了女人的哭骂声。

梁王抬起头来，烦躁地问："外面谁在哭？"

"王爷少安毋躁，我去看看。"秦泗站起身来走到外面去，就看见王梅跪在地上，抱着钱三的尸体号啕大哭。

"这是谁？"秦泗看了一眼旁边的士兵。

士兵小声道："说是这人的媳妇儿，刚才在外面叫骂许久了。"

秦泗皱了皱眉头，上下打量了王梅一眼，抬手道："一并斩了，别让她吵到王爷。"说完，秦泗便转过头去。

秦泗回到营帐之中后，外面也安静了。

梁王见他回来，就问："怎么回事？"

"是钱三的娘子，"秦泗恭敬地道，"已经处理干净了。"

梁王点了点头，浑不在意。过了片刻，他道："我觉得我们可以回去。"

秦泗早就等着这句话，平静地道："此人不似在说假话，属下也觉得可以回去。"

梁王原先不知道城中虚实，畏首畏尾巴忑不安，如今知道了里面只有一万人，精神大振，当即冲出去重整队伍。如今剩下的这一半人都是忠心耿耿的，要跑的都跑了，又没有了顾九思的干扰，士兵不用再互相猜疑，反而振奋起来。五万人强攻一座一万人的城池，而梁王又是老将，完全可以碾压顾九思的人。

如今顾九思必然以为梁王已经离开，梁王骤然回头，便可打顾九思一个措手不及，快便成了制胜关键。梁王深知这一点，于是一路快马加鞭，带着人就杀了回去。

而这时城内的士兵或是正在休息，或是在托送伤员和尸体。大家聊着天，许多男人正得意扬扬地吹嘘自己的强大，嘲笑梁王的军队不堪一击。

顾九思也到了家里洗了个热水澡，换了衣服，同柳玉茹一起吃着早饭。他平平安安地回来，柳玉茹极为高兴，早点都多了好几道。

顾九思察觉柳玉茹的欢喜，不由得道："这么高兴，是不是担心一晚上了？"

"没有。"柳玉茹赶忙道，"我睡了一晚上，醒来就听说你打胜仗了。"

顾九思张了张口，想说什么，最后还是将话咽了下去。其实他一回来就听说了，她在佛堂里跪了一晚上。他早该知道的，自己哪里瞒得住她？向来都是她骗着他的，他从来瞒不住她什么。

他笑了笑，看着她眼下的青黑痕迹，夹了菜放在她的碗里，道："唉，头一次打胜仗，心里突然就茫然起来了。"

"茫然什么？"柳玉茹觉得有些奇怪。

顾九思似乎颇为忧愁，道："就不知道以后该让你叫我大人还是将军，还是连着叫大人将军。"

柳玉茹抿了抿唇，知道他在说笑："那你最后的想法是怎样？"

"我想了想，"顾九思认真地道，"还是叫夫君好，省时省力，"他抛了个媚眼，"又好听。"

柳玉茹笑出声来，还要说什么，两人就感觉地面明显地震动起来。

木南冲进正堂，焦急地道："公子，梁王又杀回来了！"

顾九思霍然起身，甚至都来不及披外套，就直接往外面冲去。

柳玉茹看见顾九思着急成这样，忙叫人拿了铠甲、狐裘、暖炉，骑马跟了上去。

顾九思急急地冲到城楼下，就看见叶世安正在指挥人上城墙。

顾九思勒马，焦急地问道："情况如何？"

"你上去看！"叶世安顾不上细说，转头对后面的人大声喊："把油搬上去！快啊！"

顾九思大步跨过台阶，冲上了城楼，就看见不远处梁王的军队直逼城下。敌军没有任何犹豫，径直冲了过来，顾九思刚上城楼，梁王的军队就已进入了射程，顾九思大喝："放箭！"

羽箭密集如雨，最前面的士兵十有八九被扎成了刺猬，可是仍旧有一些侥幸逃脱了的继续往前冲。人一拨拨地拥来，梁王身边的人不断地叫喊着："冲！后退者斩！登城者重赏百两！杀人者一人一两！"

攻城的士兵如蚂蚁一般，密密麻麻地往前冲，不顾生死，而城楼之上的人也是拼了命地不断射箭。

顾九思让守城的士兵按照三人一列排成队站在城墙上，第一排的人射完马上让第二排跟上，第一排到最末尾去换箭拉弓，而第二排射完就让第三排跟上，第二排又到末尾去换箭拉弓。

城楼下的人仿佛完全不在意性命一般，躯体倒在战场上，鲜血染红了望都城外的土地。他们每往前推进一丈，尸体就铺了一丈，但他们还在往前。

护城河外，一个又一个人坠在河里，但喊杀声始终不绝于耳。

顾九思看着这样的战场，心在微微颤抖。

这是与昨夜截然不同的一战，那时他耍着小聪明，而梁王根本不打算与他正面交战，于是一个乘胜追击，一个仓皇而逃；一个并不打算赶尽杀绝，一个还知道保命惜命。此刻不一样，所有人都不惜为一寸土地而拼命，那种人命如草芥的仓皇感笼罩在顾九思的心头。

他很想叫他们停下，叫他们停手。

为什么呢？他们为什么要攻打望都，为什么要开战，为什么把自己的性命不当性命，为什么要为了别人的江山、别人的权势卖命？

登城者百两，斩首者一个人头一两。一条人命就只值一两银子吗？

鲜血染就的仓皇感让他无所适从，可他不能多想，只知道必须守住这座城，这堵城墙后面是百姓，是他的父母，是……柳玉茹。

柳玉茹的面容浮现在他的脑海里的那一瞬间，护城河上已经漂满了尸体。有些地方，尸体堆积起来填住了河道，于是梁王的士兵踩着尸体冲到城楼之下，将云梯架了起来。

云梯顶端都已经有士兵，只要云梯接触到城墙，这些士兵就会疯狂地冲过来砍杀起来，也就在这一瞬间，云梯下面的人便会立刻冲上来。

顾九思保证士兵的补给，又和一些机动的士兵一起，一见有云梯搭上来就冲过去，帮着把领头的人砍下去，然后往下浇火油。

火箭和火油配合着，让城楼之下烧成了一片，惨叫声此起彼伏。顾九思在城楼上倒着火油，放着箭，脸上沾染了刚刚爬上城楼的人的血迹，整个人都在颤抖。

强势的攻城战从下午持续到晚上，除了云梯，最难对付的就是撞城门，攻城的军队会搭起桥梁，用撞城柱不断撞击城门。搭载撞城柱的战车是重点阻拦对象，从进入射程范围里开始，顾九思就让人不断射杀送战车的人，战车在战场上举步维艰，每挪动一步都得付出好几条人命的代价。然而到了夜里，因为弓箭手的视野不佳，运载撞城柱的人终于还是来到了城门口。

第一声撞城门的声音响起来时，顾九思就知道不好。他连忙抽调兵力，让人到城楼下待命。

城楼下有两道小城门，都只能容一人通行，进入小城门之后，再走五丈才是主城门。顾九思让人将主城门开了条缝，又将精锐调到城门处去，最外层的城门一破，他们就直接进行肉搏，死守小城门，用人墙挡住对方的进攻。

而撞城门的声音响起时，柳玉茹正在清点兵器。她回过头去，惊恐地道："什么声音？！"

"怕是撞城门了。"印红也有些害怕。柳玉茹听到这话，咬了咬牙，将册子交到芸芸手中，道："我去看看。"说着，她就冲了出去。

她冲到城门处，看见城楼下的士兵已经乱成一片。她上了城楼，便见到顾九思正拿着刀在杀敌。血肉横飞之间，她整个人都在颤抖。她努力让自己镇定下来，扫了一眼便发现伤员正在不断增加，许多伤员负伤后根本来不及下城楼。

负责后勤的人太少了。

柳玉茹立刻明白，仔细看了一下情况，赶紧下了城楼，一路跑回去，一面跑一面拍响街道上的门，大声道："各位乡亲父老，望都有难，大家出来帮帮忙！"

一开始没有几个人开门，但有了第一家开门的，就有越来越多的人开门走出来。

柳玉茹端着粗气看着走出来的人，大家神色都忧虑又茫然。柳玉茹扫了一眼，认真地道："各位，如今大敌在外，仅凭顾大人和士兵是拦不住他们的，我恳请各位，男子上城楼作为兵士听候差遣，女子随我去搬送伤患。"

众人都有些迟疑，柳玉茹明白他们在想什么——上战场毕竟是豁出命的事情。

柳玉茹咬了咬牙，道："你们以为你们现在缩着就没事吗？！梁王那样的人，今日若是破城，望都上上下下一个人都留不了！"

"这……这也不一定吧。"有人小声道，"顾大人若是降了……"

"我们降了梁王也不会留我们！他为什么要打望都？不要钱财，不要女人，他打下望都来专门赈济百姓当一代仁君吗？！"柳玉茹大吼，"你们是没见过长城外被北梁掠夺的城镇还是不知道梁王攻打东都时屠了多少城？花他那么大力气打下望都，你们还以为自己能平平安安的？做你们的青天白日梦！"

听着柳玉茹的话，众人犹豫了。

柳玉茹点着头道："行，我明白，人不为己天诛地灭。"她猛地从怀里抽出银票来，大喝，"那我们花钱雇你们！今日你们都上城楼去，去看看那些将士为了护着你们是怎么出生入死的，看看我丈夫为了护着大家是怎么拿命在拼的！你们提起刀，斩杀一人一两银子，随我抬伤患的，每人十文，去不去？！"

"我去！"人群中一个大汉突然站出来大声道，"柳老板，你也不用说钱不钱的，这都是我应当做的。若我活着，不必给钱；若我死了，你就把钱给我娘子和我老娘吧。"

"你若死了，我会好好安置她们，保证她们一辈子衣食无忧。"柳玉茹果断地开口。

旁边的一个老太婆哭着冲出来："不要，儿啊，战场凶险……"

"娘，"那大汉拍了拍老太婆的手，平静地道，"我这是去保护您和我的妻儿，您别操心。"

"我也去。"那大汉的话刚说完，站在他旁边的女子就走了上来。女子将身边的孩子交给身后的老太太，抬眼看着大汉，道："若你出事了，我也会把你抬回来。"大汉笑了笑。

有人开了头，越来越多的人站了出来。

柳玉茹看着他们，连连点头。她说不出是什么感觉，只觉得酸涩感堵住了喉咙。

她退了一步，朝着大家鞠躬，认真地道："玉茹在这里感谢各位。"

"柳老板说笑了，"有人道，"这本也是我们的望都城，您和顾大人为我们做的，我们都记在心里呢。"

柳玉茹听着，忍不住笑了，突然觉得一切都是值得的。她深吸了一口气，随后对众人道："麻烦你们挨家挨户去叫人，组织起人来，男女各成一队，女子若有会武的，也跟着男人一起去。我这就去清点兵器，你们全往城楼方向走，我会带着兵器过去发放给大家。"

说完，柳玉茹便跑回兵器库，让人带上所有兵器去城楼处，而后又带了药材和大夫一起在城楼不远处搭建了棚子。

众人在柳玉茹的指挥下，井井有条地领了各自需要的东西，女人穿上布裙，随身带上救命的药材，抬着担架。男人和比较强壮的女人都穿上简单的铠甲，提起了兵器。

这一切在半个时辰内就结束了，而这时最外层的小城门被攻破，顾九思赶紧调了一千人下去。抢登城墙的攻势丝毫不见减弱，顾九思的刀砍钝了三把。他的调令刚发下去，叶世安就冲了上来，着急地道："九思，人不够用了。"

"什么叫人不够用了？"顾九思将一个杀过来的士兵一脚踹了下去。

叶世安急促地道："现在四面被围，另外三侧各有三千人守城，剩下的七千人都在此处，我们已经收了四千伤员，如今城门处一千人，城楼上两千人，我们根本没有人抬伤员！"

"九思！"叶世安的话刚说完，顾九思就听到柳玉茹的呼唤。

顾九思和叶世安同时回头，就看见柳玉茹带着人扛着担架上来了。她站在最边上，而女人们已经抬着担架上了城楼，井然有序地抬起伤员，在印红的指挥下送了下去。

顾九思和叶世安都愣了愣，柳玉茹微笑着道："我怕你们人手不够，就带着城里的百姓来帮忙了。"

"莫怕，"柳玉茹的声音柔和，让人想起扬州春日下轻摇的柳枝，"城里有二十万百姓，我们都在。"

听到这话，不仅是顾九思和叶世安，便是在旁边射箭的将士都在这一瞬间热泪盈眶。

"好。"顾九思的声音变得沙哑。他看着柳玉茹，月光下的姑娘美好得有几分不真实。他突然觉得自己这一生太幸运，竟能遇见她。他忍不住笑起来。

"我不怕。"他身后有望都的二十万百姓，有柳玉茹，哪怕面对千军万马，他都不怕。

百姓的加入，瞬间减弱了梁王在人数上的优势。

虽然这些百姓都没受过专业的训练，可是和士兵一起，守着坚固的城门和城墙，居然就没让梁王的军队再上前一步。

天一点儿一点儿地亮起来，顾九思和沈明一个守着城墙，一个守着城楼，而柳玉茹和叶世安坐镇后方，有条理地指挥着，保证兵器补给和最大限度的救助，极大程度地降低了死亡率和伤残率。

一开始的惶恐不安，随着渐渐亮起的天光，逐渐变成了昂扬斗志。望都城不会被破。那一刻，所有人都坚信着，只要顾九思在，只要柳玉茹在，望都绝不会被攻破。

砍杀声、厮杀声、军鼓声在清晨交织。

当太阳自东方升起时，远处传来了地面的震颤声。

秦泗是最先发现的，急忙同梁王道："王爷，有大军来了！"

"怎么可能？"梁王难以置信地道。

然而也就是这一刻，"周"字大旗和太阳一起从地平线上出现。顾九思站在城楼上，看见那个"周"字，忍不住扬起嘴角。

周烨在最前方，身边那个身材娇小的人似乎是个女将。他们带着兵骑着马，喊杀着冲来，也就是这时候，沈明高喝一声，猛地驾马冲了出去！周烨的军队从后面包抄，沈明带人从城内冲出去，和周烨两面夹击。梁王的军队当即就被包围起来。顾九思站在城楼上，看着梁王的军队被周烨和沈明合力围剿。顾九思手里提着刀，穿着已经被鲜血彻底染成红色的破破烂烂的长衫，静静地注视着这一切。

而这个时候，他听见身后传来动静。柳玉茹穿了一身红色的长裙，裙子上绣着白梅，头上戴着他送给她的凤凰步摇，手里端着托盘，托盘里是酒。风卷着冰粒吹过来，她的步摇在风中轻轻晃动。

顾九思注视着她，忍不住笑起来："穿得这样好看是做什么？"

"我想着：城若守得住，应当庆贺，自然要穿好看些；若守不住，共赴黄泉，也当穿得好看些。"柳玉茹抿唇笑了笑，端着酒走到他面前。她将托盘放到城墙上，倒了两杯酒，递了一杯酒给顾九思，歪头俏皮地笑道："郎君的第一场胜仗，当举杯庆贺才是。"

顾九思从她手里拿过酒杯，低头看着，笑了笑。他手里玩弄着酒杯，又抬眼看着面前举着杯子的柳玉茹。他的眼里映着晨光，映着山河，映着她，美得惊心动魄，让人沉沦。

柳玉茹微微一愣，就看顾九思伸出手来，举着杯子挽过她的手，两人成了交杯的姿势。

"我本想再举办一次婚礼，补齐我们的交杯酒。如今却发现，没有任何时候比此刻更合适了。"顾九思认认真真地看着她。

"三尺有灵，天地为证，你是我的妻子，柳玉茹。"

柳玉茹看着顾九思，话音含笑，眼里却也满是认真："日月昭昭，山河做媒，你是我的丈夫，顾九思。"

顾九思看着她，轻轻地笑了："我说我这辈子只会有你一个人，你信吗？"

"你不必说，"柳玉茹声音柔和地说，"我和你一起过完这一辈子，便知道了。"

听了这话顾九思朗笑，和柳玉茹一起低下头，将唇放在酒杯上。

太阳渐渐升起，阳光洒在他们身上，他们同时饮下了这杯交杯酒，天光破云，洒满人间。

那酒带着晨光的温度，像是缓缓流入两个人的心间。他身上那被血染了的衣衫犹如喜服，显得他整个人艳丽非常。两个人放下酒杯，缓缓笑开。

这时候城楼下传来欢呼声，沈明已经生擒了梁王。梁王的军旗倒了下去，胜负已分。

叶世安冲上城楼来，高兴地道："顾兄，赢了，沈明押着梁王入城了！"

顾九思听到这话才放开柳玉茹，看着她笑了笑，温柔地道："等我回去。"

柳玉茹点了点头，顾九思转过头，跟着叶世安下楼去。

周烨和沈明带着军队入城，百姓背着伤员去疗伤区。

顾九思冲到周烨面前，一把抱紧了周烨，高兴道："好兄弟。"

周烨愣了愣。

旁边的一个女子笑起来，声音清脆地说："你可真得谢谢他，他听说望都被困了，在公公那儿跪了一晚上，撒泼打滚才求了两万人回来。"

顾九思动了动喉结，最后却只低低地说了一句："我明白。"

他如何不明白？

周烨出现那一刻，顾九思便清楚，以范轩和周高朗的打算，他们怎么可能在这时候从东都临时派兵过来？周烨一定是舍弃了什么才求来援军的。

周烨听了女子的调侃，有些不赞同，看了她一眼，叹了口气，道："九思不必将这事放在心上。望都是我的家乡，家乡有难，我又怎能作壁上观？而且东都如今就是个壳子，多两万人少两万人也没什么区别。父亲也是考量过了才派兵给我的。"

"我明白。"顾九思深吸了一口气，周烨说这话是怕自己在意。顾九思知道，放开了周烨，认真地看着周烨道："周兄的情谊，我今日记下了。日后我便视周兄如亲兄弟，赴汤蹈火，在所不辞。"

说着，顾九思转头看向叶世安，叶世安身上沾染了血迹。叶世安最后也上了战场，还厮杀了许久———贯握笔的手也被迫染上了血。他看见顾九思的眼神，也笑了，抬起手，顾九思也抬起手，两人面对面作揖。而后两人直起身来，顾九思看着叶世安道："我与叶兄一同长大，如今又共历生死，也当视如兄弟。"

叶世安温和地笑了笑："本也当是好兄弟。"

"哦，你们在这里认亲，"在旁边等了许久的沈明不满，"就将我在这儿晾着。顾九思，我为你出生入死这么久，你就这么对我？"

"你也是兄弟，"顾九思哈哈大笑起来，抬手揉了一把沈明的头，道，"你便是我的亲弟弟，如何？"

"我是你大爷！"沈明翻了个白眼，却明显高兴了许多。

"先不说了，"周烨笑着道，"还有许多事要处理，我们先吩咐下去，夜里再喝酒。"

顾九思应了声。这时候他才想起来什么，看向站在周烨旁边的女子。她穿着一身战袍，手中提着长剑。顾九思笑着道："嫂子竟是位巾帼英雄，九思敬佩。"

秦婉之抿唇笑了笑，像是有些不好意思："不过是跟随郎君而来，算不得什么巾帼英雄，顾大人谬赞。"

"不不不，"沈明由衷地赞叹道，"你是我见过的最能打的女人，比叶世安能打多了。"

"沈明，"叶世安站在一边淡淡地道，"我发现你面对女人都特别会说话，怎么到今日还未定下一门亲事？"

"因为穷啊。"一直没说话的虎子突然出声。

沈明听了就要去抓虎子。虎子混迹市井多年，打架打得多，论逃跑也是一把好手，七拐八拐地在一群人中绕行，就是不让沈明逮着。大家笑起来，顾九思摆摆手，叫停了他俩，随后同周烨商议了一下后续事宜。

顾九思亲自审问梁王和秦泗。搞明白了梁王回头是因为钱三和王梅之后，沈明气得要杀人，但王梅和钱三已经死了，沈明也没有办法，最后在狱中狠狠地打了梁王和秦泗一顿。

清理战场、救治伤员、安排战俘、清点死亡人数、安排抚恤事宜……将一系列事情安排妥当，已经到了夜里，顾九思包下了望都城的所有酒楼犒赏将士。

顾九思没有什么架子，先到将士们中间，端着酒同他们喝了一遭。他这一次领兵，陪着将士们在城楼上一直守到最后，赢得了极高的声誉。

顾九思喝得半醉，保留着最后一丝清醒，让沈明和虎子留在那里替自己挡酒，便上楼去找周烨。

周烨独自坐在包间里，顾九思站在门口醒了醒酒，才进了包间。

顾九思进门之后，周烨给他倒茶，笑着道："我就不灌你酒了，喝杯茶，咱们兄弟俩聊聊吧。"

顾九思应了一声，坐到周烨对面去。两人先是闲聊了一下，谈了谈各自的生活。周烨之前随军南伐东都，此时说的都是些战场琐事。

"范叔叔神机妙算，又宽厚待人，入东都之后，称帝大约也是迟早的事。"

"若是称帝，范小公子便是储君了？"顾九思吃着花生，随口说道。周烨沉默了。顾九思吃着花生的动作顿了顿，他笑了："还真是？"

"范叔叔也没的选。"周烨叹了口气，"他只有这么一个儿子。他也想培养其他人，但上哪儿再找一个儿子？"

顾九思没有说话。范轩与妻子感情极好，妻子逝世之后，范轩一直没有再娶，独自养大范玉。只是范轩平日太忙，疏于管教，范玉便被养成了一个骄纵的小公子。

顾九思摸着茶杯，想着当初和范玉在扬州见的短短一面。虽然时间短，但范玉给顾九思的印象绝对算不上好。范玉这样的人，若日后登基……

顾九思叹了口气，道："都是未来的事，也不是咱们该操心的，咱们还是说说自个儿吧。"他沉默了片刻，终于还是道，"你这次借调了两万人，不是没有代价的吧？"

周烨低着头，许久后苦笑起来："还是瞒不住你。"他叹了口气道，"父亲说……"他的音调变了，他顿了许久，像是在控制情绪，"父亲希望我日后留守望都。"

顾九思愣了愣。

如今范轩即将攻入东都，称帝也不过是时间问题。范轩称帝，帮助过他的人加官晋爵也是自然而然的事情。东都才是这大荣的权力核心，周高朗将周烨留在望都，明摆着就是不让周烨再往上爬。

"你答应了？"

周烨苦笑："我又怎能不答应呢？以往我总觉得父亲将我当亲生儿子，只是母亲性子谨慎。如今我才懂得，我终究不是亲生的。"他叹了口气，"其实我也明白，毕竟我的年纪比弟弟大得多，周家的一切终究是弟弟的，我若太强势，谁都不放心。父亲的心思我懂，只是说……"他深吸了一口气，扭过头去，举着杯子，像是有些痛苦。

顾九思叹息了一声，碰了碰周烨的酒杯，劝慰他："人生不如意之事十有八九，你切莫放在心上。虽然亲情不顺，但你有我们这些兄弟，而且，"顾九思笑起来，"你和嫂子看上去感情不错。"

听到这话，周烨眼里终于有了笑意。他的笑容里带了几分羞涩，二十多岁的周烨，此刻失了一贯的稳重，才终于像个小青年了，有些不好意思地道："她是极好的。"

"人总是要互相了解的，"顾九思笑起来，"了解了，才知道她们是极好的。"

"是啊，"周烨有些无奈，"我本以为她是个性子乖巧的人，谁知道是个脾气火暴的，拳脚功夫还好得不行，怪不得能一个人奔赴幽州来找我履行婚约。但她足够坦率，做事雷厉风行，又处处为我着想。越了解，"他思索着，话音带笑地说，"我就越觉得，这人真好。"

"那就行了，"顾九思喝了口茶，转头看向长廊外，柔声道，"她很好，你便有家了。"

周烨听到这句话，想起家里的那个女人，心里的难受突然就消失了——他有家了。

两个大男人聊着天，说着自己的事。

夜深了，大家都散了，顾九思和周烨分别。

顾九思刚走出酒楼，便看见顾府的马车停在门口。他愣了愣，赶忙走上前去。驾车的人靠着车睡了，顾九思疾步到车前，车夫才发现顾九思，还没来得及打招呼，顾九思忽地掀起了帘子。

姑娘坐在车厢里，点了盏灯，正啪嗒啪嗒地打着算盘。灯火映照着她的脸，她耳边的珍珠耳坠轻轻摇曳，被惊到了，她骤然抬头，神色里带了几分慌乱，瞧见是顾九思，她的眼神迅速变得柔和。

"上来吧。"她朝顾九思伸出手。

顾九思握住她的手，跳上马车。

"你喝了多少酒？"柳玉茹从旁边拿了食盒，将底层的醒酒汤拿出来，柔声道，"我给你熬了醒酒汤，你先喝吧。"

顾九思坐在她对面，跷起了二郎腿，撑着下巴看着她做这一切，笑意盈盈地问："方才一直在等我呢？"

"是啊。"柳玉茹将醒酒汤舀在碗里，合上食盒，随意地道，"担心你喝酒喝多了，特意来接你。"

"小骗子。"顾九思低喃。

柳玉茹听不明白，转头看过去。

顾九思一本正经地道："你哪里是担心我，明明是想我。"

"你……"柳玉茹正要反驳，就被顾九思抬起的手按住了唇。

顾九思笑着看着她，认真地道："就像我想你一样。"

一日不见，如隔三秋。

柳玉茹愣了愣，瞧着对方亮晶晶的眼，片刻后才反应过来。她有些不好意思，低头抿了抿唇，又扭过头去，给他倒了碗醒酒汤，道："别蹲着，起来把醒酒汤喝了。"

"我不起来。"顾九思蹲在地上，抬手抱住柳玉茹的腰撒娇，"你不想我，我不起来。"

柳玉茹哭笑不得伸手去扶顾九思，顾九思一动不动。柳玉茹没有办法，抬手戳了戳他的脑袋，笑着道："想你想你，可以起来了吧？"

顾九思得了这话，抬起一只手来，示意柳玉茹拉他。柳玉茹顺着他的意思，抬手将他拉起来，他就顺势往她身上一歪，整个人靠了上去。

柳玉茹见他没了骨头一样靠着自己，推了推他，道："别耍赖，起来了。"

"我真想你。"他小声开口，从柳玉茹手里接过醒酒汤灌了下去，闭着眼睛靠着她，柔声道，"今天和你分开后，我就一直想着你。只是事情太多了，我脱不开身，可我心里一直是挂念着你的。"

"挂念什么？又不是没见过。"柳玉茹让他靠在她的腿上，抬手为他揉太阳穴。

"早上同你喝了交杯酒，"顾九思喃喃道，"觉得自个儿好像这才真正成了亲。"

"胡说八道，"柳玉茹低笑，"咱们成亲好久了。"

顾九思抬了一只手，放在自己头下枕着，闭着眼握住她的一只手，而后慢慢睁开眼睛朝着她笑。

"在我心里，那回不算，"他柔声道，"咱们有一件很重要的事还没做，那回不算的。"

柳玉茹顿时明白他是在说什么，脸骤然红了起来，一句话都不敢再说了。

顾九思把玩着她纤长白皙的手指，神色一片坦然，道："我这几天其实很害怕。我就想着，若是咱们俩的性命就这样葬送了，那多可惜？我以前觉得生死是无所谓的，如今却想活久一点儿。"

"我答应文昌的事情还没有做到，我的心愿还没有了结，最重要的是，"顾九思笑了笑，抬眼看着她，眼神有些无奈，"我还没和你过够。"

"我还有许多没去过的地方，想和你一起去。没做过的事，我都想同你一起做。我还希望我们能有几个孩子，我们俩一起抚养他们，一起看他们长大，我会当一个很好的父亲。我想好了，回去我要把字练好看些，免得以后他们嫌弃我字写得不好看。"

"以后我们会回扬州，"顾九思转头透过忽起忽落的车帘看着外面的星夜，慢慢地道，"到时候，我会送他们一个太平盛世。"

"好。"柳玉茹轻声开口，握着他的手道，"会有这一天的。"

"玉茹，"顾九思的声音有些疲惫，"我想回家。"

"快了。"柳玉茹安抚他。

顾九思摇了摇头，慢慢地道："还有好长的路。"

"怎么会呢？"柳玉茹不解，"范大人取东都，天下归顺后，你有从龙之功，到时候求范大人放你回扬州去就好了吗？"

"要取扬州，"顾九思轻笑，"怕是不会那么容易。"

柳玉茹沉默了。虽然她对洛子商并不算很了解，但以上回的交手来说，他不是个好对付的人物。她不清楚洛子商会做什么，在政事上顾九思比她敏锐得多，他这么说，前路怕是会有什么阻碍。

顾九思抬手拍了拍她的手，劝慰道："你也别担心，到时候我会有办法的。"

柳玉茹笑了笑，抽出手来，继续替顾九思揉脑袋，摇摇头道："我不担心，不是还有你吗？先睡吧，"她劝他，"别想这些有的没的了，你都想了好一阵子了。"

顾九思点了点头，没再应声。其实他也真的累了，为了守城，这几日都没睡好，早已经疲惫不堪了。

马车摇摇晃晃，顾九思靠着柳玉茹，迷迷糊糊地睡了。他一觉醒来，马车已经到了顾府。柳玉茹扶着顾九思进了屋，让人放了水，顾九思自己洗完澡出来，柳玉茹给他擦了头发，他便先去睡了。柳玉茹看他熄了灯睡下了才去洗漱，回来往床上一躺，便觉得有些异样。

床下似乎垫了什么东西，她下意识地摸了摸，是一方白帕。

她忽地紧张起来，顾九思见她突然僵住了，便伸出手来握住她的手。他的手掌很热，纹路分明的掌心贴在她的手背上。她不动，他也没动，只是同她面对面，握着她的手一直没说话。片刻后，她慢慢地放松下来。

其实这是早晚的事情，她也没有什么好紧张的，可是心就是跳得飞快，忍不住面红耳赤。

他们两个人都觉得自己的心跳声大得奇怪，仿佛整个房间里都是自己的心跳声。顾九思觉得有些尴尬，小声道："你别这样，我害怕。"

听到这句话，柳玉茹忍不住扑哧笑出声来，一时竟也不紧张了，小声问他："你怕什么？"

顾九思在黑夜里抬眼，有些无奈地道："怕你不乐意。"他叹了口气，"说实在的，我知道你的性子，你心里认定你是我娘子，所以这事我什么时候做，你都不会拒绝。可你不拒绝，并不意味着你喜欢。我总想着这事得是你高高兴兴的，得是你愿意的。"

柳玉茹静静地听着，顾九思将她的手放在自己的心口，定定地瞧着她："你告诉我，你是愿意的吗？"

柳玉茹红着脸，感觉到手心下他飞快的心跳，垂着眼眸，珍而重之地点了头，点完头又怕他没瞧见，小声道："愿意的。"

顾九思轻笑出声。他的笑声在夜里仿佛是夹杂了花香的夜风，轻拂过她的心田。他伸出手，将她揽到怀里。

他什么都没说，低头亲她的发。她闭上眼睛，像是含露盛放的梨花，在被晨光轻抚的那一刻微微颤抖。

顾九思的动作很柔和，他似乎也在害怕，但又故作镇定。

他努力地让她适应了，才道："我也是第一次，若是有什么不舒服，你得同我说。"

柳玉茹红着脸点头。

他抬手撩过她面上带了香汗的头发，温和地道："别忍着。"

柳玉茹抓住他的衣袖，声音颤抖着道："好。"

她没有忍耐。

其实在遇到顾九思后，她就不再常常忍耐了。遇见顾九思之后，似乎一切都变得容易起来了，她每一次以为自己要承受痛苦时，都发现这份痛苦比预料中的轻太多了。

她觉得一切都很美好，没有她年少时所想象的那么可怕。

窗外的雪花簌簌落下，她听见烛火骤然爆开的声音，闭上眼睛，抱着顾九思。

她突然就有那么几分哽咽，顾九思却先一步抱住她，温和地道："我爱你。"

她的内心骤然平静下来。

他们俩躺在床上，一直没有动。顾九思枕着手，笑着看着她。两人静静地注视着对方，忽地就笑了。

"下雪了。"柳玉茹温和地出声。

顾九思应了一声，转过头看着外面的天空，柔声道："快过年了。"

"咱们会在望都过年吗？"

"大概会吧。"顾九思的声音是平淡的。

柳玉茹有些不解："范大人这几日就会拿下东都吧，不让你过去吗？"

"望都还需要善后，"顾九思笑了笑，"年前大概不会召我过去。"

柳玉茹应了一声，顾九思继续道："而且周大哥在幽州，我也不确定我会不会去东都。"

"怎么说？"柳玉茹有些茫然，"周大哥与你有什么关系？"

"周大哥说周大人不愿意让他去东都，不愿意让他升迁，若周大人的确是这么想的，你说我还会有机会往上升吗？"顾九思的眼神里带了几分忧虑，"在别人心里，我与周大哥同气连枝，若周大人正防着周大哥，除非我向周大人投诚，否则我绝无可能在东都做出什么实绩。若我要在东都当虾兵蟹将，还不如在望都当个县令，在这里我至少还能做些实事。"

柳玉茹心里盘算着，忍不住道："那你岂不是不能去东都了？"

"倒也未必。"顾九思说着，皱起了眉头。

柳玉茹："嗯？"

顾九思思索了片刻，终于道："我这话也就是我随便想想，你别当真，也绝不能说出去。就是对周大哥和你娘这些亲近的人，你也不能说的。"

"我明白。"柳玉茹点头。

顾九思叹了口气，有些忧虑地道："周大人让周大哥留在幽州，若不是在防周大哥，就只能是在防范大人了。"

柳玉茹愣了。

顾九思继续道："范大人若在东都称帝，按照规矩，像周大人这样的高官，必须把亲属都留在东都。但周大哥不是周大人的亲子，又有官职，可以外放。到时候范大人和周大人都去了东都，周大哥留在幽州，假以时日，你说这幽州谁说了算？"

柳玉茹听明白了，道："你的意思是，周大人觉得范大人未来可能对周家动手，所以提前让周大哥留在幽州，若是出了事，还能东山再起？"

顾九思点了点头："若周大人是这个意思，就一定会让我入东都，不仅如此，还会扶我上高位。"

"但周大人若真的存了这样的心思，"柳玉茹抿了抿唇，"这天下，怕是难以安定了。"

顾九思低头把玩着她的手指，慢慢地道："安不安定，就看范大人是何想法了。周大人也许并无反意，只是狡兔三窟。若是范大人什么都不做，这大荣也就能安安稳稳地维系下去了。可若是范大人想不开……"他苦笑起来，"那也不是我们能管的了。"

"那也没关系。"柳玉茹见顾九思苦恼，赶忙握住他的手，笑着道，"反正生生死死都走过来了，不管什么时候，我都会赚钱养你的。"

顾九思被柳玉茹这话逗笑了，看着面带茫然的姑娘，笑得停不下来。

他们俩在雪夜里说着，说着，最后迷迷糊糊地睡了过去。

第二天清晨起来，顾九思没有叫醒柳玉茹，打算先去处理公务。

门外满地的雪，他看见下人正要扫开，赶忙叫住了，想了想，叫了木南过来，让人拿了工具就在雪地里忙活起来。

柳玉茹一觉睡醒，发现身边人已经离开。身上还有些不舒服，但她也不好意思赖床。印红端着洗漱的东西进来，又端了一碗燕窝来，欢喜地道："姑爷走的时候吩咐的，让您先起来喝点儿东西。"

柳玉茹抿唇笑了笑，不知道怎么的，听见顾九思的名字就觉得高兴。

她喝了燕窝，洗漱完毕，拉开大门。晨光直刺进来，她抬起手遮住自己的眼睛，适应了一会儿才放下手，然后就看见庭院里堆着两个雪人。雪人一个高一个矮，还像煞有介事地穿了衣服，画了鼻子、眼睛。两个雪人手拉手立在一起，看上去有些好笑。

柳玉茹忍不住笑起来，旁边的印红走上来，提醒道："今早姑爷堆了大半天，沈明来催了好几回，才把人催走。"

"顽劣。"柳玉茹笑骂，又拿了唇脂，在那个矮一点儿、戴着花的雪人上画了唇。

画完之后，她转头看了一眼周遭，见众人都在笑着看她，觉得有那么几分不好意思，赶忙站起身来去了饭厅。

饭厅里，江柔、顾朗华、苏婉还在聊天。他们今日似乎格外高兴，柳玉茹总觉得他们知道了什么，一时有些忐忑。她走进饭厅行礼，江柔赶忙起身拉住，让柳玉茹过来坐，道："我们都等着你呢，一起吃吧。"

柳玉茹有些不好意思，赶忙告罪："让长辈等晚辈了，我该起早一些。"

"不妨事，"顾朗华摆了摆手，"你多睡睡，睡够、吃饱，剩下的事都让九思去操心。"

柳玉茹和江柔对视一眼，江柔推了一把顾朗华，小声道："你还好意思说？怎么不见你不让我操心。"

顾朗华一时有些讪讪，苏婉柔声道："顾老爷已经很好了。"

丫鬟上了菜，江柔一直让柳玉茹吃这个吃那个，柳玉茹便知道，圆房的事大伙儿都知道了。

柳玉茹一开始脸红着不敢应话，大家也不明说。慢慢地，她也坦然了，吃完饭便同江柔商量起过年的事来。本来早该准备的，但柳玉茹在扬州行时险些丧命，好不容易回到望都，望都又遭围困，事情一桩接一桩，顾家全然没有喘息的机会。

第十七章　入东都

如今已是腊月廿七，柳玉茹拿了江柔列的年货单子便去了店里。

经过了王梅的事，店里的姑娘们都战战兢兢的，柳玉茹到店之后，就将所有人都叫到了一起。

众人沉默着，柳玉茹喝了口茶，突然笑出声来："你们这是在做什么？"她抬眼看向茫然的众人，柔声道，"吓唬我呢？"

没有人敢出声，柳玉茹让大家都坐下来，慢慢地道："过去的事就过去了，在这里我得先同大家道个歉，过去的事情是我不对，我在店里花的心思不够，总想着在外面的事情，没有关心你们。以后我会改，会多多和大家交流，有任何问题你们都可以同我说。

"过去的许多事情，我没有考虑周到，今后大家有什么想法都可以直接同我说。我会在门口放个信箱，钥匙只有我有，你们若是有意见又不好说，就写封信放在那箱子里，也不需要署名。我不会追查来历，大家有想说的话都能说。

"以后店里的分工会更细，我会设计一条流程，挑选出一些主管，芸芸负责统筹，其下各部各司其职。以后所有新品的研制和旧货的制作，都由宋香宋师傅负责分管。货品售卖方面，大家愿意让谁管理，把那人的名字写了，放进信箱里就可以。"

大家听着柳玉茹的话，虽然没有出声，但心里的石头都慢慢放了下来。柳玉茹同他们细细地说着花容的未来，最后道："未来花容的货会售卖到整个大荣的每一个地方，乃至西罗、北梁、百川等所有我们知道的地方。各位，"她笑起来，"要有点儿干劲啊，现在才刚刚开始。"

听到这话，宋香最先笑了，朝着柳玉茹躬身，柔和地道："听东家的。"

宋香起了头，大家都松了口气，气氛活跃起来。

柳玉茹又做了一些安排，让大家去忙，却单独留下了芸芸。芸芸站在她面前，似乎预料到了什么，咬着牙没说话。

柳玉茹笑了笑："芸芸，你以为我要同你说什么？"

柳玉茹刚出声，芸芸的眼泪就落了下来。芸芸慌忙抬手擦了眼泪，着急地道："夫人，我不是……"

话没说完，芸芸就看见递到面前的帕子，柳玉茹看着她柔声道："你别怕，我不是来让你走的。"

芸芸愣愣地抬头，看着柳玉茹的笑容，眼眶更红了，慌忙低下头用柳玉茹的帕子擦着眼睛，声音沙哑地道："夫人，我不能让您为难。您不用照顾我，其实王梅那天说的话我仔细想过了，她说得也对，是我没做好。我给夫人带来了麻烦，根本没资格当这个管事……"她再也说不下去了，低声哭起来。

柳玉茹静静地看了她许久，叹了口气，抱了抱她，柔声道："莫哭了。这事不能单怪你，要怪也得怪我，我把你匆匆推上这个位置，却什么都没为你想过。芸芸，我是把你当家人的，信任你，所以让你帮我。人都会犯错，我会，你也会，咱们都得原谅自己。错了就错了，我们都是吃着亏长大的。"

芸芸哭得更厉害了："小姐……"她不自觉地叫出了以前的称呼，"我对不住您。"

"怎么会？"柳玉茹笑起来，认真地道，"你已经很努力，很对得住我了。以后凡事多想想，你多想想，我也多想想。你别总为我想，别只想着怎么对我好。你是这花容的掌事，以后花容都是要给你管的，你得方方面面都考虑到，从别人的角度多想想问题。凡事你都要先想，如果你是她，会怎么办？咱们做生意的，就是吃做人这碗饭，不论如何，都要先学会做人。"

芸芸擦着眼泪点着头。

柳玉茹看着她，笑起来，柔声道："莫哭了，过两天回家里来，同我一起过年吧？"

芸芸愣了愣，抬起头来道："我能同您一起过年？"

"我将你带到望都来，自然是将你当成家人的，以后咱们都一起过年。"说着，柳玉茹叹息一声，"以后我再找找，看看能不能帮你把家人找到，还有我的家人。"她苦笑，"终归不能连个影子都没有。"

和芸芸谈完，柳玉茹去宋香那里看了一下新品。花容售货的范围越发广泛，柳玉茹看过新品，走出门来，印红便上前来，道："芸芸方才将大家都叫过去了，也不知道说了什么，一群人在屋里抱着哭。出来后个个说说笑笑，看上去感情挺好的。"

柳玉茹笑了笑："她是把我的话听进去了。"

只要花容里的人不出事，花容便不会再出事了。

柳玉茹放下心来。

又忙了两天，到了除夕，柳玉茹才给自己放了假。

顾府上下都在为过年忙碌着，热热闹闹的。这顿年夜饭，柳玉茹亲自下厨，顾九思则带着人挂灯笼、贴春联。

到饭点了，柳玉茹一边让人端菜出去，一边询问印红："今儿个没看到沈明啊，他人呢？"

"听说在和姑爷闹脾气。"印红将菜递到其他人手里，小声道，"我听说，前两天他跑到姑爷那儿去，问姑爷什么时候和您和离，说觉得自己还有机会。"

柳玉茹抿了抿唇："九思又让他做什么了？"

"听说是让他去军营里陪人喝酒，喝了两天。"印红努了努嘴，"他那个大爷脾气，给人陪酒，他能乐意吗？"

"这是为他好，"柳玉茹哭笑不得地说，"他如今有了军功，不在军营里待着，还打算做什么？他呀，就是这张嘴。"她摇了摇头，有些无奈。

厨房里，两人正说着话，就听见外面传来一声巨响。

竟是沈明一脚踹开了顾家大门。他站在门口，扛着刀怒吼道："顾九思，你过年都不请老子来吃饭，这算哪门子的兄弟？！"

顾九思背对着沈明，接着贴春联，摆了摆手，毫不客气地道："我没有这种天天觊觎我娘子的兄弟。把修理费留下，慢走不送。"

沈明涨红了脸。他已经等了一天都没等到顾九思的邀请，自己在望都城也没有其他亲朋好友。一个人过年，怪冷清的。

沈明想留在顾府吃年夜饭，但顾九思的态度又让沈明有些尴尬，好在这时候叶世安从院里走了出来。这些时日叶世安都寄住在顾九思家里。此刻叶世安提着灯笼，看着站在门口的沈明和倒在地上的大门，愣了愣。

叶世安看了一眼面无表情地背对着沈明的顾九思，又看了看沈明，轻咳了一声，道："是沈兄啊，赶紧进来。"

听到这话，沈明赶紧跨进门来，这时候柳玉茹端着最后一道菜从厨房里走出来，只听沈明高兴地打招呼："哇，柳老板……"

话没说完，顾九思手里的糨糊棍就猛地砸了沈明一下，随之而来的还有一句大吼："叫嫂子！"

沈明被这一棍砸愣了，结巴着喊了一句："嫂……嫂子。"

顾九思终于高兴了，将春联的最后一个角贴上，从凳子上跳下来，接过木南递过来的帕子，颇为高兴地道："行了，本官大人有大量，特此批准你小子在我家过年。"说着，他转头看向柳玉茹，脸上顿时堆起笑容，三步并作两步地走过去道："娘子，我来端，别烫着你的手……"

沈明和叶世安站在庭院里。

沈明面无表情地静了片刻，慢慢地道："我想娶个媳妇儿。"

叶世安看着柳玉茹和顾九思离开的方向，叹了口气，道："在下也是。"

"哪儿能娶到柳老板这样长得美、脾气好、还会赚钱的媳妇儿？"

叶世安顿了顿，道："这个问题我回答不了。"说完，他叹了口气，转头去挂灯笼了。

叶世安挂好了灯笼，同沈明一起进了饭厅。饭厅里摆了一张大桌。一行人刚坐下，外面就传来一个诧异的声音："这门怎么没了？"

一听这个声音，顾九思赶忙站起来，高兴地迎了出去，道："周大哥。"

周烨领着秦婉之进来，有些不好意思地笑了笑，道："家里没有多少人，我和婉之合计了一下，决定来你这儿蹭个饭，不打扰吧？"

"怎么会打扰？"顾九思笑着将他们迎进来，柳玉茹重新安排了席位。

大家坐下之后，柳玉茹看了一圈，转头同叶世安道："可惜韵儿不在。"

"她快到了吧，"叶世安笑了笑，"夜里应当就到了。"

外面战乱不断，当时叶世安就将叶韵安置在了途中的一座城里，自己先过来了。望都的危机解除，叶世安才让叶韵重新起程。按照距离来算，叶韵入城应当要到夜里了。

大家一起吃过饭，沈明和周烨等人就一起去院子里喝酒，一群人喝得醉醺醺的。柳玉茹听说叶韵入城了，赶忙提了灯笼小跑出去，跑到巷子口就看见了叶韵的马车。叶韵让人停下车，卷起车帘。

柳玉茹穿着狐裘，喘着粗气，叶韵坐在马车里静静地注视着她，许久后，两人缓缓地笑开。

柳玉茹放轻了声音，温和地道："我听说你到了，便过来接你。"

叶韵抿唇笑了笑，果断地从马车上跳了下来，挽住柳玉茹的手，高兴地道："你这样赶着来接我，那我给你个面子，陪你走进去吧。"

柳玉茹一时有些鼻酸，感觉身边这个人还像小时候一样，还是那个大小姐。两人手挽着手踩在白雪上，白雪嘎吱嘎吱地响，柳玉茹没有说话，叶韵也没有，许多话却像在这脚印里无声地诉说了。

走到门口时，烟花突然炸开，两个女孩子同时回过头，烟花冲天而起，映在她们的眼眸之中。

"又一年过去了。"叶韵喃喃地说。

柳玉茹笑起来："是啊，去年看烟火的时候，还在扬州城呢。"

"这一年太难熬了。"叶韵转过头看着柳玉茹。

柳玉茹笑了笑："以后不会了。"

柳玉茹转过头去，透过那扇坏掉的大门看见院落里正在和沈明打闹的顾九思，他似乎拿了沈明的什么东西，沈明一路追打，似乎气急了。所有人都在笑着，柳玉茹忍不住跟着笑了。

亲情、友情、爱情，这是她过过的最圆满的年了。

她低头笑了笑，同叶韵道："进去吧。"

两人一起进了屋，加入了欢乐的人群中。大家一起打叶子牌，玩闹了大半夜才各自回房。顾九思醉得站不稳，叶世安和沈明帮着把他扶进了房里。

柳玉茹让下人都下去，亲自揉了帕子轻轻地帮顾九思擦身子。

顾九思在半醉半醒之间睁开眼，看见低头为他擦手的姑娘，忍不住轻轻笑了："我想每年都这么过。"

柳玉茹听见他说这话，抬头笑了笑。

顾九思闭上眼，迷迷糊糊地道："我想每一年都和你，和家人，和周大哥、沈明、叶世安几个兄弟一起过年。"

"睡吧。"柳玉茹知道他在说胡话，帮他擦好了手，便打算将帕子放回水盆。她刚站起来，手就被顾九思拉住了。

顾九思笑眯眯地看着她，抛了个媚眼："我好看吗？"

柳玉茹笑出声来，抿了抿唇，道："好看。"

"我好看还是叶世安好看？"

"你好看。"

"再夸我一次。"顾九思仰了仰下巴。

柳玉茹好脾气地坐下来，道："怎么夸？"

"你还记不记得，咱们第二次见面的时候，你在胭脂铺是怎么夸我的？"

柳玉茹认认真真思索着，顾九思见她记得不大清楚了，就提醒她："我比他玉树临风、英俊潇洒、才思敏捷、人品端正。"

"你记得这么清楚啊？"柳玉茹有些蒙。

顾九思认真地点头，凑过去道："快，夸我。"

"无聊、幼稚。"柳玉茹戳了戳他的脑袋，抿唇站起身来，将帕子放回水盆，背对着他道，"赶紧睡吧。"

柳玉茹自己去洗漱，回来的时候屋里熄了灯。顾九思应当是睡了，她这么想着，结果刚上床就被人拉住手往里猛地一拖，然后他翻身压了上来。

"快，夸我。"酒后的顾九思显得格外固执。

柳玉茹瞧着他的模样，笑眯眯地道："我要是不夸会怎么样？"

"你若是不夸我，我就想办法了。"顾九思满脸认真地说。

柳玉茹有些好奇："想什么办法？"

顾九思压在她身上，撑着下巴道："来感受一下？"

"嗯？"话刚说完，柳玉茹就感觉自己的衣衫被拉开了，要阻止也来不及了。

不像第一次那样小心翼翼，这一次顾九思明显熟练得多，也孟浪得多。柳玉茹将嗓子都喊哑了，再求饶着夸他却没用了。

她总算知道，这人如今是真的有别的法子逼她就范的。

结束的时候，柳玉茹喘息着，连动弹的力气都没有了，顾九思却还能生龙活虎地抱她去洗澡。

　　他们相拥而眠，闭上眼睛之后，再睁眼就是第二年了，于是这一觉睡得格外漫长。不知道是因为冬日太冷还是夜里睡得太晚，他们俩很晚才起床。柳玉茹醒过来时，天已经大亮，顾九思还睡得很香。柳玉茹想起今日要同江柔一起上山拜香，赶紧去推顾九思，顾九思哼哼唧唧，就是不起。柳玉茹焦急地道："快起来，不然婆婆要骂人的！"

　　"我再睡一刻……"顾九思抬手就用被子蒙住了脑袋，撒娇道，"我好困……"

　　柳玉茹拿他没办法，自己先起来了。回来看见他还睡在床上，她咬咬牙，用冷水揉了帕子，往他脸上一盖。顾九思被激得猛地从床上坐起来，惊恐地道："怎么了？！"

　　帕子从他脸上滑落下来，柳玉茹坐在他面前，满脸严肃。

　　顾九思立刻道："出事了？"

　　柳玉茹点点头。

　　"可是前线出事了？"

　　柳玉茹摇头。

　　"那是北梁打过来了？"

　　柳玉茹继续摇头。

　　"那还有什么事？"顾九思有点儿蒙，不知道还有什么事让柳玉茹这么严肃。

　　柳玉茹抓起他的袖子，赶紧道："今日上香，全家都在等我们，赶紧的。"

　　听到这话，顾九思舒了口气，一面往床上倒一面道："我不去了，我好困，我好累，我好疲惫……"

　　柳玉茹立刻站起来道："我去挖点儿冰。"

　　顾九思当即从床上弹了起来，精神抖擞地道："我觉得我可以坚持！"

　　柳玉茹拖着不大情愿的顾九思出了门，这时候顾府上下都已经等在门口了。

　　她拖着顾九思到了江柔和顾朗华面前，有些不好意思地道："公公、婆婆……"

　　"无妨，"江柔摆了摆手，笑着道，"年轻人嘛。"

　　柳玉茹的脸更红了。

江柔看了一眼打着哈欠的顾九思，笑了笑，道："这么多年了，这是九思第一次随我们一起在初一去上香。"

柳玉茹：这人过去是有多懒啊？

顾九思打着哈欠，跟着柳玉茹走。顾府上下一起去了城郊的寺庙拜神，祈祷新的一年平安顺利。除了初一上香，整个春节顾九思都没怎么出门。

新婚宴尔，顾九思每天都跟在柳玉茹身后，柳玉茹做什么他就做什么，遇到他做不了的事他就在一边看着。柳玉茹教他做饭、陪他练字，甚至教他绣花。他用剑是一把好手，绣花针拿在手里，却将十指扎得全是伤口。他哄着柳玉茹给他含一下，柳玉茹其实不太明白这手指头被扎了，她含一含有什么用？等她明白的时候，已经来不及了。

过完了年，东都的消息就传来了。范轩大获全胜，已经平定了整个北方。这时候大荣有实力的诸侯国只剩下了范轩掌握的北方、洛子商的扬州以及刘行知掌握的荆、益两州。扬州富饶，不好对付；荆、益两州地域广阔且土地肥沃，益州更是历来的供粮之地，所以刘行知虽然只有两州，也足够和范轩抗衡。

顾九思接到调令时，范轩已经在东都登基。顾九思看着调令文书，心里有些不安。

柳玉茹收拾着行李，看他站在窗口，不由得道："想事情也别站在窗口，冷风吹多了要头疼。"

顾九思叹了口气，关上窗户，回到柳玉茹身边来陪她一起收拾东西。

柳玉茹抬头看他一眼："你忧虑些什么呢？"

顾九思苦笑了一下："这次我被调回东都，你可知我是什么职位？"

"这我怎么知道？"

"户部侍郎。"顾九思折着衣服，叹了口气，"连越五级，是个大官啊。"

柳玉茹愣了愣，又迅速反应过来。顾九思能入户部直升侍郎，周高朗必然未加阻挡，那么被防范的便不太可能是周烨了……柳玉茹明白顾九思在担心什么，抬头看了他一眼，面前的人折着衣服，似乎正思虑着什么。

过了许久，柳玉茹平和地道："若你不乐意就把官辞了。我养你也是可以的。"

"说什么胡话？"顾九思瞪了面前的人一眼，抬手捏了捏柳玉茹的脸颊，"你的诰命不是还得靠我吗？"

"我就知道，"柳玉茹笑着开口，"你就是想给我谋个诰命，好和我和离。"

顾九思的动作顿了顿，片刻后，他抬头看她，柔声道："不和离，除非你休了我，不然咱们这辈子都会一直在一起。"

顾九思的调令下来之后，杨主簿被升为新一任的县令。顾九思和杨主簿做好了交接，柳玉茹也对芸芸吩咐好了花容的事，一家人装点好行李，启程去东都。

周烨、叶世安等人也一道前往东都，虽然大家心里都知道周烨将要去哪里，但任命文书还没下来，场面还是要走的，周烨至少得先进东都恭贺范轩。

大家一路颠簸，折腾了将近一个月才终于到了东都。

若说扬州人瞧得上哪里的人，也就只有东都人了。

传说东都是一个富贵之地，是这天底下权势的核心。在东都这个地界，天上掉一块板砖，被砸死的至少是个五品官。东都的贵族女子都重礼仪，讲规矩，尊卑分明，秩序井然。她们讲着大荣最标准的官话，没有半分口音，用着大荣最高规格的礼仪标准，没有任何瑕疵。

到达东都的前一天，他们先歇了一夜，都换上了最好的衣服。柳玉茹在幽州时就备好了两件好衣裳，就等着来东都穿。

第二天早上她让顾九思换衣服时，顾九思叹了口气，道："咱们这么慎重，倒显得像土包子进城了。"

柳玉茹抿唇笑了笑，抬头看了他一眼："咱们头一次来都城，不就是土包子吗？"

"那哪儿能这么说？"顾九思颇为骄傲，"咱们扬州多风流，这些北方的蛮子能和我们比吗？"

然而事实证明，能。顾九思的队伍进入东都时，大家就发现了。

东都的城墙比普通的城墙高，护城河也要宽上许多，街上人来人往，不见流民，街道清洗得干干净净。哪怕刚刚经历战乱，女子也还都穿着时下最好看的衣衫，男子身着长衫，手持折扇，笑着从他们身边走过去，这里似乎丝毫没有受到战乱的影响。

路上行人熙熙攘攘，柳玉茹好奇地挑起了帘子，看着路上各种各样的人。蓝眼睛的胡人频频走过，但东都人似乎见怪不怪了一般。

柳玉茹觉得东都的一切都新奇极了，顾九思撑着下巴靠在车上，吃着盘子里的水果，有些不满地道："有这么好看吗？"

"你来瞧啊，"柳玉茹高兴地道，"那个……那个人会喷火！"

"扬州以前也有。"顾九思拍拍手，直起身来，将下巴搁在柳玉茹的肩头，看着外面的景色，慢慢地道，"嗯，比我以前来时更热闹些。"

"你以前来过？"柳玉茹有些诧异。

顾九思皱了皱眉，似乎不是很高兴，轻哼了一声，道："以前舅舅接我来过。"

柳玉茹见他面上没什么喜色，小心翼翼地道："来了受人欺负了？"

"东都人哪，"顾九思给自己倒茶，感慨道，"空有一身华丽的皮囊，骨子里却龌龊得很。以后咱们待在东都，就关上大门别理会外面的事，你也少搭理他们。"

柳玉茹直觉顾九思在东都有什么不愉快的经历，但也没问。

"咱们初来乍到，对东都也不甚熟悉，我便没有买宅子，只是让人先过来租了一套。东都物价也真是高，这套宅子一个月的租金就得十两银子，我得早点儿找点儿事做，不然真养不起家了。"

顾九思听到这话，有些不好意思，轻咳了一声，道："住宅的事，我会问问同僚，看他们是怎么解决的。"

柳玉茹笑笑，柔声道："不妨事，这事我已安排好了，咱们只管住进去就是。"

两人说着话，便到了柳玉茹租下的房子。

这房子的位置不错，距离宫城很近，以后顾九思早上就能多睡一会儿，柳玉茹为了照顾顾九思是花了大价钱的。一个月十两银子，快赶上顾九思的月俸了。柳玉茹想着，这样一个宅子应该不差。结果到了宅子门口，一行人都傻眼了。

这宅子倒也不算小，可是那门看上去就是两块随意搭着的木板，墙也黑漆漆的，墙头长着野草，看上去仿佛已经许久没住过人了。

顾九思是最先反应过来的，看了一眼柳玉茹，怕她不高兴，赶忙道："这屋子，不错。"

旁边的叶世安也缓过神来，轻咳了一声道："小径幽处人家，别有一番风味。"

叶韵也连忙点头，但词穷，只能道："很好，我觉得很不错。"

柳玉茹黑着脸，片刻后，低头再看了一眼地址，咬了咬牙上去敲门。

开门的是柳玉茹派来负责找房子的人。看见柳玉茹黑着的脸，那家丁立刻道："夫人！我可以解释！"

"十两银子，"柳玉茹咬牙切齿地说，"你就给我找了这么一个地方？！"

"夫人，"那家丁哭丧着脸回道，"东都的房子都太贵了，真的找不到更好的了！"

"你……"

眼看柳玉茹要发火，顾九思赶忙一把将她揽在怀里，哄道："挺好的，不错了，我觉得很可以了，"他给家丁使眼色，"咱们先了解一下具体情况，了解了再骂，嗯？"

柳玉茹知道这话挺有道理的，可是在这么多人面前失了面子，情绪便不太好控制。

柳玉茹僵着脸点了头以后，大家终于进屋。

整个屋子黑漆漆的，院子虽然大，但野草丛生，看上去荒凉无比，没一点儿人气。

家丁领着柳玉茹一行人先进了饭厅，饭菜已经做好了。家丁早已打扫过了，这个阴森的屋子至少看上去干净了些。

柳玉茹黑着脸吃了饭，将家丁单独叫了过去，面无表情地道："我给你一个解释的机会。"

"夫人！"家丁当场跪了下去，"真的是房租太贵，租不起啊。您要离宫城近，一套宅子一个月就没有低于二十两银子的。您还要大，因为家里有这么多人。又大、地段又好、布局好、装修好样样好的房子都贵啊。"

柳玉茹听着家丁的话，皱起眉头："东都的房子这么贵吗？"

"不是房子贵，"家丁叹了口气，"是什么都贵啊。"

柳玉茹听了家丁的话，抿了抿唇，也不再追究了。

顾九思见她不高兴，不敢烦扰她，只领着叶世安先将东西安置下来。收拾好后已经是晚上了，顾九思见柳玉茹把算盘打得啪嗒啪嗒响，小心翼翼地上去劝她："玉茹，别想了，先睡吧？"

柳玉茹叹了口气，抬眼看他："郎君，我觉得我得努力一些。"

"你已经很努力了！"顾九思赶忙道，"你不用给自己太大压力。"

"不，我没有给自己太大的压力，"柳玉茹摇摇头，眼里带了光，"我就是觉得东都人太有钱了。郎君，你明日进宫去是吗？"

被猝不及防地问起这个，顾九思愣了愣，茫然地点了点头。

柳玉茹高兴地道："那太好了，那我就逛街去了。"

顾九思看着柳玉茹兴高采烈的模样，也不知她是被气疯了还是真的高兴。

一路舟车劳顿，他们这一夜睡得很香。

第二日，顾九思换了官服便领着沈明、叶世安一起入了宫。望都一战，顾九思是提前写了折子上报的，沈明和叶世安都有功，要跟着他一起领赏。沈明少有地穿上了正儿八经的广袖袍子，戴上了玉冠，和叶世安、顾九思一起恭恭敬敬地站在了大殿门口等待召见。

他们三个人都是头一次上金銮殿。大理石地板光可鉴人，柱子高耸而上，旁边的太监挺直了腰板站得规规矩矩，一切都让氛围变得格外庄重紧张。

顾九思其实也慌，但毕竟出身富贵，小时候也进过宫，面上倒还镇定。叶世安从小和官家人打交道，虽然也是头一次上殿，但也为这一天准备了许久，因而并没有太失态。只有沈明这个一直立志当个土匪的二流子是头一次面对这种情况。沈明坚持了不到一刻钟就忍不住靠近顾九思，嘀咕道："陛下怎么还不宣我们啊？"

"等着就是了，"顾九思压低了声音，除了嘴什么地方都没动，手持笏板，看着前方龇声道，"话说多了小心掉脑袋。"

东都是个随时都可能掉脑袋的地方，沈明在来之前已经被教育过了。

沈明赶紧住了嘴。又过了许久，里面传来唱名声，顾九思三人终于被宣了进去。

此刻殿中站满了新旧贵族、朝廷官员，他们都注视着走进来的这三个人，因为都知道这三位中的一位是如今这位新帝赞不绝口的政治新星，这位天子宠臣是这个国家最年轻的户部侍郎，也是最有可能的未来户部掌权者。

顾九思感觉到了众人的目光，踩在红毯之上，如同踩在云巅。范轩坐在金銮宝座上含笑看着他，顾九思突然明白了人为什么都想往上爬。人人都想要钱、要名、要权，更想要这一切所带来的他人的认可和期许。

顾九思撩起衣摆，恭敬地跪下去，在范轩面前叩首，朗声道："臣顾九思见过陛下，陛下万岁万岁万万岁。"

叶世安和沈明跟着他跪下，一起行礼。

范轩笑了笑，抬手道："顾侍郎，请起吧。"

听到范轩这句话，顾九思悬在空中的心突然就落了下去。其他的他不敢肯定，但有一点清楚，至少在此时此刻的范轩心里，他顾九思还是个好苗子。

顾九思认认真真地躬身叩首，心里盘算着如今范轩和周高朗之间的关系。

范轩并不是傻子。能以一个文臣之身走到今日的位置，至少证明在人心这件事上，他是有所把握的。如此精明之人，怎么可能看不透周高朗放周烨在幽州的意图？可既然知道，范轩为什么又愿意顺着周高朗的意思让周烨留在幽州，让他顾九思进入户部呢？

顾九思一时有些想不明白，但仍神色恭敬地道："谢陛下。"

旁边的太监笑着提醒范轩："陛下，还没给顾大人宣布圣旨呢，您叫早了。"

"是了。"范轩笑起来，抬手拍了拍自己的脑袋，摇了摇头，道，"糊涂了，我记挂这事许久，一时竟忘记还没宣旨了。王弘，宣旨吧。"

被叫作王弘的太监笑起来，安抚范轩："陛下也是太记挂顾大人了。"

顾九思抬头瞧了一眼王弘，这人看上去年纪和范轩差不多，快五十岁的模样，有着太监特有的阴柔气质，因为长期低头躬身，肩头往前缩着，自然而然地形成了一种卑微的姿态。王弘面上笑意盈盈，白白净净的脸生得喜庆，让看着的人难有恶感。

王弘从旁边的小太监手里拿过圣旨，站在范轩身后，大声宣读了圣旨，册封顾九思为户部侍郎，叶世安为正七品右司谏，沈明为从六品殿前司骑军指挥使。三人领旨谢恩，范轩又将三人夸赞了一番，才开始商议政事。

新朝初立，百废待兴，内要处理战后事宜，外要应对还没有归顺的诸侯。三个人的官说大不大，说小不小，放在其他地方都是能炫耀的大官，但在这朝堂之上，只是刚入深海的小虾米，于是三人听着众人的争执，一言未发。

如今最关键的问题，一来是对内休生养息，要如何休养。征战这一年，良田多被荒废，朝廷如何最快速度地恢复产粮是重中之重。二来是扬州和刘行知的问题，和解还是攻伐，众人还未能得出结果。刘行知没有什么好说的，以他如今的所作所为，这一仗不过早晚的问题，扬州却不一样。

王善泉死后，王善泉的儿子王思水继承了节度使的位置。可实际上人人都知道，如今在扬州说一不二的应当是王家的那位座上宾——洛子商。

王思水如今不过十二岁，还是个稚子，母亲是王善泉的妾中娘家最不得势的一个，歌姬出身，以色侍人。王善泉死后，其他子嗣都在一夜之间暴毙，只剩这个王思水还活着。可以说，王思水的位置是洛子商送的，王思水本人不过是洛子商的傀儡罢了。

扬州富庶，虽然兵力不强，但这些时日也拿钱砸出了一支军队。若说他们无野心，前些时日他们北吞沧州南侵交州；可若说他们和刘行知一样野心勃勃，洛子商又在范轩登基时让人送上了一份礼物，看上去有归顺之意。

于是扬州伐与不伐就成了朝堂争论的焦点。

众人在朝堂上乱哄哄地吵成一片，顾九思神游天外。说真的，他有点儿困，起太早了。领完旨，发现整个朝堂议论的事和自己没多大关系后，他就像以前上课时听夫子讲话那样，有点儿控制不住地神游起来。

直到早朝结束，叶世安在边上轻咳了一声，顾九思才回过神来。顾九思这才发现周边的人都散了，范轩意味深长地看了顾九思一眼，看得他冷汗直冒。随后王弘便走了下来，笑着道："顾大人。"

"王公公。"顾九思赶紧向王弘行礼，王弘是在范轩身边伺候的人，是绝对不能得罪的。

王弘笑了笑："头一次见面，大人不必这么客气，前些时日听了陛下对大人的许多夸赞，如今真见着了，果然是百闻不如一见，顾大人当真是青年才俊啊。"

"王公公谬赞。"顾九思赶忙道，"承蒙陛下抬爱。"

王弘笑着同顾九思寒暄了几句，又转头看向叶世安，面对叶世安时明显恭敬了许多，面上笑意更深："叶大人，陛下想邀您一道吃个午膳，问您方便吗？"

叶世安愣了愣，下意识地看了顾九思一眼，王弘却没再多说什么，于是叶世安便明白，这是单单叫他。天子有命，叶世安赶紧应了，王弘便同顾九思和沈明告别，领着叶世安往外走了。

等他们走了，沈明跟着顾九思往外走去。

出了大殿，沈明小声道："哥，你说范……哦，不，陛下召见世安哥做什么？"

听着沈明突然改变的称呼，顾九思下意识地瞧了沈明一眼，将笏板抱在手里，觉得有些好笑，道："你怎么突然叫我这个？"

"我想过了，"沈明认真地道，"来了东都还叫你九爷，听上去太不像走正道的人了。我看出来了，以后你们都是大腿，我得抱紧些，所以赶紧先叫个哥，方便你以后给我养老送终。"

"养老送终是这么用的吗？"顾九思挑了挑眉。

沈明赶紧道："不重要，这都不重要。你先回答我的问题啊。"

"我又不是神仙，"顾九思慢悠悠地往宫门外走去，淡淡地道，"等他出来了，你问他啊。"

"那我不是心急吗？"沈明叹了口气，"这是好事还是坏事，我心里得有个底。"

"好事。"顾九思很肯定地说。

沈明感到疑惑："你怎么知道？"

"他爹以前就和陛下关系很好，如今陛下怕是还为叶家的事心存愧疚。叶世安的叔父又早已入了东都，如今应该已经在东都扎根了，昨日我们还没来得及找人，今日陛下可能是打算亲自为他寻亲。你以为是个人打场胜仗就能进门下省的吗？"顾九思的声音平淡，他明显是在想些什么。

沈明愣了愣，猛地反应过来，道："他的官是不是比我大？"

顾九思被沈明的关注点逗乐了，忍不住调侃："沈明，你以前不是要杀尽天下狗官吗？现在还在意官职大小？"

"我想明白了，"沈明叹了口气，"以前是我年纪小不懂事，你也别笑话我了。落草为寇始终是寇，遇到的全是鹰爷这种人，自以为为民除害，其实自个儿就是一大害了，倒不如当个好官更实在些。"

顾九思抬手拍了拍沈明的肩，语重心长地道："长大了。"

沈明将他的手打下去，道："滚！"

顾九思笑着收回手，沈明转了转眼珠子，凑上前来道："我这官到底大不大？"

"殿前司骑军，上四军之一，是个好地方。"顾九思认真地说。

沈明正要乐和，就听见顾九思继续道："骑军内部共有二十四指挥使，每个指挥使手下两千人，是个不错的位置。"

沈明的笑容僵住了，两千人，他这混得还不如在幽州的时候呢。

沈明有些气闷，两人聊着天走到宫城门口，刚出来就看见周烨。顾九思愣了愣，又高兴起来，道："周大哥？"

"九思。"周烨笑了笑，看了一眼他身后的沈明，道："沈明也在啊。"

"周大哥。"沈明高兴地道，"我当官了，那个什么……"

"殿前司骑军指挥使。"顾九思在旁边解释。

沈明赶紧点头："对对对，就这个。"

周烨笑着道："我知道。昨夜我已经听范叔叔说过了。"说着，他看向顾九思："今日可有时间，去我家吃个便饭？"

"我也去。"沈明高兴地说。

周烨笑了笑，道："今日我邀九思有事，改日再请你。"

沈明有些无奈，摆了摆手，道："罢了罢了，你们都有人请吃饭，我自己喝酒去。"他随口说了一声"走了"之后便转身离开。

周烨有些不安："我没想到阿明也在……"

"无妨。"顾九思知道周烨处处照顾人的性子，将手往他的肩上一搭，扯着他就往马车走去，道，"他心大着呢，我让木南过去给他买单就是了。"

顾九思转头同跟在身后的木南道："去，跟着沈明，把他的酒钱付了。"

送走了沈明，顾九思和周烨一起上了车。上车之后，顾九思直接道："是周大人找我吧？"

周烨不由得笑起来："你可真是太聪明了。"

"刚好，我也有事想找周大人。"顾九思笑了笑，转过头去，看着人来人往的大街，神色间似乎带了几分忧虑。

周烨不由得道："你可是遇到什么事了？"

"的确是，"顾九思转过头来，看着周烨叹了口气，道，"这事我还在斟酌，不知该不该说。"

"你先说来听听。"

"你应当知道，我舅舅是原吏部尚书江河。"

听到这话，周烨的神色顿时认真起来。

江河是因为梁王而获罪入狱的，入狱之后的具体情况顾九思就不清楚了。江河与梁王牵扯颇深，如今顾九思若是想要出面捞江河，难免会引起范轩的不满。

"过去我不懂事，胡作非为，就是想着有舅舅当我的靠山，他当官时我倚仗着人家作威作福，如今他落难，我没有就这么干看着的道理。"顾九思打量着周烨的神色，慢慢地道，"我对新朝绝无二心，想找我舅舅也不过是出于亲情，与立场没有半分关系……"

"我明白，"周烨点头道，"你不用同我说这么多，你我是兄弟，我对你没有半点儿猜忌之心。我只是担心你如今贸贸然地去问会耽误你的仕途。"

"可我不问，别人就想不起来了？"顾九思苦笑，"我倒不如坦荡一点儿，至少还落个君子名声。"

许久后，周烨才出声道："这事你先不要同别人提，我去替你打听，摸准大家对江尚书的态度后，你再做计划。"

顾九思等的也是这句话，点了点头，一拱手道："谢过了。"

"有什么要紧？"周烨笑了笑，"都是应该的。"

两人说着话，便到了周府。周高朗的府邸是范轩赐下的，原是一个高官的家宅。东都被攻破的时候这家人举家逃了，人没抓到，宅子归了朝廷。

这院落修建得极好，亭台楼阁错落有致，顾九思走了将近一刻钟才到书房。周高朗正在看一张地图，那是大荣过去的版图，周烨将人带到便沉默着出去了。

顾九思站在周高朗身后，恭敬地道："周大人。"

周高朗应了一声，转过头来，上下打量了顾九思一眼，笑起来道："升官了，精气神都不一样。"说着，周高朗走到桌边，拈了一颗棋子敲了敲棋盘，道，"来坐吧，我们手谈一局，随意聊聊天。"

顾九思恭敬地上前来，坐在周高朗对面。周高朗提子先行，棋子落下的时候，最后一个伺候的下人也离开了。从房间到院落都空无一人，外面乌云密布。

周高朗淡淡地道："看来是要下一场大雨。"

"应当是。"

落棋的声音在房间里响起，一下接一下。

周高朗看着棋盘，淡淡地道："之前我与范大人围困东都，本是打算先攻下东都，再派人回望都救援。烨儿在我门口跪了一晚上，同我说虽然与你相识不久，但你与他不是亲兄弟胜似亲兄弟。"

顾九思没敢接话，只看着棋盘，神色不动。他内心是有些担心的，毕竟不清楚周高朗说这些话是为什么。

"我答应了他派人增援，但也要求他之后留在望都。在此之前，老范本来打算让他日后待在京城，还要给他一个大官。自从梁王入东都之后，烨儿一直忙前忙后，以功劳来说，烨儿的确该在东都有立足之地，可我没有让烨儿留下，你可知是为什么？"

顾九思拈着棋，顿了顿，垂下眼眸没有说话。

"为何不说？"周高朗的目光落在他指间的棋子上。

"下官不敢。"顾九思放下了棋子。

周高朗笑出声来："看来你是明白了，我留他在望都，是希望给周家留个根基。所以我同老范说，我是担心烨儿日后压过平儿才故意这么安排的。老范信了，给了烨儿两万军士替我解决这个家事。"

"您同周大哥说过吗？"顾九思平静地开口。

周高朗摇了摇头："没有。他沉不住气，这话若是说了，怕是会让老范看出破绽来。"

"那您告诉我这些，是打算让下官做些什么呢？"

周高朗沉默片刻，淡淡地道："你知道，下棋这种事有时候得提前放棋子，放得晚了，就没用了。得让烨儿对我心生不满，老范才会觉得正常。可若等以后真出了事，我再同烨儿解释，烨儿会信吗？"他叹了口气，像是无奈，"我今日同你说这些，便是指望着若日后不得不走到那一步，这些话能由你说出来。你不仅得说，还得让他信。"

顾九思总算是明白了。周高朗这是让自己平日里就多暗示周烨，但又不能让周烨真看出来，只是要让周烨能在自己挑明的时候相信这件事。

顾九思苦笑起来："您太为难下官了。"

"你是个聪明孩子。"周高朗抬眼看着他，"我觉得这对你来说是小事，不是吗？"

顾九思有些无奈，但也只能勉强答应："下官尽力。"

周高朗点了点头，见他没有继续说话，便道："还有什么要问的？"

"下官不明白，"顾九思直接道，"大人为何这样信得过下官？"

猜忌天子，这种事周高朗怎么会就这样同自己这么一个在政治上还只是毛孩子的人说？

周高朗挑了挑眉，道："信不过你，我能送你到这个位置上？"

顾九思哑口无言，周高朗下着棋，淡淡地道："我知道你不会背叛烨儿，烨儿不会背叛周家，这也就等于你会一直站在周家这边。"

"大人说错了，"顾九思抬眼看向周高朗，眼里全是认真之色，"九思站的不是周家，站的是百姓，是公正。"

周高朗看着顾九思。这个年轻人的眼睛里一片清明，带着他们这些中年人难再有的执着。周高朗笑了笑："那就是周家的立场。"

顾九思与周烨是好兄弟，但并不愿意被周高朗绑定。得了周高朗的这句话，顾九思终于放下心来："下官还有最后一个疑惑。"

"你说。"

"我想确定一件事，您防范的是陛下吗？"

顾九思定定地看着周高朗，没有忽视他脸上的任何神情。顾九思诧异地发现，在自己说完这句话的那一瞬间，周高朗的面容上呈现出了极其短暂、近乎难过的表情。只是这情绪一闪即逝，周高朗恢复了平日的模样，苦笑起来："我与老范几十年的兄弟情，我们是生死之交，我是不会防范老范的。我的命当年是他保下来的，他若要砍我的脑袋，砍了就砍了，我没什么好说的。"

听了这话，顾九思觉得有些奇怪，紧接着，周高朗叹息一声，道："我防的是范玉啊。"

顾九思愣了愣，脑子嗡地响了一下。他知道自己不该冲动，那一瞬间话却脱口而出："陛下可是身体有恙？"

屋外开始有了闷雷声。

周高朗没有说话，顾九思问出声后，顿时被自己的大胆惊到了。无论范轩的身体好不好，在这新朝初建的时候，都必须是好的。

顾九思赶忙离开位置，跪下去急急地道："下官胡言乱语，还望大人恕罪。"

"这是做什么？"周高朗苦笑了一下，转头看向外面的天，神色平淡，"起来吧。外面也要下雨了，你先回去吧。"

顾九思连忙应声，叩首行礼后，便从周高朗的房间里退了出来。

今日周高朗这一番话，除却范轩的身体状况之外，都在顾九思的预料之中。顾九思在长廊外站着定了定神，刚走出周高朗的院子，就看见周烨负手站在长廊上。见顾九思走出来，周烨转头看向他，笑着道："你嫂子留你吃饭，我便在这里等你。"

顾九思抬头看了看天色，摇头道："不了，今日出来时还同玉茹说过要回家的，先告辞了。"

周烨听到这话，倒也没有为难，只是道："你刚到东都，也没几个熟识的同僚，趁着这个机会多和玉茹吃吃饭，以后怕是没这么多时间了。"

顾九思闻言笑了笑，摇头道："我以往总在外喝酒，已经喝够了，日后如非必要，我还是不会太晚回家的。"说着，他似乎想起柳玉茹来，有些不好意思地道，"家总得有个家的样子，我想每日都同她一起吃晚饭。"

周烨点了点头，送顾九思出去，笑着道："这我倒是要同你多学学。"

顾九思没有多说什么，看了一眼周烨。

周烨是在外奔波惯了的。周高朗两袖清风，又没有什么家底，生活全靠朝廷那点儿俸禄支持，不善料理钱帛之事，故而周烨十几岁的年纪就出来经商，后来经手的也多是钱帛之事。例如周烨初次到扬州，就是为了采购军需物资。小小年纪就操持这些，在待人接物上，周烨将分寸拿捏得极好，无论贫穷富贵，都能应对自如。要留顾九思吃饭，他就会一直等候在外；顾九思要回去，他也没有半分愠色。

送顾九思到了门口，周烨嘱咐道："怕是要下大雨了，路上小心。"

顾九思笑了笑："放心吧。"他想了想，又道，"周大哥，今日真是对不住，让你白等我了。"

"不妨事，"周烨笑道，"婉之还没让人做饭，没浪费。"

顾九思笑着同周烨行礼，放下帘子，让木南驾马。没走多远，顾九思突然撩起帘子，询问道："夫人现在在哪儿？"

"就知道您会问。"木南笑着道，"方才我差人去问了，少夫人应当还在九方街喝茶。"

木南昨夜花了一晚上记了一下东都的地图，顾九思也大概记了几条主要的街道。九方街是东都最繁华的一条主道，顾九思还是认识的。

"我们去接她。"顾九思高兴地说。

木南有些无奈，但还是应了一声。

顾九思兴致勃勃地往柳玉茹的方向走时，柳玉茹正带着印红在茶楼里喝茶，说书先生坐在大堂上，讲着扬州少有的故事，大多是一些东都的时谈。

柳玉茹今天跑了一天，将东都各区的房价和房租都问了一遍，也看了几套房子。东都的房价是扬州的两倍，房租也不便宜。东都人员往来频繁，来东都的人又都是各方富豪，在这里随便花点儿钱住些时日，他们也觉得没有关系。

逛了一圈后，柳玉茹便发现，其实他们目前住的这个地方，除了模样不大好，其他条件都是不错的，尤其是地段，这套宅子距离宫城极近，步行过去不过一刻钟，顾九思早晨就能在家里多睡一会儿。

他惯来懒散，每日起床都是要命的差事，尤其是冬日。以往在望都，县衙由他说了算，他便宣布每日晨时末开始办公。如今到了东都，每日卯时就要上朝，刚入东都，第一日他还有些兴奋，日后怕是只会将早朝看作折磨了。

柳玉茹考虑了一天，打算将这宅子买下来，虽然这笔支出的数目不算小，但这半年来花容的收益加上收粮的酬劳还是很可观的，买下这宅子还能剩下一半。

这事定下来后，柳玉茹也有些疲惫了，随意进了一家茶楼，打算休息一会儿便回家去。

茶楼里的人都在聊天，说的无非是新朝的事情。新朝改国号为华，年号永福，大家私下议论着范轩和朝臣，说来说去，倒也没有太大不满的情绪。

范轩称帝后的第一件事就是宣布降低赋税，百姓倒是极为高兴的。但柳玉茹想了想，范轩降低赋税，朝廷的钱从哪里来？必然是要从其他地方来的。

柳玉茹坐了一会儿，见天色有些暗了，便对印红道："快要下雨了吧？"

印红给她倒着茶，抬头看了一眼外面，应声道："像是，要不咱们回去吧？"

柳玉茹点了点头，吩咐印红去叫马车。他们的马车停在了隔壁三条街开外，印红一去一回也需要一段时间。

柳玉茹喝了口茶，站起身来招呼人结了账，便往楼下走去。

外面闷雷轰响，豆大的雨点开始往下落。等柳玉茹下楼站在门口时，外面已经下起大雨。雨顺着屋檐落下，让天地都变得朦胧起来。柳玉茹站在门口，心里盘算着这个时间印红应该到不了马车的位置，怕也被雨拦在了路上，正在哪个屋檐下避雨。

柳玉茹倒也不着急，就站在门口瞧着外面的雨帘。

茶楼对面的酒楼之中，有个衣着华贵的青年男子正靠在椅子上，静静地看着在街上奔跑着躲雨的路人。

他生得极为俊美，凤眼薄唇，面上线条干净利落，虽显出了几分刻薄气，也挡不住五官生来好看，整张脸漂亮中带了几分邪气。

他坐在酒楼的窗前，转动着手指上的翠绿扳指，慢慢地道："没想到东都也会有这样的大雨。"

跟在他身后的侍从没有说话，房间里格外安静。洛子商端起旁边的酒杯抿了口酒，目光透过雨帘，落到对面茶楼门口的女子身上。那女子身着轻纱大氅、白色内衫，梳着妇人的发髻，站在茶楼门口如扬州三月的垂柳，柔软又美丽。

洛子商静静地望了片刻，突然开口道："顾九思是不是来东都了？"

站在他身后的侍从终于开了口，极为简短地道："应当是。"

洛子商抬起头，自言自语道："年前发的信，如今三月多了，应当来了。"说着，他笑了笑，"羽南，去给我拿把伞来。"

被叫作羽南的侍从径直走了出去。

洛子商站起身来掸了掸衣袖，左右看了一眼，见佩饰端正，衣服上没什么褶皱，便走下楼去。羽南已经结了账，拿了把伞立在门口。

洛子商从羽南手中拿过伞，吩咐道："你在这儿等着吧。"说完，他便撑开伞步入了雨帘之中。

此刻顾九思坐在马车里，正靠着车壁，有些困倦。早上他起得太早，一早晨都紧张着，便没什么感觉，此刻放松下来，困的感觉立刻就涌了上来。他靠着车壁打着盹，甚至没听到外面铺天盖地的雨声。

走了不知多久，马车突然停了。他依稀听见外面传来了交谈之声，迷迷糊糊地睁开眼，便见车帘被掀起来，印红走了进来。她身上有些湿润，但也还好。

顾九思突然就清醒了，忙道："怎么就你一个人，少夫人呢？"

"夫人叫奴婢去唤马车，正在茶楼等着，但突然下了大雨，奴婢被拦在了路上，刚好遇见姑爷。"印红赶忙开口解释。

顾九思卷起帘子看了看外面，见大雨滂沱，道："她一个人？"

"是。"印红也有些着急，"今日只有我和少夫人出来。"

顾九思皱了皱眉头，本来还想着这样的大雨让木南在外驾马车太过分了，但念及柳玉茹一个人，又有些不放心，便道："你同木南说了茶楼的位置没有？"

"说了，"印红回答，"近得很，很快就到了。"

顾九思遇到印红的时候，柳玉茹正等得有些无聊。

账已经结了，再回去她也觉得麻烦，便靠在门边等着。后面的说书先生不讲时政了，讲起了白娘子的故事。断桥大雨，许仙撑伞而来，那是八十四骨紫竹柄的油纸伞，上面绘了盛开的玉兰，雨珠顺伞而下，迎风泡露，衔珠垂首。

柳玉茹闲来无事，伸手去接飘过来的细雨，而后便见原本空荡荡的大街上突然出现了一个人影。起初是看得不大清楚的，她也没在意，但对方走近了一些，她就看清了对方的面貌。

柳玉茹收回手，不由自主地绷紧了身子，但面色仍旧平静坦然。

对方轻轻一笑，从容地来到柳玉茹身前，含笑道："柳老板。"

柳玉茹也笑起来，道："洛公子。"

两人心里都对所有的事一清二楚，然而都装作什么也不知道。

洛子商没有提顾九思，只是道："柳老板也来了东都？"

"我来东都很正常，"柳玉茹平和地道，"洛公子在扬州日理万机，怎么也来了东都？"

"东都繁华之地，天下人都向往，洛某自然也不例外。"洛子商看了一眼四周，道，"柳老板打算去哪里，洛某送你一程？"

"不必了，"柳玉茹转头看向雨幕，"我在这里等一会儿，我的家人很快就来。洛公子若是有事，妾身就不打扰了。"

"倒也没什么事。"洛子商走到柳玉茹边上，收起伞来，声音平和地道，"初来东都就遇故人，在下心中喜不自胜，便陪着柳老板聊上两句吧。"

"我与洛公子似乎没什么好聊的。"柳玉茹收起笑容，看着雨幕，"洛公子不如进屋去喝两杯茶，看看这东都大雨也比干站在这儿陪着我一个妇道人家要好。"

"怎么会没什么好聊的呢？"洛子商轻笑，声音极低，"咱们就聊聊柳老板在扬州是如何避开我的禁令哄抬粮价的也好啊。"

柳玉茹扭头，平静地注视着洛子商。

洛子商笑意盈盈，话里没有半分恼怒之意："在下诚心请教，绝无问责之意。"

"洛公子既然问出这话，想必对一切都已清楚，"柳玉茹神色平静地说，"我走之后，留下的人都被抓去拷问过了吧？还问我做什么。"

"毕竟不是本人，有诸多细节，那些人怕是也不大清楚。"洛子商低头看向手中的雨伞，伞上的兰花还带着水珠。他抬手从袖里拿了绢帕，轻轻地擦过兰花，道："不过柳老板不愿意说也就罢了。聊些其他的吧，听闻柳老板在找柳家人？"

"没有。"柳玉茹听到洛子商提及柳家人，声音顿时冷了。

洛子商低笑出声："不必紧张，我也就是随口一问，若是柳老板需要，我说不定也能帮上忙呢？"

"不必了。"柳玉茹冷声道，"我与家人不和，没什么好找的，劳烦洛公子操心了。"

"那就罢了。"洛子商的声音里像是带了遗憾之情。

话音刚落，顾九思的马车自远处驶来。柳玉茹老远看见了马车上的花纹，便认出是顾家的马车，面上顿时带了喜色。

洛子商不着痕迹地看了她一眼，慢慢地道："说来与柳老板的缘分也不算浅了，见了这么几次，却还不知柳老板的名字，敢问柳老板芳名？"

"我与洛公子不算熟识，闺中名字，洛公子不必知晓。"

两人说话间，马车停在了门口。顾九思从马车里拿了伞，撩起帘子从马车上跳了下来，疾步来到柳玉茹身前，将伞撑在她面前，高兴地道："玉茹，今天好大的雨，还好我来接你，不然可不知道你怎么办。走，我带你回家。"

柳玉茹笑眯眯地听着他给自己邀功，也不说话。顾九思见柳玉茹眼里全是了然神色，也不大好意思，轻咳了一声，便给她撑着伞，抬手搂住她的肩，用袖子为她遮着雨，护着她往马车走去。顾九思没注意到洛子商，柳玉茹也刻意没同洛子商告别，洛子商看着他们的背影，眯了眯眼。

等两人走到马车前时，洛子商突然出声："柳玉茹！"

顾九思这才注意到洛子商的存在，回过头去疑惑地看向他。

洛子商的目光放在柳玉茹身上，见她皱着眉回头，他笑了笑，撑伞走到两人面前，而后收起伞来。他自己整个人被雨淋湿，却全然没有在意，只是将手里的伞递给柳玉茹，笑着道："送伞之恩，没齿难忘。"

柳玉茹没有说话，洛子商见她不接，便从容地抬手将伞放在马车上，而后躬身行礼，仿佛第一次见面般恭敬地道："柳小姐，在下洛子商。"

顾九思神色骤冷，洛子商转过身去，走进酒楼。

"公子……"木南有些担心。

顾九思转过身，给柳玉茹撑着伞，平和地道："别站在雨里，进马车去。"

柳玉茹知道顾九思是不高兴了，也不敢多说，只是点点头，顺着他的话上了马车。顾九思撑着伞护着她进了马车，自己跟着站了上去。他站到马车上时，便觉得脚踩到了什么，低下头去，便看见脚下放着的雨伞，上面的兰花绘得栩栩如生，在雨中开得正好。

顾九思沉默了片刻，弯下腰捡起了雨伞，突然将伞往洛子商的方向猛地一扔！这伞哐的一下砸在洛子商的头上，洛子商被砸得晃了晃，冷着脸回头。

顾九思站在马车上撑着雨伞，含笑道："洛公子，下次见了面麻烦叫顾夫人。"

洛子商没说话。

顾九思沉下脸，骤然低喝："下次再给我夫人送什么乱七八糟的东西，我见一次打一次！"说完他收了伞，低头掀了帘子进了马车。

印红和柳玉茹都坐在里面，方才的动静都听到了，两人抿着唇忍着笑。

顾九思坐进来，气呼呼地扭过头去没有说话。

马车动了起来，顾九思似乎觉得只砸那一下还不够，想了想把自己的雨伞抓起来，又掀了帘子想扔。

柳玉茹赶忙抬手握住顾九思的手，劝道："好了好了，砸一下得了，再砸就不占理了。你刚当上官，可别今天当官，明天就因为当街打人而被参一本。"说着，她将伞从他手里拿走，递给了印红，"何况砸他的伞也就罢了，这伞是咱们自家的，是好伞，可贵了。"

"你瞧瞧他那小白脸的样子！"顾九思越想越气，"我还在呢，他就敢做这些，他当我是软柿子啊？你不知道他叫洛子商？还需要他这么介绍自个儿啊？我看他就是心存不轨，不怀好意，想当着我的面占你的便宜！"

柳玉茹被顾九思逗笑，拿了帕子擦他手上的水，劝道："我和他就见过两面，算上今天也就只有三面，我还嫁了人，他能看上我什么？"她低着头，温和地道，"他这是冲着你来的，你以为他不认识你？就算不认识你，他也肯定知道你是我相公。你一出现，他便知道了。他这是故意气你呢。"

"管他是因为什么，"顾九思立刻道，"下次他再找你的麻烦，这官我不当了，明儿个就划了他的脸将他打包送回扬州！我看他还拿什么在这里浪！"

印红再也忍不住低笑出声。柳玉茹面带埋怨地看了印红一眼，印红赶紧低头倒茶。

顾九思抬头瞪印红："笑什么笑？很好笑吗？！你把你家少夫人一个人留在那里，让少夫人遇到这种登徒子，你还好意思笑？"

"姑爷对不起，我错了。"印红赶紧认错。

柳玉茹见顾九思要把火发在印红身上，赶忙道："今日朝堂上如何？陛下对你怎样？"

说到这个，顾九思的气终于散了些。他喝了口茶，语气里带了些压不住的小骄傲："陛下对我挺好的，他身边的大太监王弘还特意来恭喜我，我也算是个天子宠臣了。"

柳玉茹看着顾九思的样子，抬手戳了戳他的脑袋："别太骄傲了，这不过是小小成绩，日后的路还长着呢。"

"这哪里是小小成绩？"顾九思不满，"你见过我这么年轻的侍郎吗？我这成绩，"他努力地张开手比画着道，"是大——大——的成绩了！"

柳玉茹有些无奈，看了一眼低着头疯狂压制笑意的印红，一时又不好当着人的面训顾九思。

外面的雨声小了，印红赶紧道："姑爷、夫人，我先出去，你们聊。"说着她便出了车厢。

等马车里只剩下柳玉茹和顾九思，柳玉茹才道："莫太张狂了，这天下厉害的人可多着呢。"

"我知道，我知道，"顾九思叹气，"我不就是和你嘚瑟一下，希望你夸我吗？"

柳玉茹闻言顿了顿，反思了一下，觉得顾九思说得也对，他在外向来也是有分寸的。于是她笑了笑："那是我的不是了，我本是怕你太骄傲自满，你若心中有数，那我应当夸你，你这样有本事的人，的确是人中龙凤了。"

"真的？"顾九思挑眉，似乎不信。

柳玉茹喝了口茶，笑着道："我说你的不是，你不高兴。我夸你，你又不信，你究竟要我如何？"

"我就是想知道，如今我这样好，"顾九思探过头来，凑在柳玉茹面前，"你可还觉得嫁给我是遗憾？"

柳玉茹抬眼看着他，他离她很近，年轻的面容上的表情像是在开玩笑，但眼中却满是认真。她静静地注视着他，片刻后慢慢地笑起来："哪怕你没有如今这样好，我也不觉得是遗憾。这段婚事，"她握着杯子认真地想了想，"似乎嫁给你后没多久，我便不觉得是遗憾了。"

"原来你喜欢我喜欢得这么早！"顾九思恍然大悟。

柳玉茹哭笑不得："你又给自己脸上贴金了。"

顾九思看着她的表情，突然凑过去亲了一口。柳玉茹已经习惯了这种偷袭，有些无可奈何地看了他一眼。

顾九思这才退回去道："得了你这话，我就放心多了。"

"你有什么不放心的？"柳玉茹对他的不安感到奇怪。在她心里，成了亲，哪里还有其他的可能？且不说别人不会看上她，就算有人看上了她，她又怎么可能会回应？

顾九思见柳玉茹懵懂，叹了口气，道："其实这话我不应同你说，我当多同你说说你不好，那你就一定不会离开我了，可是我想，我还是得同你说实话。"

顾九思这话说得正经，倒让柳玉茹有些紧张了。

顾九思伸手拉过她的手，看着她认认真真地道："会有很多人喜欢你的。"

柳玉茹愣了愣，看着顾九思。

顾九思的眼里没有半点儿玩笑的意思，他注视着她："你这么好的姑娘，长得漂亮，性格又好，会赚钱，有自己的想法，谁见了都会移不开目光的。不管过去有没有人对你说过喜欢你，我都知道，以后一定会有很多人喜欢你。"

柳玉茹听着顾九思的话，心里有点儿难过，又有些欢喜。从小到大，这是头一次有人这么认真地夸她，这么坦率地说她好，说喜欢她，让她忍不住有些鼻酸。

"我哪儿有你说的这么好？"柳玉茹低头笑起来，"也就是你情人眼里出西施。"

顾九思笑了笑，握着她的手，低头亲了亲她的手背，柔声道："你现在还不懂，以后你就明白了。"

"说得好像你比我大很多一样。"柳玉茹面带娇嗔地望了他一眼。

顾九思笑着坐到她身边去,将她揽到怀里,抱着她戏弄道:"大两岁也是大,来,叫九思哥哥。"

柳玉茹涨红了脸,不搭理他,顾九思去抬她的下巴,柳玉茹便伸手去推他。顾九思干脆抓住她的手,揽住她的腰,将她压在车壁上低头吻了上去。

他轻轻舐舐着她的唇,哑着嗓子道:"乖一点儿,叫哥哥,嗯?"

柳玉茹起初还挣扎,后来发现实力差距实在太大,又怕动作太大惊了外面的人,便不敢动了。她的心跳得飞快,耳边只能听见马车的嗒嗒声。

顾九思本来只是戏弄着亲一下,但柳玉茹挣扎了片刻后的服软便让气温变得有些灼人。柳玉茹不敢出声,只是僵着身子等着顾九思的动作。顾九思也觉得有些过了,不敢更进一步,但又舍不得放开她,便干脆将人捞过来放在腿上抱着亲。

柳玉茹心里害怕,总担心印红或者木南卷帘子进来,眼睛一直盯着马车的车帘,顾九思却不管不顾,只是闭着眼睛用舌尖去感受这个人的温热甜美。

在这种时候,两人便会清晰感觉到男女的不同,这一刻的柳玉茹柔软又娇弱,像颤颤巍巍地盛开在风雨里的娇花一般努力地承接着来自对方的一切,更让顾九思舍不得放手。顾九思感觉唇舌都有些疼了,但在他往后退的时候,柳玉茹忍不住轻轻哼了一声。他脑子一热,本来要收回的手就扯上了她的衣服。柳玉茹察觉到顾九思的意图,顿时清醒过来,抬手一把握住他的手,紧张地看着他。

顾九思被这坚定的阻拦行为唤回几分神志,抬眼看向柳玉茹,她的眼睛还带着几分水汽,含着春意的神色中带了几分惊慌。顾九思知道她是被吓到了,僵了好久才用理智控制住自己,拢好她的衣服,抱着人,将头埋在她的肩头上。

好久后,他似乎才缓过来,哑着嗓子道:"不该同你这样要闹的。"

柳玉茹低着头,小声应了一声:"嗯。"她抬手给顾九思顺着背,见他一直低着头不动,不由得有些心疼,道,"难受?"

顾九思小声应了一声,过了片刻抬起头来,深吸了一口气,苦笑道:"佳人在怀,神仙也把持不住啊,这柳下惠做得太不容易了。"

柳玉茹红了脸,小声道:"净胡说八道。"

顾九思轻叹了口气，没有多说。柳玉茹见他颓靡，沉默了片刻，附在他耳边小声说了几句话。

顾九思的眼睛顿时亮起来，他一把搂紧了柳玉茹的腰，小声道："玉茹，你可真好。"说完，他就探出头去，同木南道："你先赶回家里去，烧好热水，好让少夫人回去就能洗澡换身衣服。"

木南应了声，倒也没多想，只以为柳玉茹淋了雨，停了马车，同印红交代了一声，自己先跑回去了。

木南离开后，柳玉茹小声道："你这是做什么啊？"

顾九思笑着不说话，看上去似乎格外兴奋。

马车要行得平稳，自然要慢上许多。到了顾府门口，顾九思立刻掀了帘子出去，此时雨已经停了许久。他从马车上跳了下来，伸出手扶着柳玉茹下来。

他的眼睛亮晶晶的，高兴遮都遮掩不住。柳玉茹下来后，他就拉着她直接往卧室走，一面走一面高兴地同印红道："你去同我爹娘说，让他们别等我们吃饭，我们有点儿事要商量，谁都不要来打扰。"

柳玉茹听了他这前后不搭的话，低着头完全不敢出声。印红有点儿蒙，柳玉茹看印红不动，便挥了挥袖子，小声同印红道："去。"

印红这才反应过来，赶紧离开了。

顾九思拉着柳玉茹进了卧室，一进去就将人按在了墙上，一面亲一面落锁，随后就拉扯着她往浴室去了。

柳玉茹一路劝阻道："你别着急，慢些，不忙……"

印红来回禀的时候，走到门口就停下了。她猛地反应过来，赶紧退了出去，堵在院门口再不让人进去了。

江柔和顾朗华正在饭厅吃饭。顾朗华皱着眉头，感到疑惑地问道："是什么重要的事，不能吃了饭再商议？"

江柔也觉得有些奇怪，便询问下人："公子回家的时候，心情看上去怎么样？"

下人笑起来，老老实实地回答："高兴极了。"

顾九思是孩子脾气，喜怒都不藏着，江柔听了便知不是什么大事，笑着道："那便不用管了，大约是好事。"

"或许是九思当了个大官呢？"苏婉柔声开口。

顾朗华轻哼了一声，江柔笑着道："应当是了。"

一直折腾到深夜，柳玉茹全然没了力气。她睡了一会儿，又被肚子的咕噜声叫醒。她想起身，又觉得疲惫。

顾九思迷糊着醒过来，见柳玉茹醒着，含糊地道："怎么不睡？"

柳玉茹靠在他边上，抬眼看着他，有些委屈地道："我饿了。"这是她以往未曾做过的事，此刻却自然而然地做了。此刻的她竟像个什么都不会的小姑娘一样，和顾九思说自己饿了，然后就眼巴巴地看着他。

顾九思愣了愣，看着柳玉茹有些委屈的眼神，下意识地道："我也是。"

这话让柳玉茹清醒了一些。她怎会像个孩子一样，居然在这一瞬间指望顾九思去给她弄吃的？

她有些脸红，低声道："我去煮碗面吧。"说着她便要起身，顾九思这才后知后觉地反应过来，她方才那句话是盼着他给点儿行动上的回应。

顾九思赶忙按住她，道："我明白了，你且歇着，我去给你弄点儿吃的。"

柳玉茹也觉得累，他一拦她便起不来了，躺在床上小声道："如今什么时辰了？"

顾九思抬头看了一眼外面，想了想，道："外面也没什么声音，我想着应当不早了，大家都睡了。"

"大家都睡了，我们现在把人叫起来是不是不太好？"

"没事，"顾九思摆了摆手，"我去厨房看看有没有什么可以吃的，直接拿回来就是了。"

柳玉茹点了点头，靠在床上道："那我再眯一会儿。"

顾九思应了一声，拿了外袍披上就走了出去。

此时已经是夜深了，长廊里一个人都没有。顾九思进了厨房，左右翻了一下，发现什么都没有。他琢磨了片刻，不能饿着柳玉茹，总得弄点儿东西给她吃，把人叫起来也不知道是什么时候了。

顾九思想了想，看了一下柜子里放着的面条，就琢磨着煮碗面条回去吃。煮面还得生火，柴就在灶台旁边，干草也放得不远，火折子放在柜子里，他心里一合计就行动了。

首先是准备材料：面条、水、鸡蛋。

然后是生火。在第一次来幽州的路上，他学会了这个技能。他轻车熟路地架起了柴，然后用火折子点着了干草，没一会儿火就燃了起来。他蹲在灶台下面扇风，火势大了，赶紧往锅里倒了水。

之后顾九思拿着面条就往锅里下了进去。面条在冰冷的水里毫无动静，他看了片刻皱了皱眉头，觉得这和他记忆里的面条在水里的模样有点儿不一样。

但顾九思觉得可能是还没煮好，于是又转头去拿鸡蛋。拿了鸡蛋后，他开始犯愁，鸡蛋在什么时候下？怎么下？他犹豫了片刻，决定不多想了，把鸡蛋砸开弄进去就行了。他抬手就将鸡蛋往灶台上一砸，鸡蛋当场碎开黏在灶台上，弄了他一手。他吓了一跳，明白这是自己力气太大了。于是他又拿了一个鸡蛋，轻轻地敲了敲，没碎；加大了力气，还是没碎；多用了点儿力气一敲，鸡蛋碎了。蛋清流出来，吓得他赶紧往锅里倒，蛋清混杂着蛋壳流进锅里，凝固成了白色，但蛋黄还出不来，他赶紧捏碎了鸡蛋，蛋液混着蛋壳一起下了锅，他见面条坨在一起，赶紧拿了筷子开始搅和。

在一阵鸡飞狗跳之后，锅里的面条有了几分顾九思吃过的面条的样子。他怕没煮熟，就一直等着，之后夹了一点儿尝了尝，熟了。他盛出面条，犹豫了一下，放了点儿盐，加了汤，便端着面条回了房间。

柳玉茹在饥饿的等待中睡了过去，听见门被打开的声音，睁开眼睛便看见顾九思。他端着一碗面条，拿了两双筷子和一个小碗挤进门来，用脚踢上了门，然后看向柳玉茹。

"呀，"他有些诧异，"醒了？"

柳玉茹含糊地应了一声，直起身来。

顾九思站在桌边，将面条夹到小碗里，一面夹一面道："厨房里没人，我就煮了碗面条。"

"你还会煮面条？"柳玉茹感到诧异。

顾九思有些心虚，小声道："算是会吧。"

柳玉茹走到桌边。这一碗面看上去极其可怕，蛋清蛋壳混杂着面条，可以说是她见过的卖相最不好的面条，可她什么都没说。顾九思从来没做过家务事，能在半夜给她折腾出一碗面条，已经极其不易了。

顾九思分好了面，招呼柳玉茹坐下来，有些忐忑地道："我第一次煮面，以后会煮好的。"

柳玉茹笑了笑："没事，要是不好吃，以后我给你煮。"

顾九思听到这话心里美滋滋的，但还是道："我可以学，我学什么都很快。"

两个人说着话，分了筷子。夫妻俩坐在桌边，一起吃顾九思煮的面条。面条其实算不上很难吃，就是普通的清汤面条放了点儿盐的味道。不管怎么说，这至少是熟的，柳玉茹已经很知足了。

"好吃吗？"顾九思有些忐忑地问。

柳玉茹吃着，抬眼看向他，高兴地道："好吃，我天天吃都使得。"

顾九思大受鼓舞，一时间觉得自己或许极有下厨的天赋，当即道："这不算什么，以后我学几道大菜，让你开开眼。"

柳玉茹笑得不停，两人就一面吃东西，一面说话。一碗面条，一盏灯，两人就觉得高兴极了。

因为先睡了一觉，两人的精神好得很，柳玉茹便干脆同他说起自己的打算来："我打算将这房子买下来，装修一下便可长住了。我已经开始让人将花容搬过来了。"

"我有什么帮得上忙的吗？"

"也没什么了，"柳玉茹摇摇头，想了想，抿唇笑了，"以后面条里别放蛋壳了。"

"行，"顾九思有些脸红，摆了摆手道，"小事，我知道了。"

"哦，还有，"柳玉茹想了想，接着道，"洛子商这次来东都肯定是要来找朝廷谈什么事的，你别冲动。"

"嗯，好。"顾九思点点头，应声道，"你放心吧，这事我心里有数。"

两人聊了一会儿，又躺下去睡了。

第十八章　宿敌见

　　过了一个时辰，顾九思得起身入宫了。他刚睡熟，又被人叫醒，便有些不乐意，嘟囔了一声，翻过身抱着柳玉茹继续睡。木南不敢惹他，在外面轻声唤了一次，顾九思没搭理，木南便有些为难。没多久，顾九思就听见门被毫不客气地敲响，随后叶世安温润的声音响了起来："九思，起床上朝了。"

　　这声音把柳玉茹惊醒了。

　　她猛地睁开眼，便听见沈明叫嚷着道："顾九思，再不起床可就要掉脑袋了！"

　　"九思，"柳玉茹开始摇顾九思，"起床了，快！"

　　顾九思蜷在一起，捂住耳朵，将自己埋进了被子里。

　　柳玉茹想了想，干脆起身来，赶紧换上衣服便开了门。叶世安和沈明站在门口，看见柳玉茹出来都愣了愣。

　　柳玉茹催促他们："你们进去把他架出去，现在还让他磨蹭怕是来不及了。"

　　叶世安犹豫了片刻，沈明果断地走了进去，将被子一掀，就把顾九思拖了起来。

　　叶世安见状也走了进去，两个人直接将顾九思架了起来，木南给顾九思洗漱，然后将官服往他身上一套。顾九思闭着眼，似乎还在挣扎，叶世安和沈明一左一右地架着他，同柳玉茹道："玉茹，我们上朝了。"

"去吧，别让他耽误了你们的时间。"柳玉茹赶紧说。

顾九思终于睁开眼，开口道："玉茹，我会早点儿回来……"

"走了！"沈明扯着顾九思，三个人一起往外走去。

顾九思有些不满，嘟囔道："不是还有一刻钟吗？你们急什么急？……别架我！我自己走！……我走得快！走得快的！"

三个人吵吵嚷嚷地出了家门，柳玉茹看着不免觉得有些好笑。

印红端了水走过来，问道："夫人，是洗漱还是再睡会儿？"

柳玉茹笑了笑："洗漱吧，今日去看看房子，给花容选个位置，再看看有没有什么其他好做的生意。"

印红应了一声，端着水进了屋里，看见桌上的碗筷，很是诧异地问道："夫人，昨夜你们煮面吃了啊？"

柳玉茹听到这话，就想起夜里两个人一起吃面条的样子，不由自主地抿唇笑道："嗯。"她又吩咐，"哦，以后夜里睡前放些食材在厨房里，要方便煮面的。"

柳玉茹和印红聊着天，顾九思一行人上了马车。

这里距离宫门极近，没一会儿就到了皇城门口，三个人下车步行，向大殿走去。

冷风吹得顾九思清醒了许多，他一面打着哈欠，一面询问叶世安："昨天陛下留你说什么啊？"

"带我见了一下我叔父，"叶世安笑起来，眼里却带了几分苦涩之意，"一起吃了顿饭。哦，九思，"他有些不好意思，道，"过一阵子我可能就要带着韵儿搬回叶府了。"

"明白。"顾九思点了点头，"既然你叔父还好，那你自然是要回去的。"

"这才告知你……"

"没什么，"顾九思摆了摆手，"也不耽搁我什么。哦，有件事我得和你说……"

顾九思犹豫了片刻，叶世安好奇地看过来。

顾九思又琢磨了一下，才道："洛子商来了。"

叶世安顿住脚步，转头看向顾九思，眼神带了几分震惊。

顾九思抿了抿唇，似乎也有些忧虑，道："我昨天遇到他了。"

"他还敢来？！"叶世安冷声说，说完便急匆匆地往大殿走去，"我这就去找陛下。陛下不是正为扬州发愁吗？他既然来了，我们便将他了结了！"

"你别冲动。"顾九思一把拉住叶世安，有些头痛地道，"我就是担心你失了分寸才提前同你说的。洛子商不可能是来送死的，必然是带着能让陛下不杀他的理由来的。"

叶世安愣住了。

顾九思分析道："陛下如今拿扬州没办法，洛子商必然是送办法来的。今日早朝咱们可能就会见到他了，我提前同你说一声，就是为了让你心里有个准备，到时候不要冲动。"

叶世安没有说话，顾九思知道他心里不服气，毕竟谁见着杀父仇人都不可能泰然处之。叶世安再少年老成，也不过是个十八岁的少年。

顾九思叹了口气，拍了拍叶世安的肩膀，道："陛下若是打算保他，你别和陛下对着干，别让他下不来台。路还长，以后有的是报仇的机会，你先顾好自己，别惹怒陛下，千万别冲动，否则输的就是你了。"

叶世安依旧不出声，顾九思正打算再说些什么，便见王弘走了出来。王弘唱礼，百官列队入殿。

因为官职不同，顾九思和叶世安站在不同的队列里。顾九思不好再多说什么，却放心不下。

早朝照例是先由东都的地方官员做日常汇报，随后再将需要讨论的事一件一件地拿出来谈。而这一日首要的，便是扬州之事。

范轩道："昨日与众爱卿商讨的扬州之事，今日便有了着落。昨夜扬州节度使王思水派了信使过来，表示愿归顺我朝，条件是三年内不动扬州上下官员的职位，给大家一个适应时间。朕觉得这个条件不错，诸位爱卿觉得如何？"

没有人说话。

片刻后，周高朗出列高声道："陛下英明，臣以为扬州本就不是必须攻伐之地，只要扬州愿意给华国支持，暂时如此，对我们也没什么损失。"

"朕也如此想，"范轩高兴地点头，道，"昨日与朕谈话的信使洛子商在此事中出了不少力，朕觉得人才不该被埋没，想留洛公子在东都做太子太傅，各位觉得如何？"

太子太傅，这位置说重要也不算特别重要，但若说不重要，又绝对不是如此。作为未来的一国天子的老师，这个国家未来如何，很大程度上与之有关。

顾九思皱起眉头，稍微想了想便明白了，这个位置绝不可能是范轩主动给的，这应当是洛子商提出的扬州归顺的条件之一。如果是这样，争执也没有意义，于是顾九思干脆沉默不语，假装什么都没听见。

范轩看着沉默的百官点了点头，高兴地道："那好，既然没有人有意见，那就……"

"陛下，臣觉得不妥！"

范轩的话被骤然打断，所有人都朝着那声音传来的方向看过去，只见叶世安身着湛蓝色官袍，手持笏板站在大殿之上，认认真真地道："陛下，臣以为洛子商绝不可用！"

听到这话，顾九思就觉得有些头痛了。不仅他头痛，朝堂上的所有人都觉得头痛。

范轩出声，周高朗附和，当权的人物都默不作声，你一个七品官出来搅和什么？洛子商不适合当太傅，这事谁不知道？可是范轩既然开了口，自然有他的思量，那是不能明晃晃地放到台面上来说的交易。叶世安这么一开口，所有人都尴尬了。

范轩坐在高座上，许久没有说话，不作声也不是，继续问下去也不是。而叶世安也没有动弹，一副血溅大殿也要谏言的模样，看得顾九思和沈明的心都揪了起来。

顾九思轻咳了一声，走出来说道："陛下，臣与叶大人都来自扬州，对洛公子有几分了解，洛公子虽才学有余，但委任太子太傅恐怕还是有些不妥。不过臣与叶大人都还年轻，不如陛下思虑深远，臣与叶大人斗胆提建议也只是望陛下多考虑。"

这话虽然听上去顾九思是将自己和叶世安放到了一起，可也给了范轩一个台阶，将决定权放在了范轩手里。

范轩面色稍缓，正打算说什么，便见叶世安要再次开口。这一次顾九思十分果断，抬脚就踩到了叶世安脚上。叶世安痛得差点儿惨叫，却又顾及仪态，下意识地闭紧了嘴。就在这一刻，范轩道："顾爱卿说得极是，这事朕再考虑一下。"

说完之后，范轩挥了挥手，便宣布下朝。

叶世安被顾九思踩了脚，只能由顾九思和沈明扶着一瘸一拐地往外走。

上了马车，顾九思扶着叶世安坐下："现在洛子商身后是扬州，陛下又一心都在刘行知身上，肯定觉得只要稳住扬州就可以了，不可能对洛子商做什么的。我知道你对洛子商心有芥蒂，可如今的确不是什么出头的好时机……"

"那什么时候是？"叶世安突然出声。

顾九思顿了片刻，慢慢地道："世安，要有耐心。"

"我已经很有耐心了！"叶世安猛地提高了声音，"我爹死的时候，我没有说话，"他红了眼，盯着顾九思，"韵儿被小轿从后门抬进王家的时候，我也没冲动。可如今不是在扬州，我不是受他辖制，身在东都！我叔父任御史大夫，我是门下省的官员，你还同我说要有耐心？这到底是有耐心还是懦弱？！我今日不动，日后还能有机会？！他要做什么你不清楚？我不清楚？太子太傅？他这是将赌注下在了范玉身上，司马昭之心，路人皆知！他若真成了太子太傅，辅佐范玉登基，你我还能扳倒他？！休想！"

马车里静了许久，沈明慢慢道："其实……我觉得世安哥说得挺有道理的。"

"那你们打算怎么办？"顾九思抬眼看向他们，平静地道，"陛下已经做了决定，你这样当众打他的脸，今日没丢官就是不错的了，你还想谈其他？"

"那我就眼睁睁地看着他如愿以偿地平步青云？！"叶世安盯着顾九思，"顾九思，我以为你是血性男儿，没想到也懦弱如斯。"

顾九思哽了哽，随后解释道："我不是……"

"对，你不是。"叶世安脱口而出道，"因为死的不是你爹。"

他刚说完这话，马车里就安静下来了。

沈明觉得气氛不对，叶世安似乎也觉得不妥，沉默了许久说了句："对不住。"

马车停了下来，叶世安卷起帘子，先下了马车。

沈明和顾九思坐在马车里对望了半天，沈明慢慢地道："我觉得吧……叶大哥也不是那个意思。他就是气狠了……"

顾九思笑了笑："不用你说，我明白。"他叹息道，"他腿脚不方便，你先去扶他回房，我再想想。"

沈明应了声便跳下了马车，顾九思靠在车壁上思索了片刻，同外面驾车的木南道："去周府。"

木南在外面回了声是，马车便重新动了起来。没过多久，顾九思便听到木南道："公子，到了。"

顾九思让木南去递了拜帖，很快周府的管家就出来了。顾九思跟着管家，熟门熟路地走到了周高朗的书房里。

周高朗正在喝茶，见到顾九思笑了笑，道："我就知道你今日要来。"

顾九思愣了愣，随后赶忙行礼道："属下唐突了。"

"不妨事，"周高朗摆了摆手，"坐吧，是为了洛子商的事？"

顾九思听到周高朗的话，坐到了位置上，抿了抿唇，点头道："洛子商此人，大人应该有所耳闻。"

周高朗点了点头："他的为人，我和陛下都清楚。"

"那将洛子商放在太傅的位置上，"顾九思斟酌了一下，才又道，"陛下是如何考虑的？"

"这是洛子商的要求。"周高朗给顾九思倒了茶，"他本人成为太子太傅，陛下三年不动扬州，这便是洛子商的要求。"

"把太子交给这样的人，陛下不担心吗？"顾九思皱起眉头，"那毕竟是一国之本。"

"陛下……"周高朗犹豫了许久，终于还是道，"陛下信得过太子。"

顾九思没有说话。谁都会觉得自己的儿子是个宝，当年谁要是和顾朗华说顾九思废了，顾朗华估计也得把那人废了。

周高朗垂下眼眸，淡淡地道："而且如今根本没有时间考虑未来。就在十天前，刘行知已经自立为王，立国号为'汉'，昭告天下了。"

顾九思霍然抬头，突然就明白范轩为何要不惜一切代价地稳住扬州了。

周高朗平静地道："刘行知自诩汉室正统，以讨贼之名四处征兵。他的土地几乎没经受过战乱，益州是产粮之地，荆州则兵强马壮，而我们北交北梁，南临刘行知，沧州方经大旱，之前的战事又都在大夏的国土之内发生，可以说是内忧外患，根本没有同时对战扬州和刘行知的能力。"

"所以，陛下是打算先稳住扬州，等平了刘行知，再回头收拾洛子商？"顾九思思索着开口。

周高朗点了点头："洛子商估计是想用这三年时间控制住太子，给自己铺一条光明大道。"

"那陛下是打算和洛子商赌太子了？"顾九思苦笑起来。

周高朗也有些无奈："正是如此。"

"下官明白了，"顾九思叹了口气，"陛下的心思下官理解，可下官有句话怕是有些大逆不道，却不得不问。"

"你说吧。"周高朗似乎知道顾九思要问什么。

顾九思盯着周高朗："陛下的身体撑得过平掉刘行知吗？"

周高朗静了好久，慢慢地道："有太子。"

顾九思沉默了片刻，道："能否请周大人帮个忙？"

"你说。"

"正所谓术业有专攻，太子乃一国之本，只有一个老师怕是不太合适，还请周大人同陛下说明，请陛下为太子安排多位太傅。"

周高朗愣了愣。

顾九思认真地道："下官斗胆，想请周大人举荐叶大人。"

周高朗听到这话，便明白了顾九思的想法。既然洛子商当太傅这事是拦不住的，那干脆就大家一起当。其他大臣对洛子商可能不会严加防范，但顾九思这边的人会严防死守，绝不会让范玉对洛子商有什么好感。

本来最合适的人选是顾九思，可是顾九思的学问实在拿不出手。洛子商虽然人品差，但也是章怀礼的关门弟子，而且文采斐然，负有盛名，那么唯一能和洛子商旗鼓相当的人，也就只有同为名师弟子的前朝状元叶世安了。

周高朗想了想，笑起来，道："你的想法不错，我会同陛下说的。"

顾九思从周家出来已经是正午了。他回到家里，柳玉茹正带着人看房子。

柳玉茹打算翻新房子，觉得自己审美一般，便找了叶韵陪着。叶韵作为世家小姐，对所有东西都很挑剔，一路指指点点，看一圈下来便给出了一套房屋翻新的方案。柳玉茹和叶韵合计了一下，叶韵画了图纸，两人便跑到市场上去找到了专门的人，领到家里来看怎么修改。

柳玉茹见顾九思回来，同叶韵说了一声，让叶韵带着人继续看院子，便追着顾九思走了进去。

顾九思进到卧室，柳玉茹上前去从他手里拿了衣服，温和地道："我见叶大哥和沈明一早就回来了，你这是去了哪里？"

顾九思有些疲惫："去找了周大人。"

"可是发生了什么事？"柳玉茹感到疑惑。

顾九思点了点头，将事情说了一遍，说到后面叹了口气，道："我突然明白以前为什么总有人来劝我爹再生一个了，说真的，我现在也很想劝陛下再生一个。陛下再生一个，我就不用这么愁了。"

柳玉茹被他逗笑："你也别这么说，人总是能教的，你真当了太傅，说不定也觉得太子是个可造之才呢？"

顾九思轻嗤了一声，没有多说。虽然他和范玉交流不多，但在扬州时范玉那狼心狗肺的少爷模样，他可是记在了心里。

柳玉茹见顾九思不喜欢范玉，也不再多谈，只是道："周大人说的内忧是不是粮食上的问题？"

说到这个，顾九思便认真起来，点了点头，道："之前你去沧州、青州、扬州收粮，幽州的问题解决了，可如今沧州、青州、扬州都是大夏的领地，便都成了问题。"

柳玉茹没有说话。

顾九思叹了口气："未来和刘行知必然还有一战，粮食问题上要做长久打算。"

柳玉茹想了想，有点儿犹豫地道："那我再去荆州和益州收一次粮？"

听到这话，顾九思忍不住笑了："如今你柳老板名声遍天下，这套把戏要再玩怕是难了。"

柳玉茹知道顾九思说得也没错，现下国家安定了，她当初低价收粮的事情，大家也慢慢回过味来了。虽然还不清楚具体是谁这么做的，但各地官府的人都知道，当初青、沧、杨三州的粮价动荡都起于一个姓柳的年轻女商人。她若是再想重复当初的行为去荆州、益州收粮，到时候粮价一动，官府就要有所行动了。

柳玉茹慢慢地道："也不能总是如此投机，我得想个长久的法子才是。人不能都上前线，后方总得有人种地供应粮食。"

"这事你慢慢想。"顾九思笑着道，"想不出也没关系，天塌了有高个子顶着。"

柳玉茹笑了笑，突然想起来："望都那边收成如何？"

去年顾九思到望都安置了流民，开垦了荒地，冬日播下的冬麦，再过一个月也是收割的时候了，如今应当已经看得出长势。

提到这个，顾九思有些高兴："杨主簿给我写了信，说比以往都产得多。之前我降低了望都的税赋，但今年的粮仓应该还是比以往更满。"

柳玉茹思索着，没有说话，片刻后笑了笑，温和地道："那我倒是得到望都买粮食了。"

两人聊了一会儿，一同去吃饭。

吃过饭后，柳玉茹回了书房，开始给芸芸写信。

如今柳玉茹正打算将花容的总部搬到东都来，同时也在和其他几州的商人联系，要从自己这边派人出去与各地的商人合作，将花容在各地的销售交给当地的代理。在芸芸和花容里的员工彻谈了一次之后，花容上下一心，效率高了很多，倒也没有什么让人操心的事。柳玉茹写完花容的经营，想了想，又让芸芸去打听望都的粮价和地价，还让芸芸准备几套花容的特定套盒。

写完之后，柳玉茹又去找叶韵，忙活着翻新这房子。

顾九思看柳玉茹一直忙活到夜深，不由得有些无奈，觉得他这个夫人比他还忙。

第二日，顾九思被沈明拖起来，进了马车就看见叶世安坐在里面。

叶世安的神色比昨日平静了许多，三个人之间的气氛有些尴尬。

马车动起来后，叶世安率先开口道："昨日……是我冲动，还望见谅。"

"也不用这么说，"顾九思笑了笑，"其实你说得也没错，我们总不能什么都不做。"

叶世安听到这话，眼睛都亮了，道："你说得是，我昨日想过了，我该迂回一些的，陛下让洛子商当太傅自然有自己的理由，我们既然拦不住，不如不要拦，就让洛子商当太傅，日后再暗中下绊子。"

"你说得极是。"顾九思点头道，"我昨日去找了周大人。"

"你找周大人做什么？"叶世安有些蒙。

顾九思抬手拍在叶世安的肩上，一本正经地道："以后给洛子商下绊子这事，就交给你了。"

"什么意思？"叶世安皱起眉头。顾九思将昨日的话说了一遍，叶世安愣了片刻，反应过来，一时有些激动："这……这不好吧？"

顾九思摆了摆手："放心吧，看在你爹和你叔父的面上，陛下会答应的。"

"我只有一个问题。"沈明小心翼翼地开口。顾九思和叶世安转头看过去，沈明慢慢地道："他的官是不是比我的大了？"

叶世安、顾九思："……"

三个人到了宫里，如顾九思所料，洛子商任太子太傅、叶世安任太子少傅的旨意在早朝上宣布了。

这次叶世安没有冲动，和洛子商一起领了圣旨。出人意料的是，顾九思也成了太子的老师，将同叶世安、洛子商以及另外三位名师一起教导太子。

这个消息让顾九思有些蒙，出了大殿，他忍不住问了叶世安一句："你觉得我能教太子什么？"

沈明赶紧举手："这个我知道。"

顾九思迷惑地看着沈明："什么？"

沈明一脸认真地说："赌钱。"

顾九思哽了哽："你别胡说，"他轻咳了一声，忙道，"我戒赌许久了。而且我怎么可能教太子这个？"

"那就真的没什么可教的了。"沈明叹了口气，"可怜啊，我们顾大人竟一无所长，还不如让玉茹嫂子过来，至少能教人打个算盘。"

"这你倒是说得没错。"顾九思道，"我们玉茹干什么都好。"

"你真是没救了。"沈明满脸怜悯之色。

顾九思嗤笑了一声："连个媳妇儿都娶不到的人怕才是真的没救了。"

"你说谁？"沈明听到这话顿时来了气，卷了袖子便道，"你再这么欺负人试试？"

"哟，打我啊？"顾九思挑起眉头，"来啊。"

沈明受不得激，抬手就是一拳。顾九思拿着笏板，也不还击，只是一味躲闪，一面躲一面退，同时道："真的，一无所长的哥让着你你都碰不到哥的衣角。"

沈明更气了，出拳的速度更快了。顾九思往转角处一躲，猛地就撞上了一个人。顾九思看见沈明的拳头砸过来了，下意识地一躲，沈明收拳不及，一拳就砸到了对方的脸上！

只听一声惊叫响起，而后就是一片惊慌的声音："公主！"

"殿下！"

"来人哪！"

整个场面乱成一片，顾九思和沈明吓得赶紧跪到地上。他们面前站了一个身着鹅黄色宫裙的女子，她青了一只眼，眼里含着眼泪，捏着拳头。看着跪在地上的顾九思和沈明，一面哭一面道："你们……你们谁是顾九思？"

顾九思听到这话，心里咯噔一下，下意识地道："殿下，你不是我打的！"

一听这话沈明就慌了。他拼命思索着，范轩哪里有个女儿，这又是哪里来的公主？

旁边的侍女忙上来帮这位公主按住被沈明打青了的眼睛，怒道："你们走路不长眼睛的吗？冲撞了公主，还不赶紧谢罪？！"

"对不住，"沈明赶紧开口道，"殿下，下官方才没注意，你打我一拳吧，对不起了！"

"你……"侍女还要说什么，公主抬手按住了侍女，目光却落在顾九思身上。公主迟疑了片刻，慢慢地问道："你……你就是顾九思？"

顾九思皱了皱眉头，跪在地上恭敬地道："下官正是顾九思。"

公主打量着顾九思，饶是沈明这么大大咧咧的人，也觉得气氛有些不对。叶世安追了过来，看见这个场景，不由得愣了愣。侍女当场大喝："大胆，见了公主还不行礼？！"

叶世安听到这话，赶紧跟着跪了下来。

那公主的目光落在顾九思身上，上上下下打量了许久，顾九思忍不住了，出声道："公主殿下可是有事要问下官？"

听到顾九思出声，公主的脸红了红，她似乎鼓足了勇气，张口道："我……我叫云裳。"

顾九思有些茫然，看了一眼叶世安，眼睛里写满了"她这是干什么？"。而叶世安比顾九思更茫然，只能回以"她这是干什么？"的眼神。

双方茫然片刻后，公主轻咳了一声，随后道："顾大人，本宫想与您单独谈一谈。"

"殿下……"侍女出声，似乎有些担心。

李云裳抬手止住了侍女的话头，小声道："就在这里，我不走远。"

公主看了一眼顾九思，便走到边上。顾九思犹豫了片刻，终于还是站起来跟着李云裳走到边上。

两人距离其他人不远，但压低了声音说话，其他人也是听不见的。顾九思有些不自在，李云裳站在他面前，小心翼翼地打量着他，慢慢地道："顾大人来东都，可知江尚书如何了？"

听到这话，顾九思心神一凛。他看着李云裳笑了笑，道："公主问这个做什么？"

"你不用担心，"李云裳慢慢地道，"我问这个并没有什么恶意。以前……以前江尚书和我母后关系很好的。"

顾九思愣了愣。他对江河在东都的关系网并不清楚，踌躇了片刻，斟酌着问："殿下的母后是西宫太后？"

范轩是在前朝太后的支持下即位的。梁王几乎杀尽了所有李氏的继承人，公主反而并没有什么大碍。太后如今只有这一个女儿，恨不得放在眼珠子上疼爱，于是如今虽然改朝换代了，但是范轩仍旧留下了太后和公主的地位和称号。李云裳报出自己的名字时，顾九思便知道她是谁了，却还是开口问了，装作对东都的一切都不清楚。

李云裳也不疑有他，点了点头，道："对，以往江尚书常来同哥哥和母后议事，所以我们也常见到面。"

顾九思点了点头，没有多说。

公主犹豫了片刻，接着道："我知道他如今在狱中，不知顾大人可有搭救的意思？"

顾九思听到这话，终于直直地看向李云裳。李云裳被他看着，似乎极不习惯被男子这样看着，脸有些红了。

她扭头看向旁边，故作镇定地道："我知道顾大人如今不信我，但我的确是有心帮助江尚书的。"

"公主为何……？"顾九思迟疑着，慢慢地道，"如今和我舅舅沾上关系，可不是什么好事。"

"你若和他沾上关系，自然不是什么好事。"李云裳笑了笑，"可若是我母后出面，那就不一样了。但我母后特意出面也不太好，所以就要劳烦顾大人想个法子让陛下能够重审江尚书的案子。我会向母后证明，江尚书当年的确没有和梁王谋逆。"

听到这话，顾九思皱起眉头："若太后能证明此事，当初为何不证明？"

李云裳叹了口气："顾大人，江尚书到底有没有犯这罪，并非看我母后能不能证明，而要看陛下的心思。"

顾九思听明白了，江河当初可能真的并没有参与梁王的案子，但是先皇一心想要扳倒梁王，自然不会留下任何与梁王相关的人。江河的女儿是梁王的侧妃，就算没有江河谋逆的证据，江河与梁王的牵扯也足够让先皇警惕了。

顾九思的脑子转了转，便明白过来：如今李云裳来找他必然是受了太后的支使，而太后要找他，看的怕就是他顾九思的面子。

顾九思在心里捋清了因果关系，便放下心来，恭敬地询问道："那太后希望下官做什么呢？"

"陛下得重审江大人的案子，这个由头还得由陛下自己主动提起来。到时陛下来宫中询问母后，母后自会作答。"

顾九思点了点头："下官明白了。"他躬身道，"下官先谢过公主。"

"不必，"李云裳忙道，"本也是应该的。"

听到这话，顾九思轻笑起来，温和地道："公主本不用搭理此事，这份恩情公主不必多说，下官明白。"

话说到这份儿上，李云裳也不再多说，看了看旁边等着的人，小声道："顾大人明白，那我也不多留了，顾大人慢走。"

顾九思点了点头，对李云裳恭恭敬敬地行了礼，便转身离开了。这次顾九思也不和沈明闹了，三个人规规矩矩地出了宫。

李云裳红着脸回头，看了一眼三个人的背影。旁边的侍女看着李云裳一直红着的脸，笑着道："公主莫看了，三个都俊得很。"

李云裳听到这话，用扇子敲了敲侍女的头，柔声道："满口荒唐话，也不知慎言。"

侍女笑嘻嘻地不说话了，李云裳也不恼怒，持着团扇转头瞧向天边的浮云，抿唇轻轻笑了笑。

三个人出了宫，叶世安便问道："公主方才同你说什么了？"

"你猜。"顾九思挑了挑眉。

叶世安皱了皱眉头，片刻后认真地道："九思，你不能对不起玉茹。"

"你可不能瞎说！"顾九思听到这话，赶紧回头，满脸认真地解释道，"我和公主谈的都是正事，你可别给我胡说八道，尤其是别在玉茹面前胡说八道！"

"那你方才到底是在说些什么？"沈明感到疑惑。

顾九思赶紧将事情原原本本地解释了一番。

叶世安明白过来，点了点头，道："太后也是有心了。"

"早不有心晚不有心，"顾九思掸了掸衣袖，"我才到东都她就想起我舅舅，的确是有心了。不过人嘛，也没有谁必须得对谁好的说法，人家愿意帮忙就是情分，这个情分我记下了。"

叶世安放下心来，点了点头，又问："那你的法子可想好了？"

顾九思想了想说："不急，我先看看具体是什么情况吧。"

三人回了顾府，叶韵正带着人刷墙，柳玉茹在屋里看从望都寄过来的账目。

柳玉茹拿着算盘啪啪地算着什么。顾九思进了屋，听着算盘声，高兴地道："我家柳老板又在算些什么啦？"

"今年望都的冬小麦产量好，望都的粮价应该要降，我打算收一批粮，送到沧州和东都这边。"柳玉茹低着头道，"还有花容，我问了，花容的产品在东都的贵族圈里卖得不错。我打算将花容的总店搬到东都来，今天我看好了铺面，交了定金。"

顾九思听着，坐到她身边去。柳玉茹一心沉浸在自己的世界里，接着道："我还琢磨着，在东都买几套房子，让叶韵打理一下，专门用来出租。东都战乱初平，我问过之前的价格了，现在的房价还算便宜，等以后东都的人口恢复了，房子怕是更难买。"

"嗯。"顾九思靠着她，懒洋洋地道，"都听你的。"

柳玉茹抬眼看向他，有些无奈地道："哪儿能都听我的？你可是一家之主。"

"我不是。"顾九思果断地开口，"我是吃软饭的。"

他吃软饭吃得这么理直气壮，柳玉茹也不是头一回见了。她抬手戳了戳他的额头，低下头继续算账。顾九思靠着她，用柔和的声音将白日里的事情说了说。

柳玉茹听到他要将江尚书救出来，有些担心："这不会影响到你吧？"

"若是我特意请陛下重审此案，陛下会对我起疑心。我们需想个法子，让陛下主动问起来。"顾九思皱起眉头，说了这话便没再多说了。

柳玉茹认真地想着，夫妻俩陷入了沉默中。

这时外面传来了敲门声，印红站在门口恭敬地道："夫人，有拜帖送进来。"

"拿过来吧。"柳玉茹回头，朝印红伸出了手。

印红拿着拜帖送了过来，柳玉茹一面拆着帖子，一面问："是谁送来的？"

"是个太监，说什么公主举办了一场宴席，希望夫人出席。"

"是哪位公主？"柳玉茹心里已经有了底。

果不其然，印红开口道："说是云裳公主。"

柳玉茹转头看向顾九思，顾九思盯着拜帖，察觉到柳玉茹的目光，下意识地回头道："你看我做什么？"他猛地反应过来，睁大了眼，道，"和我没关系，我和她真的没有半点儿关系！"

看见顾九思像一只被踩了尾巴的猫一般跳起来，柳玉茹不由得笑了："我都还没说什么，你这么激动干什么？"

顾九思被这么说，顿时有些气短了，讪讪地坐下来低声道："你这眼神看得我发毛，我不是害怕吗？"

柳玉茹抬手戳了戳他："做贼心虚。"

"我真没有。"顾九思有些委屈。

柳玉茹也不和他多做纠缠，叫印红去回话："你回去同来使说一声，我过些时日会去的。"

印红应声下去，柳玉茹转过头来盯着顾九思看，顾九思鼓着眼睛看她，两人对视许久后，柳玉茹扑哧笑出声来，便站起身去做事了。

顾九思挂念着江河的事，但也不敢冒进，只是托叶世安偷偷去牢狱里打听一下。

江河如今被关在里面，因为没有人注意，没有受什么刑罚，日子过得倒也还行。顾九思让人给狱卒送了银子，给江河带了些被子，又改善了一下江河的伙食，才放下心来。

江河的事情必须提，但不能由顾九思提，得皇帝主动问。顾九思盘查了账目，去户部尚书陆永那儿时还惦记着这事。

新朝初建，百废待兴，户部的任务是最重的，当务之急一方面是清点库存，另一方面就是安抚战后的百姓。在安抚百姓这件事上，各地县衙有了自己的应急预案，于是清点库存变成了户部最紧要的事。前朝的账本，顾九思和大家一起一一清点，今日才整理完。

顾九思抱着账本站在陆永面前，认认真真地汇报了结果。

陆永年近七十，头发花白，但精神头儿极好。他是范轩手下的能臣，以往在幽州主管财税之事，几十年来极受范轩信任，如今范轩培养顾九思，其实就是为了接陆永的班。因此陆永不仅是顾九思的上司，还算是半个师父，毕竟范轩多次让陆永"带一带"顾九思。所谓带一带，就是该教的陆永都得教。陆永在范轩面前满口应是，但回头便仿佛什么都忘了，和顾九思几乎没有交流。

顾九思汇报完毕，陆永一页一页翻看完账本，慢慢地道："点清楚就好，你也累了，先下去吧。"

顾九思愣了愣。账点清楚了，下一步就该拿着这些账目去查库房了，他已经做好准备，陆永这就打发自己回去了？

顾九思有些茫然，抬头看向陆永，疑惑地道："大人不去盘点库房？"

陆永拿着账本，皱了皱眉头，抬眼看向顾九思，有些不满地道："我没让你查，你问这些做什么？"

"顾大人果然想得多些，"旁边的仓部司郎刘春笑起来，眼里却没有半分笑意，"陆大人都没想起来，顾大人倒先想到了。顾大人要查仓部，也该提前说一声才是。"

顾九思听着刘春的话，明白刘春这是在找他的麻烦。陆永没想到他却想到了，这明显是在说他不对了。

顾九思慢慢笑起来："给大人分忧本来就是下属该做的事，难道做下属的一定要打一下才动一下？那样的话陆大人得多累啊？人毕竟是人，又不是骡子，不骂不动，那不是贱得慌吗？"

"你说谁是骡子？！"刘春没想到顾九思说话半点儿颜面都不留，不由得气急败坏。

顾九思神情迷茫地道："我说骡子，又不是说你，刘大人你激动什么？"

"你……"

"顾大人这样好的口才，留在户部可惜了。"陆永终于说了话，放下账本抬起眼来，平静地看着顾九思，慢慢地道，"陛下常夸赞顾大人，说顾大人天资聪慧，乃可造之才，是日后户部的栋梁，可我瞧着顾大人待在户部不大合适，倒是很适合御史台，不如我同陛下进言，让顾大人去御史台吧？"

顾九思静静看着陆永，迎着陆永平静的眼神，轻笑起来："大人费心了。大人确定今日不去库房盘点了？"

"去，"陆永淡淡地道，"但与顾大人没什么关系。那本就是仓部的事，老朽带着刘大人去就行了。"

"下官明白。"顾九思恭敬地道,"那下官告辞了。"

顾九思走后,刘春呸了一声,对陆永道:"什么玩意儿?!看他那得意样儿,他不就是仗着陛下宠爱他吗?您看看他,他眼里还有您吗?"

陆永站起身来,淡淡地道:"去盘点库银吧。"他的眼神里带了几分警告,"都吩咐下去了吗?"

"都准备好了,"刘春低声道,"就等您去查银。"

陆永点了点头,领着刘春离开。

顾九思回到自己的桌边看需要处理的文书,看了片刻,心里依旧愤愤不平,抓了张纸画了两个大王八,写了陆永和刘春的名字,才总算消气了。

因为画王八的时间长了些,他做完事已经入夜了。他从户部离开,出门的时候发现同僚都走了,不由得询问守门的太监:"陆大人今日不是盘点库银去了吗?这么快就走了?"

"早回去了。"守门的太监摆了摆手,"就您最晚了。"

顾九思点了点头,但觉得有些奇怪。

顾九思回到家里的时候,柳玉茹也才刚回来。芸芸即将带着花容的人来东都,柳玉茹和叶韵寻找店铺、装修,忙得不亦乐乎。

顾九思夜里洗脚,和柳玉茹道:"这糟老头,每天来的时候都说什么自己年纪大体力不济,起得晚些,走的时候倒比谁都跑得快,事做得最少,话说得最多。这么大把年纪,他不好好养生续命,跑来掺和年轻人的事做什么?"

柳玉茹听着他抱怨,给他递了帕子。顾九思擦了脚,感慨道:"不过老头子还是厉害,四千万两库银,一下午就清点完了,也不知道是用的什么法子。"

"你说什么?"柳玉茹向来对钱敏感,不由得惊诧地说,"四千万两库银一下午就点完了?"

"啊,对。"顾九思点了点头,"你这是什么表情?"

"不可能,"柳玉茹皱起眉来,"就算他把你们整个户部的人都带上,也不可能一下午清点完四千万两银子,他这是忽悠别人没点过银子。"

顾九思心里咯噔一下,停住了动作,抬头问道:"你确定?"

"绝对不可能。"柳玉茹翻了个白眼,"你不知道那时候我从扬州装钱上船清点了多久。"

顾九思蹙眉想着什么。柳玉茹低头折着东西，一面折一面同他唠叨些琐事。

顾九思怀里揣着事，第二日早早到了户部便去找陆永。

陆永见了他，没什么好脸色地道："顾侍郎有何贵干？"

"大人，"顾九思笑着道，"昨日盘点可还顺利？"

"嗯。"陆永应声，"顺利，顾侍郎有事？"

"库银有四千万两呢。"顾九思道，"昨日就一天的时间，下官怕您没盘点完，想问今日可有什么能效劳的地方？"

"没有。"陆永果断地道，"回去做事吧。"

顾九思笑着退下，出了门脸就冷了下来。

下午，范轩单独召见了陆永，询问此次户部查账之事。

顾九思左思右想，下午回家后便同叶世安道："世安，你不是经常能见着陛下吗？"

叶世安在门下省，因为文采出众，时不时还会帮范轩起草一些文书。

叶世安听到顾九思的话，蹙眉问道："你打算做什么？"

"你找个机会帮我问问，"顾九思看了看周边，"咱们国库还有多少银子？"

"这你不是最清楚吗？"叶世安笑起来。

顾九思也不答，只是道："帮我问问，谢了。"

叶世安知道顾九思不会无缘无故地问这些话，第二日便找了个机会同范轩说起了储银。范轩淡淡地道："咱们国库还剩三千万两白银，得省着些花了。"

叶世安将数报给了顾九思，顾九思蹙起眉头，没说什么。该回家时，顾九思也没走，就在户部来回晃悠。看着大家都走了，他趁着夜色绕到了国库门口。

顾九思本想，凭自己的身手，要进国库看看还不是易如反掌？他也这么做了，甚至带上了沈明和叶世安。三个人一路小跑躲开了守门的人，到了国库前。顾九思让沈明去吸引守门人的注意，自己一路狂奔，即将冲到国库门口时，突然被两个冲出来的壮汉一左一右地抓住手架了起来。

"顾大人，"其中一个壮汉道，"您这是要做什么？"

顾九思被两个人架在半空，挤出一个笑容道："我，溜达溜达。"他推开了两个人，赔笑道，"二位好好看守，在下先走一步了。"

顾九思一面退一面说,见两人没有其他事情,便赶紧回去了。

回了家,顾九思还一直惦记着这事,同柳玉茹嘀咕道:"他们肯定有猫儿腻,但陆永是皇帝的宠臣,我得拿到实际证据才行。"

柳玉茹看着他志在必得的模样,不由得笑了:"你这是在报复他说你?"

"我是这么小气的人吗?"顾九思果断地开口,甩着悬在腰间的玉佩,琢磨着道,"我只是觉得,若要查这个案子,我舅舅就是关键了。"

"怎么说?"

"我舅舅是从户部被调入吏部的。原户部尚书已经从城楼上跳下去了,现在就我舅舅对库房最清楚了。"顾九思思索着,突然想起什么来,"你明日是不是去参加公主的宴会?"

"是啊。"柳玉茹随口应了一声。

顾九思猛地拍掌,高兴地道:"我明白了,明日你去和陆夫人聊聊。"

于是柳玉茹便有了任务。

柳玉茹准备好了礼物,第二日便去赴宴。

宴席设在城郊,那里有一片先帝当年赐给云裳公主的园林。柳玉茹出城时,便已经注意到陆续往城外走的华贵马车。那些马车或是镶金嵌玉,或是做了特殊的浮雕设计,看上去又大又平稳,带着主人姓氏的木牌在车头悬着,都有着独特的设计,线条流畅漂亮。这似乎是一种无声的比拼。

宴席地点门口都是这样的马车。柳玉茹的马车普普通通,看上去也就是比平民的马车大上一圈,除此之外没有任何特别之处,夹在这些马车里便显得有些寒酸了。

旁人早早看见这辆马车,许多夫人小姐被搀扶着从马车上下来时也会不由自主地看过去,小声询问一句:"这是哪户人家?"看见车头木牌上的"顾"字之后,她们露出了然的神情来,抿唇笑笑,却也不多说。

柳玉茹的马车还没停下,她便察觉到了这情况,皱了皱眉,没有说什么,拿着团扇有一搭没一搭地扇着风,掀了车帘看着外面。

印红后知后觉地察觉到情况不对,快到门口时小声道:"夫人,咱们今日来,是不是寒酸了些?"

柳玉茹摇着扇子,平静地道:"别慌,装作什么事都没有就是了。"

印红应了声,见柳玉茹这么镇定,心里便安定了些。

其实柳玉茹也有些不安，但是大风大浪都过来了，这样的场面就不算什么了。她们只需少说话、少做事，静静地坐上一日便可回去了。

柳玉茹观察起这些东都女子的衣着打扮来。这些贵族女性时间多、钱多，恰好是东都最优质的一批客户，只是都不大出门，难得有接触她们的机会，她又怎会放过？想到这些人的银子，先前那份不安突然就消失了，她心中只剩下跃跃欲试的情绪。

马车到了大门口，柳玉茹掀了帘子，从车里走了出来。许多人挑起了帘子，想看看这马车的主人是谁。

柳玉茹穿着浅蓝色的春衫，仪态从容，倒是半点儿没的挑。但在场的贵族女子一眼就能看出来，柳玉茹全身上下没有半件值钱的东西，于是哪怕她容貌姣好、仪态端方，在众人眼里也只是小门小户费尽心机养出来的姑娘。若那些贵族女子再看一眼那马车上的名字，定少不了一句："幽州那地界来的，果然登不上台面。"

柳玉茹从马车上下来，由侍女领进院子入了席。宴席的位子是按照身份安排的，顾九思作为户部侍郎，位置算不得低，于是柳玉茹的位子也就靠前面些。柳玉茹让印红给了侍女二两银子，侍女才笑起来，朝柳玉茹福了福身，道："夫人有事可以唤奴婢，奴婢思雨，在宴席上当值。"

柳玉茹笑了笑："今儿个得劳烦您了。"

思雨像是心情极好，又恭恭敬敬地和柳玉茹说了几句话才下去。

思雨走后，印红给柳玉茹倒着酒，小声道："这东都的奴才，都见钱眼开。"

柳玉茹用团扇敲了一下印红的头："休要胡说。"

印红撇了撇嘴，柳玉茹扫了一眼四周，便看见了周夫人。周高朗如今在朝中任枢密使，掌全国军权，周夫人的位子自然在最前排。周夫人身边还有一批幽州来的高官的家眷，柳玉茹便站起身先去问候了周夫人。

周夫人看见柳玉茹，笑了笑，道："玉茹也来了？今日公主这宴席，人齐全了。"

柳玉茹笑着应了一声，被周夫人招呼着坐过去。柳玉茹在幽州时就同这些夫人关系好，这些夫人见她来，便又同她聊起花容新出的香膏来。

柳玉茹给她们介绍了花容新的产品，又道："花容很快就要在东都开店了，我还请了些师傅做了些饰品，今日带了些，一会儿让人来给夫人们都送一些。"

这些夫人听到这话，大多喜笑颜开地道："玉茹做生意也不容易，哪里有白白送的？"

"能被送给夫人，为夫人所用，我都恨不得去当盒香膏呢，这是福气。"

这话让众人都笑了起来，吹捧的话自然是让人舒坦的。柳玉茹坐了一会儿，见人多了，便起身同周夫人告退，回到了原来的位子。

印红感到疑惑："您不再聊一会儿？"

柳玉茹笑了笑："咱们毕竟是要在东都生活的。"

"嗯？"印红有些不明白。

柳玉茹摇着扇子："一个人若是有了固定的圈子，圈子外的人就会觉得你排斥他，主动远离你。同周夫人在一起固然好，但久了也就融不进东都了。"

印红有些懂了。

两人说着话，人越坐越多。

没多久，一个身材丰满的女子就坐到柳玉茹身边的位子来，一面坐下，一面和旁边的侍女抱怨道："这位子是怎么安排的？我要和张夫人坐一块儿。"

柳玉茹转过头去，看见那女子神色不耐烦。柳玉茹笑了笑，对那女子道："夫人可是有熟悉的朋友？"

"你是……？"对方感到疑惑。

柳玉茹抿唇笑了笑，道："我姓柳，夫君是户部侍郎顾九思。"

对方笑了起来，笑容里带了几分讥讽之意："原来是大红人顾大人的夫人，久仰。妾身的夫君您大概不知道，姓刘……"

"可是仓部司郎刘春刘大人？"柳玉茹笑眯眯地说。

刘夫人笑起来："您竟也知道。"

"刘大人为官勤勉，做事干练，深得同僚赞许，我也有所耳闻。"

听到这些夸赞，刘夫人的神色好上许多，她也再不提换位子的事情，和柳玉茹闲聊起来。柳玉茹存着向刘夫人打探消息的心思，便聊起刘夫人身上的衣服来："您身上这布料，应当是上好的丝绸了。"

"雪蚕丝，"刘夫人嗑着瓜子，眼里带了几分炫耀之色，"听过吗？"

柳玉茹听到这话，眼神震惊，高声说道："竟是百两一匹的雪蚕丝？！"

刘夫人看到柳玉茹这土包子的样子，很高兴："其实也就这样吧，我这一身都是雪蚕丝的布料做的。我皮肤薄，怕了那些粗布，划得皮肤疼。"

"那您真是天生的贵人命了。"柳玉茹赶紧道，"注定要穿这样的好绸缎。"

"也就一般吧。"刘夫人高兴起来，抬起手，"见这镯子了吗？"

柳玉茹故作不识："这是……？"

旁边的一位夫人一直在听两人说话，实在忍不住了，用团扇遮着脸低低地笑出了声。

柳玉茹和刘夫人一起看了过去，柳玉茹满脸疑惑，刘夫人有些不满了，道："你笑什么？"

那夫人摆了摆手，连忙解释道："只是想起些趣事，姐姐莫要误会。"

"你分明是笑话我！"刘夫人不高兴起来。

那夫人见状，赶忙道："误会，真的是误会。"

旁边一个看戏的瘦脸夫人笑着插嘴道："刘夫人，她不是笑话您，是笑其他人呢，您别误会了。"

刘夫人听到这话明白了。

柳玉茹笑着假装没听懂这些人的意思，接了刘夫人的话头，道："是暖玉吧？"

"哟，"旁边的瘦脸夫人有些惊讶，"你还知道暖玉呢？"

柳玉茹看过去，疑惑地问道："这位夫人是……？"

"这位是叶夫人，"刘夫人解释道，"御史中丞叶大人的妻子。"

柳玉茹听到"叶"这个姓，不由自主地多看了一眼，但也只点了点头行礼，没有多说。

这两位夫人加入了对话，便个个都向柳玉茹炫耀起来，真把柳玉茹当成了幽州来的土包子。尤其是刘夫人，话里夹枪带棒，而旁边的叶夫人也会跟着说上几句。

"你是幽州来的，应当知道花容吧？"刘夫人说着，语气有些骄傲。

柳玉茹愣了愣，随后温和地笑起来："知道。"

"那你用过吗？"

"用过一些。"

"花容今年新出的那款黄金牡丹的香膏很好用，你可以试试。"刘夫人刚说完，旁边的夫人都笑起来。

"您这可就为难顾夫人了。"叶夫人笑起来，道，"这可是花容今年最贵的一款香膏，顾大人刚当上户部侍郎，听说之前家在扬州，但也是举家逃亡，现下怕是没这个银子让顾夫人享这种福了。"

这话说出来，众人都笑出声来。这时候外面传来喧闹声，李云裳来了。所有人都站了起来，恭敬地向李云裳行礼。李云裳一面说"都是姐妹，请起吧"，一面朝着周夫人等人疾步走去，随后给周夫人等人行了礼。

公主来了，这宴席总算正式开始了。

东都贵族圈的宴席和扬州的比起来，富丽有余，趣味不足，相熟的人三三两两地坐在一块儿说话，柳玉茹便坐在边上听着。

宴席到了下半场，刘夫人喝了些酒，正同陆永的夫人说着话，突然笑起来，道："您瞧顾夫人那身衣服，您家的下人都比她穿得好呢。"这话的声音不小，宴席上的人突然就安静了。柳玉茹抬眼看过去，刘夫人有些尴尬。

这时候陆夫人轻笑出声，拍了拍刘夫人的肩，道："你醉了。"说着，陆夫人看向柳玉茹："她醉了，说话不当事，顾夫人别放在心上。"

旁边的人陆陆续续地笑出声来，都不当回事。周夫人皱起眉头，正想说什么，就听见柳玉茹开口了。

柳玉茹艳羡地看着陆夫人，道："这倒是没什么，玉茹只是觉得陆夫人家中的仆人都过得这样好，陆夫人一定是极其和蔼善良之人了。"

听到这样的吹捧，陆夫人放下心来，口气也缓和了许多，又因柳玉茹的软弱而生出了几分轻慢之意，应声说道："倒也没有你说的这样好。给他们穿得好些，他们做事也会更尽心。"

"那陆大人可真是豪气啊。"柳玉茹感慨道，"我这一件衣服便得二两银子，陆家下人都能有这样的衣服，想必陆大人的月俸一定很高吧？"

陆夫人听到这话，脸色顿时就变了。

柳玉茹低头喝茶，慢慢地说道："不过也不奇怪，陆大人在幽州还是有些产业的，这些我们都知晓。但刘大人就不一样了，本家算不上什么豪门大族，刘大人全靠自个儿走到今日，想来仓部司郎的月俸一定很高，您这一身行头，"她笑眯眯地上下打量着刘夫人，仿佛在盘点仓库一般道，"金钗、暖玉、雪蚕丝、花容最新的香膏……这一套下来，几百两银子怕是少不了吧？"

所有人都不说话了，目光都落在刘夫人身上。

在座的人有许多是出自豪门大族的，有钱无甚稀奇，但是刘春是实打实地从底层自己爬上来的。以往大家不说是给个面子，毕竟这是女人们的聚会，不是朝堂政客间的厮杀。可柳玉茹没给半点儿面子，一双眼里含着笑，却仿佛带着刀一般。

　　柳玉茹瞧着刘夫人，柔声说道："我夫君虽是户部侍郎，但远没有刘大人这样阔绰，不知刘大人有什么生财之道？还请刘夫人赐教一二，不然我的衣服还没陆夫人府上一个侍从的贵，也太不体面了不是？"

　　刘夫人不敢应话，酒醒了，此刻脑子清醒无比。她迎上所有人——尤其是周夫人的眼神，立刻知道自己惹了大祸。

　　陆夫人赶紧给刘夫人使眼色。刘夫人冒着冷汗，过了许久终于想出应对的话来，勉强笑了笑，道："顾夫人说笑了，哪儿有这么贵？"

　　"没有？"柳玉茹笑起来，"花容黑金香膏，一盒便是二十两银子，您这一身行头总不至于都是假的吧？"

　　刘夫人笑不动了，却还是得艰难地道："竟让您看出来了。"她涨红了脸说道，"其实说起来也怕人笑话，但如今顾夫人误解了，我也只能说了，的确都是我吹嘘的，没想到顾夫人这样较真……让大家见笑了。"

　　听到这话，柳玉茹露出恍然大悟的表情，忙说道："那着实对不住，姐姐，我不知道啊。"她叹了口气，"您也是，这银钱都是身外之物，我们身为大人的女眷，有，那是福分，就像诸位夫人，出身好，命好，有这些衣服首饰配着，那都是锦上添花。可是我们这样的普通人，何必强争这个面子呢？"

　　"顾夫人说得是。"刘夫人咬牙道，"是我错了，让大家误会了。"

　　"也是我错了，"柳玉茹忙说道，"我应当先问清楚姐姐的。"

　　这一声姐姐叫得刘夫人犯恶心，但她还是强撑着笑容答应。

　　"好了好了，"座上的李云裳终于出声，"都是来耍玩的，何必这么认真呢？顾夫人也不必太较真了。"

　　李云裳开口说了这话，柳玉茹不由得转过头去。座上女子生得是极为美丽的，像是冰雕玉琢，因为身居高位，少了几分她这样市井摸爬滚打出来的世俗气。

　　柳玉茹看过去时，李云裳正巧也瞧了过来。两人对视之后，静静地看了对方片刻，李云裳率先点了点头，扭过头去。

　　柳玉茹有一种说不出的感觉。那一瞬间，她觉得自己像尘埃。这种感觉让她有些情绪低落，但她只是坐下来，没再出声。

宴席结束，柳玉茹又陆续认识了几个人，才终于离场。

早春还有些寒冷，柳玉茹驱车回去，坐在马车里感到十分困顿。马车行至半路，突然停了。她有些迷惑，正要开口，就看见一个白衣公子突然卷帘走了进来。

寒气让她清醒了几分，她不由得诧异地道："郎君？"

顾九思坐到她身边来，同外面驾车的人说道："回家吧。"

马车重新行驶起来，顾九思回过头同柳玉茹说道："我今天事少，早早地回了家，你又不在，我心里就挂念着，左想右想就想来接你。直接去公主府吧，我又担心人家笑话你，所以就在半路等。我等啊等，等得马车过去了一辆又一辆，可算把你等来了。"

柳玉茹听到这话，也不知道怎的，白日里受的委屈也好，愤怒也好，感慨也好，突然都消散了。她抿唇看着面前的人，笑着问道："那你等多久了？"

"说久不久，说不久也挺久。"

"怎么说？"柳玉茹眨了眨眼。

顾九思笑起来，一手撑在马车的车窗上，手虚握成拳，头轻轻靠在那拳头上，另一只手转动着手上的纸扇，像是哪家的浪荡公子，带着满是春意的笑容道："等得不久，可你不在，一刻也觉得是天长地久。"

他说这话时没有半点儿正经的样子，柳玉茹忍不住推了推他，道："你就知道说这些话哄我。"

顾九思抬手握住她的手，放在自己的心口，道："是哄你的还是真心的，你来摸摸？"

"我摸不出来。"柳玉茹笑着说。

顾九思探过身子瞧着她，放低声音，道："衣服遮着了，你探进去摸摸？"

柳玉茹愣了片刻，反应过来后不由得说道："顾九思，你真是太孟浪了。"

"这句话你说太多遍了，"顾九思撇了撇嘴，"我也没否认过啊。"

柳玉茹推了他一把，顾九思耍着无赖，握着她的手往自己的衣服里探，道："来来来。"

"顾九思！"柳玉茹哭笑不得。

顾九思和她耍闹着，将人抱过来。拥抱在一起之后，两人便也不再出声了。

过了片刻，顾九思慢慢地说道："为什么不开心？"

"嗯？"柳玉茹感到疑惑，"我怎么不开心了？"

"方才我进来，觉得你不高兴。"顾九思认真地开口。

柳玉茹诧异于他的敏锐，瞧了他片刻，慢慢地笑起来，柔声说道："没有不开心，只是在想一些事情。"

顾九思见柳玉茹不说，也没再问。等回到家里，他趁着柳玉茹去洗漱，将印红拦了下来，站在门口问了一遍："今日宴席上怎么了？"

印红本就气恼，听到顾九思问，忙将白日里的事原原本本地说了一遍。顾九思皱眉听着，末了，印红叹了口气，道："夫人就是脾气太好了。"

顾九思应了一声，随后道："好好跟着。"而后他便转身离开了。

他自个儿在院子里站了片刻。沈明大晚上逛院子，溜达着走过来，看见顾九思站在院子里就说道："哟，我的亲哥哥，你大半夜站在这儿做什么？"

顾九思抬眼看着沈明，沈明被他盯着，有些害怕，咽了咽口水，问道："你⋯⋯你想做什么？"

顾九思琢磨了片刻，拎着沈明的领子就走，道："你跟我走一趟。"

柳玉茹从浴室里出来的时候，顾九思就已经不见了。她感到疑惑，但听说他是和沈明一起出去的，就猜想应当是有什么事，便没多问。她找了人，专门将刘夫人的名字找出来，清点了刘夫人在花容买过的东西，确认了数额。光是刘夫人在花容购买香膏胭脂的钱，就已经是刘春好几年的俸禄。柳玉茹在家里琢磨了片刻，便先睡下了。

顾九思是半夜回来的，回来的时候显得极为高兴。

柳玉茹不由得问道："去做什么了，这么高兴？"

顾九思笑眯眯地上了床，也不回答，只是高兴地道："睡了睡了。"

柳玉茹问不出话，只能同他道："我让人查了账，找到刘春他老婆在花容花过的钱，你若是有需要，我可以立刻整理给你。"

"没事。"顾九思给柳玉茹掖了掖被子，"这事你别管，管了以后花容的生意就不好做了。你好好做生意，别搭理我。"

柳玉茹听顾九思这么说，狐疑地问："那你打算怎么开这个头？"

顾九思笑了笑："你今日不是同人吵架了吗？"

柳玉茹听到这话，便知道顾九思是知道白日里的事了，连忙道："我那算不得吵架。"

"这也无所谓，不过你说了，有心的人自然会上心，不用我们多费事。"

柳玉茹应了一声，同顾九思一起睡了过去。

第二日醒来，柳玉茹洗过脸，便去了她在街上盘下的店铺。店铺里已经开始摆放货物，后天便可开始营业。叶韵和柳玉茹一起看着货。

叶韵如今的情况好了很多，平日她虽然不爱说话，但精神头儿是有的。她已经风风火火地改造完了顾府，那个破落的院子如今大气敞亮了起来。甚至有人因为喜欢她的改动，专程上门来问愿不愿意卖。她也给花容的店铺做了设计，于是东都的铺子比起望都的就更是上了一个台阶。

柳玉茹和叶韵看着货物被搬进店铺里，正讲着这些胭脂，印红就突然进了屋，小声同柳玉茹道："夫人，喜事。"

柳玉茹感到疑惑地回头看了过来，印红看了看四周，见没有其他人，便笑眯眯地道："夫人，今天早上可发生了一件极有意思的事。"

"嗯？"

"昨儿个夜里刘大人逛青楼，被人从青楼里拖出来，光着身子被挂在了大门口。听说刘夫人提了藤条过去，狠狠地追着人抽，抽了一条街。"

"竟有这种事？"叶韵错愕不已。

柳玉茹第一时间想起昨天晚上和沈明一起出去的顾九思，迟疑了片刻，慢慢地问道："可知是谁做的？"

"现在还没找到，"印红笑着道，"听说刘春今儿个醒来，对昨夜的事都不记得了，怕是被抽蒙了。"

"可是，"叶韵感到疑惑，"刘夫人就半分情面都不留给刘大人吗？"

"昨儿个刘大人醉酒后写了一首诗，传到刘夫人的耳朵里。"印红凑上前来，压低了声音说，"我听说是写了什么'猪蹄穿暖玉，水桶罩蚕丝'。刘夫人怒了，才那样做的。"

"那着实是过分了。"柳玉茹点了点头，道，"然后呢？"

"也没什么然后了，"印红摇了摇头，"不过我听说，他这样，御史台想睁一只眼闭一只眼都不行。"

这倒也是，大夏禁止官员出入这种声色场所，刘春被扒光了吊出来，百姓早就议论纷纷了，再让御史台装死，也着实是为难御史台。

　　柳玉茹发现接下来不会有什么严重的后果，也就没有再问。

第十九章　库银案

　　中午，柳玉茹提前回了家，站在长廊上静静地等着顾九思。

　　顾九思兴冲冲地回家，一见柳玉茹的神色，便知不好，下意识地退了一步。

　　柳玉茹淡淡地道："站住。"

　　顾九思不敢动了。

　　柳玉茹手里拿着团扇，面无表情地从顾九思面前走过去，道："郎君进书房聊聊吧。"

　　顾九思听到这话，知道这是聊不好了。

　　他们进了书房，柳玉茹让下人都下去，而后关上了门。顾九思就站着，柳玉茹喝了口茶，什么都没说。

　　顾九思一上午的得意都没了，他忙道："你放心，事情绝对不会查到我头上。"

　　"你知道我要说什么？"柳玉茹抬眼，似笑非笑。

　　顾九思哽了一下，小心翼翼地问："不是同我说……刘春的事？"

　　"您也知道啊。"柳玉茹叹了口气，慢慢地道，"九思，你也不小了，这种一句话不对头就带人去围殴人家的事，以前冒失的时候做做就好，现在还是要谨慎些，若是被人翻出来，你可就说不清了。"

　　顾九思低着头，一副听她训诫的模样。

柳玉茹拿他没有办法，道："我都是为你好。"

"我明白。"顾九思忙道，"我昨天和沈明做得干净，主要的事都是沈明做的。而且现下刘春已经到刑部了，更构不成什么威胁了。"

"刘春被押到刑部了？"柳玉茹有些诧异。

顾九思点头道："对，今天早上御史台的人就上折子弹劾他。如今他应当已经被关在刑部里，刑部的人可能已经在查他的夫人了。"

"御史台的人动作竟这样迅速？"这超出了柳玉茹的预料。

顾九思点了点头："御史台如今听令于叶世安他叔父，听说做事是极快的。只要他们查到刘春贪污，他这个仓部司郎的职位就会让盘点库房成了必要，到时候自然得找人核对前朝的财务和如今的情况，陛下就会想起我舅舅。"

"你这一圈绕得远得很。"柳玉茹有些感慨。

顾九思笑了笑："若绕得不远，事情是因我而起，到时候陛下怕是会多心——梁王毕竟是他的一块心病。"

柳玉茹点了点头。

顾九思抬眼打量着她，小心翼翼地道："我这一关算是过了吧？"

"以后别这么鲁莽，"柳玉茹叹了口气，"下次就别动手了。刘春早晚要被送进去的，你去惹这个麻烦做什么？"

顾九思笑眯眯的目光落在柳玉茹身上，一动不动。

柳玉茹整理着书桌上的东西，察觉到他的目光，有些不好意思，低声道："行了，你赶紧该干吗干吗去吧。"

顾九思应了一声，转身出去，到了门口顿了顿脚步，背对着柳玉茹小声道："玉茹，我只是不愿让人欺负你。"

柳玉茹手上的动作顿了顿，她小声应了一声："知道了。"

顾九思出了门便去了叶府，专程去找叶世安。

叶世安搬回叶府好几日了，顾九思来找他还得专门下拜帖。顾九思同他喝了杯茶，便将自己对刘春和陆永的怀疑说了出来："四千万两白银，他们清点一个下午就清点完了，这怎么可能？这其中必然有猫儿腻。"

叶世安喝了口茶，慢慢地道："前朝的账目是你清的？"

"是啊。"顾九思看叶世安皱眉的表情，觉得有些奇怪，"是我清的。"

"四千万两？"

"四千万两。"

叶世安深吸了一口气："你可知陆永同陛下报的是多少？"

顾九思骤然明白过来，震惊地问："国库存银的数量他都敢假报？！"

叶世安摇了摇头："倒也不知道他是怎么说的，但陛下就信了，一直以为库银只有三千万两白银。三千万两也不少了。我就是担心你，知道四千万两这个数额的人，除了你，还有其他人吗？"

顾九思想了想，这件事几乎是他一手经办的，最后这个数额也就只有他知道了。他这样想了一番，突然就明白了陆永报假数字的底气。除了自己，其他知道真实数额的人或许都站在陆永那边，只要盘点的时候搬走一千万两，库银和账目就能对上了。

"无论如何，"顾九思深吸了一口气，"还望你同叶御史说一声，此事务必彻查。"

"我明白。"叶世安点头，平和地说道，"放心吧。"

叶世安和顾九思商量刘春的案子时，一辆马车停在了陆府后门前，一张烫金拜帖从马车里送出来，里面传来男子带笑的声音："去告诉陆大人，能救他的命的人来了。"

陆永收到帖子时，看到上面的"洛"字，皱了皱眉头。这是个棘手的人物，朝廷上下都摸不准范轩的意思，而且洛子商开口就说是来救自己的命……陆永联想到白日里刘春的事，犹豫了片刻，还是让人将洛子商领了进来。

洛子商穿着黑色烫金纹路的华服，头顶金冠，手中的小金扇打着转。哪怕与洛子商并不相识，陆永也能看出，洛子商向来是这样的打扮。

陆永站起身来向洛子商行礼，道："洛太傅。"

"陆尚书。"洛子商笑着回礼。

陆永招呼洛子商坐下，洛子商打量了陆永的书房后，笑着道："陆尚书果然高风亮节，这书房布置简洁，和我过去认识的官员的倒是大不一样。"

"洛太傅过去认识的官员的书房是怎样的？"陆永给洛子商倒了茶。

洛子商笑了笑，道："在下过去认识的人，要是挪了银子，至少会在家里挂两幅名家字画。"他说着，用扇子指向墙上一片空白之处，"在下觉得，那里挂一幅张老的山水图甚好，陆尚书觉得呢？"

陆永听着洛子商的话，面色不变，端起茶来抿了一口，慢慢地道："洛太傅的这些话，老朽怎么听不懂呢？"

"陆尚书，"洛子商用扇子敲着手掌心，表情似笑非笑，"刘春都进刑部了，您何必在这儿和我打哈哈呢？"

陆永不说话，洛子商靠在椅子上，慢慢地道："天下没有不透风的墙，这仓部偷库银的事吧，早已经是惯例。刘春在前朝就坐在这个位置上，是一条老泥鳅，什么都清楚得很。他知道得越多，到时候能吐露的就越多。"

洛子商看着陆永紧捏着茶杯的手，伸出手去将茶杯抽了出来，温和地道："陆大人不必紧张。我今日来不是来吓唬您的，是来救您的。"

"洛太傅说笑了，"陆永面色镇定地说，"刘大人进了刑部，与老朽有什么关系？"

"陆大人，"洛子商眯起眼，"您真是不见棺材不落泪，您和刘春合伙私吞库银这事，还用我给您说清楚吗？您要是觉得还不够清楚，那要不要我说一说赵构这些人是怎么和您约好的？"

赵构只是库房的一个看守，陆永听见洛子商连这人的名字都点了出来，脸色终于变了。

洛子商笑起来，道："陆大人，现在咱们可以开诚布公地谈了吧？"

"你要怎样？"陆永终于问。

洛子商高兴地道："陆大人这个态度就对了，我今日来就是想和陆大人结盟的。"

"结什么盟？"

"如今刘春被关进了刑部，库银是一定会被查的，您有没有想过之后怎么办？"

"你怎么知道库银一定会被查？"陆永皱起眉头问。

洛子商撑着下巴，拈起了葵花籽，道："您倒是说说，除了动了库银，一个仓部司郎的夫人能戴暖玉、穿雪蚕丝，还能是因为什么？"

陆永没说话。

洛子商将葵花籽扔进嘴里，接着道："总得有个人来背这个锅。"

"这不用你操心。"陆永冷静地道，"洛太傅做好自个儿的事就行了。"

"陆大人不必这么见外，"洛子商笑着道，"我明白您的想法，到时候就推说是库房里的人私吞了就行了，死几个下面的人，事情就解决了。可问题是，这话您信，叶御史信吗？"

"这又关叶御史什么事？"陆永皱起眉头问道。

洛子商靠在椅子上，看着陆永，像在看一个笑话，道："叶御史的侄儿是叶世安，叶世安与顾九思有过命的交情，顾九思是最后清点账目的人，而刘春被弹劾则是因为顾九思的夫人与刘春的夫人在宴席上起了冲突。"洛子商笑眯眯地道，"陆大人觉得，叶御史到底是为什么参刘春一本？"

他一说出这话，陆永就变了脸色。如果说只是刘春被抓，那是小事，但若此事是顾九思设计的，那对方自然不会随便被几个下面的人搪塞过去。

事情一时陷入了困局，陆永思索了许久，终于道："洛太傅既然知道陆某的难处，今日必然是有备而来。不知洛太傅有何高见？"

"倒也没什么高见。"洛子商笑着道，"就是一个建议而已。洛某年轻，也不知道这想法行不行得通。"

"洛太傅但说无妨。"陆永认真求教，洛子商喝了口茶。

房间里极其安静，两个人依稀能听到外面竹叶的沙沙声。

喝了茶，放下茶杯，洛子商才重新开口："总要找个人来背锅的。"

陆永没说话。

洛子商看过来，用商量的语气道："顾九思如何？"

陆永皱起眉头："顾九思都没参与过这些事，怕是不妥当吧？到时候几个人被分开审讯，很容易露出马脚。"

"那就不审。"洛子商果断地开口。

陆永愣了愣，下意识地道："既然和这个案子有关，就不可能不审。"

洛子商抬眼看了一眼陆永，有些无奈地道："陆大人，活人能审，死人也能审吗？"

陆永脸色大变。

洛子商看了看外面的天色，淡淡地道："要下雨了。"说着，他站起身来，"陆大人，在下先回去了，若是有其他事，大人可以让人给在下送信。有些事大人不方便动手，"他回过头来看着陆永，温和地笑起来，"在下可以效劳。"

"你要什么？"陆永盯着洛子商，面色带了几分愠怒。

洛子商张合着小扇："陆大人，在下一个年轻人，在东都讨生活不容易。我的意思，陆大人想必也明白。"

陆永沉默片刻，便懂了洛子商的意思。想必洛子商如今已经明白，答应让他当太傅、留东都，都不过是范轩的权宜之计，而他当初入东都又何尝不是权宜之计呢？现在他要在东都这片土地上生根发芽，从范轩还在望都做小官时就给范轩当谋士的陆永便是他第一个结交的人。

许久后，陆永慢慢地道："我明白你的意思，可有一事不太懂。"

"不懂什么？"

"你和顾九思之间有什么仇怨？"

听到这话，洛子商有些诧异地回头："仇怨？"他笑起来，"陆大人，你如今要杀刘春，可是因为仇怨？"他张开了扇子，遮住半张脸，"不过就是将挡了路的石头踢开而已，若说有仇怨，也应该是他们怨恨我。既然他们怨恨我，就不可能当我的朋友，也就只能当敌人了。"

陆永静了许久后，应声道："我明白了。"

"需要在下帮忙吗？"洛子商挑眉。

陆永神色平静地道："我要见刘春一面。"

洛子商嗯了一声后，慢慢地道："今晚？"

"越快越好。"

"好。"洛子商点头，做出了一个请的动作，道，"那就请吧。"

陆永沉下脸来，跟着洛子商走了出去。上了马车，看到两杯泡好的茶，陆永道："你知道我今夜会跟你走？"

洛子商低笑："陆大人不必纠结这些。"说着，他将茶杯推到陆永面前，"喝茶。"

清晨，顾九思起得很早。他夜里没睡着，一直想着刘春的事，琢磨了一下，想专门去刑部看看。起来时，他特意向柳玉茹要了一包银子。

柳玉茹一边给他装钱，一边看着他吃东西，不由得笑着道："我们九思长大了，也到了会用钱的时候了。"

顾九思含着饺子瞪了她一眼。

而后他吃完饺子，从柳玉茹手里接过了钱袋，嚣张地道："爷今天出去干大事，不准备点儿银子怎么成？"

柳玉茹抿着嘴笑，看着他将钱袋子挂在腰上，高高兴兴地出了门。

顾九思出了门，印红和柳玉茹收着碗："姑爷这么大的人了，还像个小孩子似的。"

"这样好。"柳玉茹笑着道，"我巴不得他一辈子是这样的孩子心性。"

两人正聊着，木南急急忙忙地冲了进来。

"少夫人，"木南冲进屋里，着急地道，"少夫人，不好了。"

柳玉茹回过头，皱着眉问："发生了什么事？"

"少夫人，"木南喘着粗气，"刑部的人……刑部的人在门口，把公子带走了！"

听到这话，柳玉茹的脸色顿时沉了下来。她急急地往外走去，道："刑部的人是怎么说的？"

"他们说公子与刘春一案有关，"木南跟在柳玉茹后面，一面走一面道，"其他的没多说。"

柳玉茹到了门前，顾九思已经被带走了，门口就剩下他的马车和有些焦灼的沈明。

沈明见到柳玉茹，即刻道："嫂子，现在……"

"别多说了，"柳玉茹跳上马车，道，"我们去宫门口找叶大哥。"

柳玉茹赶到了宫门口，让车夫把马车停在不远处。看到叶家的马车远远地来了，她忙让木南去将马车拦下来，吩咐道："让叶公子到我这边来一趟。"

木南急急跑了过去，拦下了叶家的马车。叶世安听了木南的话，便同叶御史道别，下了马车朝柳玉茹的马车走了过来。

他来时便知道不好，掀了马车车帘直接问："可是出了什么事？"

"刑部的人将九思带走了，"柳玉茹简明扼要地道，"说是和刘春的案子有关。"

叶世安听到这话，愣了片刻，随后沉声道："我明白了，今日朝堂上应当会说此事，我下朝再去刑部打探。你别急，先在家中等待，我们搞清楚了再做打算。"

柳玉茹点了点头："多谢。"

确认叶世安无事，又知会叶世安后，柳玉茹便让沈明照常跟着叶世安上朝，自己掉头离开。

到了家里，柳玉茹便立刻差人去刑部打点了一番，还问了问情况。刑部的人收了柳玉茹的钱，但也都说不知道情况，只说若是人到了他们手里，会照顾些。

柳玉茹在家里坐立难安，把所有事都交给叶韵去安排，一心等消息。午饭后，沈明和叶世安终于回来了。柳玉茹听到他们回来，立刻站起身迎了过去，才见了人影，便急急忙忙地问："怎么样了？"

"你先别急。"叶世安进了屋，先给沈明和自己倒了茶。

沈明就着急得多，忙道："这事我来说，刘春死了。"

柳玉茹惊得站了起来，道："刘春死了？！怎么死的？"

叶世安看了沈明一眼，有些无奈地说："你这么没头没脑的一句话，她怎么听得明白？我来说吧。"叶世安放下茶杯，正色道，"刑部将刘春带走之后，搜了他的宅子，查了他的账房。他家中的确藏了大量银子，吃喝用度也不菲，但平日都以他本家兄弟的生意作为遮掩，现下我们也都只有猜测，他自己没招，他兄弟山高水远，也还没归案。"

"但要查出真相来也是早晚的事。"柳玉茹沉声开口。

叶世安点头："的确如此。其实他刚入刑部时，就有人来疏通，只是我也同叔父说了一声，叔父特意到刑部去打了招呼。御史台盯上的案子，刑部多有顾忌，但是刘春的后台到底有多硬，最后的博弈结果如何也都是未知数。"

柳玉茹点了点头，叶世安喝了一口茶，继续道："然而昨天夜里，不知道为什么，刘春突然死在了刑部大狱中。"

柳玉茹抬眼看向叶世安："这与九思又有何关系？"

"刘春是被毒杀的。"叶世安沉下声音道，"晨时刑部抓到了下毒的狱卒，狱卒熬不过严刑，供出了主谋。"

听到这里，柳玉茹就明白了，在袖下捏紧了拳头，气得有些发抖："脏……"她连声音都颤抖了，猛地掀翻了一桌茶具，怒道，"脏透了！"

"你别激动，"叶世安站起来，忙安慰柳玉茹道，"这明显是诬陷，只要是诬陷，我们就能找到办法澄清。"

柳玉茹捏着拳头，急促地喘息："我要见他，得确认他的安危。"

"对啊，"沈明忙道，"就算我们能找到证据，要是刑部和县衙门一样，上来就先打几十板子，把人打废了怎么办？"

叶世安没有说话。

柳玉茹沉默了片刻，终于道："这事你们不必管，我去想办法。"她抬眼，认真地道，"我拿钱买也要买出一条路来。"

听到这话，叶世安咬了咬牙："我去求叔父。"

"我去找周大哥！"沈明立刻开口。

柳玉茹点了点头："你去找周大哥，让他探探周大人的口风。我们现在先别妄动，我去找九思，看看他怎么说。"

三个人商量好，分头行动。

柳玉茹站在门口，吩咐木南："拿一千两银子去找关系，无论如何，我一定要见九思一面。"

木南应了声出去。下午时分，木南走了进来，同柳玉茹道："夫人，我找到一个人，他是今晚守夜的狱卒，拿了五百两银子，已经和其他狱卒分好了。他们会安排好，今晚让您悄悄进去见人一面，但时间只有一刻钟，您看如何？"

"好。"柳玉茹果断地开口，随后又问，"他还好吗？"

"我问过狱卒，说中午刚送进来，公子看上去还好。上面让他们继续审问，但咱们的钱到得及时，他们就装装样子，不会为难。"

听到这话，柳玉茹终于放下心来。

她准备了棉被等一系列狱中要用的物什，到了约定的时间，驱车到了牢狱，在狱卒的安排下终于见到了顾九思。

顾九思没盖毯子，背对着牢房大门，面对着墙，似乎睡得很是香甜。

柳玉茹走过去，焦急地喊："九思！"

顾九思愣了片刻，猛地翻身起来，很是诧异地道："玉茹？你怎么在这里？"

"我找人买通了狱卒。"柳玉茹急急地道，"你还好吗？有没有受刑？"

顾九思摇了摇头，走到柳玉茹面前。隔着牢门，柳玉茹将他的手拉过去，一面低头查看，一面哑着嗓子道："今天早上你被带走，我就去找了叶大哥。叶大哥去问了人，说是刘春被人投毒毒死了，投毒的人说是你指使的。我怕这事还没完，担心牵连大家，就让大家先别妄动。我自己花钱买通了狱卒进来看看你。"

顾九思只静静地看着柳玉茹。柳玉茹低着头，红着眼，一副要哭不哭的样子，检查他有没有受伤。

柳玉茹抬眼看向他："你怎么不说话？"

"我在想，"顾九思笑起来，眼里满满地装着柳玉茹，"你今天就是这么去吩咐人的吗？"

柳玉茹愣了愣，顾九思看着她呆愣的模样，忍不住低笑道："那可不得让人心疼死？"

"都什么时候了？！"柳玉茹听着顾九思的话，顿时来了气，委屈让她再也维持不住冷静，眼泪啪嗒啪嗒地落了下来。她擦着眼泪，怒斥道："你知道我花了多少银子来见你吗？你还有心思和我玩笑！顾九思，你是没脑子还是没心肝？看不见我担心吗？”

听到柳玉茹的话，顾九思轻叹了一声，隔着木栏伸出手去，将她揽在怀里。木栏很硬，隔在两个人中间，可柳玉茹还是觉得突然找到了依靠。人就是这么奇怪，其实也不用说什么，一个拥抱就能让人安心。

柳玉茹靠着他，低声抽噎，道：“你比我聪明，我该做什么不该做什么，你得给我指条路。”

“我明白，”顾九思轻抚她的背，“你别担心，这些我心里有数。刘春背后的人必定是陆永，这一次的数额肯定十分巨大，陆永才会如此心慌，着急地推我出来顶罪。我们知道这一点，一切都好办。”

“嗯。”柳玉茹靠着他，心绪平和了许多，柔声道，“那我之后该做什么？”

“先别让世安掺和。陆永想审我，第一步一定是买通刑部的人，用他自己的人来审我，所以一定会以叶世安和我是友人为由禁止世安和叶御史干涉此案。世安越主动，陛下越不会让世安碰这个案子。若是陆永还这么说，你就让世安和陛下说明，他作为友人，哪怕是为尽朋友之谊，也要确认我的安全。你让他向陛下请命，让他监督刑部合情合理合法地审办此案。”

“好。”柳玉茹果断地应下了。

顾九思想了想，接着道：“第二件事，此刻至少有两个突破口，你们可以找他指使人杀刘春的证据，也可以找他贪污库银的证据，但是不管什么证据，你们都要明白陛下的心思。”

“陛下的心思？”柳玉茹有些不明白。

顾九思叹了口气：“你们得搞清楚陛下想不想保陆永。如果陛下一心保他，你们还把案子翻出来捅到明面上来，到时候陛下怕是会为了保住他，把我推到断头台上去顶罪。所以在动手之前，你们得搞清楚陛下对陆永的态度，到底是想保还是不想保。”

“陆永这样的人，”柳玉茹听到这话，顿时来了气，“陛下还想保吗？！”

“玉茹，”顾九思无奈地苦笑，“上位者比你想象中的更没有底线，比起公正，他们更在意结果。”

柳玉茹没有说话。

范轩还只是个县令的时候，陆永就跟着范轩，鞍前马后这么十几年，即使不说陆永出众的能力，光凭这份情谊，陆永只要没有踩到范轩的底线，范轩就会睁一只眼闭一只眼。

柳玉茹明白顾九思的意思，沉吟片刻，应声道："如果陛下存的是保他的心思，我要怎么办？"

"如果陛下存的是保他的心思，那咱们就不能往查案的方向去想。"顾九思果断地开口，"你要做的，首先就是给这个案子找出一个背锅的人，大事化小，小事化了，但不能不处理。其次，你要去和陆永谈，找到一个谈判的筹码，想办法让陆永放弃把祸水引到我这边的想法。"他想了想，道，"或者说让陆永身后的人放弃这个想法。"

"陆永身后的人？"柳玉茹皱起眉头，"陆永身后还有人？"

顾九思点了点头，道："刘春才进来，他就直接把人杀了，又嫁祸给我。这么干脆利落，不像陆永的风格。按照陆永的性格，他大概会先想尽办法把刘春捞出来，如今其实什么都还没查清楚，但他这么果断地杀人倒是让我觉得这一定是个大案了。"

"陆永不该这么蠢，但若说他是心里慌了被人利用，我倒愿意相信。"顾九思说着，想了想，又道，"不过这也都是我的猜测，更多的还要你自己去看去听。"

"我明白。"柳玉茹点头。

顾九思拉着她的手，又将自己与陆永、刘春之间的纠葛都说了一遍。他差不多说完的时候，狱卒走了进来，赔着笑道："顾夫人，时间到了，不能多留了。"

柳玉茹点了点头，同那狱卒道："大哥您放心，我道个别，这就离开。"

"您快些。"狱卒倒也识趣，这就转身离开了。

柳玉茹转头看着顾九思，抿了抿唇，终于道："我走了。"

顾九思垂下眼眸，遮住眼里的不舍情绪，低声道："嗯。"

柳玉茹看着他的模样，咬咬牙站了起来，让自己别再看了，转身离开。她刚走了没几步，顾九思突然叫住她："玉茹。"

柳玉茹忙回头看他，顾九思往前探了探身子，双手抓在木栏上，语气严肃地道："我还有话想同你说。"

看顾九思的样子，柳玉茹忙转过身，蹲下身来认真地说："你说，我听着。"

顾九思看她严肃的模样，只是将她的手捧在手里，珍而重之地低头亲了亲。

柳玉茹愣了愣，听见顾九思道："想亲亲你，别的地方也亲不到了，先下个定金，日后再补上尾款。"

"胡闹。"柳玉茹红了脸，看着握着她的手的人，小声道，"心思尽放在这些事上，嘴里没句靠谱的话。"

顾九思半蹲在她面前，仰头瞧着她，笑起来，道："想你这件事怎么就不靠谱了？"

"我听你胡说。"柳玉茹抬手戳了戳他的脑袋，顾九思笑着受了。她这才收回手，看着他小声道："那我真走了。"

这次顾九思没再拦，柔声道："去吧。"

柳玉茹出了监狱，进了马车。她虽然不能确定，但也更倾向于认同顾九思的揣测，比起陆永主动犯案的可能性，陆永被人利用、受人指使的可能性更大些。可若不是陆永，藏在幕后的人又是谁？陆永如今已经是户部尚书，能够指使他的，官比他的还大——总不至于是周高朗。

柳玉茹在脑中翻来覆去地查找，得出了一个名单，上面有太后，有公主，甚至有周高朗，名单的最后是洛子商。旁人若得知这名字，也许会不解，毕竟洛子商和顾九思没有什么直接恩怨。可柳玉茹知道，顾九思若是倒下了，欢呼雀跃的人里怕是不会少了洛子商。当初扬州的事是洛子商一手操纵的，凡是从扬州出来的人，怕是都会和洛子商有些过节，尤其是叶世安等人，这辈子都不可能有什么回转的余地。

虽然柳玉茹不知道洛子商为什么先动顾九思，可是他能说动陆永，又盼着顾九思落难，这样的人怕是只有洛子商了。

柳玉茹有了目标，便派人去盯着洛子商，自己赶到了周烨家里。

周烨正打算回望都，虽然被特批，但也已在东都逗留了几个月，况且调令早已下达，无论如何都是待不久的。

柳玉茹上了门，周烨也没同她客套，直接问："九思可有什么说的？"

"有，"柳玉茹果断地道，"周大哥，陛下的心思就靠您来打听了。"

柳玉茹将顾九思的话同周烨说了一遍，周烨便明白过来，应声道："此事我会去找陛下说的，你们放心。"

柳玉茹叹息一声，道："拜托你们了。"

周烨也没再耽搁，当即去找周高朗。柳玉茹知道他们会找合适的时间入宫，便自己主动回了顾府。

　　江柔、顾朗华、苏婉……顾府的一家子人都在屋里等着，见柳玉茹进了屋，顾朗华忙推着轮椅上来，焦急地问："九思如今怎样了？"

　　"他在狱中还好吗？"江柔追问。

　　柳玉茹点了点头，如实回答道："我在刑部买通了人，他们暂时不会做什么。九思让我找人试探圣意，我也已经找了周家。如今我们便安静等待，我会打探消息，有任何情况都会及时说的。"

　　江柔内心焦急，左思右想，还是道："明日我和朗华带些礼物，去找以往熟识的人帮帮忙吧。"

　　柳玉茹的动作顿了顿，她僵着身子点了点头，道："希望他们能在刑部多关照九思，不要让他吃苦，暂且不要到陛下那里去说什么，等弄明白陛下的意思再说也不迟。"

　　一家人商量好事情后，柳玉茹见大家都沉着脸，便笑起来，吩咐下人上饭菜，道："大家也不用太担心，九思如今也是陛下的宠臣、周大人的得力干将，周大人不会让他就这么出事的，大家放心吧。"

　　话虽这么说，但大家也都没能多吃半口饭，一顿饭吃得异常压抑。柳玉茹一面吃一面琢磨，吃完饭后在门口站了一会儿，便叫了人过来，道："派两拨人出去，一拨去扬州，顺着之前叶大哥查出来的线索继续查洛子商，顺便暗中把那个乞丐护送到东都来；另一拨去泰州，查洛子商在泰州的行径，细查章大师的死因。"

　　吩咐完毕，柳玉茹站在门口，许久没有说话，一直看着刑部大狱的方向。直到印红唤她，她才反应过来。印红瞧着她的模样，有些忐忑地道："夫人，您也累了，先回去休息一下吧。"

　　柳玉茹摇了摇头，摆了摆手，道："我再去店里看看。"

　　柳玉茹忙活的时候，花容已经在东都开了店。她到了店门口，工人正在合上大门。

　　看见柳玉茹，大家都很高兴，道："东家来了。"

　　柳玉茹笑了笑，往店里走去，看了一下店里的情况。

　　如今东都的店铺主要是叶韵在打理，芸芸忙着筹备在其他各州开分店的事，柳玉茹进门之后，询问叶韵近日的生意状况。叶韵耐心地答着，柳玉茹面无表情地听完，点了点头，道："近日辛苦你了，我去盘个账吧。"

　　叶韵应了一声，让人将账本都拿了过来。柳玉茹拿着账本，坐进了小屋里。

小屋里是柳玉茹用惯的桌椅，叶韵将账本放在桌上，点了灯，道："那我先带人去整理一下。"

柳玉茹嗯了一声，没有多说。叶韵走了出去，柳玉茹听见门被关上的声音，突然就觉得非常安稳。这个地方仿佛是她一个人的避风港。她脱了鞋坐在椅子上，把身子蜷缩起来，将算盘抱在怀里。

其实她已经看过无数遍账本了，顶多是今天的账还没看。顾九思入了大狱，她现下却没有更多能做的事，也只有在这一刻抱着算盘窝在自己的小房间里，才终于有了些许安全感。

她听见外面起了小雨，夏日将至，雨总是下得让人猝不及防。她抱着算盘，慢慢闭上眼睛打了个小盹。

叶韵在外面清点好了货物，又让人将货物在相应的位置上放好，回过头来才发现印红还站在门口。叶韵走到门口，看了看屋里点着的灯，小声问："玉茹还没出来？"

印红摇了摇头。

叶韵皱了皱眉："她天天都来盘账，应该要不了这么长时间。"想了想，她又道，"她吃过东西了吗？"

"没怎么动过筷子。"印红叹了口气，"叶小姐，您劝劝少夫人吧，姑爷出了事，少夫人更不能糟蹋自己的身体啊。"

叶韵沉默了片刻，道："你去准备一碗酒酿丸子，我送进去。"

印红应了声。叶韵在门口站了片刻，印红便端了酒酿丸子过来。叶韵接了酒酿丸子，敲了敲门，见里面没反应，便径直推门进去。

柳玉茹蜷缩着身子，抱着算盘睡在椅子上，头轻轻地靠在椅子的一个角上，整个人看上去瘦瘦小小的，让人怜爱。

叶韵立定身子站了片刻，轻轻地放下了酒酿丸子，取了一方毯子盖在了柳玉茹的身上，随后从旁边的书架上抽了一本册子，坐在一旁静静地看着。许久后，柳玉茹迷迷糊糊地醒过来，看见叶韵在一旁看书，忙起身，有些恍惚地道："什么时辰了？"

"子时了。"叶韵笑了笑，放下书，将重新热过的酒酿丸子推过去给柳玉茹，温和地道，"我听印红说你没吃东西，你先吃些东西吧。"

柳玉茹看着面前的酒酿丸子，片刻后叹了口气，将算盘放在桌上，拿起了勺子："以往我若不高兴，你就会给我送一碗酒酿丸子，如今我长大了，酒酿丸子也已经不能消愁了。"

叶韵笑了。柳玉茹睡了一觉，终于能吃下些东西。

叶韵看着她，慢慢地道："顾大人的事我从哥哥那里听说了，其实这事你也不必太忧心，有周大人和我叔父作保，顾大人性命无虞。结果最差也不过是被削官，但家里有你这么个女财神，官位被削了就削了吧，他跟着你经商不也很好？顾家本就是商贾出身，有哥哥照顾，你们也不说非当官不可，对不对？"

柳玉茹听着叶韵的劝慰，神色平静，看不出喜怒。她自己低着头，小勺小勺地吃着丸子，许久后放下碗，叹了口气，道："其实我也知道，不会出什么太大的问题，可让我难受的是自己的无能。以前吧，我以为自己赚的钱够用了，自己已经很有能耐了。"她苦笑了一下，"在望都的时候，我觉得自己上天入地无所不能，可现在突然觉得自己特别无能。"她看着跳动的烛火，接着道，"钱哪里够用？九思现在在牢里，婆婆和我说要拿钱去活动一下，我却发现手里其实也没多少钱了。买宅子、迁店铺、之前要上下打点，最近要买通刑部的人……到处都是花钱的地方。"她抬起手，捂住额头，有些痛苦地道，"可我又能怎么办呢？别处还能省省，这些钱总是要花的。"

叶韵静静地听着，许久后慢慢地道："如今你打算怎么办？"

"花容青州分店的钱还没送过去，我打算将这些钱先拿出来。"柳玉茹把手压在额头上，没有抬头，低声道，"先看够不够，不够再说吧。"

叶韵没有说话，过了片刻，迟疑着道："前些时日有人来找我打听，问顾家的宅院卖不卖。"

柳玉茹抬起头来，看向叶韵："如今我们住着的宅子？"

叶韵点了点头，接着道："之前我在修整宅院，那人在门口找到我，说他原本不喜欢那宅子，但如今我们修整好的他很喜欢，想花钱买下来。"

柳玉茹思索着，沉默不语。

叶韵瞧着她的模样，慢慢地道："你若是有这个意向，我去联络他试试？"

"还没走到这一步，"柳玉茹摇摇头，"而且，若我把宅子都卖了，家里人怕是会更担心。花容开分店的事可以放一放，先把东都的店做好。之前订好的粮食如今也到了成熟的时候，我去找人谈一谈，看能不能抵押出去。"

"你也不用这么忧心，"叶韵抿了抿唇，"我去找叔父说说，多少能帮点儿忙的。"

听到这话，柳玉茹抬眼看向叶韵。叶韵看到柳玉茹的眼神，感到疑惑。片刻后，不知道怎的，柳玉茹突然就笑了。

"韵姐儿也这么会照顾人了，"柳玉茹笑着出声，"我还以为你的大小姐脾气一辈子都不会改。"

叶韵有些无奈，叹了口气："人总是会变的，我也曾以为你要那样小心翼翼地活一辈子。"

"终究是长大了。"柳玉茹将账本拿到手里，平和地道，"小时候总想象长大后的样子，如今却发现，总是有自己想不到的。还好，无论怎样，"她抬眼看向叶韵，像是有些不好意思，抿唇笑了笑，道，"咱们俩还是姐妹。"

叶韵笑了笑，没有说话，眼里有了些水汽。

两人聊了一会儿小时候的事情，便站起身来，锁门走了出去。

见柳玉茹明显轻松了不少，叶韵便接着问："你接下来做何打算？"

柳玉茹静了许久，终于道："我打算去找洛子商。"

"找他？"叶韵愣了愣，连音调都忍不住急促了几分，"你找他做什么？！你以为他还会帮顾大人？"

"此事怕是与他脱不了干系，"柳玉茹平静地道，"是虚是实，等探探吧。"

叶韵看见柳玉茹笃定的神色，也不好再劝，只能道："你心里有了安排，我便不再多说了，你自己有把握就好。"

"你放心，"柳玉茹知道叶韵担心，转头看着她，认真地道，"我有安排。"

把叶韵送到了叶家门口，柳玉茹看着她进了叶家大门才收回视线，放下车帘。

印红看四下无人，忙问："夫人，你有什么安排？"

"先等着吧。"柳玉茹平静地道，"等去扬州和泰州的人回来再说。"

柳玉茹睡了一夜，第二天清晨醒来内心平静了许多。她先清点了家里能够随时使用的银两，随后又找了顾朗华和江柔，商量出一份名单，逐家登门拜访。

如今案子情况未明，一听是顾家人找，户户都声称主人不在，顾朗华也不为难人，只是私下里恭恭敬敬地将礼物交了过去。家里人上下活动着，顾九思在刑部受到的压力就小了很多，每日都只是被例行提审，倒也没有被为难。

案子压到了第五日，周高朗觉得时候到了，便和叶世安的叔父叶文一起领着周烨、叶世安进了宫，打算打探一下皇帝的口风。

一行人入宫的时候，洛子商正在东宫水榭给范玉讲学。范玉趴在桌上打呼噜，洛子商仿佛什么都没看见，还在继续讲。

夏日炎炎，水榭倒是清凉，清风徐来，洛子商的一缕发丝落在书卷上。一个侍卫小跑过来，声音有些急促地道："太傅。"

洛子商抬起手来，止住了侍卫的话，站起身来走到水榭边上，道："周高朗进宫了？"

对方没想到洛子商已经猜到了，愣了片刻，点头道："和叶御史、望都太守、叶司谏一起入宫了。"

洛子商点点头便回了水榭，蹲到范玉边上小声唤他："殿下。"

范玉有些不耐烦，摆了摆手。

洛子商低头附在范玉耳边继续道："殿下，周大人入宫告状了。"

听到这话，范玉猛地一个激灵，直起身来，立刻道："周高朗进宫了？！"

"正是，"洛子商笑着道，"怕是给顾大人求情来了。"

"我早就猜着了！"范玉冷哼一声，道，"这群人结党营私侵吞库银，还想来求情？我就知道顾九思没有这么大的胆子，肯定是周高朗在后面捣鬼。我这就过去，绝不会让父皇受他们的蒙蔽！那顾九思一看就不是好人，这种货色还想当官？本宫这就让父皇斩了他的脑袋！"

范玉一面说，一面让人给自己整理仪容，随后便要离开。洛子商赶忙跟上，范玉走了几步像是突然想起来，转头道："太傅就不必过去了，你若过去，父皇又要以为是你在煽风点火了。"

洛子商叹了口气，话里有几分苦涩："我若真的存了那样的心思，又何必到东都来？也不知陛下何时才能体察微臣的拳拳之心。"

"你不用担心，"范玉抬手放在洛子商的肩膀上，颇为豪气地道，"本宫知道你是一心为大夏谋算就够了。"

"多谢殿下抬爱。"洛子商退了一步，抬手行礼，很是感慨道，"还好如今有殿下为我撑腰，不然微臣也不知该如何自处了。"

范玉听到这一番话，十分高兴，拍了拍洛子商的肩膀，道："放心吧，有本宫在，你就不会被他们这些贼臣欺负。我这就入宫，绝不让他们得逞。"

范玉说完，便匆匆离开了。

两拨人几乎是一前一后进入大殿，只是范玉明显焦急得多，周高朗等人在门口见到范玉，正打算行礼，就看见范玉三步并作两步地跨上台阶。

进了大殿，范玉大喊："父皇，儿臣有重要的事要说！父皇！"

周高朗和叶文对视一眼，下意识地停住了步子。

片刻后，大殿里传来范轩带着笑意的声音："玉儿何事这样急躁？"

"父皇，"范玉的声调顿时稳了下来，只语速还是快，"我听说顾家人现下在朝中四处活动，想请人说好话，您千万不能偏听偏信。若是连一个顾九思都办不下来，以后您在朝廷还有什么威信可言？！"

外面站着的四个人的脸色都不太好看，门口的太监忙低下头，假装什么都没看到。

范轩似乎有些尴尬，慢慢地道："玉儿，顾九思这个案子还没有定论，你是从哪儿听的这些话？"

"父皇，你不会是不想办顾九思吧？！"范玉顿时提高了声音，"这事还有什么好审的？顾九思就是个酒囊饭袋，以前在扬州，我亲眼看过那个纨绔子弟赌钱的样子，他根本不是什么好人，说他偷盗国库，我绝对相信。您觉得他在幽州做出了几分成绩就想重用他，这事我知道，可您也得分个轻重。那国库是什么？就是咱们家的仓库，咱们家的钱袋子，他一个臣子，那就是我们家的奴才，奴才从主子的钱袋子里拿钱，不将他打死，其他奴才看了要怎么想？！"

"范玉！"范轩怒喝，"你胡说八道什么？！"

"什么胡说八道？"范玉梗着脖子大吼，"这就是事实，您不好说，我就帮您说。我要让那批人知道什么叫君君臣臣，什么叫天子为尊。今儿个我对您说，外面那四个也得给我听清楚！"

范轩猛地站了起来，急急地往外走去，到了门口，便见到周高朗一行人，愣了片刻，面色涨得通红。

叶文率先行礼，恭敬地道："见过陛下。"

叶文开了头，周烨和叶世安也跟着行礼。

周高朗轻咳一声，道："陛下，里面说。"

范轩也觉得难堪，赶忙让一行人进去，让太监关了大门。

屋里就剩这么几个人，范轩坐回自己的位子上，憋了半天，终于道："你们来也不吭一声，让你们看笑话了。"

周高朗几人也不说话，范玉哼了一声，坐在椅子上不看他们。周高朗给范轩倒了茶，用熟稔的口吻和范轩道："本来是想来同您说点儿事，现下也不好说了，不如我们两个老的喝喝茶叙叙旧，消磨消磨时光？"

范轩知道周高朗是有事要说，便让其他人下去。

范玉见周高朗要和范轩单独说话，忙道："我不走。"

"滚出去！"范轩终于动怒。范玉被人半扶半拖地带了出去。叶文起身，带着周烨、叶世安告辞。

屋里只剩下两个人，周高朗给自己拖了把椅子，坐在桌子斜角边，给范轩倒了茶，叹了口气，道："自打你成为皇帝，咱哥俩就没这么喝过茶了。"

范轩看着茶杯，有些无奈："见笑了，玉儿小，不懂事，你别往心里去。"

周高朗喝了口茶，慢慢地道："我知道这些话不中听，可如今我也得说了。玉儿不小了，十七了。"

范轩沉默了，周高朗转头看着大殿门口，笑着道："咱俩十七岁的时候是什么光景？我在刀尖舔血，养家糊口；你高中进士，得意风光。十七岁，你以往这么说也就罢了，如今你还同我说他小，"周高朗转头看着范轩，有些无奈地道，"你让我如何不往心里去？"

范轩许久后举起茶杯，像喝酒一样一口闷了，道："你的意思我明白，可我就这么一个儿子。子清，"他叫了周高朗的字，抬眼看着周高朗，认真地道，"若日后有什么事，希望你看在我的面上给我留个后。"

周高朗静静地看着范轩，好久后苦笑起来，举杯和范轩碰了一下杯，无奈地道："其实玉儿心里也看得清楚。"

君君臣臣，君要有君的样子，臣也要有臣的样子，君要臣死，臣不得不死。

话说到这里，两人心里也都明白了。

范轩面上带苦，周高朗看着前方。

范轩有些哽咽："子清，其实我也明白，若和你讲究什么君臣，你我也就不会坐在这里了。是你给我面子，是我这个做兄弟的对不住你。我不会让你为难，我……"

"不谈这些了。"周高朗摆了摆手，"算了，这些都是未来的事。反正你活一天，我就能过一天安稳日子，你活长些，说不定我走得比你早呢？"

周高朗笑起来："这些事就不说了，咱们说说顾九思的事吧。"他抬眼看着范轩，"你打算怎么办？"

范轩顿了顿，慢慢地道："公事公办吧。新朝初立，不能因为顾九思有些小聪明，就为他坏了规矩。他若真的没有做什么贪赃枉法之事，是受了冤枉，朕自然会补偿他。可若他真做了，律法怎样写的，就怎样办。"

周高朗沉吟片刻："若今日犯事的不是顾九思，而是我呢？"

范轩愣了愣，抬眼看向周高朗，勉强笑起来："你这是什么意思？"

"我的意思是，"周高朗说得明白，"顾九思刚刚升任户部侍郎，之前从未踏足东都，才上任就能让一个仓部司郎为他做事，事发后又在这么短的时间里让所有相关人士死于非命，他得有多大的能耐？"

范轩沉默不语。

周高朗深吸了一口气："这个案子已经放了这么多日，你既不下令，又不提审，如今上下都在等你表态，你却一言不发，你在怕什么？难道是怕最后查出的是陆永？……"

"子清！"范轩提高了声音，周高朗沉默了。大殿里一片安静。

许久后，范轩叹了口气，抬手扶额，道："这件事交给刑部去查，你不要管了。周烨和顾九思牵扯深，但你和叶家的人得退出去。"他抬起头来看着周高朗，认真地道，"虽然我们是兄弟，可你要记住，我是君，你是臣。"

周高朗端起茶轻抿了一口，而后站起身来，离开了自己的位子，走到范轩身前恭恭敬敬地叩首，高声道："臣，遵旨！"

范轩捏起拳头，周高朗站起身，转身走了出去。

出了门，周高朗一路疾行到了广场上，叶文领着周烨和叶世安正站在台阶前方等着他。

叶文问："陛下怎么说？"

"此事我们不能再管了。"周高朗平静地道，"陛下要保陆永。"

"那九思怎么办？！"叶世安震惊地问。

周烨皱着眉头，低声道："先出宫，此事需从长计议。"

叶世安深吸了几口气，点了点头，一行人到了宫门口，周高朗和叶文上了各自的马车，周烨和叶世安也跟着各自的长辈上了马车。两辆马车往不同的方向行驶。

叶文和叶世安坐在马车里，都没说话。叶世安一直捏着拳头，垂着头。叶文闭着眼睛小憩，片刻后，慢慢地道："周大人都说了不能管，此事叶家的确不该再插手了。"

"我明白。"叶世安的声音沙哑。

"你已帮过他许多，也算仁至义尽，不必歉疚。"

"我明白。"

许久之后，叶文睁开眼睛，看着对面的侄儿。

叶世安身着蓝色官袍，气质清雅出尘，在官场上也待了大半年，却仍旧像个少年，没有半分世俗之气。

叶文静静地看着他，许久后平和地道："既然都明白，又有何放不下的？"

"叔父，"叶世安深吸了一口气，睁开眼看着叶文，"我放不下道义，放不下情谊，放不下恩义。"

叶文神色平静，一双眼如深潭。叶世安神色清明，一贯如水般温和的人却仿佛被点燃了。

"叔父何出此问？我明知罪不在九思，却为自保而装作不知，这是我放不下的道义；我与顾九思相知十年，同窗七年，共历扬州之难、生死之别，又经望都困城之惨烈，共饮断头烈酒，世安自问性情寡淡，但他人以诚待我，我不以心相交，这是我放不下的情谊；扬州之难，是顾夫人救我与韵儿于水火之中，望都被围，是顾九思拼死护城救下城中百姓，我也是被他救下的人，这是我放不下的恩义。于道理，于感情，于恩义，我都不该放下。不分黑白，冷漠无情，知恩不报，叔父要我做这样的人吗？"

叶文静静地看着叶世安，许久后轻轻地笑了："年轻人。"他叹了口气，叫停了马车，卷起帘子，声音很温和地道："你们这些年轻人，活该丢了前程。"

叶世安微微一愣，叶文看着他，仰了仰下巴："既然这样放不下，还去我叶府做什么？你不想要你的前程，我还想要我的前程。"

"叔父的意思是……？"叶世安有些难以置信。

叶文挥手道："滚吧。"

叶世安笑了起来，跳下马车就朝着顾家的方向狂奔。

周家的马车摇摇晃晃地行了一段路，周高朗慢慢地道："这似乎不是去周府的路。"

"绕了路。"周烨笑了笑。

片刻后，周高朗抬起手拍了拍周烨的肩膀。

到了离顾家不远处，周高朗让马车停下来："自己要去，便自己去吧。"

周烨恭敬地行礼，起身下了马车。他走了几步，周高朗突然掀起帘子："烨儿。"

周烨回过头看着周高朗，周高朗看着面前二十出头的年轻人，凝视了许久，突然道："你是我儿子。"

周烨愣了愣。

周高朗笑起来："和我挺像的。"

周烨觉得有无数的话涌到喉间，动了动喉结，就听周高朗道："这件事了了，早点儿回幽州吧，别留了。"

周烨觉得喉间的话又都退了下去，勉强微笑起来，恭敬地行礼："孩儿明白。"

"你们这些小屁孩儿，"周高朗叹了口气，"明白什么啊？"他放下车帘，扬声道，"走了。"

周烨看着周高朗的马车渐行渐远，苦笑了片刻，转头往顾家走去。

周烨走到门口时，叶世安刚好气喘吁吁地赶到，两个人停下脚步，对视一眼，都笑起来了。

"来了。"叶世安抬手擦汗。

周烨点头道："倒也不意外。"

两人一起进了顾府，这时候柳玉茹才刚同顾朗华、江柔一起回来。

他们最近几乎跑遍各个大人的府邸，送了一堆贵重礼物，也不要求太多，只希望那些人在关键时刻能美言几句，虽然有不收的，但收下的人还是占了多数。

看见两个人进来，柳玉茹觉得有些奇怪，道："你们怎么来了？"

"我们来帮忙。"周烨立刻道，"我们打听清楚了，陛下是一定要保陆永的，我父亲与叶大人不会再掺和这件事了，所以我们来了。"

柳玉茹的面色立刻沉了下来。沈明当即道："陛下这是什么意思？当皇帝的维护贪官陷害忠良？！"

"不要说这个，"叶世安瞪了过去，随后转头看向柳玉茹，道，"如今我们最好去刑部大牢一趟，一来确保九思没什么事，二来我们要同九思一起商议，他的脑子比我们的好用。"

"三来，"沈明接话，"要是不行，我们就劫囚走人！"

"胡说八道！"叶世安叱责。

柳玉茹却道："若真到了那一步，倒也没什么不可以的。"

这话把叶世安和周烨吓住了，他们敢骂沈明，但不太敢骂柳玉茹。

柳玉茹想了想，道："今夜我们就去找九思。"她让木南过来："你去找刑部的狱卒，让他们安排好，我们即刻过去。"

木南应声下去，柳玉茹留大家吃了饭，又让人准备了食盒、衣服、香囊、书本，笔墨纸砚更是一应俱全。

叶世安看着柳玉茹收拾东西，不由得问："你带这么多东西过去做什么？"

"他在牢里过得可怜，总要多照顾。"

叶世安又看看那满当当的食盒，道："这牢坐得真是'可怜'。"

准备好了一切，过了子时，柳玉茹便带着人过去。

"人都是我已经买通了的。"柳玉茹小声道，"但我们也不能待太长时间，进去后长话短说，千万别乱。"

叶世安、周烨和沈明齐齐点头。进了大牢，周烨看了一眼四周，叹息一声，道："有钱能使鬼推磨，等玉茹再有钱些，买下这座大牢也是不错的。"

这本是玩笑话，柳玉茹却认真地道："你说得没错，日后我当多多赚钱才是。此番我也想明白了，会落到今天这种境遇，还是因为我穷。"

跟在后面的三人："……"

三人走到牢狱深处，就看见了牢里的顾九思。

顾九思的牢房如今有书桌和铺着棉垫的床，恭桶里放了香灰，几乎没什么味道。他衣着干净，头发也梳得十分整齐，手里拿了本游记，正看得津津有味。看见他们几个人走进来，顾九思笑着放下书，道："等你们许久了，本来我该睡了。"

"倒是耽误你睡觉了，"沈明看着顾九思的牢房，心情十分复杂，道，"我看你在大牢里过得不错。"

"的确，"叶世安点了点头，"比我过得好多了。"

"柳老板，"旁边的狱卒出了声，笑着同柳玉茹道，"老规矩，我替您去外面守着。"

柳玉茹笑了笑，从袖里拿了银子交给了狱卒，道："多谢。"

狱卒领了钱，高兴地走了出去。柳玉茹提了食盒过去，赶忙道："其他先不说，今夜可吃了东西？我给你带了东街的脆皮鸭，你先吃着。叶大哥同你将具体情况说说，你一面听一面吃，别饿着了。"

三个人黑着脸看着面前这对小夫妻。但叶世安也不想浪费时间，开口就道："今日我叔父和周大人……"

话没说完，外面就传来狱卒刻意提高了声音的询问："公主殿下？您怎么有时间来这里？顾大人？顾大人是重犯，不能随便探视的啊！"

几人面面相觑，沈明立刻同柳玉茹道："你躲到那边去！"说完，沈明就跳上了高处，其他人各自找了掩体藏好。柳玉茹飞快地提着食盒藏到了一旁的内间之中，而后外面传来了脚步声。李云裳的声音温和地响了起来："我与顾大人也是故交，所以今日来探望一二，你也别多嘴多舌，明白？"

"明白明白，"狱卒忙道，"借小的十个胆子，小的也不敢多嘴。"

李云裳说着话，便来到了顾九思的牢房前。顾九思急急忙忙地把鸭腿塞到桌下，自己躺到了床上，背对着人来的方向，用袖子擦干净了嘴，假装在睡觉。

李云裳来到牢门前，看见顾九思，顿了顿，猛地扑过去，抓住了牢房的木栏，用所有人都为之一颤的哀切之声高喊："顾郎！你可还好？顾郎！"

柳玉茹抱紧了食盒，躲在各处的三人都下意识地看向她，又同情地看了一眼顾九思。

刚刚擦完嘴的顾九思惊得愣住了，旋即又惶恐起来，维持不住任何好的形象了，猛地起身，转头看向李云裳怒喝："你好端端一个姑娘，乱喊什么呢？！叫我顾大人！"

李云裳："……"

躲在暗处的三个男人："……"

躲在内间的柳玉茹不由自主地扬起笑容，有点儿骄傲。

顾九思的反应让李云裳愣了愣，她似乎也有些尴尬，轻咳了一声，转头同狱卒道："你先下去吧。"

狱卒装作什么都不知道，偷偷打量了牢狱中的情形一眼，便转身离开了。

狱卒出去后，李云裳才转过头来看着顾九思，道："进来前我对狱卒说，来见顾大人是因我与顾大人乃旧识，故而方才想表现给狱卒看，不想惊扰了顾大人，还望见谅。"

顾九思见李云裳恢复正常了，警惕心稍微放松了一些。柳玉茹等人还在这里，顾九思也不想多说，直接问："公主来此，有何贵干？"

"听闻顾大人下狱，我心中不安，便过来看看，"李云裳说着，四处打量了一下，笑了笑，道，"见顾大人没什么大碍，我也就放心了。"

顾九思皱了皱眉头，斟酌了片刻，觉得此时不宜和李云裳说太多，便道："公主有什么话不妨直说。"

李云裳似乎没想到顾九思会半点儿弯都不绕，愣了片刻，也笑起来，朝着身后的侍女挥了挥手。侍女下去后，李云裳慢慢地道："我听说顾大人有难，便立刻去找了母后，母后向陛下探听了消息，情况怕是不太理想。我冥思苦想，却只想出了一个不算法子的法子，但我不知道顾大人是否愿意，所以特意来找顾大人问一问。"

"公主请说。"顾九思抬手示意李云裳继续，露出思量的神色。

李云裳的脸微红，停顿了片刻后，她慢慢地道："顾大人应当知道，陛下能顺利登基，也是得到了我母后的支持，所以如今虽是新朝，母后与我的位置也未有改动。登基之后，陛下就给了我和母后一张免死令牌，皇族的亲属都能被免以死刑、保留尊位。"

顾九思一时没反应过来："公主到底想说什么？"

"我的意思是，"李云裳也不再委婉，红着脸道，"你若成了驸马，哪怕刘春的案子真的是你做的，你也无须担心。"

藏在暗处的四个人都惊了。

顾九思呆呆地看着李云裳，片刻后猛地反应过来，忙道："殿下，您别乱说话。"

"我并非逗弄你。"李云裳急切地往前迈了一步。

哪怕隔着木栏，顾九思也感觉到了惶恐，觉得面前这女人仿佛是一只巨兽。他一想到柳玉茹正听着，满脑子就只剩下"完了"的念头。

他飞速地思考着，不知该如何拒绝李云裳，李云裳却先开口了："顾大人，其实在您来东都之前，我便知道您了。当初江大人就与母后提起过您，若非当初梁王一事，你我如今或已成夫妻。"

"不不不，"顾九思赶紧摆手，道，"不可能的，有没有梁王我们都不可能的，我高攀不起，殿下您别瞎说了。"

"江大人的意思，难道你半点儿都不知晓吗？"

"知晓，"顾九思果断地开口，"但你们问过我的意思吗？"

李云裳愣了愣，顾九思不再顾及仪态，双腿往床铺上一盘，便开始给李云裳算："殿下，我真的不知道我舅舅是怎么忽悠您的，您是金枝玉叶，我是真的配不上您。我现在已经有妻子了，您和我就更没什么可能，您别再胡思乱想了。您若愿意帮顾某一把，顾某感激不尽，但这纯属政治合作，以后顾某也会投桃报李。如果您心里面还有一些其他的想法，我劝您打住，"他抬起手，认真地道，"我这辈子不会娶第二个女人。"

"哪怕是公主？"李云裳皱起眉头。

"哪怕是公主。"顾九思神情认真。

对话陷入了僵局，片刻后，李云裳轻轻地笑了笑："落花有意，流水无情啊。只是不知顾大人未来可会后悔？"

"后悔什么？"顾九思懒洋洋地倒在床上，抬手撑着自己的头，眼里带着笑。

李云裳愣了愣，竟盯着顾九思的脸愣了片刻。

顾九思皱起眉头，道："殿下？"

李云裳被这声呼唤唤回了神志，回过神来，装作什么都没发生，道："顾大人，您想想，您和叶大人那样的人不一样，他一来东都就有叔父做靠山，可您做什么都得靠自己。东都水深，哪怕是陛下，入东都后也更重安抚，您没有家族做靠山，要在东都扎根，您靠什么？"说着，她笑起来，"靠您那个开胭脂铺的妻子吗？"

顾九思静静地看着李云裳，李云裳打量他的神色，又低头看看自己染了花汁的指甲，声音平和地继续说："越是不入流的人，婚配越是随意；越是要往上爬的人，越注重妻子的娘家。柳玉茹，是叫柳玉茹对吧？"她想了想，道，"她是不错，但是毕竟出身商贾，登不上台面。顾大人前途无量，当真不再好好考量一下吗？"

"不考量。"顾九思果断地开口。

李云裳愣了愣，还想再说什么。顾九思面露怜悯之色，道："天之血脉，凤凰衔珠而生的公主，如今也沦落到了要同商贾出身的臣子讨论婚事利弊的境地，真是可怜。"

"你！"李云裳猛地指着顾九思就要怒喝出声。

顾九思抬起手，止住了李云裳的话，道："公主也是姑娘，姑娘家都是要脸的。话我不多说了，您走吧，我怕我说话气着您。"

"顾九思，你放肆。"

"呵，我不放肆会坐在这里？"顾九思笑出声来，嘲讽道，"公主来同我谈这些之前，怕是都没搞清楚我顾九思是个怎样的人吧？这么赤裸裸地把婚事当成一笔交易来谈，商贾之家尚不会如此，公主倒真是让我开了眼界。"

"就你这样的女人，也配和我说玉茹？你赚过一分钱吗？"顾九思坐起身子，"你为自己身边的人做过什么吗？你为爱你的人付出过吗？你吃着百姓缴纳的粮食，为他们忧心过片刻吗？殿下，公主不仅仅是个称号，而是和陛下一样要承担责任的。我家玉茹承担了自己的责任，为身边人付出过，帮助过许多人，不是公主又怎么样呢？

"我们俩在东都，过得下去就过，过不下去就走。就是把我送到断头台上去，也不过是我顾九思在这世上的一遭走完了。驸马的位置，让其他愿意坐的人坐。我明白您的打算，您说您母后和陛下关系很好，可您是前朝公主，就算旧臣不和你们撕破脸，陛下又能容忍你们多久？你们敢找一个在东都根基深厚的人家吗？"

"你如今也到了适婚的年纪，"顾九思笑了笑，"必须出嫁了，不然再过些时候，大夏和北梁打起来了，把你送去和亲怎么办？可这东都城里，老牌贵族你不能嫁，没什么家底、太无能的人你也不愿嫁。看来看去，也就我一个，家里没家底，人又机灵，长相或许还不错，可以看作青年才俊，对吧？"

"你可真不要脸。"李云裳被气笑了。

顾九思耸了耸肩："恭喜你，现在你对我有了进一步了解。你说得没错，我呢，就是这么不要脸又无赖。所以你也别想了，赶紧回去吧。"

"顾九思，"李云裳深吸了一口气，咬着牙道，"你会后悔的。"

顾九思露出笑容："公主慢走。"

李云裳转身疾步走了出去。

她走远了之后，沈明倒挂着探出头来，询问顾九思："没问题了吧？

我们可以继续谈正事了吧？"

"玉茹，"顾九思完全不搭理沈明，急促地道，"你听我解释，我和她真的是刚认识……"

柳玉茹抱着食盒出来，将食盒重新放在了顾九思面前，低声道："这些都不重要，先谈正事吧。"

顾九思被这话哽了一下，一时有些说不出的难受，但又知道她说得有道理，也就没有说话了。

柳玉茹继续道："我之前派了两拨人出去，他们分别去了扬州和泰州，明日也该回来了。我原先想着，这事和洛子商脱不了干系，他一定知道些什么，我想查出点儿他的把柄，然后找他谈一谈。"

"你这想法倒也不错。"叶世安点了点头，又皱起眉说道，"但之前我查了许久，也只找到了那个乞丐，如今你若是什么都查不出怎么办？"

"那就骗。"顾九思果断地开口，"到时候你就骗他说找到了，能骗成就最好，骗不成也无所谓。"

"说得容易，"沈明嗤笑了一声，"有本事你骗一个给我看。"

"要是我能出去，"顾九思凉凉地瞟了沈明一眼，"我还真骗给你看。"

"那好，后日他们回来，我便去找洛子商。之后呢？"柳玉茹抬眼看着顾九思，"你可还有安排？"

顾九思敲着膝盖想了片刻，慢慢地道："陛下要保陆永，一方面是因为陆永人脉广泛，如今新朝初建，不能动他，否则他的位置无人能坐；另外一方面，是陛下心里存着兄弟情义。"他苦笑了一下，"毕竟是出生入死这么多年的老兄弟了，你们说是吧？"

大家点了点头，叶世安道："那如今怎么办，只能由着他们拿你来顶罪？"

顾九思："不能让我来，就要让其他人来。"

"我们总不能弄一个人来替你。"叶世安皱起眉头。

顾九思点了点头："自然是不能这么做的。但我在想，刘春这个案子极大可能会牵扯到库银问题。刘春是仓部司郎，而且案件的关键环节就是清点库银。刘春这么有钱，和库银的管理应该有一些关系。"

"嗯。"柳玉茹想了想，"那我现在就派人去看看。"

"去查一查，"顾九思思索着道，"知道了案情，才能知道下一步怎么走，但要铭记的是，即使没有十足的把握，你们也别慌，"他笑了笑，"一切都可以从长计议。"

几人商量了一会儿，时间到了，柳玉茹便领着叶世安和沈明要走。

顾九思瞧着柳玉茹头也不回的背影，心里有些酸涩。他知道柳玉茹大概不会把公主的事放心上，这本也是好事。柳玉茹是一个识大体的人，知道要以大局为重，从来不给他添麻烦。可识大体到了这样的地步，顾九思心里就有些难过了。

他忍不住叫住了柳玉茹："玉茹。"

柳玉茹停住脚步。

顾九思低声道："今天的事，你也不同我多说几句？"

周烨、叶世安和沈明看了他们一眼，有些不好意思，就先走了出去。

顾九思："你这个样子，我就觉得你心里没我。"

柳玉茹抿了抿唇，慢慢地道："我不是心里没你。"

"那其他女人来招惹我，你怎么都不问一声？"

柳玉茹轻轻地笑了笑，笑眯眯地看着牢房里的人，道："我信你。"

顾九思愣了愣。

柳玉茹柔声道："你替我骂了人，我便只需要当个好姑娘，又何必降了自个儿的身价呢？"她歪了歪头，像是在认真思考。她正值好年华，娇俏的面容显出了几分可爱。顾九思紧张地看着她，只见她翩然一笑。

"那些同女人抢男人的女人着实太不好看了，我可是要优雅一辈子的，你也休想看到我为你失了仪态。"

顾九思愣了愣，柳玉茹也没再多说，笑了笑便走了出去。

回了顾府，几人商量了一下后续事宜，沈明先去休息了。叶世安送柳玉茹回房间，快到门口时，两人闲聊起来。

叶世安笑着道："今日发现，如今的玉茹与往日确实不一样了。"

"如何不一样？"柳玉茹感到疑惑。

叶世安认真地想了想，说道："勇敢了许多。"

"我的胆子向来是大的。"柳玉茹笑起来，"只是那时你不了解罢了。"

叶世安摇了摇头："论做事，你胆子是大；可若论交心，你胆子太小了。"

柳玉茹愣了愣。

叶世安抬头看向明月，感慨道："你说说，这世事，你长大了想得更明白了，怎么我长大了却想不明白了？"

柳玉茹静静地思索着叶世安的话。

叶世安苦笑了一声，转过头来道："回屋休息吧，我先回去。"

柳玉茹站在门口，片刻后轻笑起来。她回到屋里，洗漱之后躺到了床上。

一贯睡两个人的床，此时空荡荡的，让她有了那么几分不习惯。她脑海里浮现出李云裳夜里同顾九思说的话。

"您没有家族做靠山，要在东都扎根，您靠什么？"

"她是不错，但是毕竟出身商贾，登不上台面。顾大人前途无量……"

柳玉茹静静地看着床顶。

她是相信顾九思的，他对她的情，任何人都无法质疑。在感情中一个女人的安全感，小半因着自己，大半因着对方。他已经给足了她安全感，她也因此更想将这世上最好的东西都给顾九思。她心里算着家里的开销，突然就为自己的无能难过起来。李云裳说的话扎在她心里，让她觉得，在东都自己渺小又无能。

若是自己再有钱一些就好了。柳玉茹思索着，若手里的钱足以换来权势，足以保护顾九思，足以让他在这样的遭遇里不必忧虑，那就好了。

第二十章　生不离

第二日，柳玉茹便派人去接触户部的人。下午，叶世安和沈明带回了一些消息。

"今日我听叔父说，刑部的人已经将刘春的案子查完递了上去，陛下的面色一直不太好。"叶世安分析道，"我猜想，刘春这个案子怕是比陛下想象中的更难办。"

"九思清点出近四千万两白银，报上去的只有三千万两，"柳玉茹琢磨着，道，"若刑部已经查出这一千万两的亏空，陛下还会保陆永吗？"

"若是不保，户部怕是会不稳。而且陛下还有一件事要考量，如今登基不足一年，虽然有太后相助，但这也意味着东都旧党的势力还在。陆永是陛下的左右手，陛下动了陆永，陛下身边的人寒心，旧党也会咬住户部这个位置不放。"

"可这么多的钱总得有个去处。"柳玉茹皱起眉头，"朝廷如今到处缺钱，陛下就会这么放过陆永？"

"皇位和银子之间，你觉得陛下会如何选择？"叶世安抬眼看着柳玉茹。

柳玉茹抿了抿唇。

叶世安叹了口气："如今我们需要担心的应该是九思。如果太后的人咬住这个案子不放，一千万两不见了，陛下总得出点儿血，太后不会让这个案子轻拿轻放的。"

"所以，"柳玉茹明白过来，"公主要嫁给九思，就是太后希望九思能和他们成为一个阵营里的人，他们扳倒陆永，再让九思出任户部尚书？"

顾九思如今是户部侍郎，离户部尚书只有一步之遥。而这一次不是陆永倒下，就是顾九思倒下。李云裳或许对顾九思有几分感情，更重要的是旧党对顾九思有意。顾九思没有家族支撑，对旧党来说，日后控制起来更方便，公主与之结亲也不会引起范轩太大的不满。再者，顾九思年仅十九就出任户部侍郎，可见前途无量，稍加培养便可成一大助力。恰逢他蒙难，若是能借此机会结成姻亲，太后的旧党就能得到一把再好不过的刀。

但如今他拒绝了这个机会，太后那边自然也不会再手下留情，户部尚书也好，户部侍郎也好，旧党总要咬下一个来，让范轩见血才是他们的目的。

柳玉茹感到窒息，低喃道："是我害了他。"

"你瞎说什么？"沈明叫出声来，"是这些浑蛋害了他！"

叶世安明白她的意思，叹了口气，劝道："玉茹，这世上绝无想要依靠妻子和姻亲往上爬的男人，除非他不是男人。我觉得九思是个好男人。"

"我明白。"柳玉茹叹息，"我也不过是担心他罢了。"

"算了，"柳玉茹笑起来，"先看看户部那边的情况吧。我猜这些时日会有大量关于此事的折子，劳烦你们帮我看着朝廷的情况。"

叶世安点点头，沈明也跟着答应。

第二天清晨，果然出现了铺天盖地的奏章，都是要求严查顾九思，清点国库的。

国家百废待兴之时，一个户部侍郎居然敢指使下属偷盗库银，还杀人灭口，真是罪大恶极，这种事，简直是闻所未闻。下午，消息就传遍了大街小巷。柳玉茹走在街上都能听见百姓议论此事，他们嘀咕着顾九思的名字："以往还听说他在幽州是个好官，真是知人知面不知心。"

柳玉茹听着这些话，捏紧了车帘，许久后深吸了一口气，回到马车里，低声道："回府吧。"

柳玉茹等了两日，朝上仍在为顾九思的案子吵得不可开交，到扬州和泰州去的人终于回来了。她要亲自去接，木南有些不放心，道："夫人，我们要不要换一辆马车，别让人发现？"

柳玉茹的动作顿了顿："不换，就这么出去。"

"夫人……"木南还想劝阻。

柳玉茹抬手止住木南的话，道："让洛子商知道我要去找他，也是好的。"

柳玉茹到了城门下，在马车里等着他们。从扬州和泰州回来的人一前一后地回来了。这次被派去扬州的人叫秦六，上了马车后，先咕噜咕噜地灌了水，才同柳玉茹道："夫人，有眉目了。"

"查到他的出身了？"

"查到了。"秦六喘息着道，"这次我找到了一个当年的洛家家仆，洛家被灭门前，他刚好回家省亲，后来洛家出了事，他就一直隐姓埋名地躲着。这次我到扬州，费了好大的功夫才把人找出来。"

"洛家的人？"柳玉茹感到疑惑，"他竟知道洛子商的身世？洛子商不是个乞儿吗？"

"洛子商的确是个乞儿，"秦六点头道，"但在那之前，洛子商也是洛家的人。"

柳玉茹微微一愣，一时说不出话来。好半天，她才道："你继续说。"

"我找到的这个人是当年洛家的护卫，说当年洛家有一位小姐，生性叛逆，时常在扬州城内耍玩。后来这位小姐在外面认识了一个公子，一见倾心，两人珠胎暗结，就有了洛子商。"

柳玉茹皱起眉头。

秦六继续道："后来洛小姐说明了身份，才知道这位公子是有妻子的，而且妻子的娘家人是京中高官，公子不可能休妻。洛小姐又不愿意委身做妾，最后就和这位公子断了联系。按家里的意思，洛小姐本是要打掉这个孩子的，但在最后关头又于心不忍，就偷了银两跑了出去。洛家人找到这位小姐的时候，孩子已经快出生了，为了小姐的身体，只能让小姐将这个孩子生下来。但洛老爷不愿意让这个孩子耽搁洛小姐日后的人生。"

"所以呢？"柳玉茹的心颤了颤。

秦六叹了口气："在孩子生下来后，洛老爷就让侍卫把孩子抱出去扔了，然后在洛小姐面前谎称孩子没了。但洛老爷也一直让这个护卫关照这个孩子，并且给这孩子找了个养父，给了那养父一笔钱之后才断了联系。"

"但后来养父还是死在了他们洛家人手里。"柳玉茹垂下眼眸。

秦六点了点头："对，养父死了，洛子商上洛家讨说法，洛老爷看到以后，就让人先把洛子商关在了柴房里。当时洛家在接待贵客，也就没有声张。"

"贵客？"柳玉茹感到疑惑。

秦六点头："对，但我还没查到那贵客是谁，听侍卫说，当时那贵客是来向洛家要一样东西。"

"什么东西？"

"玉玺。"

柳玉茹惊了："洛家有传国玉玺？！"

"据说这是那人来时私下和洛老爷说的。"秦六点头，接着道，"他们在房间里起了很大争执，侍卫才听见这事。但洛老爷坚持声称没有。后来这位侍卫回家省亲，回家的第二日，就听说了洛家满门被灭的消息。"

柳玉茹坐在马车里，许久没有说话。

"还有呢？"

"侍卫说自己后来救了一个逃出来的洛家家仆，但家仆在他那里养了不到三天就死了。家仆说，洛家被屠，其实就是因为一个孩子的一句话。那个孩子同那位留在洛家的贵人说，灭了洛家，他就奉上玉玺。"

柳玉茹心里发寒。这话无疑是洛子商说的，可那时候，洛子商才几岁？洛家满门被灭，他在那之前可知道自己的母亲就在其中？

柳玉茹好半天都回不过神来，许久后才找回声音，问道："后来呢？"

"洛家被灭门的第二日，章怀礼就到了洛家。洛子商声称自己是洛家遗孤，就被章大师带走了。

"后来，也就没什么后来了。"

话没说完，两人就听见另外一个嘹亮的声音道："后来的事，便该由我来说了。"柳玉茹听到这个声音，便知道这是被派去泰州的秦风回来了。她忙掀开车帘，催促道："上来。"秦风跳上马车，马车便往回城的方向驶去。

柳玉茹道："后来如何？"

"章怀礼大师收养了洛子商，把他当作亲生儿子来养。"秦风将在泰州打听到的消息说出来，"据说洛子商天生聪颖，是章怀礼的得意门生，同章怀礼情同父子。后来章怀礼病重，也一直是洛子商在他身边照顾。他们的感情一直很好，直到洛子商决定去扬州。章怀礼不同意，他们就大吵了一架，吵架时，章大师的一个仆人在场。后来章大师死了，仆人当日便失踪了。"

"可找到了？"柳玉茹急急地问。

秦风叹了口气："我找到了。"

"那……"

"死了。"

这话让柳玉茹哽住。

秦风有些无奈："据说他是被人追杀，后来伤重，没能撑住就去了。"

柳玉茹沉默许久，终于道："他不是当着洛子商的人的面死的？"

"不是。"

"也就是说，洛子商目前还不确定那人是否死了？"

"对。"

"那人叫什么？"

"齐铭。"

柳玉茹点了点头，将这个齐铭细细打听了一番，道："我知道了。"

回到了顾府，她来回踱步，心里盘算了许久。

"让人准备一下，我要去洛府。"

其实这件事已经准备了很久，很快柳玉茹就出了门，并让人送了拜帖过去。

洛子商接到拜帖的时候，正在庭院里和自己对弈。他看着柳玉茹写的拜帖，梅花小楷端端正正，就和她本人一样。

洛子商轻轻一笑："字也极好看。"说着，他将拜帖交给管家，让管家收好，道，"领过来吧。"

洛府虽在北地，却是照着江南园林建的。洛子商出手阔绰，这宅子比起顾府要大上许多。他坐在水榭之中，亲自收起自己的棋子。

柳玉茹走到洛子商对面，恭敬地行礼，道："洛大人。"

"柳老板，"洛子商笑着回过头，抬手道，"请坐。"

柳玉茹坐到洛子商对面。

洛子商亲自给她泡了茶，低声道："柳老板无事不登三宝殿，今日怎么着？来我这里看看我的想法？"

"我为何来这里，洛大人应当是清楚的。"

洛子商举着茶抿了一口，接着道："柳老板做事，总是令在下捉摸不透。您派了两批人出去，一批人去了泰州，另一批人去了扬州。这两批人早上回来，下午柳老板就造访寒舍。在下实在不知道柳老板打算做什么。"

"洛大人，"柳玉茹转头看向外面的庭院，平和地道，"您为什么要来东都呢，扬州不好吗？"

"下棋吗？"洛子商嘴上在询问，手却已经抓好了子，仿佛笃定柳玉茹会答应。

柳玉茹犹豫了片刻，抓了棋子放在桌面上。

洛子商先落子，淡淡地道："若我不来东都，又该做什么呢？在扬州已经走到顶了，我总该再往上走走。你们都来了，我就来不得？"

"所以，"柳玉茹将白子落在棋盘上，"洛大人在扬州逼走了我们，如今又来东都找我们的麻烦。"

"柳老板说笑了，"洛子商笑了笑，"在下并非找你们的麻烦，也不是随便生事的人。只是有些事情，大家立场不同，我非如此不可。"

"洛大人想过自己的母亲是怎样的人吗？"

洛子商沉默片刻后，笑起来："我母亲温氏，是个极好的人。"

温氏是洛家的少夫人，也是真正的洛子商的母亲。柳玉茹抬眼看了洛子商一眼，平和地道："洛大人知道我的意思，这里是您的府邸，咱们也不必这么累。"

洛子商看着柳玉茹落子，慢慢地笑起来："若柳小姐愿意叫在下一声洛公子，这话题倒还是能聊的。"

柳玉茹皱了皱眉。

洛子商慢慢地道："我年少时总想，和同龄人下棋聊天，倒也是极好的。你一口一声洛大人，却要同我谈我的家事，我觉得难以开口。"

"我叫您洛公子，您便能开口了？"

"是。"洛子商抬头朝着柳玉茹笑了笑，随后低头落子，道，"我是无根的人，所以自己也不知道自己是从哪里出发，又要往哪里去。你要问我母亲是什么样，我只能猜想，她应当是个极好的人。"他声音平和，慢慢说着他对母亲的幻想。

周边没什么人，夏日午后的蝉鸣和水中的凉意一起被风卷来，让人时而清醒，时而又有些恍惚。

柳玉茹听着他说话，两人没有争执和冲突，始终保持着礼貌平和的态度。

柳玉茹突然问："洛大人想知道自己的母亲是谁吗？"

洛子商下棋的动作微微一顿，他抬起头来，看着柳玉茹："柳小姐要什么不如直说。"

"九思这个案子，我想，和洛大人多少有关联。"柳玉茹平和地道，"还望大人指一条明路。"

"柳小姐，"洛子商笑了，"拿着往事谈现在，未免有些天真。"

"若是弑师杀母的往事呢？"柳玉茹开口。

洛子商猛地缩紧了瞳孔，盯着对面的柳玉茹。

柳玉茹神色平淡地说："洛大人还记得齐铭吗？"

洛子商紧捏着棋子，看着对面的柳玉茹。

柳玉茹视若无睹，继续落子，道："您如今任太子太傅，我听说您和太子的关系也很不错。您要在朝廷经营您自己的路，九思和叶大哥又和您有家仇，您找他们开刀，我能理解。可是一个弑师杀母的人，顶着洛家公子的名头招摇撞骗，又有多少人会信服？如今扬州在王公子手下，您在东都任职，扬州的人还愿意跟着您也不过是因为都相信您在东都一定会有位置，他们能有一条好的出路。乱世枭雄是枭雄，可被天下唾弃的就是狗熊了。您手下那些人，当真没有异心？不说其他，您在扬州的两位谋士都是章怀礼的弟子，算是您的师侄。更别提举荐您的人和看重您的出身的王公子了。"

洛子商脸色微变，许久后又笑起来，眼里带了几分冷意："柳小姐真是处处为我打算，既然这对我影响这么大，柳小姐何不公开出来，让在下身败名裂？"

"洛大人，无论您信与不信，"柳玉茹抬眼看着他，神色郑重地说，"我和九思并不想与洛大人为敌。我今日来也不是来找洛大人的麻烦，只是想救我家夫君。我公布了这些事也救不回他，不是吗？"

"如今这一千万两银子，陛下明摆着说要让我夫君去担。以陆永的性子，刘春怎么会这样死？"

洛子商转动着手中的棋子，并未回答。

柳玉茹看着洛子商，深吸了一口气："洛公子，"她放下棋子，直起上半身，认真地道，"玉石俱焚还是皆大欢喜，洛公子您自己选。今日您给我指一条路，我夫君无事，此事不会传出半分，我的消息渠道也可全数送给您。若九思救不回来，"她盯着洛子商，"除非我死，不然我会让您永无宁日。"

洛子商轻笑出声，抬眼看向柳玉茹："这话我听得多了，真能让我思量的，柳小姐还是头一个。"他叹了口气，"好吧，其实顾大人的死活，我也不在意，顾大人和陆大人，只要去一个，于我来说就够了。柳小姐不愿意顾大人出事，那就找陆大人的麻烦吧，在下也不介意。"说着，他抬手，一个侍卫走过来，将纸笔交给他。洛子商迅速写下一个名字："找这个人。刘春虽然死了，这个人还活着。刘春之前总怕自己有出事的一天，就把所有的东西都交给了这个人。"

柳玉茹看了看上面的名字和地址，道："多谢。"她站起身来行礼，道，"话已说完，也不打扰了。"

"棋还没下完。"洛子商笑了笑，"柳小姐不下了？"

"洛大人自己下吧。"柳玉茹看了看天色，"天色已晚，妾身也要回去了。"

洛子商抿了口茶，柳玉茹走出门时，他突然问："我母亲是谁？"

柳玉茹顿住脚步，背对着洛子商慢慢地开口："当年的洛家大小姐，洛依水。"

洛子商露出错愕的表情，许久后，柳玉茹听见身后传来笑声。

"洛依水……"他的声音有些低哑，"洛依水……"

"洛公子，"柳玉茹平静地道，"世事无常，你还有漫漫余生可以忏悔。"

"忏悔？"洛子商嘲讽，"顾夫人与其在这里同我说这些，倒不如去问问，最后玉玺在谁手里，看看到底谁该忏悔。"

柳玉茹的心颤了颤，她收好字条，淡淡地道："天色已晚，告辞。"说完，她便大步走了出去。

叶世安和沈明已经等了很久，见柳玉茹回来，忙问："如何？"

柳玉茹抬起眼，慢慢地道："你们可知玉玺如今在何人手中？"

这话问蒙了两人，沈明下意识地道："不是在陛下手中吗？玉玺就是在圣旨上盖印的那个对吧？"

柳玉茹看向叶世安："陛下手中的又是从何而来？"

叶世安皱了皱眉头，想了一会儿，道："好像是从梁王那里得来的。"

柳玉茹的动作微微一顿，她抬头看向叶世安，像是有话要说。

叶世安敏锐地察觉到了，道："怎的？"

"没什么。"柳玉茹回过神，平静地道，"洛子商给了我一些消息，让我去找一个人。"说着，她将字条交给了叶世安，上面写了一个叫"孙鏊"的名字和这个人的地址。

叶世安没有多说，立刻和沈明、柳玉茹一起去了纸上写的地点。柳玉茹在路上将情况同叶世安和沈明说明了。

一行人到了，发现是个破烂的宅院。柳玉茹上前去敲了门，片刻后，一个男人骂骂咧咧地从院子里出来，道："谁啊？这个时辰了还上工，还要人活……"话没说完，他便打开了大门，一看见柳玉茹，下意识地就要关门。

柳玉茹赶忙上前抵住大门，道："孙先生，您别害怕……"

沈明疾步上前，一脚踹在大门上，把大门踹飞了。孙壑倒在地上，翻身就要跑，沈明一把抓住他的肩，抬脚将人踹得跪下："跑什么跑？！问你话呢！"

"沈明！"柳玉茹叫住沈明，几步上前来，道，"孙先生，我们只是找您问点儿事，不会对您做什么的，您别害怕。"

孙壑不敢看柳玉茹，道："我就是个铁匠，不认识你们这些贵人，你们找我做什么？"

柳玉茹半蹲在孙壑面前，认真地问："认识刘春吗？"

"不认识。"孙壑果断地开口。

柳玉茹叹了口气："孙先生，您别敬酒不吃吃罚酒。"

他们说话时，叶世安已经让人去搜查孙壑的屋子了。

柳玉茹看了一眼外面，同沈明道："把门装好，把人带进屋里来吧。"说完，她站起身走进了屋子。

沈明让人去修门，自己押着孙壑进了屋里。

柳玉茹让孙壑坐下，平淡地道："孙先生，我既然来了，就是笃定您认识刘春，与他有关系。我知道他临死前交了些东西给您，这些东西您拿着不安全，为了您的身家性命，您还是交出来吧。"

孙壑不说话，身子微微颤抖着。

柳玉茹喝了口茶，平淡地道："孙壑，就算你什么都不说，我们也有的是法子找你的麻烦。僵持下去，吃亏的是你。"

旁边有人在屋里敲敲打打，孙壑深吸了一口气，抬眼看向旁边的沈明，问道："大人，有烟草吗？"

沈明看了柳玉茹一眼，柳玉茹点了点头，沈明转头同旁边的下属道："去找老三拿包烟草。"

下属转头出去，没多久就拿了个荷包进来。

孙壑从荷包里抖出烟草，又从旁边的桌上拿了根烟杆，把烟草放进烟杆里。旁边人给他点了火，他深深地吸了一口。吞云吐雾了片刻后，他似乎突然苍老了许多，慢慢道："其实老刘一死，我就知道早晚有这么一日。我只是没想到他去得这么快。"

柳玉茹静默不语。

孙壑又抽了几口烟，才镇定下来，道："我的床是空心的，他放在这里的东西就在那张床里面，你们拿走吧。"

沈明赶紧带人去找，房间里就留下两个侍卫陪着柳玉茹。

柳玉茹给孙壑倒了茶，平和地道："我们不是恶人，这东西您给了我们，我们会保您安全。"

孙壑疲惫地点了点头。

柳玉茹好奇地问道："您和刘大人是朋友？"

"同乡。"孙壑抽着烟，慢慢地道，"从小一起玩泥巴的交情。八岁那年发大水，他被他娘卖了，但他命好，有个贵人收养了他。再见面时，他已经当官了。他人不错，我们的许多同乡跟着他混，我胆子小，不想和他做那些掉脑袋的事，只想好好照顾我娘，就没再跟他往来了。但他一直照顾我，我娘的病也是他拿钱医的。"

"伯母如今可还好？"

"我送回乡下去了。"孙壑叹了口气，"刘春一出事，我就知道不好。可是我在这儿活了这么多年，去其他地方怕是也只能饿死。我娘也折腾不起，还要吃药，我就在城里待着，熬一日是一日。我每天都想着你们什么时候会来，又总是希望你们什么都没发现。"

孙壑苦笑："还好，你们也不算什么大奸大恶之辈，我倒也不怎么害怕了。"

"您放心，"柳玉茹再次强调道，"您和伯母的安全，我们都会保证的。"

孙壑点了点头。

柳玉茹想了想，继续问："刘春做的事，你都知道？"

"知道一些吧。"孙壑弹了弹烟灰，"他在前朝就已经管仓部了。他做的事也需要同乡帮忙，我也听说了一些。"

"他是如何做的？"柳玉茹追问。

孙壑也没打算瞒柳玉茹，道："取库银的时候是要验身的。进去验一次，出来验一次，每次都要脱光，防止私带。他们就想了很多办法，比如说将银子藏在茶壶里，茶壶往检验的人面前倒一次水，就算验过了。"

柳玉茹皱起眉头："倒一次水就能过了？"

"这些是后来的，"孙鏊答道，"后来大家银子多了，把验身的人也收买了，验身也只是走个过场而已。"

柳玉茹愣了愣，意识到库银一事怕是会牵连到整个户部，沉默着没说话。

孙鏊接着道："最初大家还会担心，所以都是藏在自己的后庭中夹带出来。虽然每次带出来的不多，但日积月累，最后也不是小数。时间长了，大家都觉得不会有事了。没想到啊，"他叹了口气，"终究是栽了跟头。"说着，他抬眼看向柳玉茹，"这位夫人，他们还能活吗？"

柳玉茹知道孙鏊问的是那些跟着刘春这么做的人，沉默了许久，才道："不一定，但若是能将损失降低，应当还是有希望的。"

孙鏊不再说话，抽了口烟，眉目间都是忧虑之意。他的那些同乡几乎都和刘春有牵扯，只有他一直待在外面，与刘春的关系鲜有人知。也正是因为这样，刘春才会将账本放在他这里，然而如今他还是将账本交了出去。孙鏊也不知道自己做得对不对，只是也别无他法，人活着，毕竟还是得为自己谋划。

两人说着话，沈明捧着一个盒子走了出来。柳玉茹拿过盒子，随意翻了一下，里面有账本和许多书信，都是刘春和陆永互通的信件，另外还有刘春写下的指认陆永的口供。

柳玉茹盖上了盒子，站起身道："将孙先生接到顾府，好好保护。派人去乡下将孙先生的母亲也接过来。"

沈明应了一声，便去办了。

柳玉茹拿着盒子，同叶世安道："叶大哥，我得去找一趟九思。"

叶世安立刻道："我同你去。"

两人也没拖延，柳玉茹抱着证据上了马车，便直接前往刑部大牢。她提前同狱卒打了招呼，到了之后，狱卒便让她进了牢房。

如今她和刑部的人已经十分熟悉，花钱来探因的人不少，如柳玉茹这样大方的却不多。她不仅在钱上大方，还很体贴，缺什么给什么。刑部的人见着她都眉开眼笑，甚至许多人和她交上了朋友，将她当成了自己人，于是她见顾九思也越发方便了。

天还没黑，她就进了牢狱，抱着盒子同叶世安一起来到顾九思面前。

柳玉茹将情况同顾九思稍做说明，顾九思便明白了，盘腿坐在地上，轻轻地敲打着地面。

顾九思道："所以，偷拿库银这件事，从前朝就已经开始做了？"

"是。"柳玉茹说。

"刘春在仓部司郎这个位置上待了多久？"顾九思看向叶世安。

叶世安想了想："近十年。"

顾九思闭上眼，好久后终于道："我是依照账目清点的。若是他们早在前朝就开始私吞库银，如今的库银绝对没有三千万两。这突破陛下的底线了。"顾九思思索着。

柳玉茹看着顾九思思考，不由得道："那如今要怎么办？"

"也没什么好办法，"叶世安叹了口气，"九思和陆大人之间只能选一个。如今朝中要求严办九思的折子已经堆满了陛下的桌子，这件事没有结果，他们是不会罢休的。"

"就这样，"叶世安果断地道，"将证据交上去，让陆永去受罪就得了。"

顾九思转动着手里的笔，像是在思考。

柳玉茹也不说话，给顾九思倒茶，紧皱着眉头。

许久后，顾九思突然道："我要见陆永。"

叶世安愣了愣："你还见他做什么？"

顾九思看着柳玉茹，柳玉茹放下茶杯，露出了然的神色。

"我这就去安排。"柳玉茹果断地开口，顾九思点了点头。

叶世安有些迷惑："九思，你这是何意？"

"洛子商没有这么容易松口。"顾九思平静地道，"这个孙鋆怕是洛子商故意送给玉茹的。"

"这……这怎么说？"柳玉茹有些发愣。

顾九思道："你想，孙鋆没有参与库银之事，也不怎么和刘春往来，所以刘春才将东西放在孙鋆那里，可见孙鋆是极为谨慎或者说胆小的人。刘春死了，孙鋆为什么不跑，为什么还在东都待着，等着你们来找？"

叶世安点了点头："九思说得极是。"

"再说洛子商，玉茹已经把齐铭的名字说出来了，他也没有多问，甚至没有考虑一下就让玉茹回来了，还直接告诉了玉茹孙鋆的存在。他是这么容易说话的人？"

"那他图什么？"柳玉茹皱起眉头。

顾九思道："这件事，我也想了许久。你们同我说太子一定要严惩我，我才有些明白了。你们想，陆永是谁的人？"

"陛下的。"叶世安果断地道，"他一直在劝陛下再立皇后，多诞子嗣。"

"陆永虽然拿了钱，但他是陛下的人。陛下虽然让洛子商留在东都，但目的也是暂时安抚。陛下打算打完刘行知再收拾洛子商，洛子商难道就不为自己打算一下吗？洛子商如今应该是忽悠了太子，打算以帮太子的名义安插自己的人。你想，这一次势必是太后和太子联手把陆永或者我拉下来，之后户部的职位就会有空缺，他们就可以安排自己的人。玉茹，你想想，如今你找到孙鐾，如果没和我们商量，你会如何？"

柳玉茹犹豫了片刻，还是顺着心意道："我势必要为你讨个公道。"

"对，然后你就会把库银这个案子翻出来，把陆永的证据交上去。陛下一查，发现库银少了一千多万两，而刘春作为仓部司郎死得不明不白，陛下不可能不震怒，但此时杀陆永，陆永手下的人怎么办？所以陛下大概率会把我推出去顶罪，而后会为安抚太后、太子而让陆永降级。我死了，陆永也不是尚书了，户部便空了两个位置。陆永会被调到其他地方去，陛下会逼陆永想办法弄回这一千多万两银两。陆永活着，陆永的人马也还在为朝廷效力，便是对陛下来说最好的结局。若真如此，"顾九思看着柳玉茹，露出苦笑，"拿着证据的你也就留不得了。"

"陛下不会如此。"叶世安有些不能接受，道，"九思，你这是把陛下当成那些卑鄙小人了。"

"世安，"顾九思平静地道，"我不当恶人，可也不会觉得这世上都是好人，这本也不是一条干净的路。"

这话把叶世安说愣了，柳玉茹呆呆地看着跪坐在监狱里的青年。顾九思面色沉静，恍惚间让她看到黑风寨里坑杀了一千山匪的那个人。她不知道为什么，手微微发颤，但让自己镇定下来，捏紧拳头，遮掩住自己的失态，刻意压下了所有的情绪，同顾九思道："便当这是最坏的情况吧，若真是如此，九思你觉得该当如何？"

"既然洛子商的目标是陛下，那我和陆永就不是洛子商的敌人。偷盗库银的事在很多年前就已经开始，如果我们把这个案子就当作刘春偷盗库银的案子，我和陆永都是新上任的官，不可能指使刘春这么多年。偷盗库银本就是死罪，从这批罪犯中找出官职最大那个，让那人顶下谋杀刘春的罪名，这个案子就可以结了。当然，若是能查到杀刘春的真凶就更好了。"

顾九思顿了顿，似乎想到什么，"不对，我不能见陆永。你们先想办法让我见陛下。"

"我去找陛下。"叶世安果断地道，"我和周大哥一起求陛下，让陛下提审你。"

顾九思摇摇头，想了想，转头看向柳玉茹："玉茹，你进宫去。"

"我？"柳玉茹愣了愣。

顾九思接着道："你拿着证据进宫去，把实情告诉陛下，然后说我有办法解决困局，让陛下提审我。"

"她怎么进宫？如今范叔叔已是天子，玉茹未经召见，怕是不能入宫。叔父和周大人都不愿意再插手这件事，我和周大哥未经召见也很难见到陛下，总不能在早朝上和陛下说这事吧？"叶世安皱起眉头。

顾九思正打算出声，柳玉茹便道："我有办法。我去顺天府击鼓鸣冤，请求面见陛下。"

"好办法。"顾九思立刻道，"玉茹去鸣冤，你和周大哥装作碰巧路过，和顺天府尹说一说，让顺天府呈报此事。"

三人商量好，已经是深夜。柳玉茹和叶世安从牢里出来，冷风吹过，柳玉茹忍不住颤了颤。

叶世安回头看了她一眼，询问道："冷？"

"倒也没有。"柳玉茹笑了笑，抬手将头发别在耳后，声音有些飘忽，"不知道为什么，人其实不冷，就觉得心里有些发凉。"

叶世安笑了笑："不止你，我也是。"说着，他转过头去，看着天边的星辰，慢慢道，"玉茹，你有没有觉得九思有些不一样了？"

柳玉茹没说话，垂下眼眸。

叶世安道："还在扬州的时候，我记得每次见着他，都会觉得他朝气蓬勃的。那时候扬州的乞丐都特喜欢他，我还听说他脑子不好用，特容易被骗。"

听到这话，柳玉茹忍不住笑了："他哪里是脑子不好用？不过是他心情好，心甘情愿被人骗而已。"

"如今他不愿意被人骗了，"叶世安叹了口气，"反而会骗人了。"

柳玉茹也忍不住抬起头，道："叶大哥，你说人会变吗？"

叶世安送柳玉茹上了马车，隔着车壁和她道："玉茹，哪儿有不变的人呢？"

柳玉茹捏紧了腿上的裙子，心里莫名有些害怕。

外面的侍卫开口道："夫人，回府了？"

柳玉茹这才回过神，低声道："回吧。"

柳玉茹还没到家门口，就听见了沈明的声音。

沈明道："总算回来了。"

柳玉茹卷起帘子，看见沈明坐在马车上，马车的另一端坐着叶韵。柳玉茹觉得有些奇怪："你们这是在做什么？"

"就她，"沈明举起马鞭，指了指旁边的叶韵，"一直吵嚷着要去接你，吵得我脑壳疼，我就来了。"

柳玉茹不由得笑了。

叶韵板着脸，冷声道："是你要跟着我去的。"

"不是你叫我的？"沈明立刻开口，"你不要翻脸不认人啊。"

叶韵嘲讽："我叫的是侍卫，谁让你巴巴地跑过来？"

"你……"

"好了，"柳玉茹笑着打断他们，"回去吧，我还有事要和沈明说。"她说完就放下了帘子。

叶韵和沈明对看一眼，都露出嫌弃的表情，扭过头去。

回了府，柳玉茹立刻同沈明将情况说了一遍，然后道："孙壑给的账目和名单我看过了，你今夜就拿着册子挨个儿去找人，录下口供回来给我。"

沈明点点头，走了出去。

柳玉茹睡了一夜，第二日吃过早饭，便看到沈明拿了很厚一沓纸过来。

沈明将脚往凳子上一搭，得意地道："怎么样，老子厉害吧？一晚上，"他往纸上敲了敲，"你看我这通天的能耐！"

柳玉茹笑了笑，温和地道："沈小将军自然是厉害的。"说着，她拿起口供，一页一页地扫过去——库房里的人都招供了。

柳玉茹确认口供上没有什么衔接漏洞之后，便让人将它誊抄了一遍，把副本装进盒子里，然后穿上了蓝色绣鹤云缎华服，头簪金簪，捧着口供副本出去了。

马车摇摇晃晃地往顺天府行去，她思索着一会儿如何开口。

这时候，叶世安和周烨也在往顺天府走。

柳玉茹先到了。顺天府外，行人来来往往，顺天府的大鼓立在门口，已经长满了藤蔓。柳玉茹上前去，强行将鼓槌从藤蔓中抽出来。她做这个动作时，有行人驻足。

"这是谁？"

"穿着这样华贵，应该是富贵人家的夫人小姐。"

"富贵人家的夫人小姐来这顺天府做什么？"

"看见那马车了吗？"有人指向一旁的马车，"是顾家的。"

"顾家？哪个顾家？"

"你不知道？前阵子那个年轻得不得了、从幽州过来的户部侍郎不是因为刘大人的案子下狱了吗？"

"刘大人？你是说刘春刘大人？"

"是啊。"

人们议论纷纷，柳玉茹拿着鼓槌，一下一下地砸在鼓面上。

闲置已久的大鼓发出震耳的嗡鸣声。柳玉茹身材瘦弱，击鼓的动作像是已经用尽了全力，清丽的声音高喊："妾身顾柳氏，求见天子，为夫申冤！"

越来越多的人聚集过来，这时候叶世安和周烨也赶到了，周烨身边还跟着秦婉之。

秦婉之看着柳玉茹，道："你们不能直接让顺天府尹帮个忙吗？非得让她去露这个脸？"

"这个过程是得走的。"周烨小声道，"玉茹只要在顺天府告御状申冤，顺天府尹就会呈报，我们只是让顺天府不用为难。但若她没有击鼓，顺天府也没有什么帮她的义务。"

秦婉之点了点头，周烨看了看四周，同她道："你帮我看着，我去找人。"说完他便离开人群，绕到了后门，找了一个侍卫，道："您同大人说，外面击鼓鸣冤那位是我朋友，还望他多多照顾。"

侍卫看见写着"周"字的令牌，不敢怠慢，赶紧进了顺天府通禀。

周烨回到正门，顺天府的大门终于开了，侍卫同柳玉茹道："进去吧，大人叫你。"

柳玉茹放下鼓槌，朝侍卫行了个礼，便往里走。

这时候，外面传来一个清亮的女声："没想到会碰上顺天府鸣鼓，"一个女子掀起车帘，从一辆华贵的马车上走了下来，柔声道，"本宫看看。"

听到这个声音，柳玉茹等人都愣住了。

柳玉茹很快反应过来，率先行礼道："公主殿下。"

李云裳走到门口，扶起了柳玉茹，柔声道："原来是顾夫人，顾夫人怎么在这里？"说着，李云裳露出了然的表情，"本宫明白了，是为了顾大人的事来的吧？你不必担心，这事本宫一定会帮你看着，今日本宫来了，一定会让这事公正地办下去的。"

柳玉茹心里咯噔一下，李云裳拉着柳玉茹，道："这可是顾大人的夫人，我与顾夫人是旧识，你们可千万要招待好。"

外面的人嘀咕："她和公主关系这么好，还到顺天府求见做什么？找公主不就好了？"

"惺惺作态，赚个好名声罢了。"

柳玉茹虽然听不清人群中的话，但也能大致猜到。她被李云裳牵着进了公堂，顺天府尹看见李云裳，忙上前来行礼道："殿下。"

李云裳放开柳玉茹，笑着道："王大人，许久没见了。今日见这位夫人在门外击鼓，本宫一时好奇，便来看看。"李云裳由师爷引着入座，道，"王大人不必在意本宫。"

顺天府尹犹豫了片刻才道："是！那下官就开审了。"

顺天府尹抖动着一身肥肉，回到桌边，扶了扶帽子，轻咳了一声，看着跪在地上的柳玉茹，道："堂下所跪何人？"

柳玉茹垂着眼眸，冷静地开口："妾身顾柳氏，乃户部侍郎顾九思之妻。"

"击鼓所为何事？"

"为夫申冤。"柳玉茹叩首，道，"我夫君为奸人所诬，如今蒙冤狱中，妾身偶然得知真相，但因此事不便告知大人，还请大人禀告天子，方便妾身将手中的证据呈上。"

"呃，那……"

"什么证据是不便在顺天府上呈的呢？"李云裳突然开口。

顺天府尹愣了愣。

李云裳坐在椅子上摇着扇子道："顾夫人难道怕顺天府将你这证据毁了？"

柳玉茹抬眼看向李云裳，李云裳嘴角噙笑。

柳玉茹沉默片刻，转头看向顺天府尹，道："大人，我夫君官拜几品？"

"正四品……"顺天府尹不明白柳玉茹的意思。

柳玉茹接着道："死者刘大人又官拜几品？"

"从五品。"顺天府尹皱了皱眉头，"你是什么意思？"

"大人，您确定您要审这个案子吗？"柳玉茹看着顺天府尹，"若大人执意要审这个案子，妾身便将证据呈上来。"

"那便呈上来。"李云裳果断地接口。

"等一下！"说着，顺天府尹的脑袋上冒出了冷汗，他左思右想，转头同李云裳道，"殿下，按品级，这个案子微臣管不了啊。"

"那就请顾夫人去能管这个案子的地方。"李云裳靠在椅子上，摇着扇子道："做事总得合规矩才是。"

"那敢问，"柳玉茹朗声开口，"我大夏顺天府职责何在？！"

不等其他人开口，柳玉茹便果断地道："管东都不平之事。我夫君之事发生在东都，如今人被关在东都大牢里。我有冤屈，登堂鸣鼓，王大人能审，应当在此主审；不能审，按顺天府的规矩，也该呈报陛下，由陛下决定。我求见天子，王大人代为转达，又有何不合规矩？！"她抬眼看着李云裳，"妾身斗胆，敢问公主，您有何职位，能在这顺天府上越府尹之职指手画脚？！您此时此刻坐在这里，又合了哪条规矩？！"

"你！"李云裳猛地站起来，想到外面伸着脑袋看的百姓和旁边的衙役，深深呼吸着，又慢慢坐了回去，转头同顺天府尹道："王大人，是本宫管得多了。"

"不妨事，不妨事。"顺天府尹赶紧摆手，随后看向柳玉茹。

柳玉茹静静地看着顺天府尹，眼神坚定清明。

顺天府尹在心里盘算一番，道："本官这就写折子，但召见与否，得看陛下。"

"等一下！"李云裳再次开口。

柳玉茹皱眉。

李云裳转动着手里的扇子："本宫想起来，在顺天府击鼓鸣冤是要受刑的，男受三十大板，女受掌刑，若不受刑，顺天府概不受理。顾夫人，"她笑起来，"你愿受刑吗？"

柳玉茹愣了愣，站在不远处的叶世安和周烨听到这话顿时变了脸色。

秦婉之皱起眉头，低声道："将玉茹叫回来吧，总有办法的。"

"你不是说有冤屈吗？"李云裳看着柳玉茹，"现在顾大人头上的可是被抄家灭族砍头的大罪，若真是冤屈，你要平冤，区区拶刑又算得了什么？"

柳玉茹静静地看着李云裳。

站在人群里的秦婉之看不下去了，大声喊："顾夫人，走吧，拶刑可不是开玩笑的，再找办法就是了！"

柳玉茹垂下眼眸。

李云裳笑了，看向团扇上的图案，嘲讽道："顾夫人可知道，这顺天府不是你想来就能来的？若你真是有天大的冤屈，便不会怕酷刑。顾夫人今日来，可做好了受刑的准备？"说着，她抬眼看柳玉茹，"怕是没有吧？顾夫人，顾大人可谓难得一见的天才，年纪轻轻便走到户部侍郎的位置上，揣度人心、审时度势，都是一把好手。这样的人，你当真觉得他心中纯洁无垢？你当真敢在顺天府明镜之下担保顾九思是受了冤枉？你敢信，他真的没有半分污点，在此案中不受半点儿牵扯？"

柳玉茹抬起头来，看着李云裳的眼睛。柳玉茹的神色太平静，平静得有些瘆人，李云裳不由得愣了愣。然而柳玉茹也不知道为什么，突然就想起了昨天晚上自己的迟疑，想起了黑风寨里的一千多条人命，想起顾九思昨夜冷静地说着话的模样。她注视着李云裳，又突然想起当初顾九思伤痕累累地站在扬州街头，回眸看她时那意气风发的一笑。

"我信。"柳玉茹突然生出无尽勇气，冷静又坚定地开口。

李云裳愣了愣。

柳玉茹跪在地上，深深叩首，平静地道："妾身愿受拶刑，请大人禀报天子！"

"玉茹！"叶世安再也按捺不住，低喝出声。衙役上前一步，拦住了他。周烨皱起眉头，看着公堂之上的柳玉茹。

柳玉茹仿佛没有听到叶世安的话，跪在地上，神色从容。顺天府尹愣了愣，朝着师爷挥挥手，便拿起纸笔，当堂写了奏折让人呈入宫中。

而后侍卫拿了指夹过来，看着柳玉茹，心里也有些不忍，不由得道："得罪了，夫人。"

柳玉茹抬起头，朝他们温和地笑了笑，道："打扰了。"

侍卫没敢再看她，只觉这女子温柔若莲花，哪怕在即将被上刑之时，也带着超凡的从容气度。

指夹套上柳玉茹的手，顺天府尹还是有些不忍，不由得道："顾夫人，陛下不一定答应的，您要不再考虑一下，我让人把折子追回来？"

"嫂子！"沈明在外面着急地喊，"你别犯傻啊嫂子！"

柳玉茹摇了摇头，朗声道："我夫君为官公正无私。"

指夹带来的剧痛让柳玉茹猛地咬紧牙关，她瞬间白了脸色，身子微微发颤，但声音依旧清朗："我夫君……上，对得起皇恩浩荡；下……对得起黎民百姓。"

"我夫君……"柳玉茹深吸了一口气，因为疼痛，汗水大颗流下来，她绷紧了全身肌肉，大声道，"是个好官！"

他是个好官，是个好夫君，是个好朋友，是个好人。纵然他会算计，但无愧于君，无愧于友，无愧于百姓，无愧于家人，更无愧于她，所以她信他。

柳玉茹深深喘息着，指夹松开那一瞬间，她一个激灵，失了所有力气，骤然瘫倒在地。秦婉之再也忍不住，一把推开旁边的人，冲到公堂上扶起她，焦急地道："玉茹，你没事吧？"

顺天府尹也站了起来，忙道："叫大夫过来。"

柳玉茹说不出话，靠在秦婉之怀中低低喘息着，她的手指已经彻底乌紫，一直在抖，完全控制不了。叶世安和沈明也冲了进来。

李云裳静静地看着柳玉茹，许久后，站起身来淡淡地道："先送后院休养吧。"说完，她便领着人走了出去。

柳玉茹躺在秦婉之的怀里，被人抬到后院。

大夫赶过来后，发现柳玉茹的指骨都断了。骨头必须接上，这疼痛比受拶刑更让人难耐，柳玉茹终于忍不住痛呼。赶过来的叶韵听到柳玉茹的哭声，冲上前去一把将她揽在怀里，声音沙哑地道："李云裳那个畜生，我早晚……"

"韵儿，"柳玉茹虚弱地开口，"我渴。"

叶韵红了眼，知道柳玉茹已经没了力气，说这话也不是真渴，只是不让自己再胡说。和叶韵一起赶到的印红忙倒了水，叶韵喂柳玉茹喝下去。

柳玉茹绑好了手指头，外面终于来了信。一个公公站在门口，恭敬地道："顾夫人，陛下请您入宫一趟。"

"改日……"叶世安的话没说完，柳玉茹便出声道："扶我起来。"说这话时，她已经挣扎着自己站起来了。

秦婉之和叶韵忙扶住她，柳玉茹被搀扶着走到太监身前，笑了笑，苍白着脸色柔声道："公公，请吧。"

指尖的疼痛还在，然而她已经逐渐习惯。柳玉茹克制着自己的颤抖，由人搀扶着走到了顺天府外，然后就坐上了轿子。她此刻受不得颠簸，马车已经不能坐了，叶韵便为她叫了一顶轿子。柳玉茹由人搀扶着坐上去，然后被一路抬着进了宫。

太监见她状态不好，便让人先一步回去通报，得了特许，让人将她一路抬到了御书房外。

柳玉茹到的时候，范轩正在练字。看见柳玉茹，他愣了愣，柳玉茹依照宫规，规规矩矩地给他行礼。

范轩见她颤抖着跪下去，忙亲自去扶她，焦急地问："怎么成这样了？"

"顺天府告状，需受拶刑。"柳玉茹跪在地上，完完整整地叩完头，才起身来，声音沙哑地道，"民女因刑失仪，还望陛下见谅。"

范轩看着柳玉茹，一时说不出话来。他让人扶着柳玉茹坐好，叹了口气，道："以往在望都，你们要见我多容易？如今在东都，你们见我却这样难了。"

"陛下是天子了。"柳玉茹平静地回答，"天子自是不一样的。"

这话让范轩愣了愣，他垂下眼眸，干笑了一声，随后道："你是来为九思求情的吧？"

"陛下，"柳玉茹冷静地道，"若是求情，便不会费这样大的功夫了。"

范轩抬眼看向柳玉茹。

柳玉茹道："妾身已经查到了刘春一案背后的主谋，而且有了证据。"

范轩捏紧了手中的笔，有些紧张地看着柳玉茹。

柳玉茹仿佛什么都不知道，继续道："但妾身知道，陛下并不愿意将这个主谋绳之以法，或者说没有办法将他绳之以法，因为代价太大。此次妾身来见陛下，一来是向陛下报告案情，二来是求陛下提审我夫君。我夫君说，要解陛下的困局，他有办法。"

范轩沉默片刻，转过头去同外面的太监道："去将顾九思从刑部提出来，朕有话要问他。"

柳玉茹终于放松下来。

范轩看着她,叹息一声,道:"你也别在这儿坐着了,先休息吧。让御医给你看看。"

柳玉茹拜谢,告辞。临出门,她想起来,同范轩道:"陛下,我受刑这事,您别和九思说。"

范轩愣了愣,无奈地笑起来:"你这小姑娘……"他挥了挥手道,"去吧,朕不同他说。"

柳玉茹这才离开。

范轩在御书房里等着,大太监走上前来给她磨墨,道:"陛下,这事要真是陆大人做的,顾大人又有了证据,若是和太后结盟,逼着您治陆大人的罪,这不就难办了吗?"

"等着吧。"范轩淡淡地道,"先看看顾九思能给出个什么主意。"

过了一会儿,顾九思进来,恭恭敬敬地行礼。

范轩拿了茶,抿了一口,道:"朕也不同你绕弯子了。你夫人说如今你有办法,你说说吧。"

"陛下,"顾九思直起身来,道,"陛下如今之忧虑,在于此事背后的党派之争。此时太后欲往户部插人,而您不想,也不敢动陆大人。一来,陆大人是您的左膀右臂,您想给他一条生路。二来,您登基未满半年,天子之位也名不正言不顺……"

"大胆!"旁边的太监怒喝。

范轩抬起手,平静地道:"让他说。"

顾九思继续道:"新朝百废待兴,势力盘根错节,刘行知列阵在南,蠢蠢欲动,如今您需要有人为您做事,需要亲信。您若在此时动了陆大人,就会寒了亲信的心。陆永没了,谁来管户部也是一个大问题。三来,陆永本人有一大批亲随,陛下若是把他给逼死了,也不知这批人会不会怀恨在心,转投他人。陛下就是考虑到这些,才决定不动陆永。太后却一定会想方设法地逼陛下让步,这就是陛下如今的难处。"

"你说得没错。"范轩点了点头,"陆永是不能现在动的。"

"可也不能不动。"顾九思开口道,"陛下,您不想寒了亲信的心,这想法没错。可是您想没想过,您的亲信也正是猜到了您的想法,才如此肆无忌惮。您可知如今国库有多大的空缺?微臣清点下来,国库应有近四千万两白银,陆永却呈报三千万两,其下还有各方小吏,国库少了的银子怕早已不止一千万两。今日,户部尚书偷盗国库,杀仓部司郎,嫁祸户部侍郎，却不受丝毫责罚，日后陛下还如何整理朝纲，如何管理朝臣？长此以往，怕是不等刘行知来攻打，我们大夏就已经自己灭亡了。"

"所以，你是来说服朕惩治陆永，让他认罪？"

"治，是要治的，但罪是不能认的。"顾九思平静地道，"陛下，如果您信得过臣，不妨这样做。这件事看着是库银案，但核心在于党派之争，若太后紧抓着这个案子不放，这个案子一定会被查到底的。"

范轩点了点头："继续。"

"事实上，太后早已成了陛下的心头大患，陛下即将出征，在此之前必须先处理太后一党。陛下不妨借由这个案子给太后一个警示。太子出行，按规格需带五千人。陛下可先将太子调离东都，再以保证东都防务为由，调五千亲兵过来，说调五千，实调一万。这样，一来是做好要面对最坏的结果的打算，二来，让太子在外，也是留下一座青山。"

范轩应了一声。

顾九思继续道："而后，您再让叶御史弹劾刑部侍郎崔世言，然后将崔世言收押，接着以办案效率太低为由，将此案交给御史台审理。"

"为何要收押崔世言？"范轩有些不明白。

顾九思笑了笑："陛下，这个崔世言是崔家嫡出的幺子，从小就备受宠爱。崔家在东都根基深厚，刑部上下至少有一半人与之有姻亲关系。崔世言本人花天酒地，劣迹多的是，御史台要找他的麻烦实在是容易得很。陛下抓了他，哪个他的亲戚敢来说情，陛下就以徇私之名一起送进去，最后敲打的就是整个刑部。刑部受了敲打，接下来就会乖乖听令将案件移交到御史台手中，而不会再给您添麻烦。"

"但太后那边……"范轩犹豫着开口，"怕是不好处理。"

"云裳公主也该嫁人了。"顾九思说。

范轩愣了愣。

顾九思平静地道："陛下，太后已经没有儿子，只剩下云裳公主一个女儿了。微臣听闻公主自幼聪慧，极受太后疼爱。您觉得太后会不会为了女儿的终身幸福让步？陛下之前不是派人出使北梁吗？如果太后敢来找您，您就同太后说清楚，使者出使北梁时带了公主的画像，北梁皇帝有和亲之意，您也正在考虑。是为了国家让公主去和亲，还是为了公主的幸福尽快找一个东都子弟让公主嫁出去，就会成为太后唯一牵挂的事。"

范轩点了点头，面上的凝重终于缓解了一些，随后道："那之后呢？"

"案子到了御史台那边，既然我们手里有刘春私盗库银的证据，就可以把这个案子看作私盗库银案，去追查少了的库银。只要让陆大人将那一千万两银子追回，御史台再把户部上下清查一遍，警醒众人，就够了。等风头过去，您再劝陆大人辞官，这样您那些亲信也就明白不能乱来了。陆大人保全了性命，您再给他一笔奖赏，给他的属下指一条出路，您的亲信就不至于寒心，他的属下也不会因为害怕而倒戈。"

"你说的倒都是好办法，"范轩叹了口气，"可是陆永走了，户部尚书的位置又该给谁呢？朕是绝不会放一个太后的人上去的，可是手里能用的人着实不多。"

顾九思静了许久，突然退后，跪下来行了个大礼，道："陛下恕罪。"

范轩被他这个动作搞愣了，问道："你这是做什么？"

"陛下，"顾九思低着头道，"臣心中其实有一个人选，但此人和臣关系太密，又是戴罪之身，如今举荐，陛下怕是会认为臣有徇私之心。可论资历、能力、立场，此人都是如今再适合不过的人选了。"

"谁？"范轩才问出口，就想到了答案。

顾九思抬头，冷静地道："前吏部尚书、微臣的舅舅，江河。"

范轩沉默着，顾九思接着道："陛下，臣知道江大人原为梁王岳父，可如今陛下已是中原之主，江大人自当归顺。臣以头顶的乌纱帽担保，江大人绝无二心，若有，臣当亲自为陛下解忧，绝不劳陛下烦心！"

"也不必说成这样。"范轩摆了摆手，"朕只是突然想起来他是你舅舅。这事朕都差点儿忘了，朕太忙了，竟一直让他待在牢中。也怪你，不早与朕说起，早点儿说，朕就能早点儿安置好江大人了。"

"江大人一案由刑部负责，臣乃户部之人，不应干预。若江大人无事，刑部自然会放人，臣想，陛下圣德之下，无人敢做不公之事。举贤不避亲，如今江大人乃执掌户部的最佳人选，故而微臣才提起。他在前朝曾主持户部近十载，对户部事务再熟悉不过。而他往日与太后有交情，太后对他不会多加为难。且他又是微臣的舅舅，微臣对陛下忠心耿耿，自会说服他效忠于陛下。江大人在前朝便是能臣，陛下得他，如虎添翼，何乐而不为呢？"

范轩听着他的话，一直没有出声，许久后终于道："你让朕想一想，你先回去吧。"

顾九思见范轩态度松动，心中已有了把握，恭敬地告辞了。

太监张凤祥送顾九思出去。

走出了大殿，顾九思才问："敢问公公，今日为何不见我家娘子？"

"少夫人累了，"张凤祥笑着道，"陛下让少夫人先回去了。"

顾九思愣了愣，心中突然就有些忐忑，忙道："我家娘子可是身体不适？"

张凤祥的笑容僵了僵，他一边领着顾九思往外走，一边解释："陛下召见您，少夫人不宜在场。少夫人娇弱，陛下又不忍让少夫人久等，所以才下这样的旨意，您别见怪。"

顾九思低着头，认真地思索了片刻，道："张公公，我记得太医院的王太医治疗外伤是一把好手，在下有些不适，如今进了宫，想见见王太医。"

"那不巧了，"张凤祥笑着道，"王太医今日出宫办差了。"

顾九思点了点头，不再说话了，面色沉得厉害。张凤祥扫了一眼顾九思。虽然这人还未出狱，但就范轩的态度来看，张凤祥想，这位主儿日后怕是前途无量。

张凤祥道："顾大人可是有什么烦心事？若是老奴能帮上一二，顾大人尽管吩咐。"

"倒也没什么，"顾九思笑了笑，"就是有些想念叶世安大人和沈明大人，我们平素交好，亲如兄弟。我被困于牢狱已久，如今就想见见我那两位兄弟，一起说说话。"

"这好办。"张凤祥忙道，"我方才在宫门口见到叶大人和沈大人，等一会儿让他们送您回刑部就是了。"

"那就多谢张公公了。"顾九思赶紧行礼。

张凤祥虚虚一扶，道："顾大人是日后要做大事的人，老奴也就盼着顾大人日后还能记得老奴些许的好，能提携一二。"

"张公公放心，"顾九思笑道，"在下明白。"

两人到了宫门口，叶世安和沈明果然已经站在宫外了。看见顾九思出来，两人神情着急。张凤祥和顾九思告别，恭敬地道："老奴就不出宫了，让几个小奴才送顾大人吧。"张凤祥叫来几个小太监，交代他们要好好照顾顾九思，然后才同顾九思行礼告辞。

顾九思和叶世安、沈明一起到了车上。

叶世安忙问："怎么说？"

顾九思将自己和范轩的对话说了一遭，沈明点着头，最后道："我大概听懂了。但你好端端地让太子出去做什么？这动静是不是太大了？"

"他不是让太子出去，"叶世安是个通透的人，"是要把洛子商调出去。"

顾九思靠在车壁上，闭着眼。

叶世安给沈明解释："洛子商是太子太傅，太子离开东都这么久，洛子商又没有其他官职，肯定是要随行的。"

沈明了然地点头。

顾九思突然道："玉茹怎么了？"

沈明和叶世安快速对视了一眼，叶世安出声道："玉茹染了风寒，今日不大舒服。"

"那怎么不改日再让她上顺天府？"顾九思睁开眼，看向沈明，冷静地道，"她在顺天府是不是出事了？"

"哪儿能呢？"沈明赶紧道，"她那么泼辣……"

"沈明，"顾九思打断他的话，"你不适合撒谎。"

沈明僵住了。

顾九思继续道："她让你们瞒着我，但如今我自己猜到了，你们也不必再瞒了。以玉茹的性子，只要她没有出大事，今日一定会在御书房门口等我出来，同我说两句话。但她不在，平日里专门给达官贵人看病的王御医又出宫了，你们个个都遮遮掩掩的，还同我说她没事？"他猛地提高了声音，"你们哄谁呢？！"

"她在顺天府受了拶刑。"叶世安开口，顾九思愣住了。

片刻后，顾九思猛地反应过来："怎么会？！你和周大哥不是都去了吗？顺天府多年没有搞过这一套了，还有你和周大哥在，怎么……"

"公主来了。"叶世安继续解释。

"李云裳？！"顾九思顷刻间想明白这其中的关节，不由得道，"那玉茹为何不走？多的是办法，受什么拶刑？！"

"李云裳用你的名誉激她，说你若真是冤枉，玉茹怎么会不敢受刑？玉茹想保住你的名誉，就受了。"叶世安叹息一声，道，"玉茹那个性子，自己决定要做什么，我们又怎么劝得住？"

顾九思说不出话，只觉得心里揪得生疼。他一想到刑具上到柳玉茹身上，一想到她平素那么柔弱，就心疼得说不出话来。

"是我害了她。"他喃喃着，"是我的错，我该想到的，去什么顺天府啊？我早该想到的……"

"你别这样说，"沈明见顾九思状态不对，赶紧劝他道，"谁都没想到会突然杀出来个李云裳啊。什么拶刑，这些我以前听都没听过，也不知道哪儿冒出来的规矩，你怎么又想得到？"

"是我的错，是我无能。"顾九思将手指插入头发里。

叶世安叹了口气："也不能都怪你，我们也有责任。你也别难过了，回去好好睡一觉……"

"我要见她。"顾九思突然出声。

叶世安和沈明都愣了愣，沈明下意识地问："怎么见？"

叶世安明白了，忙道："不可！如今别节外生枝……"

"叶兄，"顾九思抬眼看向叶世安，"你与我身形相仿……"

"不妥。"叶世安立刻拒绝，"这事不合规矩。"

"咱们什么时候这么守规矩了？"顾九思立刻反驳，着急地道，"我现在想见她，你便帮帮我吧！"

"非常时期行非常事，"叶世安抓紧了自己的衣服，"能守规矩就尽量守规矩。此事我不同意。"

"叶世安，你还是不是我兄弟？"顾九思看着叶世安，眼里全是哀求之意，"我以后叫你哥行不行？"

"不行不行。"叶世安摆手，"真的没必要。"

这时候沈明反应过来了："哦，你是要叶大哥替你坐牢。"

"我在明天早朝之前一定把你换出来。"顾九思抬起手发誓，"我那儿很舒服，特别清静，还有很多书，你可以有一个很自在的空间。"

"不行不行。"叶世安摇头，"这真的不合规矩。"

顾九思看了一眼沈明，沈明愣了愣，随后点了点头。叶世安见他们不说话，以为顾九思放弃了，手放松了些，继续道："陛下……"叶世安话没说完，顾九思和沈明就一起扑上来，按住了他的手脚，开始去拉扯他的裤腰带。

叶世安大惊，忙道："你们别乱来！放开我！"

"叶兄，今日之恩我一定不会忘记，改日若有机会，我一定帮你。"顾九思一面脱叶世安的衣服，一面说。

"叶大哥，好人做到底，送佛送到西，你也别这么腐朽，要不是我和他身形差别太大，我就替他去了。"沈明脱叶世安的裤子。

叶世安疯狂挣扎，但一个寒窗苦读十年的书生怎么敌得过这两个小霸王？只是他气节仍在，决不投降。

双方僵持片刻，顾九思叹了口气，松了手，无奈地道："我很担心她。"

叶世安愣了愣，顾九思脸上挂着苦笑。顾九思一直是不正经的样子，这笑容却让叶世安看出了几分酸涩之意。叶世安心里发闷，顾九思道："你让我见见她吧？"

叶世安也不知道是怎么了，听到顾九思这么哀求，心里一软，就下意识地开口道："好吧。"

两个人在马车里换了衣服，顾九思从牢里出来的时候，为不让太多人知道而穿了件黑色的大斗篷。叶世安穿上那件斗篷，帽子一盖，脸就看不到了。到了刑部，叶世安就下了马车，跟着人进了大狱。因为柳玉茹对他们的照顾，狱卒对顾九思的态度一贯很好，见"顾九思"今日不愿意说话，也不多问，只一路笑着把他送回了牢房。进了牢房里，叶世安坐在床上，有些茫然地看着面前的牢房的木栏。顾九思说明天早朝之前会来换他，如今才刚到午时……叶世安的心情变得沉重了。

把叶世安送进刑部大狱，沈明有些幸灾乐祸，顾九思却半点儿欢喜的神情都没有。

沈明给顾九思倒茶，高兴地道："马上要见到嫂子了，你也不高兴点儿，这么愁眉苦脸的，也不怕嫂子担心你。"

"你说得是。"顾九思苦笑，"我不该让她担心的。"说着，他将脸埋在手里揉了揉。过了好久，他突然问："她哭没哭？"

沈明有些茫然："什么？"

"她肯定很疼吧。"顾九思的声音有些哑。

沈明顿了顿，道："我觉得嫂子是乐意的。"

"我明白。"顾九思低声道，"我现在才发现，原来喜欢一个人，她疼在身上，我就会疼在心尖上，比自个儿受刑都疼。"

沈明抖了抖，觉得顾九思矫情。他推了推顾九思，小声道："哥，咱们冷静一下，嫂子肯定比你疼，你看你，皮糙肉厚，嫂子水灵灵的，现在肯定比你疼啊。"

顾九思感觉沈明大大咧咧的程度真的比自己当年还夸张。

下马车的时候，顾九思拍了拍沈明的肩，道："你还年轻。"

谁还没年轻过呢？他顾九思年轻时还在老婆哭的时候往老婆手里塞银票呢！

沈明敲响了大门，两人进了屋。

顾九思刚走到内院门口，木南便拦住了他。

顾九思抬起头："是我。"

"公子？！"木南愣了愣。

顾九思低头道："我去看看夫人。"

木南反应过来，忙领顾九思进去。

顾九思进了内院，一面走一面问："夫人怎么样了？"

"夫人现下睡了。"木南小声开口，有些忐忑地看了一眼沈明，沈明点了点头，木南确认顾九思什么都知道了，才舒了口气，道，"方才大夫看了，说只要好好养着，不会有事的。"

顾九思应了声，没有多话，到了门口就让人下去了，自己小心翼翼地推开了门。

柳玉茹躺在床上，其实疼得睡不着，但又觉得疲惫。大夫开了安神的药，她就在朦胧的睡意中沉浮，又疼又困，但疼痛的确是减轻了许多。

她心里记挂着顾九思，却不愿这时候去见他。她想，若是他知道她出了事，也不知道会闹什么脾气。她迷迷糊糊地睡着，想着等一会儿让人去看一下叶世安和沈明回来没有，看看他们又带了什么消息回来。她这么想着，就感觉到有人走进来，坐在了床边。

她猜是叶韵，便用虚弱的声音问："你哥回来了吗？"

顾九思愣了愣，便知道柳玉茹是把他当成叶韵了，心里就有了那么几分不高兴。想到柳玉茹这时候问的是叶世安，顾九思就赌气地不说话，只坐在一旁打量着她。今日的她看上去当真格外虚弱，脸色苍白，头上冒着细汗，眉头紧皱，失去了平日里的从容样子。

她继续问："他可同你说九思了？"

顾九思的心这才舒展开来，像一片卷起的叶子，在水中慢慢荡开。他脱了外衣，靠到她身边小声道："我回来了。"

柳玉茹的呼吸停住了，顾九思就将手放在头下，侧着身子瞧着她。过了片刻，柳玉茹快要被自己憋死一般猛地睁开眼睛，转头看了过来。

顾九思噙着笑，目光落在她身上。

柳玉茹盯着他，许久后用沙哑的声音道："你怎么？……"

“我回来瞧瞧你。”

“陛下允了？”柳玉茹感到疑惑。

顾九思的笑容僵了僵，他却还是点了点头：“嗯，陛下说你受伤了，让我回来陪陪你。”

“我分明同他说了不要同你说这些的。”柳玉茹皱起眉头，像是不满。

顾九思也不好意思让范轩背锅，赶忙道：“是我先猜出来的。”

“你也太聪明了。”柳玉茹苦笑。

顾九思伸出手去，让柳玉茹把头靠在他的手臂上。

她是真的太难受了，顾九思想。

他身上穿着的外袍是叶世安的，若是放在往日，她早就发现了，然而如今她什么都没察觉，只是蜷缩在他怀里，猫儿一样无助地依靠着他。

“事都办完了？”柳玉茹还不忘问他。

顾九思低低地应了声：“嗯，完了。”

“怎么说的？”

“调走洛子商，调精兵来东都，用李云裳的婚事逼太后放下此案，将此案交给御史台处理，然后追回库房盗银，对外说刘春等人畏罪自杀，就此结案。让陆永辞官，再推举我舅舅做尚书，让我官复原职。”

顾九思这一串话行云流水地说下来，也不知道柳玉茹听没听明白，他看着柳玉茹，抬手替她揉着脑袋，柔声道：“总之，你放心吧，我在呢。”

他这声“我在呢”轻飘飘的，却仿佛有千斤之重，让柳玉茹安心。

柳玉茹靠着他，听着他的心跳，慢慢地道：“这些时日我想了许多，觉得我终究是无用的。”

这话让顾九思愣了愣，随后他便笑了：“我进了大牢，劳你为我奔波，替我受苦，”他顿了顿，平复了呼吸才慢慢道，“我都还没检讨自己，你怎么先检讨上了？”

“九思，”柳玉茹半闭着眼，“公主说得对，其实我帮不了你。”

“你这是惦记上她说的话了？”顾九思哭笑不得，“你……”

“可我又想一个人独占着你。”柳玉茹迷迷糊糊地开口。

顾九思听着，心跳骤然快了些，喜悦从心间蔓延开，他不知道怎么，居然一句话都说不出来了。他张了张口，想说点儿什么，惯来如簧的巧舌却突然失去了它的能力。

“我原来想着，只要是为你好，给你纳妾我也是忍得了的。大家都这么过，我也可以这么过。你心里有我，我便知足了。可如今我才知道，人心不足蛇吞象，公主样样都说得对，她能给你的帮助比我能给的多，她还长得漂亮，性格也讨喜。她若进门来，久而久之，你也是会喜欢的。"

顾九思听着，轻轻地抚着她的背，柔声道："不会的，我只喜欢你。"

然而柳玉茹听不进去似的，含糊地道："我知道，我知道你一直喜欢我。我也喜欢你，所以才不愿意同人分享你。我这样自私，碍了你的路，该补偿你才是。可我不仅没能补偿你，还救不出你，就觉得很难过。"

顾九思终于忍不住了，笑出声来："你平日看着端庄得很，怎么这样幼稚？"

柳玉茹靠着他，听着他的笑，感觉他胸膛的震动，小声道："我本就幼稚。"她的声音更低了，"我还小呢。"

顾九思笑得停不下来了，将人搂进怀里，紧紧抱了一下："你可真是我的宝贝。"他放开她，低下头去，小心翼翼地将她的手抬起来，怜惜道，"我瞧瞧。"

柳玉茹终于有些不好意思了，想抽回手。

顾九思赶忙抓住她的手腕，道："别躲，我看看。"

柳玉茹红着脸，没有说话，顾九思一根手指头一根手指头地看过去，又抱了抱她，这一次抱得特别紧，特别用力。

"玉茹，"他声音沙哑地道，"我不会辜负你的。"

柳玉茹轻声道："我不在意你辜不辜负我，只希望你别辜负你自己。"她犹豫了一会儿，接着道，"九思，如果以后有什么事你想不明白，你就想想以前，想想杨文昌，想想你是为什么而当官。"

"我明白。"顾九思抱着柳玉茹，低声道，"你说的，我都记着。"

柳玉茹没有再说什么，两人静静地靠在一起，听着对方的呼吸声和心跳声，感受对方的温度和脉搏。